赵柏田作品

银魂

张嘉璈和他的时代

Zhang Jia'ao
and His Era
By
Zhao Botian

赵柏田

著

浙江文艺出版社
Zhejiang Literature & Art Publishing House

图书在版编目（CIP）数据

银魂：张嘉璈和他的时代/赵柏田著.—杭州：浙江文艺
出版社,2022.8

ISBN 978－7－5339－6822－9

Ⅰ．①银… Ⅱ．①赵… Ⅲ．①传记文学—中国—当代
Ⅳ．①I25

中国版本图书馆 CIP 数据核字（2022）第 054212 号

策划统筹	曹元勇
责任编辑	李　灿
文字编辑	顾楚怡
营销编辑	耿德加　胡凤凡
责任印制	吴春娟
装帧设计	人马艺术设计·储平
数字编辑	姜梦冉　诸婧琦

银魂：张嘉璈和他的时代

赵柏田　著

出版发行	浙江文艺出版社
地　　址	杭州市体育场路 347 号
邮　　编	310006
电　　话	0571－85176953（总编办）
	0571－85152727（市场部）
印　　刷	上海盛通时代印刷有限公司
开　　本	650 毫米×970 毫米　1/16
字　　数	560 千字
印　　张	40.25
插　　页	11
版　　次	2022 年 8 月第 1 版
印　　次	2022 年 8 月第 1 次印刷
书　　号	ISBN 978－7－5339－6822－9
定　　价	168.00 元（精装）

张嘉璈(1889 年 11 月 13 日—1979 年 10 月 13 日) 像

20 世纪 20 年代末的上海外滩

大清银行(中国银行前身)第一次会议官商合影

青年时代的张嘉璈

抗拒"停兑令"事件使成长中的上海银行家群体走到历史的聚光灯下。图为宋汉章(前排左一)、张嘉璈(前排左二)、陈光甫(后排右一)、李铭(后排右二)、钱新之(前排右一)、徐寄顾(后排右三)合影

1929 年 7 月,张嘉璈、陈光甫在荷兰阿姆斯特丹出席国际商会会议,
与各国经济学家、银行家合影

1930 年 1 月,张嘉璈(右五)与中国银行伦敦经理处同人合影

抗战时期的张嘉璈

答覆旦請

敬正主進行方針擬先從瀘漢津三埠入手瀘
埠擬煩託施伯交（系綢綠農兩行拔正）修改稅則委員會會辦鄧詩女（系振國蘇桑改良會經理員）兩君先就大體調查俟報告到
會再行就各業中令刑派專門人員詳細調查以
期核實施鄧二君到瀘時務懇
暴力贊助其應行調查之處旦請
分住給介或由

馥蓀先生大鑒謹啓者前以我國調查信用機
關尚未建設銀行投資者苦無標準在瀘時
曾與
執事商議擬偶設調查機關深荷
贊同茲京滬複與黃潤書（農司長）林淶生（工商
部兒之司長）張新吾周作民諸君商議僉以
此舉神意未可緩之圖爰與黃君
等草就會則十三條送呈

AUG 20 1918

无轉託給介總冀於調查時能得真相庶不虛
此一舉耳
尤熱腸尚能協助一切專此奉懇祗頌
籌祺
　　　　李秀仁啓　八月十七日

附實業調查會規則

张嘉璈致李铭函（1918 年 8 月 17 日）
上海市档案馆、复旦大学中国金融史研究中心编《上海银行家书信集》（影印版）

大清银行兑换券,俗称
大清龙票,票面是摄政
王载沣像(未发行)

大清银行兑换券(正)

大清银行兑换券(反)

民国元年发行的印有黄
帝像的中国银行兑换券

1935 年中国银行发行
的五元纸币

1935 年发行的中国银
行上海券

1940 年印制的孙中山
像法币券

序

中国银行董事长、党委书记　刘连舸

　　以作家、人文学者的身份涉足金融史，赵柏田先生可称当今第一人。2019 年春夏之交，一个偶然的机缘，我读了他的《枪炮与货币》，大感相契，即着人四处寻访，得知他生活、工作在宁波，是一个卓有成就的作家，更以洋洋一百余万言"在公共遗忘处书写一个国家的记忆"的"中国往事三部曲"引发读书界热议。是年 7 月，柏田来京，在中国银行总行大楼的初次晤谈中，我惊讶于他对近世中国金融业和金融精英的熟稔。柏田还兴致勃勃地谈到了他在现代性转型主题下的金融史研究和写作计划，他的架构宏大的"中国现代资本主义的黄金年代"，也谈到了这部当时已着手进行的张嘉璈传记。

　　20 世纪初中国现代银行业的诞生，既宣告了传统金融机构——钱庄和票号的终结，也展示了中国经济抵制外国控制的努力。民国初年，以中、交两行为主干，"南三行""北四行"等商业银行为补充的金融格局的初步形成，极大地推动了中国的现代化，其影响还深入广袤的农村腹地。中国自有现代新式银行业起，金融机构便成为国家发展的核心工具。现代银行业在 20 世纪初叶的崛起与变革，促成了资本主义在中国发展的第一个高峰，同时也使整个国家驶上了现代性转型的轨道，像中国银行这样的当代国有银行的前身，也在那时候初现雏形。中国银行的前身大清银行在清末最后十年的创立，以及它在某种意义上作为中央银行所取得的成功,所传达的正是走出帝制的中国对现代性的吁求。

如此长足进步的取得,自然离不开陈光甫、叶景葵、宋汉章、李铭、张嘉璈这批中国第一代现代银行家筚路蓝缕的开拓之功,用金融史家程麟荪教授的话来说,这批银行家和职业经理人,可称是"近代中国的商业领袖"。不止于此,他们还是引领整个时代转型的"文化英雄",本书传主、中国银行业之父张嘉璈,即是其中的最为杰出者之一。

我私心倾慕于张嘉璈这个前辈,不只因为他品行的"高、洁、坚"和炉火纯青的专业水准与职业精神,也不只是因为他在中行改组为"特许国际汇兑银行"后,启动了影响深远的全方位改革,"定屋基""立屋柱""打图样",为我们今天的事业打下了坚实基础,更重要的是,在这位前辈身上,无时无刻不散发着的一种精神的光芒。这种精神,是一种家国担当,也是这一代银行家的魂魄所寄:建立不依赖于外部的、独立的金融市场,培植进行金融交易、执行金融契约必不可少的制度基础,最终推动商业现代化乃至整个近代中国的现代转型。有了这种精神的观照,即便是在战时他离开金融业担任政府公职期间,也依然舍身忘我,与国家同进退。

一部中国商业史,近世之前,向来没有大公司。几千万元的资本,千百人的股东,这种"巨无霸"式的组织只有晚清的招商局具此规模,但因它披着官督商办的外衣,仍非现代化大企业。没有大公司的企业组织,就兴不起大的实业计划,也无法助力国家建设。张嘉璈服务中行二十三年,其一大功绩在于,从中国银行开始,中国有了这种健康运营的大公司的企业组织,而他于中国金融业更重要的贡献是,他在创立大公司的同时树立了道德和纪律,改造了金融界先前的腐化空气,避免或减少了金融风险,更为中国金融业的健康发展培植了一批新人。"商业的道德,正预示着中国未来的高度",这是他身为近代金融组织创始人的卓越识见,近代中国的银行和银行家们在社会责任、经济伦理以及创新精神等方面的"现代性"实践,于当下中国也不无镜鉴。

昔年,我的硕士论文导师厉以宁教授曾有言,经济学乃是一种启蒙。在某种意义上,与同时代新文化运动中的陈独秀、胡适、鲁迅等人一样,张嘉璈他们这批中国第一代现代银行家,所做的也是带有社会启蒙性质的工作。

《银魂:张嘉璈和他的时代》作为张嘉璈的国内首部传记,采用金融史与生活史结合的研究路径,从浩如烟海的财政史料和银行家们的日记、书信、函电中参互考寻,细密地考察了张嘉璈的生平踪迹与时代的关系,描绘了这个深受自由主义经济思想熏陶的金融巨子跌宕起伏、充满悬念的一生,生动再现了中国第一代现代银行家的创新和活力,褐橥了这一代银行家的历史使命和社会担当。"人无精神不立",这部张嘉璈传记,正因为立起了精神的旗帜,有了文章的"义理",方能纲举目张,引人入胜。这实有赖于作者对中国银行及近代多家银行历史档案的详尽而细致的研究,有赖于他多年的非虚构写作经验和独特的方法论,也离不开他多年来在现代性转型视野下对中国社会史、思想史、政治史和经济史一以贯之的关注。

这一"义理"的主旨之外,在叙事策略上,作者又以三条主线,构成全书叙述的三个面向:

一是历史线:以张嘉璈的个人经历和所处时代风云,展现晚清、民国至改革开放前夕中国社会的巨大变迁,书写深受传统观念熏陶又接受现代新式教育的一代中国人如何在时代大变局中立身谋国,实现人生职志。

二是金融线:一代银行家与世沉浮,中国近代金融业在复杂的政商旋涡中曲折成长,战时萌生的通货膨胀又最终摧毁了现代金融体系。对中国百年金融成败和教训的展示,作者用力至深,也是全书精华之所在。

三是人物线:一个群星璀璨的时代,军人、学者、政治家,一一奔来眼底,作者寓复杂的人物关系于金融史的探究,鉴其心迹,书其心曲,为想要了解近代中国政经往事的普通读者,开启了一个独特的窗口。

昔年,陈光甫把文学、戏剧名家宋春舫先生从青岛大学邀至上海,请他撰写上海商业储蓄银行行史。一是慕其文名,二是看中宋春舫不是本行职员,落笔可不偏不倚,公之于世,会更有说服力。宋春舫先生用了两年半时间,完成七章十五万言《上海商业储蓄银行二十年史初稿》,成为文学与金融合作的一桩佳话。这次,赵柏田先生写张嘉璈,比起前贤,是一次更具深度的介入,也是一次更有意义的研究和书写。在《银魂》的写作中,赵柏田以一名非虚构作家和金融史家的身份沉潜其中,通过扎实的叙事和对史料的不舍追寻,展示了他对传主最大的"理解之同情"、对历史的温情与敬意,以及他对读者的诚恳与诚实。这两年他在此稿上所花的心血和精力,可谓时时刻刻念兹在兹。修辞立其诚,整部著作风格谨严,文笔开阖有致,读者当能真切感受到一个人文学者的宏阔视野和精细笔触,不愧为名家之作,故我乐于为之作序推荐。

距离张嘉璈等第一代现代银行家活跃于中国经济的舞台,已经过去了近一个世纪,当年张嘉璈和他的同人们在伦敦开设中国银行第一个海外机构,无论如何也想不到,近一个世纪后,伴随伟大祖国的改革开放、繁荣昌盛,中国银行已跻身于世界大银行前列,海外机构遍布全球,品牌声誉日植人心。他们也不会想到,新技术发展日新月异,金融与实体经济前所未有的共生共荣,金融与大数据、人工智能、区块链等新技术应用的迅速结合,已使当代金融业呈现出崭新业态。坚持以国内商业银行为主体,以全球化和综合化为两翼,持续大力发展科技金融、绿色金融、普惠金融、跨境金融、消费金融、财富金融、供应链金融、县域金融等"八大金融",正是中国银行对新时代做出的敏捷回应,百年中行将借此进入转型发展、再创伟业的新阶段。

当今世界正逢百年未有之大变局,"后疫情时代"逆全球化现象上演,地区保护主义兴起,世界多极化加速发展,使中国百年现代性转型面临着前所未有的挑战。在这样的历史时刻,百年中行坚持以习近平新时代中国特色社会主义思想为指引,增强"四个意识",坚定"四个自信",做到"两个维护",以融通世界、造福社会为使命担当,胸怀建设全球一流现代银行集团的宏大愿景,牢固树立并践行卓越服务、稳健创造、开放包容、协同共赢价值观,把文化融入发展,树立起中行人特有的文化自信和价值自信,也更需要我们像以张嘉璈为代表的第一代现代银行家那样,厚植家国情怀,以舍我其谁的气概和担当,推动及至引领中国金融业的高质量发展,助力构建人类命运共同体。在这个意义上,文化将是我们的战斗力、凝聚力和软实力的综合体现,也将为我们的进一步发展提供生生不息的原动力。

　　是为序。

2021 年 9 月

目 录

下部(1935—1979)

上部

(1889—1935)

第一章　家　世

一、末世之家

一般都说张嘉璈是江苏宝山(今属上海)人,实际上,他出生于嘉定县城一个儒医兼经商的家庭,时当大清王朝走向没落之际。他的诞辰——据他的晚年知己、也是其年谱作者姚崧龄先生载明——为1889年11月13日,即清光绪十五年十月二十一日。张家兄弟八人,姊妹四人,他在兄弟中行四,故弟妹们多以四哥呼之。①

张家先世,原住嘉定县葛隆镇。至七世祖衡公,迁居宝山县真如镇,称他们祖籍宝山,也是其来有自。三代之前,张家乃经商世家,世营盐业。张嘉璈的曾祖父张秋涯,改行习医,施药济贫,乡里有善名。祖父张铭甫,登科甲,入宦途,道光年间以举人身份任四川内江县令,后任屏山、垫江县令,邛州知州,在川十余年,颇有政声,尤以对滇边少数民族地区的治理之功传颂当时。②

据张氏家谱记载,张铭甫于政事之外,潜心向学,对宋明义理之学尤感兴趣,对医卜星相也很用心,大概算得上是个杂家。辞官后,退居

---

① 唐文治《张君润之之墓志铭》载录张祖泽所生八子,名为:嘉保、嘉森、嘉鑅、嘉璈、嘉桦、嘉莹、嘉烜、嘉铸。四女,未载其名,长适何,次适徐,三适董,四适朱。经向张嘉璈孙张邦华先生求证,八子为:张嘉保、张嘉森、张嘉佺、张嘉璈、张嘉桦、张嘉莹、张嘉煊、张嘉铸,四女为:张嘉英、张嘉玢、张嘉锾、张嘉蕊。见附录1《张氏家族成员表》。

② 刘义林、罗庆丰:《张君劢评传》,百花洲文艺出版社,2010年版。

乡里,始定居嘉定县城。因他是州县一级的官员致仕,饶有财富,家中收藏有许多古董、字画,精于鉴别,是当地一个小有名气的鉴赏家。张家子女幼年时,家里还收藏着祖父做官时的两顶轿子,祭祀时方隆重请出,一般人不得近前。

张嘉璈的父亲张祖泽(字润之),是五个兄弟中最小的一个。祖泽生于太平天国运动之后,出入诸子百家,博览洽闻,却认为时文句章无补时艰,立志救人,毕生精力尽萃于医。他年轻时曾学医于苏州曹沧洲,满师后在上海、南翔一带开设诊所,渐成当地名医,常自制丸膏,不假手于人,施送以万计。行医生涯所获酬资虽丰,他却无意治生,唯以服务桑梓为己任,恤孤贫,修道路,建桥梁,垂数十载。随着子女渐次成长,张家经济日渐窘迫,张祖泽遂移居南翔经商。

张祖泽娶妻刘氏,两岁时就由父母之命许之,到了适婚年龄,再行大礼。此女性行贤淑,义利之辨极严,且喜阅报章,明晓时事。现有文献中,很少发现关于张祖泽对子女们的成长有何影响的记录,估计其忙于行医,无暇顾及,倒是刘氏,对子女的教育及出路更为上心。张嘉璈的二哥张君劢,曾在一篇文章中提到过其母,且有一本译著是献给她的。张家子女曾为母亲举行过大规模的祝寿会,梁启超应张君劢之请,题词贺寿,有"生子当如孙仲谋"句,可见其对张氏兄弟的器重,亦可见对刘氏的敬重。

张氏家族累世医儒,上代又曾为官宦,虽已随着清朝的末世走向衰微,但因有刘氏这样有见识的女性当家,门规极严,故张家儿女大多受过较好教育,个个自知奋发。张氏一门,有多人后来成为上海乃至现代中国的知名人士,较为世人所知者,除本书主人公张嘉璈外,尚有张嘉保、张嘉森、张嘉铸、张嘉玢、张嘉蕊等。

长子嘉保,系上海著名实业家,开有一家规模甚大的棉花油厂。次子嘉森,字君劢,又字士林,乃中国现代史上颇有影响的思想家和政治学者,国家社会党创始人,中华民国宪法最初的起草人之一。八子嘉铸,即禹九,美国克拉克大学硕士,20世纪30年代沪上活跃一时的新月派诗人兼著名的新月书店创办者,后在张嘉璈援引下入金融界,任中国银行经济研究室副主任、重庆分行襄理，成为一位卓有成绩的实业家，曾任中国蔬菜公司总经理。

四个女儿，亦非泛泛之辈。二女嘉玢，又名幼仪，系诗人徐志摩的第一位妻子，这个被才子诗人始乱终弃的女子还是一个实业家，开办了中国第一家女子银行——上海女子商业储蓄银行，并自任副总裁，还在南京路上开有一家著名的"云裳"服装店。张家小女嘉蕊，喜欢艺术和时装，是一个颇有创意的服装设计师，还是一个长袖善舞的活动家，婚后随夫改姓为朱。

自张嘉璈一代起，这一大家族的取名按"嘉、国、邦、明"排辈，意谓"国家美好，国土光明"。长子嘉保，"保"字有保护、监督、安全之意。二子嘉森，较书生气，"森"有庄严、高贵之意。四子嘉璈，"璈"是古代的一种乐器。二女嘉玢，"玢"是一种美玉，小名幼仪，"幼"有善良的意思，"仪"表示端庄、正直。①

按照旧时代"长兄如父"的人伦原则，张氏子女成年后，应是长子嘉保打理家族事宜，但嘉保因为生意上受到打击，一蹶不振，染上了鸦片瘾，人变得很颓废，已不堪其任。二子嘉森又长年留学在外，顾不到家，故"四哥"嘉璈早早担起了家庭重任。甚至为二妹张幼仪选婿这样的事，都是张嘉璈出面张罗的。

据张幼仪本人回忆，辛亥后，张嘉璈从北京回南方，担任浙江都督府秘书。某次，视察杭州府中学堂时，他无意中见到一篇《论小说与社会之关系》的文章，讶其笔端挟带情感，把梁任公的文风模仿得惟妙惟肖，就记住了这个叫徐章垿的学生名字，且打听到，这青年是海宁硖石巨富徐申如家的独子，遂作书徐家，把尚待字闺中的二妹介绍给徐公子。一段民国爱情故事由此开场，只是当时都以为这婚姻门当户对，哪料到后来琴裂弦断，劳燕分飞，以悲剧终场，惹这女子说出这么伤心的话来："我是秋天的一把扇子，只用来驱赶吸血的蚊子。当蚊子咬伤月

---

① 张邦梅《小脚与西服》，此系其英文传记 *Bound Feet & Western Dress: A Memoir* 的中文版。张邦梅是张幼仪的侄孙女，八弟张嘉铸（禹九）的孙女。

亮的时候,主人将扇子撕碎了。"虽是一时幽怨语,倒也留下了才子薄情的一个证据。①

徐章垿,就是诗人徐志摩,"章垿"是他幼时的本名。

张嘉璈出生这一年,对大清帝国来说,最大的政治事件是太后归政于皇帝,清朝的第十一位皇帝载湉开始亲政。当然这只是名义上的,大权还是牢牢掌握在太后手里。也是这一年,日本首部宪法《大日本帝国宪法》正式施行,标志着日本开始进入现代国家的行列。十八年后,作为现代化的最早一批倾心追慕者,本书主人公将赴日本留学,由此迈入银行货币和政治经济的大门。

八岁起,张嘉璈跟随仲兄嘉森进入家塾,和四伯父家的一帮堂兄弟们一起,跟着本县杨行乡名儒陈伯庸先生读"四书五经",接受最初的中国文化典籍教育。嘉森字君劢,又字士林(取"嘉"首部,"森"下部),号立斋,长嘉璈三岁,生于1887年(光绪十三年),是日后中国立宪运动最著名的领导人之一,也是一位致力于文化复兴的"新儒家"代表。据说嘉森自小聪慧异常,在家塾的一帮学子中被公认为善于读书,领悟力惊人。他提出的问题,先生也一时回答不了,故此在一帮小伙伴中有"小军师"之称。② 嘉森常去罗店镇玩耍,有人问他对镇上某某家的印象,他茫然答不上来,唯独对某家有某部好书,却牢记不忘,可见从小就是读书种子。

嘉璈开蒙稍晚,记忆力和领悟力都不如其兄,有时对古文不解其意,常常过耳即忘,但他知耻而后能改,在先生眼里亦算可造之才。日后,张君劢在所撰《权弟七十晋一寿序》中,谓:"权弟早岁读书,尝责以

---

① 张幼仪在侄女张邦梅的访谈中是这样口述的:"四哥在担任浙江都督秘书的时候,有一部分正式职务是视察当地学校。几个星期以前,他到杭州府中视察的时候,对其中一个学生的作文印象极为深刻,尤其是一篇以《论小说与社会之关系》为题的文章。因为这篇文字将梁启超的文笔模仿得惟妙惟肖……四哥打听过这个年轻士子的来历后,就寄了封以本名张嘉璈署名的介绍信给徐家的当家,提议徐志摩与我成亲。徐志摩的父亲就回了封私下同意这门亲事的便条,'我徐申如有幸以张嘉璈之妹为儿媳'。"张幼仪还强调,"他叫徐志摩,是四哥帮我发掘他的。"

② 江勇振:《中国历代思想家(五三),张君劢》,台湾商务印书馆,1978年版。

记诵或忘。一责之后,鲜有再犯。颜子之不贰过,庶几近之。"

张家两个少年在南方的县城里读着"子曰诗云"的时候,世界已经行进到了 19 世纪最后几个年头,清帝国也在阵痛中开始急剧变化。

1897 年,德国强占胶州湾,开筑胶济铁路,随后,俄人强租旅顺、大连湾。康有为等倡导的百日维新挟新气象开局,不旋踵间,斧影刀声,太后再度垂帘听政。新政虽没随着六君子被杀踏入泥淖,却又有义和团起,朝廷宣战各国,围攻使馆区,后有八国入侵,帝后西狩。而湖广、两江的大员们,与各国驻上海领事订立东南保护外人条约,中央与地方的权力角逐也彻底撕破了脸。急管繁弦中,这几年里还有盛宣怀领导的铁路总公司与外资银行订立借款合同、电报公司添设德律风(电话)、第一家商办新式银行"中国通商银行"在上海成立、晚清状元张謇从翰林院致仕创办南通大生纱厂等事发生。新生与腐朽、希望与绝望,一并交织在世纪末的那一抹残照里。

张嘉璈 11 岁那年,仲兄嘉森奉母命考入江南制造局附设的上海广方言馆。他"心窃慕焉",只是苦于年岁太小,只能继续留在嘉定老家。当时有位北京同文馆毕业的吴宗濂先生,在城内设帐教授法文,他便拜了吴先生为师。吴师依嘉定方音,以法文字母拼成他的姓名为 Chang kia-ngan,此名他终生使用。

少年的张嘉璈,基本上是二哥嘉森的翻版,好学敏思的嘉森是他不知不觉模仿的对象。三年后的 1902 年,他 14 岁,投考上海广方言馆,终获录取,与嘉森成了同学,这是他接受新式教育之始。

附设于江南制造局的上海广方言馆,乃 19 世纪后半叶中国向现代转型之初洋务运动这棵树上所结一枚小果。这所新式学堂,由时任江苏巡抚李鸿章采纳冯桂芬的建议,于同治二年(1863 年)奏请设立,旨在培养专门语言人才,招收对象全是 14 岁以下的儿童。冯桂芬为之订立章程细则,聘傅兰雅、林乐知、金楷理为西文教习,又聘徐雪村、华若汀诸人为华文教习。王韬《瀛壖杂志》曾这样记述学堂景况:"延西士之学问充实者为之教习,而教以西国之文字语言,兼课以算学……三阅月一行考核,拔其优者充博士弟子员,或在通商衙门司理翻译,承办洋务。"

当时风气未开,科举仍被视作读书正途,入读广方言馆虽有每月一两银的津贴,但经济稍好的家庭很少愿将子弟送入馆中,入馆学习的大多是寒门子弟。张氏兄弟进这所一般人不太愿意去的学馆读书,家庭的拮据是直接原因。

广方言馆每周上课 7 天,4 天读英文,3 天读国文。4 天英文课还穿插数学、物理、化学、外国历史等课程。3 天的国文课,主要是先生指导着看三通考,弄点掌故,作作时文。和当时的私塾教学一样,学馆的教学方式也很陈旧,每门课都是要求学生把课文死记硬背下来。①

所谓"三通",是指记述中国典章制度的三本经典之作,唐代杜佑的《通典》、北宋马端临的《通考》、南宋郑樵的《通志》。这些典籍或许启发了少年张君劢对中国政治制度最早的兴趣,但那些佶屈聱牙的古文,对年幼一些的张嘉璈实在是种折磨。

毕竟,广方言馆是一所迥异于传统私塾的洋学堂,教员中不乏学问广博的大师级人物,比如担任汉文教习的学者袁观澜。②

袁观澜是早期江苏省教育会的领袖人物之一,辛亥之前一直是江浙新教育界举足轻重的人物。时人有言,"谈教育者必推江苏,而言江苏教育者必争识先生袁观澜"。袁观澜是宝山城厢人,毕生研习宋儒性理之学,兼治汉儒通经致用之学,旁及天文地理博物之学,到广方言馆任教职时,刚中举人不久,已俨然江南名儒。张嘉璈从学两年,受其熏陶,对其安贫乐道、诲人不倦的儒家精神终身服膺,曾说:"对于孔孟之道,有所领会,实出袁师指导。"

---

① 张君劢:《我的学生时代》,黄克剑、吴小龙编《当代新儒学八大家集》之三《张君劢集》,群言出版社,1993 年版。

② 袁希涛(1866—1930),字观澜,又名鹤龄,江苏宝山(今属上海市)城厢人。清光绪举人,清末民初教育家。1897 年(光绪二十三年)任沪广方言馆教习,开始接触新学并注重教育。曾积极参与筹办复旦公学(今复旦大学)于吴淞,担任复旦公学第一任教务长。

再如教张氏兄弟策论的沈恩孚(信卿),是个精研《说文》的训诂学大师,对中国文字和边疆地理有极深造诣,天分极高,据说 4 岁能文,6岁代母授课,15 岁补博士弟子员,未出名前在当地就已是个神童般的人物。可以想象,这样的旧学深沉之士,又或多或少接受过一些新式思想,对好学的张氏兄弟有着多么巨大的吸引力。再兼以术业有专攻的西文教习授课,使张氏兄弟很早就明白,"世界上除了做八股及我国固有的国粹之外,还有若干学问"。

到了晚年,张嘉璈对袁、沈二师依然充满感恩,在接受圣若望大学亚洲研究中心孙中山史料研究室访问时,他回忆说:"十三岁时,我就到上海广方言馆,跟着我的家乡宝山名师袁希涛先生学。他对国学十分有研究,用浅显的话给我们解释。那时,我们对于性理之学感悟良多,对后来的待人处世助益很大……嘉定县的旧学名师沈恩孚先生讲五经,也是用深入浅出的方法。由于袁沈两位先生的教导,我对中国性理之学的研究,得益匪浅。"①

张氏兄弟入读上海广方言馆时,张家已家道中落。据猜测,大概是张父投资失败,或者是受了商业诈骗,以致元气大伤,兄弟俩的学业生活因此变得格外辛苦。据张嘉璈自述,那两年里他从未支用家中分文,食宿都用馆中供应,零用则靠他二哥每月 3 两的膏火银一起分用。兄弟俩终日伏案苦读,孜孜不倦,即使到了假期,为了省下路费,兄弟俩也都留馆自修。唯一的放松节目,就是散步时到制造局大门口,看路人往来,略纾终日伏案积劳,偶尔买一包花生米换换口味,已属十分稀罕的享受。

在张家子女的回忆中,他们的母亲刘氏是一位贤淑又能持家的女子,虽读书不多,却喜读报章,明晓时事。刘氏对子女们期望甚殷,总希望他们挣得功名,出人头地。她经常训诫子女们的一句话是,"务须为家门争气,好好读书,好好做人"。就在张嘉璈入读上海广方言馆的第二年,清廷颁布了新的学堂章程,规定学生于县学堂毕业者,凭平时过

---

① 《张公权先生自述往事答客问》,《传记文学》第 30 卷第 2 期。

堂成绩,即可给予廪、增、附生功名。1904 年初,张嘉璈转学入宝山县学堂,功名的吸引自是转学原因之一,另一个重要原因,是他服膺的两位先生袁希涛和沈恩孚,也都转到了县学堂执教,他极愿追随。

在这之前,仲兄嘉森已从上海广方言馆毕业,参加宝山县县试,取得了秀才这一最低级的科名,辗转几所学校后,已应聘赴湖南常德府中学任英文教员。在家人急切的属望下,张嘉璈也步其后尘,卒业宝山县学堂后,经学政考试策论,入学为秀才,于科举制度被取消前,成了这个国家最后一批有功名的人。兄弟俩交流学业消息时,嘉森经常说到一个叫刘镜人(士熙)的表兄,京师译学馆①毕业后,已正式出任驻俄外交官(后任中国驻俄公使)。张嘉璈暗暗下决心,也要去北京,考取译学馆。

1905 年初,张嘉璈初到北京,方知报考京师译学馆有个条件,考者须有举人、进士功名,不得已,改而投考隶属商部的北京高等工业学堂,终获录取。此时,二哥嘉森日日浸淫于《日知录》的作者顾炎武和同时代的王夫之、黄宗羲的道德文章,其往返于学术与政治之间的一生,也正徐徐展开。兄弟俩的学术和志业,此处是一个重要的分叉点。

二、负笈东京

在北京,这个 17 岁的少年遇到了一个对其一生性格铸造起着重要作用的导师,理学名家唐文治。②

身为那个时代最出色的理学名家之一,唐文治一生育人无数,桃李遍布天下。传说他 14 岁读完五经,16 岁入州学,18 岁中举,所师事的

---

①　前身为京师同文馆,1902 年 1 月(光绪二十七年十二月)并入京师大学堂,改名京师译学馆。

②　唐文治(1865—1954),字颖侯,号蔚芝,晚号茹经,江苏太仓人,后定居无锡。近代著名教育家、工学先驱、国学大师。曾任"上海高等实业学堂"及"邮传部高等商船学堂"监督,创办私立无锡中学(无锡市第三高级中学前身)及无锡国专(苏州大学前身)。著有《茹经堂文集》《十三经提纲》《国文经纬贯通大义》等。

王祖畲、黄元同、王先谦，也都是名动东南的经学名师。晚清名臣张之洞曾有言："由小学入经学者，其经学可信；由经学入史学者，其史学可信；由经学、史学入理学者，其理学可信；以经学、史学兼词章者，其词章有用；以经学、小学兼经济者，其经济成就远大。"唐文治一生学问和事业，正是此论的一个样板。

唐文治是光绪壬辰科进士，曾任清朝最具活力的部门——总理各国事务衙门章京，游历英、法、比、美、日诸国，考察列邦风教，回国后，从外务部转入商部，制定商律，议设商会，主办新政，并积极推行商办铁路政策。此人平生淬励于性理文学，旧学底子好，又极能接受新潮，求实学，务实业，从不胶执成见。当时，唐文治以商部左侍郎的身份兼管该校校务，看重、爱护张嘉璈这个同乡后进，有如自家子侄。

每周，张嘉璈写一篇作文晋谒请益，唐文治亲做批改点评。这个日后的交通大学校长、无锡国专（后并入苏州大学）创始人，给张嘉璈讲海运与海权，认为商船所到，海权所至。他讲解《孟子》"浩然之气"一章，认为其精要即"真诚与骨气"，深入浅出，令听者动容。他还发明了一种独特的吟诵诗歌的方法，似长啸，又似歌唱，自己笑称为"唐调"。

孟子精义，讲忠恕诚正，这种注重伦理的修身功夫，张嘉璈最初是从袁观澜那里习得，到唐文治那里，更进一层。他日后回忆："从袁观澜老师处，学得'淡泊宽裕'，从唐蔚芝老师处，学得'至刚至大'，真是终生受用不尽。"

人格铸造之外，唐文治对张嘉璈最大的帮助，是在一年后出资700元，助爱徒赴日留学。居官清廉、自家经济状况也不甚宽裕的唐文治这么做，完全是为成全弟子志愿，助这个年轻人成才。

张嘉璈自述云：

　　在北京之同乡同学如金其堡（侯城）等，均相约出国留学，仲兄嘉森则已于年前赴日入东京早稻田大学肄业。因亦跃跃思动。商之唐老师，请其资助，俾得留学日本。唐老师一生清廉，境况拮据，然为成全后进志愿,竟慨允资助银七百元,因得成行。①

由此自述可知,张嘉璈想去日本留学,是受当时在北京的同乡和同学的影响,主要是受他一直奉为楷模的仲兄嘉森的影响。1906年,嘉森被宝山县选为官费留日生,入读日本东京早稻田大学,当时闻讯,他就跃跃思动了。

就在张嘉璈到日本后不久,1906年12月,时任农工商部署理尚书的唐文治因母丧回原籍丁忧,不再返京任职。据说他回太仓葬母途中,轮船上遇到维新人士汪康年,谈起甲午以来朝政之日非,"兼痛国家之沧桑,亦不觉泣如行下"。

自那以后,唐文治从官员转型成了一个现代教育家,先后出任上海高等实业学堂监督、上海工业专门学校(上海交通大学前身)校长等职,在这些学校创办铁路、电机、商船等学科,再以传统书院模式创办了无锡国专,致力于传统文化与近代科学教育的融合。而他在北京官场的最后一年,似乎就是为了等待张嘉璈这个同乡后进,把这个未来的银行家送去日本接受教育。

甲午后,中国学生大量涌入日本,堪称中日关系史上最具戏剧性的一节。从两国历史来看,这很像是1300余年前日本遣唐使模式的一种颠倒。之前,中国的科技、文化和教育流向日本,现在反过来,是中国的学子到日本寻求达致西方式富强的奥秘和方法。最早建议挑选学生到日本留学的,是戊戌政变后遭到处决的御史杨深秀,他于1898年6月起草的《游学日本章程》里说:"中华欲留学易成,必自日本始,政俗、文字同,则学之易,舟车、饮食贱,则费无多。"百日维新匆匆落幕,杨深秀的这一留学计划并没有得到实行,直等到张之洞的《劝学篇》披着保守主义的外衣登场,去日本留学才开始成为一个时代的风习。《劝学篇》专辟《游学》一章,摆出到日本学习胜于到西方的种种理由:"至游学之

①　姚崧龄:《张公权先生年谱初稿》上册,社会科学文献出版社,2014年版,第7页。

国,西洋不如东洋。一、路近省费,可多遣;一、去华近,易考察;一、东文近于中文,易通晓;一、西学甚繁,凡西学不切要者,东人已删节而酌改之。"

粗略估算,从 1898 年至 1911 年间,至少有 25 000 名中国学生到日本留学或游学,接受现代教育。其中有不少人,后来成为影响 20 世纪中国历史的重要人物。中国留学生在日人数,从 1898 年的不到百人,到张氏兄弟赴日的 1906 年、1907 年,已上升至 12 000 余人,形成了一股"航东负笈,络绎不绝"的热潮,①以致有学者认为,中国学生大量流入日本"是世界历史上第一次以现代化为定向的真正大规模的知识分子的移民潮"。去日本被视作一种获得西方知识、寻求中国富强的快捷方式,而在甲午之前,哪怕派遣一个学生去日本,都是不可想象的。

张嘉璈抵日后,先在东京学习日语,经过一年努力勤修,已有听讲及应对能力。他原计划投考日本第一高等工业学校,以便日后升入东京帝国大学,专修机械工程,但数学这门功课未能深入,只得放弃此念。听闻东京庆应大学为日本私立大学之冠,而其经济、理财两科尤负时誉,遂决意投考此校。

"到了日本以后,先是去学工科的,听说俄国吃了败仗,我也想去研究造船。学工之基础在数理,所以进了一家数理学校,三个月下来,岂知对数学理论一窍不通,所以转到庆应大学读经济。"②

东京庆应大学的主校区位于日本东京都中心,是日本历史最悠久的高等教育机构之一,其前身是创立于 1858 年的"兰学塾",是江户时代一所影响深远的传播西洋自然科学的学堂,创始人是有着"日本近代教育之父"之称的启蒙思想家福泽谕吉。这所大学的理财、银行各科教育水平,堪与英国的伦敦经济学院、美国的哈佛大学经济学系相比肩,且与这两所世界级名校有教授互换契约。

---

① 这一统计数字来自日本学者实藤惠秀《中国人日本留学史》、李喜所《近代中国的留学生》的研究,见[美]任达著《新政革命与日本——中国,1898—1912》,江苏人民出版社,2006 年版。

② 《张公权先生自述往事答客问》,《传记文学》,第 30 卷第 2 期。

　　张嘉璈在私立庆应大学法学部的两年,师事的是堀江归一博士,一个曾经留学欧美的倾向自由主义的经济学家。堀江在庆应大学历任理财科主任、经济学部部长等职,其研究和著述涉及银行学、货币学、财政学、金融学和国际经济、劳工问题等领域。他的经济理念,虽倾向自由主义政治经济学派,但对于"国家资本主义"也并不反对,唯主张国家一切生产与公用事业,应有"民主监督"。张嘉璈从学于堀江教授两年,学习政治经济及银行货币科,勤研苦究,每次考试都能名列前茅,时承其青眼。

　　"我研究明治维新以后,日本人如何将国家的财政刷新,币制调整。当时,日本的财政部长(财务大臣)是松方正义,关于日本的财政制度和币制,均由他一人建立,我受了他很大的影响,也希望自己将来回国后,能设计一套完整的财政制度,像日本明治维新以后,能使中国成为世界富强的国家。所以我决定学经济,打定主意朝那一方面去努力。"①

　　经济的拮据时时困扰着这个未来的银行家。据张嘉璈自述,当时留学日本的消费水平不算太高,每年费用约在日金350元,他也应付不下来。唐文治先生出国时资助他的700银圆,早已支用过半,家中又无接济,只有节省衣食,把平时食宿用度控制在每月日金15元内。每月只食肉一片,平时佐餐也只食鱼一小片,衣着只有入学时所置制服一袭、皮鞋一双,没有余钱置换新的,时日一久,皆破旧不堪。

　　他的二哥嘉森,也是在这个时期,开始了自由主义经济及政治哲学最初的训练。论到眼下境况,嘉森也好不了多少。本来,嘉森是宝山县的官费留学生,学费和生活费都有着落,唯一的要求是必须学理化专业。嘉森对理化毫无兴趣,他更感兴趣的是法律和政治学。在国内时,为了得到官费留日的名额,他勉强答应了宝山县方面的要求,但当他从早稻田大学经济科预科转入大学部时,还是按照自己的兴趣改换了专业。于是,半年后宝山县停发了他的公费,而他自己的存款也早已用尽。幸而嘉森找到了一项能挣钱的差事,为梁启超主编的《新民丛刊》

　　①　《张公权先生自述往事答客问》,《传记文学》,第30卷第2期。

撰稿,每月可得稿费 60 余元,足够兄弟两人的生活开销。但不想 1907 年冬《新民丛刊》停刊,嘉森的经济来源突告断绝,生活难以维持。无奈之下,他向亲友请助,这位亲友每月给他 13 元,仅够支付饭钱,除此再无一分零钱。有时连买块手巾的钱都没有,兄弟俩只得将一块手巾一剖为二,再破了,就各用四分之一。①

张嘉璈就读的庆应大学在东京都中心,嘉森就读的早稻田在较远的新宿区,张嘉璈如想见二哥一面,都要等二哥寄来电车票,方能成行。有时手中不名一文,而房东催缴食宿费甚急,唯有步行两小时至新宿区,将手边之教科书向书店出售,以资应付。往往原价 8 元,店主仅出价 3 元,迫于急需,只得忍痛牺牲。有时为凑足应缴食宿费 7 元 5 角之数,一日之内,需往返书店两三次。狼狈迫促,其状可哂。最后一年,结算向庆应大学拖欠的应缴学费时,因其学业成绩优良,校方出于对这个穷学生的同情,同意把这些欠款作为大学贷金分期偿还。

庆应大学的校训是"独立自尊",张嘉璈国内的两位业师,袁观澜示范的是"淡泊明志,行己有耻",唐文治垂训的是"至大至刚,明辨是非",这让他感到一种内在的吻合。他在艰难困苦中躬行实践着这些道德训诫,作为自己的立身箴言,从未让自己成为名利的俘虏。

影响一个时代学风的《劝学篇》,在大肆宣扬赴日游学的诸般好处后,有一句话常被忽略,"若自欲求精求备,再赴西洋,有何不可"。在张之洞这般的保守主义改革家看来,学日本,是中国走向富强的快捷方式,而现代化的正途,还是在"西洋"。张嘉璈留学日本,也是把日本视作一块垫脚石,想要再往欧美深造。

东京庆应大学学制三年,1909 年是张嘉璈在这所学校的最后一年。因为留学费用不继,积欠学费已达一年,再欠就要面临辍学,张嘉璈已在谋划转学。当时,讲授财政学的哈佛大学交换教授威寇斯博士(Enoch Howard Vickers)很喜欢这个用功勤勉的学生,不忍见他中途辍学,经其向哈佛大学推荐,已准予张嘉璈转入该校四年级。但当他于

———————————

① 张君劢:《我的学生时代》。

1909年春天回国申请留美官费的名额时,却被告知,新政策已经出台,政府设立了清华学堂,只有清华学堂的毕业生方能获得官费赴美的资格。事情到了这一步,已无余资购得一张去日本的船票,他也只得留在北京谋食了。

因着这段因经济上的困顿而带来的狼狈不堪的日子,整个青年时代,张嘉璈的心绪总是笼罩在某种阴郁的气氛中。清苦的留学生活中,受一个爱好周易的同学影响,他迷上了卜卦。受现代教育多年,却要从这种玄学中找慰藉,正可见出这个年轻人对自身命运的迷茫。他的手气不太好,抽中的总是蹇卦。易经上说,"蹇,难也,险在前也",其上卦为坎,坎为险,下卦为艮,艮为山,险阻在前,正是蹇卦的卦象。他接受了这种暗示,认为自己的一生将是坎坷多难的。

就像张君劢日后所说,出生于19世纪末的这一代知识人,按其所受教育,大概不出两类,一类是纯粹读"四书五经",从旧式的书院或科举陶冶出来;一类是从近代新式教育的小学、中学、大学出身。这使得清末和民国初年的知识界对于学问有一种普遍风气,求学问不是以学问为终生之业,不是为了在国际杂志上多发表几篇论文,而是为了达到自强和救国的目的。而他们对自身在道德和操守方面的要求,都温和虔敬,尊崇德性,严格遵循着儒家的义利标准。

张氏兄弟的学历,介于张君劢所说的两类人之间:十三四岁前后,在旧书院读"四书五经",又曾在中国早期的西式学校内学习英文、数学、化学和地理;20岁左右,在世纪初的留学大潮中,开始了与现代思想和学术的正面接触。这使得他们的知识人格呈现出特有的混合色彩。

三、一生襟抱从此开

在北京的最初日子里,张嘉璈经朋友介绍,进《国民日报》社做了一名译员,翻译路透社电文,兼带每两天撰写一篇社论,每月薪资30银圆。这笔薪资已够一个年轻人养家之用,于是,5月他回上海举行了婚礼,新娘名叫陈兰钧。这桩婚姻显然出于媒妁之约。业师唐文治此时已投身教育界,担任上海实业学堂(上海交通大学前身)监督,应邀做了他们的证婚人。原配妻子后来为他生下了九个儿子和两个女儿。①

不久,邮传部拟创办《交通官报》,需要一名富有新知识、笔墨功夫好的留学生任总编辑,张嘉璈应聘成功。

此时的邮传部,乃一全国瞩目的新政机关,规模宏大,经费充足,部内还特置图书室,以供研究。就在他担任官报总编辑不久,游美学务处考选第一批 50 名留学生赴美,他因已有固定职务,权衡之后就未参加考试。而一直想去欧洲的张君劢,终于在 1913 年初取道西伯利亚前往德国,入柏林大学攻读政治学博士。

《交通官报》总编辑的月薪为银币 150 元,收入是第一家报馆工作时的 5 倍。虽然待遇优渥,但张嘉璈总觉得做报纸总编辑虽极忙碌,终不免纸上谈兵,闭门造车,于实务殊属隔阂,总想着有个更合适的位置施己所长。1910 年 7 月,就在他任职六个月后,徐世昌卸任邮传部尚书职,由留美幼童出身的唐绍仪继任,以盛宣怀为右侍郎。该部路政司长官深悉张嘉璈志趣及所学专长,知道他并非不安于现状而是欲有所表现,把他改委在路政司办事,以便派赴各路实地考察。成立于 1906 年的邮传部毕竟是新政机构,除专办航、邮、路、电四政外,还帮办度支部币制事宜。到路政司不久,这个年轻人就得到了在金融界一露峥嵘的机会。

1910 年 9 月爆发的"橡胶股票风潮"中,上海富商严义彬创办的"源丰盛"银号及 17 家分号全线倒闭,市面吃紧,交通银行总经理李经楚族人所经营的"义善源"银号也被累及,面临停业。李经楚是大名鼎鼎的李鸿章的侄子,以邮传部右丞的身份出任交通银行总经理后,与沪

---

① 姚崧龄撰《张公权先生年谱初稿》时,就谱主家属及后代情形,曾向张嘉璈本人函询,载为六子二女。六子为:庆元、国亨、国利、国贞、国魁、国星;二女为:国钧、国兰。谱成之时(1979 年秋天),庆元、国亨已去世。经向张嘉璈孙张邦华先生查证,为九子二女。长子张劳度,次子张庆元,三子张国亨,四子名未详,五子张国利,六子张国贞,七子张国魁,八子张国星,九子张国井;长女张国钧,二女张国兰。均为原配陈夫人兰钧所出。

行总办李云书上下其手,套用该行大量资金用于经营家族企业"义善源"银号。最兴盛时,"义善源"有支号24家,遍布全国,且是当时最早经营外汇兑换业务的一家银号。此次风潮中倒闭的"源丰盛"正是与之有密切往来的36家钱庄中的一家。李经楚自恃是交通银行头面人物,大权在手,无人监管,公私不分,平素"义善源"银号一遇到资金周转困难,就大笔一挥"划××万与义善源",致使交通银行也受到此次风潮拖累。盛宣怀早就想控制交通银行,得此良机,自是极力鼓动查账,同时让邮传部向各地派出清理小组,接收抵押品,以便变现抵欠。22岁的路政司属员张嘉璈作为清理小组成员,即被派往江苏南通。

清理小组负责人单某,系一油滑官僚,想把接收的抵押品廉价出售,从中赚取佣金,和亲信私分。张嘉璈闻知这个消息,既惊且怒,急电部里派能员前来监视,终于使官家免遭损失。

"义善源"银号山穷水尽,最终以1400万两的负债破产,连带着交通银行的信用也发生危机,此次风潮过后,坊间都不敢使用交通银行的钞票。李经楚为保住在交通银行的地位,田契抵偿,变卖首饰,还是缴不上交行280余万两的押款银,不得不引咎辞职。新任邮传部尚书盛宣怀还免去了他同样不满的梁士诒的铁路总局局长职务和交通银行帮办差事。他还要继续清算李经楚,死去多年的李鸿章生前布下的关系网起了作用,李经楚最后免予处分,调任他位。

如果不是接下来帝国倾覆,张嘉璈这个年轻人很可能会在邮传部获得升迁。自1911年5月起,新任邮传部尚书盛宣怀被铁路国有政策牵去大半精力,已很少注意包括张嘉璈在内的部里的年轻一代。5月,盛宣怀颁布新的铁路政策,规定干线归国有,支线仍准商民量力斟行,与英、美、德、法四国银行团订立借款合同后,收回粤川境内民办之案,引起川人剧烈反弹,中央处置乏力,地方昏招迭出,再加上革命党人和地方绅商、秘密组织合力施为,终致酿成惊天巨变。张嘉璈在部里目睹种种情形,深感帝国的根基已从根底朽烂。10月,武昌革命军起事的消息传入京中,盛宣怀被作为替罪羊推出,遭资政院奏劾违法私、贻误大局,而南方各省,亦纷纷光复。这一切发生的时候,张嘉璈已不在北京,他带着新婚不久的妻子回到了上海。

上海不久就光复了,他与友人诸青来、杨景斌等发起了一个政治团体"国民协进会",邀唐绍仪、温宗尧、吴鼎昌等参加,作为参政的准备。因经费支绌,难以维持,这个团体后来与汤化龙领导的共和促进讨论会等组织共组为"民主党"。他还计划通过选举参与到地方自治中去,并拟订出了先竞选省议员、再进入参议院的方案。但他很快就发现,参加竞选必须家资雄厚,到处挥霍应酬,方能占到优势,自己一个留学新进,且乏财力,要选上去除非出现奇迹,也就放弃了。

1912 年 7 月,朱瑞继蒋尊簋出任浙江都督,应朱氏之邀,张嘉璈担任过一段时间都督府秘书。从这年夏天到翌年年底,一年半时间,张嘉璈往来京、沪、杭之间,驱使着这个年轻人的是政治上的某种热望。据他自称,借着代表朱瑞赴北京向中央政府接洽军政要务之机,他与袁世凯有过数次单独见面。"他的相貌很有意思,上身很长,腿很短,很矮。"他很钦佩袁身上其他旧官僚所没有的风度,"眼光如炬,精神饱满"。但袁对国会颐指气使,让他觉得这个人完全没有现代政治常识,只能算个旧人。张嘉璈自己说,这个时期他还担任过参议院秘书长一职,但据现有的史料看,他更可能担任的是梁氏进步党在国会党团的执行干事。

1913 年 3 月,宋教仁在上海北火车站被刺身亡。宋案真相扑朔迷离,当时就有各种版本,但不管哪个版本,都改变不了这样一个冰冷的事实:宋一死,政党内阁的政治理想已成泡影,曙色初现的国家坠入了一个拉山头、比拳头的军阀时代。张嘉璈这个小干事,本已加入民主、共和、统一三党合并的进步党,与王家襄、黄远庸、梁善济、吴鼎昌、汪荣宝诸人,分任法制、财政、外交、军政、庶务、文牍、会计、交际、地方等组主任,然而刺宋案迷雾重重,使他对政治前途产生了悲观。再加上浙江方面推举他为政治会议的代表,审查中却以年龄不符而落选,此时的他,已认识到政治非自己所长,想要改换门庭。更关键的是,因为梁启超的关系,他进入了汤睿这样的有力人物的视野。

在张嘉璈的眼里,梁启超实为系统介绍新知于古老中国的"第一人",于中国近代化的推动,功绩非凡。他和嘉森一样,也服膺于任公常带排山倒海般情感的那支风雷巨笔。因嘉森的介绍,他在日本时就参加了梁启超那一派的活动。

来自广东番禺的汤睿①,幼时与梁启超同学于万木草堂,是康有为的忠实信徒,戊戌后,间关海外,相从十余年。后来,唐才常在汉口起事,汤睿来往港沪间策划,事败后留学日本,习财政金融。② 1913 年 9 月,汤睿被任命为前一年刚由大清银行改组的中国银行总裁一职,对于中行组织与业务,颇思加以整顿,从梁启超处知道张嘉璈留日期间精研财政经济,对于现代各国银行制度更是熟习于心,早有延致之意。

机会说来就来。中国银行上海分行经理项馨升任副总裁,副经理宋汉章升经理,对于空出来的沪行副经理遗缺,汤睿力邀张嘉璈担任。

张嘉璈自述这一人生重要转机:"汤先生邀我加入中国银行,希望我能运用新的学识与技术,将上海分行营业及管理加以改进,使之日趋现代化。不独可以为其他分行树立模范,且足以与列强在上海所设资力雄厚、历史悠久之银行相竞争。我本人亦以个性不宜于政治活动,而对于发展国民经济,则素抱宏愿,故欣然接受,于岁底赴沪就职。"

对于从政治热望的扑空到转向金融,到了晚年,他还记念着梁启超的点拨之功:"我回国的时候,中国的国会正在闹事,我由梁启超先生的介绍,去当参议院的秘书长。一段时间后,袁世凯因为怀恨国民党的国会议员,解散国会。我看清楚了政治的复杂,知道自己的个性并不适宜从政。既在日本学经济,何不回到自己的本行,贡献所学。梁任公当币制局总裁,他的好友汤睿当中国银行总裁,他来问我,是否愿到上海中国银行当副经理,我随即答应,并旋即到任。"③

熟悉中国金融史的人都知道,在近代华资银行中,中国银行的地位无可撼动。这家银行的前身,乃是开张于 1904 年的户部银行(四年后

----

① 汤睿(1878—1916),字觉顿,室名勉益居。祖籍浙江诸暨,因其父一直在广东做官,故又称广东番禺人。1894 年入万木草堂,从康有为学。据蒋贵麟《康南海先生弟子考略》,介绍汤入草堂的即梁启超。1913 年任财政部顾问、中国银行总裁。

② 梁启超:《番禺汤公略传》,《梁启超全集》第五册,北京出版社,1999 年版。

③ 《张公权先生自述往事答客问》,《传记文学》,第 30 卷第 2 期。

更名大清银行）。1912 年中华民国南京临时政府成立后，由上海金融界的元老级人物吴鼎昌、叶景葵、宋汉章等备文呈请临时大总统改设，开业地点即上海汉口路 3 号（现 50 号）原大清银行旧址。在这之前的几十年，都是丽如银行、汇丰银行这样的外资银行垄断着中国的金融业。它的出现，使一直被列强扼住的中国财政经济的咽喉稍稍得以松动。因其系官商合股（开办之初，在原有官股五百万两、商股五百万两基础上，又新招五百万两新股），虽专事办理政府的财税国库汇兑等事宜，却又与一般所谓的中央银行有所区别。袁世凯接任大总统职后，以北京为总行所在，把原已在上海成立的中国银行改为上海分行。政府说这么做的意图是体现南北统一，实际上也是当时政治力量北长南消在金融界的一个投影。

一个熟习现代财政货币的年轻人，由于政治热望的一次次扑空，开始变得务实。他的知识之树需要扎根，终于觅得了一片沃土。他的一生襟抱，将要由此开启。

第二章 抗 命

一、黄金年代

张嘉璈加入中国银行上海分行时,任分行经理的上司宋汉章是浙江余姚人,另一个任营业部主任的胡稚芗也是余姚人。余姚一隅,地处宁绍中央,乃大儒王阳明、黄宗羲出生地,经世学风所及,再加上近世商风渲染,赴上海经商者,所在多有,宋、胡即其中佼佼者。

宋汉章"静穆寡言",张嘉璈很少有与之交流的机会,但他与胡稚芗却处得很好。胡曾任上海钱庄经理,于钱业历史、各庄号内容,及其营业手续,颇为熟习,张嘉璈公务之暇与之谈论市面情况,增加知识不少,两人可称莫逆。胡稚芗后来升任中行上海分行副经理,可惜英年早逝。1920 年 6 月,在北京担任中国银行副总裁的张嘉璈乘宁绍轮从沪至甬,在中行宁波分行陈南琴的陪同下,乘车赴余姚,展谒胡君之墓,谒毕又匆匆回沪,足见同人情谊。时有媒体评述道:"胡君系张君契交,张君此次不远千里端为谒墓而来,亦可见情深生死矣。"[1]

宋汉章也有许多让他钦佩之处:低调、内敛、节俭、肯负责。最让他服气的,是宋汉章为人硬气,不徇私,对于那些以政治压力或个人情面商借款项的,宋一概予以拒绝。

汤睿任中国银行总裁实不到一年。1914 年 7 月,汤睿辞职,萨福懋继任。财政总长周自齐呈请政府,将中国银行改由财政部直辖。

---

[1] 《中行总裁来甬》,《时事公报》1920 年 6 月 20 日。

这一改动,将国家财政与金融系统混而为一,把中国银行视同财政部附属机关,使之丧失了本应具备的超然独立的中央银行地位,张嘉璈颇感不怿。但一个 26 岁的年轻人,入行未久,资历尚浅,根本无法予以纠正。

他也很不适应银行界那种冰冷、疏懒的老爷习气。中国银行系户部银行、大清银行转型而来,初期在人事上沿袭清末官督商办的作风,高层行员不乏官宦背景,会计、主簿、司库等技术人员则大量来自票号、盐行及各省督抚的幕府。各地各行的营业处,铜柱环绕,冷冷冰冰,门警森严,有如官厅。而经理、襄理们的主要工作,也都是周旋于官场,或对付需索,或一起闷声发财,从不会考虑升斗小民的利益。

他努力使之有所改观:

> 我毕业于庆应大学银行理财专科,于欧美、日本金融组织、银行原理,虽极了解,惟求明了实际银行业务,尝于分内职务处理完毕之后,辄检阅前大清银行所存旧档,及过去两年间上海分行与总行及联行往来函牍。复向各部主管人员详询处理职务经验,记入手册,以与所知欧美日本银行一般实施相比较,借资改进。行方原有之优良风尚,如崇尚节约,慎重开支,公私分明,操守谨饬,负责守时,非将当日应办公事办毕,不得离行等,我除以身作则,力予助长,表率同人外,而于采用西式簿记,注意对顾客服务,加强人事管理,擢用才俊之士等,凡足以促进行务日趋现代化之措施,靡不竭力推动,使其实现。①

当时中国银行资本微薄,上海分行资产仅有汉口路行屋一座及苏州河堆栈一所,银行信誉尚未确立,吸引存款一时不易。张嘉璈与宋汉章详加考虑后,认为推广营业,应从买卖银圆入手。因为上海的外国银行及钱庄只对银圆存款付给利息,中行正可利用银圆存款付息办法,吸

---

① 《张公权先生年谱初稿》上册,第 15 页。

收存款。由于上海分行钞票发行逐渐增加,提供准备之银圆亦随之增加,再加上当年2月政府公布国币条例,中国、交通两行受造币总厂委托,收回旧币,铸造新币,上海分行一面有大宗银币来源,供给市面,一面可向市面吸收过剩银圆,补充发行准备。上海分行地位因之提高,对市面洋厘涨落可随时予以调节,也促进了其他行务的发展。

此时正当20世纪第二个十年中期,欧战方盛,列强无暇东顾,中国本土的实业和金融业得着这一休养生息之机,竟也蓬勃生长开了。肇始于甲午战败的中国的自由资本主义,至此迎来了一个长达十余年的"黄金时代"。如果说此前中国的金融中心在北京,那么自此以后,作为财富荟萃之区的上海已取而代之。银行家们如过江之鲫会集上海,他们的遇合故事,创造着上海的财富神话。

至1915年,在上海租界区区一隅之地开设的中国公私银行(含总行或分支机构)计有中国银行、交通银行、中国通商银行、中华商业储蓄银行、新华储蓄银行、四明银行、聚兴诚银行、盐业银行,以及各省银行十余家。这实有赖世风渐移,民主政治、国家主义、工业化三大潮流日趋蓬勃,同时学习财政金融的海归学生越来越多,而在一般新企业中,也都认为兴办银行风险最小,下野政客和退休官员也急着把手中积蓄转向新的投资途径。

但新式商业银行这个婴儿甫一落地,就落入了两种劲敌的包围之中。这两支劲敌,一为洋商银行,一为传统钱庄。其时,租界内的外商银行,计有美国的花旗、菲律宾、汇兴,英国的汇丰、麦加利、有利,法国的东方汇理、中法实业,日本的正金、台湾、朝鲜、三井、三菱、住友,德国的德华,荷兰的荷兰、安达,俄国的道胜,比利时的华比等19家。而开中国近代金融之先河的钱庄业,也自根深蒂固,已由1912年的28家,发展到1915年初的49家,其中的永丰、福康、顺康等老庄号,更是具有相当实力。在这两支劲敌的包围、侵蚀下,要办好中国自己的新式银行,良非易易。新一代的银行家们都在寻求同道,嘤其鸣矣,求其友声,他们要把一整个精英人群的力量聚合到一起,发出自己的声音。张嘉璈日后回忆,他与李铭、陈光甫、钱新之等江浙银行家年轻一代中的翘楚结成莫逆之交,就在 1915 年前后,他在上海初入金融界之时。

每年新正,上海金融界例有春宴,参加人物多有外商银行华人经理(通称买办),有各钱庄经理(俗称"档手"),也有沪上各新设银行的正副经理。1915 年的春宴,张嘉璈是到上海后第一次参加,因系新进,对于与宴各人,非所熟稔,触眼都是陌生面孔,周旋其间,颇感孤寂。看到同席有一身材颀长的青年,神情也是落落寡合,一搭话,才知是新近从杭州来沪的浙江地方实业银行副经理李铭(字馥荪)。两人竟夕交谈,颇觉投缘,竟成终生同志。

李铭是绍兴人,绍兴人那种尚实、精细、不讲排场的脾性也深入了他的骨髓。李铭祖上三代经营钱庄,亦属殷实人家。晚清时,宁绍商帮执上海滩钱庄业牛耳垂数十年,李家的生意一度做得很大。19 世纪末叶上海骤发的橡胶风潮,致使宁绍数十家钱庄遭受打击,李家也不例外,仅余股本二三万两。从那时起,李父就着意要把儿子培养成一个现代银行家。

李父把李铭送进当地有名的私塾念书,后来又入美国浸礼会中学。1905 年,李铭东渡扶桑,进山口高等商业学校攻读银行学专业(日后银行界的中坚人物徐寄庼、陈朵如等都是他那时候的同学),毕业后,又入横滨正金银行实习。回国后,深得光复后浙江政坛的一号人物、军政府都督汤寿潜赏识,奉派接收官商合营的浙江银行。当时总经理一职由朱葆三担任,李铭担任总协理,但李铭不满于官股一股独大的地位和政府对行务屡屡插手干预,认为外商银行云集的上海滩才是银行家一展宏图的舞台,遂放弃杭州总行总协理席位,出任刚刚创设不久的浙江地方实业银行上海分行副经理一职。①

在热情、朝气、充满活力的李铭介绍下,张嘉璈还结识了浙江兴业

---

① 浙江地方实业银行前身系创设于 1908 年的浙江官银号,辛亥革命后改名为中华民国浙江银行,后改组为官商合办的浙江地方实业银行。官股商股拆分后,成为纯粹商办的浙江实业银行和省办的浙江地方银行。

银行董事长叶景葵(字揆初,号卷庵),及该行常务董事、第一大股东蒋鸿林(字抑厄)。"浙兴"的前身是浙路银行,四年前开办时,由全浙商办铁路公司认股50万元,另招个人股份50万元,不久前刚把总行从杭州迁来上海。

叶景葵和蒋鸿林是浙江余杭同乡。叶是光绪癸卯科进士,未曾留学国外,却"博览译书,富有欧美日本财经知识",曾为东三省总督赵尔巽幕僚,担任过东北财政总局会办等要职,任大清银行监督时,还拔擢过宋汉章、吴鼎昌等人。值得一提的是,叶景葵还是个庋藏甚丰的藏书家,日后与好友张元济、陈陶遗等人合作,在上海长乐路创立了私立合众图书馆。蒋"家资丰饶,生性通敏,虽未尝领受新式银行教育,对于银行经营,善能迎接潮流"。叶、蒋二君,其时方四十出头,在一班新进的银行家眼里已算是老人,但在张嘉璈看来,他们都是"融贯新旧、富有学识之人物"。

这个社交圈滚雪球一样扩大了。1915年3月,经朋友杨廷栋介绍,张嘉璈结识了大他8岁的陈光甫(本名辉德,字光甫)。这位日后被称作"中国的摩根"的银行家,江苏镇江人氏,刚刚在美国宾夕法尼亚大学沃顿商学院获得经济学学士学位,不久前因与上司江苏都督张勋冲突,离开了官办的江苏银行——因为这个颟顸的都督大人竟然向银行索要所有存户姓名及资料。他们刚认识时,陈光甫正在他岳父景维行——一个做茶业生意的广东商人——和镇江帮钱庄主们支持下,为创办一家纯私人的商业银行做准备。日后,谁也不会想到,陈光甫在宁波路9号的石库门房子里开出的被称作"小小银行"的上海商业储蓄银行,竟会与浙江兴业银行、浙江地方实业银行鼎足而三,成为"南三行"的翘楚。

同年8月,与老资格的同盟会员、耶鲁大学博士王正廷合作经营一家转运公司的浙江吴兴人钱永铭(字新之),也经人介绍加入了进来。他是天津北洋大学毕业的,官费留日,学的是财经和银行学。再后来加入的,是刚刚取得英国伯明翰大学理学学士和维多利亚大学商科学士学位的徐新六。此人是著名学者徐珂之子,刚回国不久,在北京参加高等文官考试,以第一名被录取,分发到财政部公债司任金事。日后,他将担任叶景葵的助手,出任兴业银行总经理,并以"学者银行家"之名为世人所知。

到年底,张嘉璈按捺不住兴奋地说:"一年之中,得结识如许金融界新人物,私衷极感兴奋。"与陈光甫的相识经过,张嘉璈自述"彼此倾倒":

> 陈君光甫,宣统元年留美毕业返国,任职江苏财政清理处。辛亥革命时,江苏都督程德全委任为江苏省银行监督,后称总经理。民国三年,因抗拒江苏都督张勋指令江苏省银行查报存户姓名,辞职。经由杨君廷栋之介绍,得识陈君。接谈之后,彼此倾倒。时陈君组织一转运公司,极愿推动中国、交通两银行发展铁路押汇业务,因特向北京总行推介,于五月中旬,发表其为中行顾问。①

1915 年 6 月,陈光甫以十万元资本创办上海商业储蓄银行,张嘉璈和李铭等一众朋友,都着力协助这家"小小银行"开业。上海商业储蓄银行第二次增资时,张嘉璈征得宋汉章同意,由中行上海分行在这家新开办的银行开设同业往来户头,"堆花"五万元,这笔款项日久未动,以示同业支援。日后,两行成为关系密切的"友行","咸以服务社会,发展国民经济为职志,在银行界居领导地位"。陈光甫的上海商业储蓄银行、叶景葵的浙江兴业银行、李铭的浙江地方实业银行(上海分行),保持着同进共退的默契步调,世人皆以"南三行"目之,其实力,足与金城、盐业、大陆、中南"北四行"相颉颃。

官股与商股之争,一直是这班新进银行家最为纠结之事,从有新式银行起,他们就无可避免地落入到了权力与市场的夹缝中。即以李铭供职的浙江地方实业银行而言,官股一直希望将该银行改造为省级地方银行,而商股则一心追求利润最大化,力图将该银行发展为商业银

---

① 《张公权先生年谱初稿》上册,第18—19 页。

行,两股绳总拧不到一起去。日后,在李铭参与努力下,官商股双方终于达成分股协议,将浙江地方实业银行拆解,分别成立官办的浙江地方银行和商办的浙江实业银行,李铭出任浙江实业银行总经理。中国银行虽有中央银行之实,但自从周自齐将之收归财政部直辖后,也时时遭受政治压力,好在李士伟上台任总裁后,为推行纸币,统一各省发行,政府权衡之下,终于把中行与财政部解绑了。

　　这些上海新式银行家,大多都有留学背景,张嘉璈、李铭、钱新之留日,陈光甫留美,徐新六留欧。蒋抑卮与叶景葵虽没留过学,也是服膺西方知识和新技术的新旧贯通之士。他们在金融财政方面有着几乎相同的知识背景,又都致力于使银行摆脱国家资本,实行商业化,相同的志趣使得他们经常聚在一起。一个松散的银行家午餐会应运而生,开始不过是吃饭、喝酒,也借以探讨时局,交换金融信息,到后来,午餐会成了沪上银行家们的一个常例,时间固定安排在星期五中午,地点也基本固定在宁波路陈光甫的上海商业储蓄银行的那几间石库门房子里。

　　开始参加的正副经理多来自中国、交通、浙江兴业、浙江地方实业、上海商业储蓄、新华储蓄及盐业等七家,此外如中国通商、四明、中华商业储蓄、江苏省银行等,虽未尝参加聚餐会,无形中受新思潮之浸润,每遇同业共同问题,也常能采取一致步骤,合作解决。此几家银行凭借各自财力,彼此为对方开立同业往来户头,遂形成你中有我、我中有你、一损俱损、一荣皆荣的金融托拉斯,张嘉璈、陈光甫、李铭、钱新之四人更是成为年轻一代江浙银行家之翘楚。日后的上海银行公会,正是由"星五聚餐会"发展延续而成。有过报人生涯经历、有着办报癖好的张嘉璈还准备编辑发行一份《银行周报》,本已筹备停当,不想第二年发生停兑风潮,只得延期。

　　这些新式银行家,他们的梦想和野心,是本着现代意识、进取精神和民族主义热情,服务社会、辅助工商,建立外部化的、不依赖于政府的独立的金融市场,并建立进行金融交易、执行金融契约必不可少的制度基础,最终推动商业现代化,乃至整个近代中国的社会转型。这是这一代银行家的魂魄所寄,也是他们的担当。

在上海金融界声名卓著的徐寄庼,曾评介午餐会时期的上海银行家们,开创了一个"精神结合时代"。① 正因为有着形神归一的结合,在联手抗拒北洋政府的"停兑令"时,上海的银行家们才能够同进共退。

二、一个老派银行家

当张嘉璈和一班新进的银行家朋友每周五例行聚餐时,他的顶头上司、被人称作"宋大班"②的宋汉章几乎从不参加。宋汉章没有那帮穿西装的年轻银行家们出国留学的令人艳羡的经历,行事做派和他们全然不同。他身量不高而敦实,长着一张令人放心的圆脸,由于长年伏案,近视度数很高,即便戴着眼镜,也时常眯缝着眼。他的发型,常年理一个农民式的板刷头,头发根根笔立,没有一根服帖。他年岁长张嘉璈他们一截,沉默寡言,初接之下,让人很难亲近,但上海银、钱两业,只要一说起宋大班,全都肃然起敬。

这个老派银行家喜着长衫罩袍,很少穿西服,饮食口味上偏爱宁波海鲜,不喜咖啡西餐。偶尔改穿西服,也都是国货的质料。在家人亲友面前,也时常说国货的好,中行合作引进的南通土布,他就介绍出去不少生意。有一次他看见朋友汪楞伯穿了一套振兴厂国货米色雪花呢的西服,立即也要置办一件,无奈该厂货色,所出不多,厂经理把自己留着的几码样子卖给了他。他又找出卞白眉送他的天津海京公司出产的一件国货西服料,交给一个红帮裁缝去做。那个裁缝想要讨好他,配上了一个漂亮的洋货夹里,他一看,很不高兴,非要改,还亲自跑到中行别业内合作社去,选购了一种国货夹里,让那个裁缝重新缝制。

"宋大班"的节俭是出了名的,小报记者都拿来当笑话讲。说有一天,一个朋友去访他,一个女人来开门,那朋友随口问道,你家老爷在家

① 徐寄庼:《希望民国十年之银行公会》。
② 当时上海中国银行由于宋氏的主持,以外滩银行地位参加了外商银行同业公会,得以与外商银行同道竞业,外商银行的经理叫大班,故称宋汉章为"宋大班"。

吗？女人答：我家并没有老爷。原来，那位开门的就是宋太太，她是躬操井臼，亲自操持家务的，家里没有娘姨用人，自然也就没有老爷了。

还有一则故事，说的是20世纪50年代初，他到了香港后，香港的夏天特别热，他又不舍得装空调，为了消暑，就到街对面一家中国银行支行去吹空调，行员都不识得，这个耳聋得厉害的大爷，竟然是本行元老级的人物。

他是一个盐商和木材商人的后代，老家在余姚城西十里外一个叫浒塘朗厦的村庄。其父与经办上海电报局的绅商经元善相善，到局赴任，举家迁沪，他才有机会入读美国传教士林乐知创办的上海中西书院，学籍注册的名字是宋鲁。书院毕业，即入上海电报局担任会计。其间，他不安于位，曾考入江海关，在宁波工作过几年，但不久即辞去海关职务重入电报局。1900年，慈禧谋废光绪，热心维新改良的电报局总办经元善联会旅沪绅商和同情维新的人士，通电总署代奏，反对废立。1200余人的联名签署名单中，章炳麟、唐才常、经亨颐等名流赫然在列，年近而立的宋鲁因参与电文译传，也列名其中，以致遭当局追捕，南逃香港、澳门。跟着经元善过了一段颠沛流离的日子后，他改名汉章，重返内地。经元善花了大笔钱财帮他疏通，再加之电报局事发时他确实年小，当局也就不再追究。

经元善在上海地面人脉颇广，把他安排进了三年前开张的中国通商银行，也就是由洋务重臣盛宣怀发起成立的第一家华资银行。宋汉章在通商银行担任跑楼一职，兼任华洋两个账房的翻译，很快通晓了西式银行的管理制度和本土旧式钱庄的经营，多次被派到天津、香港等分行查账。某次，宋去香港处理通商银行的一笔呆账，与度支部派赴香港的要员陈陶遗结识，引为知己。翌年，度支部出资库平银10万两创办的北京储蓄银行开张时，陈陶遗推荐了宋，北上出任经理一职。① 叶景葵任大清银行监督时，看中他的才干，把他挖了过去，出任上海分行经理，主持大清银行上海分行的清理工作。

---

① 有关宋汉章生平的叙述，参见孙善根著《金融翘楚宋汉章》，中国社会科学出版社，2011年版。

自从 1904 年(光绪三十年)奕劻上奏试办户部银行,至 1908 年,中国历史上第一家国家银行户部银行,已正式定名大清银行,股本总额 1000 万两(其中官方认购半数),在各省省会和通商口岸设分支机构 30 处,成为清帝国规模最大的一家银行。户部银行上海分行设立后,业务以代理金库为主、发行为辅,也兼办存放款、贴现、汇兑等商业银行业务,发展甚为稳健,但在放款方面也有不少亏累。宋汉章到任后,积极整顿,成效颇著,旧款渐次结清,新放各款也稳实妥当,总行监督特为宋加月薪数十两。①

辛亥革命后,清帝国陷于四面楚歌,大清银行总行及各分支机构纷纷歇业,正副监督叶景葵、陈锦涛也已弃职南下,唯有上海分行因地处租界,又有造币厂部分存款可用,勉强维持。上海光复后,革命党人指大清银行为官办银行,欲加以接收,为保全商本,宋汉章与叶景葵、项藻馨(时任总行秘书)、吴鼎昌(时任江西分行总办)等人发起成立大清银行商股联合会,选出代表与军政府交涉,一再声明该行营业多年,纯乎商办性质。

1911 年底,孙中山自海外归,经香港抵上海,旋于 1912 年 1 月 1 日宣誓就职中华民国临时大总统,陈锦涛就任临时政府财政总长。对此时的新政府来说,没有比建立一个中央银行更紧迫的事了。陈锦涛常驻上海,在汉口路 3 号(今 50 号)大清银行楼上日夜谋划此事。旋经南北方商股酝酿筹划,商股联合会正式上书大总统,将原有之大清银行改定名称,重新组织,作为新政府中央银行,致大总统的呈件也刊登在了《申报》上。知者咸谓,若能成功转型,不费任何手续成一完全巩固之中央银行,不止可收事半功倍之效,更体新政府保商恤民之意——"借以维持信用于将来"。

　　为呈请事。窃维百政繁兴胥赖财政,财力发展端赖金融,矧新

---

①　《大清银行始末记》,中国货币史银行史丛书编委会编,《中国货币史银行史卷》,第 3 册,书目文献出版社,1996 年版。

政府建立伊始,军需孔亟,财政萌芽,不得不以发行军用钞票、募集公债两项为急,则治标之计斯不能不有完全巩固之金融机关维系其间,此中央银行之敷设,诚为目前唯一急务已。中国从前财政紊乱,悉听商家自为风气,中央无建设之银行。自大清银行开办后,官商资本各500万两,总分行号推行50余处,基础雄厚,满清政府承认为中央银行,授以发行纸币特权,许以经理国库暨发行公债事务,外国公使有询及者,度支部以确系中央银行相答复,且于现在发行之钞票由国家名义为之担保。股东等有鉴于此,以大清银行享种种特别之权利,故不惜踊跃附股,辗转购买,争相投资。今者,民国维新,而商民固有之权利自未可稍加损失,应请就原有之大清银行改定名称,重新组织,作为新政府中央银行,匪徒收事半功倍之效,抑实寓保商恤民之意。何者?盖自武昌起义以后,黎副总统照会各国领事,暨大总统誓词内均声明:满清政府与各友邦缔结条约,所有外人已得权利,新政府概继续承认。是对之外人既昭示以大信,对之本国商民已得之权利更无不继续承认之理。股东等连日开会集议,全体请求,拟一面停止大清银行贸易,实行清理,其原有之官股500万两即行消灭,备抵此次战争地点各行所受之损失及一切之滥账;一面组织中国银行,以大清银行房屋生财等项统归接收应用,股东等原有之大清银行股份500万两仍承认为中国银行股份,照票面价额换给股票作为旧股,另再加招商股500万两,以一半由旧股东担任购买,以一半普遍招商承买,新股所派余利,应比旧股略示优异,其利益之如何分配,应俟新政府派员合同股东协定;此股东等筹议之大概情形也。伏查大清银行改设中国银行,本旨在使一方面不费手续成一完全巩固之中央银行,一方面对于商本不使略有损失,借以维持信用于将来。凡未经改设以前,所有债权债务作为旧账,另设机关专任清理;凡既经改设以后,所有营业务求坚实不拔、根深蒂固,合于中央银行性质而后已。截然两概,丝毫不容含混,庶乎利国利民,财政于以余裕已。谨拟办法大纲数则,录呈钧鉴,伏乞大总统俯准,批示施行,实为公便。谨呈。

大清银行截至旧历十二月三十日为止,各行一律停止营业,实行清理,所有清理办法大纲如左:

一、另设清理机关,附属于中国银行内,所有簿据均应另置,划分界限。

二、各处民军所取之现款账款暨生财等项,应请新政府照数发给公债票,以恤商艰。其取去簿据,由新政府电饬各省都督一律发还,俾资清理。

三、收取旧欠,新政府应担任保护,以重商本。

四、清理后如有损失,应以满清政府官股 500 万两消灭备抵。

五、本银行商股 500 万两一律改为中国银行股本,定期另换股票。

六、本银行行产、生财等项,由中国银行接收应用。

中国银行自旧历壬子年正月初一日实行开办,谨拟办法大纲如左:

一、本银行由新政府承认为中央银行,应订章程由财政总长派员协同股东商定。

二、本银行专招商股,推开办时可先由新政府酌拨公款若干协助,俟股份招齐即行拨还。

三、本银行自旧历十二月中,财政部批准之日起,作为筹办期间,先由财政总长委任正副监督,会同大清银行股东代表筹办一切。①

孙文大总统同意所请,指示陈锦涛添招商股五百万两,以雄财力,同时发布吴鼎昌、薛颂瀛为正副监督。2 月 5 日,中国银行在上海汉口路大清银行旧址对外营业,同时举行成立大会。赞襄创办中国银行的宋汉章,被陈锦涛推荐担任上海中国银行经理一职。

《申报》刊载成立大会盛况云:

① 《大清银行商股联合会致大总统呈》,《申报》1912 年 1 月 28 日。

本月五号,中国银行开始营业,特于上午十时开茶话会,各界领袖、华侨代表暨股东,到者百余人,跄济一堂,共表祝忱。先由监督吴达诠君述开会辞,大致谓"满清政府惟一之金融机关,幸得南北股东之同意,财政总长之大力,今日改为民国惟一之金融机关,实最为可贺之事。将来招集股本,以雄财力,改良办法,以谋进步,中国银行之前途,必有希望"云云。次由财政总长陈澜生君演说,大致谓"满清之办理中央银行,有政治上种种不良之原因,故中央银行亦受其影响,未易改良。现在共和国体业已确定,本银行将来于统一纸币、办理国库两事,股东必得绝大利益,且外国人欲来购股者甚多,现均一律谢绝,惟愿我国民不可失此好机会"云云。(众鼓掌)次由股东代表何范之君演说,大致谓"本行成立以全体股东之一致,呈蒙大总统准行,并陈总长批示,使股东等得保有正当之权利,无任感谢。况政体改良,则因政府而得之一切结果,必臻完好。本银行适于此时成立,实有无穷之希望。又得陈王两部长、吴薛两监督提倡,发达有期,是以日来股票虽尚未发行,而询问购买者已争先恐后,是可见人心之信赖民国,渴望共和矣。成立以后,尤望部长、监督赞助维持,庶股东等于法定范围内,得享商业之利益,不第股东之幸,抑亦各商业之幸"云云。(众鼓掌)次由来宾代表通商交涉使温钦甫君宣言,大致谓"中央银行应有经收国家税课之职权,鄙人承乏交涉,前出陈总长委托,通告沪关税务司,将税款改归中国银行经收,是即统一财政之起点,兼为实行中央银行办法之基础。财政之学,鄙人虽罕所经验,而于中国则可预决其将来利益之在,实乐观厥成,并愿为之尽力,谅诸君亦皆有同情也"。(众复鼓掌)旋由吴达诠君致谢各界,宣告闭会。①

嗣后,北京总行正式开业,沪行行长由总行委派,项藻馨为经理,宋为副;等到项升任总行副总裁,宋汉章又上位为沪行经理。

---

① 《中国银行成立大会记》,《申报》1912 年 2 月 6 日。

但即便是宋汉章这样众望所孚又行事谨严的银行家,也难免遭受强权威迫。发生在 1912 年 3 月的臭名昭著的"小万柳堂事件",即是沪军都督陈其美因觊觎中行地位而策划的一次针对宋汉章的绑架行动,其目的是通过宋案搞臭中国银行,把上海中华银行(前身为上海信成银行)运作为中央银行,达到控制上海金融和财政大权的目的。

小万柳堂系晚清名士廉惠卿、吴芝瑛夫妇的一处私家花园,园内有垂柳数百株,风景绝佳,其地系越界筑路,属于租界势力范围。案情说来简单:陈其美屡次命宋筹饷,宋以中国银行系属官商合股,自己是个雇员不能做主,婉言拒绝。因银行设在租界,陈其美无可奈何,乃于沪西曹家渡路的小万柳堂设宴,诳宋前往,予以诱捕。此案最初由绍兴旅沪同乡会风闻消息,在《民立报》上向沪督抗议,军方承认事情的确是他们做下的,但起因却在于有王兴汉、陈聚二人告发宋氏,于民军光复上海之际,捏造假账,私吞巨款,又"恃租界为护符,抗不到案"。

宋汉章被拘的消息传遍沪上,中行临时监事会向袁世凯和孙文同时发去通电,中行监督吴鼎昌亦致电南北政要,要求促沪督释放宋汉章。临时政府司法总长伍廷芳更是认为此举践踏司法尊严,大违民主国家法治精神。陈其美虽多不痒,坚持派员彻查上海分行的全部账簿,以坐实宋汉章"捏造吞匿"的罪名。然从大清银行时代到民国,沪行账目繁多,又岂是一时能查完,迫于舆论压力,宋于关押 20 日后获保释。到南京临时政府结束,查账还在进行,再到沪军都督府裁撤,改为江苏都督行辕,陈其美自己也要出国了,仍是徒劳无功,宋案遂不了了之。

宋汉章无端遭人构陷,声誉被污,大感冤屈,甚至还向熊希龄(继陈锦涛为财政总长)、吴鼎昌提出辞呈。熊、吴知他自奉俭朴,脾气执拗,办事顶真,一番软语抚慰后,他还是留在了中行。

在宋汉章看来,银行代人理财,须对众多股东负责,银行发行钞票,便须如数兑现,而不能任由政府拉去垫款,办银行必须与政治保持距离,更不能为威权左右,这是办银行的底线。这是宋汉章第一次与当局政要发生冲突,由于他的有底线、讲原则,这样的冲突还会一次次发生。

三、上海勇士

"小万柳堂事件"过去四年后,这样的剧烈冲撞再度发生。这一次,宋汉章和张嘉璈跟北洋政府杠上了,他们联手抵制的是北洋政府的停兑令。

因袁世凯加紧复辟,1916年元旦,云南护国军政府成立,唐继尧誓师讨袁,政局动荡,上海市面形势紧张。及至3月后,广西、广东、浙江等省先后宣告独立,继广州中国银行发生提存风潮后,前中国银行总裁汤睿在广州海珠岛水上警署与龙济光洽谈北伐事时被刺身亡,更使局面大坏。闻知地方政府欲借款,广州中国银行关门,行员潜往香港躲避。

袁世凯政府为了以武力震慑西南,急需大笔军饷,而袁政府自"善后大借款"用罄后,财政紧张,入不敷出,再加上登基筹备费用浩繁,为了摆脱困境,便要求中国银行和交通银行两家发行兑换券,充作军费。军队不要纸币,只要现洋,怕引起哗变,政府便动用银行库存现银发给军队,引起两行现银库存大量下降。

交通银行总办梁士诒是袁世凯的总统府秘书长,为筹措帝制经费竭尽全力,在登基大典前已垫款4000多万元,中国银行也被迫垫出了1200多万元。钞票发行过多,银行信誉自然动摇,袁迫于压力撤销称帝后,中、交两行现金库存枯竭的消息已经传开,北方人心动摇,两行各地分行均发生挤兑,交通银行的情况尤为严重。当时发表孙宝琦为财政总长,新总长到任前,梁士诒实际负责一切财政调拨。为了稳住金融盘子,梁士诒献计将中国、交通两行合并,集中现金,并建议发行一种不兑现钞票。5月10日,财政部密电天津、上海、汉口中国、交通银行各分行移驻华界营业。同日,国务总理段祺瑞下达停兑令,勒令中、交两行已发纸币和应付款项,一律不准兑现与付现。

令称:

溯自欧战发生,金融停滞,商业凋散。近因国家多故,民生益慼,言念及此,实切隐忧。查各国当金融紧迫之时,国家银行纸币有暂时停止兑现及禁止提取银行现款之法,以资维持,俾现款可以保存,各业咸资周转,法良利溥,亟宜仿照办理。应由财政、交通两部转饬中国、交通两银行,自奉令之日起,所有该两行已发行之纸币及应付款项,暂时一律不准兑现付现。一俟大局定后,即行颁布院令,定期兑付,所存之准备现款,应责成该两行一律封存。至各省地方,应由各将军、都统、巡按使,凡有该两行分设机关,地方官务即酌拨军警监视该两行,不准私自违令兑现、付现;并严行弹压,禁止滋扰。如有官、商、军、民人等不收该两行纸币,或授受者自行低减折扣等情,应随时严行究办,依照《国币条例》第九条办理。一面与商会及该两行接洽,务期同心协力,一致进行。并饬该两行将所有已发行兑换券种类、数额克日详晰列表呈报财政部,以防滥发,仰各切实遵行。①

明知道段祺瑞此令是要截留现银,但身处皇城根下,中、交两行总行迫于压力,只得遵照执行。一些北方城市分行相继跟进,顿时引发金融市场一片恐慌和混乱,酿成时人谈之色变的"京钞风潮"。抢在停兑令正式发布前,消息灵通的官僚、政客先往提取现款,接着一般市民蜂拥而至,京、津、济南等北方城市均发生挤兑(以钞易银圆)。老百姓为保住一点血本,莫不"争先恐后,撞门攀墙,几乎不顾生死"。

5月11日清晨,北京总行转来国务院停兑钞票、止付存款的电令,宋、张二人接读后的心情,张嘉璈在自述中用"惊惶万分"四字形容之。是遵令还是不遵令? 如果全听政府的,那么辛辛苦苦积攒起来的一点信用将荡然无存。宋汉章和张嘉璈详细计议后认为,如遵照命令执行,"则中国之银行将从此信用扫地,永无恢复之望",因为银行兑换券一旦停兑,失信于持券人,等于卡了自己的脖子,今后想要再树信誉,就不那

① 中国银行总行、中国第二历史档案馆合编:《中国银行行史资料汇编(1912—1949)》上编,中国档案出版社,1991年版,第2653—2654页。

么容易了,"且中国整个金融组织亦将无由脱离外商银行之桎梏"。商议后,两人把财政部要求把银行迁往南市十六铺一带的密令扔在一边,决定拒绝执行停兑令。他们核算了一下库存现金准备,整个中行共发行兑换券 4000 多万元,上海分行发行的兑换券和活期存款为数不过千万,目前现金储备可支付发行钞票的六成以上,足敷数日兑现存付之需,应可平稳度过挤兑和提存风潮,即使钱不够,还有其他资产可以抵押变现。总之,为了"维护中国金融之生命",即使赔光了,也要让民众知晓"负责到底之苦心"。

以宋、张二人之未雨绸缪,停兑令下达之前,上海分行已做了一些准备,比如筹备成立股东联合会等。此时既已决定与政府对着干了,张嘉璈和宋汉章都以为,不管是应付当下事变,还是挤兑提存风潮平息后,股东联合会都是可以依仗的有力后盾,应加快成立,而这个会长人选,须是能与当局政要对话的有力人物。当晚,托股东刘厚生牵线,张嘉璈走访了前清状元出身、曾任北洋政府农商总长的实业家张謇。

张嘉璈说明了成立股东联合会维持中国银行的用意。张謇当场答应,所有股东愿做中行后盾,共同扛过这场风潮。随即,中国银行商股股东联合会成立,张謇亲任会长,叶景葵为副会长,钱永铭为秘书长。他们紧急开会,议决办法五则,要者为:公举监察员一人,到行管理全行事务;聘请律师二人,代表股东接收全行财产,所有发行准备金也移交律师管理;同时登报通告,中行仍照旧章办理,所有发行钞票,一律照常兑现,到期存款一律照付现金。

股东联合会在报上发表告示称,为维持上海金融市面,保全沪行信用起见,中行上海分行行务全归股东联合会主持,股东联合会已督饬该行备足准备,所有钞票仍一律照常兑现,政府不得提取任何款项。他们在通告中如是申述"保全"之志:"环顾全国分行之最重要者,莫如上海一埠,上海为全国金融枢纽,且为中外观瞻所系,故以保全中国银行,必自先上海分行始。"①

---

① 《申报》1916 年 5 月 13 日。

几日后,中行股东联合会通电国务院、财政部、江苏督军冯国璋、巡阅使齐燮元等军政要员,阐明此次抗命的缘由,并寻求支持:"此次中央院令停止中、交两行兑现付存,无异宣告政府破产,银行倒闭,直接间接宰割天下同胞,丧尽国家元气。自此之后,财政信用一劫不复。沪上中国银行,由股东会决议,通知经理照旧兑钞付存,不能遵照院令办理,千望合力主持,饬令中国银行遵办,为国家维持一分元气,为人民留一线生机,幸甚!"①

时任上海分行营业专员的冯仲卿回忆说:"宋汉章、张公权和我们日夜开会,商量应付办法,大家知道袁世凯的暗探密布在各处,这次抗令兑现,是把性命提在手里,随时可能发生危险。"②以宋汉章历次跟官府周旋的经验,他担心的是,若公然抗命,政府中的弄权者怀恨在心,将两人以违抗命令为由免职或逮捕。这样一来,他们的抗停兑计划就会全部泡汤。事不宜迟,宋汉章当即前往造访会审公堂法官,咨询有何法律依据可以让他们留行执行此计划。法官告知,此事说来也好办,只要在租界地面上中国银行的利害关系人如股东、存户、持券人向会审公堂提出诉讼,那么在诉讼未判决之前,"北京当局"就不能随意解任经理、副理,更不能将他们逮捕。

当日下午,宋汉章、张嘉璈前去找浙江兴业银行董事长叶景葵、常务董事蒋抑卮,浙江地方实业银行总经理李铭,上海商业储蓄银行总经理陈光甫等人商议,请"南三行"的朋友们以中国银行大股东和持券人的身份分头邀请律师,向法庭提出起诉。

这些沪上金融界的重量级人物均表支持中行上海分行抗命。陈光甫说,上海必须维持稳定的金融局面,要力保不失信誉。钱新之说,停兑、止付是"乱命",可置之不理。李铭和蒋抑卮也说,此时骤形停兑,"无异国家宣告破产,银行宣布倒闭",因此,中央命令万难服从,沪行钞

---

① 《中国银行行史资料汇编(1912—1949)》上编,第 265 页。
② 中国银行行史编辑委员会编著:《中国银行行史(1912—1949)》,中国金融出版社,1995 年版,第 82 页。

票势难停兑。李、蒋、陈三君遂分别代表中国银行股东、存户及持券人,各请律师高调向法庭起诉,要求"将存款及钞票准备充足,照常兑付",并言明,诉讼期间,宋、张二人不得"脱离"中行。日后,与中行渊源极深的项藻馨(时任浙江兴业银行董事)在自订《菽叟年谱》中提到抗停兑时说:宋汉章、张公权、胡稚芗等每晚来我家密商应付,每夜宾客不断。我与揆初、抑卮全力支持,决定沪行不奉命,并由浙兴借款中行为后盾。①

沪行几个经理也做了分工,宋汉章在外商银行那里向有信用,亲自走访汇丰银行和德华银行大班,告以准备抗命不停兑的打算,以银行房契和苏州河岸的堆栈做抵押,获得了 200 万现金透支的保证。另一个胡姓副经理前往走访后马路各大钱庄经理,要他们提供支持。

是夜,汉口路的中国银行大楼灯火通宵未熄,上自经理、副理,下至部门负责人和普通行员,都在连夜准备翌晨将要兑付的现金。到后半夜,看看准备停当,宋、张两人才回附近的寓所小睡了一会儿。

袁政府发布停兑令前,财政虽已感困难,但中、交两行在民众中信誉尚存。停兑令一宣布,北京市面首受冲击,金价动荡,两行纸币跌到六折,粮、盐、油、炭等日用品价格提高三至四成,当铺止当候赎,商号纷纷关门。上海的情形也好不到哪里去。

1916 年 5 月 12 日晨,各家银行开门。尽管对挤兑风潮已有充分预计,但这天密密麻麻涌来的人群还是让张嘉璈倒吸了一口凉气。他从私寓赴行办公,行至距离行址三条马路时,即见人已挤满。汉口路的中国银行被持券兑换者围得水泄不通,近两千人的队伍一直排到几条马路之外。"争先恐后,撞门攀窗,几于不顾生死","乃手中所持者,不过一元或五元钞票数张,或二三百元存单一纸。"②

第一日,兑现者两千多人;第二日,挤兑人数仍不减少;第三日是星期六,下午本不营业,但沪行为了应付兑现,特登报公告延长办公时间,

---

① 《中国银行行史(1912—1949)》,第 86 页。
② 《张公权先生年谱初稿》上册,第 23 页。

仍然照常开门。人心一安定,如潮般的兑换者开始消退,再加上报上出了告示,持中行兑换券者在其他银行、钱庄均可收受,兑现者人数减到约四百人。第四日是星期天,银行特开门半日照常营业,并向汇丰等银行商借透支,以备不虞,兑现者已减少至百余人,然而行中的现金准备也已消耗十之七八。回想前两日风潮之烈,宋、张两人都觉得后怕,"思之不寒而栗"。

到 5 月 19 日,兑现者已寥寥无几,历时一周的挤兑风暴终得平息。英、德、法各国驻上海领事馆也收到了北京公使团赞同协助中行的复电,但中行上海分行已挺过了最危急的时刻,无须这 200 万元外援了。《字林西报》有报道言及其事称:"上海各外国银行于十五日中午在麦加利银行聚餐,议决外国银行应协助中国银行至必要之限度。惟事关重大,应先请示北京各本国公使。电已发出。是日到会代表,一致赞成协助中国银行。"

南京、汉口两分行,鉴于上海分行措施得当,又获当地官厅合作,也都照常兑付。浙江、安徽、江西三省,对于中国银行在当地发行之钞票,十足使用。交通银行风潮拖延较久,据说最后由叶恭绰经手,向奉天省官银号借到现洋四百万元,才于次年 1 月把风潮平息下去。

停兑令一出,给上海金融市场制造了极大混乱,南北市各钱庄因洋厘飞涨,现款不多,对于纸币只能暂不收兑。金融及相关各业,损失不可胜计,两家原本在市民中信誉尚佳的银行——四明银行和殖边银行,先是无奈缩短开门时间,最终还是抵不住提现挤兑人潮,关门停业了事。

中、交两大支柱银行中,交通银行自政府停兑令一出,就停止付现,以致民怨载道,而中国银行的重镇上海分行为持券人利益着想,不惜冒生命危险抗命,这使他们的业内声誉骤然提高。中国银行的钞票信用,自此日益昭著。有称上海中国银行兑换券由此流通益广,至偏僻乡隅,只要有宋氏签名的兑换券,持有者几乎可以视同现银圆,因而窖藏者有之。时上海中行发行部门经常发现久藏成饼、无法分离的大宗全新兑换券,可见民间持券人对宋氏信赖之深,实有出人意表者。①

　　中外报纸对宋、张两位银行家的赞赏毫不吝啬，称他们是"不屈从的勇士""有胆识、有谋略的银行家"。《新闻报》译载上海发行量最大的英文报纸《字林西报》社论，对宋氏更是赞誉有加："沪埠赖有此举，而不堪设想之惊慌或暴动得以转为无事，此等举动，乃足以当胆略非常、热心爱国之称誉。……持票者其势汹汹，苟有迫压，恐难保祸变之弗作，于此又足见该行行长宋汉章氏胆识俱优。当衮衮诸公神经错乱，不惜以国利民福快其一掷之时，独能以应变之才，挽祸机于仓卒也。"

　　这次抗命，是张嘉璈进入金融界后首次崭露头角，他的干练、无畏无惧，给宋汉章留下了深刻印象。宋、张两人，个性、抱负颇不相同，宋汉章精于内政，谨严踏实，张嘉璈则颇有政治头脑和手腕，他们共同的一点是不向强权低头，这是他们彼此欣赏的。正是宋、张二人的通力合作，再加南三行领袖们的鼎力支持，使这场世纪初的金融风暴没有波及上海。这似乎预示着，新一代银行家作为不久的将来上海金融界的主角已悄然登场。

　　抵制停兑令的胜利也使上海金融界从此建立了信用。尽管事发那年，总部设在北京的华资银行数量要远远超过上海，但变化已在悄然发生。经历了停兑风波的人们已经意识到，不久的将来，上海必将取代北京成为中国的金融中心。金融史家洪葭管把民国五年抗停兑一案，看作上海银行家们集体走上历史舞台的标志性事件，"从 1916 年到 1935 年，上海银行家崛起，抗拒停兑令是肇因"。

　　这一年，张嘉璈 28 岁。和他一起抗拒停兑令的"南三行"其他年轻银行家中，李铭 29 岁，钱永铭 31 岁，陈光甫 35 岁，年纪最大的宋汉章，也仅 45 岁。

　　知悉上海金融界内情的人说，宋、张关系并不如表面那样融洽，宋经常用"政客"两字来形容张的行事做派，以致他们共事的最初一段时

---

① 陈安性：《宋汉章事略》，《上海总商会中的宁波人》，中国文史出版社，2010 年版。

间,"政客"两字几乎成为张的绰号。好在两人目标相同,都想维持中行的相对独立性,尽量扩大商股,削弱官股力量,以免受政局动荡波及,两人之间才没有太大的冲突发生。① "宋经理静穆寡言,鲜获机会闻其实际经验",张嘉璈刚进沪行时曾不无抱怨。这次联手抗命,朝夕相与,张嘉璈从这位前辈身上获益良多,日后他概括宋汉章的美德有五:

（一）自奉俭朴,不嫖不赌;

（二）操作勤劳,晨九时到行,晚八九时一切账务结清后,方始离行;

（三）办事认真,每一笔生意必一再衡量利害,而后决定应否承做;

（四）爱惜公物,处处为银行节省,决不滥用分文;

（五）公私分明,无论零星开支与业务往来,决无假公济私情事。②

北京政府看到停兑令执行不下去,为缓和人心,也自找台阶下,于6月1日发布安定市面命令,称当初发布中、交两行纸币停兑是"一时权宜之计","迩来商民恐惑,弊窦丛生,于财政前途,大有关碍",已饬国务院重拟办法。"该两行纸币,为全国信用所关,本与现金无异,政府负完全责任,一俟金融活动,即照纸币面额定数,担保照常兑现。"但在张嘉璈看来,这个命令不过是一张废纸,于实际无补,中、交两总行奉令停兑纸币后,其在京津地区所发钞票,已由面价跌至八折,有些地方甚至跌到了六折,不仅商民拒收纸币,即便是政府所管的铁路局,顾客购买客货票,也都只收现银了。不学无术的政客们已经把金融秩序给搅乱了。

---

① 冯耿光:《我在中国银行的一些回忆》,《文史资料精选》第五册,林汉甫记录整理。

② 《张公权先生年谱初稿》上册,第15页。

日后,张嘉璈向报界谈到民国五年停兑风潮时说,此举使银行信用大受打击,已种下诸多恶果:一是中、交两行名誉大损,虽然停止兑现限于京钞,而财政上信用已完全丧失,行务之进行亦受阻滞;二是鼓励投机,堕落中国商业道德;三是国库发生漏卮,政府每缺经费,总是以优厚利息告贷于国内各银行,银行开始获利,复牵累于坏账呆账,最终吃亏的还是政府和人民。①

袁世凯的"洪宪"帝制梦做到了尽头,于1916年6月6日去世。一心想重建大一统帝国,到头来却众叛亲离,其临终的心境,也真是愤恚莫名。继任大总统的是油滑的老官吏黎元洪。曾于民国元年出任南京临时政府财政总长的陈锦涛重回财政部,任命老朋友、毕业于伦敦大学的徐恩元出任新的中国银行总裁。徐恩元与国内银行界向无瓜葛,到中行也没带自己的班底,对行务指挥不灵,很快陷入了一连串焦头烂额的人事纠葛。

6月15日,上月抗停兑令时仓促发起的中国银行商股股东联合总会,在上海总商会议事厅举行了正式成立仪式,确立以"保全商本、巩固行基"为宗旨,通过了《中国银行商股联合会章程草案》二十五条,选举张謇为会长,叶揆初(景葵)、林绛秋(嵩寿)为副会长,李铭、钱新之等八人为干事。张謇会长在成立大会后的第一件事,就是拍电报给徐恩元,要他赶紧辞职,从哪儿来回哪儿去。

上海的银行家们对徐恩元如此不满是有缘由的。前年,徐恩元任财政部制用局局长时,向美国钞票公司订印一元券钞票一亿张,印价25万余英镑(合260余万银圆)。此项钞票上印有"中国银行"字样,显然印好后要中国银行发行,而中行方面却一无所知。钞票上还印有袁世凯头像,袁在众叛亲离中一死,显然已无法发行。印了一堆废纸,印费却要中行承担,股东们有此剧烈反弹也是意料中事。

股东联合会促徐恩元辞职的电文丝毫不留情面:"见命令,公为本行总裁。公于民国三年在财政部向美商订印纸币价值200余万元,罄

---

① 《张公权先生年谱初稿》上册,第43—44页。

本行股本金以购一千余箱之废纸。此项巨款，至今虚悬。本会今特声明，万万不能承认。"

徐恩元跟上海银行家们算是掐上了。股东们反对他出任总裁，他干脆以商股不足1000万为由，拒绝承认股东联合会为正当组织。这惹得股东们更加反感，股东联合会把总行存放沪行的230余万现款，向上海地方审判厅申请扣押，抵充商股股款。股东们还质问："25万余镑之金钱，购千百箱之废纸，将来提出结算，被国会质问，其将何辞以对？"

陈锦涛则对徐恩元大加维护，说向美商订印钞票一事，系当时的财政总长周自齐的主张，徐只是执行上峰命令，有案可稽，并非私行代印，且国家银行钞票流行较广，多印自无所碍，中行股东无多，旅沪商股尤少，不知是何用意哓哓不休。印钞案还没平息，又出了一件给股东们火上浇油的事。徐恩元以年薪3000镑、津贴1000镑的高价聘任英商麦加利银行经理卢克斯为北京中国银行副经理，合同任期5年。股东们认为，中行京钞尚未恢复兑现，国际汇兑业务本来就少，年耗4000镑请一个洋人来做副经理，纯属败家。总行一些高级行员以"总裁丧权媚外"为由集体辞职。

股东联合会见财政部与徐恩元穿起了同一条裤子，转而向黎元洪和段祺瑞投书，控告徐恩元于民国三年在财政部制用局长任内，未得总裁之同意，越权与美商订印钞票："竭全行股本购此千余箱之废纸，内容复杂，时论哗然，敝会据以询陈总长，并请俯采众意，设法挽回，迄未得正当解决。惟有切肯我大总统、我总理熟思审虑，详筹利弊，饬下陈总长慎选贤能，速筹补救。"

徐恩元不能拿张謇和股东们怎么样，就选择了对张嘉璈下手，以敲山震虎。这年12月17日，中行上海分行突然接到总行总管理处通知，要调张嘉璈去重庆分行任经理，所遗沪行副经理一职，由胡稄芗升任。重庆与上海经济地位不可同日而语，这一调令，对张实是明升暗降，宋汉章愤然答称，此举显然是总裁徐恩元打击报复，张嘉璈若调任，他也一并辞职。胡也表示不就新职。

北京总行的做法也惹恼了股东联合会的一帮大佬，他们再次致电北京,向黎元洪检举新任总裁挪用股款订印钞票、为帝制效劳的劣迹,要求收回成命。几经周折,江苏省长转来总统电令,说宋、张两经理既与中国银行信用攸关,不宜遽行更调,已令饬财政部核办云云。张嘉璈这才没被发配重庆。

第三章　北　京

一、北　上

对张嘉璈的新任命在一年后下达。1917 年 7 月,张勋复辟闹剧匆匆收场,段祺瑞出组新内阁,发表梁启超为财政总长。梁上任不久,就来电邀请张嘉璈赴北京一行,说是有新的委任发表。通过刚从国外回到北京的二哥张君劢,张嘉璈事先已得知,梁启超是要他出任中国银行副总裁,与新总裁王克敏搭档。这一消息让他喜忧参半。

任公对自己青眼有加,自然是好事,但他担心一到北京,总裁、副总裁变换频繁,反而不能久于其位,做不成事,故先请二哥嘉森向梁总长代为婉谢,又电请在北京的钱新之就近阻止。他还给王克敏写了一封信,说自己原在中行服务,遇事义当效力奔走,不必再畀以任何名义,副总裁一职,还请另觅贤能。

王克敏说,这是梁总长的美意,公权兄不可逆拂,务必来京,担任新职,上海分行副经理的名义可以继续保留,随时可回本职,随时可往来南北办理行务。日后,张嘉璈得知,让他出任总行副总裁,正是因为他去年毅然主张拒绝停兑命令,保全了中行信用,以至北京金融界与中行各大商股股东对他都极具信心。

梁总长如此诚心诚意,他也只能欣然就道了。最后促使他北上就任的,可能还有他一直相信的卦象上的一个说法,"大蹇,朋来",蹇卦之人多朋友相助,梁启超的力荐使他感到,这样的预言正在应验。

从这年 8 月到北伐战争爆发,任职北京十年,不管政局如何变动,张嘉璈致力在做的一件事,就是努力使中国银行成为一家健全独立的中央银行。

他刚到北京时搭档的上司王克敏(字叔鲁),晚清时曾任天津交涉使、留日学生监督,资历很老,与冯国璋、段祺瑞、倪嗣冲等实力军人渊源颇深,担任中法实业银行华籍经理时以善借外债出名,以之担任总裁正可以利用其人事关系,周旋于各方。王克敏对行务不大过问,几乎都交给几个副总裁去打理。同僚得悉张嘉璈是凭着与梁启超和进步党的关系上位的,再加上上海方面也有一些捕风捉影的话传来,故皆以"政客"视之。有时大家谈得很热闹,张嘉璈一到,谈锋马上冷淡下来,张嘉璈在总行的工作关系一开始并不融洽。

随着时日推移,众人也看到,此人对于银行经营毕竟比较内行,和上海金融界一帮实力人物素有联络,在股东会等方面也具有一定力量,再加上张嘉璈自到总行以后,苦心规划行务,众人也就渐渐明白,上海方面传来的话,可能只是一面之词而已。①

一到北京就职,目睹两种现象,张嘉璈彷徨不知所措,后悔此番北上就任太过贸然。这两种情形是:其一,北京、天津的中国银行钞票(即所谓"京钞")并未准备充足现金,而于民国五年十月恢复兑现,以致不数日就限制兑现,两个月后竟完全停兑,钞票价格跌至六折;每日,东西南北四城兑现四万元,每人每日限兑一元,于是每日有四万人携带被褥,自深夜坐卧等候,就为兑现这一元钱,此情形之恶劣,可谓不堪入目。其二,因财政部责令银行垫款,不兑现纸币发行数目逐日增加,照此趋势,不兑现纸币将永无整理之望,直接威胁到了中国银行的信用与基础。

张嘉璈向财政部建议,从修改 1913 年版《中国银行则例》②入手,限制对政府垫款,整理不兑现的"京钞",把董事的选举权集中到股东大

① 冯耿光:《我在中国银行的一些回忆》。

② 第一个《中国银行则例》(当时称《条例》),由南京临时政府财政总长陈锦涛草拟,多次改拟后,于 1913 年 4 月 15 日以大总统令公布实施。

会。他说如能做到这三点，则行基自固，中国银行业务不难发达。

整理不兑现京钞是个老大难问题，最大的障碍是筹不到资金，张嘉璈拟以发行公债入手，并请与国内政治关系较少的总税务司用"关余"担保。在梁启超支持下，张嘉璈邀请了他留学日本庆应大学时的业师、银行学权威堀江归一博士到北京演讲货币银行问题，并就中行修改则例提供意见。

10 月中旬，堀江归一教授抵达北京，张君劢等人发起的财政金融学会设宴于中央公园，梁启超、熊希龄等政要都到场作陪，可见当局之重视。堀江在即席演讲中说，中国铜币、银币、纸币夹杂其中，整理之困难不难想见，且欧洲战争结果，各国资本皆消耗于战争，虽以英国之富，财力也告竭蹶，中国于此时整顿货币，发达富源，诚千载一时之机会也。

在北京的三个月里，堀江在财政金融学会做公开演讲 20 余次，阐明各国银行货币情形，这些演讲词都发表在了上海出版的《银行周报》上。

堀江归一教授提出："欲恢复兑现（京钞），非先停止增发钞票不可；欲停止增发，非停止垫款不可。然欲停止垫款，则不可不变更组织，使保持银行之独立，不随政治为转移。"这被北京的银行家们奉为制订银行新则例的圭臬。经多次商议讨论，确定新订则例必须合乎中国现状，且有英格兰和日本中央银行则例之精神。按照由财政部转呈大总统的新则例条文，银行董事应由股东总会选任，常务董事应由董事推选，政府只能从五个常务董事中简任总裁、副总裁各一人，且规定任期四年，从制度上保证了总裁、副总裁不致随政局变动而随时更易。

新则例一颁布，中国银行股本改为先收 1000 万元，不分官商股，随即在北京成立股东总会。王克敏因病未出席成立大会，张嘉璈代为致辞，说"值此国家多事之秋，本行所招股份，全数招足，实可庆幸"。为确保中行已经获得的相对独立性，张嘉璈提出业务方针也要有所调整，一是各地分行发行纸币，应维持相当之独立；二是鉴于国家政治一时难望步入正轨，中行的业务对象，"应由政府转移于商业"，不应只重视金库收入,不应依赖纸币发行特权,应着重于购买或贴现商业期票,尽量为商人服务。

选举董、监事会时一度发生激烈争议,以致会场秩序大乱,最后赖警察维持,选举才继续进行。自下午 2 时起,至深夜 3 时许,经十余小时,方将董、监事分别选出。有此波折,是因为国人旧思想中以能得一官半职为荣,视国家银行之董监事为荣誉头衔,而又不习于民主原则,误认"多数"为一部分人之操纵,必欲争个头破血流。张嘉璈预感到,此种趋势将使中国的公司组织发展遇到极大阻碍,在一般投资者中传播新企业组织之必要知识实是当务之急。

二、京　钞

梁启超抱着整顿财政之极大决心,极思在改革币制、恢复金融秩序上有一番作为,计划利用缓付庚款的良机,改革币制,整理金融,却不想事事暌违,执掌财政部半年,就不得不挂冠而去。1917 年 12 月,梁启超灰心离任,新财长由王克敏继任。

但梁启超认为,自己这半年也不是一事无成,他聊以自慰的是,在任内引用了张嘉璈和王克敏二人,完成修改中国银行则例,使商股在股东总会中增加了力量,正、副总裁悉由董事会产生,发行纸币须由董事会通过,今后可以不受政府统制,滥发钞票。他以为有此一功,于国计民生已是极大帮助。

王克敏继任财政总长后,中行总裁一职由亲直系的冯耿光继任。冯、张搭档,从 1918 年一直到 1923 年(冯于 1926 年后又出任总裁),维系了 5 年,堪称稳固,改变了中行领导层随财政总长同进退的局面,也正是因为有新则例这样一个制度基础在。

冯耿光毕业于日本陆军士官学校,早年行伍,少将军衔,是个坚定的反袁派。冯国璋代理大总统后,曾有意要他担任陆军次长(他们是前清军咨府时代的老同事),但他虽带过兵,对政治却提不起多少兴趣。故此,当王克敏想找一个与冯国璋有渊源的人担任中行总裁时,就把与自己有世交的冯耿光从总统府顾问兼临城矿务局总办的位子上转到了中行。冯耿光性情豪放,挥金如土,是个发烧级的京剧票友,曾力捧梅兰芳,为之营宅于北芦草园,一切用度,都由他维持,于金融事业,却是个不折不扣的门外汉。这样一个人两度出任中行总裁,也是民国时期的奇事一桩。

冯耿光回忆说,他初到中行任总裁时,京、津地区中国银行钞票不能兑现一直是个历史遗留的大问题。市面上做京钞买卖投机的很多,其中有一大生银行的经理,名叫张鸿卿,最为活跃,以致当时坊间流传一句联语"大财神人称燕老①,小钱鬼我怕鸿卿",可见京钞投机之猖獗。当时京钞黑市价不断下跌,由1元钱跌至8角、7角乃至6角,不仅银行信用深受影响,升斗小民的生计亦备受困厄,而政府垫款不仅未减反而增加。冯耿光说,他每逢在公共场所,听到人们谈到中行京钞的行市又已跌到几折了,总觉得非常刺耳,"颇想早日设法加以整理恢复兑现,才能对得起社会舆论,否则连中行的生存命运也要断送了"。

冯耿光看到的问题,张嘉璈刚到北京就已看得很清楚。京钞无法兑现,致使其价格跌落无常,已损害到了升斗小民的利益,即以目下的限额兑现而论,每日在东西南北四城兑现4万元,每人每日限兑一元,以致出现四万人携带被褥、夜宿街头排队等候的奇观。其恶劣情形,不特有损国家体面,而且排队者多系市侩雇来的乞丐,时有冲击银行的事发生。

张嘉璈与冯耿光商量,眼下要稳住京钞市价,就要从维护小民利益着手,先恢复从大清银行资产中盘接过来的铜圆券的兑现。这笔长芦盐政机关的百余万元欠款,可由盐政稽核担保,向北京汇丰银行借银币100万解决之。但这也只能敷衍一时,关键还是要把收缩京钞与停止对政府垫款同时并进,尤其停止向政府垫款,更是永绝后患之计,张嘉璈称之为"釜底抽薪"。

他们建议,借着中国参加欧战,协约国释放善意,允将庚子赔款延

---

① 梁士诒,号燕孙,"燕老"即指梁士诒。

期五年之机,以延期赔款作为担保,加发七年短期公债,用以收回中、交两行的京钞,抵销政府垫款。但七年公债数额远少于政府所欠银行债额,也少于市面上流通的京钞,中、交两行又请求政府,加发九年短期公债。

此时的财政总长已换成了曹汝霖,政府接连向日本借了几笔"西原借款",有大宗资金流入,财政尚称宽裕,冯、张乘机联合交通银行,要求政府不再让中、交两行垫发钞券。最后,曹汝霖以财政部令满足了他们的吁请,声明:"自七年十月十二日起,不再令两行垫付京钞,两行除付京钞存款外,亦不得以京钞作为营业资金。"

张嘉璈高兴地看到市面对中、交两行信心的回归:"此举实为京钞结束之先声,于整理京钞有极重要之关系。盖中、交两行之各分行知两京行之漏洞已塞,敢将现金接济京行,扩充营业,收缩京钞。在社会方面,知京钞发行,已有限制,迟早有清理之一日,对于两行,渐具信心。"①

1918 年,民国进入第七个年头,这一年,实为国家多事之秋:欧战接近尾声,国务院议决对德宣战,中国加入协约国集团;冯国璋任期届满,无意参选,新国会选举徐世昌为大总统。

也是这一年,张嘉璈以一身兼总行副总裁和上海分行副经理两职,北京、上海两地来回跑。倒不是上海分行的事还要他一一去打理,而是因为这个都市里有着和他声气相投的银行家朋友们。北京的空气充满官场权谋,处处明争暗斗,处处皆是陷阱,他喜欢上海的物质感和自由气息,喜欢和银行家朋友们一起午餐的无拘无束。

这年秋天,就在张嘉璈去北京任职一年后,上海银行公会正式成立。在这之前,上海银行家们松散的午餐会制度,大多借用陈光甫的上海商业储蓄银行为会所。为了有一个正式的议事、办公的处所,银行家们早就提议,成立一个合法化的机构更为妥当。

上海商业储蓄银行有个大股东叫庄得之,是盛宣怀夫人庄氏的兄

---

① 《张公权先生年谱初稿》上册,第 36 页。

弟,当过洋行买办,此人得悉上海的银行家们想找一处长久的办公地址,便向陈光甫推荐了位于香港路的一处闹中取静的房子。此处房产有两幢独栋洋楼,洋楼后有一块空地,树木葱茏,占地约一亩,房主索价5000两银圆,地皮索价52 500两银圆,几番协商,原主人说,地皮不还价,洋房还至3500两,两项合计56 000两。银行家们开会商量了几次,都拿不定主意,致函在北京的张嘉璈征求意见。

张嘉璈回信说:"诸公会议妥协,弟自然赞成……诸公如不嫌香港路偏僻,自无庸议。不必再彼此函商,即行定议,以免久延。"于是银行家们集款买下了香港路4号的两栋洋房作会所,待得办妥全部手续,再略为扩充、装修完工,已是1918年开春了。

1918年10月19日,上海银行公会正式开幕,是日,《申报》以头版头条刊登大幅消息。张嘉璈在上海任上创办的《银行周报》,正好做了银行公会的喉舌报纸。他的好友、时任《银行周报》主笔的诸青来撰文叙写开幕盛况云:

> 开幕典礼在香港路三号四号,屋内悬挂中外政商各界颂辞以及对联,屋后隙地搭盖五色彩绸天幔,门前高悬国徽。中午十二时至下午二时接待外宾,下午二时至四时接待华宾。来宾中有财政部、农商部、江苏省、沪海道尹、警察厅的代表以及上海总商会会长;各国领事及商务参赞均派代表到会,各外国银行大班、各洋行大班、各钱庄、各公司经理、报馆记者多莅会参观。银行公会方面组织各银行经理作为招待员导引来宾参观并款以西点。香港路车马盈门,颇为热闹,来宾不下千人,可谓盛也。①

上海银行公会的发起成员,除中国、交通、浙江兴业、浙江实业、上

---

① 《银行周报》由张嘉璈于1917年初创办于上海,一直到1950年才停刊,最初经费由浙江实业、浙江兴业、上海商业储蓄银行、中孚、盐业等银行的广告收入维持。编辑人员有诸青来、徐沧水、唐有壬、戴霭庐等,均久任编务,颇多著述。

海商业储蓄、盐业、中孚七行外，又次第加入聚兴诚、四明、中华、广东、金城五行，开张之初的会员银行达十二家。各行代表议定了《上海银行公会章程》五十三条，并按照章程选举议事机构，宋汉章、陈光甫、李铭、陶兰泉、盛竹书、倪远甫、孙景西七人为董事，复由董事中选宋汉章为会长，陈光甫为副会长，李铭为书记董事，呈报财政部及各官厅备案。

日后，在上海这个越来越重要的远东金融都会，不管时局如何变化，都有这个同业公会去斡旋处置，让银行家们避免了与各方势力直接冲突。紧随其后，北京银行公会成立，张嘉璈亲任会长。

三、正气与戾气

冯耿光和张嘉璈在中国银行搭档的另一个战绩，是联手抵制了段祺瑞翼下"安福系"政客对中行的觊觎。

所谓"安福系"，多指段祺瑞羽翼下皖系政客王揖唐所组政客集团，该系成员多为争权攘利的官僚。1918 年新国会开张后，"安福系"在参、众两院中占到了多数席位，交通系次之，研究系仅占少数。"安福系"议员们一得势，就试图攘夺中国银行为袋中物，一方面可以攫取源源不断的资金为活动经费，另一方面可以安置私人党徒，诚打得一手好算盘。

政客们先拿张嘉璈为主制订的新则例开刀。该系议员在参、众两院借题发挥，说中国银行新则例只由冯国璋以代理大总统命令公布施行，当时国会解散，没有经过立法程序，所以是无效的，须经追认方能生效。他们提出推翻 1917 年的新则例，恢复民国二年旧则例，其用心，就是要把总裁、副总裁由董事会产生等规则完全取消，好插手安排党徒。

此议引发各地商股股东激烈反对。1919 年 4 月底，中国银行商股股东大会在北京召开，与会股东已有人风闻新国会将有恢复旧则例、推翻新则例之动议。兹事体大，关乎股东血本，有人在会上问董事会将如何应对。熊希龄代表董事会答复说："董事会已得有上海商会及股东虞和德(字洽卿)等来电反对,应由全体股东研究切实办法,毋任则例动摇。"

稍后,上海商会会长虞洽卿到了北京,他是特为上海交易所的事去找农商部商榷的。为了中国银行则例的事,他还以中行商股股东代表的身份晋谒了总统和国务总理。大佬们均表示,一定会出面维持,股东利益绝无损失。

政客们为了一己私利,铁了心要开倒车。6 月 14 日,参议院照众议院提案,决议通过恢复中国银行旧则例。张嘉璈看得很清楚,安福系议员以如此迅雷不及掩耳之手段推翻新则例,就是为了控制中国银行这一重要金融机构,以作政客们筹集党费、安置党徒之用。他意识到,此事有关中国银行之存亡,更有关近代中国金融组织之成败,必须全力争之。于是一面请求股东集会抗议,要求政府维持新则例,一面请全国商会通电响应援助。

上海的银行家们第一时间站到了张嘉璈的身后。报界纷纷撰文,对参众两院指摘抨击。在上海的中国银行股东陈青峰、吴继宏、赵竹君等 22 人电呈总统府,反对恢复旧则例。旅沪中行股东紧急开会,他们在《申报》发出通电称,参众两院草草通过恢复旧则例,实是利令智昏,"到会股东金以党派乘机攫夺中行实权,非但股东血本有关,全国金融将立见扰乱,一致反对。宣言反对此项两院议案"。

当时的财政总长代理国务总理龚心湛(字仙舟),为人平正和洽,无党派气味,且曾留学英国,头脑较新,深知张嘉璈力主维持新则例并非为私。其时可以左右安福系之人物,为段祺瑞之得力助手徐树铮。龚心湛一面亲自约张嘉璈与徐氏见面,交换意见,使之能深切了解中行维持新则例之动机,且借以知张嘉璈之为人。一面将参、众两院决议案以"付审查"为名搁置下来,暂不公布,以便徐树铮得以从容转圜。最后,以增加中行股本 3000 万元为调停结果。

才过三个月,又掀风浪。陆军总长靳云鹏(字翼卿)取代龚心湛兼任国务总理,前番失败的安福系议员又卷土重来,提出查办中行案。他们裁给中行总裁和副总裁的罪名计有:贪利、违法、渎职、殃民等。议案经大会通过,咨送总统府,要求派员彻查。大总统徐世昌以年关将近,不愿看到金融界变乱为由,要靳云鹏审慎办理。于是,急不可耐的议员们找到靳云鹏,要求由安福系人员查办,靳云鹏以议员不便干涉行政为由拒绝了。

看到安福系已急得图穷匕见,冯耿光和张嘉璈倒是镇定了下来。他们呈文财政部派员彻查,以使水落石出,维护中行信誉。张嘉璈执笔的自查报告,详细罗列出售七年短期公债、收回京钞经过,并称曾经财政部派员稽核,证实无讹。此报告全文刊载京中各报,嗣经财政部再度派员查明,并无实据,此案乃得消停。但安福系议员们仍不肯罢休,他们鼓动部分议员在市面上大量购进中行股票,准备在股东会上再做捣乱。

这边厢吵吵嚷嚷,外面世界却在飞速变动。欧战停火了,一片虚假的欢乐中,政府派出了外交总长陆征祥为团长的一支代表团参加凡尔赛和会,顾维钧、施肇基、魏宸祖等外交干才名列其中,南方军政府则派出了自己的代表王正廷。受徐世昌总统私下之请,已经淡出政坛的梁启超也带了一支由各路精英人士组成的非官方访问团(其中包括军事家蒋百里、宪政学者张君劢、银行家徐新六等人)前往巴黎,试图以民间力量影响和谈。

不旋踵间,传来消息说外交失败,列强把德国在山东的权利转让给了日本,中国代表拒绝在和约上签字。愤怒的在京学生走上街头示威,纵火焚烧了交通总长曹汝霖的住宅,群殴了被他们认定为卖国贼的亲日派官员章宗祥等人,学潮扩展成工潮,是即"五四运动"。

北京、上海等地的银行和钱庄业也都停业投入爱国潮,声援学生。一片乱糟糟中,中行第三次股东总会在北京开幕,似乎外部世界的戾气也传染了进来,这个会竟被安福系的人借口报告不详,搅和得开不下去。他们叫嚣着修改章程、不许增加商股,到了投票环节,他们拥守票柜,有股东投票时竟遭到殴打,唯有"忍辱而散"。

类似的搅局之事以后又发生多次。直到 1920 年夏天,爆发于琉璃河、杨村一线的直皖战争结束,皖系失败,北京政府下令通缉安福系重要分子徐树铮、段芝贵、曾毓隽等十人,该系议员才销声匿迹,中国银行新则例风潮,方告平息。

张嘉璈回想年初股东总会开会,场中老拳纷飞,饱受纷扰,搞得会都开不下去,也是感慨良多:

> 任何事业之首脑,如宅心公正,不谋私利,且事事可以公开,即稍有瑕疵,必为人所原谅。在政治场合中,任何政团分子,有好有坏。其中必有一二深明大体、主持正义之人。遇到好人好事,必肯挺身而出,主持公道。我拒抗停兑令,得到股东与社会之支持。兹保护新则例,又遇贤明之财政当局。乃知做好人,行好事,不患无人援助。切不可因稍有挫折,而气馁志移。大规模事业之产生,充满正气会社之建立,悉赖执政当局,与事业首脑以国民利益为前提,相互合作。①

鉴于南北和议决裂,国家统一无望,各大军头强迫银行借款之事层出不穷,1920 年 8 月,在张嘉璈运筹下,中国银行出台了分区发行制度,以力抗军阀借款,树立纸币信用,避免呆账坏账。这一新制度规定,集中发行准备于天津、上海、汉口三个通商大埠,明确此三行为"集中发行区域行",银行、钱庄共享发行利益,共同监督发行准备,总行及各分行须抱定宁可牺牲个人、不可牺牲银行利益之原则,力抵借款。

靳云鹏组阁后,周自齐出任财政总长,张嘉璈约同交通银行迭次陈请收毁中交两行跌价京钞的利弊,称整理京钞不彻底会让财政金融两受其害。周自齐采纳了他们的建议,颁发部令,发行整理金融六厘短期限公债 6000 万元,一部分留充财政部清理京钞押款之用,以一部分拨与交通部,使赎回该部押借现洋之京钞,其余债额 3600 万元,发交内国公债局,克期发售,专收京钞。限自本年 10 月 1 日起,四个月内以债务收回京钞,期满不再发行。

———————————

① 《张公权先生年谱初稿》上册,第 42 页。

　　就在与安福系政客斗智斗勇期间,张嘉璈结识了自上海迁居北京的革命家黄郛。

　　黄郛是上虞百官镇人,老同盟会会员。他早年留学日本东京振武学校,辛亥上海光复时,陈其美将其招致,任沪军都督府参谋长兼第二师(后改为陆军第二十三师)师长,与陈其美、蒋介石以“安危他日终须仗,甘苦来时要共尝”相约,结为盟兄弟。“二次革命”后,黄郛逃亡日本,后转赴美国。1916 年袁世凯死后,黄郛才回到北京。张嘉璈升任总行副总裁后,在一些朋友的宴会上时常与黄郛相遇,却从未作深谈。直到 1918 年岁末,张嘉璈读了黄郛写的一本小册子《欧战之教训与中国之将来》,深佩此人见识高超,两人的交往才多了起来。

　　以后每当政潮起伏之际,张嘉璈总要前往翠花胡同的黄郛家里讨教机宜。有时独自去,有时差遣总行的总文书吴震修(名荣鬯,以字行)前往。吴震修在前清军咨府时代就与黄郛共过事,辛亥后又在沪军都督府任下属,经冯耿光引荐到中国银行做事,也是黄郛多年不弃不离的旧友。他们一来,黄郛必尽量细细解说来龙去脉,使尽得要领而归。虽在北方政府出任要职,黄郛却倾向民族革命,谈到战后中国之建设,他和张嘉璈都认为打倒军阀和帝国主义是第一要义,十年后他们在上海共同发起的建设学会,就是在这时候起的头。

　　直到北伐军兴,黄郛把家从北京搬去天津,只要一有机会,两人还会聚在一起讨论时局,“意见尤为契合,所拟步骤益臻具体”。

　　黄郛夫人沈亦云曾有回忆述及张嘉璈与黄郛结交经过:“我家在北方几年中,人事上与中国银行关系最深,这关系从不涉及私人利害,只因其中有几个朋友。民五袁氏称帝时,曾令中国银行停止兑现,张公权先生为上海中国银行经理,独抗命而尽量兑现,此举影响社会经济颇巨,膺白(黄郛字)忻慕这行动,自此与公权先生交厚。”①

　　据说日后黄郛担任高凌霨、颜惠庆内阁的教育总长时,部属的八所大学,一半没有校长,好几所大学欠薪严重,黄郛想向中国银行借一笔

---

　　①　沈亦云:《亦云回忆》,传记文学出版社,1971 年版,第 253 页。

钱,把欠薪给补上。黄部长以为凭着自己的"无私"人格,再加上也从没开口借过钱,中行一定会卖自己一个面子。却不承想,中行认为眼下的政府已到破产边缘,说什么也不愿放债给政府了。中行方面问:是黄部长自己借钱,还是为政府借钱? 黄郛答:个人用不着借钱,公家则急如星火。中行方面答:那就对不起了,如为政府,须总税务司给予担保。

当时中国财政全靠"关余",即海关税扣除外债后的节余。海关自赫德时代起,一向由洋员充任总税务司,人称太上财长。黄郛拉不下脸去向总税务司安格联求担保,借款这事最后还是没有通融办理。

四、道德的胜利?

民国成立以来,财政年年入不敷出,端赖中、交两银行垫款与发行公债以资弥补。公债发行量至 1920 年将近 4 亿元,未偿还余款达 3 亿1700 万元,按照各项公债条例,依期还本付息,年需将近 4000 万元。财政部每遇付息还本,就向各银行借款,然往往不能如约清偿,致银行拒绝再借。此种竭涸情形,传播遐迩,导致政府信用越来越低。

其时,四国新银团成立,派遣代表来华考察中国财政,调查有无新借款的担保财源。张嘉璈作为北京银行公会会长,多次参与会谈。

当时传言,如果中国政府有新借款,四国新银团会以地丁为借款担保,并着重于铁路与币制整理两端。张嘉璈闻此消息,深感忧虑,深恐政府病急乱投医,将铁路与币制管理权拱手出让,继海关税和盐税后再度落入外人之手,遂挺身而出,主张从速整顿国内公债。在发表于北京《银行月刊》的《国民对于财政改革应早觉悟》一文中,他提出,整理财政之责应由全体国民起而负之,整理财政应先自整理内债始,内债整理之方,要之在于政府指定财源,由银行组建债权团,代表持票人管理指定财源之收入。

此项提议一经北京银行公会提出,财政总长周自齐即交内阁会议讨论,议决采行。财政部呈文内有云:"公债一途,为现今东西各国立国之命脉,致富之根基。我国萌芽方始,风气初开,果能整理得宜,则人民重视债票,乐于投资,何事不举。否则凡有设施,皆须仰给于外资,损失权利,何可胜计。"可见财政当局也深切了解内债整理之必要。

张嘉璈说,这是国内公债史上第一次整理,能如此顺利推行,端赖财政部与银行界之合作,虽此后全国支离破裂,内战频仍,而公债信用,幸能保全,都是此次整理之力。

京钞整理甫经就绪,张嘉璈正可乘此良机,增募商股股本。出于对不负责任的政府的不信任,他就任中行副总裁后,一直在致力于扩充商股股份,增强商股在行内的势力,把官股像海绵里的水一样挤出去。每一次商股扩招,上海的实业家和银行家们一直是他的有力后援,1921年7月完成的最大的一次商股募集中,从上海浙江兴业、浙江实业、上海商业储蓄等银行,上海证券、金业、粮食等交易所,申新、宝成等纱厂及其他零星各户,共募集股份300余万元,再加上京津等地募集款200余万元,共得商股近600万元。他到北京的短短几年里,中国银行的商股已增至3000万元,把官股挤到了不起眼的角落。

却不承想,1921年11月中旬,突发津钞挤兑风潮。风潮先在天津爆发,来势汹汹,两日之内,京津两地竟兑出银币上百万元,且波及了汉口。中国银行天津分行深恐库存现金不敷应付,蒙上停兑恶名,一面决定限制兑现,每人以10元为限,一面迅速向各分行调集现款,再请当地信用较好的英籍会计师检查账目,证明资产负债实际情形。半月之后,风潮方始平息。

风潮过后,中行股票市价由百元跌至70元。新招商股600万元,正好在风潮发生之前完成,一些新招入的新股东,数月之间蒙受如此重大损失,对张嘉璈啧有烦言,甚至有人对他公开詈骂,尤以损失最大的纱厂股东为甚。为恢复元气,巩固行基,中行不得已实行紧缩开支,裁汰闲员。总行管理处由三百余人撤去大半,正、副总裁和所有董事会、监事会成员自动减半薪。

张嘉璈认为,究此次挤兑风潮发生之原因,根子还是在于政治乱象毫无终结之象,在北方,直、鲁两系暗斗日烈,有一触即发之势,在南方,则自军政府成立后,南北对峙,统一无望。中、交两行无法避免政府垫款压迫,谣言自然不胫而走。再加上四国新银团前番来考察,得出的结论是中国财政已濒破产,所有固定财源,除了地丁外,都已抵押殆尽,所剩零星财源,最多不过可以支撑一年,使人民信心又饱受打击。三个月前,新财长高凌霨上台之初,想发行十年公债3000万元,遭各地银行群起反对,便是民意的一种反弹,认为政府财政确已山穷水尽。

但他并不打算推卸责任。他说,此次发生津钞挤兑,自己实难辞其咎:"京津两处,向有中交两行不兑现京钞数千万流通市面,今一旦收回,市面筹码顿形减少,银根自必紧迫,吾当时尚无此经验,一心注意于收束京钞,而尚未想及收束之后果,至累及津行,铸此大错。"好在他既没兼任别家银行董事,也从无一笔徇私放款,终得社会与股东之谅解和信任。

到1922年初,政府财政更形竭蹶,公债基金岌岌可危,一些唯利是图的小银行没有看到风险逼近,明知抵押不确实,仍挡不住高利息的诱引,放款与政府,及至到期无法收回,只得悬崖撒手,动荡市面。有了民国十一年津钞挤兑的教训,张嘉璈如履薄冰,深恐一着不慎,再度引发市面恐慌,影响行基。来京五年,此时更觉做事之难。

到梁士诒组阁,除了发行公债,对日渐窘迫的财政也一筹莫展,梁氏以关盐余款作抵押,拟发行9600万元公债,由财政总长张弧执行。银行和各大银号共推张嘉璈为盐余借款银团代表,与财政部签订合同,发行十一年9600万元、期限七年、利息八厘公债(简称"九六"公债)。日后,张嘉璈自述,他之所以出面,也是上年挤兑风潮后,"深恐京津金融,再生恐慌,不得不出面与政府商量补救"。再加上大部分公债,系为整理京钞之用,自己也觉得"道德上有其义务",所以答应出面维持。

至于"九六"公债案,则以关余早已抵押殆尽,盐税又纷纷为各省截留,已无盐余可言,实已无法可以为力。此时北京政府每月政费经常支出,至少月须四百万元。而财政收入,几等于零。政府固已名存实亡。余除行务外,早已不愿与闻外事。惟以各地兵连祸接，必须注意维持各地金融，俾国民经济免于整个摧毁。①

但市面上对此并不买账，各方面对于盐余借款，认为有财政官员与放款银行相互勾结之嫌，纷纷攻讦。总税务司安格联拒绝经管此项公债（按成例，发行内国公债，必须由总税务司经管，以坚信用），已印就的债券不能发行，再加直奉大战，奉军战败退出关外，遂导致梁士诒内阁迅速垮台。后来董康接任财政总长，此项公债仍予发行。这一年张嘉璈自述文字，谈及政府财政，频有"国是日非，前途黑暗""日暮途穷"等语，可见其心力交瘁，已萌退志。

有同业朋友劝他不必再枉费心血，脱离政府桎梏最好的方法，就是自组商业银行，维持社会金融，请他离开中行，出面组织。他说："我思之至再，觉得中行流通之兑现券已增至五千五百万元，存款除京行存单外，已增至一万万三千万元，再加以七百余万元之商股，吾均负有责任，岂能洁身而退。惟有竭其绵薄，做到最后一日。此实为一生之转捩点，亦即中国银行复兴之关键。我决心留任，奋斗到底。"②又说，从现在开始，他不再好高骛远了，早先抱有的建立健全之金融制度、统一货币、改进财政、辅助工商建设等理想只能暂时搁置，唯有脚踏实地，先将银行基础巩固好，"静待国家之统一，政治之清明"。

成如此骑虎难下之势，他深悔自己太过孟浪，"吾记此事，一则说明此时之政府财政，已属日暮途穷；二则盐余借款，种类颇多，确有不实不尽之处。……本人深悔当初过分勇于任事，亦不能说没有领袖欲。自此以后，不敢再为银团代表矣。"

可见"九六"公债的发行和加入盐余借款银团等事，给他添了不少烦恼。三年后，"九六"公债市价上涨，做空头各户纷纷攻讦他与总税务司暗中接洽，使中国银行占尽好处，又费了好一番口舌才解释清楚，"乃知主持财政金融之人，不仅自身操守必须严正清白，而更应预防瓜田李

---

① 《张公权先生年谱初稿》上册，第 64 页。
② 《张公权先生年谱初稿》上册，第 52 页。

下之嫌,此次获此教训,实大有助于日后余在行政机关之立身行事"①。

1922 年的股东总会,因直奉战争爆发推迟了整整一个月才在北京举行。王克敏、冯耿光、张嘉璈、李士伟、施肇曾等得以连任董事,张嘉璈复由政府简派连任副总裁。他联想到来京五年,迭经历次股东总会开会时的纷扰、京津两地挤兑风潮,以及最近发生的"盐余"借款银团的失败,感慨良多:

> 经过此次重大政潮(指"九六"公债案),及历届股东总会之纷扰,可谓四面楚歌,何以尚能幸存?乃知完全由于个人之操守廉洁,忠心为行,因之得到政府一二正派人物之谅解,及社会公道之同情。否则焦头烂额,不特早已去职,势将无容身之地。乃知道德之重要,逾于生命。②

他认定,是道德和操守最后拯救了自己,让自己在凶险莫测的北京官场免遭倾覆。他表示,他还要做得更透明,更无我,他甚至还表示,要把个人薪津收入,悉数交给行中庶务经管,以示不蓄私产、不存私心之志。日后,所有本人零用、家庭开支,全由庶务代为支销,若有人无端指摘,随时可将私人账本公开检查。至于某些股东背后对自己议论纷纭,他也将之视作训练民主政治的最好机会,尽力去了解对方的立场,凡事以"公是公非"为取决原则,这样也就避免了操切从事,加深怨尤。总之,"诚恳"和"容忍",是他来北京五年、碰了无数次壁以后,所得到的最大的"体认与教训"。他相信,一个人真的做到了"我将无我",他也就没有了敌人。

五、商股赶走官股

总行既处于每次政经冲突的旋涡中心,不免时时迁就政府要求,牵

---

① 《张公权先生年谱初稿》上册,第 64 页。
② 《张公权先生年谱初稿》上册,第 55 页。

累分行,为了与军头们对抗,中行的当家人也是想尽了办法。1921 年京、津两分行发生挤兑风潮后,各分行经理提出,总管理处与政府过于接近,他们不想被绑架,于是议决成立行务委员会,由分行经理任委员,使各分行随时明了总行与政府之关系。"总行不经分行同意,不便移用分行资金",所有应付政府借款之事,悉由总管理处任之,以免被政治动荡所波及。

上年的股东总会改选董事,王克敏续选,并被简任为中行总裁。不久后,坊间传言说,政府有意向让王克敏出任财政总长。中行的商股股东们担心王克敏以总裁兼任财长,财政与金融搅和混絭,把中行牵入政治旋涡,纷纷给政府和王克敏本人打电报,劝阻王克敏出任财长。股东们集体劝阻本行总裁出任财政总长,外人看来也是匪夷所思。

开始,王克敏担心自己身兼两职遭到奉系反对,影响中行奉天分行业务,答应接受股东和各地分行的意见,不兼任财政总长。其实他内心还是蠢蠢欲动的。1923 年 10 月,国会选举,曹锟以重贿当选总统,王克敏终于还是做出了辞去总裁、出任财长的决定。新总裁由中行董事金还(字仍珠)继任。金是浙江绍兴人,梁启超当财政总长时的次长,资历老,为人稳健,且无政治派系色彩,由他出任总裁,还是比较符合股东们的期望的。

担心王克敏出任财政总长后插手中行事务,张嘉璈觉得有必要找王克敏当面说清楚。他特地去找了王克敏,让其做出不干涉中行的保证。随后,由总裁金还领衔,张嘉璈和李士伟、冯耿光、周作民等董事联合致函在沪董、监事,声明财政部和中行各有职责,不容牵混。

函称:"启者,王君叔鲁在本行总裁行内,奉命长财政,时值政局未定,谣诼繁兴。本行因总裁之去留,影响甚大,再三敦劝,迄未就职。兹王君再拜财长之命,业于本月十二日正式就任……昨经面询,王君声明此次出任财长,当为国家财政力谋整理,至部行各有职责,截然两事,法章规定极严,绝不容稍有牵混等语。诚恐远道传闻失实,特此奉布。"

直奉战争爆发,败亡的奉军退出关外,徐世昌通电辞职,黎元洪复任总统,随后曹锟重贿当选,逐走黎元洪,冯玉祥的国民军又入京,幽禁曹锟。军阀之离合,事同儿戏,就以张嘉璈来到北京的这些年来看,总统、总理已走马灯般不知换了多少任。民初的这台大戏,一个个军头和政客,正可谓草台班子你方唱罢我登台,除了打打"政治麻将",这些军头和政客哪顾银行家们死活。

曹汝霖在回忆录中曾说,自"西原借款"后,他从交通总长兼财政总长的位子上退下来,出任交通银行总裁。某日,老父寿辰,家中搭了戏台在唱戏,行员来报告说,不知何故发生挤兑,到下午,中行也发生了挤兑。曹开始还以为行里还有一千万日元储备,索性敞兑,风潮自会平息,没想到手下告诉他,那一千万日元早就借给财政部了。正好中行总裁王克敏也找来,于是曹顾不得寿辰之戏凉了台,与王一起同车去见国务总理靳云鹏,请总理下令财政部先拨还两行一部分现款,以救当前之急。

靳云鹏是山东济宁人,打小没好好读过书,18 岁就去天津小站应募当兵,其性粗鄙。这个武夫见曹、王两人找上门来,他斜了眼,口含了一支长旱烟杆,滋滋地抽,慢慢吞吞地道:你们自己贪厚利借出,现在有什么办法?

曹汝霖听了极不耐烦,仗着资历老,大声说:"总理,你这话太无理了! 哪一家银行不是为图利而开的? 财政部向两行借款,都订有合同期限,财政部不顾信用到期不理,且屡借不还,两行在宽裕时候,亦愿替政府帮忙救急,现在发生挤兑,若不从速拨款镇压下去,市面金融亦要大受影响,我们是来向政府讨债,不是来求政府救济,总理说出这种话,似乎太无责任!"王克敏也在一旁说:"若两行挤倒,金融紊乱,政府也不能坐视不管,现刚开始,还容易办,无论如何,先拨若干以济眉急。"靳听了默不作声。

曹汝霖和王克敏去见总统徐世昌。把借款单据呈上,说,这些钱都是人民的存款,财政部吃了银行,即吃了存户,财政部对银行不顾信用,我们何以对存户? 徐世昌答应会与靳云鹏说说,想法拨一部分救济。曹汝霖再去见靳云鹏,靳说:"叔鲁(指王克敏)有钱,听他赌博一掷万金,若肯垫借若干,即可维持过去。"王克敏找去,靳又说曹有办法:"他跟合肥(指段祺瑞)借款,动辄数千万,他不肯想法罢了。"

　　一届政府之总理,当面挑拨不说,又尽是空谈之言,政客之无赖嘴脸显露无遗。到最后,银行东借西凑也支撑不下去了,只得宣布暂告停兑现,交行关门停业数月,中行也停业了很长时间。①

　　以曹汝霖之总长身份,也要遭武人如此戏弄,张嘉璈在北京的艰难情形,已不难想见。据张嘉璈自述,曹锟下令讨伐奉天张作霖时,吴佩孚由洛阳到北京就任讨逆军总司令,派军需官把他找去,逼着要借五百万。张嘉璈说,京行现金支绌,钞票借出,仍须兑现,无力承借。张嘉璈一直被扣留至深夜,仍坚决拒绝,说你们可以派军队去抢劫银行,横竖我是不答应借款的。最后吴佩孚无法,只好送他回家。

　　日后,张作霖入京,为防御孙传芳、吴佩孚,在京畿、热河、直、鲁及张家口北等地分驻5个军,又找张嘉璈勒借巨款,威胁说:"中国银行应领导先认大数,否则将采取非常手段。"张嘉璈拒不答应,张作霖命军需官将其带到一间办公室,种种胁迫。张嘉璈告以中行无余款可借,如若不信,可到行查看库存。最后经人调解,才把他放回。

　　好在,迭次金融风潮后,政府高层中稍有识见者也意识到,中行实力已达限度,代政府受累匪浅,不能再无休止施加压力强迫垫款,财政部借款比以前渐有减少。至1923年底,北洋政府财政日绌,将所持中行官股五百万元也出售了,只留下象征性的官股五万元。而商股则达近两千万元。至此,商股已占全部股份的99.75%,与官股的比例为40∶1,中行可说已经完全商股化。

　　这一年的《银行周报》上,张嘉璈发表了一篇文章,批评银行业最危险的倾向,是"喜与政府为缘,以与政府往来为惟一之业务"。中国银行挤干了官股,终于可以说这么硬气的话了。

　　即便如此,张嘉璈还是说,商业化并不是不讲责任了,他们仍将一秉民国六年则例精神,"凡可以为政府谋者,靡不作合法合理之尽力"。

　　可是,一场更大的战争把一切都改变了……

────────────

　　① 曹汝霖:《曹汝霖一生之回忆》,中国大百科全书出版社,2016年版,第223—224页。

第四章　革　命

一、南方之光

　　1923 年的南北气候迥然不同。在散发着陈腐气息的北方,一个个政客、军头轮流坐庄,又如在京剧中跑龙套一般,你方唱罢我登场。在南方,继这年春天孙中山与俄国特使阿道夫·越飞在上海发表联合声明几个月后,国际共运界的新星鲍罗廷来到广州大元帅府出任顾问,孙中山开始实行联俄联共,试图把国民党改造成即将到来的民族解放运动的一支革命力量。

　　这年 5 月,当张嘉璈竭力与北京政府周旋、扩张中行商股的时候,南方的孙大元帅开始组建自己的中央银行。在平息陈炯明叛乱后,老同盟会会员、时任广州市市长的林云陔被任命为广东中央银行行长,刚从上海到广州的哈佛大学毕业生宋子文为副行长。

　　进入 1924 年下半年,在北方,第二次直奉战争又大打出手,总统曹锟对奉天张作霖下达讨伐令,任命吴佩孚为讨逆军总司令,准备分三路向关外进兵。本被布置在热河一线抵抗奉军的直系吴部第三军总司令冯玉祥,临阵倒戈,回京发动政变,幽禁曹锟,所部"国民军"临时组阁,黄郛成立摄政内阁,时不旋踵,冯又通电下野。浙、沪之间,江苏督军齐燮元与浙江督军卢永祥也起战端,战争的消息引发金融恐慌,一时间,公债暴跌,投机家纷告破产。到了年底,报上又都纷纷传言,因各方邀请,广州孙大元帅抱病北上,欲谋全国之和平。时年 36 岁的张嘉璈在日记中写道:

全年满地战争,交通阻滞。上海分行一面须维持沪市,一面须接济内地各分行。而内地各分行多存现金则虑兵匪抢劫,少存则恐挤兑,同时又不能不兼顾当地市面,使其安定。至于政局倜扰,与金融有密切关系之公债,其基金又时有动摇。银行当局责任所在,尝有穷于应付之苦……虽然,否极泰来,照此趋势,北方几无政府,南方似有成立统一政府之望,姑坐以待。①

北方已经陷入无政府状态,战云密布中,张嘉璈似乎看到南方的天空出现了一道值得他去企盼的光亮。一直与北方分庭抗礼的广州政府,似乎秉承的正是肇创民国的革命党人的精神。但也不敢太过确定,只能静观以待其变——"姑坐以待"。

宋子文自 1924 年 8 月接替林云陔主持广东财政后,中央银行因没有充分的准备金而滥发纸币,造成通货膨胀。鉴于广东中央银行底子薄弱,为提高纸币信用起见,宋子文急需一笔现金。一上任,宋子文就派特派员到香港,与中行香港分行经理贝祖诒商借部分现金,作为发行准备。

成立时间更早的中行广州分行是华南金融重镇,宋子文何以舍近就远?说来也是民国五年停兑风潮波及所致。风潮过后,广东境内时起内讧,秩序混乱,中行广州分行业务无法推动,遂将分行改为支行,主要业务移于香港。1919 年,香港支行升格为分行。

出任中行香港分行经理的贝祖诒(字淞荪),苏州人氏,生于 1892 年,小张嘉璈 5 岁,是吴中望族贝氏家族的第十四代传人,时年正当 30 出头。这个经商世家遗传给他一个极为精明的头脑,使他有着一种异于常人的商业智慧,善于审时度势,进退裕如。是以,当时的他年纪虽不大,却已是新式银行家群体里风头正劲的人物。

贝家长年经营祖传的药业,完成最初的资本积累后,于民初开始涉足金融业。1915 年,陈光甫和庄得之等人创办上海商业储蓄银行时,贝

---

① 《张公权先生年谱初稿》上册,第 60 页。

祖诒的父亲贝理泰(字哉安),就是最初的合伙人之一,协助陈光甫创办了中国旅行社,并担任这家新型旅行社的苏州分社经理。贝哉安有五个儿子、四个孙子,皆从事金融,其中最负盛名的就是三子贝祖诒。从苏州东吴大学毕业后,贝祖诒曾短暂供职于盛宣怀创办的汉冶萍煤铁公司统计部,大概是1914年前后进中国银行总行,历任各要职,也算是中行的一位老人了。日后驰名世界的建筑大师贝聿铭,则是贝祖诒的儿子。

一听是宋子文请求借款,贝祖诒不敢做主,即电北京总行请示。张嘉璈密嘱其亲往广州,与宋子文面谈。获知宋子文提出借款200万元,张嘉璈让贝祖诒留一手,允予先承借50万元,以助其实施钞票整理计划。这是中国银行与广州军政府第一次打交道。事后局势的发展证明,这是一次成功的风投。两年后,国民革命军出师北伐,因有贝祖诒这番通融在先,宋子文即以财政部部长令告出发各军:"我军到达各地,当加意维持中国银行。"

作为连接中国与世界经济最重要枢纽的上海,自从受到"五四运动"的波及之后,在20世纪20年代的最初几年里都没能恢复平静。1925年春天,紧张局势再度升级。上海的大学生们和平民夜校的工人们走到了一起,在"内外纱厂"发动了针对暴虐工头的罢工。工部局方面宣称,罢工是"受到布尔什维克的煽动"。这一猜测并非毫无根据,成立于1921年的中国共产党,其时在上海已有295名成员,其中一些党员就是在校大学生。

进入5月,新一轮罢工终于引发流血冲突,一个参与罢工的叫顾正红的工人被日本工头开枪击中,并于两天后身亡。对于死难者的哀悼,催生了一场更大规模的政治运动。5月下旬,罢工潮此起彼伏。5月30日星期六,时当初夏,3000余名学生和工友按照计划集合游行时,遭到公共租界英籍巡捕的开枪扫射,当场死伤30余人。事件的走向正如一个英国外交部官员所预言,"1925年5月30日将成为远东历史上一个伟大的日子,犹如欧洲的巴士底狱一般"。史称"五卅惨案"的屠杀事件开启了从1925年到1927年这段风云跌宕的历史,即史称的"大革命"

时代。

　　"五卅惨案"点燃了民众对帝国主义的怒火,在知识分子和学生领袖的组织下,长江中游的汉口,广州沙面岛上的英法租界,几乎所有省会城市都爆发了抗议活动,尤其是持续时间长达一年零四个月的"省港大罢工",更是巩固了广州作为国民革命根据地的地位。当所有的爱国力量被动员起来共同对抗外侮时,国内其他矛盾暂且平息,各种力量都在寻求结盟,广州大元帅府已改组为国民政府,正式与北方分庭抗礼。一场以反帝反军阀为主旨的民族革命运动在广州发动,并在短短两年内席卷南北。

　　上海惨案发生次日,各界以罢市、罢工、罢学为抗议。南京路因路人阻止电车行驶,导致英籍巡捕二次开枪,多人伤亡,遂致风潮扩大。在沪华商银行、钱庄全体停业,一直到月底,始忍辱开业。各大银行刚停业时,上海市面骚动,人心不安,张嘉璈凭着经验觉察到,停市多日后再开市,兑现提存必会成倍增加,为避免引起市面紧张,他只能让各地分行多存现金,以资应付,并对工商各业有困难者临时给予救济。好在津、沪两行所发行的钞票,信用一向较好,风潮中没受大的影响。

二、窄　门

　　1927 年,甚或再上溯几年,"满地战争,交通阻滞"已是常态;而种种迹象表明,南方正在为北伐革命厉兵秣马。继 1925 年 7 月国民政府成立后,又成立军事委员会,整肃党军,编组为国民革命军,政治新星蒋介石以八人军委会成员的身份兼任这支武装力量的总司令,领袖遗孀的弟弟宋子文,也于这年 9 月被任命为财政部部长。

　　张嘉璈不喜欢革命。按照他在日本所受的西式教育,日本人取古汉语中的"革命"二字为词形,意即"革除天命",推翻旧的制度。欧洲和苏俄的历史告诉他,革命必定伴随着大规模的流血战争。革命和战争如同一把黑色镰刀,凡它一路砍过的地方,百业凋敝,市面萧条,金融的血脉会梗阻,甚至社会上流通的钱会被政客们搜刮去做战争机器的润滑剂。可是革命已经发生,他只能小心驾驶着中国银行这艘巨船穿过乱世的险滩。

但他心里还是有一个疑惑,不发达国家如中国,要实现经济发展和进步,必得穿过"革命"这道门吗?

仲兄嘉森平生最服膺梁任公,视之为当世最渊博、最有洞察力的学者,留学日本时,嘉森就是梁任公的忠实拥趸。受嘉森熏染,张嘉璈读过梁的皇皇巨著《饮冰室文集》,也得以了解任公对革命的独到解释。任公认为,革命之义有广狭:最广义的革命,是社会上一切无形有形事物的变动;其次是广义的革命,乃是在政治上,开创出一个新时代;最次是狭义的革命,即"专以兵力"向中央政府挑战。任公以为,中国数千年以来,唯有狭义的革命。①

尽管任公得出的这一结论让人悲哀,张嘉璈还是希望,这场由南方策动的革命不同于以往的革命,它或许不能免于流血,但最终的指向,必得是让中国有更好未来的一场制度性的变革。这样的革命,他或许还能说服自己,勉力接受之。

1926年初,北伐军兴后,时任财政总长王克敏找张嘉璈、冯耿光商量。时下南军节节推进,北方政局腐败,军队不能打仗,已亲眼见之,但南方的"联俄、联共、扶助农工"究系如何,也要眼见为实。北伐军即将进军江浙,打进上海,中国银行怎么办?严峻的现实逼着他们要拿出一个周详的应对方案来。商量结果是让冯耿光借探亲之名,前往广州一探虚实。冯此时身份是中行常务董事,又是广东禺番人,于是欣然同意南下。

冯耿光到了广州,亲眼所见,果然与北方迥异,一派革命的蓬勃气象。住了一段时间,他起程回北京,路过南京,被东南联军司令孙传芳侦知行踪,请去谈话。孙明白北伐军的下一个目标是江浙地区,想从冯耿光这里套些话来,一上来就套近乎:"你我都是日本士官毕业的,你是第二期,我是第六期,你是我的老前辈。大家可以畅快地谈一谈。张

① 梁启超:《中国历史上革命之研究》。

作霖是个土匪,蒋介石是个流氓,两个人都来拉拢我,你看我和哪个合作比较好?"冯耿光不明孙传芳的底里,事先又未与南方有所探讨,虚与委蛇道:"扶强抑弱,方能立于不败之地。"暗示北伐军会取得最后胜利。日后,孙传芳拒绝与南方合作,战败投靠奉系张作霖,冯耿光在京听到消息,遂有竖子不足与谋之叹。

冯耿光回到北京后,向王克敏、张嘉璈谈到南方情况,认为南方成功的可能性更大,然军情扑朔迷离,胜负定局之前也有变数。但中国政局不管如何变动,中国的金融都不能乱,三人商议之下,做出一个极为稳妥的安排:王克敏与冯耿光留在北方,应付北洋(此时中国银行总裁金还因病休养,冯耿光遂再度被推为中国银行代理总裁),张嘉璈则以母病为由回上海,设立驻沪办事处,指挥南方行务,观察形势,并对北伐有所策应和济助。对外宣布的理由是"中国银行之职责,系为全国民众服务,行务行政不应集中北京,宜由正副总裁分驻京沪,就近处理"。

1926 年 6 月初,张嘉璈仅带秘书一人离京南下,以中国银行副总裁名义移驻上海,在分行二楼辟屋办公。仅仅半个月后,广州国民政府军事委员会主席蒋介石任总司令职,正式下达北伐部队动员令。这似乎是个好兆头,不管以后政局如何变动,中行已着先计。但银行家们的缜密脑袋总是跑不过军人的算盘,因为军人手上有枪、有地盘,可以更恣肆随意地发号施令,事情的发展并未如他们预想的那般顺利。

贝祖诒此时的角色,有点像中国银行坐镇南方的一个眼线。他不断将北伐消息电告北京总部和在上海的张嘉璈、陈光甫等人。"南方声势很盛,军事有把握",而北洋气数已尽,"已等于晚清之绿营,暮气太深,如能早日淘汰,即是中国之福"。"粤方军事政治工作远胜北方,现值北伐之际,中行必须设法与粤当局联络,以为将来中行全局地位计。"①

---

① 贝祖诒致陈光甫函,1926 年 7 月 30 日,《上海银行家书信集(1918—1949)》,上海辞书出版社,2008 年版,第 27、29 页。

　　贝祖诒的这一判断,与年初冯耿光亲赴广州考察的结论不谋而合,看来中国银行的确应该早做预谋,绝不能为一个即将垮台的政权去陪葬。贝祖诒还在电文中透露,广州政府对中国银行之前的做法极不满意,声言若再不助其,就要采取严厉制裁:"粤政府已宣言,中行接济吴佩孚打国民军,甘作军阀之走狗,现在北伐时期前方需款甚巨,倘能尽力接济,尚有可原,否则该行只知助敌,不知助国民军,当以敌人对待,所有国民军管辖区域,不准有该行钞票流通,应勒令收回云云。"贝祖诒急切呼吁,该是拿一个主意的时候了,如若长此散漫,各自为政,"则广东成功之日即中行宣告破产之时"。他还吁请中行高层注意,前番北军退出长沙时,中行长沙支行即关门停业,在中行或有不得已之苦衷,而外间不察,以为中行有政治意味,随北军进退,不免存敌视中行之心,革命年代,类似的问题须随时发现并纠正之。

　　张嘉璈人在上海,与北京总行方面函电往返,尚需时日,贝祖诒都有点等不及了。他在写给陈光甫的信中隐隐吐露不满:"诒日前曾函公权副总裁,详陈利害,不知伊有何方针。"他说自己为了中行事与粤政府疏解,费尽九牛二虎之力,粤方疑窦渐释,如果在接下来的长江战事中应付不灵,将来又恐发生问题。

　　贝祖诒的父亲贝理泰与陈光甫共事多年,贝祖诒对父执辈的陈光甫素来信任,他在信中隐约透露,广州政府有意起用自己,多次提出要他接办中央银行。他试探道,这是解救中行潜在危局的极好机会,此时加入本极适当,但必须中行当局能够理解自己,否则于事无补,反招疑忌。贝祖诒说,自己的平生之志,是想在整理金融、改良币制等方面有所贡献。中行为全国金融命脉,自己服务了 13 年,这么做的目的,是"雅不欲见中行为任何方面所破坏",而眼下的中行,可说"危机四伏"。他希望陈光甫做中人,与张嘉璈商议此事。"公知诒最深,且与中行交谊亦深,尚乞密代策划为感。"①

　　他最大的担心是,若此时改换门庭,去了广州中央银行,会被中行

---

①　贝祖诒致陈光甫函,1926 年 8 月 31 日。

当局疑为早有他志,以后再难合作。对世事练达的贝祖诒来说,这当然是他不愿意看到的结果。因为这样闹僵,整顿币制、改良金融这些理想也就可能成为泡影。"诒现在以局外人之地位作南北撮合之功夫,容易成功,一经加入粤方,便带有南方色彩,对于北方金融界不易说话,是以迟迟未决。"①

三、助　饷

9 月,张嘉璈忽接到好友黄郛从天津来电,传达已进兵至江西赣州的蒋总司令的意见,要张嘉璈设法汇寄部分现款,支持北伐大业。

当初,宋子文向香港中国银行借了 200 万元现款作为发行准备,广州中央银行的纸币逐渐流通,但还不敢任意发行。北伐出征时,另发行了一种临时兑换券,充作军饷,以减少中央银行的现金支出与纸币增发。北伐军进入江西赣州后,因当地商民只认银圆和中国银行发行的纸币,拒绝使用北伐军所带的临时军用兑换券,蒋介石已为此急得焦头烂额,故特电正准备从天津南下的黄郛,让他找张嘉璈在上海设法汇济。

当时孙传芳正在南京调集大军,准备入赣与国民革命军作殊死决战,对上海金融界监视十分严密,严禁资金外流,再加上赣州僻处内地,调汇不易,但张嘉璈还是想尽办法,密电南昌分行秘密汇送 30 万大洋送到赣州的北伐军总司令部。

在总司令的迭次催促下,在天津赋闲的黄郛终于下定了决心,无论公谊私交,他都要南下助蒋。黄郛离津时,张嘉璈指示中行总管理处,托黄郛带一封密函给汉口分行代经理汪翔唐。同时有话传达,国民革命军进抵汉口后,一旦需用款,凭此密函,即可向汉口中国银行借支 100 万元。先前不肯借款给北京政府的张公权,出手变得如此阔绰,其结纳、示好之意,黄郛岂会不知? 唯此大变革年代,人人都要找个依傍,不

①　贝祖诒致陈光甫函,1926 年 9 月 21 日。

好苛责,唯有心底叹息。

后来因为蒋介石与武汉政府闹别扭,把北伐总司令部设在了南昌,也就没有从汉口中行借款一事发生。但张嘉璈还是指示南昌分行,又秘密拨汇了20万元现款。这一切与南方接洽的事,张嘉璈都是让总管理处的总文书吴震修办理的。辛亥年在沪军都督府,黄郛任参谋长,吴震修副之,那时蒋介石和张群还只是团长。① 当时孙传芳已败退南京,中行行员均同情革命军,此次拨汇巨款,仍然做到绝对保密,孙方丝毫没有觉察。但蒋并没有忘记中行方面口头承诺的100万元,日后为此还生出不少事端。

黄郛携夫人南下至上海,盘桓几日,即坐船西进,上庐山为盟弟指点天下大势。先从军事入手:北洋军阀虽近尾声,直、奉合作,则北军势力尚在国民革命军之上,应联络北方阎、冯力量,以期缩短战祸;底定东南后,所重者为经济与外交,更须预做未雨绸缪之谋。再谈"收拾人心",当明示各项政策,使国民真正了解到北伐是南方革命力量发动的正义之战。他开给蒋的锦囊妙策,一是离俄,一是清党。

黄郛去武汉做了一趟短期考察后,回到南昌,再次向蒋建言:悠悠万事,唯财政为大,应加紧与江浙银行家的合作。早年有过一段上海证券交易所经纪人生涯的蒋,也正有此意,于是黄郛受命"居沪运筹",②因他与中国银行张嘉璈、盐业银行吴鼎昌、金城银行周作民等沪上金融界大佬均有渊源。临行前,蒋嘱黄郛全权处理上海事宜,并交给他一册空白任命状,嘱他遇机酌情填发。人事是政治上重要的棋,时人热衷革命,求官者不在少数,蒋这么做,也算是洞悉世人心机。日后,黄郛到上海,也不见委任谁做何官,可见对世情的隔膜。是以,黄沈亦云日后在回忆录中说,"膺白一生失败,就在不谙人事",这当然是别的话绪了。

黄郛到上海,与陈光甫、钱永铭等银行家先行秘密联络。黄郛传回

---

① 吴震修与黄郛和蒋介石的关系,见谟研《"四·一二"反革命叛变与资产阶级》,《历史研究》,1977 年第 2 期。

② 沈云龙:《黄膺白先生年谱长编》上册,台湾:联经出版事业公司,1976 年版,第 269 页。

了陈、钱二人的口头保证，"革命军饷银，当尽力而为"，蒋非常高兴，于1月25日作书，嘱总司令部军需署长徐桴专程东下，面交此信，内称"沪上来友，皆称诸公主张公道，扶持党义，岁寒松柏，尤为感佩！尚祈随时指示，贯彻初衷"，邀他们"来浔汉一游，聊叙积愫"。

当其时也，何应钦部自闽，白崇禧部自赣，已相继入浙，奉鲁军已沿着沪杭线逐次退往江北。到1927年初，国民革命军陈兵上海郊外，策动海军司令杨树庄反正，每月许以支付海军军饷35万元。蒋介石不想让特派员钮永建参与其事，海军饷项和交涉事都是交给黄郛去做，黄郛再转嘱陈其采、吴震修，通过中国银行上海分行照拨了这些款项。

日后，张嘉璈曾撰专文述到此节："国民革命军由粤北进中，膺白先生居上海，中行总处亦迁上海，先生时与我商讨如何帮助北伐军饷糈。及国民政府成立后，又不断与我讨论如何由中国银行联合金融界帮助国府财政。所幸当时金融界久已同情国民革命，再以膺白先生之意达于同业，均表示竭诚拥护。故国民政府成立初期之财政，得免于匮乏，膺白先生从旁诱掖之功不可没焉！"①

其时，曾经犹豫观望的贝祖诒心志已定，从香港跑到内地，他不停地从革命的大本营发来北伐军情战报。9月，蒋介石和孙传芳正在江西南昌激战，他在电报中判为形势未明："日来消息似南军在赣鄂边界略为失利，究竟是否系诱敌深入、以备一击歼灭之计，抑真为孙军所败，不得而知，但两方实力尚未接触，可为断言。"到了10月，胜负已见分晓，18日，他来电告："粤方之意本以得赣为限，长江北部须俟整理就绪再行解决，中央政府原拟设在武昌。惟日前国民党开代表大会，忽主中央政府暂行留粤，不移武昌，意或须俟南京下后再谋迁宁亦未可知。"

12月初，贝祖诒还亲自到九江、南昌和汉口跑了一圈，会见国民政府要员，打听详情。一封从武汉发给陈光甫的电报里，他对时局提出三点看法："第一，上游军事必须肃清，使商货源源流通，庶汉皋金融得以

① 　张嘉璈：《黄膺白二三事》，《黄膺白先生故旧感忆录》，黄膺白先生纪念刊编辑委员会辑，1937年版。

活泼。第二,财政收支必须相抵,万不可以金融界为筹款之门径。第三,劳资必须兼顾,使商界安居乐业,万不可有偏袒之弊。"①

在这封极富政治洞察力的电文里,贝祖诒流露出了他的忧虑。他所忧者,不是战事迟迟不结束。长江一带,北洋的势力很快就会退出,商人又会回来做生意,市面的萧条也很快会改观,这不用他去操心。他所忧者有二:一是怕政府随意乱来,出了财政赤字就狠打银行界的主意,以之为扒钱利器;二是在劳资关系的处理上,看不到劳方、资方手心手背都是肉,一味只知挥舞"扶助工农"大旗,而对商人任意打击。

贝祖诒担心的是,此时的上海工商界,尤其是各家银行的经理们尚不能看清这一点。除了发电报给张嘉璈,他还私下央告陈光甫,以上各节,"先请密与公权副总裁一谈",试图通过陈再去影响他的上司。因为他知道,张嘉璈和陈光甫在上海过从甚密,几乎每天他们都要交换对时局的看法。日后的事态表明,贝祖诒比上海的银行家们更敏感,也更具远见。他所担忧的几点,不久都一一应验了。

四、四行群雄

当中国银行高层密切关注着南北局势时,另一个老资格的银行家——盐业银行总经理、"四行"联营事务所主任吴鼎昌,也注意到了崛起于广州的这股革命势力。

说起来,吴鼎昌与中国银行渊源颇深。吴在留日时就加入了同盟会,回国后以"最优等留学毕业生"的资格参加廷试,如愿以偿中了商科进士,后投到大清银行监督叶景葵门下,担任大清银行总务科长,旋以办事勤勉获得信任,被派任到南昌担任大清银行江西分行总办。大清银行停业后,吴与原总监督叶景葵、上海分行经理宋汉章等联名呈请临时大总统孙文将大清银行改组为中国银行,被任命为正监督,最早版本

---

① 贝祖诒致陈光甫函,1926 年 12 月 7 日。

的《中国银行则例》就是出自他手。

在民初政、商两界,吴鼎昌是个长袖善舞的人物。接管大盐商出身的河南督军张镇芳创办的盐业银行后,他大刀阔斧除旧布新,趁着中、交两行因停兑事件信誉有损,他以盐业为后盾,拉大腕为股东,一时占尽天时地利。500万股款实足收齐,再翻一番,增为1000万股资。又拓展了地产部、证券部、轮船公司、保险公司,兼做外汇和仓储业,还在北京、天津、上海、汉口开设分行,俨然已成为一家可以与中、交两行比肩的大银行。

吴鼎昌是个眼光极为长远的银行家,坐上盐业银行总经理宝座后不久,他把行务交与他人打理,请了半年假,专程前往欧美考察银行制度。回国后经过上海,与原交通银行北京分行经理胡笔江相遇。其时,胡正与南洋糖商黄奕住合作开办中南银行。吴谈起国外见闻,认为外国银行资本雄厚,协作精神亦强,遇到难题可以相互调剂,而中国银行界则各自为谋,势单力弱,当此乱世,在北方的几家有实力的私人银行,若能联合经营,厚集资力,方能把事做大。此举得到吴的留日同学、金城银行的周作民响应,于是有盐业银行、中南银行、金城银行三行联营之议。不久,另一个同学、大陆银行的总经理谈荔孙也加入进来,遂有四行联合营业事务所之诞生,不久又在此基础上组建了"四行储蓄会"。

"四行"与各派政治势力和地方军头皆有千丝万缕的联系,其中大陆银行的主要投资者是直系的李纯、齐燮元。金城银行的周作民曾任中国银行芜湖分行经理,与皖系的倪嗣冲交好。中南银行的胡笔江有交通系的背景。而能够游刃有余地穿梭于各方势力之间的,则非吴鼎昌莫属。于是各家遂公推吴鼎昌为四行联合营业事务所主任,协调一切业务。吴鼎昌把"四行"这个北方金融舰队打理得井井有条,在他手中,盐业银行的存款总额也不断上升,与"南三行"中的翘楚浙江兴业银行相伯仲。一时间,坊间都在传说,"北四行"之有盐业,就好比"南三行"之有兴业。吴鼎昌领导下的"北四行",与江浙财团的"南三行",遂成为民国商业性银行的南北两大支柱。

除过人的商业直觉之外,吴鼎昌的政治嗅觉也是他的同行们望尘莫及的。事实上,吴把政治上的嗅觉运用于银行生意,才能保证他的每一步决策都不落空。吴鼎昌曾与人言,平生有三大愿:一是办一张报纸,一是办一个储蓄会,一是办一个国际性大旅社。在有生之年,这些愿望还真一一实现了。就在1926年秋天,吴鼎昌刚刚做出了一个对他的未来将要发生重要影响的决定,他接盘了关门倒闭的《大公报》。当此南北局势未明之际,这个银行家一手掌控"四行",一手又握有《大公报》、国闻社等舆论机器,诚可谓如虎添翼。

国民革命军在广州誓师北伐,宣布中国关税独立,吴鼎昌担心将会直接影响外国股票和债务的行市。这几年,盐业银行购入了大量国内公债和外币债券,一旦南方革命政府宣布废除北洋政府与列强签订的各种条约,大量债券很可能就会成为一堆废纸。吴派出《大公报》外勤记者徐铸成,以新闻采访为名前往广州,探听南方革命政府的外交政策。行前,吴特意关照,除了军事进展情况,尤其要注意广东方面对旧公债的态度。他们约定,如果南方政府决定维持旧公债,就发电报以"母病愈即出院"为暗语。徐铸成到广州后,探明南方政府继续承认旧公债有效,对于关税和盐税担保的善后借款公债更无问题,即以约定的暗语向吴鼎昌报告。于是,吴鼎昌抄底购入大量善后债券,果然后来大涨特涨,吴大赚一笔。

1926年下半年,随着北伐兵锋直抵长江流域,吴鼎昌的目光也渐渐聚焦到了年轻的国民革命军总司令身上。他凭直觉意识到,自己的余生乃至整个中国的金融业,都会因为这个人发生巨大变化。是年冬天,蒋介石驻军南昌时,吴、蒋已有数次密电往返,吴还推荐一些北方人士赴南昌与蒋会见。

紧张的南北对峙中,形势已拨云见日,渐趋清朗。南北银行家都在寻找自己的代理人,都在翘首期待着新的变化。1927年2月底的一天,两个上海商界的实力人物虞和德和钱新之结伴来到南昌行营。

两人此次欣然就道,起因是上月蒋介石托军需署长徐桴转交上海银行界的信中"来浔汉一游"的邀请,也未必不可以看作是上海的资本主动向权力寻租。

被坊间称为"阿德哥"的虞和德(字洽卿)是镇海龙山人,算是总司令的宁波同乡。早年,他曾出资六万元,助投资股市失利的蒋南下广州,可称得上是上海滩上最成功的一次风投。虞和德最初是航运起家,他手上有一支庞大的船队,控制着上海和内河的多个码头,还控制着一家商业银行四明银行。① 长年周旋于政商两界,游走在洋人、劳工、党派以及秘密帮派之间而屹立不倒,可见其长袖善舞。

比他年轻得多的钱新之,则来自湖州一个家境富饶的米商家庭,早年入天津北洋大学学习财政经济学,未毕业便官费赴日就学于神户高等商业学校,回国后在陈其美手下任过职,帮助曹汝霖整顿过交通银行,后又与张嘉璈、陈光甫、李铭等发起成立上海银行公会,他目前的身份是四行联合准备库协理兼上海分库经理。本来陈光甫也要一起去的,但临行又推故说不去了,当然陈光甫也不是毫无表示,他和钱永铭一起凑足了 50 万元,托两人这次带去。

这两个上海商界举足轻重的人物在南昌行营受到了热情款待。此时正当宁汉分裂前夕,蒋介石百般忧心,这两个商界闻人的到来,对他下一步的军事行动肯定起到了某种重要暗示。尤其对于正愁缺钱的蒋来说,送来的五十万元可谓是雪中送炭。钱永铭获知于蒋介石,正起于此,日后,徐桴对钱永铭说:"老兄和光甫的 50 万元,数额虽不算太大,但解决了总司令的年关急需,所以总司令很满意,一直把这第一次借款记在心里,几次说起要报答两位。"

从日后事态的演变来看,极有可能他们在这次会面中达成了某种默契。蒋从虞、钱两人这里得到了上海工商和实业界给予经济支持的承诺(当然支持是有条件的),于是下定决心挥师东进拿下上海,解决让他头痛不已的北伐粮饷问题。当然更重要的是,有了财阀们的支持,才

---

① 1906 年作为商务代表随端方考察日本回国后,虞洽卿与另一个工商界闻人朱葆三发起四明商业储蓄银行并出任董事长。

可以与武汉分庭抗礼。①

此时最感纠结的,是张嘉璈的老友陈光甫。

到北伐战争爆发的前一年,陈光甫在宁波路 8 号狭小的门面开出的上海商业储蓄银行,经十余年打拼,已走出褴褛草创时代,由开办之初的 5 万元本金,扩展为一家拥有资本 250 万元、存款额 3200 万元、分支机构遍布国内二十多个城市的大银行。在全国四十几家较有实力的商业银行中,其综合实力与金融界大佬叶景葵创办的浙江兴业银行并列第五。南北军队开战,南军一路由粤入赣,扩及湘鄂,且有向长江下游城市蔓延之势,上海命运如何,银行家们命运如何,一切都还是未知数。时局的震荡让陈光甫感到了不安,留美时交好的孔祥熙来信约他去广州看看,他也没有去。迫于形势未明,他不得不暂作收束,持币观望,把开张不到两年的杭州、镇江、长沙、北京的分行关停。

这个实诚又不乏精明的银行家一向奉行"敬远官僚,亲交商人"。他给星五午餐会的同行们留下的印象,是对官场的极度嫌恶。他曾说,上海那么多家银行的钱,都搁置在政府借款中,在官家的口袋里打转,这是危险的,必须改辙易途,把方向调整到服务民生上来。他还说,作为一个新式银行家,应该靠自己本事独立发展。但这次蒋介石瞄上了他,准备让他出任江苏兼上海财政委员会主任一职,专司为北伐筹饷。3 月 26 日,蒋介石到上海,当晚在法租界祁齐路交涉公署约见沪上实业界和金融界要人,商议外交与财政等问题,商酌成立江苏兼上海财政委员会,为北伐发行公债、筹措军饷,陈光甫、虞洽卿、钱永铭、陈其采等悉在其中。

----

① 学界对虞洽卿和钱永铭是否在 1927 年 2 月去南昌见蒋介石有争议。丁日初的《虞洽卿简论》认为,北伐军进入上海前,上海的资本家曾经摊派虞洽卿和四行储蓄会经理钱新之到南昌,同蒋介石策划反共阴谋。穆烜在《"四·一二"前后的上海商业联合会——中国资产阶级的一页史料》中也认为,虞去南昌见过蒋。冯筱才《政商中国:虞洽卿与他的时代》中则提出,北伐开始后,虞洽卿与蒋介石的联络都是通过钮永建,蒋、虞第一次会面是 1927 年 3 月 26 日。

　　当晚会见结束后,国民革命军总司令部随即公布了新机构共15人的组成名单,军方和社会各界为钮永建、杨铨、柳亚子、汤济沧、王伯群等5人,工商界和金融界10人,除陈光甫、虞洽卿、钱永铭、陈其采、王晓籁外,还有中国银行总文书吴荣鬯、钱庄业代表秦润卿、交通银行代表汤钜、面粉业代表顾馨一、溥业纱厂总经理兼大盐商徐国安。陈光甫被指定为财委会主任。蒋下达给苏沪财委会第一项任务是筹款1000万元,以关税余款的2.5%作抵押。陈光甫再三写信请辞,还以老父病重为由,跑回镇江老家。蒋毫不气馁,一次次发电报要拉他上船。"务请勉为其难共仗危局","万望毅然出任,勿稍推辞"。① 银行界的朋友多有来劝说的,被任命为他的副手的钱新之(不久后出任财政次长)更是极力撺掇,甚至说要到镇江老家来找他。

　　国人眼中气势如虹的北伐,首先是一场金钱战,财政问题是一直困扰着国民党领袖的魔影。财政拮据的魔影不去,战争机器就无法驱动。北伐开始前所做的"整军、肃党、准备北伐"的预案中,出征的国民革命军以装备七个军计算,"至少须准备枪数逾五万,如全部动员,至少在八万以上","而每员补充费以三十元计算,一个月内,必须筹足二百五十万元","出发时应备足二个月军费,战时,每员每月以三十元计算,如准备二个月,总需筹足五百万元",三个月内军费预算不低于750万元。在俄国军事顾问布留赫尔——著名的加伦将军——带领的参谋班子的协助下制订北伐计划时,蒋一心以为,国民革命军顶多能打到武汉就算不错了,所有预案是以三个月为限计算的。没想到战争的机器一经开动,如同一场不可预料的延时赛,越拖越久。统一中国,原来只是喊喊口号以做政治鼓动的,竟也成为可能。是以,军队不断扩编,军费开支不断直线上涨,也让蒋越来越感到头痛。

　　北伐之初的军饷,是由素有理财专家之称的国民政府财政部部长兼广东财政厅厅长宋子文着力维持的。宋子文调拨北伐军饷,只能依

――――――――

　　① 蒋介石致陈光甫电稿,1927年4月25日,《上海银行家书信集(1918—1949)》,第45页。

赖广东一省的财力。广东每年的财政收入,在四千万至五千万元间,大概已有七成用作军费开支。随着战线愈拉愈长,广东一省的财力已无法支应。宋子文在两年内让广东的政府税收增长了7倍,从人头税、车船税到青菜捐、蒜串捐无所不刮,却依然捉襟见肘,穷于应付。前方各军伙食不能发足,欠饷未能如数发到士兵手里,致使屡有军队闹饷发生。

因为军饷总是得不到满足,蒋、宋屡起冲突,蒋对宋子文早就产生了芥蒂。他想要撇开宋,另找一个资历、才具、声望相孚的银行家专门筹饷。陈光甫就是在这样的形势下,因陈其采的推荐进入了蒋的视野。蒋开始是瞩意他把兄弟的这个侄子的,但陈其采不想当这个筹饷官,他说,光甫之才,胜我十倍。

陈光甫开始还不想就范,一再推托,终因武汉国民政府强制实施一项不得人心的现金集中条例,才把举棋不定的他彻底推向了蒋的怀抱。武汉政府的这项现金集中令规定,在汉商家只准使用中央银行发行的汉口通用纸币及中国、交通银行所发行的钞票交易。此令一出,一下子就查封各行库存款四百余万元。坊间群议汹汹,说此令大悖经济常识,其恶劣程度比民国五年停兑令有过之而无不及,上海工商界遂与"非法势力下"的武汉断绝所有往来。

南京国民政府成立一周后,陈光甫终于表示"勉为承乏"财委会主任一职,"聊尽国民一份责任"。[①] 张嘉璈在日记中记录了这一人事任命,未做评论。

乱世之际,仕隐出处,各有考量,也各有难处,在张嘉璈看来,无论是虞、钱的欣然就道,还是陈光甫从持币观望到走向合作,都是可以理解的吧。

---

① 陈光甫 1927 年 4 月 23 日致蒋介石函,《档案与历史》,1987 年第 1 期。

第五章　逼　饷

一、凛冬将至

国民革命军进入上海，各界都觉欢欣，以为革命有成，太平盛世将至。上海的银行家们更是长吁一口气，以为从此可以安安生生做生意了。却不知一只看不见的手，已经伸出来扼住他们的喉咙。

1927年3月底的一天，一群自称国民革命军总司令部军需处的人来到汉口路中国银行上海分行，不经通报，径往宋汉章经理办公室闯，说是奉军需处处长俞飞鹏之命，来提借100万元，且要当日运往南京。一同前来的还有苏沪财政委员会委员钱永铭。

俞飞鹏是浙江奉化人，与蒋有同乡之谊，曾任总司令部兵部总监兼江西财政委员会主任，此时以江海关监督兼军需处处长的身份参加苏沪财委会，名义上受陈光甫节制，实际上是蒋安插在财委会的一个眼线。

宋汉章只答应垫借30万元，这与提借款远远不合，宋汉章随即与一同前来的钱永铭发生言语冲突。磨了半天嘴皮子，宋汉章终于同意垫借100万元，但提出要求，要对方照章提供担保品。军需处的人一状告到蒋介石那里，蒋大怒，加码要中行出500万元。张嘉璈后来说，此事纯属一场"误会"，问题出在宋汉章不知曾有汉口分行支用100万元之约。而他自己因母亲去世（张母刘太夫人于这年农历正月十七日因病去世），居丧在家，也没有预先接洽，致使误会发生，后来他闻听消息，即刻驱车前往解释，宋经理已把这100万元"照付了事"。

　　话是这么说,100 万元最后也照付了,但堂堂总司令派人催索,形同武力逼债,这行径跟军阀又有何区别? 张嘉璈不会不心存芥蒂。

　　让张嘉璈没想到的是,仅仅过了几日,4 月初的一天,蒋介石预先招呼也不打一个,竟然亲自来到他家,吊唁刚刚去世不久的刘太夫人。"他到了上海即到我家,向我母亲灵位行礼,对我曾经在他北伐时,中国银行帮他的一点小忙,表示谢意。"①

　　这让张嘉璈"无任感悚"。他赶紧抓住机会,向蒋汇报,中国银行过去于国民经济虽小有贡献,"而银行基础仍然薄弱,尚需培养",再加上不久前武汉颁布现金集中条例,中行汉口分行因系区域行,库存钞票较多,受到的损失也最大,除发行流通券千余万元外,库存钞票尚有二千余万元,尽被武汉政府提调,甚至一些未签字发行的钞票,也被强行提去交由中央银行补签使用,无形中又加重武汉区域以外中国银行的压力,他希望蒋高抬贵手,暂时放过中行一马。

　　国民革命军 3 月底进入上海以来,上海工商界和银钱公会先后两次垫款 600 万元。尽管第二次垫款时,财长宋子文对上海工商界曾有许诺不再续垫,但新开张的南京政府面临着武汉的竞争,蒋已经没有时间去等了,陈光甫一上任,就受命发行江海关附税国库券 3000 万元,令两个月内交足。

　　4 月 22 日,陈光甫在南京出席财政委员会会议后,回到上海,与张嘉璈说起发行 3000 万库券的事,牢骚满腹,说会中席上,因胡汉民、陈果夫等不明财政情形,力言否认旧债,他和陈其采、吴震修力辩,当场就发生了争论。陈光甫说,他还拒绝了蒋要他出任财政部次长的邀请。给张嘉璈的感觉,"光甫甚为灰心,觉蒋旁缺乏贤助"。他们商定,眼下之计,只有"一面筹发库券,一面以旧日整理公债情形缮

---

① 《张公权先生自述往事答客问》,《传记文学》,第 30 卷第 2 期。

具节略向政府说明"。① 以后逼迫日紧,陈光甫索性以父亲病重为由,请假回了镇江。

　　3000 万元的短期公债,如同一块巨石压得上海的银行家们喘不过气来,他们几乎都成了推石头上山的苦役犯。此项政府公债,虽经银行家们力争,订有尚称合理的偿还条件,但对于 1927 年春天的上海金融界来说,这显然是一项不甚可靠的投资,因为当时的南京并不是中国唯一的权力中心,它只是当时中国并存着的三个政府中的一个。

　　但张嘉璈对库券发行还是持乐观态度,认为国民革命军占领宁、沪之后,已掌握金融荟萃之区,不难公开筹款,此次以江海关所收二五附加税作抵发行国库券 3000 万元,月息 7 厘,分 30 个月还清,条件还算优厚,再有苏沪财政委员会、中央特派员、银钱两业公会共同推举代表组织"基金保管委员会",以浙江实业银行总经理李铭为主任委员出面保管,其信用也大可让人放心。国民政府首次发行公债及国库券能做到这般井井有条,已着实不易,只是他与南京毕竟隔阂,还以为发行这3000 万元库券是苏沪财政委员会主动提议的。

　　据专门研究南京政权与上海金融界关系的中国台湾学者王正华统计,这笔巨额公债由上海金融工商界及江浙两省共同全面负担,其中江浙两省 1200 万元,上海绅商 1000 万元,商业团体 300 万元,此外加派两淮盐商 300 万元,上海银钱业摊派 500 万元,加上之前付出去的 600 万元垫款,总计承担 1100 万元。由两公会所属 26 家银行和钱庄承购,其中钱业占比为 34%,中国银行占 21%,交通银行占 10%,金城、盐业、大陆、中南"北四行"合占 12%,上海、兴业、浙江地方实业"南三行"合占8%,宁波系的通商、四明二行合占 4%,安徽系的中国实业、中孚二行合占 2%。

　　各家银行中,中国银行所承购的数额最多,而时人所谓的"江浙财阀"实占八成。①

一道道行政命令的干预下,各级政府官员被动员起来,一家厂一家店地去征集资金。陈光甫通过虞洽卿的上海商业联合会向各业劝购,自己则集中精力与银钱两业打交道。其时还有帮会势力的介入,把许多上海商人卷入了恐怖的风浪。1927 年春夏之交的上海街头,绑票几乎成了半公开的敛财手段。如果说新政权动用官方手段对民间财富予取予求,黑帮则是帮着带头大哥在街头赤裸裸地抢钱。在帮会与政府的这场合作中,两家的利益分成始终是一个谜。

年初曾和钱新之一起去南昌奉上政治献金的虞洽卿,也感受到了催款的压力。上海临时政治委员会一挂牌开张,虞洽卿任会长的上海商业联合会第一时间申请备案登记,这使他得以一雪上届上海总商会选举时败给傅筱庵的奇耻大辱。通过虞洽卿控制的上海商业联合会,南京政府从上海资本家那里共计得到了六百万元垫款,这两笔现款对蒋介石撇开武汉自立门户至关重要。出于对虞洽卿的感激之情,蒋曾有意让虞出任新政府的财政部次长,但此时的虞已经被蒋的索用无度惊吓到了,他不想做一个专门为蒋跑腿筹措军费的账房先生,以各种理由拒绝了这一任命。同赴南昌的银行家钱永铭后来出任财政部次长,

---

① 在与外资银行的博弈中,新一代华资银行的银行家们都在寻求同道,把力量聚合到一起。"南三行"的银行家们大多为江浙籍贯,故被外界称作"江浙财阀"。"江浙财阀"的说法,初为日本人所创。按照日本学者山上金男的说法,这个名称不只有地域上的含义,浙江、江苏、安徽、四川的各个集团控制的银行都属于"江浙财阀"的一部分,因为其中江浙籍银行家是主要领导人。这个财团的银行家中,虞洽卿、李铭、钱永铭、林康侯、叶琢堂、胡孟嘉等是浙江人,陈光甫、张嘉璈、唐寿民是江苏人。这个财团控制着上海银行公会 22 家会员银行中的 14 家,1925 年,这 14 家银行掌握着全部会员银行资金总数的 84%。广东帮银行大部分为华侨创办,总部设在香港、马尼拉或新加坡,是银行公会的第二个较大规模的财团,控制着 5 家银行,这些银行掌握会员银行资金总数的 9%。美国历史学家小科布尔在一部研究银行家与政府关系的著作中称,"江浙财阀"如此完全地控制着上海的商业和金融业,以至"上海金融家""上海财阀""江浙财阀"成为可以互换的名称。见﹝美﹞帕克斯·M.小科布尔,蔡静仪译《上海资本家与国民政府,1927—1937》,世界图书出版公司,2015 年版,第 11 页。

另一个前清举人出身的宁波籍官员张寿镛担任江苏省财政厅厅长兼财政部次长。

此后，蒋要钱的电报接二连三向商业联合会飞来，一封托陈光甫转达的电文称，日来军事进展，饷项奇绌，"前日承蒙自动的募借之数，可否于最短期内筹拨，以济急需。革命成败，国家存亡，全在此举。想诸公热忱爱国，当能共同一致，以尽国民之天职也"。

资本家们被绑上了革命的战车，革命成败、国家存亡都压到了他们肩上，为蒋筹款成了他们的"天职"。接此电报，商业联合会当日复电同意筹款，可是没等他们计议停当，催款电报又来了，明确说要 500 万元，商业联合会不得不临时召开大会，讨论筹款。会上，代蒋督查筹款事宜的江海关监督俞飞鹏的一封函件对商会的指责，让与会诸公陡感压力："商会诸公，当日义形于色，弟不敢谓毫无诚意，但事定之后，淡然若忘，谚云：落水求命，上水求财，近乎守钱旧态……"

经此迭次催迫，虞洽卿不得不加紧筹款。虞自己钱不多，所办三北轮埠公司也因连年战事经营不佳，他要搞钱，一是募捐，一是劝购国库券。新发行的 3000 万元二五库券，商业联合会各团体凑了 100 万元垫款。为了凑足解往南京的饷银，上海发起了"房租济饷"，规定房主必须将出租房两月租金作为爱国捐缴纳。虞洽卿最要好的朋友王晓籁称，筹款最紧急的时候，虞洽卿和他都是以私人名义向各银行出立借据应付过去的。①

4 月 30 日，是商业联合会 100 万元垫款解送南京的截止日，交款者寥寥，又须中、交两行垫付大头。财委会和商业联合会的代表齐聚中行上海分行等候。磨到晚上，宋汉章仍然只允垫 30 万元，与钱新之言语龃龉，又起决裂。为了钱的事，老兄弟们的脸面都撕开了。钱新之嚷嚷着要辞职。张嘉璈中间做解人，请彼此不必芥蒂。这边刚安抚好，吴震修又提出要辞职。张嘉璈不由得感慨："上海财政委员会

---

① 《李平书七十自述·藕初五十自述·王晓籁述录》，上海古籍出版社，1989年版。

权限不专,分子复杂,南京需款急如星火,上海财主相率袖手,迟早必难支持也。"①

　　这个东方都市,表面依然是梦一般的繁华,就如同生性浪漫的海派文人用新感觉派小说笔触描绘的那样,"宽阔的街面流淌着金融的气息","排着整齐的队伍,汽车在街的边沿停下来,等候着主人的 close hour","有色的霓虹灯火结成的直线的街"。② 但大战之下,本就度日艰难,再加上军人一再勒逼,1926 年秋至 1927 年春夏之交,中国商业的凛冬将至,上海商界的大小企业主已是叫苦连天,日子越来越不好过了。

　　新政权索取无度,上海的商人和资本家已无力为其背书,明着不敢抗衡,背地里已是一片叫苦。1927 年 7 月初,蒋介石在沪宴请各界名流,浙江兴业银行董事长李铭在席间发表了一通演说,指责政府"杀鸡取卵":"国民既知道必须拥护政府自己才生存,政府亦要知道必须使人得以生存,政府才能坚固……古人比政府为民牧,譬如要吃牛乳,要吃鸡蛋,必将生乳之牛、生蛋之鸡养得肥壮,否则牛不会生乳,鸡不会生蛋了。"③李铭代表银行家说出的不过是一个常识,失望和恐惧已经在银行家们的心头蔓延开了。

　　见此情形,到了 11 月间,虞洽卿已生解散商业联合会之意。他说,每一次政局之改革,便多得一次"提命之教训",商业联合会的这八个月,就是一大教训。人寿不知几何,枯鱼已先入肆,"事与愿违,心余力绌,痛定思痛,危乎其危",唯有把这"赘疣"自行割去了事!

　　在资本与国家权力的合谋中,商人出卖了自己的灵魂,商业从此失去独立性,成了政治的附庸,这是百年中国商业史最大的教训,连老于世故的虞洽卿都切身感受到了,张嘉璈和他的朋友们焉能不察。

---

① 《张嘉璈日记》,1927 年 5 月 1 日。
② 黑婴:《回力线》,《文艺画报》,第 1 卷第 4 期。
③ 《李馥荪对于财政金融之演说词》,《银行周报》,第 507 号。

二、军需与财政

催交 100 万元的事,算是有惊无险对付过去了。不承想,到了 4 月底,3000 万元二五附税国库券一发行,中国银行上海分行又接到了要求认购 1000 万元的指令。

5 月 2 日,钱新之辞去财政部次长的消息一传开,市面上就风传南京将有不利于中行之举。张嘉璈打电话给虞洽卿,请他彼此调停。老谋深算的虞打起了退堂鼓,说自己一个辞了职的闲人,实在不便出面。

5 月 3 日,蒋亲自致电宋汉章,限他于两天内筹齐这笔款子交苏沪财政委员会,并特派张静江和军政部军需署署长俞飞鹏两人前往提解。蒋一口一个"贵行",措辞激烈,语近威胁,看来宋汉章的执拗和不知变通已把他彻底得罪了:"闻贵行上年以大款接济军阀反抗本军,至今尚有助运之谋。久闻先生素明大义,当不使贵行再助桀虐,惟贵行为沪上领袖,若不如数筹缴,不惟妨碍革命进行,且不足以表示赞成北伐与讨共大事。"[1]

当天晚上,宋汉章来找张嘉璈,报告南京有电报来,要 1000 万元,"措辞激烈",宋猜测是前天晚上不答应追加垫款,后来又与钱新之闹翻所起连锁反应。张嘉璈一时也想不出应对法子,只是告其从容细商再说,这事还是要等陈光甫回来调停。

有传言说,如果宋汉章不照办,就要遭通缉。蒋还准备搬演武汉政府发布现金征集令的办法,先把钞票拿到手再说,以"阻碍革命、有意附逆"为借口,没收各地中国银行资产。据说黄郛闻讯,亲自飞抵前线,劝蒋"不可逼中行太甚"。张静江、俞飞鹏两个亲信也以一时还不具备没收中国银行的条件为由,出面调解。俞飞鹏恐怕此事弄僵,不可收拾,特致

---

[1] 《蒋中正电宋汉章请竭力预购二五库券一千万解交上海财委会以助北伐》(1927 年 5 月)。转引自王正华《1927 年蒋介石与上海金融界的关系》,《近代史研究》,2002 年第 4 期。

函陈光甫,表示"深恐枝节横生,愈难收拾",要求他"立定具体方案"。

陈光甫与张嘉璈交情一向甚好,上海商业储蓄银行开张及迭次遭遇提兑危机,张嘉璈都曾挺身相助,此番中国银行遭当局逼饷,颇重信义的陈光甫也试图缓颊。5 月 4 日,陈光甫从镇江回到上海,当晚,与张嘉璈、宋汉章、吴震修、李铭、徐寄顾等人商议如何应对这 1000 万元。结果商定由陈光甫报告财政委员会,库券发行压到 400 万元,先由中行允任 200 万元。但张嘉璈还天真地以为这事是财委会的人"闹小意见",怪不到政府头上去。他当晚在日记中写道:"此为南京政府压迫中行之第一次。然其咎不在政府,而在财委之闹小意见,沪行人员之眼光浅近,震修之鲁莽有以致之。"①

他甚至怪罪起了宋汉章太过固执认真,日记中的"沪行人员",显然是指宋。几日后一个晚上,宋汉章主动找张嘉璈来谈,感慨"诸事棘手",200 万元外尚需续借,流露出想辞职休息的念头。张嘉璈口头上慰留,真实的想法是,"沪行处境确极为难,而汉章应付亦渐见竭蹶矣"。②

钱新之从南京回来,说蒋对中行仍有微词,400 万元的库券发行尚以为未足,还责备中行不应以汉券供给武汉政府。陈光甫向张嘉璈建议,鉴于蒋对宋汉章已生恶念,这段时间宋还是暂时离开沪行为好。张嘉璈觉得这事难以向宋开口,让吴震修找黄郛疏解,看有没有转圜余地。

一个要强借,一个不愿倾囊相助,中国银行又一次与当局杠上了。最后,在陈光甫与张静江、黄郛等人调停下,再加又传来已有其他还款来源的确切消息,张嘉璈和宋汉章最终同意由沪行先垫款 200 万元,余下 200 万元由江苏、浙江两分行指派之库券收款,优先抵还。张嘉璈是在 5 月 18 日和吴震修、金润泉等人一起午餐时宣布这一决定的。餐毕,他应钱新之约,前往交通银行商议银行制度问题。成立一个银行制

---

① 《张嘉璈日记》,1927 年 5 月 4 日。

② 《张嘉璈日记》,1927 年 5 月 9 日。

度研究会是他们之前就在筹划的,张嘉璈还特地起草了八章会章。但此时的他连遭催迫,心绪大坏,觉得这个时候做这些于事无补,他这样对钱新之说:"此徒空言,非谈制度时也。"①

余下的 200 万元,中行过了期限也未交付,经办此事的俞飞鹏屡次催促,中行方面还是拖延。俞飞鹏因此认定中行毫无诚意,放出话来说,总座已明令,如果不在两天内如数缴足 400 万元,那么先前的 200 万元也不会受理。宋汉章回话说,上海中行在银钱两业公会两次垫款 600 万元中已承担了 120 万元,此次愿意再垫借 200 万元,已大大超过此前粤、湘、闽、汉、宁、浙各地中行对国民革命军的垫借款,实已无力再借。蒋骂人一贯很难听,他责怪俞飞鹏办事不力,电文中已有"此种奸商,何可讲情理"等激愤之语。

或许在蒋看来,三番两次顶撞他的宋汉章,此时已经成了世界上最可恶之人。此人一心只想着维持上海市面,一说借款就推三阻四,从中作梗,何来半点革命觉悟?蒋又给宋汉章写了一封信,拿中行曾资助"共产政府"说事,逼其就范:

> 先生为国为行苦心维持久已钦佩,中正虽愚,如无急需,断不有求于长者。贵行在汉,竟给共产政府以一千八百万元报效之数,使其尚敢负隅一方,涂毒同胞,殊堪痛惜。此次沪上借款,以有确实二五税作抵,信用卓著,而贵行竟表示反对,始终作梗,明达如先生,想不至此。今前方急进,饷糈万难,务请于二十三日以前沪行设法补足一千万元,交俞监收领。②

宋汉章也是一肚子的无奈与委屈。他派了一下账,自南方军政府成立,在广东垫 50 万元,在长沙垫 80 万元,在武汉垫 147 万元,在福州

---

① 《张嘉璈日记》,1927 年 5 月 18 日。
② 《蒋中正电宋汉章前付共产政府一千八百万此次借款竟作梗限期补足》(1927 年 5 月 20 日),转引自王正华《一九二七年蒋介石与上海金融界的关系》,《近代史研究》,2002 年第 4 期。

垫 70 万元,在浙江垫 132 万元,到了上海后,宁行所属垫 70 万元,在银
钱业两次 600 万元垫款中垫了 120 万元,我中国银行已为你的"北伐大
业"支付了 669 万元,怎么说我"始终作梗"? 君为刀砧,我为鱼肉,难道
真的要任你宰割吗?

　　在这之前,陈光甫一直都在勉力向中国银行上海分行催款,但在见
到蒋的这封语带威胁的电文后,陈光甫和财委会的其他成员深感寒心,
认为蒋的做法实在太过分。几天后,财委会又收到蒋要求在 5 月 24 日
前筹足 500 万元解往南京的指令,陈光甫与以蒋介石代表自居的俞飞
鹏的争执,终于在第十八次财委会会议上爆发了。

　　会议一开始,俞飞鹏要求财委会"将今日来电要筹之五百万元提开
另议,先要问中行补足千万有无确实办法,须请宋行长明白答复"。陈
光甫答称:"军事与财政本属休戚相关,北伐军费固关重要,但市面金融
亦应维持,倘挤逼过甚,市面一旦发生变动,则任何方面均属不利。总
之,我们凭国民忠心,双方兼顾,想一妥善办法,务使圆满解决。"

　　俞飞鹏听出了他话里对中行的回护之意,进逼道:"接总司令来电,
中行此次应缴之二百万,嘱不予收受。如果中行对于补足千万之问题
有切实办法,则此二百万不妨暂由财政委员会收解,否则无论如何,决
不能收。"陈光甫回答:"中行本有诚意合作之表示,惟为市面金融,当亦
不无困难。"①

　　吵吵嚷嚷中,500 万元的任务这样分配了下去:由苏浙两省财政厅
筹集 350 万元,月底前先交 150 万元,另向上海各银行接洽借垫,确定
交通银行 200 万元,陈光甫负责接洽;中南银行 100 万元,徐国安负责
接洽;四明银行 100 万元,俞飞鹏负责接洽;浙江兴业银行 100 万元,中
国通商银行 50 万元,王晓籁负责接洽;中国实业银行 50 万元、农商银
行 30 万元,秦润卿负责接洽;广东银行 30 万元,虞洽卿负责接洽……

---

　　① 《苏沪财委会第 18 次会议记录》,1927 年 5 月 23 日,《中华民国史档案资
料汇编》第 5 辑第 1 编,财政经济(一)。转引自吴景平《江苏兼上海财政委员会
述论》。

　　会毕,陈光甫叫了财委会委员秦润卿和顾馨一两人找宋汉章商量。秦润卿是老资格的钱庄主、钱业公会会长,顾馨一是纱厂业主,都是上海实业界的闻人,宋汉章无论如何都得卖个面子。四人关起门来商议半日,最终,宋汉章同意接受财委会的方案,续垫 200 万元,再承募库券600 万元,凑足 1000 万元。

　　俞飞鹏却说,宋汉章的承诺口说无凭,财委会必须以书面形式把"所有经过及结果情形"报蒋总司令,且每个财委会委员都要在报告上签章。陈光甫想着早日息事宁人,就同意了,随即以财委会主任名义领衔,与其他委员联名致蒋,告以宋愿意共垫缴 400 万元,其他 600 万元允代为劝销二五库券,"查宋行长既经恳切表示诚意,且饬垫款额亦可于短期内解足,本案即告结束"。宋汉章本人也忍着憋屈,在同一天致电蒋称:"汉章谨当竭诚与财委诸公合作,努力劝募库券,以襄大业。"

　　在陈光甫看来,这样做既给足了面子,也争得了资金周转的时间,此事应该告个段落了。但蒋的固执劲比宋汉章更有过之,在钞票没有足额到手之前,他跟中行耗上了。在给财委会的复电中,蒋一再拿中行资助武汉政府说事,说"如照法律言,而谓其阻碍革命有意附逆亦可",要陈光甫对上海中行从严交涉,电文中还夹带着"万勿以私为公""勿徇私情"等语敲打陈光甫。

　　陈光甫因蒋的屡次催迫不得不向张嘉璈和宋汉章施压。平心而论,上海中行两次垫借 400 万元,又答应劝募 600 万元库券,放眼整个上海滩,哪家银行对国民革命军的支持力度有这般大? 大家都是银行界同行,唇亡齿寒之理他岂能不懂? 如果真的挤垮了负有国家银行之责的中行,谁也落不着好。他在财委会会议上一边说蒋催交 1000 万元"语甚严厉",一边也同情"中行以关系市面金融,实感困难",要大家共纾时艰。他要王晓籁代表财委会与宋汉章商谈,宋表示会尽力去做,他才放下心来。

　　连续一周专为应付此事,也让张嘉璈头痛欲裂,他在 5 月 25 日的日记写道:"蒋总司令欲中行垫款千万,原云四百万了事,嗣来电,谓有意迟延,须六百万元,继则更……指谓接济共产,故须补足千万。"对蒋任用俞飞鹏这个亲信,令其以一个军需官的身份对银行界大肆催逼,他大感不满:"俞飞鹏系其表亲,奉令惟谨,始则催迫光甫,继则直接派人到行坐索。革命军为吾辈醉心渴望者,乃仍不能不以私亲为军需。"俞每日到财政委员会坐索,在他看来,与北京财政部库藏司中坐满军需官的情形也没啥两样。"军需与财政混淆,以致操财政者不能不仰军需之鼻息",如此这般,只知"以金钱博胜负",财政何能支持?国家又怎能进步?

为防军头无度索取,更为对社会负责起见,张嘉璈与行中同人研究后以为,为今之计,只有尽快将发行公开,这样,即使当事人不在中行了,也可有一交代,"否则,人谓我辈有负社会,难逃指摘"。

他算了一笔账:现计发行总额 7000 万元,除领用券 2000 余万元,宁、浙两行发行 2400 万元,沪行本身发行约 3000 万元,所缺之准备,即在宁、浙两行之官欠 1000 万元,即挪用五千余万元发行准备之一成自可,"尚可告无罪于天下","及今不早公开,势必层层剥削,准备日薄,虽欲公开而不得矣"。①

钱新之和已出任江苏财政处处长的张寿镛答应出面调停。钱新之还说,他要亲自去南京,找俞飞鹏接洽此事。5 月 27 日,南京传回的消息是,俞仍不能通融,张嘉璈闻之不胜愤慨,当晚在日记中写道:"可见财政部主管者尚不敌一军需也。"②

当日,他去找好友黄郛,请其出面转圜,着力维护中行。话甚至说到了这个份儿上:若能有一彻底合作办法,虽多垫款若干,也未尝不可。黄郛第二天正要去前线晤蒋,答应会向蒋提。

次日,浙江财委会主任陈其采来上海,张嘉璈又托他一起找张静江通融。陈其采对中行的前途并不上心,话也说得隔阂,让张嘉璈很是不快:"渠云当初与梦麐及余谈定四百万,俞飞鹏做好人,让步分作二期,渠不以为然,故此时惟有任俞为难。其说如是,又不知葫芦中装什

---

① 《张嘉璈日记》,1927 年 5 月 25 日。
② 《张嘉璈日记》,1927 年 5 月 27 日。

么药。谈及中行前途,则云此行内容空虚,无可爱惜,真可谓隔膜之极。吾辈十年苦心,亦何尝愿拱手以让诸无计划者?"①

倒是张静江对中行被催缴垫款的事很是关切,还特别在意金融界对此次库券发行的反应:"闻中行内容,细细询问,嘱为开详细内容表及交行情形,并嘱拟一改造全部银行计划书。"这让张嘉璈对之顿生好感,"国民党中但知拿机关,而不知机关之如何运用"。② 他很高兴,在蒋面前说得上话的大佬里,又多了一个懂自己的张静江。

他写信给张群,托其转陈蒋,中行借款事,请由张静江、黄郛二人"持衷定议,即可遵办"。因为这二人"比较熟谙金融情形也"。③ 他相信张、黄二人出于维护金融界的公心,必不令中行吃亏。

该走的路子都试着去走了,但蒋还是不依不饶,6月1日,财委会又收到了令中行"克日缴足一千万元"的指令。6月2日,黄郛回到上海,告诉张嘉璈,曾与蒋言,不可逼中行太甚,蒋未有明白答复。

主持其事的陈光甫知道,此时自己如果再不亮明态度,蒋真要把中国银行往死路上逼了。他准备写一封长函给蒋,力陈为了中国金融业的未来计,应慎重处置中国银行垫借事。为写这份函稿,他枯坐了一整个晚上,费尽心思,上海商业联合会保存下来的档案原件中,计有一份写作提纲,五页零散段落稿纸,四份完整的底稿,可见其当时心绪之复杂。

他警告蒋,"政府一面因不得不筹款助饷,一面亦不可不顾全市面金融之流通,倘若操之过急,一旦金融界发生问题,势必筹垫无门,险象环生,于军事前途影响极大",而且挤兑风潮和金融恐慌一旦发生,政府信用坠失,刚创立不久的南京国民政府将招致"列邦对华之反感"。对于蒋一直呶呶不休的中行资助武汉方面一事,他说:中国银行已有数次借垫,款项最大,"纵使无功可言,亦可无罪于国人",倘处以军法,恐怕

---

① 《张嘉璈日记》,1927年5月28日。
② 《张嘉璈日记》,1927年5月29日。
③ 《张嘉璈日记》,1927年5月30日。

中行损失事小,于社会金融和中外信用影响反大,自招纷扰,得不偿失。"至汉口方面利用中行钞票一事,辉德不知其真相,倘使上海中行果有甘心通敌之事实,应由政府指派专员彻底查办清理,非仅以一千万元即可以了事也。"①

蒋读到的,是他反复修改后的第四稿,措辞已趋平和。那份没有发出的写作提纲,语气更为直接和愤懑:"1. 中国银行犯了何罪,摧残如此之甚。2. 英国人不相信现在政府,以其无组织无政策。此风传出,影响必大。3. 中行之功。4. 立国之初不可如此。如以军人事行之,不经政府逼遏,等如军阀之行为,令人寒心。5. 中行及各种金融机关都可帮忙。"蒋若读到,说不定真会跳脚大骂。

见蒋不理不睬,陈光甫索性向在扬州军事前线的蒋提出辞职。"万急。扬州前敌探投蒋总司令勋鉴:甫密。东电敬悉。中行款事,东日函详。此事关系市面金融,实至重大,而前方需款,又属孔亟。辉德筹划无方,谨辞财政委员会主任职务,万退俯准,并请钧座派员接办为叩。"

陈光甫辞职事,张嘉璈在日记中也有述及:"财委电及光甫个人信,均劝蒋于四百万元外,不可再逼中行。而蒋电至财委会,仍催令限期向中行补足千万。光甫电宁辞职。"②

此前,另一个筹款大员陈其采已请辞浙江省财政委员会主任一职,蒋怕陈光甫也撂挑子不干,急请张静江向陈光甫示意,表示在中行垫款一事上"当不使吾兄独为其难"。

6月6日,蒋专电表示挽留:"财政委员会陈光甫兄:电悉。中正到沪后,军事得步步进展,全赖诸公擘画之功。吾公主席财会,尤著贤力。方今大军渡江,后方接济更属紧要,千祈勉任艰巨,捍卫国家,匡襄不逮,勿萌退志,无任企祷。蒋中正。鱼。"③隔日,蒋又再次致电陈光甫,劝其打消辞意,"财政困难,责任綦重,军政党务之命脉,全在于此,非贤

---

① 上海市档案馆编《一九二七年的上海商业联合会》,上海人民出版社,1983年版,第109—110页。

② 《张嘉璈日记》,1927年6月2—8日。

③ 《蒋介石致陈光甫电》,1927年6月6日,《档案与历史》,1987年第1期。

劳决不能胜任,且非吾兄亦决不著信集事也"。

张嘉璈托张群、张静江在南京疏通,也不见效,蒋只答应,可以适当展长期限,不允减少数目,还说劝募的 600 万元库券可分两个月交付。到了这地步,张嘉璈准备屈服了,按照他与张静江商定的最后办法,目前先交 200 万元,7 月和 8 月再各垫交 200 万元。陈光甫的表态也促使了他下最后决心:"光甫告知,库券三千万,江浙二省已派一千二百万,银钱业五百万,商业联会全三百万,绅富可派七百万,两淮盐商三百万,几全数告罄。故中行即使允垫,亦属暂时。此毅然担允之原因也。"①

陈光甫当然不想与蒋真的闹翻,见两边都有松动,他也就见好即收,给蒋复电称:"鱼电敬悉,惭感交深,谨当遵命,将库券事办竣以副厚意。"

他让财委会委员钱新之去南京,带去汇票一纸、现洋 10 万元及给蒋的亲笔信一封。6 月 11 日,他又亲赴南京谒蒋。由上海中行垫款一事引发的风波,暂时看来是平息了。

陈光甫与蒋介石的这次会面,表面上看,一个恭恭顺顺,一个抚慰有加,但陈光甫的内心还是颇为不爽。包括自己和张嘉璈在内的上海银行家们,都已经把全部身家押到了蒋的身上,政治上选边站队,经济上全力支持,但究竟能换来什么,他心中还是一片茫然。蒋来到上海后的种种做法,他总要下意识地与北方军阀张作霖去做比较,得出的结论是:"蒋之政府成立时间虽尚早,不觉已有七成张作霖之办法。"若不改弦更辙,打倒军阀、打倒帝国主义的口号即便喊破了天,不几年也会有人起而代之。

在会见结束后当天的日记中,他把种种不满事一吐为快:一是不顾商情,硬向中国银行提款 1000 万元;二是以党为本位,只知代国民党谋天下,并不以天下为公;三是引用一班无政府党之信徒扰乱政治,即以财政事观之,财长古应芬、次长钱永铭都毫无权柄,全凭张静江,"此人为半残废之人,令其主张财政,则前途可想而知矣"。他断言,"如照此

① 《张嘉璈日记》,1927 年 6 月 9 日。

办法,不出二三年,江浙又要出事"。①

张嘉璈也是意绪难平,事后在日记中发泄对当局的不满:"轰轰烈烈,闹得全行天翻地覆,各方左右为难。实则库券总是要销,军需总是要付,以堂堂当局,何必与中行闹意气耶? 原因由于军人不明财政,而处处干涉,政治前途悲观在此。"②

三、自由的终结

6 月中旬,张嘉璈赴南京出席财政会议,会议间隙,蒋介石与之讨论中央财政。张嘉璈估算,当时中央收入不足 500 万元,再加上每月银行界可吸引公债或发行国库券之数,不过七八百万元,他希望中央支出每月以 1400 万元为度。

蒋坚持应增加 200 万元,张嘉璈只得表示同意,增加到月支 1600 万元,他还谈了一些自己的想法,大意是,以目下财政情形,只能集中力量,完成北伐,切不可再有内战。蒋心下不怿,当场没说什么,态度莫测。张嘉璈事后回想,就是这句话把蒋先生给得罪了。

当时的南京,尚未建立绝对威权,时常遇到党内不同派系反对,来自桂系的反对尤烈。担任东路军前线总指挥攻进上海的白崇禧,与之更是常有龃龉。张嘉璈这番反对内战的话,言者无意,听者有心,蒋以为张嘉璈偏向桂系,遂对之非常不满。只是当时发作不得,一年后终于爆发。

> 我因告以照目下财政情形,只能集中力量,完成北伐,不可再有内战。盖当时颇传蒋先生不慊于广西将领,对于白崇禧尤甚。岂知此次谈话,蒋先生误会我偏向桂系,竟然种下民国十七年九月

---

① 邢建榕、李培德编注:《陈光甫日记》,1928 年 6 月 11 日,上海远东出版社,2002 年版。

② 《张嘉璈日记》,1927 年 6 月 10 日。

（疑为 3 月之误——作者）间彼此冲突。①

　　经此冲突，处于焦点的中国银行尤其是上海方面难免伤筋动骨。曾经在与陈其美、段祺瑞的斗法中一路硬扛过来的宋汉章迭受打压，更形悲观。蒋身上那种武力打天下的强势作风，与宋信奉的讲规则、讲信誉的商人做派怎么也捏合不到一起去。张嘉璈也认为，这次毕竟不是民国五年抗停兑时可比，以宋汉章的行事风格，应付新政府人物难免不再发生类似情事。他有意调办事圆通的贝祖诒到上海，任沪行副经理，协助宋氏。与宋汉章商量，宋知道，现在的形势下也不能安于此位了，口头上答应一起合发电报，心里也未免对张嘉璈产生芥蒂。

　　　　汉章以此事发生后，极为消极，自谓性质不合潮流，一耳重听，遥想前途，又未可乐观。提议请淞荪来沪相助，余亦以一人应付难于周密，故仍由汉章主持于上，淞荪辅助于下，未始非补救之一道。因由汉章及余合电淞荪主，请其来沪。②

　　贝祖诒来信说，沪行已有副经理五人，再增加副经理，诸多不便，不如请宋汉章为区域行总理，他自己为沪行经理。宋汉章以总理恐负各分行之责，将来设他行有事，难免不牵涉及于个人，主张设内外经理。

　　贝祖诒抵达上海后，提议仿照伦敦汇丰银行办法，设经理二人。宋汉章以为事权不一，提出愿退为董事。但贝祖诒不让，说宋氏不离沪行，他方允担任。结果兜了一圈，仍然回复到总经理、经理之说。

　　当时外间物议甚多，都说宋汉章为蒋逼借巨款而走，张嘉璈想这事再不解决，坊间众口相传，大为不妥。7 月初，宋汉章以患神经衰弱重病需静养为由，提出辞去沪行经理职务，自请专任常务董事。总行批准了他的辞职。但老谋深算的宋汉章还是留了一着后手，走之前把自己的

---

① 《张公权先生年谱初稿》上册，第 69 页。
② 《张嘉璈日记》，1927 年 6 月 10 日。

亲信施久鳌等"余姚帮"人物安插到了重要位置上,以便走了后还能继续控制沪行。

7月4日,贝祖诒正式出任中行沪行经理,宋汉章称自己患盲肠炎,虽症状尚轻,可不割治,但不能久坐,故早早就离开了会场。这段时间,领券各庄对宋汉章走后的沪行能不能坚持昔日方针都吃不准,一时纷纷取消领券合同。后经宋汉章与各副行长商议,对内先实行公开、独立办法,此后领用钞票须由营业方面交六成现金、二成有价证券、二成放款,事遂平息。

因上海特别市政府成立在即,风传蒋介石要亲自到上海,为即将出任特别市首任市长的黄郛站台,钱新之先期来沪打点。张嘉璈和他谈起中、交两行问题,都觉得能早解决一日是一日,以免此后多所争执。钱新之提出的办法不外三种:一是取消中、交两行发行,集中于中央银行;二是限制两行发行数目及收回年限;三是同时中央、中、交并立发行,唯须备足六成现金,以四成购政府公债。张嘉璈倾向第三种方案。

沪行因遭当局逼款不得不改变人事的这段时间,张嘉璈正陷于家事纷扰。他母亲这年正月刚去世,孰料只过了半年,他父亲也快不行了。6月10日,张嘉璈回嘉定老家,和兄弟姐妹们一起把母亲灵柩移至真如横冈坟山屋。此屋是他父亲早年设计建造,即称为张氏支祠。这天晚上七点,他回到上海,发现老父的病势加重了,气也喘得有些急。本来,这月初,张父就时有寒热发作,据他自己称,端午节前去南翔诊治一病人,车极拥挤,可能是肺部挤压受伤了。当即请宝隆医院的卜罗医生来看,医生说,肺痨底子,外增感冒,照目前情形当无大险,但老年人若有其他基础病症,也很难说。

连着几日,延医诊治,脉搏尚正常,只是饮食不多。到了13日,脉象大乱,心跳加剧,卜罗医生恐有危险,嘱每过两小时打一次强心针,一日三针。是夜11点左右,张父说胸口难过,实不能受,打针徒令难受,开始嘱咐后事。14日,病人气喘更急,脉搏更坏,家人都知无望,张嘉璈和几个兄弟姐妹整日都在床前陪侍。

张父犹不放心,问后事已预备齐否。张嘉璈告诉他,已预备齐。张父又说,丧仪一切排场从简,10 月中与其妻同葬,灵柩即移厝真如。张嘉璈答应一切照办,所有弟妹他都会照拂,请其安心到彼界去。其父道:"我晓得此为最后谈话矣。"

张嘉璈和一众兄弟也是悲不自胜,他发誓说:"自此谈话,我即决心将我家事一身担当,补我不孝之愆。如有错事,或亏待弟妹,惟天神殛之。"

一年之内,重丧二次,张嘉璈心境灰暗,真想把所有责任都揽到自己肩头:"我家命运之坏,皆我做人不好致之,追悔何及!"①

7 月初,中外最为瞩目之事,是黄郛任市长的上海特别市政府正式成立。为此,蒋亲到上海出席成立典礼并讲话。此时的上海,总人口约360 万,全中国所有金融机构几乎全都汇集此地。蒋在致辞中说:"上海特别市乃东亚第一特别市,无论中国军事、经济、交通等问题无不以上海特别市为根据。若上海特别市不能整理,则中国军事、经济、交通等不能有头绪……上海之进步退步,关系全国盛衰、本党成败。"②

百忙之中,蒋还不忘到张家吊唁。这是他一年里第二次登门了。但蒋对银行界"催索如故",张嘉璈并没有因其登门而稍有好感:

> 七号,为上海特别市政府成立,蒋介石提前来沪。到沪后,即遣人来商提前支用本月八号及下月八号之库券垫款各二百万元。闻对于汉口将进攻,故需费急迫,本月之二百万,以浙江、江苏未派尽之库券作抵。至于余之二百万,本说定设库券销完即不令担任,今则库券已完,而二百万之催索如故,可见军人心理一斑。与新之磋商,结果只允以将次发行之盐余库券二百万为担保。……蒋介石于七日曾来寓吊唁,初次见面,略谈数十分钟即去,表示殷勤之意。③

---

① 《张嘉璈日记》,1927 年 6 月 10 日。
② 《申报》,1927 年 7 月 8 日。
③ 《张嘉璈日记》,1927 年 7 月 4—11 日。

　　身为财政部次长的钱新之此次随蒋来沪,与沪上金融界人士多有接触,言谈中也说不出政府有何明确计划,"同业咸戚戚色忧之"。张嘉璈再去找他,钱新之说,政府下步将发行盐税公债 6000 万元,以 1000 万元为中央银行资本,余 5000 万元拟筹变现款 4000 余万元,为六个月不足填补之需。

　　张嘉璈告诉他,金融业并非不能帮忙,但需政府有通盘计划,对于旧债问题,必须有确定办法。钱新之说,对于整理公债、九六公债将一律承认,但须经政府检验,且检验时,持票人须购新票若干作为交换条件。还说金融界若能照数担任,则可推举代表至宁商议办法。

　　是晚,张嘉璈在银行公会和秦润卿、胡孟嘉、卢洞泉、李铭等人边吃边谈,决定银行、钱业各自开董事会商量答复,但心中都实在无底。

　　也是在这个时候,武汉强行发布现金集中条例的恶果终于爆发出来,封存现洋 400 万元后,滥发不兑现之中央银行纸币 2000 万元,中国银行纸币 3000 万元,交通银行纸币 800 万元,流行市面,以致钞票价值跌至二折,各地汇兑不通,商业停顿,物价腾涨,市民怨声载道,各地银行钱庄避武汉如避瘟疫。武汉这一昏着,实际上无异于饮鸩止渴,自行宣告金融封锁。张嘉璈想不明白,武汉政府中也不是没有受过新式教育的人物,怎么竟会下达如此大违经济常识的命令? 看来,把银行视作随时取用的钱囊,是政客们的通病,不管他们口头上如何革命,到头来都是要把银行绑上自己一方的战车。

　　在国家直接插手下,一种新的权力关系被精心制定了出来。这一权力关系的两造,政府总是强势的"施"的一方,而身处弱势的银行家们,则永远是被动的"受"的一方。这是蒋介石乐于看到的,却不是历尽艰险的银行家们想要的结果。这大半年里,银行家们叫喊过,挣扎过,努力抗争过,但最终,银行家们驯服了,他们不得不集体拜倒在了新的威权之下。

　　上海银行家们被利用、被抛弃的惨淡命运,是他们事先怎么也预料不到的。从天性来说,他们是不想被权力管束的,在他们看来,政府不应该指挥经济,而应该尽可能地搭建一个稳定的秩序框架,为经济运行提供保障。遗憾的是，他们遭遇的是一伙强势扩张权力的军人。

　　新政府开张的燔祭中，首先牺牲掉的是共产党人。在 4 月 12 日那个春雨之夜，这个城里年轻的理想主义者已大半死于黑帮的斧头和国民革命军的排枪，剩下的人都在想方设法逃出上海。当时，银行家们坐在枝形吊灯下的大班台前，他们是同谋。现在轮到他们被推上祭台了。他们自身犯有罪孽，手上沾着血迹，现在已不会有人替他们说话。大体而言，1927 年后，银行家和实业家们的日子更难过了。小科布尔在《上海资本家与国民政府：1927—1937》中一针见血地道破了这一自由的终结：

　　　　对上海的资本家来说，国民党在上海第一年的统治几乎是一场灾难。作为中国最有力量的经济集团的上海资产阶级，企图把他们的经济力量转变为政治权力的打算，已经落空了。上海资本家在 1927 年以前十年中所享受的政治自由突然结束，而坠入到恐怖统治之下了。

四、战车与绳索

　　1927 年夏天的上海溽热不堪。张嘉璈因半年之内家门连遭两次大丧，再加上痔疾复发，大半时间都在家静养。

　　此时，东、西两路北伐军前锋正进抵北方。西线由冯玉祥和阎锡山沿京汉线共策推进，东面战场沿津浦线由蒋的第一路军担当。冯、阎的当头劲敌是直系吴佩孚，东路军在山东境内遭遇的是张作霖的安国军，四方兵马如下四国军棋一般激战。冯玉祥在西路进抵曹州一线，蒋指挥的大军也一路攻克韩庄、临城、滕县、日照、莒县。在东线，北伐军遭到了孙传芳残部和实力更强的张宗昌的联手抵抗，8 月初徐州一战，蒋的第一路军全线挫败，不得不从徐州撤出，再加上李宗仁等桂系将领坚持与武汉议和，蒋遂于 8 月 13 日通电下野，"微服赴沪"。

对于蒋介石的遽然下野，上海的商人和资本家几乎没有一个感到惋惜。3月以来，蒋总司令近乎流氓勒索的催款，已经让上海的大小商人们吓破了胆，现在，他们终于可以喘口气了。蒋下野的消息一经公布，引发政局动荡，也触发财政金融界引起多米诺骨牌效应，先是其盟兄、上海特别市市长黄郛提请辞职，再是广州中央银行纸币发生挤兑，风潮半月始告平息。再然后，财政部部长古应芬引咎辞职，一直夹在政商旋涡中进退维谷的财政部次长钱新之也提出辞职，在辞职报告中对半年来应付浩繁的军费开支大倒苦水："自国府（民国十六年四月十八日）成立以来，军政所需，支出达四千余万元之巨。财政部筹款异常困难。幸赖财政委员会诸君，暨银钱业、商会、各界协助，各以发行二五库券，于短期内募集足额。此外原拟再发盐余库券，因江北经过敌军扰乱，盐税未能统一，故议而未行，仅以之为垫款抵押品。按所发二五附加库券收入2000余万元，银行垫款1300余万元，其他各项收入只1000余万元。军费支出占去4100余万元。"

蒋的下野引发的中枢混乱，导致军事形势迅速恶化。奉、鲁军反攻得手，复起图谋江南之心，南京城一片恐慌。8月底，孙传芳军自龙潭、栖霞山一带渡江，谋取南京、镇江。何应钦、李宗仁、白崇禧各将精兵，东西夹击，再加上杨树庄的海军在孙军渡江时出击，战场局势渐有改观。龙潭一役，南北两军各出动十万之众，激战七日夜，死伤数万，孙传芳的反扑之势终被国民革命军第一路军挫败。北伐的军事预势总算挽回了，但也只是僵持之局，且直、奉联手的整体军事实力，尤在北伐军之上。

一直着力捏合宁、汉两家的冯玉祥，暗下多方运作，试图让蒋早日复出。他说，蒋一走，"革命势力，顿失中心，风雨鸡鸣，益怀良友"，蒋若不复职，就无以唤起军心，北伐大业更完成不了。早在4月，南京政府刚成立，蒋就以每月拨给50万元换取冯对南京的支持，因这笔款子是从中行天津分行走的，张嘉璈对经办人和经办数额记述甚详："冯玉祥代表毛以亨来商汇款至西安。据云，蒋介石已允月协济冯50万元，拟汇至天津，转太原再运现至西安。允其介绍至津中行接洽。闻冯饷需甚缺,至子弹均购自西比利亚。"①

　　至9月底,宁、汉合流,武汉政府发布迁都南京告示。随后,汪精卫、谭延闿、孙科等武汉方面政要离汉东下,新的联合政府成立。武汉政府瓦解,改设武汉政治分会,结怨于全国金融界的现金征集令,也无形取消。武汉财政委员会因商会请求维持钞票价值,规定中央、中国、交通三银行钞票,准照每元合二角行使,一切税收,准以五成现金,五成中央、中国、交通钞票折价缴纳。

　　张嘉璈闻此消息,庆幸金融又回到了正常秩序,他反思,"汉粤两政府理财与金融之失败,其故甚多,不能与金融界合作,要为显著之缺点",相比之下,他觉得南京方面要做得好一点,起码还"遵循正常金融途径"。

　　新政府任命的财政部部长孙科,是已故革命领袖孙文唯一的儿子。这个儿子与他的父亲并不合拍,早在广州大本营期间,身为广州市市长的孙科就对乃父的联共政策嗤之以鼻。北伐军一打到长江边,他的态度来了个一百八十度大转弯,成了党内有名的激进左派。以孙科的才具,做新政府的财务大管家实是勉为其难。三个月前,银行家张嘉璈与蒋介石谈中央财政,张的预算用度为每月1400万元,蒋提高到1600万元,实际用度却在每月2000万元左右。上海工商界和金融界一而再、再而三的输血,再加上蒋特殊的高压,才使南京这台大机器运转正常。孙科不是个铁腕人物,也没有社会下只角帮会兄弟供其驱策,陈光甫、张嘉璈这班银行家更不会听他的,他上任一个月,只筹集到大约800万元。这点钱,开个门面都困难,更遑论北伐。据说驻上海的某部接到北上命令时,士兵们集体拒绝了,因为拖欠他们的薪饷已经好久了。

　　为了搞到钱,孙大公子只有采用老办法,发行国库券。10月1日孙科就职当天新发行的2400万元国库券,依旧是用二五海关税作担保,但发行效果与蒋在位时不啻云泥之别。这个受美国式教育长大的新财长不敢推行强行认购,他要以德服人,让资本家们认清大势,自愿掏

---

　　① 《张嘉璈日记》,1927年4月21日。

钱包。

孙科召集了一次上海实业界和银钱业头面人物的会议,参加者有虞洽卿、秦润卿、顾馨一、王晓籁,中行方面参加的是不久前从香港调来的贝祖诒。饶是孙科说破了天,银行家们都只是叫苦。孙科说动了前政府财政次长、与江浙财团关系交好的张寿镛出面与商界会商,要他们各家认购 250 万元国库券。尽管这个数字比蒋在位时要少得多,商人们也迟迟不予以配合,他们甚至公推虞洽卿带了一帮人到南京,要求减少认购数。

钱业公会认购的数字简直让孙科这个新部长绝望,他们只认购了三十几万元,不及当时交给蒋的 1/10。其他各业也好不到哪里去。孙科雄心勃勃出任新财长,这一来到底脸上挂不住,他跑到重新选举的上海总商会讲话,敦促商界出钱支持革命事业,底下居然有人向他发嘘声。先前用强制手段征收的两个月房屋出租金,也没人买账了,想要帮会的嘴里吐出鸦片买卖的好处,无异于与虎谋皮。新政府开张才两个来月,几乎穷到了要砸锅卖铁的地步。

蒋回到奉化老家休息了近一个月后,离开中国去了日本。他的好友张群带着一个九人小组为他沿途打点一切。按照蒋在行前写给好友黄郛的信中所说,此去他将做一年的环球之行。但美国《时代》周刊记者在一篇题为《宋氏姐妹》的报道中预测,不久后蒋将重返权力中心。

《时代》周刊的分析是准确的,蒋虽已下野,却一直通过忠诚于他的黄埔系遥控着局势。进入下半年以来,北伐受挫,军方要求蒋复出的通电一个接着一个,任谁都可以看出,非蒋不足以收拾眼下这个乱摊子,冯玉祥更是一直没有停止过呼号,请蒋"东山即起,主持一切"。

1927 年 12 月 10 日,四中全会预备会议对汪精卫等十一名委员提请蒋介石复职一案议决,"即日促蒋介石同志继续行使国民革命军职权,以完成北伐并筹备全体会议之进行"。1928 年 1 月 4 日,蒋带着新婚夫人宋美龄自上海赴南京。军权复得,财权更炽,革命同志欢庆无量,都说北方军阀的末日要到了。

当装甲列车护送蒋介石一行离开上海前往南京时,上半年因战乱离开上海的外国人和资本家们又回到了这座城市。蒋总司令去而复来，去年与桂系之争已成往事，特别与宋氏家族联姻之后，人事之消长，感情之出入，也已别具一番面目。令一些商人和亲欧美的知识分子欣喜的是，他们从这个穿着大西装、以标准婚礼迎娶新娘的军人身上，似乎看到了一个开明而现代、迥异传统军阀的领导人形象，诚若是，真当是国家民族之福，合掌礼赞也不为过。但他们很快就发现自己看走眼了。出现在他们面前的，是一个对一切都有着强烈控制欲的、前所未有的独裁者，他以党训政，用武力削平山头，他还要像一只八脚章鱼一样，牢牢控制住商业这艘巨轮。

一直为北伐事业提供财政保障的宋子文，尽管在过去的两年间与蒋介石多有龃龉，但从他在婚庆大典上牵着宋美龄的手，把她交给蒋的那一刻起，宋子文就决意把自己的一生，也把宋氏家族的命运，与这个性情暴躁的武人绑在一起了。1928 年 1 月 7 日，宋子文就任国民政府财政部长职，上海资本家们的压力再次恢复。

此时正当联合北伐的关键时刻，战争的巨兽需要巨额的银两去填充饥渴的胃口。因为缺少预算，蒋只给出了一个大概数，要宋子文每天筹集 160 万元，以供前方之需。上任伊始，宋子文就与财政部次长张寿镛联名致电上海总商会和银钱业公会，称二五库券将继续发售。

尽管不是出自本意，宋子文还是不得不采用高压手段，把从商界筹集来的钱源源不断交到蒋介石手里。对宋子文这样的理财能手来说，只消把诸般手段都使上，借款、推销公债、抽税、捐款多管齐下，平均每天筹集 160 万元或许不是一桩难事。孙科当财政部长时发行的 4000 万元江海关二五附税国库券都派发了下去，还嫌不足，又以卷烟税为担保，加发了 1600 万元，还振振有词曰，"本部于维持国用之中，仍寓兼顾民生之意"，"值此军事进展，统一可期，九仞之功，端资群策"，并保证"还本付息绝无愆期"。于戎马倥偬中，在前线的蒋还亲自打电话给上海商界的头面人物，要他们对购买国库券全力给予合作。实力雄厚的银行尚能支撑，但有一些传统钱庄的资金链断裂了。1928 年春节后第一个月，沪上 5 家钱庄被迫倒闭，26 家支付发生困难，甚至有一些钱庄主招呼不打就悄悄跑路了。

如果说去年4月，陈光甫的苏沪财委会把上海的实业家和银行家们绑上了国民政府的战车，宋子文此番重来，则又给他们加上了一道绳索。

高压再次降临时，上海的资本家们都留恋起了宁、汉刚刚合流时的那段美好光景。那是一段难得的轻松时期，尽管来自北方的警报一个接着一个，但资本家们也都想明白了，即便孙大帅再度进入上海，对商家的盘剥也不可能这么狠。人家在位时，还要礼请丁文江实施大上海建设计划呢。

回想半年前，蒋介石对上海工商界的允诺还言犹在耳。那是去年7月初，为了给出任上海特别市市长的黄郛捧场，蒋特地从南京跑到上海。在交涉使署大楼举行的一次宴会上，蒋对着在沪绅商及报界记者共二百余人，态度恳切地说，军事时期，政治无成绩，请予谅解，工潮问题，要资本家自行解决，政治建设，请以军事进行告一段落后，三个月为期，如仍无成绩，胥本人之责。蒋至为信任的黄郛市长继而发表演说，称当局已开出期票，国民解除痛苦有望，唯欲期票有信用，须尽量维持银行，望商界一致为后盾。革命的前景描绘得无比美好，而效果如何呢？那一天，虞洽卿、赵晋卿、冯少山等商界要人均受邀到场。穆藕初代表实业界发言，要求维持实业；李铭代表金融界发言，要求维持公债。蒋最后表示，唯维持实业一项，实为政府重要政策，公债事也有商量余地，宾主遂尽欢而散。

这颗定心丸的有效期也忒短了一点，商人们还没有从第一轮的借款中缓过劲来，新一轮压榨手段又使了出来。在藏污纳垢的上海西区，在出没着形迹可疑人群的苏州河边，在这个城市腹部阴暗的弄堂里，绑架作为百试不爽的筹钱法宝又一次祭了出来。富户人家在交出一笔可观的赎金后，他们的亲人才不会被绑匪撕票。就像有外媒评论说的，"蒋在这一地区的部下似乎正在又一次求助于类似1927年夏天在上海盛行过的官方的敲诈勒索的诡计"，而一些走投无路的破产者则选择了把肉身投掷进黄浦江的滚滚浊浪。

　　一时间,华洋杂处的上海滩上,流氓和帮会大佬成了国民政府不得不倚重的一支力量,以暴力和灰色手段控制着底层社会。恐惧像这个城市春天时特有的潮气一般,弥漫在富人区,一些资本家和中产阶级已经逃离这个城市,另一些正在做着逃离的打算。他们尚没有像后来的富人那样携款跑往国外的习惯,总是把逃难的落脚地选在北京或者天津。上海的房屋大量空置,与此同时,北方城市的地价则一个劲儿蹿高。经济严霜期到来,不唯偷盗案、绑架案高发,自杀、离婚等各种社会问题也像毒瘤一样侵蚀着这座城市的肌体。

　　黄郛就任上海特别市市长没多久,一份由社会局局长潘公展起草的反映自杀问题的函件就摆在了他的案头,报告称:"查近月以来,青年男女,投浦自尽者,报不绝书。揆厥原因,或感经济之压迫,或以爱情之误用,遂致葬身浊流,一瞑不视,情殊可悯,理所难容,实为社会前途之隐忧。"

　　该报告把自杀高发的症结归结为"爱情误用"和"经济压迫"两项,然而当黄郛市长训令伤筹防止自杀办法时,政府开出的举措,亦不过是避重就轻,敦促各市民家长"监察子女","告诫慎用爱情,鼓励青年为党国立志奋斗,勿有意志薄弱之行为",并让公安局于晚间多派警士,勤加逡巡,并在江岸竖立木牌,警醒世人。

　　诚然,青年的自杀问题,有"春机发动的苦恼与紧张的缘故",但任谁都能看出来,传染病一般发作的自杀,实起因于压榨机一般高压下的经济畸形,无穷无尽的盘剥,已使这座城市处于新一轮失控状态。

五、军人一怒

　　1928 年,张嘉璈 40 岁。去岁以来,他已觉得事业和人生都不顺遂了许多。既然命卦是蹇卦,该来的还是要来,"王臣蹇蹇,匪躬之故",他自问无私心,所做的一切,都是为了推动实现中国金融业的近代化。

　　自北伐以来,中国银行对革命事业一向多有赞襄,为了擘画款项,他还从北京总部回到上海。可令他失望的是,新政府和旧政府对待银行的态度,都是视作任意取用的账房。去年向中国银行逼款 1000 万元一事,固然是宋汉章过于耿直,冒犯天颜,但堂堂当局竟形同无赖,意气用事,也让他对蒋某人的本性看透了一层。此事虽经陈光甫、黄郛等朋友从中说项,中行以缓期付款了事,但在他心里已然划下一道创痕,且短期内难以平复。眼下蒋介石重新出山,宋子文将掌财政部大权,陈光甫也已不管筹款的事,没有了中间缓冲,他陡然感到了压力。

1 月 5 日,政府明令发布宋子文接替孙科为国民政府财政部部长。宋计划 6 日动身,7 日到任。行前,张嘉璈在寓所设宴饯行,在座有陈其采、张寿镛、李铭、贝祖诒、许仲衡等人。席间所谈三事,见张嘉璈当天日记:"(1)决发三次二五库券 1600 万;(2)盐斤加价,每担拟加一元至一元五角;(3)阴历过年需 1200 万,除浙江各财政机关凑 700 万,拟向银行商借 500 万。再四讨论,以为只能提出 300 万,以新发库券为担保,以盐斤加价为还款基金。"①

席间,宋子文说了他上任后的一些设想,如成立经济委员会等。李铭还提出,武汉当时所发金融公债应加以整理。张嘉璈泛泛听过,心里想的却是,上海金融界刚刚喘过气来,好日子又要到头了。

第二天一早,宋子文赴南京,他没有亲自去送,让贝祖诒代替自己到场。整日思路,纠缠于银行总是脱离不了政治,当天日记写道:"英人奇尔培脱(财政部英籍顾问)言,须熟知政治情形,不可投入政治旋涡,此真吾辈金石之言。"②

翌日,宋子文在南京就财长职,嗣后宣布,中央每月收入不足 300万元,支出需 1100 万元。这一公布数字与张嘉璈去年 6 月财政会议时与蒋讨论之数相比,尚不算太过离谱。

此时已到阴历腊月,将近半个月,张嘉璈都在用心专办宋子文所谓的"过年财政"。蒋复出后即将率大军进兵北方,军需孔亟,宋子文出任财长没几天,财政部发行第二次海关二五附加税国库券 4000 万元,由

---

① 《张嘉璈日记》,1928 年 1 月 5 日。
② 《张嘉璈日记》,1928 年 1 月 6 日。

上海金融界先行垫款。尽管条件尚称优裕,利率月息八厘,前二年付息,分四年四个月还清,沪上金融界还是叫苦连天。

宋子文计划于各机关解款之外,向银行界筹借 500 万元,尤注意于中行,摊配比例最大。张嘉璈建议向银行界筹款减少到 300 万元,向英美烟草公司方面解决烟税,设法筹集 200 万元,银行方面的 300 万元,本定比例是中、交两行占三分之一,各家商业银行占三分之一,钱业占三分之一。此次钱业方面力持拒绝,商业银行方面缺口 12 万元,不得已由盐商筹款 60 万元,由财政厅转而中、交两行借 40 万元,财政厅自加 12 万元,"闻共计此次过年可得千万元,除开支外,所余百余万元",张嘉璈慨叹,"亦见筹款日益艰难"。①

正月初一,雨从一早就淅沥不停,似乎预示着 1928 年将是个邋遢年景。张嘉璈回想一年来个人和家门的种种遭际,心情郁结,他在日记中写道:"天阴雨,黯淡无情,回想去年在京时景象,恍如隔世。前一年中,丧吾父母,死吾爱儿。今日之年,不过年来过我,我何情于此年哉?"宋汉章、徐寄庼、陈叔通、吴震修、贝祖诒等师友及同人相继登门拜年,张心情稍解。稍后,出门去范园找二哥君劢。

位于海格路(今江苏路、华山路交叉处)的这片花园洋房,是上海银行家们为庆祝民国五年抗停兑胜利,集资置地,分头建造。这块地皮,上海人最早叫"马立斯",因为它曾是《字林西报》老板马立斯的地产。银行家们集体买地后,分建了十余幢英式、法式、西班牙式风格各异的小楼,配套以网球场、篮球场,成了当时上海最高档的洋房住宅区之一。李铭、钱新之、蒋抑卮、孙伯群、朱博泉、叶铭斋(日本正金银行买办)、孙仲立(中孚银行创始人)等上海金融界巨头成了这里最早的一批住户。据说,国货银行总经理朱成章遭绑票案发生后,为了震慑盗贼,由钱新之出面,请来了青帮大佬张仁奎这尊门神坐镇范园。

君劢租住的是蒋抑卮的房子。妹妹幼仪与徐志摩离婚后,也和公婆一家住在范园。张嘉璈每次来范园,总要两边走到。

---

① 《张嘉璈日记》,1928 年 1 月 20 日。

嘉保和君劢早就在等他了。人员到齐,即祭拜祖先。用过午膳回寓,吴震修又约了张寿镛和仲衡来打牌。

牌桌摆开,各种感触暂消于无形,"埋头看竹,葬我万感耳"。牌桌闲话,熟知政府内情的张寿镛谈及此次南京政府过年,又让他忧上心端:"各财政机关解款三百五十万元,盐商借款实交八十万元,上海借款及英美公司款五百万元,加上各地零星解款,总计九百五十万元,支出军饷付四分之三,仍尚未能发全饷。"①

连着几日,会客、访友、宴饮,紧绷了许久的心终于有了些许放松。正月初三,在陈叔通寓所看庋藏的名家绘梅花图,有唐寅的,也有金冬心的,共计上百幅,深觉"可观"。是日中午,贝祖诒在六三亭宴请在上海过年的宋子文,在座有张寿镛、宋汉章、李铭、仲衡、吴震侯等,亦是新年欢聚之意。

但这样的安枕日子只过一个月,又起风波。

蒋介石重回权力中枢后的第一件事,就是致电多次敦请他复出的冯玉祥、阎锡山,相约会合各军,完成北伐。2月2日召开的四中全会废止了所有关于联俄联共政策的决议,蒋进入中央执行委员会常委会,并出任军事委员会主席,真正开始集军政大权于一身。汪派的原执监委员则被指控在不久前的广州事件中负有责任,被排除在了领导核心之外,一些政见不合的要员如胡汉民、孙科、伍朝枢、许崇智等,也都先后出国,以考察政治经济为名变相放逐了。大事底定,蒋开始为向北京进军做最后的冲刺。

停顿了快半年的战争机器又嗒嗒地启动了起来。花了约一个月时间,重启战事所需的部队、弹药、给养和资金都集中了起来。冯玉祥所部沿陇海铁路进军,南京方面军沿津浦铁路北上,两支军队在铁路交叉的战略城市徐州会师。2月9日,蒋到徐州检阅各军,旋赴开封,与冯玉祥及阎锡山的代表会商重新北伐计划。不久,新成立的军事委员会发

---

① 《张嘉璈日记》,1928年1月23日。

布北伐全军战斗序列,蒋兼任第一集团军总司令,冯任第二集团军总司令,阎任第三集团军总司令,统隶北伐全军总司令指挥,前第一路军军长何应钦被任命为北伐联军总参谋长。

前方军需告急,蒋又瞄上了中国银行。1928 年 2 月 26 日,蒋两次来电,约张嘉璈赴南京见面。① 已被政府迭次催款搞得神经紧张的张嘉璈,"深恐蒋先生以为中国银行实力雄厚,可作政府筹款之源泉。或则要我参加政府,出力筹款",故请其通过财政部转洽,未去南京。后又再次来电,催张嘉璈前往,张嘉璈还是没去。宋子文闻讯,甚为着急,约了李铭、贝祖诒、胡孟嘉与张嘉璈一起商量库券推销的事。"拟上海各业各指购一个月薪水,终以杯水车薪,无济于事,仍须从关税会议根本上着想"。"宋意如加税后能加发数千万库券,俾汉、粤等处各有点缀,财政得以统一,则虽有反对,亦愿毅然行之。约再谈。"②

只过了两天,宋子文约张嘉璈单独见面。因为他刚刚收到了蒋切责张嘉璈的一封电报。"宋接蒋电,痛斥余等抗不到宁,指为阻挠北伐,且有平日把持金融等语,限一星期内承销一千万元。""(宋)约余去谈,谓此电不便以公人资格示我,即有此电不便不令余知,全系私人谈话,劝勿见怪云云。"张嘉璈闻知电文内容,首先的反应是,蒋"去年故态复萌","受此磨折,尚无进步,深为蒋危"。他告诉宋子文,"此等电文,余无法承受,若转与余,只好复电决裂"。③

蒋电文中的"把持金融"一语,把张嘉璈给深深刺痛了。他一迭声地发问:"试问,国民军自粤而湘而赣而浙而宁,中行帮助逾千万,去年第一次库券,中行占八九百万,第二次库券,中行占六百余万,龙潭之

① 张嘉璈与蒋介石的这次冲突,《张公权先生年谱初稿》记为 1928 年 9 月,张嘉璈的一则"随笔"也记为"本年九月间"。徐子为购得的张嘉璈手写日记两本(现藏上海图书馆,《历史文献》第十九、二十辑)载此事发生时间为 1928 年 2 月 26 日至 3 月初。《年谱》系根据张嘉璈本人提供的资料和记忆编著,张本人撰写的"随笔"系事后追溯,而日记系逐日记取,似可信度更高,故取日记记述的时间。

② 《张嘉璈日记》,1928 年 2 月 26 日。

③ 《张嘉璈日记》,1928 年 2 月 28 日。

役,孙军过江时,中行帮助几何?此次上台,中行助力几何?去年过年,中行又借几何?此谓把持何?北伐失败之罪系于何人?非严重诘问不可。否则,如此无信无义之人,何能当我辈首领!我辈牺牲为行,一生穷困至于今日,所望事业有成、国家有裨,若并此二者而绝望,则既无兴趣,随时可抛弃地位。"

宋子文劝先商量办法,对电文可暂不置意。张嘉璈说,办法不是没有,但也只有从增加关税、巩固库券信用这方面去想。

2月29日,张嘉璈约张寿镛、胡孟嘉、贝祖诒同至李铭处谈,形成大致意见,政府成立一个关税加税委员会,以银、钱两业及商界代表参加。商之于宋子文,宋也表同意。宋还拿出一封电文,说是蒋公给张嘉璈的,大致意思是,既然不能来京,那就请于星期六以前认募库券1000万元。还说过几天蒋要亲自到上海来。

蒋的这一态度本在意料之中,令张嘉璈失望的是宋子文身为精通财政的技术官僚,关键时刻却不挺身而出谏言规劝,任由"军人"一意孤行,"晚间细思军人如此,不知金融艰难,长此伊何底止?而辅弼之财长不敢直言规劝,吾辈食禄中行,一旦不可收拾,何以对社会?"他让贝祖诒转告宋子文和张寿镛,"余因感触太深,精神不济,决计暂时休息"。①

张嘉璈觉得蒋这样对自己是有问题的,于道不通,于理不合,"非所以对待赤诚拥护国民革命军之金融家之道",简直是存心刁难、报复,殊失革命家风度。3月1日,到行与宋汉章、贝祖诒等人交代了一下,也约略谈了暂时隐息的原因,下午起,即不到行。晚上,贝祖诒却找上门来,说是受宋子文、张寿镛二人之托,才连夜找来,两人的意思是,无论如何,必须见面。张嘉璈告以无法见面,实因感触太深:"一则现在朋友均是买卖性质,有利则合,无利则分;二则以首领不知财政之艰难,不知金融之重要,动以威权相逼,此后财政、金融有何希望;三则在余四面应付,百孔千疮,在人以为把持,精神上十分苦痛,不愿再事周旋矣!"②

---

① 《张嘉璈日记》,1928年2月29日。
② 《张嘉璈日记》,1928年3月1日。

第二天一早,贝祖诒又来,告知昨晚回去与宋子文谈的经过。他转述宋子文的话说,蒋已到上海,要中行认购 1000 万元的数字还是没有松口。宋还说,可否请陈叔鲁来沪调停,又怀疑有人反对他当财政部部长,意指张静江、黄郛两人。张嘉璈对之更起嫌恶,"此人可谓少不更事矣!"①

晚间,张寿镛宴请各家银行经理、副理,大概是想劝募,到者甚少。少顷,黄郛来电,请张嘉璈去寓所一谈。黄郛在电话中说,前几日在南京,听静江说起中国银行又有问题发生,放不下心,故想当面一谈。宋子文曾打电话给他,在沪对付银行界,应付俱穷,欲蒋亲自出面,这才有了要招张嘉璈去南京的电报。这和张嘉璈猜测的一样,"可见动机仍在宋"。

从黄郛处听到的一事对他略有安慰。蒋动身来沪前一日,招张静江、黄郛等人吃晚饭,席间,谈及中行事,蒋问,中行拿不拿得出 1000 万? 黄郛告以,这 1000 万元一拿,中行就不用开门了。劝蒋应从长商办,不应硬来。张嘉璈觉得,这才是老成谋国,他真心希望蒋听得进这样的话。

3 月 4 日,蒋亲自召集会议,主要谈中行事,在沪中委张静江、黄郛、宋子文、张寿镛、陈果夫、陈其采等人都参加。蒋在会上大光其火,提出要查封中国银行库存,对张嘉璈发通缉令等。与会各委员不明所以,不知道张嘉璈是做下什么事把蒋给得罪了。后来知道是因为张嘉璈曾劝说节省用度、尽量避免内战,遂致蒋误会他勾结桂系和北方的奉张势力,委员们即提议设一茶会,邀双方到会,"彼此见面,说开了事"。

"蒋先发言,谓余阻挠北伐,并勾通桂系本派。蒋说,蔼士、咏霓、膺白分别驳说。无词,遂转而及本题,谓中行库中尚有数千万,何以不能帮助政府? 甚至提及不妨接管中行。蔼士、咏霓分别解说之。蒋又提出北伐费必须筹足,每月千万始可进行商定,除一千六百万库券外,再增发库券一千四百万。"②

---

① 《张嘉璈日记》,1928 年 3 月 3 日。
② 《张嘉璈日记》,1928 年 3 月 4 日。

当天下午,蒋来到西摩路宋宅,召集中、交两行人员及虞洽卿、叶竹棠等商界代表,宣读北伐计划,并公布决定再增发纸烟捐合库券 1400 万元。"当场逼令淞苏月垫五六百万,或中、交合垫 700 万。淞苏坚持不允。吴震修见势僵,谓政府若发库券 3000 万,中行当于三月内垫足 600 万。"

张嘉璈因招蒋忌恨,不在与会名单上,但会中情形,经多位朋友转述,历历如在目前。"最奇者,当场无一人敢纠正其糜费之过巨,均唯唯命命是从。"连带着,宋子文也被他小看去,"以今日情形观之,宋之政治气魄亦不过尔尔,在财政界恐未必成一人物也!"①

蒋离沪返宁,留下张寿镛在上海,继续与金融界周旋,探明中行到底是何态度。张嘉璈揣量再三,总觉得兹事体大,能维持还是尽量维持,召集中行在沪董、监事讨论应对办法,意见也基本一致:"金以一旦决裂,金融风潮即起,即在可能范围以内,仍以避免决裂为上。"故答道:"仍是从前宗旨也! 政府于一千六百万库券中,分三个月筹垫,银钱两业共同担任,中行当力任之。"②

中行方面的通融与协作态度很快就报到了上面。3 月 9 日下午,张寿镛从南京来上海,带来了蒋写给张嘉璈的一封信,表示融洽谅解意。张寿镛说,他和宋子文一起找过蒋了,力劝其减少数目,蒋云,需 1200 万元,宋、张允先定 850 万元,其余筹到多少算多少。张嘉璈很高兴,"大致蒋稍知困难"。这次冲突重新告一段落,"款事亦照前日所商办理",但下一次冲突何时发生,怎么收场,他心中一概无数。

日后,张嘉璈有文叙此经过:

> 本年九月间(疑为 3 月之误——作者),我与蒋总司令发生一极大冲突。其事起于蒋先生电约我到南京见面。当时国府组织法即将颁布,诚恐其或将要我出任财政部长。同时我认为不应越过

---

① 《张嘉璈日记》,1928 年 3 月 4 日。
② 《张嘉璈日记》,1928 年 3 月 5 日。

财政当局,与我直接商谈财政事项。因复电请如有事,可嘱财政部长转洽。嗣接来电,仍须前往。我迄未应命。蒋先生大怒,遂电我速筹一千万元。随即莅沪,召集留沪中央委员开会,提出查封中国银行库存,并将下令对我通缉。各委员因问究系何项罪名。大约我过去曾劝以尽量避免内战,蒋先生遂云我有勾结桂系及奉张嫌疑。各委员知系出于误会,不过随便借口。因提议设一茶会,彼此见面,说开了事。我则觉其态度,非所以对待赤诚拥护国民革命军之金融家之道。既不参加茶会,并即请假,不到银行办公。嗣经友人(虞洽卿、黄膺白)调解,复由蒋先生来函解释,一场风波始告平息,我方照常到行。当时我深恐蒋先生以为中国银行实力雄厚,可作政府筹款之源泉,或则要我参加政府,出力筹款,故我亟盼中央银行早日成立,俾能减轻中国银行之责任。①

此事虽告平息,却又一次为中国银行与当局之间的关系蒙上了阴影。七年后,张嘉璈最终被蒋宋孔联手逐出中国银行,伏笔已于此种下。

六、发行准备公开

按照三个集团军出发前的约定,西线先取守势,集中优势兵力,先解决山东之敌。用于山东方面之作战部队,为第一集团军刘峙、陈调元、贺耀祖、方振武部,第二集团军之孙良诚、马鸿逵、石友三、吕秀文部和骑兵第二军席液池部。进攻方面,以微山湖为界,湖以东统由蒋指挥,湖以西统由冯玉祥指挥。

冯玉祥的第二集团军打响了国民革命军的春季战役。他们佯攻京汉线,在山东西南部故作种种进兵准备,牵制敌人。东线的国民革命军精锐则乘虚沿津浦路北上,切断省城济南通向青岛的铁路。张宗昌的

---

① 《张公权先生年谱初稿》上册,第76页。

鲁军稍做抵抗就溃退了,倒是孙传芳部极为顽强,数次试图反攻,但在北伐军的强劲攻势下,他们最后不得不让开了通往济南的道路。而在西线战场,冯玉祥的第二集团军遭遇奉军精锐顽强抵抗,推进到河南彰德后就再也不能前进丝毫。

随着战线北推,军费开支也节节上涨,3月27日,财政部再次发行以卷烟税为担保的国库券1600万元。议定利率月息8厘,分三年七个月还清,仍由上海金融界承受,中国银行摊配又是最多。想着目前形势,如同爬山到了关键处,翻到山的那一边,早日结束战争,早致南北统一,一切都会好起来,张嘉璈也咬牙答应了下来。再到4月28日,财政部公布发行军需债券1000万元,以印花税收入作抵押,月息8厘,十年还清,第一期600万元,仍由上海金融界承受。

沪行行务,张嘉璈自任总行副总裁后一向较少干预。宋汉章在金融界的资历比他老,行内关系盘根错节,又曾是他上司,这是其一;其二,宋作风强硬,乡愿气重,喜用同乡余姚帮亲信,他也不愿触犯。有人打小报告,说宋大板不怎么把他放眼里,背后还以"政客"呼之,他也只是笑过了事。毕竟宋是前辈,为人方正,对自己也有提携之恩,他不愿意造成内讧,让银行界同人看笑话。

贝祖诒接替宋汉章任上海分行总经理后,行内大小事务,皆与他这个总行副总裁相商,两人配合,颇觉默契。鉴于上海分行发行纸币数额在中行各区域中占比最大,其信用之厚薄,攸关全行安危,而当下政府财政,尚赖发行公债库券度日,信用迄未建立,设或上海中国银行钞票,偶有风吹草动,金融全局将至不堪设想,国民政府也无以立足,两人经商量,决定发行准备公开。

发行准备公开一事,张嘉璈曾找陈光甫商量。陈光甫在电话里说,武汉前番金融动荡,汉券若无解决办法,必致影响及于沪券,竭力主张公开。行中同人也都表赞同。

3月13日,张嘉璈特意让贝祖诒去找宋子文,征求宋的意见。宋说这事"在理应办",态度却很不友好,语气间颇有责怪中行,想要借此"坚壁清野"。宋子文对中行一向不善,张嘉璈也没感到太大意外,只是提醒自己"尚须注意及之"。① 即着手与同人详细研究公开计划。

3月14日,因协助黄郛办理宁案,张嘉璈在寓所请英领事喝茶,宋子文也在座。送走了领事先生,张嘉璈与宋子文谈起了公开办法。宋仍表示,一方面,为维持银行信用可以赞成,另一方面,中行这么急着公开,"不免有借公团抵制政府之嫌"。"同时,语气间表示银行若能于增加发行额中以若干成供政府利用未尝不可研究之意"。宋的这种官腔让张嘉璈非常生气,"政府中人之眼光如豆,可发一叹!"②

宋子文对中行发行公开一直拿捏不定,态度不明朗。3月28日,宋子文以大军近日即将出发为由,催中行垫款300万元,以各种解款作抵,说这是蒋的意思。张嘉璈即告以本行所拟发行公开章程已分送各公团(实尚未送,以示决心),请其谅解,勿疑另有作用。

宋子文表示,对中行的发行公开,他个人并不反对,只是担心政府中有人责其不应贸然答应中行的关门政策。接着又说,中行独办,他行是否不受影响? 还问,委员会名单中,本部何以没有加入(原有财政部代表,张嘉璈故意划去,作为最后磋商条件)?

> 淞苏不得不告以,日来奉张强迫京中行借券,本行预备与之决裂。若奉张果取消北方各行发行,上海即生动摇,不速公开为国民政府,无异自杀! 渠又云,必欲一看电报种种情形,毫无诚意,则中行何必再为政府尽力? 咏霓云,彼决定赞成商量政府应否派一人,略予面子。余意既有金融监理局,即可派该局长加入检查,即商拟一批大致所拟检查章程,应准备案。惟检查办法关系重要,应饬令金融监理局长加入检查,以示郑重等语。咏霓云后,先与监理局陈局长谈,渠闻有彼加入,甚为忻悦。嗣与子文谈,渠云彼无异议,侯公文到再批。淞苏亦在座焉。③

---

① 《张嘉璈日记》,1928年3月13日。
② 《张嘉璈日记》,1928年3月14日。
③ 《张嘉璈日记》,1928年3月28日。

当日下午,张寿镛来行,商 300 万元垫款。大概均有抵款,当即商妥。一面带上拟好的呈文,三人一起去找宋子文请批。一开始,宋子文只是百般推诿:"子文临时又变游移,不曰恐为政府指摘,即曰所缺之每月 350 万有无办法,又曰他行如生风潮如何办法,继曰中行自管云办,何必部批。咏霓从旁力持非准不可。淞苏最后告宋,何妨为千万人造福? 渠始决批回,后即嘱赵叔雍分送各报馆发表。"①

中行上海分行邀集的"发行检查准备委员会",邀请商会、银行公会、钱业公会、领券行庄、财政部及本行董、监事会推举代表:林康侯、赵晋卿代表上海总商会,吴蔚如、孙景西代表银行公会,谢茀甫、严均安代表钱业公会,张达甫、夏圭初代表领券行庄,李铭、徐寄顾代表中行董、监事会,陈健庵代表财政部。另聘会计师王梓康一同检查。决定自 4 月 1 日开始,发行准备检查每月一次,将发行准备内容登报公告:计上海分行本身发行为 4657 万余元,联行领券为 2996 万余元,行庄领券为 2432 万余元,共计 1 亿零 85 万余元,占全行兑换券发行总额的 70% 以上。

张嘉璈后来说,此后中国银行全体发行,在国难重重、金融风潮迭起之中,仍能有增无减,而在法币实行之前夕,中行发行占到中央、中国、交通三行之一半,正是得力于发行准备之公开。日后,中央、交通两行相继效法,民众视三行纸币几同于现金,都是由于在当时"厚植券信",是以,这次发行准备公开,"动机虽微,而收效实宏"。

4 月 1 日,"发行检查准备委员会"首次开会并检查。这段时间,张嘉璈的主要精力放在协助外交部部长黄郛以外交手段解决"宁案"上。此案即将完结,尚有一些细节待完善,故对检查公开一事只是寥寥一笔带过:"今日各代表到行检查,即造检查报告,此为公开检查之始。"②

说起"宁案",可追溯至去岁 3 月。国民革命军江右军抵达南京时,南京城曾发生抢劫领事馆及外人风潮,事涉英、美、法、意、日五国,造成

---

① 《张嘉璈日记》,1928 年 3 月 28 日。
② 《张嘉璈日记》,1928 年 4 月 1 日。

多名侨民死亡,并引发停泊在下关的英、美军舰炮击南京城。虽然事后北伐军方面辩称,此事系逆军溃兵和当地流氓"乔装南兵"所为,但美国人和英国人对这个解释都嗤之以鼻。蒋重回中枢后,把外交部部长一职交给黄郛。眼下二次北伐正在进行,与英、美等国分头协商解决"宁案",以银钱上的赔偿换取欧美等国对国民政府的支持,为北伐扫除障碍,也就成了新任外交部部长黄郛的首要之事。风向已转,政府正在积极推进去俄化,从以前的高喊打倒列强,到现在和列强一起坐到谈判桌前,在国际法的框架下寻求解决,也是为了取得国际社会的好感。

黄郛抵任后,即与各国代表磋谈3月间遗留的"宁案",商定以换文方式解决。但与日本方面的交涉颇不顺利。当日事件发生时,英、美军舰对城中一顿狂轰滥炸,停泊在长江上的三艘日本驱逐舰恪于训令一弹未发。随后,日军舰队指挥官率舰回上海后自杀,遗书中有奉命不准开炮、无面目以见国人等语。黄郛担心日本人寻机报复。

2月中旬,谈判在上海开场,因英、美等国建交的是北京政府,英国公使蓝浦生和美国公使马慕瑞亦尚驻北京,两国公使与国民政府外交部往来,及见面会议,不独多所顾忌,而且也难找到合适的地点。黄郛找张嘉璈帮忙,张嘉璈不顾"出位之嫌",把中行为他准备的沪西极司菲尔路94号一处房屋交与黄郛,以作谈判使用,有时自己也到场斡旋。

张嘉璈对此有自述称:"我以银行家地位,从中折冲,较少痕迹。因与驻沪英美两总领事频相接触,经过彼等转与两国公使沟通消息。嗣两使在沪与膺白先生正式谈判,彼此愿在中立地点举行,遂选择沪西极司菲尔路94号为会谈地点。"

3月29日,黄郛与美国公使马慕瑞以换文方式签约解决"宁案",直至次日凌晨方告完成,就是在极司菲尔路张嘉璈的住宅里进行。张嘉璈日记中记录了黄郛的一句叹息:弱国无外交。

七、向北京进军

随着北伐节节推进,黄郛多次提醒在前线督师的蒋介石,目下北方军阀已成强弩之末,将来最可虑的障碍当是日本,胶济铁路与日本尚有债权关系,铁路沿线日人厂矿甚多,日侨杂居,于军事进行时最易发生摩擦,一定要多加注意,免生事端。蒋一面派张群为私人特使,赴日疏通,一面急调黄郛北上,商议对策。

黄郛担心的事应验了。5月初,一路北进的国民革命军前锋在济南城下与日本再起冲突。日本陆军省和参谋本部借口去年3月南京事件中方未能保护外侨,从号称最强悍的陆军劲旅熊本第六师团抽调一支5000名士兵的远征军前往山东,另以驻津之三个中队增援。5月1日,第二集团军第三军孙良诚部进入济南,第六师团长福田彦助率领的500名日军先头部队也于同日到达。5月3日,两军小股部队擦枪走火,继而酿成冲突。刚成立的交涉公署也遭洗劫,战地政务委员兼外交处主任蔡公时被日军割鼻削耳,以极端非人道的方式残害致死。

蒋识破日本以保护本国侨民为由,真正的意图是在济南城下遏止北伐势头,好让其侵吞华北,是以不愿在济南多作盘桓。考虑到北伐途中有可能再次发生中日冲突,蒋命令他麾下的所有军队退到徐州以南,巩固南方,并监视日军,其他北伐军则绕道德州,急火流星北上。他修书福田彦助,说革命军为避免糜乱地方,决不与日军冲突,刻下我各军已一律离济,继续北伐,仅于城内留相当部队,借以维持秩序,并要求日军停止一切军事行动。蒋让黄郛出面负责与日谈判,同时寄希望于国联出面干涉。

5月5日,黄郛陪同蒋介石出城,前往离济南约30里处的党家庄。冯玉祥在这里等着他们。资深外交家王正廷作为冯的僚属,此时充任陇海路督办,也一并前来。王正廷曾在凡尔赛和会时以南方军政府代表的身份出席,拒签和约,广受舆论好评,民国十一年又经办鲁案,以行事干练著称,当即请他去济南城与日本人谈判,亦无果。蒋、冯遂商定,各路军队绕开济南,分五路渡河,以不影响当务之急的北伐为要。蒋在发出了致福田师团长的信后,率大军离开了,济南城内唯留第一军第一团团长李延年及第四十一军第九十一师第二团团长邓殷藩所带两团人马为卫戍部队。数日后,这两个团在与日军的激战中伤亡殆尽。

日方丝毫没有收手的意思,亟欲拉着北伐军在济南城下大打一仗,示以颜色,以换取对他们在东北特殊权益的承认。大队援军一到,福田明知蒋已不在济南,还是向他发去一封带有侮辱性的最后通牒,提出解除参与对抗的方振武、贺耀祖、陈调元三个军团武装,严惩肇事高级军官,撤去济南附近的两个军营,禁止一切反日宣传等 5 项条件,并限当晚 12 时前答复。

蒋在泰安车站接获通牒,即派高级参谋熊式辉和战地政务委员会委员罗家伦星夜驱赴济南。蒋同意查办本方不遵令的官兵,要求日方对有同样行动的士兵也按律处分,并要求发还被缴的枪支,这只能招致日本人更加疯狂的进攻。日方遂以答复超期为由,向济南城猛烈炮击。三日激战后,济南城陷,数千平民和战俘遭屠杀。

蒋没有想到的是,他于阵前被迫做出的对日妥协忍让的策略,影响及于四年后的九一八事变,终致结下东北全境沦亡的苦果。眼下,军前交涉既阻力重重,只有转手把这个烫手山芋交与后方慢慢去啃,让黄郛去尽力招架。他电告黄郛,所有交涉都用黄郛的名义,能办到多少程度就到多少,"不必用弟名义","总以速了为宜也"。总司令既以国家大义切责,黄郛只有从命。兄为其难、弟为其易这般的慷慨语讲讲容易,真要做起来也是难的。此时的黄郛在交涉中投鼠忌器,再加迭受日人蛮横行径刺激,精神上的刺激无以名状,回来还要赴政府和中政会报告案发经过,应对多路记者访问,心力交瘁,以致妻子沈亦云劝他辞职时,心绪悲苦的他说了这样的话:"待北伐完成,中国统一,当辞职以谢天下,将一切办理不当之过失,归于一己,今如何临阵脱逃?"

北伐军刚占领济南时,上海的银行家们一派欢欣,以为北伐大业即将告成,和平有望。5 月 6 日,济南事件还在发酵中,张嘉璈在日记中写道:"前一月中,比较清简,惟济南已为南军所得。""清简"二字,可见其全不以军情为虑。其他银行家普遍也持乐观态度,已经提前开始谋划起了统一后的财政计划和银行制度:"子文曾邀余及淞荪、馥荪、咏霓第一次在大华饭店晚餐,商谈到北京以后之财政计划及银行制度问题,嗣后屡次谈及。""第二次在余寓午餐,决定先开一经济会议,会员二十五人,经济会议议决之案提出于财政会议。"①

黄郛的外交办理,因日方条件太苛,阻力重重,张嘉璈在上海也积极为之奔走,5月15日日记载:"不记者将二旬矣,实以连日所议论、所奔走者,无非排日问题,此外一无可述。中间惟黄膺白氏以日本要求之中,有贺耀祖、方振武、陈调元三军须全部在日本军前解除武装,条件太苛,嘱托英美两领电告驻京英美两使相继帮忙。"②

日军在济南的蛮横行径,激起国人自甲午以来深藏的耻辱感,民间的仇日情绪如火药桶一点即炸,蕞尔小寇犯我,难道国民革命军的几十万条枪都是擀面杖?而身为外长的黄郛,态度软弱,一味向国人陈述当前要害,以期安定后方人心,难免不被看作面目暧昧,尽耍嘴皮子。坐在民族主义情绪火山口的黄郛,此时在国人眼中,已与准汉奸相去不远了。面对毁谤丛生,汹汹物议,黄郛向国府诸元老抱怨说,现在连政府自己办的报纸,对他也是"备极讥讪,横施责难"。

军情多变如这年阴晴不定的春夏之交。按照蒋、冯在郑州的商议,第一、二集团军分由朱培德、鹿钟麟主持,沿庆云、南皮、交河、武强、晋县、正定一线向奉军集结展开攻击。济案的办理,经外交部迭次与日本外务大臣交涉,日方也放出话来,须顾双方面子,今后日军决不致"兴奋",田中内阁还拟派遣参谋本部第二部部长松井石根来华向军方疏解。形势渐转,蒋的态度渐趋强硬,他要抛开黄郛了。

此时,黄郛正准备偕张静江再往前方。5月20日,接到蒋从徐州来电,要他专任外交委员会会长,外交部部长一职交由王正廷担任。黄郛立即回电,"受命三月,无补时艰,乃外交正切进行,而情志终难曲达",要求辞去本兼各职,"谨避贤路"。张嘉璈日记5月22日载:"膺白自宁归,当晚即发一电辞职。"

5月23日,他与黄郛晤面,当天日记披露,蒋说服张静江、谭延闿等

① 《张嘉璈日记》,1928年5月6日。
② 《张嘉璈日记》,1928年5月15日。

元老们让黄郛"暂行辞职"的理由是外交风向已转,让亲英、美的王正廷任外长是冯玉祥的主意。"晤面,始知蒋自徐来电致谭组庵、张静江,提及日本外交业已绝望,必须接近英美。王正廷与英美素洽,与日本亦接近,冯焕章意拟令长外交,蒋本人亦赞同,请中央提出。同时电膺白,请其改就外交委员会会长,因此黄决辞。"①

济南这一横生枝节打乱了二次北伐的军事部署。第一集团军的进展被延迟了,蒋把津浦线战事转以第二集团军负责,后又急调武汉之第四集团军,以白崇禧代李宗仁率军北上助战,担任平汉路正面作战。在第二、三集团军的强攻下,奉军节节败退,大势将去。5月底,两个集团军沿着京津线东西两侧展开了一场不舍昼夜的长跑赛。

蒋从徐州北上,先找冯玉祥谈,再到石家庄晤阎锡山,与两人分别会商收复京津问题。冯被告知,鉴于他的部队在南苑一带受阻,第四集团军又缓不济急,国民政府已决定让阎接收京津地区,出任京津卫戍总司令。蒋征询冯有何意见可以发表。

冯说,只要军阀卖国贼铲除干净了,我便已经十分满足,别的事怎么办都可以,还是请你酌夺吧。蒋又担心这样让冯军太过吃亏,提出让冯驻军天津,冯答称,革命告一段落,应使政治真正统一,此时大家都当解除兵权,交归中央,同在政府中办点大事或小事,不可仍旧各霸一方,形成割据之局,且晋军驻河北,我军驻津,部属之间恐亦不易处得好。语气至为恳切,蒋大为受用,实则暗恨已生,埋下了两年后蒋、冯、阎中原大战的种子。

1928年6月8日,在一片令人诧异的平静中,第三集团军一个叫商震的将军指挥他的山西士兵进入北京。同日,一度与外国公使团纠缠的第二集团军的一支军队,也进驻南苑。

一周后,南京国民政府宣告北伐革命"统一告成"。

---

① 《张嘉璈日记》,1928年5月23日。

第六章 改 组

一、财阀登场

京津底定,1928 年 6 月 20 日,财政部长宋子文召集的全国经济会议在上海召开,会期一周,讨论"经济治国方略"。

宋子文邀请了近 70 名国内主要的银行家、商人、实业家及 45 名各省市政府的代表参加这次会议。上海商业储蓄银行陈光甫,中国银行张嘉璈、贝祖诒,交通银行胡孟嘉,浙江实业银行李铭、金城银行吴蕴斋、浙江兴业银行徐新六、国华银行唐寿民,实业界闻人虞洽卿、荣宗敬、穆藕初、王晓籁、顾馨一、王亭一等,都在出席会议的名单上。

宋子文先对过去以高压手段筹款的做法表示歉意。他承认,"在战争期间我们或许不得不采取非常手段去筹款"。接着他号召与会各界精英与政府合作,并强调说,除非人民能参与到政府的决策中来,否则,没有一个政府能取得人民的信任,西谚有云,有良好国民而后有良好政府。宋子文着重围绕金融、公债、税务、贸易、国用等方面,向会议提出了他准备实施的一些主要财政方案,诸如限制军费、整理旧债、采用预算制度、建立中央造币厂、废除厘金,等等。他说,这次会议的成功召开"将是中国走向民主制度的一个步骤"。

财政部副部长张寿镛说,自民国初年到十七年,天天做财政统一的梦,现在还没有办到,以前以财政来办财政,结果难免近于搜刮,每至没有办法,今天欲以经济来办财政,将来才有良好的结果。他引经据典,吹捧宋子文为"冢宰",说《周礼》上有句说"冢宰制国用",制国用的事本来应该归大司农,不应该归冢宰来办,但是冢宰能管理全国大政,知道人民痛苦,就是知道"民隐",要把各方面经济通盘筹划,非冢宰不能,所以"冢宰制国用"很是符合经济学的一般原理。

会议继而讨论裁兵、统一财政、统一交通三问题,通过了"请国民政府即日裁兵,从事建设事业"。讨论了成立中央总金库、各省逐渐成立分金库等事项,设立全国统计委员会和预算委员会,以为国家中央银行成立之准备。会议期间,宋子文宣布,财政部发行江海关二五附加税国库券900万元,月息8厘,二年还清,仍先由金融界承受,南北银行家们皆无异议。

张嘉璈作为委员代表致答词,盛赞宋子文召集此会,足证"为主义而革命、为民生而革命、为建设而革命之精神":

> 今天承宋部长发起召集此会,各省各地商界、实业界、金融界集于一堂,彼此交换意见,并得聆宋部长之伟论,实深荣幸。
>
> 十余年来,因军阀把持政柄,战乱不息。此二年间,国民为扫荡军阀起见,不惜全国之兵,以图根本铲除。今幸北伐告成,万民欢呼。然因此而民众所受之损失,正与欧洲大战后之各国情形相若。全国之人力、财力、物力皆消耗于不生产之途,全国资产之减损固不可数计,而固有产业,亦几无以图存,农产则因交通阻滞货弃于地,人民则因遍地战区流离失所,加以币制紊乱,物价腾贵,一言蔽之,全国经济组织几乎完全崩溃。故今日之经济会议可称与欧战后之日内瓦经济会议相伯仲。
>
> 以前,人民对于军阀战争避之若浼,此次对于国民军踊跃输将趋之唯恐不速,即如上海一埠,捐输征募前后将近一万万,而民无怨言。此何以故?实以国民革命为民众而革命,进言之为民生而革命。今京津一下,宋部长即有经济会议召集,尤足表示为主义而革命、为民生而革命、为建设而革命之精神,同人且感且佩。
>
> 所以民生,第一在提高农工商各阶级之人格,第二在解除经济势力之压迫。然欲达到此二目的,第一,社会秩序、人民权利必须

有确实保障,庶几人人敢投资事业,农工商各业可以发达;第二,必须缩减军费,确立健全之财政金融制度,庶几国家得以实力辅助生产事业之发达。此为经济复兴之根本原则。根本既立,一切问题均可迎刃而解。日内瓦经济会议开幕之先,联合各国曾开一最高预备会议,决定大纲六条,其大意不外乎是此。则不得不依赖宋部长及政府诸公之力为提倡者也。

今日之前,为军费的财政时期;今日以后,为经济的财政时期。宋部长有见及此,召集此会,同人既为国民一分子,且与经济界有深切之关系,自当抛弃各自一己之利害,从民众立场上发表公平之意见,以备政府之采择。

既往一年间,国民政府在上海筹集巨额之战费,而金融市场未受到剧烈之影响,此不得不谓宋部长及政府当局之办理得宜。同人并附一言,以志感谢。①

他在会上还出示了一份数据,称"自民国十六年四月至十七年六月,此十四个月之内,国民政府共发行国库券与公债一亿三千六百万元,均由金融界承受,先行垫款,陆续发售,其中以中国银行所占成分最大"。希望国家统一后,多多把精力用到建设上来,扶助工商,发展民生,不要再无休止向银行借钱了。

此次会议的召开,正值北方战事告竣,南北统一,与会者又大多是为北伐提供后援的江浙金融界人士,国外舆论至为瞩目,日本的一些机构和学人对南京新政权表示出了浓厚兴趣,开始探讨支持这一政权背后的经济力量。② 会议期间的报道中,日本报纸开始有"江浙财阀"一

---

① 《1928 年全国经济会议史料(一)》,上海市档案馆庄志龄选编。
② 最早提出"财阀"这一群体进行研究的日文著作,是"满铁"上海事务所职员志村悦郎于日本昭和四年出版的《浙江财阀》,山上金男在日本昭和十三年出版的《浙江财阀论》沿用了这一概念,认为他们是"以宁波帮为中心的江浙乡帮的地缘性集团",为南京政权建立提供了经济基础。[日]山上金男著,南满洲铁道株式会社上海事务所编,陶水木等译:《浙江财阀》,国家图书馆出版社,2014 年版,第 68 页。

说。张嘉璈对此论却不以为然,认为这是日人"讽刺国民政府之语","谓革命军北伐成功,得力于江浙财阀之支持",江浙银行家不过一松散组织,实力微薄,何可言"财阀":

> 所谓江浙财阀者也,盖指隶籍江苏宝山之我、江苏镇江之陈辉德、浙江绍兴之李铭、浙江吴兴之钱永铭诸人。实则此数人者,并非如日本之三井、安田等家族之拥有实力,号称财阀可比。仅凭借各人之地位,兼得民众之信仰而已。且全国人民因久乱思治,故诸人者不难因势利导也。①

20 年后,把事业重心南移到了香港的陈光甫也在日记中说,"财团""财阀"之说,日人首倡,沿用至今,不过是"刺激人心"之语:

> 查此名称之由来,乃日本人所创造。当国民军北伐之时,中交两行垫付军费,颇具努力。而银行主持人张公权、钱新之、周作民、吴鼎昌、李馥荪等,皆为留日学生,日本工商金融界联络吾国银行家,有时亦邀余在内。自中交两行增加官股后,其大权握于政府之手。即所谓南三行、北四行者,其内部亦各自独立,不受任何人之支配,虽有每周之聚餐,亦仅谈谈人事之待遇与应付政府之法令而已。并不若美国摩根集团等等,可以指挥投资途径,性质完全不同。某党以此项名称有刺激性,不问其内容如何,竟沿用日本人之称谓,而一般记者亦不之察,常用江浙财团、四川财团、广东财团等名词以刺激人心也。②

这次经济会议,让经受了一年高压的上海实业界和金融界终于寻找着了一个机会,发泄对政府的诸般不满。会开了十天,发还战争期间

---

① 《张公权先生年谱初稿》上册,第 75 页。
② 《陈光甫日记》,1948 年 12 月 4 日。

被政府占用的私产、限制工潮等种种提案一直不绝于耳,宋子文则竭力放下身段,耐心引导和疏解。

虞洽卿代表上海工商界人士,在会上提交了一份关于整顿公债、保护商人、裁撤厘金的书面建议。南京国民政府开张,上海商界倾洪荒之力襄助,蒋承诺的保护商界利益、裁减兵员、减轻赋税等承诺却没有一项落实到位,对上海的税源却控制得更加严厉。宋子文态度诚恳地收下了虞洽卿的建议书。但很长时间过去不见丝毫回音。

虞洽卿等不下去了,发起了一个 48 家商业团体组成的请愿团,自任团长赴南京请愿。行前他写了一封信给上海总商会、县商会和闸北商会:"今者,裁兵未见实行,自治未见实行,自治未见筹备,关于农工商学之设施,以及人民之衣食住行四大需要,均未见政府与人民协办共谋发展,徒见厘裁而苛税繁兴,兵未裁而供亿为难,民众运动未上正轨,劳资纠纷愈入歧途⋯⋯目睹民生之困苦,商业之疲敝,殊觉不寒而栗⋯⋯"字里行间,难掩失望之意。国民政府成立才一年余,上海的商人们已经在怀疑,这场合作是不是从一开始就找错了方向?

虞洽卿率领商业请愿团来到南京,递交了由 48 个商业团体联合署名的呈文,内容不外陈述上海商人在革命时期已做出巨大牺牲,目前革命已经成功,政府应多为商界着想,保护商界利益,等等。蒋介石亲自出面,宴请了全体请愿代表,并说这几日正值二届五中全会举行,事务缠身,不能马上接见,深表歉意云云。何应钦在随后的讲话中,竭力赞扬上海工商各界深明大义,济助军饷不遗余力。既然主人给足了面子,资本家们也不能不识抬举,虞带着请愿团快快回了上海。

1928 年夏天,宋子文面临的问题是,他所管的财政部,实际税收只能取之于江、浙两省,其他省份的税收都被地方将领截留了。故此,为期十天的上海会议后,宋子文又赶往南京,主持 7 月初在南京召集的全国财政会议。连续两会的目的,正是为了把财政大权统一收归中央。

二、宋子文欲摘中国银行牌子

去年,武汉政府发布现金征集令,引发市面剧烈动荡,中国银行、交通银行发行的大量钞票无法兑现,长江沿岸各埠,悉以中行沪券为周转筹码。当时中行汉属各行,官欠约 3190 余万,商欠呆账约 188 余万。中行当时的策略是尽力收缩钞票,争取把损失减至最低程度。

1928 年初,卸任苏沪财委会主任的陈光甫有过一次汉口之行。名义上是去处理刚刚故世的父亲在那边的一笔遗产,兼静修读书,实际上是避宋子文的嫌。刚刚出任财长的宋子文总以为他有觊觎之心,不久前还发动了一场针对他的官司。陈光甫到汉口时,中行在张嘉璈一手督办下,已在芜湖、汉口两地专门设立沪券兑换处。身为中行监事会成员,陈光甫亦令上海商业储蓄银行汉口分行为中行维持申钞十足代兑,为中行挺过这次风潮出足了力。

事后他写信告诉宋汉章和贝祖诒,武汉的金融这次坏到如此地步,政府固然有不可推卸之责任,但各银行不明经济状况,贪利放款,也是原因之一。故此,以后沪上各行来汉推发申钞,必须吸取此一前车之鉴,处处为地方着想,地方有了利益,银行方有利可收。切不可听其涨落,发行时不问供求情形,随市售卖,降落时袖手旁观,听其死活。倘若银行还是唯利是图,全国金融破裂、同归于尽,真不是一句吓人的空话。

陈光甫对两湖财政一直都很悲观,晚清张之洞办新政时,已是困难万分,辛亥以来迭遭北洋军阀敛利,去年北伐军又在此地与吴佩孚的北洋军大战,再加上发布现金征集令,两湖财政已是凶险万状。在给杨敦甫等人的信里,他说:"弟寓汉三月以来,默察汉口各银行失败情形,多属自取。银行经理与商界完全隔绝,行中款须向各他处转存而来,一一分放钱庄,钱庄即放胆以之转放市面,此中黑幕重重,一旦失败,全军覆灭……至工潮及政界借款,亦由银行当事者平日骄侈太过,行员不服,发生反动,及与往来之人多属官僚、政客,乘虚攻入,内外受敌之苦也。"

春节过后,陈光甫巡查长江沿岸各埠银行,尤其是中国银行在汉口一带的分行,发现问题多多。行员舞弊,敲诈存款人、携款潜逃,诸如此类糗事层出不穷,而中行当局又把盖子捂得严严的,外人无从调查。去年北伐军与孙传芳在江西大战前,孙手下大将陈调元有一笔十余万元的款子存在中行九江分行。孙败退时,陈调元派参谋长来九江提款,行长即以逆款为名,扣着不付,还把那个参谋长锁在行内数小时,逼其送酬报金六万元,方始释出。后会计主任串逼贺耀祖指提此款。陈调元倒戈向南,摇身成了革命阵营中的一员,复向中行补提六万元。中行敲诈存款人在先,落得个一款三付,也只得打落牙齿肚里吞,自苦自得知。陈光甫说,中行各分行的经理们与政治走得太近了,各处军阀向银行借钱,都是中行开的坏头,行长们为了赚取厘金,拿好处费,与军阀左右之人联成一气,把钱放给他们,实不啻与虎谋皮。

还有中行长沙分行,看到汉口洋厘大,长沙洋厘小,行长、会计主任、出纳主任串通一气,将库存钞票运汉售成银子,汇到长沙再买进洋钱,补还库存,上下分利。做金融的,怎么可以毫无担当,像小市民一般,只知逐此蝇头小利?

汉口、九江、长沙的情形如此,长江各埠其他分行的情形又能好到哪里去?陈光甫虽已辞去苏沪财委会主任的头衔,毕竟还是上海银行公会副会长,还兼着个中国银行监事会成员,事关同业前途、金融未来,他不能对这些问题视若无睹。

1928年2月21日,陈光甫给在上海的中国银行副总裁张嘉璈、董事李铭和徐寄庼等人发去一电,认为对中行各地分行必须彻查账目,因为此事关乎金融大局。"辉德近到长江各埠,始悉中行内容,有即行彻底调查之必要。事关金融大局,辉德负监事人之责,弗安缄默,用特电陈,祈即复议。"

既然大家都是多年朋友,他索性把话挑明,在次日发给三位朋友的信中又说,这么做不是害中行,而是爱中行,如果事不得行,自己良心上也殊为不安:"弟所以如此主张,实则中行情形不佳,势必成为招商局之第二。闻金融管理局已有查账之议,让他人来办,毋宁自行整理,得免当局为验证。且为股东与存户之血本、地方之金融计，更不得不如此。此乃弟一片善意，想已在诸兄洞鉴中矣。倘弟之主张难见实行，则弟忝居监事，责任所在，良心受谴，惟有辞职以谢国人耳。"

三日后，署名"璈、铭、冕"的复电到了，说"所见甚属扼要，弟等深为赞同"，已电请董事会和监事会公决，同意派员彻查。李铭还在私信里告诉他，说经与公权讨论此事，中行汉属各行，官欠、商欠的呆账加起来300多万，经济上虽然吃了一些亏，尚非致命之伤，中行目前最危险之处，实在于用人一端，进人"不慎加选择，因才器使，为事择人"，使用中"又不严行考核，留良去窳，以树观听"，致使队伍一天天烂下去。行员舞弊，以赣行最为严重，必须予以严厉惩处，云云。

查账的事，向中行方面催了几回，迟迟未见动静。一个月后，中行监事会才通知他，行务总会已决定让中行董事、浙江兴业银行副经理徐寄顾赴汉属各行查账，并派"重要行员二三人"，一个姓程的财务稽核和一个姓居的副行长将协助进行。

又拖了近一个月，快到4月底了，程稽核、居副行长才姗姗来到汉口，徐寄顾却没一同前来。陈光甫去电又催，隔几日，徐寄顾从上海来电，称"行务所羁，不克赴汉"，请陈监事就近主持，"偏劳一切"，云云。

陈光甫不依不饶，给总行，也给徐寄顾去电。这一回，总行倒是回复得快，让上海中国银行转告他，说查账的事终归是要搞的，那就劳烦陈监事单独先搞吧。徐寄顾找各种借口，又是托词，"兴业干部无人"；又是叹苦，"又为儿病初愈，未敢离开"，反正就是摆出一副死也不来汉口的架势，让他莫之奈何。

中行明着答应查账，却迟迟不见行动，要他这个监事单独查账，这显然是推诿搪塞之辞，一点诚意也无。眼见得此事阻力重重，陈光甫也觉意兴阑珊。5月9日，他以有事将要离开武汉为由，提出终止本次查账。自从2月初发出第一封电报，主张中行自行查账，到此时已三月有余，电文往返不下数十通，此事却一点进展都无。原是出于同业公心，"事属大局，义弗敢辞"，却被接连阻扰，陈光甫心绪大坏，本来是想把监事一职也给辞了的,但碍于张嘉璈、李铭等人多年情面,也就打消了此念。

张嘉璈岂会不知,中行在汉各行呆账很多,行员舞弊严重,辉德兄迭次来电,催促查账纠正,纯是出于好心? 但此事耽搁数月,终未进行,不是张嘉璈捂着盖子不想揭,实是他遇到了事关中国银行前途命运的一件大事,这事就是宋子文瞄上中国银行了。

设立中央银行一事,去年国民政府定都南京后就已筹备。"国家银行,既未建立,临时垫借,亦难通融",宋子文上任财长后着手整理财政,即从筹建国家中央银行着手。当时负责其事的,是张静江的湖州同乡、曾在上海参办证券物品交易所的周佩箴,由他来出任筹备处主任。孙科任财长后,改派王文伯为行长;宋子文继孙科出任财政部部长后,又派陈行为行长。

中央银行还没正式成立,就先任命行长,且一年之内三易主持,可见对于如何建立中央银行,意见多有不一。

自从广州、汉口中央银行纸币风潮之后,中央银行信用已降至低谷,要想短期内建立国家银行并立见功效,把历史悠久而又博得民众信用的中国银行的牌子改一改,自然最便捷。宋子文一开始动的念头,就是把中国银行改组。他找张嘉璈商量说,广州和汉口央行信用薄弱,政府要在短期内收建立国家银行之效,不如把已有一定历史、一定民众信心的中国银行直接改造,但有两个条件:一是名称必须用"中央银行",二是政府股份必须多于商股。

张嘉璈一眼看穿宋子文的把戏,是要鲸吞中国银行,而且背后一定有更大势力的支持,当即拒绝了。理由是:中国银行四字已深入人民脑筋之中,骤然改名中央银行,必致生起疑惑,此事若硬要推行,很可能导致新的中央银行制度未建立,而固有的中国银行基础被摧毁。

张嘉璈还有一层顾虑,他没有明说。他担心的是,新银行的政府股份一旦超过商股,那么十余年来一直在孜孜努力的银行独立就成了一句空话。而且既为央行,银行人事就势必随财政首长进退为转移,绝难保持政策的连贯性。为了让宋子文打消此念,他表示:如政府须筹现款作为中央银行股本,中行愿尽力分担;如政府能将过去中行所垫政府用款归还,中行愿意放弃发行权,使发行早日完全集中于中央银行。

陈光甫预先已知道宋子文要把中国银行归并中央银行,担心宋子文在接下来的财政会议上摊牌,且让他参与其事,为免伤与中行朋友的感情,参加完上海会议后,就找了个借口去了汉口,没有前往南京。担心宋子文把自己逼上前台,陈光甫在汉口时写给伍克家的一封信谈中行今后人事,曾有透露:"中行因发行关系,子文不肯放手,因恐渠之政敌取去筹款,失其能力。革命军统一中国,当然中行要改组,换一个总裁为南方之人,公权提出庸之(孔祥熙),张静江要提新之(钱永铭),子文均觉不好,以兄之名,子、蒋必赞成……兄在汉六个月,安然读书,不料命中天定,结果仍吸入旋涡之内,岂非天意乎?"

南京财政会议上,陈光甫缺席被推荐为财委会委员。在汉口,他向宋子文发去一电,称"辱推财会委员,惭感交并",又说下星期将离汉,"当图晤教"。但宋子文没有在南京等他。财政会议一结束,宋子文就去了北平,带着会上通过的管理预算、裁减军费等提案去找北方的将军们一一落实。

1928 年 7 月 1 日,蒋介石偕李宗仁北上,抵郑州,冯玉祥迎于新乡,阎锡山再迎于长辛店,相与入北平。为了便于蒋就近咨询财政问题,张嘉璈于 7 月 3 日动身北上。

当时北平已哄传,中国银行将归并中央银行。虽系捕风捉影,因宋、张相商在前,却也不是无中生有。张嘉璈自己也承认,宋子文曾找他讨论把中国银行改组,只是因为没谈成,此事才暂时搁置着。为安定金融,中行通电各地分行,声明传言非实。随后赶到北京的宋子文也专门出来辟谣,说"中国银行归并中央银行,并无其事,交通银行改名,亦无所闻"。

陈光甫从汉口返回上海,再到南京参加建设委员会会议,已是 7 月底了。蒋前日已从北平回来,约定见面,听他发表对中央银行问题的看法。

1928 年 8 月 3 日，陈光甫在日记里记载了他拜访蒋介石的经过："3 号早起，余即往访蒋，六点半到蒋处，已有客多人候见，值蒋早起行静坐法，直候止七点半，蒋请余先入见，他客咸以为异。"①

蒋询问现在社会上对南京政府有何看法，陈光甫最初的回答颇为客气："人民前见南北有两政府，今南北统一，人民对南京信仰更好。"当蒋问到"上海一般商人对南京之态度如何"时，陈光甫不再敷衍了，而是直率地回答道：上海商人对南京政府不信任，兵住民房，逆产未决，政府没收中兴煤矿，以上三事甚失人心。

蒋解释道："中兴煤矿之事，缘该公司先已答应借垫政府款，嗣后不肯照付，故特将没收以示惩罚。"陈光甫却不以为然，说："商人心理因当时北伐尚未成功，故对南京政府难免有疑虑处，故欲图避免借款，亦人情之常耳。"

该日两人所谈，范围甚广，要之还在建设事业。蒋的信任，使陈光甫放言无忌，对所谈诸多问题都直陈己见，时而还做尖锐之批评。陈光甫说，这次来京，是为就建设委员一职而来，各项建设事业包罗万象，都需专门知识，自己没有学识，也没有经验足以贡献，但就这几日建设委员会连日开会讨论以五千万元建设首都一事，他就非常不赞成："就余所见，当此民穷财尽之时，裁兵须几千万元，建首都又须用几千万元，试问此钱从何处来？"

谈了一个多小时，蒋最后才谈到中国银行的事，问有何办法。这是陈光甫最难回答的一个问题，因事涉中国银行未来，且宋子文、张嘉璈在暗地已有多次角力。陈光甫给蒋的建议，一是另立中央银行，二是如果中央银行不办，可将中、交两行合并作为一行，但不管挂什么招牌，都要为民众谋利益，不可专为政府筹款之用。

此前主持苏沪财委会，专办北伐短款饷，他已多次吃过军人不懂财政、又要事事干涉的苦头。眼下北伐告成，南北统一，他不能不正告当局，切勿再把银行当作提款机使用。这番话，他实已憋了许久，一经出

---

① 上海商业储蓄银行档案《陈光甫杂记——在宁晤蒋记》。

口,也觉酣畅淋漓。毕竟通货膨胀一来,不只银行吃不了兜着走,政府弄不好也要垮台。之后,他又发表了一些意见,诸如币制要抓紧统一,中央银行要有商股,总裁不宜由财政部部长兼任,发行局长不能由政府中人担任等等。蒋表面上很客气,说希望另日再约晤谈,但因不符他的垄断金融之意,其实也没听进去多少。

会谈后,陈光甫犹嫌自己当时谈得不够透彻敞亮。革命军占有南京以来,用钱如泥沙,不惜物力,不顾民生,旧债未了,又发新债,朝增一税,夕发千百万之债,实已一脚滑入循环式陷阱,这些衮衮诸公怎么还不自知?尤让他寒心者,政府里的人只抱定做官主义,一般民众又离心离德,怨气冲天,这样下去,跟北京旧政府又有什么两样?

三、中央银行另起炉灶

1928 年 10 月 5 日,国民政府颁布《中央银行条例》20 条,规定中央银行为国家银行,资本总额 2000 万元,宋子文自兼总裁,陈行为副总裁。所有股本由政府在所发行的十七年金融短期公债 3000 万元内拨出指充,并向各银行押借 1000 万元作为流动资金。另同意张嘉璈意见,把中交两行改组为专业银行,明确中国银行经国民政府特许为"国际汇兑银行",交通银行特许为"发展全国实业银行",与中央银行分工合作。

既然中央银行另起炉灶,中、交两行改组为特许银行,保住了中行招牌,张嘉璈的目的也就达到了。宋子文要张嘉璈起草中交两行新则例,张嘉璈说,如果政府能把历年向中国银行借的款归还,中行自愿放弃发行权,让发行早日全部集中于中央银行。宋子文请示后表示,财政部特许中行继续保留发行权。他这么说并不是对中行特别照顾,而是当时政府羽翼未丰,天天拆了东墙补西墙,还不时要中行垫款周转。

根据新修改的银行则例(《中国银行条例》24 条),中行股本 3000万元,政府入股 500 万元,可派董事三人、监事一人,改总裁制为董事长制,董事长由常务董事选举,政府委任,发行权照旧保留。张嘉璈这么多年好不容易挤出去的官股又重新回潮了。难怪陈光甫感慨"天命难违"："中行自开办以来即不能与政府脱离关系，政体变更，今仍不能脱离关系，天命之难违可见一斑矣。"

和张嘉璈不同，从一开始，陈光甫对开办中央银行是抵触的。在陈光甫看来，今日中国要紧之事，在裁兵，在取消杂税，今日当局为此不急之务，既不能统一币制，又不整理江西、山东、直隶、奉天各省钞，此行与人民有何益处？他认为宋子文为人"胸襟狭小，不能容物"，"我辈商人托身于此政府之下，前途可惧"。

10 月 5 日的国民政府会议通过《中央银行条例》时，宋子文本想聘任陈行、陈光甫、钱永铭、王宝仑、荣宗敬等五人为常务董事。陈光甫托人代辞，后经一再劝说，才答应出任理事，他希望能够借此有所建言，不让这家银行成为"专为政府筹款"的银行，而真正成为"银行家之银行"。

10 月 8 日下午，央行筹备处举行监理事联席会议，监、理事李铭、贝祖诒、秦润卿、徐寄顾、叶琢堂、姚咏白、钱永铭、荣宗敬、周宗良等人到会，宋子文为会议主席。用陈光甫的话来说，"到会者大都外行"。会上七嘴八舌。陈行说，央行的组织经缜密研究，系按照日本制度办理。钱永铭说，中央银行系银行之银行，不宜与普通银行竞争，不宜做汇兑生意。荣宗敬说，将来成立后，对于汉口中央银行钞票必须大力整理，否则于银行牌子不好。

宋子文最后讲了一通，不外调剂金融、福利民众等语。然后陈行散发章程，议决审查。陈光甫说，章程固然极重要，究竟是死板文字，我等既办此事，有几点不能不特别注意："政府办银行极难得良好之结果，诚以政治变化难测，将来主席他去，中央银行又将陷入风雨飘摇之中；中央银行既以福利民众为宗旨，则将来发行钞票，须尽先收回各地杂钞，减轻民众损失；币制不统一，为工商业发展之极大障碍，中央银行亟应筹设大规模之造币厂，废两改元，统一币制；中国利息太高，工商业不易发达，中央银行应以低利借与商业银行，俾其对于工商业之借款可以减轻利息。"

陈光甫觉得会上陈说不够，几天后，又给宋子文写了一信。信中说，弟才疏学浅，猥蒙政府委充中央银行理事之列，奉命之余惶悚莫名，中央银行以前没办好，而将来所负使命又如此重要，所以"不揣简陋"，"略贡拙见"。为中央银行久远计，他向宋子文提了数条建议，择其要者有：

——中央银行与政治关系必须划分清楚，应维持超然地位。国家是国家，政府是政府，中央银行系国家银行，应为国家和社会服务，切不可只为政府服务，必须对政府借款进行严格限制，保证银行和政府的信用。

——总裁一职关系重要，以财政部部长兼任尤为不妥。因政治变迁不定，财长随时会换，若人事随政局动荡，最足动摇银行根本，且由财政部部长兼任总裁，东西各国皆无成例。

——发行必须公开，酌采上海中国银行发行公开之办法，至发行局局长一席，为求彻底公开计，可以不由副总裁兼任之；发行兑换券应受地方法团监督，以固信用。

——要辅助普通商业银行，而不与之竞争业务。中央银行资本雄厚，又有特权，不可以牟利为目的，而必须发挥其调剂金融、辅助工商业的作用，以其集中的现款低利贷与私营银行，再让私营银行低利贷给企业。

——中国币制复杂，一省有一省之币制，一县有一县之币制，甚至一帮亦有一帮之币制，加以各省所发钞票，有大洋，有小洋，有兑换者，有不兑换者，情形又各不同，此诚为世界各国所无。币制不统一，即是国家不统一，商家兑换上计算繁杂，增加了成本，吃亏甚多，也加重了人民负担，应予厘定本位货币，废"两"用"元"。

陈光甫在信中再三声明，以上所提意见，个人毫无私见掺杂其间，只是忝为理事，自应尽心竭虑，为大局计划，"勿敢苟安缄默"而已。

还是外人看得明白，时任国民政府财政顾问的美国人阿瑟・N.杨格（Arthur N. Young）说，成立中央银行就是为了"充当政府的财务代言人"。

中央银行本有即日开门之说,却迟迟未有动静。有传言说,这几日宋部长态度消极。一是他没有进入改组后的国府委员,近日新派政府委员 16 人,皆是五院正副院长及实力派军人首领,宋不在内,此后办事棘手;二是政府内的反对派指责他,擅自批准中行准备公开,以致政府坐失运用之机会。但不久上意回转,宋子文还是进入了新发表的国府委员名单。

10 月 16 日,应李铭之邀,张嘉璈、陈光甫、贝祖诒等人出席了在上海造册处税务司卢格飞家里举行的一个晚宴。新上任的总税务司易纨士,因与江海关税务司梅乐和闹矛盾,特来沪争取上海银行家们的支持。梅乐和是前总税务司赫德的外甥,对易纨士出任总税务司不服,在政府要员胡汉民、孙科、张静江那里派说易氏的不是,想取而代之。故国民政府对于委任总税务司发生了两派意见:一派是政府派,反对易氏而赞成梅乐和;一派即银行派,以宋子文为中心,因为易氏出任,可发行 3000 万元公债并借机收回若干小利权。经宋子文调停,给梅乐和挂了个副总税务司的虚衔,但易纨士坚持要让梅乐和回国休假。张嘉璈和李铭都认为这样不可。席间,易纨士说,他的职位不稳,公债票价格必落。此语近乎要挟,让在座的银行家们听了很是不爽。他们本来是挺易纨士的,这一来也觉得其人品不怎么样。只是国人自己不会经营债务,致使全国公私信用扫地,外人乘隙而入,也唯有叹息。

在座银行家中,陈光甫年轻时曾在海关内邮局供职,对英国人赫德开创中国海关的事迹一向敬仰。想当年,赫德任总税务司,执掌海关四十余年,只手擎天,何等风光,现在连一个江海关的税务司都敢藐视、叫板,真让人有今昔之叹。易纨士这次来沪,是为保位,他的总税务司地位能否保全,见了财长又如何说话,都须仰银行家鼻息,这固然是英国人的经济力量在全球衰退引起,而人事之无常也真让人唏嘘了。"可见人必自侮而人侮之",他觉得易纨士此人不识大体,不明进退之理,即便有上海的银行家们支持,恐怕也难持久。他忽然想到了佛学中的一句话,天下事事物物,皆脱不了生老病死、成住坏空。

这只是中央银行开办前的一个插曲。宋子文才懒得插手总税务司人事问题。上海的银行家们有耐心听易纨士唠叨，也只是希望他支持3000万元公债发行事，毕竟这事是总税务司经管的。

这段时间，武汉财政委员会主席白志鹍也来了上海。他是来向宋子文要钱的。武汉政治分会响应裁兵，需遣散费加冬季服装费400余万元。沪上银行家与白交好，张嘉璈、陈光甫都帮着他向宋子文说项。但此事交涉起来大费周折，宋子文坚持要白志鹍将武汉财政机关一一交出，取消财政委员会和华中银行，若能办到，则答应可发善后公债300万元。白志鹍说这些都不是他的职权范围内能办到的，事情就僵在了那里。

白志鹍跑到南京活动，亦无功而返。宋子文正忙于筹备成立中央银行和发行3000万元金融公债的事，再没工夫去搭理他。白志鹍在财政部要不到钱，向上海的银行家朋友转借这300万元。为了白志鹍借款一事，张嘉璈奔走最力。某日，张嘉璈到兴业银行接洽借款事，竟然被一个叫陈叔通的董事指着鼻子大骂，说你张公权专门做损人利己的事。张当面受辱，拂袖而去。一片公心，得此结果，这也让陈光甫很为之抱不平，说"中国人个性太为发达，不受纪律，不明关系"。平日里，要员们都嚷嚷着要财政统一，真需要为此做些什么了，又一个个都不愿担责。

1928年11月1日，中央银行在上海黄浦滩路华俄道胜银行旧址开幕，国府要人、外国驻上海使节、中外银行家、财经界名流数百人悉数到场，国民政府主席蒋介石亲自授印，端的是盛况空前。中央银行总裁一职，周佩箴自知非自己所能任，坚辞不就，由财长宋子文兼任，副总裁陈行，亦是财政部官员。尽管上海的银行家们对此早有心理准备，但这一明目张胆地把央行与政府捆绑之举，还是让他们深感失望。

宋子文在致答词时说，中央银行与广州、汉口中央银行不发生连带关系，直辖于国民政府，执全国金融大权，经营上不以银行自身利益为目标，而以全民利益为旨归，宣称成立目的有三：一为统一国家之币制，一为统一全国之金库，一为调剂国内之金融。但宋氏言行并不一致，日后，中央银行攫取了许多商业银行业务，对别家银行千方百计予以控制,开征银行业收益税、银行兑换券发行税,制定颁行了兑换券发行、印刷、运送方面的诸多条条框框。

早先,张嘉璈亟盼中央银行早日成立,原因之一,是他害怕中行再被政府拉去无休止垫款,把中央银行成立起来做挡箭牌,"俾能减轻中国银行之责任"。央行开幕,张嘉璈如释重负,他觉得自己终于解脱了。"今中央银行已经成立,则中央与地方政府之财政收支,可由该行为之调拨,而中国银行过去十七年所受军阀勒索之苦恼,与政府垫款之纠缠,幸获解除,自可集中心力于社会金融之服务与国民经济之改进,展望前途,深抱乐观。"①

但陈光甫觉得,张嘉璈还是太理想主义了。财政部长官兼任央行行长,中央银行急遽扩展,对其他商业银行巧取豪夺,实际上意味着,中国银行业商业化经营的黄金时代,已经一去不复返了。银行业的明天,还不知道是怎样一个惨淡的前景。

诚如财政部美籍顾问杨格事后所说:最初它不过是政府的一个财政代理机构,到后来承担起了越来越多的货币管理职能,声望与日俱增。"它一开始只是于 1930 年在纽约和伦敦开设了账户,到 1937 年,它居然能积累并持有价值 2.11 亿美元的黄金和大部分外汇储备,可谓成就斐然。"②

看起来南北一统,革命大功告成,陈光甫却越来越悲观了。他算了一笔账,以前军需时期,月需千万,现在战事停止,每月仍须 700 万元,而苏、浙、皖三省收入每月平均仅 300 万元,所差过半,势须借款度日,南京政府用钱,真是"过于浪漫"了。而民众对于银行家毫无感情,不肯体谅,也是沉疴积习,一时难改。"银行家背后是无民众,民众心中是无银行家,因为银行家不顾民众的利益,所以民众亦不谅解银行家的痛苦。"

---

① 《中国银行行史资料汇编(1912—1949)》上编,第 381 页。
② 〔美〕阿瑟·恩·杨格著,李雯雯译:《抗战外援:1937—1945 年的外国援助与中日货币战》,四川人民出版社,2019 年版,第 11 页。

这个被称作"中国的摩根"的银行家,丝毫不掩饰他的悲观:"党人之心理如彼,民众之心理如此,财政部弄财政部的把戏,银行家做银行家的把戏,仍是互相利用的旧把戏,试问前途尚有好结果乎?!"

四、"三大觉悟"

北洋势力瓦解,新政府开张,财政金融重新洗牌。1928 年下半年,中央银行的高调开张和中、交两行的改组,成了近代中国金融史上的一个重要转折点。在这政权巨变引发的改组中,张嘉璈对中、交两行新条例的制定极尽折冲斡旋之能事,在妥协中求得生存和发展,也是有此良好结果的重要肇因。

新成立的中央银行已非广州时代可比,承担起了更多国家银行的职能,中国银行也正可腾出手来,专营国际汇兑业务。此后,张嘉璈唯有一念,把中行办成一个具有国际水准的近代化大银行,力争与世界一流大行比肩。

他着手要做的,就是承续北京时期开了一个头的事业,即增强股东会中的商股实力。央行开张后半个月,11 月 17 日,中国银行在上海召开临时股东会选举董、监事会,张嘉璈提出,须把国内南北银行界及海外华侨银行界著有声誉且具近代化眼光者,工商业界重要分子及重要商股股东,吸收加入董事会,俾使中国银行成为团结商业银行的重心。这样既能网罗海内外金融巨子,以博中外人士信任,提高中行地位,又能保持中行基本性质不变。

以此为标准,遴选出的中行董、监事名单,几乎囊括了 20 年代全国金融界和实业界的精英:浙江实业银行董事长李铭,上海商业储蓄银行总经理陈辉德,浙江兴业银行常务董事徐陈冕①,金城银行总经理周作

---

① 即徐寄顾,本姓陈,名冕。幼时过继给其父徐姓好友,遂改名为徐陈冕,字寄顾。早年任职中国银行,任兰溪中国银行、九江中国银行经理,后入兴业银行历任副经理、协理、常务董事、董事长等职。

民,中央银行理事叶瑜,交通银行董事卢学溥,菲律宾中兴银行总理李清泉、协理薛敏老,上海纱布交易所大股东吴麟书,颜料业领袖周亮,证券交易所大股东张焕文、顾鼎贞,华侨橡胶业领袖陈嘉庚,前任中行上海分行经理宋汉章,现任上海分行经理贝祖诒,现任中行天津分行经理卞寿孙,前任中国银行总裁冯耿光,现任实业部长孔祥熙。

两天后,在张嘉璈主持的董事、监察人联席会议上,董事互选常务董事,张嘉璈、宋汉章、冯耿光、李铭、陈光甫五人当选。经互推,张嘉璈为总经理,李铭则由财政部指派为董事长。

此五人,除曾任中行总裁的冯耿光是广东籍,其他四人均系江浙籍银行家(李浙江绍兴人,张江苏宝山人,陈江苏镇江人,宋浙江余姚人),再加上董事中的钱新之(浙江吴兴人)、叶瑜(浙江宁波人)、叶揆初(浙江杭州人)、蒋抑卮(浙江杭州人)、徐陈冕(浙江永嘉人),江浙系银行家中的精英可谓悉数登场。政府方面虽掺入股本 500 万,但也依然保持了以商股为主的民五《则例》精神。董事长虽由财政部指任,而实权在总经理,比原先正、副总裁都由政府直接任命更为稳固,使高层人事不至于随政局变化而更换。加之这年底,总管理处从北京迁往外国银行云集的上海外滩,可以对经济变动做出更迅速的反应,实可谓开启了行史中的崭新一页。是以,总经理张嘉璈对这一改组结果颇为自得,称之为奋斗十八年来的"小小成功":

自拒抗袁世凯停兑命令起,至改组中国银行为特许国际汇兑银行止,经过十六年之奋斗,内则扩展业务,外则周旋抗御,兢兢业业,惟恐陨越,幸将中国银行之独立保全。一般舆论,认为中国银行与海关及邮政局并驾齐驱,成为中国组织最健全之三大机关,实亦中国资本最巨与最成功之民营股份公司。民国十七年底,亦即改组之前夕,其发行额增至二亿七千万元,存款额增至四亿元。在上海金融市场,均足与外国银行相抗衡。以中国银行之奋斗经过,推及于民国以来之政治演变,若能早有巩固统一之政府,有完善健全之法律、公共机关,使主持其事者久于其位,在民间私人企业,任其自由发展,则一切循天演公例,努力推进,何其不可追步欧美,甚或后来居上。自省我个人十八年奋斗,幸有小小成功,重大原因,尤在于尊重私人企业之思想,尚凝结于一般旧式军阀脑筋之中,不敢肆意摈斥。通商口岸所培养之舆论,尚足使军人政客频加尊重,不敢蔑视。及国民党取得政权,自知本身实力尚待养成,不得不利用社会已造就之人才,及具有基础之事业,巩固其地位。①

1929 年股东大会的年度报告中,张嘉璈总结中行 18 年来的经历,归结为"三大觉悟",要之在于独立之精神和重视商业:

第一,发行银行不可不求业务上之独立。因于民国六年十一月呈准政府修改则例,股东总会成为中国银行最高机关,总裁、副总裁本由政府简任,改由股东总会选出之董事中任命,削弱了北洋政府对中行的控制,十余年来政变频仍,而中行得维持独立之精神,不受政潮波荡,实受民国六年则例之赐而有以奠定其基础也。第二,各地分行应维持其相当之独立。民五停兑的一个教训是,以中国幅员之大,在政治未统一以前,与其强求银行业务完全统一与集中,不如使各地分行维持相当之独立,以各地社会利益为前提,取信当地人民,尽服务社会之职志,是以民十以后,连年皖直战争、奉直战争、南北战争,以及武汉政府停兑汉券之举,各地分行未受影响。第三,营业方针不可不侧重于商业方面。民五以后,国家统一既经破坏,统一财政、统一币制之举,已属绝望,故中国银行之营业方针不能不及早变更,由政府方面移于商业方面,类如纸币之发行不以金库支出为主,而以购买或贴现商业期票为主,顾客之招徕不趋重于官厅之存货,而注意于商民之往来。②

以此"三大觉悟",中行调整了今后方向。张嘉璈认为,中国银行既改组为国际汇兑银行,顾名思义,自应努力以经营外汇业务为今后方向,力争在国外多设机构,并与外国银行建立代理关系,这样,一面可避

---

①　《中国银行行史资料汇编(1912—1949)》上编,第 105 页。
②　《中国银行行史(1912—1949)》,第 161 页。

免与中央银行竞争,一面可使国际汇兑银行名实相副。而今后的业务方针,也要以服务公众、改进国民生活为前提,由发行银行递变为存款银行,由面向政府机关转向工商业,由一般工商业关系集中于与国际贸易有关的工商业,同时使人人能利用银行,使银行成为公众的钱财管家,以谋公众与银行共同得利。

随即进行组织机构调整。总管理处设稽核四人,承总经理之命,稽核全行业务。下设业务、会计、总务、调查四部,除业务部主任由上海分行经理兼管外,其他三部,各以稽核一人兼管。因央行成立,原国库、发行两大业务将集中于中央银行办理,不再是中行主要业务,故将总司库、总司券撤销,并入总务部。专设调查部(室),调查国内外财政、金融、贸易状况及实业界信用,并编制统计报表等类事宜。又将会计部并入业务部,另成立总账室主管全行会计,成为"两部两室"的体制,即业务部、总务部、总账室、经济研究室,比起 1912 年的八局和 1914 年的"五总",组织结构更趋精简,管理层素质也更高。当时中行主要负责人共 38 人,曾留学美、英、日、瑞士大学有学位的有 20 人之多,有国内大学学历的 7 人,外籍专家 2 人,其余 9 人从事金融工作多年,具有丰富经验。①

好比演戏的要把舞台划分为几个大区,每个区都有自己的名称。全国各地分、支行也被划分隶于五大区域,每个区域内指定一首席行,为区域行。第一区域包括上海、南京、杭州、安庆四分行,指定上海分行为区域行,该区发行之钞票名为"沪钞"。第二区域包括天津、青岛、太原三分行,指定天津分行为区域行,该区发行之钞票名为"津钞"。上海、天津两行各设集中发行处。第三区域包括汉口、南昌、重庆、贵阳四分行,指定汉口分行为区域行,该区发行之钞票名为"汉钞"。第四区域包括广州、厦门两分行,指定广州分行为区域行,该区发行之钞票名为"粤钞"。第五区域包括沈阳、长春、哈尔滨三分行,指定沈阳分行为区域行,该区发行之钞票名为"奉钞"。

---

① 《中国银行行史(1912—1949)》,第 165—167 页。

因种种历史原因,1928 年迁往上海前的中国银行,一直是个半官方机构,机构叠床架屋,办事疲沓冷漠,纪律松垮疏落。总行迁到上海后,置身十里洋场,商业气氛浓郁,仅是八仙桥一个地方,中国银行支行前后左右就有十几家其他钱庄银号,可见竞争之激烈。官场那套老排场行不通了,如果要抢占业务高地,势必要建立起一套节奏明快、更具效率的规则和文化。老司库、老稽核们不吃香了,亟须吸纳一批新式大学经济、法科、外语等系的毕业生,让他们入行成为练习生,一番历练后形成一支气象一新的专业队伍。对此,张嘉璈自有一番打算。

五、欧行记

中央银行虽高调开张,但毕竟开办资本薄弱,于民众信用未立,再加上各地政局时有动荡,开业不到半年,便发生过数次挤兑风潮。幸而风波骤息,未酿成大的震荡。好在 1928 年底东北易帜,张学良奉还大政于中央,四十万奉军名义上听从国民政府号令,国家终获统一,和平建设有望,社会的信心又在慢慢聚拢。1929 年 5 月,时当席卷全球的经济大萧条风暴生成前夕,张嘉璈带着中行同人,开始了为期十个月的欧洲考察。

之前两年,北伐、新政府开张、二次北伐,军事和财政如同搅拌机一般的高速运转,已让四十出头的他心力交瘁。中行自开办以来,不管政体如何变更,终不能与当局脱离关系,而军人不明财政,处处干涉,让他这两年里大感违和,甚至给逼到与最高当局撕破脸面的地步。好在去年中央银行已高调开张,中国银行虽不得不被强灌下大量官股,但保住了中行牌子,改组为特许国际汇兑银行,也算是群狼环伺下最好的结果了。此次欧游,筹划已久,正为专门考察欧美和日本金融制度与银行管理,取来真经锐意改革,若能在伦敦、大阪先行开出中行的海外机构,自是更好。

他是个做事目的性很强的人,此次出行的问题清单,早已拟定:

出国之目的,除拟在伦敦、大阪两处筹设分行,并向各地接洽海外代理店外,心目中所亟欲研究之问题计有:(一)如何改善银行上层管理机构;(二)如何建立一足以与欧美银行抗衡之国外汇兑部;(三)如何改进会计制度,俾能增加对于顾客之服务效率,以及对于分支行之业务控制;(四)如何建立一健全人事制度,俾能一面提高行员品质,一面使各人安心服务;(五)如何改良研究工作,俾能提高业务人员之国内外经济知识,以及将国内外经济大势与本行业务进展,报告于股东及顾客;(六)物色专家延聘来华担任中行顾问,革新组织管理,推广业务。①

1929 年 5 月 27 日,张嘉璈一行正式启程。按照行前约定,他出国期间,总经理职务暂由常务董事冯耿光代理。

一路安排考察行程的随行秘书陈长桐,福州人,是毕业于清华大学的前学生领袖,清华第一任学生会会长。十年前,陈长桐曾以"清华学生代表团"团长的身份叱咤一时。运动退潮后,陈长桐听从时任清华大学校长周贻春的主张赴美留学,入科罗拉多大学、哥伦比亚大学学习银行学,再到纽约州立大学主修国际贸易。回国后,先后在上海华昌贸易公司、青岛协和公司任职,又在国立东南大学商科、国立中央大学商学院教过书。陈长桐是在帮助李铭清理道胜银行时认识张嘉璈并入职中行的。张嘉璈正筹备出国考察,苦于找不到口语好又懂金融的翻译,李铭推荐了陈长桐,正中下怀,于是聘其为私人秘书。

此行陈长桐果不负所望,对张嘉璈创设中行伦敦经理处多有襄助。日后,中国银行成立国外部,陈长桐又从最基层做起,直到升任这个中行最重要的部门襄理、经理。对于陈长桐舍政治而入银行,陈长桐的学弟、作家梁实秋在自传《清华八年》中说:"五四运动发生在民国八年⋯⋯清华学生的领导者是陈长桐。他的领导才能是天生的,他严肃而又和蔼,冷静而又热情,如果他以后不走进银行而走进

---

① 《张公权先生年谱初稿》上册,第 83—84 页。

政治,他一定是第一流的政治家。"

　　梁实秋此话,对陈长桐似有不胜惋惜之意,却不知这个银行家在日后自有一份担当,根本不是寻常政客可比。抗战军兴,1939 年,陈长桐赴仰光主持中国银行驻缅甸经理处工作。嗣后,经宋子文提名,担任"中国国防供应公司"驻国外办事处代表、"中国驻印度事务联络官",负责处理战时中国租借美国军援物资的事务,并在滇缅战事最危急的时候把中国银行驻缅甸经理处撤往印度,致力稳定金融、服务抗战。其间,他还兼任财政部贸易委员会委员、军事委员会运输会议参事等职,直到 1949 年去台,先后任世界银行常驻代表,"中国银行"副总经理、总经理,台湾"中央"银行副总裁,终身不离银行业。

　　他们由上海乘日轮赴大连,再转火车至哈尔滨,适值奉天当局发现苏联利用中东铁路沿线机构进行政治活动,因将苏联在哈尔滨领事馆关闭,无法取得赴苏联签证,幸由苏联远东银行电达莫斯科疏通,始获允乘西伯利亚火车西行。车行六日,于 6 月中旬到达莫斯科,逗留两周,参观中央银行、经济计划局、合作农场、平民住屋等,对于苏联经济制度略知大概。从莫斯科转道列宁格勒,于 7 月 9 日抵达阿姆斯特丹。

　　恰逢国际商会第五届大会在阿姆斯特丹召开,张嘉璈担任中国全国商会联合会首席代表,与副代表陈光甫和上海南市商会会长朱吟江等人会合,一同参会。在写给李铭、贝祖诒的信中,他说道,自己和光甫兄一起,是为"认得几个朋友"才来赶这场子的:"前天到柏林时光甫兄已在此相候。蒋雨岩大使力主弟与吟江兄赴会。渠谓完全为凑数起见,因各国每国有出席七八十人,中国连十人不足,坚约同往。渠为特别关切起见,虽不出席亦一同赴荷。光甫兄与弟意见,各国出席代表均是商界中人,认得几个朋友,将来到各国时有人招呼亦好,因决计赴会。"

　　此次大会,美国首席代表为摩根公司总经理拉门德,日本首席代表为三井银行总经理池田,英国首席代表为钢铁业领袖贝尔福德爵士。开幕首日,张嘉璈与拉门德为主要发言人。张嘉璈在会上发言介绍中国财政经济状况和与各国合作的意向,也为改组后的中国银行在国际上扩大影响。他在会上略述:"中国财政经济思想变迁之过程,及国民政府不愿为行政经费与无计划之借款,亦不愿各国有共同拘束之财政援助,各国有以平等待遇者,中国人民乐与往来。至无担保借款,我国政府已自动设立整理委员会,现正着手进行。中国地大物博,于开发天然利源,推动物质建设,极愿得中外合作之功用。"

美国代表拉门德演说时,深盼中国以自身财力从事建设,如以前对外信用能早日恢复,则友邦金融界协助更易得力。嗣后,英、法、日本等国代表相继发言,均表示中国国民革命成功,政府渐臻稳固,希望早日实现各项建设,各国莫不极愿协助云云。

出席荷兰女皇在海牙皇宫的招待会后,张嘉璈参观了鹿特丹海港,再赴挪威、丹麦、瑞典等北欧各国考察中央银行,于8月初转道布鲁塞尔、巴黎,前往伦敦,与英国财政部洽商在伦敦设立分支机构事。

伦敦与纽约同为世界金融中心,当时美国与远东贸易尚在发展中,而中国国际调拨与汇兑款项,多由伦敦银行经手。为准备日后代政府经理外债收付起见,中行亟须在伦敦设立机构,这也是张嘉璈此次出访念兹在兹的一件大事。且有一便利条件,当时外国银行在伦敦设立分支机构没有太多限制,只需向财政部注册申领许可证即可。

一到伦敦,张嘉璈分别拜会了时任英国财政大臣史诺登(Philip Snowden)和英格兰银行总裁洛尔曼(Montague Norman)。告以中国银行拟在伦敦设立经理处的目的,乃在于便利中、英两国民间资金的流通与发展进出口贸易,此二人都极表赞同和支持。

这边一谈定,张嘉璈即电中行哈尔滨分行经理卞福孙,让其速来伦敦,办理注册手续及租赁办公地址。得悉中行北京分行原副经理卢克斯已退休回英,他又致电挽留,促其一起筹备。

8月31日,第九次行务总会议决通过了伦敦经理处暂行组织及经理事项,寄给正在国外考察的张嘉璈核定。为造就人才起见,由经理处主任在本国留学生中遴选品学兼优的毕业生为练习生,并送米兰银行(Midland Bank,即伦敦城市银行)实习,期满后即可在本行服务。

在伦敦考察时,张嘉璈注意到,英国各大商业银行所辖分支行众多,与中国银行情形相似度很高,雇用职员人数庞大,也与中国银行相同,可以效法处甚多,故在实地考察时尤多注意于各家银行的分工合作和相互联系,除与各部门主管人员详细讨论外,还搜集一切有关章则,以供参考。"半月来访问之银行,不下七八家,每家往返费时二三日,均承主管人员对于提出问题详明答复。招待诚恳,令人感激。连日奔走,虽不免疲困,而所获丰富,乐趣倍增。"①

张嘉璈在伦敦走访的五大商业银行——巴克莱银行、苏艾德银行、伦敦城市银行(即米兰银行)、国家行省银行、西敏士德银行,都约定为中国银行国外代理店,尤以伦敦城市银行对中行筹设伦敦分支机构协助为多,彼时就建立起了密切的业务关系,此后往来更多。这段时间,经接洽同意为中国银行国外代理店的,还有纽约花旗银行驻伦敦分行、纽约保证信托公司驻伦敦分公司及瑞士银公司驻伦敦分公司等。

卞福孙已来英筹办中行伦敦分支机构事,9 月底至 10 月初,张嘉璈又重访荷兰、比利时、法国首都,并赴瑞、意、奥、捷克、波兰等国,接洽通汇银行。这一圈马不停蹄走下来,洽妥同意为中国银行通汇银行的,计有:比利时的布鲁塞尔银行、荷兰的第二十银行、法国的国民信用银行和法意美银行、意大利的罗马银行信托银行、瑞士日内瓦的瑞士银行、奥地利银行、斯洛伐克银行、华沙商业银行等 11 家、代理行 17 家,都属当地第一流、信誉卓著的大银行和信托公司,为开展国际汇兑业务织建了一张初具规模的网络。

接连数月的考察,走访欧洲各国中央银行及商业银行数十家,张嘉璈走得越多,看得越多,危机感就愈深。许多感受都写在了给贝祖诒的信里:"此次出来看看,伦敦各银行竞争之烈,生意之迁就,对待主顾之勤恳,令人惊叹。本行暮气太深,不能精进,前途殊属可虑。"

与财政大臣、财团领袖、各国银行家们一次次商谈、酬酢的结果,是终于在伦敦岛德白洛特街 34 号开出了中行的第一家海外分号——"中行伦敦经理处"。虽只是三间门面的办公室,全部职员加上英国人卢克

---

① 《张公权先生年谱初稿》上册,第 86 页。

斯也才五人,但在世界金融中心的伦敦弄出一点响动来,实非易易。"惟以事属初创,规模决定缩小,目的在先使伦敦市面,知有中国银行","国际张"雄心勃勃,还计划在纽约、大阪等地继续开设分号。

1929 年 9 月 25 日,中国银行总处向各分支行、办事处发了通函,告知伦敦经理处将于近期开业,所有原来委托伦敦城市银行代办的各种业务,由该处正式接管;各行如有外汇交易以及调查事件,亦可随时委托代为办理。

1929 年 11 月 4 日,从柏林重返伦敦的张嘉璈,与中行董事陈光甫共同主持了中行伦敦经理处的开幕式:

> 伦敦经理处设于伦敦岛德白洛特街三十四号,办公室仅房屋三间,职员不过五人,所以表示实事求是,尚信用,而不讲门面。派哈尔滨分行经理卞福孙任该处经理,以曾任北京分行副经理英人卢克斯充副经理,于民国十八年十一月四日,由我与董事陈辉德共同主持开幕。实为中国银行在海外之首创分支机关,亦即中国金融机关在海外之第一家。①

伦敦经理处的业务目标,首先是收回政府外债和国内生产事业所需经资的经营权。中行早在这年初就请求政府向外国银团交涉,将所有英、德外债及 1913 年善后公债的德发、俄发部分收归中行经理,以收回国家权利。经财政部核准后,由中行会同总税务司、盐务稽核总所与银团往返磋商,终获同意,伦敦经理处开业,理应正式接管。但事情进展并不顺利,卞福孙在与贝祖诒的信件中,多次谈到与汇丰银行的磋商中对方把持不让,"不愿分我杯羹"。日后,国民政府将所有各项外债及庚子赔款的偿付,划归中央银行关金汇兑科(后改为汇兑局)经理,这样一来,中、中、交三行的所谓专业化经营实际上成了一句空谈,中国银行

---

① 《张公权先生年谱初稿》上册,第 87 页。

只得自己努力开拓外汇业务。①

开办之初,筚路蓝缕,就像张嘉璈自述所说"不讲门面",屋仅三间,职员五人②,不设银库,所有出纳款项都委托伦敦城市银行代理。行员生活,也至为艰辛。卞福孙在写给总处的一则报告中曾这样说:"英伦生活程度太高,住房尤为困难,各员所得津贴,在文书、会计两员只够果腹,尚不能具中等饮馔以维健康,在佐理员之津贴,虽求果腹不可得也。至于住屋更难顾及,福孙在英时,租屋一所,聚同人于一址,觅厨夫一人,为大家治餐,盖合则省费,分则难支,人无食宿之艰,乃可安心服务,不独维护其健康已也。窃思英处同人,远寄海外,所得津贴,仅仅维持生活,且有不足者,设或遇有疾病,医药之费更无着落,平时既无一镪之储,异国无亲,谁可资助。为之,代之陈请,敢乞俯念海外生活艰难,改定津贴,量予增加,以示体恤,而便激励,不胜祈祷之至。"

尽管条件至为艰苦,伦敦经理处靠着服务敏捷,佣金低廉,渐渐收回了权利,原由外国代理行收取的费用、利息改归中行所得,联行间头寸不一,经理处可以从中调剂,不致受代理行盘剥。伦敦经理处汇出汇款由粤行解付的是港币,由上海、天津、北平各行解付的是大洋。汇款人在伦敦交英镑,解款行则买进港币、大洋抵解,兑换损益归解款行。后因港币行市多变,港币汇款改由伦敦经理处顶抵。③ 张嘉璈还与留学生会会长议定,凡留英学生有电报、函件,可交伦敦经理处转递,无论致英或在英发电文,都用中行英文挂号电码,以为留学生节省费用。日后,上海"一·二八"事变爆发,旅英华侨为十九路军捐助抗日慰劳金,往返款皆由中行伦敦经理处转办,这个最早开出的海外机构成为华侨支援国内抗战的重要桥梁,此是后话不提。

此段时期,照着英格兰银行档案馆中留存的档案,张嘉璈还先后拜

① 《中国银行行史(1912—1949)》,第 195 页。

② 到 1937 年增加到十五人,含中国籍人员四人,原址不敷使用,迁入新址格雷斯丘奇街 85 号(85 Gracechurch Street, London E. C. 3)。

③ 1930 年伦敦经理处主任卞福孙向总管理处的报告,《中国银行行史(1912—1949)》,第 197 页。

访了奥托·恩斯特·尼梅尔（Otto Ernst Niemeyer，时任英格兰银行总裁顾问）、亨利·斯特拉斯科奇（Henry Strakosch，时任英国新闻周报《经济学人》总裁）、查尔斯·阿迪斯（Charles Addis，时任英格兰银行总裁顾问）等数位英国金融家，与他们详细探讨关于财团合并贷款等问题。虽连日劳累奔波，张嘉璈心情却颇觉畅快，觉得"收获丰富，乐趣倍增"。此番考察比照，让他看清了中国金融业与西方银行业先进的管理理念、业务架构、操作手段方面尚有不小的差距，他认为这是环境的关系。在写给贝祖诒的信里，他不由感慨系之："中国环境总是使人神体均弱，如何使人能成事业？而自爱者处境愈苦乎？弟回国后一定让兄亦出国一行，聊资休息。弟在国外虽每日四方奔走接洽甚忙，然心神颇觉舒畅，可见中外环境之不同。"

　　信中还说，因为前些时间参加国际商会第五届大会，陈光甫也来伦敦了，时常在一起晤谈。说到中国银行与世界级优秀大行的差距，就好比拿钱庄与中行去比，因此想着，如若要中行复兴，一定要从速改良组织，养育人才，在行员身上下训练功夫，实在不行，就向外国借用人才。总之，中行若不改革，经济、人才离破产之日就不远了。"要之本行前途：一是教育问题，一是内部组织问题。此次出来看看，世界各国银行人员程度以及组织之良善，出于意料之外。据云，进步均在此四五年间。若以本行与较，无异钱庄与本行之比较。光甫早见及此，故从人员及手续、组织上着想。渠现令上海派来一人，专在研究改良组织，并拟向德国银行借一人到上海行帮同改良。弟现拟向城市银行借一有经验之人回国帮同改良，拟下次回伦敦与城市商办，一面并拟觅一人专研究改良行员教育问题，现正与此间银行学会书记研究，不知能觅到一人否。要之，闭目静思，吾行经济、人才已均至完全破产之日。光甫说我在外国种种努力，经不起小行员声音笑貌中得罪一句，就完全丧失，全功尽弃。渠云，许多主顾都是这样跑到他行。此语实是最扼要之语。故若欲中行复兴，非从速在固有行员身上下训练功夫，并一面从速改良组织不可。唯若由外国借用人才……"

　　自启程起，张嘉璈与李铭、冯耿光、贝祖诒等人的信函往返就没有断过。信中谈西方银行的经营理念,谈中国财政金融政策的弊端,一路阐发考察途中感想。1929 年 8 月 8 日,在致贝祖诒、宋汉章、冯耿光、李铭的信中,他谈到由于伦敦金融机构林立,银行竞争激烈,致使各家日本银行处境不妙:"除正金银行外有三井、三菱、住友、台湾、朝鲜。正金开设已四十五年,三井等亦十余年不等。正金银行以有政府外债经理关系及进出频繁,故能有盈余,此外均亏损……"中国银行此时正在洽商设立伦敦分支机构,前车之鉴,正可避免走入误区,遂提出中行的分支机构,"最初开支宜力求缩小,若一时无生意,可借此培养人才"。

9 月 11 日致贝祖诒的信中,他对伦敦各银行激烈的竞争态势印象至深,更恨不得把他们的高招拿来马上为我所用:"此次出来看看,伦敦各银行竞争之烈,生意之迁就,对待主顾之勤恳,令人惊叹。本行暮气太深,不能精进,前途殊属可虑。城市总理麦肯纳与我言,城市对待借主之殷勤与存户等,因存户半由借主本身关系及借主鼓吹而来,而又须注意小借户。此言极有理由。"

"伦敦分行生意,除特殊债票等事务外,所有进出口生意均须内地各行兜揽,必须各行以敏捷之眼光招揽主顾,庶伦敦行有事可做。望以此意告各行。弟在此,凡有中国人来调查者,必殷勤招待,令彼等知有中国银行,一面盼各行协助也。"

"弟看城市银行在伦敦有数十分行,而每分行中均办外国汇兑,购进外币,付出旅行支票等事,有人专责。鄙意若须从事推广,沪行似宜专立柜台,最好将楼下大客厅现办付公债本息处,将门拆去改设柜台,专为办理外汇之所,既示主顾以规模,令人人知道中行有专部办理,并可改良手续,使之敏捷。切盼进行之。"

国际汇兑既成中行今后主要业务,自当积极扩充。为使一切交易手续合乎欧美各大银行通行程式,他把目光瞄向了德国五大银行之一的达姆斯德银行,把该行外汇部副部长罗德瓦尔德聘请为中行业务顾问,促其一年为期,协助成立国外汇兑部(同时增设的还有信托部)。为何聘一欧洲人,理由是:"我国外汇市场大部操之于英国银行之手,故拟延致一欧洲大陆之专家,庶几可避免利益冲突。"1930 年 3 月,罗氏抵华,即与上海分行经理贝祖诒、总处专员陈长桐计划设置国外部,于当年 11 月成立。所有该部管理章则、业务手续,均由罗氏精心编订。

调查各国银行会计制度,自是张嘉璈此次出国考察重点之一。中国的银行业刚开始兴起时,大多沿用钱庄的旧式簿记,订本账簿,毛笔书写,上收下付,效率低下。1914 年,计算局改设总账室后,总处即聘请谢霖甫按照日本银行的模式设计新式会计制度,但由于会计人才缺乏,许多分支机构仍使用上收下付的旧式账簿。中行既改组为特许国际汇兑银行,会计账务的笔数迅速增加,势必要对会计制度作进一步改革。伦敦经理处开张不久,张嘉璈即往访米兰银行董事长麦金纳(曾任英国财政大臣),向其提出拟借调一会计专家来华,麦金纳推荐了该行副总会计师尼克尔。正好尼克尔也有赴华之意,当即正式延聘。

日后,尼克尔到华,即会同总处总账室主任刘攻芸一同研究改革中行会计制度。尼以英国制度,刘以中行旧制度及实际情形,交换意见,订立草案,拟定《中国银行会计内规》十一章,交由各大分行试办三个月,于 1931 年 1 月起,总、分行一律实行。新《内规》实施后,改复式传票为单式传票,改订本账簿为活页账,并对往来账户的收付款项订立每日逐笔核对的制度。对顾客服务不因会计手续而迟延,每日各行账目,当日结出,总处按日得到各分行资产负债余额及累积损益数字,提高了效率,并杜绝了流弊。嗣后,中央、交通及其他商业银行,均相率采用。[①]

中国银行过去延揽的一些经济学者,如留美归来的马寅初、王文伯、唐有壬等,因人事和制度方面的一些原因,都未能久于其任,短暂从事调查和研究后都离开了,张嘉璈早就有心设立一个专门智库,在金融研究前沿发出自己的声音。访问伦敦银行学会时,他与学会副秘书长格雷(F. W. Gray)接谈,见其年纪虽轻,于理论与实务都有根底,正是理想中的经济研究室主持人选,遂决意延揽,使之担任银行调查与研究工作。

在日后的机构调整中,他把经济研究室列为总管理处直辖的六个

①　《中国银行行史资料汇编(1912—1949)》上编,第 2522 页。

管理单位之一（另五个单位是业务管理室、总账室、人事室、检查室、秘书室），厘定此一部门的职责为"掌管国内外经济调查事项"，具体为"办理一般经济调查；编纂经济刊物及统计；图书管理"。研究目的着重于一事一物之详细调查，以其有裨于银行业务之实施。强调"国内外"经济调查和研究，自是为了适应开展国际汇兑业务、与外资银行抗衡的需要。日后，研究室广揽人才，先后有瑞士日内瓦大学经济学博士张肖梅、美国克拉克大学硕士张嘉铸（禹九）、美国康奈尔大学农业经济学家张心一和祝仰辰博士为副主任。"全室虽仅十人左右，但都属有真才实学之人，工作效率极高，成绩卓著"。研究室发布的《中国重要银行业务概况》《中国银行年鉴》《中国对外贸易研究》及各种农产品调查专刊，至今还是研究中国财政、金融及诸多社会问题的重要参考文献。

这次出国考察另一个成绩，他几乎很少说起，除了援引了英、德银行专家尼克尔、格雷、罗德瓦尔德等人，他还为中行从欧美各国引进了多名留学生人才，于中行未来影响较大者，一个是经济学家张肖梅，一个是即将完成学业的青年建筑设计师陆谦受。

来自浙江镇海一个富商家庭的张肖梅，是一个才貌俱佳的女子，金陵女子大学毕业后，入读伦敦政治经济学院，师从著名经济史学家陶尼（R. H. Tawney），后又在瑞士日内瓦大学获经济学博士学位。此次在伦敦见面，张嘉璈与之相谈甚洽，当即向她发出邀请。日后，张肖梅回国出任中国银行经济研究室副主任，为这一刚成立的智库做了许多基础性工作，后又离开中行，创建中国国民经济研究所、西南实业协会。从30年代到40年代初，肖梅著述宏富，当时战时经济年报和西南实业规划多出自其手，被业界誉为"研究美国经济同时又深悉中国经济内幕的出色人物"，对战时西南经济乃至全国实业界都产生过重要影响。张肖梅刚回国时，尚未婚嫁，张嘉璈从中作伐，把她介绍给了刚从美国克拉克大学毕业回国的八弟张嘉铸（禹九），一个雅好艺术品收藏的前新月派诗人。他让他们两在中行经济研究室搭档工作。英国人格雷名义上是经济研究室主任,实际不大管事,主要是肖梅和嘉铸主持其事。1934
年,张肖梅和时任对外贸易局代理局长的张嘉铸在重庆成婚,张大千等
名流都到场致贺。

青年建筑师陆谦受(英文名 Luke Him Sau,本名陆增寿),时年 25
岁,就读于伦敦英国建筑学会建筑学院(Dip. A. A.),即将取得令人歆
羡的英国皇家建筑师学会(R. I. B. A.)会员资格。这个天资聪颖的青
年在这所全球知名的建筑学府接受现代主义思潮的影响,并已初步形
成自己独特的建筑美学理念。他是广东新会人,出生于香港,家中饶有
钱财。临近毕业,正对未来充满憧憬,与到访伦敦的张嘉璈有过一次巧
遇后,他收到了张嘉璈发来的一份职业邀请,邀其出任中国银行建筑课
课长,担任中行名下所有建筑的设计工作。对一个青年建筑师来说,这
个舞台当然很有吸引力。

陆谦受之父早年在广东参加科举落败,转而赴港从事航运致富,把
家从跑马地黄泥涌村迁到了甲第连云的湾仔船街厚丰里 4 号。少年时
代的陆谦受家境优渥,从圣约瑟学院毕业后,他在香港的建兴建筑事务
所短暂实习土木工程和测量技术,直到 1927 年赴伦敦深造。本来,作
为家中幼子,陆谦受的计划是毕业后回香港继承父亲的航运业。张嘉
璈的这封邀请信改变了他的事业和人生方向。在毕业后到回国的一段
时间里,陆谦受听从张嘉璈的建议,花了数月时间前往欧洲各国和美国
旅行,一份他的后人提供的他当年的旅行日记上,记载了 1930 年春天
那次旅行的日程安排:法国 9 天,意大利 6 天,匈牙利 3 天,捷克 3 天,
奥地利 11 天,瑞士 8 天,德国 26 天,比利时 3 天,荷兰 3 天,丹麦 3 天,
瑞典 4 天,然后启程去美国。日记里还夹附着一份对各地银行建筑的
考察报告。可知这次旅行途中,陆谦受已在潜心观察学习各地银行大
楼的设计,为将来的职业生涯做准备。回国后直至抗战爆发,陆谦受几
乎成了中国银行的御用设计师,且设计作品几乎全都集中于一种建筑
类型,即银行建筑。

张嘉璈与这些年轻人结有一社,名为"冰峰社",社约"以高、坚、洁
为本社社友立身之精神","以敬、爱为本社社友相互团结之精神"。社

名的由来,与他约张肖梅同游瑞士雪山有关。日后,张嘉璈有日记专叙冰峰社缘起:

> 民国十八年冬,游日内瓦,偕张肖梅女士同登孟白浪高峰。仰其高大,慕其坚洁,叹与肖梅女士曰:"吾辈若得少数同志,精神之高、坚、洁与孟白浪高峰等者,何事不可为?"肖梅女士笑谓:"嘉璈果有此志,当屏辞一切,与璈努力于此团体之结合、精神之贯彻。"肖梅女士遂决计加入中行,并议以冰峰社名未来之结合。①

当时(1932年)列名冰峰社社员簿的,几乎萃集了这几年进入中行并担当重任的年轻一代精英:人事室主任戴志骞、汉口支行襄理何墨林、总务课课长林玮、国外部襄理陈长桐、业务调查课长祝仰辰、分区业务稽核徐惟明、上海分行襄理蔡承新、信托部襄理余英杰、夏屏芳、总账室主任刘攻芸、分区业务帮核李卫明、经济研究室副主任张肖梅、建筑室课长陆谦受、重庆支行襄理张嘉铸……

六、"定屋基、立屋柱、打图样"

1930年1月上旬,张嘉璈离英赴美。在美主要考察纽约、芝加哥、旧金山三城。经接洽,纽约花旗银行、欧文信托公司、大通银行、摩根银公司、芝加哥第一国家银行、芝加哥大陆商业储蓄银行、柯诺冠第一国家银行、富国银行等,均同意为中行国外代理店。

张嘉璈原有在纽约设立分行的计划,因当时中行缺乏美金准备,且纽约州的法律不允许外国银行在当地收受存款,再加上伦敦分理处开张后成绩如何也是个未知,故此暂缓。

笔记云:"赴美目的有二:一为考察各大银行之内部组织,及各部门之联系合作。又以美国各大银行,格于法令,不能设立分行于别州,

① 《张嘉璈日记》,1932年元旦。

只可于总行所在地之市区内,分设若干办事处。颇欲考究其管理方法,及设立多数办事处所产生之效绩。二为接洽通汇银行,以便委托为国外代理店。"后来到 1935 年,中行才决定在纽约设置经理处。纽约经理处正式开幕已是 1936 年 7 月 1 日,张嘉璈已离开中国银行。

张嘉璈在美考察时的两条笔记,可知其在美时注意的是银行如何对"小户"展开服务:"参观各地银行时,除向各行首长详究组织系统、管理方法外,并经洽妥各行为通汇之代理店。其中以欧文信托公司与中国银行业务关系最为密切,彼此交往历史最久。参观各行后所得印象有二:一为分层负责之彻底。二为办事处遍设市区,不啻将银行服务送到顾客门前。""在旧金山,曾访问美洲银行创办人吉阿宜理,承告以该行创办及发展经过。并谓向来对于存款及贷款小户,十分注意,尽量予以援助。盖今日许多大户,多系由昔日之小户随银行发展而日趋兴旺。吉氏此言,可谓认识正确,足资借鉴。"

2 月底,张嘉璈转道加拿大,抵达东京,筹备设立中国银行大阪分行事宜。

中日两国一水之隔,交通便利,近代以来,商务一向发达。在中国的进出口总额中,日本从 1919 年起就取代英、美占到最大比重,约占 1/4 以上,日本对中国的出口,以棉纱、布匹等制造品为大宗,其次为海产品、药品、钢铁机械等;中国对日本的出口,则以茧、麻、药材、皮革、毛发等原料为大宗。① 之所以选择在大阪建分行,是因为大阪是日本的工业中心,神户是其外港,一切货物的起卸都集中在这里。当时在大阪的华商云集,估计在 3000 人左右,各业皆备,以经营纱布、杂货的居多,每年直接贸易额在 1 亿 2000 万至 1 亿 3000 万日元上下。如此巨大的经济体量,却没有一家专门的中国金融机构为他们服务,而日商银行对华商情形不免隔膜,有时条件过苛,且日商银行承做汇款,每限于通商大埠,不能深入中国内地。是以,侨日华商莫不希望本国有一资本雄厚、

① 严中平等编,《中国近代经济史统计资料选辑》,科学出版社,1955 年版,第 65、66 页。

信用昭著、分行遍布、汇兑灵通的银行在大阪设立分行，周转其间，以收相互之效。①

张嘉璈在笔记中说，中行过去一向委托东京第一银行为日本代理店，虽早就向日本政府申请设立分行，但因其国家银行的地位关系，一直未获许可。此次，他借考察归途，特与日本政府交涉，终获大藏省许可，准在大阪设立分行，在神户设立办事处。当即在大阪西区租了三井银行川口分行旧址的房屋，准备秋季开张。

这是中国银行在日本设立分行的第三次试探，前两次费尽周折，终未告成。第一次是在 1920 年，总管理处派黄伯权、徐钟英去日本，预备在神户设立经理处，日本政府以任何中央银行都没有到外国设行的先例为由，拒绝了。第二次是在 1922 年，总行考虑到中行商股超过官股，派了一个三人小组东渡，再去试探，内定由徐钟英任经理，程慕灏任会计，孙晓初任文书，由上海分行出钱，这三人带了 100 万银洋，租了行屋，以存款利息抵作开支，结果仍未成。这次张嘉璈能收此功，一则中行改组为国际汇兑银行后，已非国家银行，在他国设立分行不再似先前受约束；二则与中行有着多年交谊的日本横滨正金银行从中斡旋，玉成其事。

因洽办手续烦琐及日本国内经济不景气，大阪分行的成立又拖延了一年，直到 1931 年 9 月 1 日方正式开张，房子租的是从前三井银行的川口支店。出任大阪分行经理的，是张嘉璈在庆应大学的校友戴霭庐，彼时方任北京《银行月刊》总编辑，张嘉璈属意于他，是因为戴有留学日本的经历，便于打开局面。张嘉璈在开幕当天接受华东社记者采访时说："为满足华商之希望及促进（中国）出口贸易之发达，中国银行适具备此项资格……此不仅裨益于商务，即于国家体面，亦有光荣。"

讵料半个多月光景，日本关东军即在沈阳发动九一八事变，其后，"一·二八"上海事件、榆关之变、热河事件、华北事件，一步步加剧着中日对抗，大阪分行的命运，可说是与忧患俱来。阪行的设立，本为扩展

---

① 《中国银行行史（1912—1949）》，第 198 页。

外汇业务,并为侨商谋便利,军方煽动的仇华情绪,使得他们不得不隐忍着个人的痛苦开展工作。据戴蔼庐自述,阪行连他在内六个人,经理、襄理、会计主任、办事员、练习生,举凡做传票、记各种账表、出纳、应对顾客、接洽买卖等,无不把事打通了来做,一齐合作,晚上就住在租来的行屋楼上,半夜都可以听得见行经的车辆声。虽然条件很差,开办之初的营业额却很可观,这一方面是因为往来交易者都是大商家,大宗货品居多数,另一方面也见出华商对中国银行的信心,从前可以存国币银圆的时候,连理发匠、工人、背包商人都来存钱。①

时间回转到 1930 年 2 月,当张嘉璈在日本奔走于东京、大阪的一家家银行,当其时也,除了一些忧心忡忡的远见者预料到日本将发动对华战争,社会精英和普罗大众普遍都没有觉察。南方洪涝,北方干旱,自是年年都有;中央裁军,各想拳经,直接肇始下一场大战。只因内忧不断,谁都没有料想一场耗尽民族血力的外患正在逼近。回头视昔,夜半临深池,想想都是一身冷汗。

1930 年 3 月 15 日,张嘉璈离日返国,结束这次历时十个月的国外考察。此行辗转 18 国,对其中一些国家还多次造访、考察,洽定通汇行、代理行 28 家。在伦敦和大阪开立机构,乃中国金融机构迈向世界的正式开始,对中行日后的发展影响尤为巨大。行前目标既已全部达到,张嘉璈就像一个绘就了建筑图纸的匠人一般成竹在胸,只想着如何革故鼎新,制定制度,辅以用人之道,把中国银行带到他理想中的高处。

4 月 16 日,中行总管理处暨上海分行同人在银行公会设宴,欢迎总经理考察归来,张嘉璈即席演说出国考察观感。演讲要旨在于:银行是服务公众的机关,顾客是银行的主体,银行职员是顾客的"用人",必须操守廉洁,品行端正,不负公众委托。并谈到中行今后方针,是以扶助国内外贸易和服务社会为本职,达到扶助生产、改良人民生活的目的,由此拟多设分行,以便利顾客,等等。

---

① 戴蔼庐:《旅东随笔》,《中行生活》,1933 年第 17 期。

　　出国的目的为研究各国银行的进步,以为中行改革的借鉴。研究时注重三点:(1)各国人民的德性,及银行人员应具之品格。(2)各国银行制度之特色。(3)世界经济之潮流。兹以英、法、德、美、日五国为代表。英国人民最具理性。法国人民则富情感。德国人民精力充沛,力求上进。美国得天独厚,可谓安乐之极的国民。日本土地狭小,人民节俭刻苦,可谓忧患之极的国民……制度上,各国银行各有其特色。英国采行分行制,全国五大银行分支布满全国,对于顾客重视其人格信用。美国为联邦制,各州法律不同,各州自有其独立之银行法规,全国银行林立,竞争激烈,凡可为顾客服务者,无微不至。……至于世界经济潮流,可由各国现行之经济政策窥其趋向,都不外谋划使人民如何能生活,而生活得满意。一面利用科技的发明进步,增加物质的供应与享受;一面大量生产,使成本低廉,然因此不免有生产过剩现象。反观我国,国家经济早已破产,我们的责任应从扶助生产、改良人民的生活做起。中国银行为国际汇兑银行,今后方针系扶助国外贸易,以达到扶助生产、改良人民生活为目的。自应采取英国式的纯粹商业银行性质,竭力提倡商业票据,使资金流通敏捷,而放款背景,着重纯粹商业行为,发展原已实行的多数分行制,尽量便利顾客,以服务社会为本职。

　　5月10日,中国银行股东总会在上海召开,张嘉璈在会上提交翔实书面报告,对民国十八年中行状况与修改则例、成立股东总会的民国六年的状况做一比较,以使股东、存户、持票人得知过去11年里的行务进展,为下步改革造一先声。他表示,自本年起,对于股东总会的行务报告,将仿照国外各大银行格式,由他亲自编订,且这报告必须"合乎国际水准"。

　　"本行从此以后,业务政策当以服务大众、改进国民生活为前提。所谓服务大众者,在乎使人人能利用银行。银行本为公众钱财之管理者,自应实事求是,以谋大众与本行相互之利益……所谓改进国民生活者,在乎谋国民生产力之增加,其道固非一端,而在中国银行职务范围内,应为之事,当力谋以低利资金,扶助大小工商,借以图物价低廉,生产发达,出口增加。同时以国内外商品市场消息,供给社会为其耳目,而为经营国际商业者之正鹄。"

他向股东们一再强调,银行的基础在于信用,说这是他的老师、日本银行货币学权威堀江归一来华襄助修订中行则例时就定下的不容动摇之根本。不久,他又专撰一文,阐述他的"信用"观和"服务"观:

> 银行亦系商店之一种,出卖的是"信用"及"服务"。存户相信银行,所以去存款,就是买它的"信用",亦即银行出售它的"信用"。出卖"信用"时,当然应予顾客种种便利,也就是出卖它的"服务"。银行的一切资产,就是银行的存货。资产不确实,就是信用不好。银行的坏资产,等于商店的底货。因此,银行确是一种生意……我们进银行是学生意,我们在银行是做生意。收存款、做汇兑,就是做生意。管出纳,办会计,也是做生意。甚至于管调查的、管研究的,也是做生意。收存款的可以注意存款进出的情形。如存户要支款汇出,就可指点他如何汇款;如要投资,就可告诉他如何可由银行代办。付汇款的,如知道他取出的款项是按月作为家用,便可指导他如何储蓄。管出纳的,如能对顾客收付敏捷而亲切,可以引起顾客好感,间接招致其多来存款。管会计的,在记账的时候,可以留心每笔款项的来踪去迹,如认为可以发生新的连带业务,便应告诉有关主管人加以注意……总之,希望同仁知道离开"生意"二字,没有银行,在银行的人员,人人应该当银行作生意做。①

忆昔新世纪第一个十年中期,老友陈光甫以十万元本金、七八个行员创办上海商业储蓄银行,凭借"一元开户"等服务,经十年生聚,成为

---

① 张嘉璈:《银行员的本职——做生意》,《中行月刊》,1930 年 8 月号。

"南三行"中的翘楚,且在江西路与宁波路口造起了银行新厦,张嘉璈一向视之为国内商业银行成功的典范。归国后不久,应陈光甫之邀,他出席了上海商业储蓄银行增资股东大会,听了陈光甫做的股东大会报告,他认为"很有我们足资借鉴的地方",写下《他山之石》一文,勖励行员:"我们中国银行,向来有偏重上级的趋势。这个错误,应该设法改善,总使大小行员,都有发挥才能的机会。同时当行员的,亦要有像上海银行行员薄 700 元厚俸,愿在该行受每月一百数十元之薪给的气概。庶几居乎上者公,居于下者忠,同心同德,保持中国银行为银行界领袖地位,这亦是我们共同的光荣。"①

　　此次欧美考察打开了他的视域,先前的一些设想渐渐明晰。自 1930 年下半年至 1931 年,中行从上到下进行了大刀阔斧的改革。全行的管理体系和组织机构做出了重大调整,区域行制度进一步完善,会计制度、稽核制度、人事制度的改革也全面铺开,境外机构的设置也在稳步推进中。此一轮改革,实为中行机构改组后的再度升华,激活了中行的内部活力,对于尚处于成长期的中国金融业来说,更是遗泽绵绵。

　　尤为引人瞩目的是,一批留学欧美的青年才俊纷纷加入中行麾下:随同考察的陈长桐,回国不久即被任命为新成立的国外部襄理,其他被委以要职的年轻人,还有信托部襄理夏屏芳,人事室主任戴志骞,建筑室课长陆谦受,上海分行襄理蔡承新,业务管理室课长徐维明,经济调查室副课长张肖梅、祝仰宸等一批海归派,以至于当时的《大亚画报》以不无讥诮的语气评述道,中国银行总经理张嘉璈自考察归来后,"事无巨细沾染欧化",量材取器,"尤侧重于镀金者"。

　　凡此种种,张嘉璈视之为中国银行步入新阶段的重要措施,好比翻修房屋时的"打图样"。中行同人也都视之为行动圭臬。在他看来,中国银行如同一座大厦,从大清银行转型,是为一大变,从担负中央银行职能转型到特许国际汇总银行,又为一大变,中间还有无数次小变,每

---

① 张嘉璈:《他山之石》,《中行月刊》,1930 年 10 月号。

一次转变中,他都是一个"定屋基""立屋柱""打图样"的匠人。在以后对行员谈话中,他多次说到这层意思:

> 鄙人在北平时,前后十三年,先则确定中国银行条例,招商股,奠定本行的基石;继则整理京钞,及整理曾经停兑的各行;次则扩展各重要的分行。好比造房屋一样,这十余年,就是忙于定屋基,立屋柱。恰是曾费了十余年心血,正在慢慢建筑第一层的时候,国民政府成立,中央银行出现,我们打的房屋图样,不能不完全修改。但已成的图样,要随便变更,谈何容易? 所以到国外一行,研究建造中国银行的新图样,回国以后,即从事于此。回国后的第一年,好比做打图样的工作……

中国近代商业史表明,中国银行成立之前,向来没有大公司。几千万的资金,千百人的股东,这种巨无霸组织只有从前的招商局略具规模,但因它披着官督商办的外衣,仍非现代化大企业。没有大公司的企业组织,就兴不起大的实业计划。"中国银行成立,资金两千万,股东好几千,遇事依照法律,大家都能合力解决,这种大公司的企业组织,可以说从中国银行开始。"这是他最足以自豪的。

他乐于称道的,也是他贡献于中国金融业的,是在创立大公司的同时,树立了道德和纪律,改造了金融界先前的腐化空气,培植了一批新人。这些人有新知识、新方法,日后无论是服务银行界,还是转投其他方面,均有杰出的表现。更重要的,是他和这批新人共同推动了国家的财政现代化。而以往的十多年里,财政和银行一直面和心不和,玩着双手互搏的游戏:"中国以前发行钞票,总是不断地供应,经常造成币制紊乱,中国银行对于处理财政部的贷款,又不依照旧的方法,而以发行公债等有限制的借贷,并不滥发钞票而引发通货膨胀,像这样,便能使得财政近代化。"①

---

① 《张公权先生自述往事答客问》,《传记文学》,第 30 卷第 2 期。

七、钟声下的都市院落

现代社会乃至现代化大企业的一个重要表征，就是人服从于时间。在这之前的两千多年里，中国一直是个时间散漫的农耕社会，亿万生民过着日出而作、日落而息的生活。就像精研近现代中国消费文化的历史学家叶文心的一份报告所表明的那样，以上海外滩江海关大楼顶层的那面西洋式大钟为代表的无数欧式时钟出现在世纪初的上海，它并不是一种异国情调的摆设，而是预示着一种被钟表的嘀嗒所机械性切割的新的时间感的出现。这西式巨钟成了切割和操纵时间的工具。

作为近代中国第一个大规模引入欧式时钟的名都大邑，上海上空发条转动之时，也就是城市速度前所未有地提升之日。钟声翼张着翅膀飞过，各工商行号、学校、医院、银行、车站、码头全都被这嘀嗒声控制了。整个社会前所未有地经历了一种工厂式的团体纪律。而"守时"则成了现代都市人的一种美德。文化史家叶文心用"时钟与院落"的意象，形象地概括了中国银行这样在世纪初出现的现代大企业的文化性格。

一般金融史的叙述，都以改组后 30 年代初期为中行的黄金年代。其时的中行，不仅执全国金融界之牛耳，即便在外资聚集的上海外滩，也有它相当的分量。据 1933 年的一项统计，中行在全国设立的分支行号达 140 余家，行员超过两千人。[①] 到 1934 年底，分行的数目增加到 203 个，这在当时是极可观的规模。银行作风稳健，信誉颇佳，所吸收私人存款额为华资银行第一名。汇款业务比起传统钱庄，收费公道，手续灵活，且安全快捷，营业额也远超钱庄。新的会计稽核系统及全球各重要城市建立的分支机构，提高了资金效率和流通速度。新成立的外汇、信托部门吸纳各大学毕业生，事业也蒸蒸日上。早就成立的经济研究部门经扩容后，广泛收集国内外经济情报及国计民生消息，发行专刊，

---

① 　唐钰孙：《如何成为本行的劲旅》，《中行生活》，第 22 期。

所发议论在当时金融界居权威地位。中行不久就取代了汇丰银行,成为每天下午同业之间划汇结账的总枢纽。① 面对社会大众,中行树立起了以天下苍生为重、以银行利润为轻的开明形象。

这样一个有着浓郁现代意味的新形象的树立,自然离不开某种文化理念的支撑。仔细解剖中国银行的结构及作风,30 年代初奠定立行基础的这次改组及随之而来的改革,其影响之所以深远,不仅在于内部组织的更张和新的业务技术的引进,更大的功绩当归结于人事行政的革新及对行员操守及素养的讲究,树立起了一种新型的中国金融文化。

张嘉璈说:"在我任中行副总裁后,以迄中行改组之前,对于人事之改良,仅做到一点,即逐步将老朽及在行兼营私业者,淘汰殆尽。此外并未作任何改进。今欲求中国银行在国际上占一地位,在国内为民众与国家服务,其最要关键在于人事。故人事刷新,实为中国银行革新之最大目标。"

着手的第一步,是确立物质保障,使人心有所归属:"改订行员薪俸,养老退休,及一切待遇规则。建筑总行各部主管人员住宅,及行员宿舍。分支行亦令斟酌当地情形,陆续仿行。务使各级行员生活安定。"并使中行肌体保持一定的新鲜和活力:"规定每年考选国内大学及中学毕业生办法,使每年有新血液注入。"

而后,是行员的职务训练与精神修养。其要旨,张嘉璈在考察归来时的即席演说中已流露大概,那就是"理、情、力并进"。"理的方面,由教育入手,使各人的理解步步向上。情的方面,拟提倡音乐、美术、文哲的高级趣味,发展性本善的内性生活。力的方面,当竭力提倡体育,组织各式运动比赛,健全各人的体格。"再辅以衣食住行方面,诸如行员住宅、公共食堂、消费社、行员子女幼稚园、公共交通工具等一整个计划的辅助,"同人诚能克勤克俭,自无后顾之忧"。

中行内部发行有《行员手册》,人手一册,随手携带,内容为行方要

① 《中国银行上海分行史(1912—1949)》,经济科学出版社,1991 年版,第77—79 页。

求各行员遵守的行事规则和伦理。这些规则中首要的是行员当如何具备高尚的品格,以诚信忠恕待人克己,其次是个人当如何以团体为重,以小我为轻,服从上级如顺从父母。除了强调操守,还讲究公余之暇参加英文班、会计班学习,以补专业知识技能之不足。五四以来,社会咸以追逐新潮为尚,上海尤甚,中行处在黄浦滩口这一现代化的桥头堡,自不免沾染世风,在人事哲学上鼓励人人分秒必争,奋发向上,不被时代淘汰。

《行员手册》中的规定固然是道德操守与知识技能并重,但在实际的人事运作上,又以服从上级、完成大我为第一。讲求"长幼有序"的伦常规范,使得中行成了一个"大家庭"。银行里的上下级关系一旦被看作伦理上的尊卑,上级之所以为上级,是因为他们德配其位,下级之所以服从上级,也是因为前者德的感召。同理,练习生和年轻行员要获得晋升,不仅要看他们的能力业绩,更要看德行操守。在这个"大家庭"里,上级固然要注意规行矩步,以为道德典范,下级之自我期许,也以修身进德为第一。[1]

这种"大家庭"式人际关系的建构,不只是上班时间办公室里的种种,也延伸到了新员工的训练和居住、生活的每一个细节里。按张嘉璈所提炼,这"训练方法"为:"使新行员与旧有经验者同化,而保存其新精神,使其物质生活安定,而提高其精神修养。前者利用聚餐会,每星期五晚,由中上级新旧干部一律参加聚餐,旧同事讲其旧经验,新同事报告其在工作时,如何利用新知识,互相交换意见,使新旧熔于一炉。组织新生活俱乐部,务有公共食堂、图书室等,邀请行外名人演讲,发行《中行生活》,传达行员动态,登载行员意见;组织旅行团,参观工厂及名胜,目的在提高生活兴趣,增进工作效率。"

对新进初级行员及练习生的训练,无论是操守道德的讲述,还是英文、经济学的传授,例行由经理、襄理们轮流授课。听讲时,新进行员和

---

[1] 叶文心:《时钟与院落——上海中国银行的威权分析》,王笛主编《时间空间　书写》,浙江人民出版社,2006 年版。

练习生自行做笔记,如在学校里一般,听毕还要把听讲笔记整理誊清,几日之后交给副经理,批阅之后选出佳作,供大家传看。对练习生进行训练,都指定以部门主任或经理为座师。师生之间除正式的拜礼外,每年春秋两季,还有隆重的谒师仪式,全行参加观礼,以尊师道。座师对徒弟,有训诲教导的义务,弟子对师长自有一套礼仪规范。但银行毕竟是个西式的产物,所以在这套传统学塾的外表下,兼容了许多新式学校的教学内容。行方要求初级行员和练习生把上级视若父兄,不但效忠服从,而且永远不起弃地他就的念头。①

无处不在的时钟,控制了每个初级行员和练习生。按照叶文心的描述,他们一天的作息总是排得满满的。早起做珠算、簿记、会计、英文等功课,练习毛笔字,阅读书报杂志。晚上则写日记。日记交给做导师的经理批阅,以作将来品性考核的依据之一。导师在批阅日记时不时加以评语,以作弟子进德修业功夫的指引。根据这套方法,给予新进员工勤、惰、可靠与否的评语,这套评语将直接影响他们的升迁。曾任总行秘书的戴霭庐是张嘉璈东京庆应大学的校友,他说,记日记作为一项公司活动,是受到了日本银行树立的榜样的鼓舞。②

这种规训,延伸到了行员生活的每一个日常角落。中行仿效西式学校和银行,从 20 年代末开始在各大城市兴建行舍,一方面固然是为提供居住方便,更重要的,比邻而居更便于管理和思想行为方式的整齐划一。自 19 世纪末以来,这种分隔成许多独立单元的排屋成批出现,成了上海、天津、青岛等沿海城市里的一道新景观,它们推动了都市空间的第一拨商品化浪潮,也成了近代中国都市中产阶级理想生活的滥觞。世纪初叶都市青年的中产梦,即以此类花园式小洋房为模板。

沪西极司菲尔路(后改名万航渡路)94 号,是中行总管理处迁移上海后,最早的一处置地。这本是一处英国乡村式的庄园,整修后,新设

① 有关拜礼仪式的记述,参见《中行生活》,第 16 期,1932 年 10 月出版。
② 戴霭庐:《银行家银行员座右铭》,《中行生活》,第 11 期。

了网球场、花园和草坪。本来规划,这里做总经理官邸,但张嘉璈只用了一小部分,把大部分房舍留作上层主管们会议聚餐和各地分行主管们到沪述职时的行馆。一些演讲会和银行家们的聚餐,便经常在这里举行,"94 号"遂成中行的联谊中心和一个时时发生思想碰撞、刮起大脑风暴的处所。

"中行别业"建造在紧邻的极司菲尔路 96 号。1929 年先盖成九幢,为中行上海分行副经理、襄理住宅,后又陆续建成数幢三四层公寓式房屋,供行员居住。别业与中行办公场地分据南京路的东、西两端,同人每日上班,一道乘坐行里提供的公交车,下了班,又同车回家,也是都市一景。日后的联想集团创始人柳传志的父亲柳谷书①,1940 年考取中国银行上海分行,在南京西路办事处任职员,即在极司菲尔路"中行别业"分配到一个居住单元。柳传志在"中行别业"一直生活到 5 岁才离开上海去北京,对这个都市里的院落记忆深刻。

极司菲尔路中行别业的设计者,即中行建筑课长陆谦受,一个香港出生、毕业于伦敦英国建筑学会建筑学院的青年建筑师。想当年,陆谦受放着香港航运世家的遗产不去继承,出任中行建筑课长,一心只想建造中国气派的银行大楼,此处物业,即是他毕业最初的作业。和他联手的,是广东南海人、曾经留学美国宾夕法尼亚大学的建筑师吴景奇。青岛中国银行分行大楼和大学路 14 号院的中行员工宿舍也是这一对年轻搭档的手笔。这些建筑现今都成了当地的文化地标。30 年代初,《中国设计师》杂志出专号介绍这两位建筑师,需提交一张代表性的设计图纸,他们提交的,即青岛大学路中国银行员工宿舍实景图。同时刊发的一篇联合署名的文章《我们的主张》里,他们宣谕了对于建筑和城市的美学原则,特别是银行建筑的设计理念"建筑是依从于人的发展而不断地自然生长的生存工具与抒情工具",银行

---

① 柳谷书(1921—2003),字伯和,江苏镇江人,中国知识产权事业开创者,创立中国专利代理(香港)有限公司。曾任中国银行上海分行办事员。据《中国银行职员录》,其在中行任职履历有两段,第一段为民国二十九年(1940 年)九月至民国三十一年(1942 年)八月,第二段自民国三十五年(1946 年)一月起。

建筑不必讲求是不是"复古派""求新派""折中派",但须有"文化的精神"——建筑要能代表我们自己文化的精神,不要把中国的城市,都变成了欧美的城市。

"津中里"是中国银行在天津的同人宿舍。20世纪20年代中期兴造,占地数亩,全由栏杆围绕。入口正门的门楣,正面是行徽,背面即是一口西式巨钟。每天,津中里的居户们即在行徽和巨钟底下进出。钟和栏杆,构筑起了一个有形和无形的院落。其内里布局,也对应行里的权力结构。津行经理卞寿荪的宅第,是院里最醒目的一幢西式两层大洋房。两幢较小的洋房,是津行四位副理的住宅。再往里,八座三层楼房,每幢隔成六套居住单元,每户一厅两房,各有独立的出入口、厨房和卫生间,正好满足一个小家庭所需,则是一般行员居住。

中行精心构建的这些都市院落,环境清幽,设施现代,运动场、网球场、篮球场一应俱全,还有礼堂、教室、会所、和小径相连的花园亭台。每天清早,同事兼邻居在这里打网球,舒展拳脚,男主人去银行上班,妻子们则在家教育子女,联谊邻里。粗重的活计自有女仆去做,不劳女主人亲自动手。各家有结婚、添丁、出国、晋升等喜事,家庭式的酬酢自不可少。卫生保健,则有行里专聘的医师定期出诊。除了偶尔采购需要出门,各人的生活基本上可以完全包容在这个都市院落里,对生活在院里的行员和他们的家眷来说,这里的十几幢楼宇和切割着的一片天空,就是整个世界。这个世界跟外面那个污脏的、快速行进的世界几乎没有关系。

这种都市小洋房式的开明、西化生活,固然令人称羡,但私域的消失或公私混杂不清,也不免让行员的生活枯燥单调。中国现代小说的奠基人之一、新感觉派小说家施蛰存在20世纪30年代的一个短篇小说《海鸥》里,描写银行职员置身水泥与幕墙的高大建筑里,每天在固定的狭小空间守着壁上的钟,按时完成指定的工作,而眼望窗外街景,十里洋场人来人往,不由得脑海里泛起故乡水边上海鸥的影子。海鸥可自由翱翔于山海之间,恰与困处大都市小小办公室的行员们形成对比。施蛰存并无钱庄或银行从业经历,这番描写,当出于小说家的想象。和他同时代上海有一个叫应修人的诗人,从银钱业的最底层——钱庄学徒——干起,做到中国棉业银行出纳股主任(他还有一个秘密身份是中共江苏省委秘书长、宣传部部长),则是一个深谙个中辛酸的都市里的底层银行员。日后,正是这份对都市的叛逆,催生出了他对湖畔和爱情的向往,并最终成为一个革命者。

大企业制度下,在上者固然要圆熟指挥,日理万机,在下者也要如大机器里的部件,日日运转,长此以往,枯燥、刻板和单调自是在所难免。银行的现代化程度越高,各部门分工益精,各行员职能益专,生活也就越少有变化。"上自行长下至职员,其工作生活整天是一样的,没有重大变化","管会计的,天天在数目里面过生活;管出纳的,天天在收付里面过生活;做高级职员的,天天在签字盖章里过生活;做行长的,天天在周旋里过生活"①。那些练习生、办事员、簿记员、出纳员,日日被时钟驱赶,升迁缓慢,调职无望,也不免有怨怼情绪。总管理处人事部门的董汉槎(他还兼着《中行生活》的编辑),就收到过译电员李吉禄的来信,诉说前途的苦闷。"青年的心血将已耗尽,就是勉强为行里每年省点电费,然而对于银行事业,怎么能有发展的能力?"②

董汉槎说,我们当银行员的人,在行言行,谁又不想成为一个大名鼎鼎的银行家?但自有银行史以来,出类拔萃的银行家能有几人呢?他告诫大家,唯有"敦品尽职,成就一个完美的银行员"。名成业就"绝非希冀强求一蹴而可得的",除了天赋、修养,还得靠机会。就连总经理张嘉璈,读了李君的信,虽"极表同情",但也认为要安于"无名者"的角色:"感觉得一天比一天繁重,一天比一天艰难,穷年兀兀,头童鬓白,所忙的何尝不是机械的工作,与李君译电工作又有何区别?不过大家生存在社会上,若不以事业职分为前提、继续奋斗而工作,则一切的事谁人去做?要知道世界上最名贵的人物,是无名英雄。你到各国去看看,遍地都是无名英雄墓。逢节逢年,人人都奉花礼拜。若不是这几百万

① 甄润珊:《谈谈银行生活》,《中行生活》,第6期。
② 李吉禄:《我对于同仁的两句话》,《中行生活》,第5期。

名无名英雄,协约国哪能战胜? 吾但愿人人做无名的英雄,国家就有希望了。"

出国考察归来后,张嘉璈即有一封"敬告同人书",告诫同人们"无论何种工作,绝非少数人亦绝非一二首领所能担负,必须参与工作者人人具有相当能力,才能共举"。又说"欲实行以上种种理想,必须相互尊重人格,在上级者不可自居上级,就可事事随便,在下级者亦不可以为地位微小,勉强服从"。

在这种精神的贯注之下,行员虽有位高位低、德厚德薄之分,但却各有其职司,因为"银行工作是整个的,需要领袖的人才,需要各级的办事员,就好比一部机器,要有大小的齿轮一般。齿轮虽有大小之分,可是各有各的功用,却都是为全体动作而设,缺一不可的"。所以大家分头译电、办文书、办会计、办出纳、办营业,虽则呆板机械,但既然在这部机器里面"混合着各自动作",就须"以心事变迁环境",心安理得,各安其分,"尤以分之一字,最为紧要",如此方可避免无望的希冀,以减少自己无偿的痛苦。

都市里的小职员生活,本来就是灰色打底的。谁要是忍受不了这种日复一日的枯燥,则难免要以失去大企业提供的保障为代价,对一个中产之家来说,这自然是灾难性的。诚所谓,都市里的生活就像围城,城里的人想出去,城外的人想方设法想挤进来,福利、医疗、子女教育、抚孤恤弱,等等,既成为行方对行员应尽的义务,则行员自有责任以团体大局为念,服从这个大家长式的威权结构,并心甘情愿成为其中的一个零件。也因为此,进银行工作才被看作是一项"高级职业",是捧上了"金饭碗",与海关收税银的"银饭碗"和铁路员工的"铁饭碗"鼎足而三。而持此"三碗"的单身职员,更是成为婚姻市场上的抢手货,备受追捧。

行员生活既已如此刻板枯燥,而外面世界软红十丈,一个天天都在跟钱打交道的人,一旦私德不修,未免发生冒领、冒支、私用公款等情事,是以,行方要竭力引导行员往"正当"方向发展,避免为恶习所染。总行层面,于刊发经济调查情报的《中行月刊》之外,再办一份《中行生活》,就是让大家互通信息,调剂情感,也是年轻行员吐露负面情绪的一个"树洞"。前者由经济研究室的专家们操办,阳春白雪,难免曲高和寡;后者由总管处一班文字功底高超者操办,活色生香,自是更有吸引力。各地分行更是以倡导读书和积极向上的文艺和体育活动为尚。总行和上海分行流行清早打网球,哈尔滨分行冬天打冰上曲棍球,湖北宜昌分行则有一群马术爱好者。上海的各支行和办事处,还有形形色色的篮球队、足球队,除了行内同人较量,还经常拉出去与基督教团体和大学较量。① 这些球类游戏蔚然成风,自与行员们西式教育背景不无关系。

一个叫一民的行员经常在《中行生活》发表文章,似乎是意见领袖式的人物。他吐槽说"个人丧失了对其命运的主宰,精神与理智也丧失了本身的意义",想从阅读和体育运动中寻找安慰也无济于事,这种焦躁和不安情绪的由来,他认为是工作太过单调机械,没有机会"放眼本机构外面的世界""考虑一下生命和宇宙的意义"。② 不像一民君好高骛远,也有人安于眼下,希望高层经理人员每天带领大家做二十至三十分钟的体操。更有人希望,晚上 11 点后关掉整个宿舍的电闸。③ 一个叫徐宗泽的年轻的出纳员则说,像我们这样的年轻人想要看到的,"是有说服力和有力量的东西",要的是示范的行动,而不是安慰人的"豪言壮语","青年人所要的是'力'及具体的榜样和指示"。他说他和共事的出纳员们都有同感,要求"对现存的实际问题要有真实的描述""改变方面的具体措施"以及"工作条件的真正改善",而不是成天价听人作"训话般的讲演",要大家如何如何做一个好行员,徒让人觉得"空虚缥缈",他希望,除了"告诉前进之外,还要告诉我们如何前进"。④

① 沈书玉:《沪行球艺部之过去及其近况》,《中行生活》,第 17 期。

② 一民:《提出一个读书上的问题,征求同行全体同仁共同的讨论》,《中行生活》,第 32 期,1934 年 11 月。

③ 《我希望本行实现的几件事》,《中行生活》,第 22 期,1934 年 1 月。

④ 徐宗泽:《希望给予有力和东西造成好的环境》,《中行生活》,第 13 期,1933 年 5 月。

对这些言论,不管他是遇到了真困惑,还是力比多富裕者的发泄和
呓语,这本杂志的编辑们都给予负责任的处理,或全文照登,或部分辑
录,并给予画龙点睛式的评点。

以上种种,从居住、训练、运动到娱乐、讨论、言语,这种崭新的银行
文化与老式钱庄全然不同。一方面,作为银行要讲究经营绩效;另一方
面,中行对外树立的形象,一直强调对社会和国家的责任,并且以推动
这个国家的现代化为己任。其行事作风,"有意识地介于绅商之间",虽
置身商场,却时时以天下为己任,一如士大夫。

中行在30年代初所打造的这套文化,是适应时代变局的一个产
物,它使得从上到下兼容了新式金融机构的组织技术,又浸透了一种儒
家式的伦理和关怀。这样一种权德配位之下长幼尊卑的秩序,有论者
称之为一种"大家长式"威权结构。正如事物都有正反两面,它在提高
机构效率的同时,也在日后造成了一些问题和困惑。

八、中原鹿正肥

自北伐告成至本年,看起来已国家统一,河晏海清,但政府是这样
一个先天弱势的政府,地方与中央总不能齐心协作,各种势力暗潮汹
涌,和平远没有降临。

1930年初,当张嘉璈为期十个月的考察将近尾声之际,国内一场新
的危机又在酝酿中。3月中旬,前西北军及晋陕军将领鹿钟麟等五十七
人通电,拥阎锡山为陆海空军总司令,冯玉祥、李宗仁、张学良副之。随
即,孙殿英攻陷归德,中原战事正式开端。先前的革命同志,再次大打
出手。

这场蒋、阎、冯之战,又称中原大战。一方是阎、冯两大集团军联
手,一方是蒋介石自统的中央军。其规模之大、伤亡之众、消耗国力之
巨,在近代内战中可称第一。以致战后有人说,如无此战,中国还拿得
出几支能战的军队,何至于在后来日本侵略东北时束手无策? 如无此
战,后来也用不着对奉军迁就,请其入关,主帅逍遥平津,而日本关东军

乘虚酿成九一八之变,华北长城之坏,实起于阎、冯、蒋之战。

　　到这年10月,战事初歇,蒋介石在国民政府纪念周报告中说,此次大战,"中央军死伤九万五千人,敌军约十五万人,此种重大牺牲,无论为敌为我,总是中华民国之国民"。伤亡折耗的,皆是中华民国之元气,身为国家元首,语虽沉痛,却已不过是马后炮。还是黄郛以一个战略家的眼光看得更为透彻:此次内战,为祸之烈,论战线之长,在近代世界战史上,除欧战外,无可与匹;论战争之烈,在内国战史上,亦少其例。吾国自清末以来,外受甲午庚子两役割地赔款之巨创,内受二十余年内战之影响,举凡国家财政,社会经济,两俱枯竭,国力之疲,已如风前之烛,苟延残喘而已,怎么还能经受如此重大之牺牲?

　　战争机器一开动,蒋就故技重施,要财政部发库券,伸手向各银行要钱。大战方酣时,1930年7月15日,宋子文在上海召开全国税收会议,财政部公布十九年关税库券5000万元条例,月息8厘,五年还清,面额80%由各大银行承受,已惹得吵声一片。蒋尤嫌财政部接济军费不力,9月,又把张嘉璈和宋子文电召到南京,商谈继续增发库券事宜。张嘉璈"惴惴不安",深为中行的未来忧虑:

　　　　此次中原大战,蒋总司令认为财政部接济军费不力,特电邀我与财长宋子文在宁共同商定继续增发库券。事后我惴惴不安。自中行改组为国际汇兑银行,关于政府财政之筹计,有中央银行首当其冲,直接应付,以为可专心致力于本身业务,建立一有国际地位之银行,外则可帮助公私机构吸收外资,内则可服务社会,改善民生。今忽见召,并商财政,虽曾以个人志愿,婉为陈述,不知能否获得谅解。但财政状况艰窘如此,深虑中行处境,将不免复陷于困难之境。①

　　可谈之人,也就老友黄郛了。在办理"济案"中背锅的黄郛,辞去外

_____

① 《张公权先生年谱初稿》上册,第96—97页。

交部部长职务后偕妻归隐莫干山,办蚕种场、图书馆、救火会,开民众教育馆,在外人看来,下半生是要像梁漱溟、晏阳初那样,以乡村建设为职志了。但对这个失意的政客来说,不过是调节心绪,排遣办理"济案"时深受之刺激。日人无信,兄弟无义,在他是"公私两项皆为生平未有之伤心事","此一段内外交迫之伤心史,实令我没齿不能忘"。故他身在山中,心心念念却全是外面世界,平常也是莫干山和上海轮换着住。张群就任上海市市长后,请他前去主持前沪军都督陈其美纪念塔开建仪式,本已心如冷灰的他复与政界恢复了往来,一年中倒有数月是住在上海了。

张嘉璈结束欧美考察归来,胸次中有无数改革金融的设想,眼看国内战事又起,遍地生灵涂炭,不知何日可享太平,时常去祁齐路黄郛寓所聚谈,排解心结。黄郛说,今日心中之隐痛,当数十倍于欧战后协约各国国民之心理。中原大战初起时,有人请他下山调停。内战是他最反感的,而这次交战双方都是他交往很深的朋友,他"痛苦到说不出",估量情形,无能为力,没有下山。在黄郛看来,天下搞得这么混乱,实起于人心之乱,那些玩弄政治于股掌之上的要人们,心中何尝有黎民百姓,而只是"魔语多,佛音少"。而抱有各种政治目的的小人奔走其间,更致局面不可收拾。

黄郛说,自己年来山居习静,稍稍涉猎佛学,深觉慈悲与平静为佛教两大精蕴,为政者但有慈悲之心,战争本可避免。对于黄郛把结束乱象的期望寄托在军头们的良心自我发现上,张嘉璈颇不以为然。但他也不忍驳斥。黄郛说,国人倘不速谋自觉,政治绝难有出路,故深信西哲天助自助、佛家自渡渡人之旨,近来自己正力下此种功夫。黄郛还告诉他,自己住租界看佛典,是以形骸委之于帝国主义者,而精神则寄托释迦佛。张嘉璈知道,老友这样说,实是难见出路之际的无可奈何之想,若非伤心万分,决不会说出这样的话来。

然而,"慈悲与平静"这两味药,又怎能救时下糜烂之中国?张嘉璈还是希望老友能挺身而出,相率着一起做些事。9月下半月,阎、冯无力抵挡中央军猛烈攻势,通电下野,中原战事渐趋尾声。10月5日,黄郛自莫干山返沪,张嘉璈和朋友李石曾数次上门,会商时局善后方案。李石曾是中原之战的调停者,曾与张群、吴铁城作为中央代表与张学良接洽,促成张学良发通电罢兵,黄郛对之信任有加。黄郛答应他们"待蒋先生返宁,赴宁访问一次",并开始准备谈话节略。

11 月 8 日,张嘉璈和李石曾又一起去祁齐路黄郛寓所。黄郛当天日记载:"李石曾、张公权二君先后到,共午餐,并商决:由予起草对时局改良党政军三项办法,又决议,由公权担任调查内战间接损失,由予担任转托(葛)湛侯调查直接损失,拟编一册《内战之所得》,广为分送,为大大的和平运动,期以半年内完成。"①

这次会谈后,黄郛即拟就改良党政军三项办法,准备向蒋进言。按照黄郛的说法,党务仍按去年所提纵面横面两层改组法,军事上注重对内安定,政治上扩充国府委员名额,以获致中央与地方之合作。

黄郛夫人黄沈亦云在《亦云回忆》中记载:"张公权先生甫自海外归来,看了世界情形,对于本国有不少接触。在外国时,他有信给膺白,历述在欧感想,及梦中与膺白剧烈讨论政治情形。他所看到的属于财政金融经济方面的多。他们所拟的小册子《内战之所得》,后来一直无暇着手。膺白在十一月十日作了一篇《祈祷和平》之文,因次日为第一次世界大战停战纪念。这篇文章交给李石曾、张公权两先生,在上海各大报纸发表。"

黄郛此文后来一纸风行,实是说出了一般时人厌恶内战的普遍心理。文章最后说,今后如再有危害统一破坏和平者,就是国民公敌。"呜呼,往事不说,来者可追,吾国百废未举,果能赤诚为国,无论在位在野,随处有吾人致力之余地,希望顾念垂危之国家,垂尽之民力,共同整齐步伐,向和平统一之途以前进也。"

1931 年 5 月 16 日,中国银行股东常会在上海银行公会召开,张嘉璈在报告中回顾了过去一年的险峻形势:"民国十九年,内有西北之战,迁延四五月,弥漫五六省,公私损失,逾数万万。外则市面销沉,存货山

---

① 《黄膺白先生年谱长编》上册,第 410 页。

积,失业日增,银价狂跌,富力减少,亘全世界,皆呈萧条萎靡之象。凡此两者,我国皆首当其冲,故国家财政、社会经济、工商各业所受之影响,至剧激而深刻,为数十年所仅见。"

他分析道,从世界金融趋势和国内工商实况来看,外部环境"终非健全之象":全球经济整体衰退,有乐观者预言不久将有转机,然默察病根之所在,恐非短期间所能恢复。至中国工商情形,则以科学之幼稚,资本之薄弱,社会之不安,在在足以妨碍其发展。加以外竞剧烈,即欲维持此固有之基础,已非有最大之奋斗不为功。尤可虑者,内地民力极度凋敝,农村复根本动摇,占全国人口80%的农民,其生活程度之低下,疑非复人类所应有。

他说从来没有像今年这样深感责任重大,毕岁兢兢业业,犹恐不及十之一二。银行如何屹焉自立,避免风涛震撼?又如何尽其救济援助之责,以奠国家经济组织以磐石之安?"斯固银行业所应负之责,而又自惭其绵薄者,以中国银行与国家社会关系之密切而普遍,益感其责任之重大。"

他预言,或许,最坏的时代还没有到来,最严重的危机,就在前面等着我们:"非有数年之平和休养,则国民经济之灭亡,可立而待,而数千年固有独存之国民性,亦即堕落以尽,覆巢之下,孰能幸存,可不恫乎!"

张嘉璈所做的中国银行1930年营业报告,虽仅两万余字,举凡银行本身业务、国民经济状况、世界市场兴衰,皆包罗无遗。他所警示的危机,当时固已让听者惊心触目,岂知十余年后,不幸而均言中,天乎?人乎?

第七章　债　信

一、公债风潮

1931年9月18日,夜10时许,南满铁路柳条湖段爆出的一声巨响震惊了世界。日本关东军铁道守备队的河本末守中尉带领的一支小分队,在东北军驻地北大营附近炸毁部分铁路,并嫁祸于中国军队。随即,日第二师团以柳条湖事件为借口进攻北大营,发动了蓄谋已久的侵占东北的战争。正在北平协和医院的张学良下令不抵抗,致使48小时内沈阳、长春相继沦亡。尽管事变发生时,蒋介石正在赴南昌布置剿共途中,做出这一错误决策的是张学良,但上年中原大战,奉军入关导致东北空虚,再加上"济案"时种下的对日"不抵抗主义",结下九一八这枚苦果,南京政府和蒋介石实是难辞其咎。

全国舆论一片指责,再加上粤方势力逼迫,蒋介石不得不于1931年底下野。这是他继1928年夏天后的第二次黯然去职。

事变发生当晚,张嘉璈在大连。他是在青岛行务会议竣事后,在沈阳分行经理卞福孙的陪同下,于9月17日抵达大连的。18日,南满铁路总裁内田康哉在一处日本酒楼为他设宴。大阪分行月初刚刚开张,或将有力助推于两国商贸,张嘉璈兴致勃勃。其实还未终席,柳条湖事变已然发生,但当时宾主双方皆未知晓,客气道别后,张嘉璈和卞福孙驱车前往星之浦旅馆下榻。

天还未亮,刺耳的电话声把他们惊醒了。来电者是中行大连支行经理陈铭文,他在电话中以惊惶的语气向卞福孙报告,昨夜日本人动了手,东北军把枪锁在库房里挺着等死,刻下,北大营已破,沈阳已被日军占领。不一会,陈铭文赶到旅馆,当面向张嘉璈报告所闻情节。张嘉璈听后,脸色晦暗,当即打电话给满铁内田康哉总裁,希望此事和平了结,万不可使事态扩大。内田好像也刚刚听闻消息,支支吾吾说不出个所以然。

次日,中行沈阳分行来电报告,称当地中国、交通两银行已被日本军部封闭,听候彻查有无张学良股份或存款,不获允准不得开门营业。

9月21日,在内田疏通下,张嘉璈和卞福孙搭乘南满铁路火车从大连前往沈阳。此时的车厢里,除了趾高气扬的日本军人,已无一个旅客。一到沈阳,张嘉璈即约见关东军总司令本庄繁与特务机关长土肥原贤二,告以,中国银行(及交通银行)几乎全部是商股,乃一民营企业,且系经营外汇及实业之银行,张学良无分文股份在内,亦无丝毫存款,应请即日启封复业,以免牵动关内分行业务,引发挤兑风潮。怕不被允准,他又一再托满铁的日籍朋友向宪兵司令部催促,希望能于中秋节前开门营业。

或许是他找来说情的人面子足够大,另一方面,日本想长据东北,也希望金融不致动荡,宪兵司令部派员检查了中、交两行的账目后,准予两行启封营业。这一天是9月25日,旧历八月十四,正是中秋前一日。复业之日,没有丝毫提存迹象,关内各行,也无动荡,张嘉璈笔记中述到此节,用了《周易》上的一个词:"匕鬯不惊"。他很高兴,由于中行自身免于发生风潮,故得有余力,帮助同业安定市面。

他马上就会知道,"匕鬯不惊"这个词用错了。匕是勺子,鬯是香酒,两者都是古代宗庙祭祀用物,形容的是军纪严明,所到之处,宗庙祭祀照常进行。用到日人身上,态度实为暧昧。10月初,张嘉璈离开沈阳赴大连,安东至大连一段铁路,沿途各站,他都看到当地人手携自治会旗帜,不知是自愿还是被迫的,对日本军队做欢呼状。这屈辱的一幕,把他彻底给惊着了。他好像这才明白过来,日军占领沈阳,乃至并吞东北全境,是想赖在这里不走了的,人家早就有分裂东北的野心了。

到大连后,他又去找了内田康哉。他告诉内田,日本如果希望中国政府予以东北较宽的自治权,考虑到日本在东北的特殊关系,政府或可予考虑,但如若日本有分裂东北之企图,则中国必誓死不承认,且英、美各国也不会坐视,搞不好会引起世界大战,于日本势亦不利。他希望内田向本国政府建议,不要让军方的一小撮人绑架了国家。内田也是个和平主义者,闻言诺诺称是。

　　然而,就在10月6日从大连返回上海的火车上,张嘉璈接到了内田经由日本友人转来的消息:"东北事件,军部方面,无挽回余地。"他的心彻底凉了。

　　事变急遽恶化,对于上年刚刚经历了大战的南京政府而言,犹如一个刚刚复苏的病人又被卡紧了脖子。九一八事变对国内金融市场造成了极大冲击,中央政府丧失了在东北的关、盐两税,东北的出口贸易亦随之丧失,由此引发上海市面一片恐慌。加之此前各地洪灾频发,商业凋敝,使得市面流通之现银呈日枯一日之象,人们纷纷抛出政府债券以求变现,公债基金减少,牵动公债价格,国际收支更见亏损。债市剧跌引发债信动摇,直接影响政府财政稳定。

　　10月8日,财政部长宋子文在上海召集银行界紧急商,会议决定必要时各银行竭力垫款,由各交易所和银行尽量购买公债库券,以维持债价,同时决定将取消交易所现品提交的限制。① 但由于债价跌势过猛,局部失控,虽有短暂回升,总体仍呈逐日下跌趋势。公债价格的持续跌落更使持有大量政府库券的上海金融业损失惨重,各大银行、钱庄皆取收缩策略。鉴于国难当头,上海银行业同业公会紧急吁请南京和粤方早日讲和,一致对外,政府应立即召集财政委员会议,早日议定军政费预算。

　　11月15日,一天时间,国民政府接连召开两个会,上午是财政委员会会议,下午是经济委员会会议,蒋都亲任会议主席,可见重视。张嘉璈和宋子文、孔祥熙、吴鼎昌、李铭、荣宗敬、虞和德等人都参加了这两

---

　　① 　吴景平:《宋子文政治生涯编年》,福建人民出版社,1998年版,第195页。

个会。会议之主旨,在讨论如何紧缩开支,发展经济,实施三年经济计划,并限定国难期间的军政费用,军费每月不超过1800万元,政费每月不超过四百万元,每月不敷一千三四百万元,由发行公债抵补,此外不再发行公债,以提高债价保障金融。对于已发各类公债库券,财政委员会会议发表宣言称:"国民政府发行之公债库券信用素著,现在预算又经紧缩,信用必更加坚固,政府必负责始终保持。"①财政部随后制定各种维持公债办法,以谋求与上海金融界的合作。

一边言犹在耳,一边已风云激变,所有计划和方案未及实施,粤方与蒋系势力的对峙以粤方暂居上风而告一段落。12月15日,蒋迫于压力宣告下野。12月底,四届一中全会选举党国元老林森任国民政府主席,孙科任行政院长,原行政院下各部部长全体辞职,包括深谙与上海金融界折冲周旋之道的宋子文和实业部长孔祥熙。与孙科私交甚好的和丰银行经理黄汉樑,被推荐为署理财政部部长。

新班子一经公布,就面临财政库空如洗的局面,按照11月财政委员会第一次会议所议决,1800万军费加400万党政费,每月最少需2200万元才打得住,而当时可得收入仅上海的税收,每月仅700万元(其他关税已为各省借用),差额近1500万元。新任财长黄汉樑想筹集1000万元暂渡难关,他与上海金融界交涉,费尽口舌也只得300万元,这还是银行公会诸公看在朋友的面子上才给的。他再开口讨要,诸公均答以"金融困苦已极,非各省停止截留中央收入、广东放回关余、蒋表示与中央合作态度度无法筹款"。②要是再不输血,政府穷得连大门都开不开了,这也是后来黄汉樑上任不到一月,就以筹款维艰匆忙提出辞职的原因。

南京国民政府自成立以来,军费开支年年说要减,却年年增加,财政连年赤字,只得寅吃卯粮,靠发行库券、公债弥补。1927—1931年,国

---

① 《财政委员会第一次会议纪要》,《中华民国史档案资料汇编》第五辑第一编,《财政经济》(一),江苏古籍出版社,1994年版。

② 《张嘉璈日记》,1932年1月11日。

民政府共发行债券 23 种（不包括铁道部、交通部和电气债券），实际发行金额 10 亿多元。① 据中央银行统计，截至 1931 年年末，未偿还的公债、库券共有 30 种，结欠本息总计 11.28 亿元，去掉其中北洋政府的结欠数，南京政府结欠的本息近 10 亿元，而当时一年的税收净额不过 5.5 亿—6 亿元，且 1931 年粤、桂两省截留国税，导致债信动摇，债市又不断下跌。② 就像有舆论所说，孙科内阁成立之际，"实为公债财源已竭尽之时"。③ 财政部 1931 年发行的最后一笔公债"民国二十年金融短期公债"，到年底也未上市，仅以一部分抵押于银行和钱庄。

蒋、宋宣布辞职、新格局落定之前，金融界和实业界最担心的，就是公债库券的还本付息能否按原方案继续下去。黄汉樑就职宣言明确表示，"国债信用，关系金融界命脉，亦关国际视听，各债基金，自当切实维护"，孙科也向报界言之凿凿保证，"政府为巩固金融起见，对还本付息必尽力维持"。12 月 22 日，四届一中全会召开，时任南京市市长、一个晚清时就追随孙中山的老同盟会员石瑛出了一个糗主意。他在一份提案中建议，政府将公债应还本息一部分展期拨付，以缓解当前财政危机。孙科也主张停付内债本息，挪用部分内债基金以作政府开支，以六个月为限，拟回京后提请中央政治会议通过实行。此议一出，举国震惊，已连连下挫的公债市价跌至最低点，银行业同业公会、钱业公会和全上海 160 多个同业公会纷纷致电，反对此一提案，市面极为恐慌。上海金融界发起成立"中华民国内国公债持票人会"，强烈要求政府维持债信。

迫于各方的强大抗议，石瑛主动撤回提案，风潮暂告平息。1932 年 1 月 2 日，张嘉璈约陈光甫、李铭、贝祖诒等人往访新任财长黄汉樑。张嘉璈日记载，黄汉樑提出，拟商请财政会议委员林康侯担任财政部次长，共同应付危局。"余原不赞同康侯于此时于此无能力无政策之政府

① 千家驹：《旧中国公债史资料》附录《旧中国的公债统计表》。
② 《中国银行行史（1912—1949 年）》，第 293 页。
③ 《大公报》，1931 年 12 月 31 日。

任职,惟适值困难之秋,上海金融市面动摇,深恐汉樑能力不足以当此重任,故遂亦赞同。"①随后赶到黄宅的林康侯勉强应允了。又商中央银行总裁问题,黄汉樑说,前番几次商议,广东省代表不赞成财政总长兼任央行总裁,主张由金融界推任,在座诸公以中央银行不可再蹈汉口、广东中央银行覆辙,故力赞此议。商议的结果,都认为浙江兴业银行常务董事徐寄顾担任央行总裁兼中央造币厂厂长"最为相宜"。徐寄顾表示,要考虑一下再做答复。

次日,行政院长孙科在黄汉樑家中邀茶叙,谈到广东截留中央收入,很是恼火,又说汪、蒋、胡三人都不在南京,一切大政方针无从决定。张嘉璈提醒他,国税收入是"新政府成立之根据",广东截留国税的事必须立即阻止,否则各省效尤,"新政府顷刻立倒"!

1月5日,在银行公会午餐,同席李铭、陈光甫、林康侯、徐寄顾共五人,谈到林、徐出任财政要职,他表示,两人出任新职,"虽非完全出于同人推举,而他方必视为金融界之代表",无论出于公谊私情,他都不会坐视倾覆,"因相约予以十分道德上之拥护"。②

1月6日,徐寄顾正式就任中央银行副总裁,兼代总裁职。简单的就任仪式后,召开理、监事会,会毕,黄汉樑、林康侯叫住张嘉璈,说要再谈一下本月军政费问题。黄、林透底说,本月收入只700万元,关余约350万元,盐余约150万元,统税约100万元,而军费、政费需2100万—2200万元,再加上上个月开给军需署未付期条700万元,亏空巨大,财政部只有向中央银行借款,"拟将金融公债抽出,向各银行作押2400万元以渡两月之需"。张嘉璈知道,仅本年1月,应还本息总额高达1600万元,政府已无力支付。他叹道:"此四年中所有财源均为蒋氏政府吃尽,今日已至末路矣。"③他告诉即将前往南京的黄汉樑,广东截留的关余必须交回,否则各省争起效仿,财长大人只有赶快辞职下台了。

---

① 《张嘉璈日记》,1932年1月2日。
② 《张嘉璈日记》,1932年1月5日。
③ 《张嘉璈日记》,1932年1月6日。

上海金融界和实业界对孙科内阁都不看好,认为支持不了多长时间。1月8日,《申报》老板史量才请朋友吃饭,黄郛也在座,谈到时局,谈到动荡的公债基金,张嘉璈心绪烦闷。他说,自从日本在东北发动事变以后,自己对于目前政府的态度,是明知事不可为,但为了不使种种急病同时并发,不使上海金融根本动摇,才不得不勉力应付,"种种苦心皆是为此"。他又说"余不是始终希望弥缝之人","政府已至山穷水尽,今日之政府断不能维持,公债基金亦有不能维持之一日。为本行计,非下一大决心,不必为公债利害而种种迁就敷衍无厌之求,只有一面厚储实力,一面节省开支,俾渡此难关,以待政治之清明"。① 同人均赞此议。

孙科才具不足,临大事唯唯诺诺,不能决断。1月10日下午,张嘉璈、陈光甫、李铭等人同至黄汉樑家,不久,孙科和外交家陈友仁也先后至。"余与光甫同劝哲生,党中如此四分五裂,各省如此不听中央命令,现政府在责无权,万无可为之理。不如先请各省到宁,讨论改组政府。如各省不听命,即召集国难救济会,各省代表合组人民政府。哲生答谓此层难办,因彼若以政权还诸人民,则彼个人有独裁之嫌,结论仍谓惟有请蒋、汪再出领导,彼决翌日赴奉化云。"②陈友仁提议对日绝交,与张嘉璈发生争论,孙科又说,此重大政策,非蒋、汪在宁共同解决无法决定。

1月11日,傍晚六时许,黄汉樑忽来告,说在筹款无望的情况下,内阁还是决定动用还本付息基金。孙科刚与冯玉祥、李宗仁等开会商定,成立一特别政务委员会,决定对日绝交、停付公债本息两大政策。张嘉璈闻言大惊,说,如果真的实行停付公债本息,你应该先辞职,同时考虑到与孙院长的友谊关系,向孙做最后忠告。次日,黄汉樑来电说,已向孙进言,无法挽救。张嘉璈想到的是,应尽快找李铭商议,因为李铭是基金保管委员会主席。

1月12日下午,上海商界及金融界人士闻讯后,即往访孙科质询,

---

① 《张嘉璈日记》,1932年1月8日。
② 《张嘉璈日记》,1932年1月10日。

孙默然不加否认,未做正面答复。元老、中央执委委员张静江闻听此议,认为"兹事关重大,不可骤然提交国议",希望孙科慎重考虑,但"未得要领"。当天晚上,张嘉璈约李铭与林康侯接洽后,在史量才家召集会议。到会者除银、钱业同人外,还有持票人团体的虞洽卿、王晓籁、张啸林、杜月笙等二十余人。众人一致认为,政府这一做法无异自杀,"此事关系银钱两业极巨,由银钱两业商定抵抗办法,则各界自可一致主张"。"到者均认为,如果政府实行公债停付本息,则不特金融难免发生风潮,且恐银钱业年底不能收账,等于无形停市。中产阶级之破产更不必说,群情愤激,咸主罢市、罢工、暴动为最后之抵抗"。① 孙科闻听各界情势汹汹,"意稍动"。

1月13日,上海证券交易所不敢开市,公债、库券市价大跌,人心愈加浮动。银、钱两业当日紧急召集联席会议,对政府停付公债本息这一过河拆桥的做法认为应采取抵抗精神,保持镇静态度,以免牵动市面。同时议决:一是致电政府,要求打消此议;二是银、钱两业联名致函基金保管委员会,表示愿竭尽全力为其后盾,同时分电各地省政府及银钱公会,恳请一致主张,以壮声援。会后,推举基金保管委员会主任李铭出面与各界接洽,尤其是抓紧与张静江再做商议,"为能接近彼此,当可从长计议,惟总以取消前议为目的,言辞之间不妨切实严峻"。②

基金保管委员会也开会做出三项决定:一、致电国民政府及行政院,如有挪用基金之提议,请即毅然打消,并明白宣示,以安人心;二、函请总税务司,保留备抵债券基金之税款,不得移作他用;三、分函统税署、苏浙皖统税分局、盐务稽核总所、中央银行,词意与致总税务司函同。③

市商会及银、钱业两公会以及持票人会分别电呈政府,抗议停付内

① 《张嘉璈日记》,1932年1月12日。

② "银钱业联席会议",1932年1月13日,上海市档案馆藏银行业同业公会档案,档号Q173-1-68。

③ 《中华民国史档案资料汇编》第五辑第一编,"财政经济"(三),江苏古籍出版社,1994年版。

债本息。上海银钱两公会联合电请政府维持公债信用的电文，犹如最后通牒："查国民政府历年所发各项公债、库券，为数至巨，其昭示于人民者，无非基金确实，信用巩固，还本付息，悉照条例履行，向无愆误。凡我国民，爱护国家，不惜以汗血之资，踊跃购买……其仰赖于上项债券本息者，几遍全民，一旦基金动摇，恐慌顿起，影响所致，全国骚扰。诸公皆党国柱石，关怀民瘼，当不忍出此自杀政策，致陷全民于破产状况……否则，惟有尽其力之所及，集合全国各公团，不惜牺牲一切，取种种方法，以为保管基金委员会之后盾，以为自卫而保命脉……"

商会的电文痛陈停付本息之危害，批评政府的这一做法陷中国于"万劫不复之境"："今日停付本息，使各项债券，悉归废纸，是不啻政府将人民财产没收……民为邦本，人民破产，政府讵能幸全？徒使金融商业一起破产，蹈苏俄德意志之覆辙，而复兴之魄力，又万万不能与俄德比肩，则我国真蹈于万劫不复之境也。"①

商会主席、基金保管委员会委员王晓籁公开声称："头可断，公债基金之用途，绝对不能移动。不惜任何牺牲，务力求其稳固。"持票人会援引王晓籁的话致函银、钱两会："窃思自称以救国救民为责任之国民党，其指导下之政府，当能从善如流，打消此种自害害民、自杀杀民之妄举。万一政府背弃国信，蔑视民生，务请贵会同人均抱王委员晓籁头可断、公债基金之用途绝对不能移动之决心，任何暴力必无所施其计，鄙会同人誓做后盾，甘同生死。"②

上海各路商界联合会致银、钱两会的电文尤为引人注目："敝会忝为商人集团之一，有会员四十万，绝对追随贵会之后，援助一致态度为债券基金委员会之后盾。贵会深知财政与政治绝对相连，则种种办法之中，请当道还政于民，俾自解救国难亦其法。"③

为集聚抗议力量，上海银行同业公会会员诸如国华银行、上海商业

---

①　《申报》，1932 年 1 月 14 日。

②　《银行周报》，第 16 卷第 1 号，1932 年 1 月 19 日。

③　上海市档案馆藏上海银行公会档案，档号 Q173 - 1 - 89；上海钱业公会档案，档号 Q174 - 2 - 24。

储蓄银行、上海中孚银行、中国通商银行、江苏银行、交通银行、大陆银行、盐业银行等纷纷加入持票人会,徐寄顾、徐新六、华商证券物品交易所理事张文焕等名流则以个人身份加入。此外,浙江持票人数百人也联名加入。他们使出了釜底抽薪的一着,以各团体的名义函电江海关税务司,一经发现政府真的挪用基金,则该税务司当立即将每月应付基金的税款交至基金保管委员会,按期发还本息,不得解缴政府。持票人会宣言中还提出应彻底整理财政,新组成的财政委员会应由各团体代表共同组成。

资本与权力相颉颃,至此已渐趋白热化。资本胜,则政府自劈其脸;权力胜,则无论资本大鳄还是升斗小民,都是刀砧上之鱼肉。两股力量胶着中,报界也推波助澜,认为此次上海商界对抗中央政府之态度,堪称 1919 年五四动市以来最严重的一次。而政府内部,声音也不尽统一,署理财政部部长黄汉樑、次长林康侯,即以辞职对政府此举表示反对。眼见各界群情汹汹,政府渐知事态严重,在张静江提议下,于当天特派前上海市市长张群出面协商筹款。张群与张嘉璈关系较好,托张嘉璈在银、钱业界多多疏通,"盼望上海各界不趋极端,以免不可收拾"。①

当晚,银、钱两公会仍在原处开会,李铭发言,说只要政府按规矩办事,银钱业也不想把事情搞大。意思是说,只要政府取消停付合乎债券本息之议,金融界是愿意做些让步的。不一会儿,张静江派蔡增基来传话,说昨晚他已找过孙科,明确反对公债停本付息,孙科答,如金融界可帮忙,仍可取消(前议),维持债信。张静江劝其将 2400 万元之军、政费打一对折,则政府自有收入 700 万元,只需筹 500 万元即可过去。张静江让蔡增基问问银行界,可否帮忙 500 万元? 大家均谓不妨妥洽,候吴铁城市长从南京回来再说。这边会议还在进行中,各家报馆记者都候在门外,会还未散,500 万元一说已传遍城中。也有记者说,张静江给孙科和陈铭枢打了电话,马上就会有答复。

①　《张嘉璈日记》,1932 年 1 月 13 日。

1月14日晚,移到巨籁达路刘吉生的新宅继续开会。刘吉生和哥哥刘鸿生都是这个城市的成功商人,在20世纪第二个十年的经济腾飞中,兄弟俩创建了一个工业王国和一个金融业王国。这幢由匈牙利人邬达克设计的花园别墅,去年刚完成施工,据说是刘吉生为了庆祝爱妻40岁生日送给她的,有个别称叫爱神花园。其得名,是因为花园的中轴线上,蝴蝶形喷水池里,有一座一人高的希腊公主普绪赫雕像。入夜,高高的围墙和爱奥尼克石柱挡住了一楼大厅向外衍射的灯光,冲刷着普绪赫公主和她脚下的四个小天使的喷泉的哗哗声,也把银行家们的话语声遮灭了。他们在商量允借政府500万元的条件,七嘴八舌凑出几条:要求政府复各公团电,否认停付本息之说;向总税务司、盐署、统税局等发文,声明此后不再变更成例;基金各税派员监收,等等。

史量才毕竟是舞文弄墨之人,会议快结束时提议说,1932年正是壬申年,我们索性就成立个壬申俱乐部好了。陈光甫、徐新六、杜月笙等人哄然说好,有人甚至说可以组个党派了。张嘉璈听过,只当是玩笑话,"余主张只能为一种俱乐部集合,不能有党的性质,因上海商人只知目前利害,无政治认识之故。"[1]在他眼里,这些银行家和商人,留学欧美的陈光甫、钱新之也罢,马路起家的虞洽卿、王晓籁也罢,真懂政治的也没几个。这些日子,他做的事,如果说真有与政治沾边的,那就是与黄郛、李书城、江问渔、黄炎培、张耀曾、何克之等人一起,时常在祈齐路黄郛家聚会,准备发起成立"新中国建设学会"。国势日益艰危,社会风气愈趋堕落,非积极建设无以挽救,非积极建设无以迎来一个新中国。他们这个学会,研究的乃是"广义的国防中心建设计划",据黄郛说,最高当局那里也是挂上号的。在张嘉璈主持的中国银行,他也有了一揽子的建设计划,包括辅助铁路建设、救济农村经济、协助国货推销,等等。

15日,吴铁城从南京回来,约张嘉璈到家一谈,先给他吃定心丸,说孙院长已在准备让步,停付本息和对日绝交两事有望完全中止,唯望金

---

[1] 《张嘉璈日记》,1932年1月14日。

融界帮忙,多则 1000 万元,少则 800 万元。张群也带来蒋从奉化发来的传话:"望金融界继续帮忙"①。

当日下午,吴铁城市长带着财政局局长蔡增基等一干官员,来到银行公会,会见银、钱、商界、新闻界及持票人会等团体代表,也是与上海金融界正式谈判的意思。张嘉璈代表银行公会,李铭代表公债基金管理委员会,秦润卿代表钱业公会,王晓籁代表商会,杜月笙、张啸林代表持票人会,史量才代表报界。

吴首先就外界风传的停付债券本息一事做了解释。他说,中央政治委员会多数委员反对此议,故这项建议始终没有成立议案,政府无论如何也不会出此下策,请各位代表放怀。同时请求各位,设法协助政府财政,共襄时艰。

吴铁城说完,七人在会上自有一番慷慨激昂的理论。吴铁城最后几乎是在哀求了,说政府已决定缩减开支,军、政两费压缩到 1800 万元,此数已不能再降低,上海本埠可用税收只有 700 万元,入不敷出的1100 万元,无论如何请金融界帮忙。张嘉璈等商议后答复,政府要求的1000 万元之数,万难办到,但可以筹借 500 万元。条件有二:一是切实整顿财政,确立财政预算;二是政府须立即撤回停付公债本息的决定。吴铁城本就没有巴望着一下子拿到 1000 万元,有了这个结果,也不算空手而返了。他答应会向南京方面转达。《申报》记者第二天就把谈判的内容全都捅到了报纸上。

正当吴铁城与上海各界讨价还价谈判时,在南京,立法院召开的有关外交、财政的常务委员会议对停付公债本息一事展开了激烈争论。一些委员批评政府的这项拟议,不讲商业规则,造成市面动荡,是错误的做法。有人埋怨石瑛这个始作俑者,责怪他在上月召开的四届一中全会上提出此议,打开了潘多拉之盒。幸好石瑛此人居官清廉,私德甚好,对他的指责也只是在私底下进行。

而立法院副院长覃振,这位参加过武昌首义的老同盟会员,在谈及

---

① 《张嘉璈日记》,1932 年 1 月 15 日。

财政金融问题时,则发出了另一拨不同的声音。覃副院长对资本家们的表现非常不满,他愤怒地指出,宋子文任财政部部长时,一味发行巨额公债充作军费,罔顾国库损失,以半价向银行界折销,而银行界则利用机会,重利盘剥,视政府如同"愚主",数年来获利已甚可观,养肥了不知多少资本家。他谴责银行界,于此国难当头之际,"犹欲先顾全本身利益,置国家利益不顾,不肯稍受牺牲损失,真如犹太人,国可以亡,私利不可不争。"

这边,立法院里的争吵尚没有一个结果。听了吴铁城转来的话,孙科决定让步了。这或许是元老派张静江等人的斡旋真的起了作用,但更大的可能是,孙科发觉上海金融界这块骨头并不好啃,自己这点根基和道行根本不是对手。1932年1月17日夜,行政院电告上海各金融组织:"现政府决定维持公债库券信用,并无停付本息之事。希即转知各业行会,切勿听信谣言,自相惊扰,是为至要。政府历年以来,咸与人民合作,当此国难日亟,尤须赖互相维系,共济时艰,有厚望焉。"①

同日,中央政治委员会举行特别紧急会议,并将四项决议电告上海各团体代表:慰留黄汉樑、林康侯;决定维持债信,声明并无停付本息之意;中央军、政各费请竭力维持,每月借款1000万元,为期两月;其他各项待财政会议成立后再讨论处理。

上海金融界也让一步,由先前答应吴铁城的允借500万元,提高到允借750万元,最后定在800万元,由各大银行和交易所分担,中央、中国、交通三行负担400万元,其他银行负担200万元,另200万元由钱业和交易所方面负担。复职后的黄汉樑亲赴上海接洽,迅速办妥了借款手续。一切就绪,上海华商证券交易所遂于1月20日开市,公债风潮终告消退。《申报》刊载当天交易情况云:"虽债券市之形势,现尚颇见混沌,但以较停市前时,则已稍可乐观。"②

---

① 《中华民国史档案资料汇编》第五辑第一编,"财政经济"(三),江苏古籍出版社,1994年版,第98页。

② 《申报》,1932年1月21日。

随着蒋、汪回到南京,孙科内阁即将下台了。不得不承认,比之他的政治敌手,他是一个弱者,他组阁的这三个多星期,领导的是一个弱威权的政府。在这场权力与资本的角逐中,他错在急火攻心,罔顾民众和商家利益,践踏契约精神。而上海的银行家们此前就见识过他的手段,根本不信任他,两者缺乏良好沟通,在重大利益问题上达不成共识和谅解,终致政府的信用发生动摇,酿成这次震动朝野的金融风潮。据闻,在政府正式改组以前,孙科躲在家中,不见任何访客。此后,张嘉璈在日记中谈起他,已是一副不屑语气:"此公忽就忽辞,忽喜忽怒,可谓毫无真知灼见,以国事交于此等人,亦可悲矣!"①

报界认为,发生此次公债库券本息风潮,政府固然目光短浅,施了昏着,金融界因为先前有与政府的利益捆绑在前,自身也难辞其咎,须承担相应责任。《大公报》发表社论评述道:"(金融界)近年为政府发行公债,努力推销,吸社会之游资,供砍伐之浪费,因缘为利,误国害民,其咎深矣!平日承欢维谨,今日实逼处此,势将掀起狂潮,挽救之责,殆无旁贷。"文章呼吁"对于一般金融界,应令其以后勿得再逢政府之恶,滥发公债,加重人民负担,此乃国家社会之共同利益,非仅仅为此时之内债持券人保护权利也"。

此中利害,张嘉璈岂会不知?是以风潮虽歇,他心里并不轻松。发行公债筹款,最早是他向宋子文提议的。政府若真不担当,败光信用,他就是万夫所指的罪人。他觉得,必须早日定一公债还本付息整理办法,既稳固债信,亦能安定人心。与公债基金保管委员会主席李铭商议后,他向政府提出第二次整理公债,建议将公债延期还本,减低利息。《银行周报》公布其办法要点为:债票利息一律降为年息六厘;每月应还本金,减为一半,并延长还本期限;应付公债本息的基金由总税务司直接拨给公债基金保管委员会,每月由关税拨出 860 万元为偿付本息之用。②

---

① 《张嘉璈日记》,1932 年 1 月 25 日。
② 《银行周报》,第 16 卷,第 8 期,"国内要闻"栏。

减息、展期的主张，虽是协助政府支撑市面，却也保证了银行和持票人利益，不使完全受损，一抑一扬，可说是当时能想到的最好办法。张、李拟议一出，即由持票人会在报上向社会宣示，以表明商人为协助政府渡过困厄而甘受牺牲之精神。

张嘉璈、李铭将整理公债办法向复职后的财长宋子文做了说明，宋允即提交行政院讨论。行政院于 1932 年 2 月 24 日议决通过，于当日明令实行，并交立法院立案，此令最后一句称："此系政府与民众维持债信，调剂金融之最后决定。一经令行，永为定案。以后无论财政如何困难，不得将前项基金稍有动摇，并不得再有变更，以示大信。此令。"①

当初，张嘉璈为了摆脱政府向金融界无休止摊款，劝说宋子文发行公债，把负担转嫁给人民。当他看到政府出尔反尔、金融界和持券人蒙受损失时，又站出来协助政府整理公债，维持债信，把金融界和民众的损失减少到最低程度，这折冲之间，也可见当年银行家困境中的担当。此次公债整理，虽是张、李共同推动，其办法设计，多来自张嘉璈。日后，他在随笔中写道："此为中国公债史上之第二次整理，其中有一点为我所坚决主张，即必须由国府明令，此后公债基金永不变动。良以公债一经整理，债信已大见降低。我于民国十年协助北京政府整理公债一次，今又协助国民政府作第二次之整理，若再有第三次整理，则国信荡然矣。"②

行政院令表示"一经令行，永为定案"，也可以看作是政府向江浙系银行家的一次低头。政府做出此承诺，表明作为政府重要财政支柱之一的中国银行，对财政政策的制定有着不可忽视的影响。用金融史家洪葭管的说法，这表明江浙银行家们还有"抗衡的力量"。仅仅过了四年，1936 年，政府又因财政困难发行统一公债十数亿，调换旧债券三十余种，是为第三次公债整理。张嘉璈、陈光甫、李铭等联名反对，时任财长孔祥熙不理不睬，"一经令行，永为定案"转成一纸空文。洪葭管说：

① 《中国银行行史资料汇编（1912—1949）》上编，第 630—631 页。
② 《中国银行行史（1912—1949 年）》，第 299 页。

"（到 1936 年发行统一公债时），四大家族官僚资本垄断势力已经开始形成，江浙资产阶级已从 1927 年的支持、1932 年的抗衡即将沦为附庸，还想劝阻统一公债的发行，但他们的意见已根本不可能像 1932 年那样被重视了。"①

此次公债整理后，政府回应持票人会彻底整理财政的呼请，于 1932 年 6 月宣布成立新的全国财政委员会，发布的 37 名委员名单中，有 8 位军事将领、3 个院长、6 个正副部长、6 个党政官员、8 位金融界代表、3 位工商界代表，其他代表 3 人，汪精卫任主席，宋子文任副主席。张嘉璈作为金融界代表列名委员。他很明白，这样一个委员会，掌握话语权的还是军事将领和政府要员，又怎能起到监督预算、整理财政的作用？说到底政府还是在玩着糊弄人的旧把戏，失信于广大持票人。

所谓的"国信"就是这么一点一点给败光的，直至最后冲到 1949 年的关隘，万事瓦裂，再也不可收拾，原是怨不得谁的。

二、枪炮声里

1932 年的春节来得浮皮潦草，人人都没心思过年。刚刚过去的辛未年，国中实不太平，先是宁粤分裂，赣鄂"追剿"；进入下半年，情形愈加不堪，7 月长江大水，数百万人受灾；9 月东北事变，白山黑水尽染腥膻。世人都盼望着壬申年快快到来，金猴奋起千钧棒，或能一扫上年的阴霾。年关临近，日本人却时时发难，借口《民国日报》登载日皇被炸事及马玉山路中国三友实业社总厂工人打伤 5 名日本僧人事，要求上海解散一切抗日团体，并限期答复。吴铁城市长接到通牒，一恐命令不能实行，二恐受国人攻击，犹豫不决。金融和实业界的朋友谈起此事，深恐事端扩大，求荣反辱，"真所谓人人有气无力矣"。②

这般萎靡的心绪，也不是张嘉璈一人独有，上海的银行家们好像都

---

① 洪葭管：《在金融史园地里漫步》，中国金融出版社，1990 年版，第 268 页。
② 《张嘉璈日记》，1932 年 1 月 22 日。

染上这种时疫了。陈光甫前年有过一趟欧洲之行,参加国际劳工大会,他说,归国后,见国事日趋于崩溃之途,朝野上下,唯利是图,"吾心中觉得此即我国末日已到"。"前年上期为内争开始之时,直至前年十月十号左右,方始告终。去年上半年虽无事可载,而社会上总觉不安,下半年天灾人祸接踵而至矣。"他说自己这些日子所做之事,除去办银行,"半皆鬼混","不如此不能保安全也"。①

月底,仲兄嘉森自北京来上海过年,住在海格路范园,张嘉璈与之数夜长谈。说起政府对日态度,都觉得应对失措,不能从精神上唤起民众,造种种口实于日方,实是党人误国。

担心日本海军登陆进攻,使本就绷紧了的经济之弦断裂,上海实业界和金融界大多取屈从主张,壬寅俱乐部的一干人说,可以暗地排斥日货,不必看重形式。1 月 26 日,银行公会开会讨论与商会等联合发表宣言,张嘉璈等人认为,日本这么强,中国是不可能抵抗的,唯有暂时忍辱再图大计,主张"卧薪尝胆,忍辱负重,所有爱国运动由外表工作进为内心工作,抛弃形式,各凭天良,以茹哀痛之精神,收转弱为强之大效"。②他连"抗日"都不说,只是称"排日",这是日本人的舆论口径,让一班主张宁死不屈的爱国者听了深觉分歧,认为"彼此讲不通"。一起参与"新中国建设学会"的十人团成员黄炎培,某次在黄郛家一起商讨时局后,就这般直言不讳批评他,也顺带批评黄郛:"凡有地位、有事业、有身家者,怕牺牲,此救国之所以无成也,为之浩叹。"③

可是上海的资本家们都是"有地位、有事业、有身家者",要他们站到抗日一线去实在是勉为其难。在日方的强压下,吴铁城签署了取消抗日团体办法,一面送交日本驻沪总领事村井苍松,一面电请南京,让陈铭枢速来上海约束第十九路军。他们以为这么做日本人满意了,可以苟安无事了,没想到 1 月 28 日晚间十时半许,日本海军陆战队突然

①　《陈光甫日记》,1932 年 3 月 13 日。

②　《张嘉璈日记》,1932 年 1 月 26 日。

③　黄炎培《读张嘉璈手写日记本后之感想》,《历史文献》二十辑。

不宣而战进攻上海闸北,与驻防的十九路军发生激烈交火。

"一·二八"淞沪抗战爆发了。九一八东北沦亡以来,中国军队终于发起了忍耐已久的还击,举国民气为之一振。十九路军军长蔡廷锴、总指挥蒋光鼐顿成国人瞩目的英雄。就连先前主张忍让的黄郛,也被救国的义愤激动得通宵未眠。沪战打响第一夜,祈齐路黄宅的电话响了一整夜,黄郛和妻子亦云轮班睡觉,喉咙讲得几乎起火。次日,消息传来,蒋介石复出,任国民政府军委委员,布置对日交涉和抵抗,国民政府发布迁都洛阳宣言,以示绝不屈服。

陈光甫在沪战时短暂出任上海市民地方维持会(一个以新闻界、金融实业界人士为主的民间组织)交际组主任,消息来源较多,他向朋友们透露"一·二八"抗战的个中隐情:十九路军的蒋光鼐和蔡廷锴早就想与日本人打一仗了,战事爆发前一周,他们已拟订了作战计划,准备日军一旦在上海发动进攻,即行抵抗。他们把作战计划托老上级、时任行政院副院长陈铭枢交给何应钦。但蒋和何起初都是不主张抵抗的,他们计划日军一旦进攻,就退至真如一线,避开直接冲突,并准备调十九路军去江西"剿共",派宪兵团接管闸北车站。1月28日,吴铁城市长奉南京命令,本已接受了日本总领事条件,但日人于夜间十时半仍照旧进攻,十九路军将士愤恨日军侵我领土,皆义慨同声,不听上峰命令,即行抵抗,故今日之局面,实乃"真实民气使然"。

陈光甫说,这些内情是孙科和陈友仁告诉他的,消息来源应该确凿无疑。他告诉朋友们,这不灭的民气,善加引导,可能真的会是救国之基础,但目下之官场上下,恐惧心蔓延,口是心非者居多,把希望全都寄托于国联干涉,即是没有责任心之表现。他没有明说,张嘉璈也明白,老友是在指责自己一味主张忍让,满口排日,连稍微硬气一点的抗日两字都不敢说。

战火一起,上海市商会议决一律停市三天。1月29日晨,张嘉璈先是接到贝祖诒电话,又接徐寄顾电话,都说被叫到大中华饭店在开会,市商会的执行委员会,主张一律罢市。张嘉璈匆忙赶到银行公会,也正在开会,即议决宣布:日军背信弃义,实我同胞之耻,全市银行业即会同商会共同罢市,以示抗议。

吴铁城市长希望英美能够出面,他赶到英国领事馆,商议暂时休战事宜,开始谈得很好,哪知道他尚未离开英领馆,复又枪声、炮声大作。再加上迁都洛阳的消息已在报上公布,一时人心大恐。虽然罢市的决定已经做出,张嘉璈却感到忧虑不安。一则,人心本已惶惶,如为预防战事延长,竞相藏现,必引起提存兑现风潮;二则,一周后的2月5日就是阴历除夕,市民为过春节,钞票兑换银圆的会增多,万一有不肖之徒散布谣言,就可能引发挤兑风潮。因此提议银钱两公会,为照顾市民起见,停市期间,如有需要提取小额存款或汇款,不加限制,以免金融恐慌。张嘉璈特意吩咐行中,在日常办公时间开后门一扇,以备有人前来提存或取汇款,给予通融办理,顺便也可观察市面,看人心对银行有无怀疑。幸数日未见有人来行提存,心乃稍安。他预计着三日一过,2月1日复业,或可逃过风潮。

到了2月1日早晨,银行公会书记忽来电话,向他报告,银、钱两业联席会议照商会决,停业无限展期,何时开业未定。张嘉璈问:是否多数赞成?书记答:是多数赞成,其中尚有一二大银行,也没表示反对。张嘉璈再问:在座的银行,有没有谁指出久停不开的危险?书记说:没有人指出这点。

放下电话,张嘉璈顿感坐立难安,就好像大祸即将临头一般。他明白,银行停业愈久,开业就愈容易发生风潮。而一些小银行赞成无限期停业,是顾虑本身实力,自身没有信心,可是这样一来,何能震慑人心?何以希望存户与持票人不生疑惑?如果复业时众客户群起提存挤兑,金融马上破产,上海金融一倒,沪杭、京沪一带金融一齐牵动,这不正中了日人摧毁上海金融中心的毒计吗?再细想下去,他都不寒而栗了,因此打定主意,定要说服同业,银行还是早日开门为好。

可是在提出开业主张之前,必须先让同业安心。中行有没有足够的实力来协助同业呢?他派人与兑换店商量,各店酌存一定数量银圆,托他们收兑钞票。2月1日、2日两天下来,所兑换中行钞票只有七万余元。他心里有底了,知道市民对中行钞票还是有信心的。于是,在与各大商业银行密商后，他又与各中小银行疏通，约定尽量在阴历年关前复业。同时，他向同业表示，如果复业后有困难，中行当全力协助。

除夕前一日，全市各大小银行开门复业了。战事还在进行中，战火延伸到了江湾、庙行、吴淞、宝山一线，张治中的中央第五军紧急驰援，也加入了战场。吴淞方向，炮台与日舰相互炮击，不分昼夜。天空中偶或还能看到中央航校的飞机，从南京或杭州的机场飞来助战，引得市民纷纷抬头观看。

沪战刚打响时，日本驻华海军第一舰队司令盐泽"四小时内占领上海"的狂言，已不攻自破，双方都在增兵，日方不断换帅，坐着军舰从青岛和日本本土开来的援军已近十万。十九路军所呈现的抵抗精神，令世界侧目，也让对手震惊，诚如1932年上海《血潮汇刊》所转载的日本国内新闻所云："大阪朝日新闻云：此次上海事变，中国之新英雄蔡廷锴，恰与北方英雄马占山，遥遥相对，实为不可多得之将才。蔡之军队，在南方为最可怕之必胜军，现在其必胜之心甚强，中国人几崇拜十九路军若神军，皆乐闻每战胜日本之事。总之，中国军队能有此奇特勇敢，能与我军顽强对抗，不畏我军猛烈之炮火者，实所罕闻。"

枪炮声中，新年来临，人人都无心情，这年过得惨淡无光，毫无新气象。正月初一日，例行到范园祭祖毕，张嘉璈就丢下弟妹们去了祈齐路黄郛家。好友张群也随后赶到。"痛谈时局，觉得政府中人依然政见纷歧"，印证了张嘉璈先前的一个观点，所有外患内忧，全由不良政治所引起。"上海商界有海派式之政治，青年只知虚矫爱国，无国家的动作，无国民整个的组织，弄得有识者一筹莫展，叹息不止"。①

他这番话当是有感而发。"虚矫爱国"，那些要让银行无限期停业的中小银行业主不就是这样吗？他们挟着爱国者正义的火气，在社会上总是吃得开。而宋子文这样算是见过世面的大佬，论见识又好到哪里去？就在昨日，宋来沪宣布，自兼中央银行总裁，让财政部的陈行取代徐寄顾做了副总裁，把黄汉樑任命的董事、监事一律免职，把旧董事

① 《张嘉璈日记》，1932年2月6日。

和监事一律复职,还把品行有亏的唐寿民(唐曾是陈光甫创办上海商业储蓄银行的助手)安排到中央造币厂厂长的重要位置上,这般任性妄为,胸襟狭隘,视国家大事如儿戏,哪有什么政治家气度可言?

正月初二日傍晚,张嘉璈去赴了一个局。饭局是帮会大亨杜月笙和张啸林邀约的,地点设在一个赌场,对外有个名号叫一八一号俱乐部,史量才、李铭、徐寄顾都去了。杜、张两人是深恐战事延长,不知如何收场,想要听听银行家们的见解。张嘉璈说,战事胶着不下,日本人有一诡谋,那就是非把国军打败不可,暂时占领吴淞、南市,声称上海三十里以内不驻兵,把上海改为独立市。众人说,日军以倾国之力而来,有训练,有饷械,有组织,我军势不能敌,必为所败。张嘉璈道,但目前为民气计,中国唯有一决死战,不计成败。席散到家,思前想后,却又游移不定,"不过独立市之说,果由英美出面,主张中外均不驻兵,一使吾国不失体面,二可化干戈为玉帛,未始不可以赞助其说,姑探各方口气形势再说"。①

但日本人并不买国联的账,英国海军司令凯利与日本公使重光葵谈判,要求双方停止交战,设立一缓冲地带。重光葵盛气凌人地说,除非中国军队后撤 15 至 25 英里,否则不能停战。某些人寄希望于英美调停的梦想破灭了。接下来几日,战火更烈,日军调来四千余援兵,在吴淞张华滨上岸,与中国军队激战。闻日军以重炮轰击,国军有两连人马伤亡殆尽,日军也死伤数百人。

一次聚谈,外交家顾维钧警告说,弱国外交,利在速了,可是现在中日交涉一误再误,再拖下去,将至不可收拾。对顾少川此说,张嘉璈亦表赞同,他说,双方死伤一多,再要坐下来谈就难了,从日本人的国民性来看,当他们狂热过度时,浑然忘却国际法律和一切礼仪,几乎没有道理可讲,所以他是主张政府暂时"屈从"的。而且上海是全国经济中心,一旦摧残,元气大伤,连个对抗的基础都失去了,可是现在日军耀武扬威,志在必得,国民政府决计迁都抵抗,前方将士抱必死之心,"势成骑

---

① 《张嘉璈日记》,1932 年 2 月 7 日。

虎",还有谁敢主和? 万一上海沦亡,"再退及长江,必致通商口岸受制国际势力之下,内地则匪遍地,利害之间可深长思矣"。①

三、灰色都市

大年初四,新年后开业第一天,宋子文邀午餐,说要请银行家朋友们聚聚。张嘉璈明白,宋这般刻意放低身段,是为了缝补与上海银行家越来越深的裂缝。孙科内阁倒台、黄汉樑辞去财长后,宋子文以财长的身份兼央行总裁,并擅作主张改动央行人事,引起银行家们一片嘘声。陈光甫约同李铭、徐寄顾、贝祖诒等决定退出中央银行理、监事名单,并约定一致行动。陈光甫态度最为坚决,因他一向反对宋子文以财长兼任总裁,认为这足以大吃小,不利于中小银行的发展,故很快就寄出了辞职信。宋函复挽留,任命状照旧寄来,陈光甫用快邮代电重申前议。但另几个人却步调不一,李铭因为央行人事变动未先与闻,口口声声说要辞去中央银行监事,却雷声大雨点小,动作迟缓。贝祖诒与宋子文交情最深,口头说要辞,其实是被裹挟之下的无奈,内心里根本不想辞。

出发前,张嘉璈与陈光甫、李铭、贝祖诒分别通电话。李铭正在怄气,认为宋毫无诚意,不能为友,托故说不去了。陈光甫与宋龃龉已深,更不会去,他在电话里说,彼此立场不同,他始终反对财政部部长兼中央银行总裁,又,他与汉樑交情深切(黄汉樑曾任上海商业储蓄银行总行国外汇兑处主任),自愿辞职,与他人无干。贝祖诒预先已知道李铭和陈光甫不会去,也推说有事去不了。张嘉璈一向是主张他们把辞职事"搁起"的,怕金融界与宋子文真的闹僵,就一个人硬着头皮去了。

张嘉璈到后,宋子文就说,财政窘迫至此,有何办法可想。张嘉璈说,当下金融已十分危险,吾辈只能先顾金融,不能再顾财政。宋子文打起了公债库券的主意,说,只有停还公债本金暂渡国难了。张嘉璈当即表示,对这样的主张,我个人不能赞一词,如果有团体出面反对,我也

---

① 《张嘉璈日记》,1932 年 2 月 8 日。

只以立于反对地位。宋子文说,中行顾全金融的做法,他是极力赞成的,此后也一定不会再麻烦中行,但财政方面,自己身为部长,不能不设法应付。张嘉璈正色劝道,财政部要出台什么政策,必须与金融界先事洽商,征求意见。宋子文答应了。对于公债库券还本付息事,张嘉璈给出一个意见供参考:"余个人意见以为,当此国难,持券人不能不自动酌量牺牲,政府方面,不能认为应得之利宜昭公允。"①

谈话还在进行中,财政部次长张寿镛生怕宋子文与金融界真的决裂,打电话找来了贝祖诒。贝、宋关系较深,说话也比较直率。"淞苏将子文与余及馥苏不能开诚布公之处,与子文直言之"。宋子文耐着性子听完了贝祖诒的话,让张寿镛找李铭,就中央银行辞职事和公债问题设法解释缓和。

后来在张寿镛和张嘉璈等人圆场下,李铭的态度缓和了下来。闹得沸沸扬扬的央行董、监事辞职事,到最后只有陈光甫孤身陷阵。陈光甫日后有话让贝祖诒转告李铭,如果馥苏是为了顾全与宋子文的感情,不至闹僵,以防其对中国银行有不利之事,这也算是为公牺牲,切勿以为前后不一,现值乱世之秋,吾人皆应在大处着眼,不拘小节。

两天后,张嘉璈和李铭、贝祖诒讨论公债问题。张嘉璈先说了一个意见,这个意见他与宋子文也说起过,那就是,国难期间,持票人为表示爱国起见,将还本时间延期数月,而政府对于持券人,不可卸下责任,而宋子文作为公债的原经手人,更不能逃避责任。李、贝同问,今后的政府如果愈趋愈坏,一经任其延期,就无限期限期,这样一来,债票不是永无价值不能流通了吗? 还有,如果此后的财政部部长没有能力和魄力,或者延搁不理,持券人不是毫无办法了吗? 于是三人商定,不如定一整理方案,确定基金,"以为一劳永逸之计"。② 上文所说第二次整理公债,就是这么来的。

吴淞口和闸北的炮击声,每天还在不定时地轰响。对炮声,城中人

---

① 《张嘉璈日记》,1932 年 2 月 9 日。
② 《张嘉璈日记》,1932 年 2 月 11 日。

由最初的惊惶,到后来就渐渐麻木了,就好像黄浦江上汽船的鸣笛声,成了日常里的一景。这座城中的人民就有这样的本事,一边打仗死人的事天天在发生,一边日子照样过。好友张群问张嘉璈,现在应否与日人方面接洽?张嘉璈说,这个时候与日本人洽商,不是招国人痛骂吗?不管谈下来的条件怎样,都脱不了卖国的嫌疑,设若英美人出面调停,即稍吃亏,国人也能稍稍承受,国民精神已受国际共管,不如再等等,看看英、美、法公使到沪调停再说吧。

炮声渐渐稀少了,都说政府中人在奔走和议,英、美、法公使也到上海了,开出了双方军队均撤走为和议条件。到 2 月 18 日,十九路军代表与日本军方磋商,日军植田司令开出的条件令人大跌眼镜,要求中方撤除吴淞口和狮子林炮台,闸北和浦东的中国军队均需撤走。为了逼迫中国军队低头,日军的大炮又轰鸣了起来。"至今虽素唱主和者,亦认日方要求过于无理,无不义愤填膺,咸主作决死之战,成败在所不计矣"。①

1932 年 2 月 20 日,从早晨开始,吴淞及江湾方向战事甚烈。江湾那边,日军冲进,国军先退,继包抄,到下午,未闻双方胜负消息。隔一日,江湾方向的炮声还没消歇下去。日军出动了飞机投掷炸弹,真如、大场方向,也死伤甚多。闸北方向,战事更为惨烈,我军敢死队与敌白刃肉搏数十次,师旅长级的军官多有阵亡。日军也付出了极大代价,损伤装甲车十余辆,阵前被俘三四百人。十九路军军长蔡廷锴召集维持会,通报战情,一边说"职等为国家人格计,即使牺牲全军,亦非所顾",一边又微露饷械不足、不能久战之意,维持会经济组当场发起爱国捐,到会 38 人各认募 1 万元。中行同人也在行中发起捐款,全行中人各捐全年薪水的半个月,募得五六万元交给十九路军。

上海各界捐钱捐粮,支持着十九路军、第五军跟日本人打了一个多月。其间,日军连续三次向上海增兵,出动海陆兵力将近十万。国府也发布动员令,令各省出兵做总预备队。到 2 月底,随着日军援兵陆续抵

① 《张嘉璈日记》,1932 年 2 月 19 日。

达,战事对我方转为不利。2 月 27 日,江湾失守。2 月 29 日,闸北方面也开始吃紧,重炮与飞机炸弹并发,我方阵地被迫全面收缩。战事进行到 3 月初,日军上海派遣军总指挥白川义则大将到沪,全线发动总攻击。日军从浏河口、杨林口、七丫口突然登陆,疾速包抄国军后路,闸北大火延烧,终日未熄。十九路军和中央第五军腹背受敌,被迫后撤至昆山、太仓、娄塘构筑第二道防线。

3 月 2 日晚,维持会开会,十九路军参谋长范其务向各界报告军情,张嘉璈也去参加了,范"报告不能不退之理由,并表示不能死守之歉意,哭泣不能成声,全场流泪"。①

日本占领军如一股污脏的洪水,一路追到南翔、嘉定、真如一线才停住。最后在国联调停下,交战双方撤军,声称恢复到事变之前状态,对日本没有丝毫指责和赔偿要求。自 3 月 7 日起,张嘉璈即闭门不出,阅览各种杂志和材料,为即将召开的股东大会起草二十年本行营业报告。仗打得再怎么烂,本行的股东常会总还是要开的。他每日晨四时起床执笔,费了近两星期,终将报告脱稿。其间,一直和他生活在一起的八弟嘉铸去了重庆,伤心失望之至的黄郛也重回莫干山将养病体。

黄郛这个老资格的革命家,曾任辛亥上海光复时沪军二师师长,懂得军事,当浏河被日军攻占的消息传来,他为前线将领的疏忽痛惜万分:浏河宜注意,予说过十余次,你们就是不听!他回山上隐居没多久,华北战事又起,山海关失陷,他又强扶病体,受命北上,与刚刚接替张学良出任北平军分会主任的何应钦一起,主持对日谈判。这实际上是一个背锅的活,在爱国主义者眼里,这般折冲樽俎,几乎是汉奸卖国贼的勾当。黄郛行前自嘲说,若不是日本人肇此大祸,蒋先生口袋里不小心漏了一个洞,将他这一颗棋子漏了出去,他是不想再上棋盘的。

在张嘉璈看来,黄郛身上最让他感佩的,正是这种"当仁不让之勇气"。他和"新中国建设学会"的一帮朋友为黄郛饯了行。多年后到了

---

① 《张嘉璈日记》,1932 年 3 月 2 日。

美国,在写给沈亦云的信中,他说:政府欲让黄郛担当华北的消息传出后,一帮朋友都"戚焉忧之",恐怕膺白兄劳而无功。"窃思晚清以来,世风日漓,在上者喜闻顺耳之言,在下者口出违心之论,遇有责任则相诿,以致国事败坏。当国民革命完成,百事更新之际,膺白先生能言其所当言,行其所当行,不计个人成败利钝,即不能转移当时风气,必可为后代表率"。①

3月14日,以英国人李顿勋爵为团长的国联调查团抵达上海,随后几个月,进入了冗长的淞沪停战谈判。中方首席代表是外交部部长顾维钧,出面的是外交部次长郭泰祺。代表团提出,要市民维持会找几个银行和实业界的代表谈话,张嘉璈、陈光甫、李铭和浙江兴业银行常务董事兼总经理徐新六都在这个名单上。

国联调查团到了上海,住在和平饭店北楼的华懋饭店,几乎天天宴会,一会儿政府请,一会儿商会请,调查交涉却少有进展。看来,不管是美国人还是英国人,到了中国就要入乡随俗,扯上一道道关系,困于一个个饭局。在银行家们看来,李顿这个久在东方的殖民地官员,也是外强中干,不堪托付的。

四个银行家到了华懋饭店,先由张嘉璈开口道:"闻贵团要约吾人来谈,吾人并无特别新鲜意见陈述,如有问题,请示知,当就所知者奉复。"李顿问:"中日仇视,其根苗何在?"张嘉璈答:"日本军阀对于中国有政治野心,此乃中日不能友好之原因。"

陈光甫来之前就跟顾维钧说过:"年来观察国家情形,外忧引出内患,而内患又引出外忧,积弱之因,不只自今日始,亦非调查团可帮我们之忙,我们又无方法帮他们的忙,而朝野上下一律高唱入云之高调,一方面欺骗无知小民,一方面谋恋栈之法,亦非帮助调查团之道,故叫我说什么话,颇觉困难。"眼见代表团对中日之事如此隔膜,更加坚持了原先的一个想法,那就是不能把希望寄托在这些西方人身上。轮到他了,没有多说,只是提醒代表团,上海问题亟为重要,与东三省同样重要。

---

① 张嘉璈:《致黄夫人函》,1961年3月19日,见《亦云回忆》。

徐新六也讲到东三省情形，说日本人对于东三省的政策，表面上说门户洞开，而实际上并不开放。

四人谈毕出来，陈光甫说，他作为上海市民地方维持会交际组主任，有多场酒宴都参与了接待，后来不堪其烦，就让襄理邹秉文代职了。说起某日酒宴，坐在边上的正是英驻上海总领事，此公透露，日人可能想趁机扩大日租界范围，又说，今后公共租界工部局的董事，可能也都要日本人来把持了；而国联也不愿多事，如果日本全面侵占中国，所有美侨和英侨，都会一律撤回国，他们才不会与日本人开仗呢。

李顿代表团在上海打了一圈秋风回去了。英、美公使与日驻华公使重光葵最后议定的停战协定是，中国军队驻守原防，日军退回"一·二八"之前之防地，至于其他赔偿问题及政治问题一概不提。得此消息，国人普遍失望，上海的银行家们倒是预先看穿了，国联也是个势利鬼，中日实力悬殊，中国只能与日人签字讲和。去岁东北，今年淞沪，南北事接二连三，显见是日人诡谋，签字说以不涉政治为限度，实则是挨了打，又种下祸根，明亏暗亏都要吃。

飘荡在上海上空的战争阴云散去了，刚刚发生的，虽是一场外侮，却源于内乱。上海的银行家们迫切感受到，需动员全国人民发起一场废止内战运动，乃借了中国银行仁记路 22 号的宝地，开会讨论组织废止内战大同盟。参加的有吴鼎昌、李石曾、黄溯初、陈光甫、徐新六、贝祖诒、张嘉璈、钱新之、徐寄顾、卢学溥、冯幼伟、李铭、胡笔江、秦润卿等银、钱业闻人。大佬们坐在一起，整整开了两小时会，讨论同盟章程。黄溯初说，此事劝人为善，自当竭力赞成。陈光甫亦主此旨，用天主教耶稣堂传教办法，以求实现。

大佬们对文字都十分较真，讨论到章程中"不合作"一条，对其行文"不幸内战竟发生时，本会团体会员及个人会员应一致拒绝合作，更得采用非武力之适合办法制止之"，陈光甫道，此中是非，颇不易明白，你不合作，而会员中竟有不顾会章而与参加内战者合作，如何办法？按照会章只有除名，可是人家根本不怕除名。众人亦觉无可如何。张嘉璈道：不合作三字，毛病甚多，上海一地，政党政见五花八门，在金融界做事,易受人家责备,亦觉不妥。可是到底取个什么样的好词儿,众人讨论一番,终无结果而散。① 世界上的事儿要是非黑即白就好了,诸位大佬打拼上海多年,游走在人鬼世界的两边,早就明白,这都市的主色调是灰的,连带着他们的人生,也整个儿是灰色的。

四、道德的观念

眼下日军撤出,淞沪交还,市面或许可慢慢恢复,在座诸公,日后铜钿还是有得赚的。对此,钱业界耆旧、同时身兼上海交通银行经理的秦润卿早就看得明白,本已低落的地价,还将趋跌,战乱之后,营业困难,人民购买力薄弱,输入减少,银子亦可看小,如果输出仍能保持现状,中国人的生存是不成问题的。正所谓江湖有江湖的规矩,商人有商人的规则,不管他是什么色儿的,该守着的东西还是得守着。对于钱业界来说,战争过后,抵押借款以后更难做了,因为放出以后难得收回,倒是信用放款,因为有旧道德和信用的维系,比较容易收回。

秦润卿是在黄浦滩仁记路 22 号中行五楼食堂的演讲中说这番话的。自沪战发生以来,同人们感到时势紧迫,对于沪变后一切经济问题都有研究与准备的必要,由经济研究室出面,经常延请各路名人来此讲演。这也是张禹九离开上海去重庆前最后促成的一件事。

秦先生是个老派绅士,通场讲演下来,不知提了多少遍"旧道德"。以他的经验观之,从前的钱庄之所以"站得住",就因为"都是用旧道德的方法来做的"。穿的是蓝布大褂和竹布长衫,偶尔穿一件绸衫是了不得的大事,早晨 8 点到店,夜里打烊还不回家,星期天照常营业。现在的风气呢?下午不到 7 点就出店,星期天更是不来了,穿的都是丝织品,豪华奢逸,像个小开,比起从前,真是天渊。因生活成本高了,进项不敷就去投机,种种危机就此种下。说起目上种种,老先生痛心疾首,几乎是在用叫喊的力气在说:"所以鄙人主张提高旧道德,恢复克勤克

---

① 《陈光甫日记》,1932 年 5 月 10 日。

俭的善良风俗,以后的生存才有希望!"①

在张嘉璈看来,旧道德怎么能够挽救人心世道? 人心既已变乱,要重建秩序,那就要彻底变易心理,甚至把整个的社会结构变更掉,自然更好。

3 月 19 日,中行第十五届股东常会在上海如期召开,值此"国家多事之秋"(陈光甫语),说起一年来的营业成绩,众人都有进五步退十步的感觉,甚至掉进了"欲进且止"的怪圈。一个国家金融业的盛衰成败,要之在于政治安定、社会繁昌,可是今日以往,论政治则连年内战,四分五裂,论社会则灾害频仍,匪乱遍地,政治无一年之安定,社会几濒于破产,银行业何能独自滋长繁荣?

民国二十年年度报告的开章,张嘉璈就指出,前一年由于遭受九一八事变、长江水灾和"一·二八"事变,"遭民国以来未曾见之国难,无异积弱之身,忽染时疫,百病齐发"。

报告条分缕析,为众股东一一说道:

> 百业停滞,商号倒闭,银根奇紧,证券狂跌,于是本行一年来所致力于发展国内外贸易,辅助农工业之种种计划,即受顿挫……政治则举国惶惶,几无一日之安定;社会则农村衰落,几至全国人民沦为失业;经济则旧式商业组织奄奄待毙,金融则资金集中都市,内地血脉完全停滞。②

这种空前危机没有造成全国经济的大崩盘,首要之功,是中行为首的金融界发挥了定海针的作用。在产业与经济上,他们采取了"有进无退"的方针,一方面改良金融组织的内部组织,另一方面则对工商建设事业大笔放款,并"尽量向内地放款,矫正集中现金于都市之弊病"。财

---

① 秦润卿:《战事后钱业情形之一斑》,《中行生活》第 1 期,1932 年 5 月 15 日。

② 《中国银行行史资料汇编(1912—1949)》上编,第 2060 页。

政部的一帮老爷们稍改借款度日的恶习,没有发行新公债,也算是帮了忙。同时大家渐悟内战之非、建设生产之必要,以及政府预算收支平衡之重要性,说明经济学的这些常识都在渐渐被社会接受。中国银行本身,则东北各支行,"数年来抱定专心营业、不问其他之方针,故虽经大变,仍保持商业自由之固有地位";其他如刚刚经历中日交战的上海和时常发生地方武装冲突的四川,也因为中行员工能"处以镇静",或"苦心应付",虽遭逼借勒索,也总算转危为安。

张嘉璈的这份报告,表明了中国银行超然于政治斗争、以救国救民为职志的态度;另一方面,也对当局一贯的财政措施和"攘外必先安内"的军事行动不无微词。发源于美国的经济不景气波及全球,再加九一八之后大片国土和资源沦于敌手,报告一再指出中国内地农商俱废,百业凋敝,金融方面,则大量资金集中于上海,血脉不畅,若不改弦更辙,停止军费开支对国家财政的重轭,则经济崩溃指日可待。

他说:"要之内忧外患之来,由于政治不良所致,一般社会,同受政治不良之影响,吾中国银行,亦岂能例外哉! 故此一年中,本行营业获利之成绩,实无以告慰股东。"张嘉璈的这一说法,很能代表当时上海工商界的一般看法。那就是希望政府停止自1927年以来连年不止的内战,把重心转移到民生建设上来。他们对农村的急剧衰败忧心忡忡,认为长此以往,会使上海的华资企业失去与外资抗衡的能力,希望以政府的力量帮助农村复苏。

商业不景气,社会不景气,是何原因? 重生之道何在? 这些问题,把银行家都给逼成了哲学家和社会学家。既然一年来的经营成绩无可足道,他转而谈起了"世界繁荣之道"。这也是他数月来夙兴夜寐无时忘之的。

他说,世界经济的整体消沉,再加上中日纠纷,把历来安于幼稚经济组织的中国,拖入了不景气的狂风骇浪中。推溯病源,有人说是全球生产过剩,有人说是关税障壁,有人说是现金分配不均,有人说是中国深闭固拒,不予日人以消化过剩人口和过剩生产之出路。在他看来,都是错,无论世界问题、东方问题,其受病之源,错综纷纭,绝非局部治疗所能解决,恢复世界繁荣的根本之道,在于必须彻底变易人类心理。

在他看来,人类心理的进步,未能同科学物质的进步保持同步,正是造成今日世界悲惨之局的最根本的原因。欧美各国,科学高度发达,而其国民心理"仍未脱十八世纪之偏狭利己的国家思想";日本近十年物质之进境,固有赖于国外市场之发展,其国民心理"犹明治以前尊皇攘夷之思想,以国家称霸开疆拓土为国民之荣誉"。欧美各国国民心理不变换,则不能恢复相互之信用;日本国民心理若不变换,则不能永绝中日之纷争。"更以吾中国国民言之,以世界科学突飞之进步,而犹自诩其四千年之文化,以世界经济竞争之剧烈,而犹迷于四百兆人民地大物博之陈说",要是不变易这种猜忌、自大的陈腐心理,不走出那种尚空谈而不务实务的思想惯性,那么,它就永远成不了一个现代化的国家。"是以吾人敢断言之曰,欲恢复世界繁荣,必须彻底变换人类之心理。"

比之过去一年乏善可陈的金融业绩,报界对张嘉璈改造国民性的这段宏论尤感兴趣。股东会次日,沪上中西各报都登载了报告节选。《字林西报》刊出时改题为"一个银行家的善良之忠告"。《申报》在摘录发表时借题发挥道,张的变易人类心理之说,还不够彻底,应该更进一步,"变更社会组织之基础"。张嘉璈没想到年度报告上的这番议论会有这么大的反响,再讨论下去就会溢出原先的话题,煽动激进了,慌忙给报界打招呼,停止转载讨论。

张嘉璈反感的不是道德,而是秦润卿在道德前面冠以一个"旧"字,并视之为灵丹妙药。诚然,银、钱业放款,总以债务人的信用为第一要义,货物抵押,不过是辅助手段,但信用和道契,正是一个国家新式公民的素质。他不止一次说,中国银行至有二十余年之光荣悠久历史,正在于将行基筑于"法治""道德""经济"三个元素上,务使每位同人具备守法的精神、道德的观念和经济的常识。道德是补助法律之不足的,中国的情形,先则在上者目无法纪,于是人人玩法毁法,一般人民以为法律既可不守,则道德更可不讲,因之,道德观念日渐薄弱,弄得公德、私德,一概茫然，什么叫"做人"都不晓得，更哪里谈到"救国"？因为做人爱国，都是从道德精神里发出来的。

那么我辈人的道德观念在哪里呢？他只举两例，已足可说明："如洪宪的停兑令，当时（中行）沪行未尝不可遵行，因为就是停兑，亦是服从政府命令，无亏职守，但是我们一定要反对这个命令，为的是银行对于社会的一种责任心，就是道德观念。还有好几个行长为了反抗督军省长强借款项而被拘留，其实他们又何尝不可服从敷衍，既可保身家的安全，还可得官厅之欢心，但是他们想到对于存户持票人及股东的责任，就发生了反抗的意旨，这个责任心，当然发生于道德的观念。"①

宁、粤对峙的局势表面上缓和了，但还是暗潮汹涌，财政乱象依旧。西南政务委员会发布国防公债 3000 万元，南京方面置之不问，让金融中人深觉惊诧。今年先因公债风潮，后又因中日战事，各银行忽停业、忽复业，一惊一乍，人心难安，为发扬互助、避免自相惊扰，张嘉璈在本年还做了一件重要的事：由他牵头与银钱两公会磋商发起了财产保管委员会。银行方面组织的财产保管委员会，由各行交入财产，总值国币 5000 万元，钱庄方面组织的财产特别保管委员会，计有 70 余家钱庄加入，交入财产总值国币 1000 万元。还发起了组织缜密的银行业联合准备委员会，加入银行 26 家。

他在随笔中说，"如此银钱两方面，不特因应变而产生一永久同业互助之组织，且因此使一部分资产证券化，增加流通周转之筹码"，他称之为"患难中之意外收获"。

本月初，为了推动战后重建，市政府方面成立了一个半官方的救济机构——江苏战区救济委员会，办理战后救济及善后事宜，史量才、张嘉璈和国民政府监察委员朱庆澜为驻沪常务委员，下设总务、财政、设计、救济、审计等六组。张嘉璈自领一组，任财政组主任。陈光甫被推为统计组主任，负责调查太仓、嘉定、昆山、常熟以及浏河、大场等各战

---

① 张嘉璈：《中国银行之基础安在？》，1933 年 5 月 21 日在汉口支行的演讲，《中行生活》第 14 期，1933 年 6 月 15 日。

地难民情况,编制成册,再交与黄炎培负责的救济组实施赈灾。

赈灾救济是服务社会的急务,用陈光甫的话说,此乃"吾人分内所应为之事",于情于理,都不好推诿,张嘉璈也兴兴头头参加了。到后来,连河塘修筑这些事,也向银行家们摊款了。市区河塘去秋被水冲,今春又遭炮击,亟行修理是对的,但市政厅下面不是有专门的水利、路政部门吗?张嘉璈本想置之不理,但具柬邀膳者,又是本市市长吴铁城。打电话给陈光甫,说好多人都接到了同样的邀请。

果然,一到酒店,就见杜月笙、林康侯、穆藕初、董修甲、赵晋卿、舒石父等人已在座,有银行和实业界的,有经济学家,也有赵、舒这样的财政部官员。吴铁城连连作揖,说今天以聚餐的名义邀请到各位大佬,你们一定要给面子慷慨解囊。

吴铁城一开口就向银行界借款 25 万元,期限三年,以码头捐为担保,每三月摊还本息一次。这还只是市区塘工费用,整个工程还包括常熟、嘉定、太仓等处的塘工经费共计 90 万元,暂由江苏财政厅筹借。张嘉璈和陈光甫悄悄商量,觉得此口一开,日后的摊派更难拒绝,轮到银行界表态时,两人都没说话,推了林康侯出面。穆藕初叫了起来,银行界的朋友也太不像话了,一遇事情就躲到后面,让银行公会的人出面演说。

陈光甫忙解释说:穆君此语,或为过激之谈,此项借款,应由各银行分摊认借,我和公权都只是个人,只能代表自己银行,决不能代表全体银行之意思,设若我和公权今天单独发表意见,其他银行必不承认,说你们当初答应承借的就自己掏钱吧,则将何以答之乎?康侯是银行同业公会秘书长,故推他发言,银行界的苦衷,还望穆君明了为好。

开会、摊派、认捐,让他们不胜剧繁。陈光甫去汉口前,对张嘉璈说,国人办事,总要开会,一开会则要相互扯皮,以致成天陷于事务,每天去银行办公视事都受干扰,可说是创办银行以来从未有过的事,我已推出先前担任国际代表团接待的邹秉文任调查组副主任。张嘉璈听了,相与拊掌大笑,说我们想到一块去了,本人已建议财政组委林康侯君为副主任矣。

五、天际线上的蓝色琉璃瓦屋顶

本月,尚有一事可记,位于虹口海宁路四川北路路口的虹口中行办事处新屋开建了,这是留学英国回来担任建筑课长的建筑师陆谦受的设计手笔。说起来,这还是陆谦受回国后在建筑界的初试啼声之作。

1932 年 5 月 1 日下午,举行行屋奠基仪式,因为战火刚歇,时局不宁,没有邀请外客,一应仪程至为简单,仅在石牌上书:"虹口中国银行基石,总经理张公权,经理贝祖诒,建筑课长陆谦受"。另备钢匣一只于基石内,内盛中行钞票沪券十元券、五元券、一元券、五角、二角、辅币券各一纸,现洋二元,虹口办事处借贷对照表一张,虹口行员签字一张,二十年底报告一册,建筑图样一本等。

年轻的建筑课课长接到的任务,是在这个占地扁长、面积狭小的地方建造一座功能完整的银行大楼,满足银行营业大厅、商业区域、员工宿舍等多种功能。用一句上海话来说,这难度无异于"螺蛳壳里做道场"。与他一起合作这个项目的,是广东南海人、曾经留学美国宾夕法尼亚大学的建筑师吴景奇。吴在美国费城留学期间,就曾在著名的阿宾·本尼迪克特·蕾西(Abin Benedcit Lacy)建筑师事务所实习绘图设计,回国后在学长范文照的建筑师事务所做了半年助理建筑师,不久前刚加入中国银行建筑课,成为陆的助手。两人年龄相仿,经历相似,建筑设计主张和美学趣味也有许多共通之见。

面对一块边角料地形,最大问题是如何将资源利用最大化。两个年轻人拿着图纸和皮尺,对眼前这片狭长的地块进行了反复测量和论证,最终决定,将沿街的一面设计为"一"字形布局,南端到海宁路口做弧形抹角,以最大化获取实用空间。门面问题解决了,大楼内部的资源利用也让他们煞费苦心。一楼和二楼之间,他们采用了当时国内罕见的"单层悬挂结构",将大梁悬挂于柱子上,增加一层室内高度,这样一楼沿街的一面展开面积就足够大,不仅可以满足作为银行营业厅的需求,还可以接纳多家商铺入驻。

英国建筑史学家爱德华·丹尼森（Edward Denison）说："陆谦受是那种能将一种风格、一种类型发挥到最充分的一类设计师，他总是能用最简单经济的材料和资源达到视觉上最好的效果。"虹口中国银行大楼建成后，陆、吴搭档还合作设计了上海恒利银行以及中行名下的许多产业，如青岛中国银行分行大楼、大学路中行员工宿舍、极司菲尔路中行宿舍、中行同孚大楼、中行上海西区分行等。他们似乎对银行建筑充满着无比的热忱。两年后落成的极司菲尔路中行行员新宿舍，系在原"中行别业"的空地上重新建造，计十余栋，可容二百余户居住，并有幼稚园、初级小学、游艺室、消费合作社等配套设施。落成后行员迁入，业界都为之眼热，叹服张嘉璈对行员之关切。

日后，陆谦受将在中国银行建筑课课长任上完成他一生中最重要的作品：外滩23号的中国银行大楼。在黄浦江西畔的万国建筑长廊中，这幢以蓝色琉璃瓦屋顶张扬民族特色、号称"唯一由中国人主持和设计的建筑"的大楼，其本身的设计和建造过程都充满着戏剧性。这一地址原是德国总会大楼，由倍高洋行设计，系一幢三层楼的砖木结构巴洛克式建筑，是当时在沪德国侨民娱乐、聚会的场所。1923年，中国银行花费63万银圆购得此楼产权，把中行沪行由汉口路3号迁入此处。1928年，中行总管理处从北京南迁上海，也在此处办公。

陆谦受能获得设计这幢大楼的机会，恰是因为他赶上了这个城市的新一拔建设热潮。钢架结构和混凝土技术的日渐成熟，古典主义、新古典主义、现代主义，争奇斗艳。在黄浦江西岸的这片热土上，设计师们开始去一次次刷新这个城市的天际线，而资本就是他们触到梦想天际板的那块跳板。沙逊饭店、哈同花园是外来资本的堆砌，中国的实业家们和建筑师们也在联手创造奇迹，最眼前的一个，就是四行储蓄会在静安寺路开建了好几年的号称"远东第一高楼"的国际饭店，它早就刺激得本市金融行业的一班大佬们坐不住了。陈光甫的上海商业储蓄银行，算是动手早的，国际饭店开建前，就已经在宁波路与江西路口起造新屋。中行既改组为特许国际汇兑银行，论实力地位，非南三行北四行这些商业银行可比，自不能局促于汉口路的原大清银行和仁记路上的德国总会两幢老楼。且中行自改组后事业蒸蒸日上，原有机构已不能满足业务需求，张嘉璈在原址起造新厦的想法，也酝酿多时了。在 1934 年 4 月的一次董事会上，张嘉璈说："中国银行饱经风险，未见动摇，内部组织既已革新，银行实力足与驻在上海的欧美银行相抗衡，必须有一新式建筑，方足象征中国银行之近代化，表示基础巩固，信孚中外。"会上遂决议，新建一幢十八层大厦，以供总管理处和上海分行办公和营业使用。

被委以全权负责大楼建造事项的，是总管理处国外部经理兼上海分行经理贝祖诒。这位行事干练的银行家刚把他的儿子送去美国学建筑。大楼建筑图样由香港巴马旦拿公司（即公和洋行）和中行建筑课长陆谦受共同拟定。现在的建筑学界普遍认为，大楼设计是以陆谦受为主，公和洋行为辅，陆谦受自己填写的多份履历也证实了他主持的事实，但大楼现存的建筑图纸和结构图纸上有公和洋行的署名，却找不到陆谦受的署名。然而，陆谦受主持其事的事实，还是可以从张嘉璈 1934 年 4 月的一份笔记中得到确证："其图样经由上海名建筑公司巴马旦拿（Palmerand Turner）及中行建筑课长陆谦受会同拟定。"①

从建筑风格来看，这幢大楼西方装饰艺术的风格非常显著，但细节之处，却又处处都是中国元素：顶层的四方攒尖样式，暗绿色琉璃瓦，传统镂空钱币的窗饰，正门门楣的精巧浮雕，正门两侧安置的一对貔貅石雕，号称"远东第一大厅"的营业厅天花板上八仙过海的图案，这一切，在在显示出建筑师在结合现代建筑与中国传统理念方面的理解力，而陆谦受早期的国学训练和西学经历都显示出他是主持这幢建筑的不二人选。

当新厦的各项准备已然铺开，1935 年春天，中国的自由资本主义正遭受前所未有的重轭，国民政府以"金融统制"为名，重铸"四行二局"的财政金融格局，在中行服务 23 年之久的张嘉璈已不得不黯然离去。到 1936 年 9 月，主持大楼开工奠基的，已是中行新任董事长、权贵资本

---

① 《张公权先生年谱初稿》上册，第 125 页。

主义的代表宋子文。中行新厦的承建方,是浦东川沙人陶桂松开办、号称上海近代五大营造厂之一的陶桂记营造厂。那时,这个箍桶匠出身的建筑商刚刚完成了南京路上气势非凡的永安公司新厦"七重天"的施工,气运正旺。

宋子文行事佻侻,入主中行后,即推翻了当初张嘉璈定下的楼高18层的计划。一则传闻说,宋要求新厦层高改为34层,接其指令,陶桂记修改了地基打桩的深度,南北两翼打下的钢筋混凝土桩深达50米,中部深30米。地基部分刚完成,边上沙逊大厦的业主维克多·沙逊不干了,他坚持中行新厦的高度不能超过沙逊大厦的金字塔行尖顶。官司打到租界工部局,最后,工部局以各种借口压迫中行,将新厦降至17层。

这则传说成了帝国主义仗势欺压中国人民的典型故事,出现在各种版本的外滩历史的叙述里,并总是能恰到好处地燃起听众的怒火。这个传说有个皆大欢喜的结局,大楼建成后,尽管比沙逊大厦低了0.3米,但由于覆有琉璃瓦的四方攒尖式顶部的视觉效果,两楼的高度仍然难分伯仲。

遍查1934—1936年上海公共租界工部局董事会会议记录,皆无关于此事的记载。当时任职公共租界工部局华董的陆续有虞洽卿、袁履登、徐新六、江一平、吴经熊和贝祖诒等人,每半月一次的董事会议他们基本都参加,且贝祖诒本身就是中行人,若工部局董事会讨论到此节,他们肯定会发声。不知这一传说的出处是哪里。

到新厦主体完工,八一三淞沪战事爆发,政府投入数十万精锐与日军对阵,上海已成一巨大的绞肉机,扫尾工程不得不延搁。1941年,又被汪伪的中央储备银行掳去,直至1946年元旦,中行总管理处从重庆迁归,才算物归原主。此时,离大楼开建已过去十年。这都是后话了。

六、国货运动

九一八、"一·二八"两次事变,给张嘉璈以莫大刺激,也促使他再行调整改组后的中行业务方针,"外汇业务,非仅为招徕外汇,必须从根本做起,即必须增加外汇之来源"。为此,他提出四项方法:一是努力吸收侨汇;二是提倡国货工业,减少洋货进口;三是改进农业生产,减少外国农产输入,同时增加国外农产输出;四是改进铁道交通,便利农产运输,不特使本国各地有无相通,且减轻农产运费,亦即所以降低出口农产成本,提高利润。

新兴的国货工业(即民族资本工厂),在上海一埠有大小近二十家,大都资本微薄,营运资金不足,技术也较落后,根本无法与洋货竞争。如果没有强有力的支撑,国人抵制日货的热忱,必难以持久。张嘉璈对国货工业的态度是,"欲经营国际汇总,非发展国际贸易不可;欲发展国际贸易,非发达国内贸易不可;欲发达国内贸易,非辅助工商业不可"。他认为,中央、中国、交通三大行虽有分工,但中央银行仍在直接搞外汇业务,对工商业的直接贷款亦未停止,交通银行资力较弱,不能完全担当起发展实业的重任,因此,中国银行虽已改组为特许国际汇兑银行,仍须继续担任原有的工商放款的任务。

这些国货工厂,当时最大的借款者是纱厂、面粉厂、丝厂三个行业,这些工厂的运营资金,几乎全由银行供给,有的就用厂基押款方式,对一些基础较弱的行业,则采用信用放款办法,每户以五千元为度,这就是中行上海分行创办的小额工业贷款。①

在扶持国货工业方面,张嘉璈首先做的还是聚集人气,汇拢力量。他由民初沪上金融界的午餐会启发,发起了实业界星五聚餐会,邀集志同道合的国货厂家,定时在中行上海分行和"94 号"举行,交换经验,研究改进。初时参加者十余人,嗣后陆续增至六十余人。随着国货运动的推进,"94 号"的名头也渐渐响了起来。

这是极司菲尔路西段、开纳路口斜对过的一幢英国乡村别墅风味的红楼,占地十亩见方,它最早的主人是一个德国人,后归入日人长谷川名下。民国十八年春,中行花了九八规银 14 万两,从大生制药公司

_____

① 《在金融史园地里散步》,第 264 页。

创办人徐季荪手中买下这幢房子,看中的是它与中行别业同在一条马路上,可望打成一片。很长一段时间,红楼那两扇漆色剥蚀的赤者色铁门是紧闭着的,20世纪30年代起,此地突然热闹了起来,经常有车子开至红楼正屋台阶前停下。中行的初意,不过为公私酬酢招待宴叙而设,到后来,竟成了总经理与行内同人聚餐的固定场所,即使总经理不在上海,亦照样聚餐,未尝间断,与实业界朋友的星五聚餐会也就移席此楼了。各区域行经理公私来沪,常会来此欢聚并演讲一番,有时也会邀请一些名流到此演讲,黄伯樵、王云五、伍廷扬、刘湛恩、郭秉文、安立德、杜重远、陈光甫、杨敦甫、杨介眉等人,都曾获邀来"94号"聚餐并登台演说,觥筹交错,不拘形迹,尽欢而散,这红楼的声名也就不胫而走了。

1932年5月6日的国货工厂星五聚餐会,邀请了在沪调查的民生公司的卢作孚演讲。"卢君在四川创办轮船公司,各种实业,并办有模范新村,艰困卓绝之人也。"①张嘉璈对卢作孚一直抱有很深的好感,称他为"四川的甘地"。卢作孚每次到上海,总要到外滩仁记路的中国银行总行或"94号"红楼,与朋友晤谈,或聚餐。卢作孚在演讲中说,从前,四川商家到上海办货,大多派有"庄客",这种庄客,很是旧式,办货不直接到工厂和大商场中去,平时都坐在人开的栈房里,由跑街来和他接洽,中间当然吃亏不少,故提倡国货,还要把信托事业一并开展起来,把保险、运输等,都交给信托机构去代办,此事若能做到,国货销售更能便利。他表示,回去后要在重庆办一个国货展览会,一个国货陈列馆,四川省的购买力虽然低,但通过陈列和介绍,国货销售还是有前景的。②

因这次演讲中,卢作孚讲到四川的出口货物以丝和桐油为大宗,5月8日,张嘉璈又约卢作孚、杜重远同到虹桥陈笙林花园畅谈,讨论话题三项,全是围绕四川的商业和政治:一是如何将中国纱推销于四川;二是如何解决四川在沪之存丝;三是如何纠合同志改良四川政治。③

---

① 《张嘉璈日记》,1932年5月6日。
② 《卢作孚谈话录》,《中行生活》第3期,1932年7月15日。
③ 《张嘉璈日记》,1932年5月8日。

有星五聚餐会做基础,张嘉璈又发起"中华国货产销合作协会",自任理事长,邀请东北实业家杜重远任协会理事,以谋国货生产商与贩卖商的合作,打开国货销路。协会既承担着发展国货工业"作经济上的实际抗日"的任务,一经成立,即在各地设立推销国货机构(国货介绍总社及各地分社),由中国银行予以双方资金融通之便利,凡厂家以制成品运交推销商家时,可以出立承兑换汇票,由推销商家承兑,而中行允予贴现,使厂家能有周转资金继续生产。为便于国货转运,又成立"中国国货联合运输处",这一机构在圆明园路 1 号与国货产销合作协会合署办公,杜重远、王性尧为董事外,又选王振芳、蔡声白、方液仙、方剑阁、任士刚五人组成董事会,聘了对运输事业素具经验的美生报关行经理郑学诰为总经理。

"国货联运处"不但于报关、装船等运输手续力求便利,并依照以前各家水脚之标准,务求价格低廉,总之,一切以服务生产商和贩卖商为要。

国货产销合作协会自成立以来,各工业厂家均能互相团结协助,其在上海南京路大陆商场联合开出的"中国国货公司",门市销售成绩已足与称雄于南京路的永安、先施、新新三大公司相抗衡。据当时一份商业调查显示,平均每日的顾客人数,以永安为最多,国货公司次之,先施又次之,新新最少;以平均每日所售之货款数额言,则以永安为第一,先施第二,国货公司第三,新新第四,由此可见沪上人士爱好国货之热烈表现。①

时风所染,社会咸以是否热心国货运动判定一个人是爱国还是不爱国,实业界乃至一般市民,都以国货的拥趸者自居,以显示其个人道德高度。中行自上到下推行国货消费,常有同人携主妇、子女共同参加。1933 年 12 月,海上名媛黄倩仪、叶德彬在静安寺路上海女青年会发起国货儿童展览会,陈列各厂出品,并有国际儿童服装比赛、妇女国货服装表演及国货模范家庭布置等,因其展览内容殊为特色,又普及国

---

① 《国货特讯》,《中行生活》第 21 期,1933 年 12 月 1 日。

货运动于一般家庭,一时轰动沪上,观者云集。这两位女士,其实也是中行眷属。在一所英文学校教授英文并亲任校长的黄倩仪,其夫余英杰,乃哈佛商学院高才生,时任职中国银行信托部,黄倩仪是留学哥伦比亚大学时与余英杰结识并成婚的。另一位叶德彬女士,她的公公就是大名鼎鼎的宋汉章。

日后,张嘉璈又饬令总管理处通函各分、支行,要求它们在所辖区域,加紧提倡国货,并敦促当地实业界领袖,建立国货工厂,组织国货商店和国货承运,并表示中国银行会全力予以金融援助。其笔记云:"我国小规模的手工业,历史久远,由于管理容易,开支节省,成本低,存货少,故在经济衰落时期,尚能维持。惟以缺乏营运资金,时须向外借贷,利息奇高,致发达不易。兹特通饬各分行对于此项手工业厂家,兴办小额低息放款,借额由 300 元至 2000 元,月息不逾九厘。至于规模较大,需要资金较多之国货工厂,如经审查认为前途富有希望,自当予以适当之金融援助。"①

1933 年 10 月,宋子文辞去财政部部长后,决计"弃官就商"。因还保留着全国经济委员会委员的虚衔,宋便利用这一资格,经营中国建设银公司,试图做"中国的摩根",大量投资控股国货企业。他拉张嘉璈入股,要中国银行认股五分之一,做最大股东,张嘉璈看到公司发起缘起中有"兼营国内银行业务"一语,认为是与股东银行竞争,很不合理,提出修改。不久,"申新"纺织公司发生还贷困难,宋子文想趁机鲸吞,张嘉璈联手陈光甫,再次共同救济"申新"渡过了危机。

荣宗敬、荣德生兄弟创办的"申新",是当时中国最大的棉纺织企业,鼎盛时在上海、无锡、汉口等地下设九个分厂,职工达 3 万人。因扩充太快,外欠过多,"申新"的资金链时常发生断裂,短短几年里,已是第二次求援了。第一次危机发生在 1932 年 6 月,当时"申新"到期应还之款 500 万元,而其名下各厂房机器,十之七八,已抵押殆尽,实已陷于山穷水尽地步,因向中国银行商恳援助。张嘉璈是这样帮"申新"化解的:

---

① 《张公权先生年谱初稿》上册,第 123 页。

"先生以荣氏创业不易,而其事业成败,关系国计民生,乃指定由申新将所辖之第二第五两厂全部固定资产,提供为担保品,订立抵押借款及营运透支借款合同,计定押 500 万元,透支四百万元,并由中国银行上海分行与上海商业储蓄银行及钱庄两家共同承借,并组织申新第二第五两厂借款银团,由中、上两行派员驻厂稽核财务,管理出纳及仓库。一切如约践行,尚属顺利。"①

发生于 1934 年夏天的第二次危机,是因长江水灾和淞沪战事影响,再加全球性经济萧条导致纱厂产品销路锐减,致使荣氏兄弟欠英商汇丰银行的 250 万元借款无力偿还,"申新"七厂面临被拍卖的命运。荣氏兄弟束手无策,再次向两大债主中国银行和上海商业储蓄银行求救,还请求他们向政府说项,"商请中央银行垫款"。宋子文半途想来个趁火打劫,以"整理"为名,将之"收归国有"。他的如意算盘是先拿下"申新",然后发行公司债券偿还债务,并把"申新"的银行借款利率由一分减为五厘。张嘉璈担心"申新"的停顿"影响社会及中国萌芽之工业至巨",与陈光甫商量后,决定续贷给"申新"250 万元,指定由与"申新"有关联而账务独立的福新、茂新两面粉公司主持人王禹卿担保,负责承还,拍卖事遂搁置。当时福新、茂新两公司资产虽不及"申新"之巨,唯既无外欠,而年有盈余,王氏信用亦佳,故有此种安排。后来,"申新"的这笔欠款,抗战期间全部还清。

张嘉璈在笔记中说:"此项借款,十分冒险。但为扶助国货工业,不得不负此责任,使绝大风潮,勉强渡过。"这次"申新"发生危机,荣氏兄弟还去找了唐寿民,请交通银行出面帮"申新"渡过厄难。唐寿民在上海金融界一向被视作宋派人马,这一次却没有听宋子文的。他颇为豪气地表示,"申新"所欠各行押款,如果各行无意继续,则交通银行愿意接做。日后,唐寿民因附逆案遭难,荣家顾念旧情,不时予以接济。此是后话不提。

---

① 《张公权先生年谱初稿》上册,第 128—129 页。

七、到内地去

沿海的发展,必须有广阔的腹地作为支撑。唯因农村衰败,与都市的撕裂越来越大,影响工商业与进出口贸易,亦影响国家的未来。从30年代初开始,张嘉璈决意让中行的触角伸向内地,大力推动向中小工商业贷款,在县市设立国货促销站,联营国货,鼓励合作生产,直接到农家,有时贷款数目小到一块半银圆。同时,在各地广建农产仓库,以作提倡和示范。

仅1933年,他先赴杭州、嘉兴、温州、宁波、绍兴、余姚,再到平汉铁路沿线的定县、正定、清风店等处,筹设农产仓库。那一年他在笔记中写道:利用本行八十余处之仓库设备,推广农产品之抵押放款,其押品包括棉花、茧子、稻米、杂粮、烟业、茶业等项目。按民国二十二年度,中行此项押款金额总计1950余万元,内以棉花为大宗,计为890万元,实值1100余万元,占市面及厂家存棉1/5。[①] 到1934年底,中行直接贷款的农家接近两万户,总值超过110万元。

其时,一批具有前瞻性眼光的社会学家也意识到了农业农村的衰败将会带来的致命性危害。留美归来的教育家晏阳初在河北定县、经学家梁漱溟在山东邹平,他们借助西方的农业和医疗技术,结合儒家式的道德培养,开展了向贫穷开战的实验性乡村建设。这些建设,都是中行支持的重要对象。

对张嘉璈和中行的高层领导而言,提倡国货,面向内地,固是民族复兴这一意识形态驱动下对国民的一份担当,也是经济内卷化形势下寻找资金出路的必要选择。银行员们走出都市,来到广袤的内地,不再是大机器里的一个配件,而是成了现代文明的宣导者,这对惯于被时钟切割的年轻人来说,无疑有着巨大的吸引力,是以,张嘉璈一提出"我们的出路"在内地,银行员们走向农村的呼声便此起彼落,一时成为都市

① 《张公权先生年谱初稿》上册,第121页。

里的一种新风尚。

对于这些派驻到各地"乡村办事处"的年轻的行员们来说,农村是一个逃离尘嚣的桃花源。桑麻遍野,鸡犬相闻,都市青年对农村的想象基本停留在教科书阶段。就像银行员出身的诗人应修人所描述的,那是"两行绿草的池塘"加"牧牛儿一双"的农村,是"染着温静的绿情,那绿树浓荫里流出鸟的歌声"的农村,是有着"蓝格子布扎在头上、一篮新剪的苜蓿挽在肘儿上"的"伊"赤足走在田塍上的农村。工作、生活于其间的银行员们并不西装革履,他们穿的是"海苍蓝布长衫",办公的场所也不是森然高耸、压迫得人几乎透不过气来的大楼,而是三二间平屋,"虽不华美而整洁异常,一几一案,布置井然,皆足以表现乡村俭朴之风"。

一名叫叶伯言的行员说,中行到农村去,建立各种各样的金融据点,不仅仅活络了经济血脉,还改变了当地风气,实不啻将一种新文明带进了处女地。"曩昔此乡风气闭塞,乡人之经商外埠者,欲寄家用则无法汇款,本镇店铺欲至城市购办货物,必须携带现款,村中稍有积蓄者,咸感无稳妥之处存放,皆窖藏地下。自敝行成立后,种种困难均已解除,乡人亦知利用汇兑,埋藏于土中者,亦知存入银行,有生息之机会"。[1]

按照这位青年行员的设想,中行这几年在各地建了许多农产仓库,收获时节,正可以容纳乡人的新谷,当作押款,谷价涨时再由农人赎出上市,这样既可免贱价出售,又可免地主豪强重利盘剥。如此一来,银行就成为调节贫富、疏浚社会问题的一支不容小觑的力量。叶伯言可能阅读过一些无政府主义或社会主义书籍,他的思维再度天马行空发挥道:银行员们都受过西式教育,倘有余力,还可兼做乡村教师,或于农闲之际"于豆棚瓜架之畔,聚集村人,为之详述银行之作用及本行之悠久历史",银行也就成了农村现代化的先导,"一洗农村昔日之凋敝景象",给中国的内地贯注新的生命。

中行自张嘉璈以下,自是希望通过农业放贷,建立起星罗棋布的"乡村办事处""农村合作站",在全国联成一张网络,成为改变中国的

---

① 叶伯言:《乡村办事处之一瞥》,《中行生活》第 22 期,1934 年 1 月出版。

力量。但地方兵连祸结，当局又心存猜忌，刻意阻挡，要让金融扎根内地，良非易易。中行的内地发展计划，动静很大，却实效平平。日后，白银风潮发生，金融陷入混乱，政府借乱局出手，逼迫张嘉璈离开中国银行，构筑起"四行二局"金融统制的铁网，中国银行愈来愈成为政府的御用"外库"，与银行家们最初的愿望脱节，"走向内地"也就成了金融界的一个陈调，不再有人提起了。

小行员们走向内地的计划虽遭夭折，他们身上理想主义的火苗却没有熄灭。在接下来的革命和战争年代里，这些年轻的爱国者们参与到了救亡的时代主潮中去。都市里形形色色的救国会里，"上海市职业界救国会"即以年轻的银行员为主。1949 年 5 月，人民解放军进入上海，前往接收中国银行的三位军管会代表之一项克方（另两位军方代表是龚饮冰和冀朝鼎），即 30 年代中期入行的行员、"救国会"的一名骨干成员。那时，他才 23 岁，刚从一家叫"协鑫"的银号经人介绍进入中行，《行员通讯录》里登记的名字叫项志润，是中行松江办事处的一名办事员。

第八章　银　线

一、银与中国

一条细细的"银线"，操控着国门洞开后中国经济和社会整体秩序的变动。

按照历史学家的说法，近古欧洲用白银作为通货，在亚洲，白银只是被贵族用作饰品或者用于窖藏。白银在中国固然被用作饰品或窖藏，但也作为通货在流通。16 世纪以前，白银很少用于纳税和商业交易，很长一段时期，都是制钱与白银混用的银铜货币体系，较小规模的交易，大多用制钱进行。① 政府的岁入，则大多为白银，主要用于官员薪俸、军费开支以及以治理黄河为主的水利工程上。直到 16 世纪下半叶，随着市场和贸易的兴起，白银在明朝中国才得到广泛使用，朝廷规定，长距离的大规模商业交易中，须以白银代替笨重的制钱。白银在各省全方位的流通使用是在 18 世纪末，1775 年（乾隆四十年）后，白银的使用大大超过了铜钱，大额交易无不使用白银，民间市场上白银交易的比重占至九成以上。

---

① 林满红在《银线：19 世纪的世界与中国》（江苏人民出版社，2011 年版。英文版原名 *China Upside Down: Currency, Society, and Ideologies, 1808—1856*）中说，制钱价值相对白银为低，按 1 两白银为 1000 文制钱的价格换算，制钱的重量大约是相同价值白银的 120 倍。制钱主要用于零售交易，通过公共支出以及军队支出而流通于市场。制钱由政府铸造，清初在北京有两处铸局，分别为户部管理的宝泉局和工部管理的宝源局，其他各省的铸局则由负责财政的布政使管理。

货币在近世中国的衰落中扮演着极为重要的角色,如同年鉴学派史学家布罗代尔所言:"谈到货币,我们就登上了高级的层次⋯⋯无论何地,货币莫不介入全部经济关系和社会关系。"而说到介入之深,尤以白银为最。

1775 年前后,中国国内的白银来源几乎全部仰赖拉美地区的供应,一向以来,是商人按照供需关系决定着市场上的银钱比价。到了19 世纪初,正如著名的蝴蝶效应所展示的,拉美独立运动所导致的白银减产,再加上中国自身出口的不景气,导致银价骤贵,白银大量外流,这一现象在当时的文献中被描述为"太阿倒持",后世的经济史家则称之为"银贵钱贱危机"。① 这一危机给当时中国造成的影响是灾难性的,它造成国库巨额亏空,扰乱了社会秩序,对政府及各个阶层造成强烈的冲击,并直接肇始了延续十四年、波及南方七省的"太平天国"内乱。

银贵伤农,也损害了广大商民的利益,当时民众因离谱的银钱比价而承受税赋加重的苦厄,曾国藩在 1852 年曾有评述:"江西、湖广课额稍轻,然自银价昂贵以来,民之完纳越苦,官之追呼亦愈酷。或本家不能完,则锁拿同族之殷实者而责之代纳。甚者或锁其亲戚,押其邻里。"而更早的道光年间,1838 年闰四月初十日,就已有一个叫黄爵滋的鸿胪寺官员预感到长此以往,国家必有不测,在一份奏议中写下这么一段忧心忡忡的话:"若再三数年间,银价愈贵,奏销如何能办? 税课如何能清? 设有不测之用,又如何能支? 臣每念及此,辗转不寐。"②

这一时期因白银外流而引起的整体秩序变动,还包括:中国相比日本在亚洲的地位下降、中央政府的威权消沉和地方势力的崛起。这一切,在传统中国的语境下是根本无法想象的。19 世纪初的白银危机对

---

① 林满红利用前人辑成的数据并结合她新挖掘的英国国会文书资料,表明白银外流大体始于 19 世纪 10 年代,持续性外流的时间点为 1827 年,通过计算指出1808—1856 年中国白银大体流出 3.68 亿银圆。

② 鸿胪寺卿黄爵滋奏:《请严塞漏卮以培国本疏》,《道光朝筹办夷务始末》卷二。

中国而言,是传统与现代的一道分水岭,银贵,在帝国下滑的大车背后又推了一把,直接导致了王朝衰落。

林满红说,19 世纪 50 年代之后约三四十年间,又因墨西哥独立后铸造的银圆大量流入中国,而造成另一阶段的秩序变动。虽然帝国经历了三十年回光返照式的中兴得以苟延残喘,但一些变动已不可更改。一方面,中国相对日本处于更加不利的地位;另一方面,政府对市场转而诸多干预,绝对权威思想同时抬头,以及经世思潮的兴起,深刻影响往后的中国。

中国一向是个不怎么重视货币自主权的国家,晚清时,不同区域的银锭,都有不同的名称,如广西的银锭叫"白流银",浙江的叫"元丝银"。铸造中掺杂铅、铜等其他金属的现象非常普遍。用于缴税的银锭和日常交易用的银锭,银含量都不一样,各地称量白银重量的量器也各不相同。更匪夷所思的是,是商人而不是政府控制着白银的跨省流动,以及它在各省的价格。这一景象曾让西方外来者大为吃惊。1863 年,美国传教士卫三畏(S. Wells Williams)在自己出版的《中国丛报》(*Chinese Repository*)中这样写道:"在如此商业化的中国社会中,她的人民竟然缺乏自己国家所铸造的贵重金属硬币……这甚至在亚洲国家中也是唯一的例外。"

辛亥后,中国币制也一直未能统一,市面上银两、银圆、铜币、钞票并行流通,中国的、外国的货币杂处一起,其混乱情形可称当世少有。银两系由民间自由熔铸,重量、成色以及与其他货币的换算都没有一定之规。到 1927 年,全国以银两计算的货币单位竟多达 170 种![1]

金融史家、长期担任上海商业储蓄银行调查部主任的资耀华回忆,以前日常使用小锭碎银,民初后改用大小银圆或银毫,以前完粮纳税、民间交易往来只用银两,民初后则折合银圆。外商银行经管中国关税、盐税,大宗交易和国际收支以银两为计值单位,一般性的商业交易计算虽用银两,但实际收支又用银圆。用银两换算银圆,又用银圆换算银

---

[1] 《中国银行行史(1912—1949 年)》,第 304 页。

两,辗转折合,出入贴水。① 银两和银圆的换算,按照 1910 年颁布的
《大清币制则例》,政府标准银两"库平"七钱二分为银圆单位,各地成
色、重量不同的银两,如海关的"关平"、天津的"行化银"、北京的"公砝
银"、汉口的"洋纹银"、南京的"二七宝"、上海的"规元"等,均依据"库
平"八九归元的本位制加以折算。而各钱庄票号收付银圆时,每元还要
收取二毫半的手续费,且以银圆存款,不付利息。

　　币制不统一,不仅折算过烦,不利流通,也使客户蒙受损失。及
早废"两"改"元",正是张嘉璈、陈光甫等一班上海银行家最早呼吁
的,他们多次以上海银行公会的名义呈请政府统一币制,最早一次是
1923 年 11 月,当时上海市面银根奇紧,张嘉璈曾向银行公会提议,与
钱业公会磋商,银两、银洋并用,以免两、元两种准备的不便,但因为
钱庄在办理存取款时,可从银圆与银两的折算中获利,废两改元必损
其利,故未获一致赞同。五年后的 1928 年 3 月,浙江省政府向南京政
府正式递交报告,再申前议,因钱庄业反对,再加一些技术上的问题,
也未能实现。

　　在当时的各大商业银行中,陈光甫的上海商业储蓄银行最早实行
银两与银圆并用,顾客既可以用银两按八九归元开户,也可以用银圆进
出。虽然银行方面损失了洋厘差额和手续费的收入,且须保有银两、银
圆两种准备金,于顾客却是大大方便了。嗣后,银两和银圆并用,也被
其他银行仿行开了。

　　当时陈光甫还注意到,上海和无锡两个商业码头,上海为银两码
头,无锡为银圆码头,故此又最早在无锡设立分行,把上海收进的银圆,
转而投放无锡的工商业,以对物信用的办法,开办押款押汇,使银行在
上海本埠的业务范围又获拓展。陈光甫做的这些,都让张嘉璈对这家
"小小银行"赞赏不已,认为舍小利而求大成,正显现了陈光甫作为一个
银行家的实诚,当然,这也是他一个镇江人的精明。

----

　　① 贴水,银钱业的一种术语,指不同货币兑换时,成色低的银两、银圆要向成
色高得多支付一定比例的价值。

二、废"两"改"元"

当年北伐告成,东北重入版图,政府号召勠力同心,建设国家,国民政府曾试图一揽子解决令人头痛的币制问题。1929年初,政府特聘美国币制专家、普林斯顿大学经济学教授甘末尔(EdwinW. Kemmerer),率财政金融专家十余人来华,组设财政部财政设计委员会,研究中国财政及币制改革问题。当时,张嘉璈对甘末尔顾问团颇寄希望,说:"该团设能有切实可行之建议,为政府所采纳,则中国金融制度,可望有进一步之改善,且将大有利于中国银行专业化之彻底实行。"①

1929年2月甘末尔来华之际,适逢世界白银供过于求,银价剧跌。世界银价的下跌从一战结束后就开始了,随着世界经济大萧条的爆发,西方一些实施金本位的工业国家都把出售白银作为扩充现金储备、摆脱经济萧条的一条捷径,其时,世界白银产量未减,而供需已严重失衡,银价狂跌的背后,则是黄金价格一路走高。中国当时已取代印度成为最大用银国,国际银价一下跌,中国的银价加上进出口中的各项费用后,就比海外银价要高,白银流入增加,进口物价上涨,导致国际收支恶化,并增加了偿付外债的负担,一时政府财政大受打击。甘末尔顾问团建议,中国不必待统一银币后再实行金本位制,按照他们提出的《中国逐渐采行金本位币制法草案》,不如由现行币制,直接变为金汇兑本位制。但当时的经济学家和银行家们都认为,这项变革需先有黄金准备为后盾,而中国无此力量,并不适用中国,应先改革银币制度,"甘末尔计划"遂束之高阁。倒是海关后来对进口税改征海关金单位(实是一种计算单位,仍以银币缴税),部分参照了这个方案。

1931年,银行公会对废"两"改"元"又有过一次动议,因与钱业公会达不成一致,再度搁浅。其时,全国已有许多城市自发进行,如北平、济南、南昌、杭州、福州等地,废除"银""两"后,币制划一,市面安定。

---

① 《张公权先生年谱初稿》上册,第82页。

1932 年上半年,公债跌价,白银挤兑,致使内地银锭绝迹,上海市面上,各地银圆汇聚,银圆价值大跌。银圆购买力低落,物价上涨,且市面显露银圆充斥现象,各界都盼望从速废"两"改"元"。一些金融家和社会名流都认为这是废"两"改"元"的最有利时机,政府当俯从民意,顺水推舟。张嘉璈作为中行当家人,也多次敦促政府应毅然决定废改事宜。当时上海市面,中央银行发行的纸币量最大,财政部长宋子文生怕在银圆贬值潮中受到挤兑,不能保证十足兑现,影响央行和政府信誉,终于下定决心实行废"两"改"元"。

1932 年 7 月 7 日,宋子文在上海寓邸召集银、钱各业代表,讨论废"两"改"元"。银号、钱庄担心利益旁落,请求慎重处理,新式银行则几乎一边倒地赞成,"金谓废两用元,确为整理金融之要图"。① 银钱业人士均认为,最难以决定的是银、元法价标准相去太多,难以划一。② 最后未定实行期,以两个月为准备期。会后组成七人研究委员会,中行方面参加的是上海分行经理贝祖诒。日后,这个委员会召开的多次会议上,贝祖诒对外商银行和一部分钱业怀疑废"两"后可能滥铸银圆、滥发纸币等顾虑进行了解释,声明中行对发行纸币的准备实行公开检查,决不滥发,而且库存银圆丰富,随时可供应市面。

宋子文回到南京,即向行政院长汪精卫汇报在沪筹划财政经过,并派财政部钱币司司长徐堪再赴上海,征求银、钱界对废"两"改"元"的意见。7 月 13 日,财政部函复行政院:"查废两用元,为统一币制之必要办法,本部早鉴于此,现正积极筹备,定期实行。一俟筹备就绪,自当呈请通令施行。"

当时因东北海关遭伪满洲国攫夺,加之全国各关税收奇缺,不敷抵拨借赔各款,而前方饷需孔亟,宋子文一面托财政部美籍顾问杨格与各国公使周旋,请求庚子赔款的还款再次延缓一年,一面一次次地往上海跑,与各界会谈封锁东北海关及废"两"改"元"问题,希望上海的银行

① 　上海市钱业公会复函,《上海银行家书信集(1918—1949)》,第 88 页。
② 　《宋子文政治生涯编年》,第 227 页。

家们搭一把手,帮助政府走出财政困境。由于政府此前已承诺不再发行公债,宋不敢食言,不得不觍颜找国债基金管理委员会主席李铭面商,说现在各项债券基金,均按月由总税务司拨付,已无不足之虞,第二担保不妨酌量减少,请求从续二五库券、续卷烟库券等第二准备基金拨回二百万元,并保证"此次提拨后,以后决不再提"。

汪精卫出国期间,宋子文代行政院长职,事务愈加繁忙,废"两"改"元"事却一直没有放松。1933 年 1 月 10 日,特电中央银行副总裁陈行,催促与上海金融界及早议定新币条例,以便"提出政治会议,早日实行"。2 月 28 日,行政院第 89 次会议通过,以财政部部长的名义正式发布通令,废"两"先从上海试行。银本位币定名为"元",采用十进法,并规定了重量及成色等,训令上海银行公会转各会员银行一体遵照:"本部为准备废两改元起见,规定上海市面通用银两与银本位币一元或旧有一元银币之合原定重量成色者,以规元七钱一分五厘合银币一元为一定之换算率,自本年三月十日起施行,由部明令公布在案,所有各银行钱庄均应以银币为本位,其银两与银币利率并应一律计算,不得高下,并将银拆名称改为拆息。"[1]同时向上海市商会发出相同内容的训令,要求本市各商店,无论何种营业,凡关于货物市价及一切交易,自该日起一律用银币计算,不得再用银两,"以重法令而归一致"。

3 月 8 日,财政部公布实施《银本位铸造条例》,发布成立由中央、中国、交通三行组成的银两、银圆兑换管理委员会。

财政部美籍顾问杨格在《一九二七年至一九三七年中国财政经济状况》中说,币制改革"成功地稳定外汇率,并制止通货紧缩,因而为经济注入了新的力量,加强对未来的信心",乃是"一个决定性的转折点"。自此以后,中国货币史无前例地在外汇市场上有了稳定价值。日后抗战爆发,中国能以孱弱之躯独立抵挡日本达四年之久,端赖这次币制改革的成功。

---

[1]　上海市档案馆藏上海银行公会档案,档号 173－1－86。转引自吴景平《宋子文政治生涯编年》,第 256 页。

张嘉璈认为,有这一结果,乃是中国货币自有史以来最大的一次进步。自从中国的国外银供应市场从亚洲内陆(云南、缅甸、安南和早期的日本)转移到更广阔的世界,中国已深深卷入了外部世界经济体系的大潮中。这种变化使中国进入了现代化的全新情境,也使本国脆弱的经济更易受飘忽不定的"银线"的摆布,面临更加叵测的风险。废"两"改"元"提高了中央银行的地位,有利于国家的统一建设,也从理论上使境外流入的白银只能以原料或商品的方式进入市场,再也不能像以往那样随心所欲左右中国经济。他在笔记中自述:

> 民国十七至二十年间,平均银圆价格为每百银圆值上海规元银两七十三两,民国二十一年降为六十九两九钱五分。银圆之购买力低落,即物价上涨,市民称苦,各界盼望从速废两改元。按照现银成分,适为每元合规元六钱九分九厘,铸费尚不在内,故政府废两改元,规定银圆价格,只有升值,而无贬值。凡此种种因素,均利于废两改元之实行。顾当时外商银行,及一部分钱业,仍持怀疑之论调。至谓银两废止,难免不生银圆滥铸,成色参差,甚至银圆流通,增加国家银行纸币之滥发。再则上海造币厂尚未成立,难免不生银圆供不应求之现象。中国银行一面向外商银行说明中行发行纸币,实行准备公开检查。中央、交通两行亦同样办理,决无滥发纸币之虞。并告以中国银行库存银圆丰富,随时可供应市面,不使匮乏。一面催促政府不再踌躇,毅然实行。终于二十二年三月八日,政府公布《银本位铸造条例》,四月六日复明令全国改两为元。全国金融业一致遵办,外商银行亦不再反对。中国银本位始告统一,既有助于纸币之流通,无形中增加市面之筹码。①

任何改革都是一把双刃剑,1933 年的废"两"改"元",强化了国家政权对金融业的控制,有利于国家的统一和建设,其意义自不待言,但

---

① 《张公权先生年谱初稿》上册,第 118 页。

对从 19 世纪中叶以来一直红火的传统钱业,却是个釜底抽薪式的打击,逼得钱庄、银号检录关门歇业。废"两"改"元"的部令一下,钱业公会就接到训令,停开洋厘行市(银两与银圆的比价)。同时,废"两"改"元"也砍掉了具有数百年历史的炉房、公估局的生意。① 而对张嘉璈尚是一个未知数的是,他一心想要国家走出财政困厄,帮助政府扩大对金融的掌控,却不知这一主张对他和中国银行的未来,到底是福是祸。

此时的张嘉璈,尚未觉察即将到来的危险。4 月 8 日,中行股东常会在上海银行公会召开,财政部钱币司司长徐堪受宋子文委托到会,张嘉璈做民国二十一年度营业报告。虽然报告中也讲到东北、上海两大事件的冲击,为"民国以来未曾见之国难",国家如"积弱之身,忽染时疫,百病齐发",论经济,旧式商业组织奄奄待毙,几于崩溃,金融则资金集中于都市,内地血脉完全停滞,但对于过去一年中行采"有进无退之方针"、巩固及改进金融组织方面的努力和建树,他还是抱着相当之赞赏态度。他引用《孟子》里的话说,"饥者易为食,渴者易为饮",中国较低的发展水平,恰恰使国民经济在国难之际避免了破裂,金融但凡有"小小的助力",于产业于建设,都能奏其功:"工业因缺乏资金不能进展者,由充分济之;农产品因无金融帮助,不能维持相当价格者,则尽量调剂之;凡各省建设事业,需要巨大资金者,亦无不尽力助其完成。一面尽管向内地放款,矫正集中现金于都市之弊病。盖认清信用与产业幼稚之国家,则能幸免于金融与产业之恐慌,即知金融上之继续援助,实可以间接促进社会与秩序之安定。"

他认为,过去的一年,国家虽有许多不如意,但总体向好,除了四川二刘之战,国内无重大内战,"实以军人鉴于国难,觉悟内战之非";同时各省都在从事公路建筑,这也是"军人心理之转移"。让他高兴的是,去年股东常会上他提出又被报界炒得沸沸扬扬的"变换心理",正在这些

① 炉房,也称银炉,以铸造银圆宝(银两)为业的作坊。元、明朝时期已有这样的行业,到代代,由于清政府将熔化银两业开放,准于民营,炉房行业发展更为发达。同时鉴定白银成色的公估局应运而生。

手中握有权力的人身上发生着。民国二十一年度,财政部在整理公债后未再加发,一扫二十年来政府借债度日之积习,这可以说是财政当局整顿收入、平衡预算的第一步。走出这一步,本埠的银行家们包括他自己,都是贡献了智慧,也是忍受了牺牲的。眼下,落后的银、两制度即将废除,银币的铸造和发行将由国家一手控制,便利人民,这更是一个利好。"政府与社会渐知提倡改良农村之重要,国民爱用国货之趋势,日见热烈,此皆由国难中所得之教训,使国民心理有一重大之变换",在他看来,这就是所谓的"多难兴邦"。殊不知,就国家能否兴盛而言,苦难总是一种负面的摧残,从来只有多难丧邦,庶民大众只求国家快快迈过难关,而不是一次次地看着灾难从天而降。

三、美国的威胁

忽焉到了4月,财政部发出银圆、银两兑换的通令快一个月了,市面上却出了一桩怪事,以银两兑换银圆的,少于用银圆兑换银两的。一盘算,本埠中、中、交三行净兑入银圆6100多万元,废"两"改"元"竟成废"洋"改"两"的局面。政府遂决定,提前向全国推行废"两"改"元",财政部发通告称,自4月6日起,所有公私款项的收付,订立契约、票据及一切交易,均须一律改为银圆,不得再使用银两。一些外商银行仍在观望,宋子文与他们洽谈过几次,因他后来辞去了中央银行总裁一职,且又要准备出国,就把这摊子事移交给了李铭办理。

宋子文是在4月5日的中央政治会议上自请辞去兼任的中央银行总裁一职的。新的央行总裁一职,他提议行政院长汪精卫保荐孔祥熙继任。本年初,宋因财政支绌多次请辞财长职,经汪精卫等挽留才勉强留任,他这次主动让出央行总裁,还是让朝局中人感到吃惊,因为这太不像事事都要揽权做主的宋氏风格了。

宋本人就辞职一事,曾致电他的助手、央行副总裁陈行,并让陈行转告关系较密的胡笔江、唐寿民、胡孟嘉等人,称自己辞职"于财政金融有益无损,一切仍照原定计划进行"。宋辞去央行总裁的原委,在当天稍晚时候财政部次长徐堪发给陈行的密电中有所披露:"部座本日中政会提出辞中央银行总裁职,并请汪院长保荐孔庸之先生替代,其目的,大概俾各方明了财政状况,不致仍然继续要求增加经费。"徐堪要求陈行立即把这一消息转告李铭、张嘉璈、贝淞荪、胡孟嘉等人。① 而据当日参加这次会议的局外人胡适说,宋的辞职显然是"被迫"的。

4月6日,宋子文从南京抵上海,对报界发表谈话称,蒋把重点放在江西,故赴赣一行,并非放松华北战事,对日决不会妥协,相信政府中无一人肯做李鸿章,外传本人消极,亦不确。另谈及请辞中央银行总裁一职时,称:本人辞央行总裁职,系因该行基础已固,毋须再由本人兼任,俾本人可专心致力经济建设,现已发表由孔祥熙继任,但理、监事均无变动,今后财政部对该行仍尽维护全责,云云。②

宋子文本月将要赴欧洲和美国,借着在伦敦出席世界经济会议之机,与罗斯福总统会谈棉麦借款、缓付庚款及白银问题,这事张嘉璈是从贝祖诒那里知道的。贝、宋交情深厚,金融圈中早就不是秘密。故而,宋子文赴欧美展开这一重要的外交活动,绕过中行董事长和总经理,让上海分行经理贝祖诒随行,众人也没觉得太过惊讶。4月17日,宋子文到上海,行前向家人辞行,同众随员出席上海各界的欢送茶会,到会有朱庆澜、虞洽卿、王晓籁、史量才、穆藕初等上海闻人,金融界代表有李铭、张嘉璈、秦润卿诸人。次日即将乘坐"杰弗逊总统"号出访的代表团成员,财政部会计司司长秦汾、财政部秘书黄纯道、中行上海分行经理贝祖诒、前驻美使馆秘书魏文彬、财政部美籍顾问杨格等人,悉数到场。

宋在会上致辞称:此次出访,实是因接到驻美驻法的施肇基、顾维钧两位大使多次来电,决意一往,本人明知中国此时无办法,但总冀于

---

① 《宋子文政治生涯编年》,第259页。《编年》还收录了胡适日记中对宋子文辞央行总裁职的记录:"宋子文被迫辞职事,蒋介石赶来开中政会,他主席,汪精卫报告,全会无一人发言讨论,亦无人敢反对。"胡适1934年2月5日的日记,《胡适的日记》(手稿)第11册。

② 《大公报》,1933年4月7日。

无办法中寻办法,国内不景气,全世界亦然,此行非为国内不景气而求救,乃因中国在世界经济场上固负有重大使命也。宋最后称,经济较国防更为重要,他此次经济之行,不仅代表政府,更是代表人民,结果如何,尚不敢言,唯有一愿,就是不辱使命。

宋子文说他不是去"求救",在座的金融中人都明白,他是顾惜颜面,强打精神,国际银价的大幅度下跌已给中国带来严重损失,美国人要是再任由银价下跌,中国经济就没有活路了。5 月 8 日,宋子文在施肇基陪同下与罗斯福在白宫会面时,罗斯福对华北战事和日本人最近攻陷热河非常关切,多次询问,宋不懂军事,似乎对军事也不感兴趣,张口闭口不离经济。他要求美国出手安定银价,同时提供不少于 5000 万美元的借款,还保证,这笔借款会用于在美采购棉花麦类等大宗的货物。

罗斯福口头答应了,让他去找国务卿赫尔谈。宋子文在走出白宫时高兴地对报界宣称:总统与予谈话时,态度极为亲善,予极受感动,予与罗斯福总统对将在世界经济会议期间讨论之关税、银价及其他经济币制问题,意见已趋一致,予敢担保,中国代表在伦敦决与贵国赴会代表密切合作。

6 月 5 日,宋子文一行乘"欧罗巴"号邮轮抵达英国南安普顿港,中国银行驻英国办事处主任李德燡、庚款办事干事王景春等将他用火车接至伦敦。十天后,宋子文在和颜惠庆、郭泰祺共同出席世界经济会议时,发表演讲阐明中国准备与他国合作之政策大纲,及中国所能做出之重要贡献,称中国将通过增进国际合作来达到提高生活、发展经济之目标,欢迎外资开发中国富源,保证不会实行关税壁垒,并再次呼吁安定银价。会议随后签署了国际间的一个稳定银价的协定,限制各国出售白银。

银价终于又涨回去了。世界经济会议后,美国政府发表收买国内新产银价,较市价涨幅达 50%。这是中国的财政官员们乐于看到的。但让人瞠目结舌的事在后头,1933 年下半年开始,国际银价抑制不住地上扬。这不是正常的市场反弹,而是美国操纵的结果,因为最大的白银生产国虽是墨西哥,但墨西哥白银生产的 75% 是在美国资本控制下,在国内白银生产较为集中的西部七州(犹他、爱达荷、亚利桑那、蒙大拿、内华达、科罗拉多和新墨西哥州),白银一向是重要的经济产业,而来自这七个州的参议员控制了当时参议院中 1/7 的投票权,这些州的议员与白银矿主一起组成了白银集团(Silver Bloc)以获利。

宋子文总算明白过来,罗斯福当时为什么那么爽快地答应出手稳定银价。银价狂跌损害了美国白银矿主的利益,要求调高银价的呼声早就不是一日两日了。大萧条延续数年,全球经济还没丝毫回暖迹象,美国人日子也不好过,为了转嫁经济危机的压力,他们决定操纵白银市场了。罗斯福本来是答应援助中国的,实际所做却恰恰相反,变成了落井下石。其情形就如中行同人、金融史家姚崧龄忧心忡忡所说:"国难纷呈,一难未除,一难又起,国际银价低落之疮疾未复,美国提高银价之威胁又来。"①

宋子文结束访美后不久,美国国会通过了一项白银购买法令,按照新公布的购银法案规定,美国的金银储备中,白银须占 1/4。稍后又宣布白银国有。内华达州参议员皮特曼,此人系白银矿主的代言人,他声称,银价走高,"能使中国及其他银本位国家的购买力得到提高,从而为美国商品开辟广阔的未来市场"。如果美国政府白银收购仅限于国内,当不致影响国外银价,但随着美国在伦敦市场大量购入白银,人心看涨,银价一路飞腾,投机热顿入高潮。

银价狂涨给银为本位币的国家带来致命打击,用银大国中国的白银开始汹涌外流,随即国内出现通货紧缩,银根枯窘,周转不灵,不少银行、钱庄、工厂、商店纷纷倒闭,信贷和投资市场受到严重打击,使本就困窘的国民政府财政雪上加霜。在这关键时刻,不知是性格上的原因还是对日态度上的分歧,宋子文辞职了。接替宋子文担任财政部部长

---

① 姚崧龄:《中国银行二十四年发展史(民国元年至民国二十四年)——张公权先生建立近代金融组织基础之成就》,第 9 章第 7 节,台北传记文学出版社,1976年版。

的孔祥熙抱怨说:"在我就任财政部部长(1933 年 10 月)后不久,一连串的经济危机就开始爆发了,这都归结于国际银价上升和美国的白银政策。"驻美公使施肇基照会美方,要求阻止银价高涨,罗斯福却推说,白银计划是国会定的,总统也无权撤回。这也正应了当初宋子文在中政会上报告出访情形时所说:各国与我同情者虽多,而皆非能为中国仗义执言者。

张嘉璈明白,美国提高银价,国人视藏银为有利可图,若此种心理逐渐蔓延开来,人民势必舍纸币而藏银圆,其结果将使银行纸币回笼,国内商业银行发行的货币将大受打击,一些实力较弱的银行可能会先在风潮中倒掉,随后势必波及中央、中国、交通三大行,动摇国家金融根本。当时各业处于危机中,中行身处其中,急谋补救,但能否阻止银价提高,权操于美国之手,非中国政府和中国的金融界所能转移,他只有联合同业,一面向美国当局呼吁,一面向财政部献策。经与上海银行同业公会议决,1934 年 2 月 2 日,上海银行家们向罗斯福致电,力陈提高银价对中美两国皆有不利:

> 本市银行业同人敬致意于贵大总统阁下:自贵总统施行复业计划,使美元价格下跌,贵国物价果以上腾,失业日渐减少,但敝国物产价格继续下跌,白银势将流出,为投机事业制造机会。况敝国数十年来天灾人祸,人民生活已陷于水深火热之中。贵国购银政策若继续进行,敝国农民生活将益感困苦,国际汇兑亦将有非常之混乱,双方经济均蒙不利。敝国银行同业极盼望贵总统俯察敝国情形,将银价采取稳健之步骤,勿使突然高涨,造成汇兑上之困难。特此电达,敬祈察纳为祷。上海银行公会。①

这封电文发出后,美国政府曾电上海美国总领事调查实情。一个月后,美国财政部派经济学家罗吉士来华,调查中美贸易到底是高银

---

①　《中国银行行史资料汇编(1912—1949)》上编,第 554 页。

价有利还是低银价有利。罗吉士在上海待了一个月，与中国金融界领袖分别讨论，又遍游内地，征询意见。他在发给美国财政部的报告中称，高银价不利于中国的出口，且导致农产品价格下降，内地存量大量流入口岸，农民更苦了，若再不有所调整，中国经济会更加危殆。但此时的美国政府为国会白银派议员所左右，罗吉士的报告激不起半点回响。

对于食利者而言，中国白银成了案板上的一只肥羊，任谁都要来分一杯羹。不仅银行业参与运输白银，就连一些房地产行业，也通过买卖中国白银牟取暴利。中国的白银库存呈直线下降，据相关数据统计，仅从 1934 年 6 月底到 10 月中旬，从中国流出的白银达到 21200 万美元。[①] 另据中国银行统计，1934 年白银报关出口计 25990 万元，私运出口约为 2000 万元，虽暂未因此减少中央、中国、交通三行之发行，未动摇三行之现金准备，其势若不遏止，金融紧缩是迟早的事。那么可否禁止白银出口呢？上海的银行家们认为这是"绝对不可能之事"，因为这"足使社会发生恐慌"，他们通过《银行周报》记者发表主张说："盖我国入超甚巨，平均年达 7 万万元，如禁银出口，则我国所购外货之入超，将何以偿付？且英美汇价，因此上升，而在中国之银价，因不能流动而益跌，结果将引起极大之恐慌，私运白银者又将有宏利可图，届时禁不胜禁，而白银依然可以外流。"[②]

为阻止白银外流，张嘉璈和金融界同业都投入到了应对和补救中去，他们向政府建议，征收白银出口税以阻止外流。还建议财政部专门设立外汇平市委员会，这个委员会由中央、中国、交通三行各指派一人参加，先集中流动资金一亿元，由三行按比例分担，所征平衡税都拨交委员会作为平市基金，通过总税务司解交中央银行另户存储。中国银行方面由上海分行经理兼国外部经理贝祖诒为代表。

---

① 迈克尔·罗素：《院外集团与美国东亚政策——三十年代美国白银集团的活动》，复旦大学出版社，1992 年版。

② 《中国银行行史资料汇编（1912—1949）》上编，第 555—556 页。

　　白银出口税征收之前,市面谣诼纷纭,为缓和人民的藏现心理,应对可能出现的提存风潮,张嘉璈通令各分、支行充分供应现洋银圆,对于内地分、支行请求装运现银圆者,一律应允。中国银行因发行最多、汇款出处最巨、运入内地之银圆亦最多,仅1934年的最后两个月,由上海装入内地之现洋就达到5700余万元。白银外流的合法出口给堵上了,饶是如此,走私出口却更形猖獗,据估计,1934年最末几个星期中,就有价值2000万元的白银走私出口(1935年白银走私出口估计在1.5亿美元至2.3亿美元之间)。政府还想派宋子文再度赴美与罗斯福交涉,白银派议员们说,宋子文要来可以,就是不许提白银二字,遂中止。

　　这次风潮使白银作为货币使用所存在的价值不稳定性的弊端暴露无遗,实施了几百年的银本位制动摇了。经济学家和银行家们开始重新思考数年前甘末尔开出的实施金本位的药方。为减少民众对现银圆的需求,张嘉璈指令中行上海分行增发一元券纸币。民众对中行纸币信心未减,对其发行的一元券视同现银圆,乐于接受。这引起了他的极大注意,认为民众信用货币,视同现银圆,中国币制脱离银本位的时机已经到来。他在随笔中写道:

　　　　中国币制落后,致不断遭遇银价忽涨忽落之压力,今幸人民信用健全纸币,在此白银风潮中,乐用本行之一元券,视同银圆,有此表现,足证健全纸币,已有巩固基础,何难放弃银本位,改为管理通货。①

　　他说,自征收白银出口税与平衡税后,现银出口已大见减少,"今后之币制问题,端在如何稳定对外汇率,及维持纸币信用"。其根本之策,在于增加出口,减少进口,平衡国际收支,使人民对于纸币信用不发生

---

　　① 《中国银行二十四年发展史(民国元年至民国二十四年)——张公权先生建立近代金融组织基础之成就》,第180页。

丝毫动摇,其枢纽在于纸币准备必须确实,发行不能随意膨胀。他认为,对于建立近代管理通货之基础,他和中国银行已尽了最大努力,"而今后完成改革币制之责,在于政府当局"。

这番话,足证张嘉璈在此次白银风潮中,对币制改革怎么进行,大致已成竹在胸。他所说的健全发行制度、通货准备必须确实,也与日后英国经济学家李滋罗斯所建议实施法币的必具条件若合符节,即一为改组中央银行为独立的中央准备银行,不为财政之工具;二为平衡预算,避免以发行弥补预算之不足。

日后,国民政府于 1935 年 11 月颁布币制改革紧急令,脱离银本位,发行法币为新货币,固是为了摆脱美国一意孤行的白银政策的掣肘,对冲银价上涨导致的金融恐慌,从而挽救濒临破产的中国经济体制,从另一方面也验证了张嘉璈不凡的预见性。至于此次法币改革由于不受硬通货储备限制,隐含着恶性通货膨胀的因素,并最终导致国民党政权的垮台,这诚为历史的教训,而在当时则不为一般经济学家所预见。20 世纪 50 年代,张嘉璈从一个银行家、前政府官员转型成为一个经济学者,在美国斯坦福大学胡佛研究中心任中国经济研究员,他的最重要著作,就是自述战后与恶性通货膨胀缠斗经历的《中国通货膨胀史(1937—1949)》,①也真是造化弄人,应了一句"万事由天不由人"的话。

白银风潮的余声,直到 1936 年 4 月,银行家陈光甫以财政部高等顾问的身份率领中国币制代表团赴美,与美国财政部长摩根索经 40 余天的艰难谈判,以备忘录及换文形式达成《中美白银协定》,才换取美国政府对购买白银、维持银价新的一纸承诺。而此时,已到了全面抗战爆发前夜。新币制在战时的稳定,对中国坚持抗战并最后赢得胜利,其意义自不待言。

---

① 原作名 *The Inflationary Spiral: The Experience in China 1939—1950*,美国麻省理工学院国际研究中心出版,此书曾在 1986 年由文史资料出版社出过杨志信摘译的一个简体中文选本。近年,中信出版社有简体中文版的于杰译本《通胀螺旋:中国货币经济全面崩溃的十年(1939—1949)》。

四、能行则行

　　第十七届股东常会,张嘉璈做民国二十二年营业报告,他注意到,近年华北兵灾、华南水灾,致使中国经济的"病态"愈加显著。农村田地贬价,农产品价格一路下跌,农民日渐穷困,"全国上下均知改进农村之不容稍缓"。政府也渐悟培养民力之切要,自行政院提出开发西北后,这两年,国府要员、经济学家、新闻记者考察西部成一时之风尚。1933年和1934年间,张嘉璈也数次与朋友和金融界同人一道,分赴西北和四川考察。

　　1933年的华北之行,行踪所至,经苏、皖、豫、陕、冀、晋、鲁七省,京沪、津浦、陇海、平汉、正太、胶济、北宁七路,为时正好一月。中行同人随行者,为天津分行经理卞白眉、大阪分行经理戴蔼庐(字克谐)、总处稽核刘映侬三人,张肖梅在车过徐州站后加入。两位朋友,中棉公司常务董事、苏纶纱厂总经理严裕棠,商务印书馆协理潘光迥(纽约州立大学研究院商学硕士、社会学家潘光旦的弟弟),一个为考察华北棉业,一个为调查商务各地分馆情况,因交情深厚,又是同一线路,也获邀同行。

　　此次考察,张嘉璈于途程中遍历各行及堆栈仓库,除对各地同人训话外,又有数场个别谈话,询问各地行员工作和生活情形甚详,随行记者有《西北行程纪略》,考察团成员卞白眉有《视察津属经历秦豫冀四省观感记》,分刊于《中行生活》第21、23期,萃其精要,可约略知此次考察大概:

　　10月20日,张嘉璈、严裕棠、潘光迥、卞白眉、戴蔼庐、刘映侬一行六人,乘京沪早车从上海出发,次日上午过江,搭津浦线车北上。在徐州,与张肖梅会合后,视察中行堆栈,便道游览街市及老黄河堤之五省通衢坊,参观了实业家杨树诚(或名杨聚诚)的宝兴面粉厂。

　　这杨树诚,河南人氏,早年名杨金,乃是一个商界奇人。此人原系贫寒人家出身,幼时父母双亡,被一个美国传教士收养,带出洋去,授以开矿术。丁文江草创地质调查所时,杨某找上门来求助,丁文江介绍他到中国矿业公司下属的一家矿场打钻。赚到第一桶金后,杨某就不再打钻,转而经营面粉业,骤得暴富。二次北伐时,丁文江因与孙传芳交好,不得已避祸大连,落魄到了连房租都付不出,杨某不知何处打听到,寄去 5000 元,这笔雪中送炭的钱,支撑着丁文江在大连完成了《徐霞客游记》的整理和研究。

陈光甫也与此君打过交道。1930 年底,陈光甫自上海沿津浦线北上视察华北各地分行及旅行社,在徐州时,杨树诚过访。当时杨的宝兴面粉厂引入德国机器,正在筹设新厂。陈光甫感其热诚,在徐州的几天就住在宝兴厂里,还在日记中写道:"杨君幼贫失学,做矿工,以坚苦卓绝,得出人头地,于矿业上极有经验,近年创办面粉厂,其计划气魄,咸有过人之处。观于杨君之造就,可见中国社会,不论何人,苟能艰苦努力,必能占一相当之地位。"①

杨树诚和他的工厂事业,给张嘉璈一行留下了深刻印象。此次同行的严裕棠,是上海、苏南地区一个颇有名气的实业家,洋行学徒出身,早年在杨树浦与人合办作坊式的大隆铁工厂起家,精于纺织机、面粉机等机器铸造,在内地投资有多家纱厂和纺织厂,目前作为中棉公司常务董事,正实施棉铁联营计划。严、杨一谈机器事,大有相见恨晚之意。卞白眉在他的"观感记"中对两人进行了比较,他记述道:"杨君亦从艰辛苦难中而至今日者,惟其不恃人才以为辅助,不用薄籍以资稽考,仅凭一人之记忆,而欲管理诸般之事业,虽似奇才,难乎仿效,则吾宁以严君为法也。"

在卞白眉看来,杨树诚是一个"奇才",但他的成功是不可复制的,现代企业要走向成功,严裕棠更值得效法:"严君自谓少年失学,然常识甚丰,不仅于花纱机器,研究有素,且于营业眼光,亦有独到之处,重信用,精计算,脚踏实地,不欲侥幸成功,且注意人才,明于赏罚,尤足多也。"②

① 陈光甫"视察日记",1930 年 12 月 8 日。《陈光甫日记》,上海市档案馆编,上海书店出版社,2002 年版。

② 《视察津属经历秦豫冀四省观感记》,《中行生活》第 23 期,1934 年 2 月 1 日。刘平编纂:《稀见民国银行史料三编:中国银行〈中银生活〉月刊分类辑录(1932—1935)》,上海书店出版社,2015 年版,第 771 页。

自徐州坐陇海线的夜班火车，10 月 24 日一早到达郑州。中国银行在郑州的业务属津行管辖，卞白眉已安排属员束云章在此等候。在郑州，他们参观了中棉公司主办的大中打包厂及陇海花园苗圃，召开了行员谈话会。两日后，乘车入陕，先抵潼关，夜宿中国旅行社附设的旅馆，设备和服务都堪称周到。这中国旅行社是上海商业储蓄银行的物业，乃是陈光甫为实现其"辅助工商、服务社会"之旨所开办，也兼作进军各省开设网点的前锋，由其亲信下属朱成章打理。对陈光甫这一奇招，众人皆咄叹不已，有魄力有手腕的南北银行家也算不少了，有谁会想到去办个旅行社？难怪人家由十万资本起家，跻身"南三行"领袖人物了。

潼关住过一宿，一早，考察团一行分乘大小汽车二辆，路经骊山下的华清池旅馆稍憩后，下午抵达西安，住进城内梁家牌楼七号，这里是中棉公司在西安的一处物产。

张肖梅坐的是大的一辆，这个女经济学家一路记其颠簸入陕的经过，还有对风土、物产、人民生活的观察："余等由郑州乘火车至潼关，即在潼关宿一宵。次早启程由潼关至西安，有大道可行。余等分乘两车，一为小车，比较尚佳，一为大汽车，如上海之踢车，其上仅蔽薄板，门窗皆不完全。余即坐此车中，盖因此种风味，殊不易看到也。路虽兴建未久，但因不甚平坦，车行颇苦。

"该地人民，因连年兵燹，继以大旱，饿殍载道，受灾极深。故沿途所见，至为荒凉。闻五年前人口尚有一千万左右，今则十室九空。虽无确实统计，据称死者约二百万，逃亡者亦近是。居户锐减，寥落异常。四五年前驴子甚多，现已绝无仅有。道旁见有墙无顶之屋甚多，询之则曰：屋主因贫，售屋苦无买主，只得拆卸零沽，以之糊口。

"一般老幼，衣能蔽体者，已属难得，类皆粗布褴褛，经年不易。食则因天旱饥馑之后，每人每日止吃馍馍三四枚，以资一饱，故一家食用，极其简单，大约一角钱一日即足。言住则无齐整之屋舍，大多伏处窑穴，窑为土制，因陋就简，仅蔽风雨。言行则有黄包车可以代步，车上加以布篷，乘车可以卧于车内，以图舒适，民性之懒，概可想见。"

陕西省主席邵力子和绥靖公署主任杨虎城在省署宴请了张嘉璈一

行。张嘉璈说，陕西人口号称八百万，一路经过村镇，实亦有地广人稀之景象，虽然西部数县灾荒严重，但主要还是惰民太多，贪安逸，不耐劳，而陕西的工业基础，实在太弱，可以说尚未萌芽，吾人之往西北，非托名于开发大西北这个大题目，而是因为西北的出产，与本行在陇海路和平汉路之机关有深切之关系，不得不往经营，故吾人宜勿唱高调，而以光明之态度，来做正大之经营。

邵力子对于外省有志前来西北兴办企业者，表示欢迎。他也反对唱高调，希望前来投资的实业家们，应具光明正大之宗旨，精确之计算，充足之资本。未开办前，可以联合本地人士做一部分投资，办成之后，并宜于本地事业，做相当之辅助，要是只图近利，资本又不充足，而欲联络一部分士绅，以图侥幸，则必荆棘横生，即官厅方面，亦觉爱莫能助。

出西安，复经潼关、郑州，接下来的行程是河北省的新乡、卫辉、彰德、邯郸、邢台、石家庄、定县、大兴。张肖梅因恐主编的《中行月刊》出版愆期，急于回沪，就没有和他们一同下车，经过徐州原车南下。是以，她此行的终点是西安，对陕西省地瘠民贫的感觉也尤深。她最引以为隐忧的，是该省人民大多吸食鸦片，即便是十五六岁的少年，也都染此嗜好，搞得人人骨瘦如柴，面无人色，而大小各店以及旅馆、茶楼，还在堂而皇之代理经售此物。"人性懒惰，多半种因于此，流素所播，实足为亡国灭种之祸根"。救济不尚空言，也不是作一两篇农村经济调查的时髦文章就可了事的，这位女经济学家一路想的是，开发建设西北，"交通如何使之便利，教育如何普及，人民组织能力如何训练"，都为先决条件，"虽前途困难重重，惟在力行如何耳"。

河北各处的支行、堆栈、仓库，津行是管辖行，接下来自有卞白眉安排一切。卞白眉年纪虽不大（1884 年生人），也算是中国银行的老人了，辛亥后就参与大清银行的善后和中国银行的筹建，旋因抗命停兑移居津门，张嘉璈出任中国银行副总裁后，才又请他重新出山掌管津行，这些年，津行在他的打点下，各项事业正蒸蒸日上。

仪征卞氏，乃簪缨世家，到近世，更是声名赫赫。卞白眉的祖父卞宝第，曾任湖广总督，驻节武昌，他的一个叔父卞綖昌，是张之洞的女婿，以外交官身份常驻日本长崎，卞白眉娶的夫人，又是李鸿章的侄孙女李国锦。众人知道卞白眉幼有神童之誉，又听说他赴美留学前，家里曾给他捐补太常寺博士，都纷纷拿他打趣，卞白眉也不以为意。

11 月 7 日，早晨 7 点 50 分从石家庄上车，经正太线，傍晚 5 时至太原。当晚，省主席徐永昌邀宴于山西饭店。接连几日，考察团在太原参观晋生织布厂、晋恒造纸厂、晋华卷烟厂，又两次去逛了晋绥物产展览会。展览会上，各种土物之外，还陈列着一些仿造的机器，还有一辆仿造的福特牌汽车，模样逼真，却发动不了，令众人哑然失笑。

相比于陕西的贫瘠，一入山西，众人只觉景象大异，省内工厂渐多，交通较便，举凡沿海的文明事物，这里也都在步趋模仿，虽未能尽善尽美，却也应有尽有。众人在考察中也发现了一些不足之处，要之在于山西建设的设计师阎锡山重外表轻实质，小农经济式的视野，不够开阔。卞白眉记录道："特其缺憾，在当事者乐于速成，安于苟简，遂轻视高深之技术，薄待练达之技师，加以地方畛域之见太深，自封之念过重，故虽本省才智之士，亦觉无可展布。"他还特别提到，一些地方的富厚之家已经外迁了，资金外流现象已经非常严重。"至其自给自足之主张，虽未可厚非，然行之于一国，在经济学家视之，已觉有不尽相宜者矣。"①

戴蔼庐则以为不然，他对阎锡山治下山西的井然有序赞赏有加，以为这正是他心中"理想的梦"。戴是杭州人，南社社员，出任中行大阪分行经理前曾主持北平《银行月报》及上海《银行周报》十余年，一支秃笔议论遏云，文章学识，都为时人所重。他去年参加久负盛名的《东方杂志》发起的"新年的梦想"大讨论，与一班名流梦话连篇，展望未来中国，还荟集成书，风头一时无两，当下操着一口杭州官话，又把他的观点重讲一遍："中国未来是怎样的一个问题，我从现状的观察，却有一种理想的梦，便是无论在精神上，物质上的各种行为，应该处处能照着一定的秩序去做。大到政治上的破坏规则，小到上火车、上电车的时候，大家

---

① 《稀见民国银行史料三编：中国银行〈中银生活〉月刊分类辑录（1932—1935）》，第 771 页。

争先恐后,不惜将人家挤开,这都是不守秩序的习惯,所以我的梦想,是要人人能守秩序,不论精神上,物质上,都得如此才好。这种梦想,人家说是教育程度的关系,我想,更需要一坚强的力量去制裁,这种有力的制裁,要比教育来得容易见效,因为现在的教育根本上是没有秩序的。"

就是这个把"秩序"当作最高梦想的戴蔼庐,抗战爆发后和周作民、董修甲等人附汪投逆,为时人所不齿,也算是造化弄人。

11月9日上午,张嘉璈、严裕棠、潘光迥、卞白眉、束云章等五人乘车到五台县的河边村,拜访了阎锡山。让众人惊讶的是,这个村不仅通了公路,有下水道,而且安装了路灯,五台县流传一句话,"县不如镇,镇不如村",说的就是五台县不如东冶镇,而东冶镇又不如河边村,看来传言非虚。阎在几百间楼阁殿堂错落有序的私人宅第接待了他们,对自己在山西搞的"六政(水利、种树、蚕桑、禁烟、天足、剪发)三事(种棉、造林、畜牧)"津津乐道。谈到中国银行向农村放款事,他向张嘉璈等人问了一个问题:"银行所负债多,多系期短而数巨者,今散布各处,期限复长,设一旦有变,如何应付?"

卞白眉记述道:"此实行家之言,不可忽视,而迥异乎时流唱爱国保群之高调、而责望银行供给巨款者矣。"

张嘉璈等当即予以解释,答以如何预储准备,如何使专为普通营业而设之机关,兼以少数试办。"然其言则深可玩味也。"阎锡山后来说了什么"深可玩味"的话,卞白眉记述不详。

太原逗留四日后,张嘉璈和严、潘、卞、陈诸君乘午车,于11月11日晚间抵石家庄。次日去保定,视察本行办事处后,游览了著名的莲池书院和中山公园,随即登车去北平,视察本行南城、花市、西城、王府井等办事处。

11月14日,张嘉璈由平抵津,看了津行货栈,参观宝成钞厂,晚间于卞白眉寓宅聚餐,开谈话会,作此次行程之结束。

返程中,途经山东邹平县,他还去乡村建设研究院看望了研究部主任梁漱溟。三年前,正是梁漱溟以"和尚出家"一样的精神兴兴头头从事乡村建设,在上海金融界掀起"资金归农"的热潮,张嘉璈还派总处的陈隽人前往邹平调查，而后，确立了以农民所组织的合作社为基础、然后将都市资金大量流入农村的农贷方针，中行还在济南合作开办了三处附属企业：中国棉花打包公司、中棉公司、仁丰纱厂。与梁一夕交谈，他们都深有同感，都市与乡村的裂缝非但没有弥合，反而更形扩大了。

梁说："我来做乡村运动，在现在的世界，在现在的中国，也是同和尚出家一样。我同样是被大的问题所牵动，所激发。离开朋友，抛弃亲属，像和尚到庙里去般到此地来。因此事太大，整个地占据了我的生命，我一切都无有了，只有这件事。"张嘉璈则表示，上海的有资产者，应该立刻送钱送人才到内地去。他说，明年他将往内地一行，着力推进此事。

一路陪同考察的卞白眉把此次经历视为"宝山归来"，他在自述中写道："此次总经理视察津属各地，咨于有一二处办事人较为勤劳者，皆予以相当之慰勉，正足以鼓舞精神，益加奋励。特津行及所属以种种有关系，历来成绩均不甚佳，受奖誉之时少，受责备之时多，戒慎恐惧，故尚肯努力向好处去做，稍蒙奖许，决不敢即因之自满而怠荒。"

卞白眉说，这次考察旅行让他更感收获的是朋友间结下的难忘的友情。同行者中，严裕棠君之老成硕见，观察精详，潘光迥君之温文尔雅，多才多艺，以及中行同人之各如其分，已足增此行之愉快；至若总经理张嘉璈之遇事考询，不懈松懈，对于后进，循循善诱，各救其偏，更让他觉得是金融人安身立命之楷则。"此次同行之人，朝夕甘苦相其，各人之性情习惯，思想智识，皆不时于无形中流露，故无论新知旧雨，在线二十余日之中，相知相谅之深，视之较久之年月，实有过多而无不及。"

而对于一同参加考察的商务印书馆年轻编辑潘光迥来说，这次为期四星期的旅行，不啻是参加了一次短期"训练班"。在接受《中行生活》董孝逸的稿约时，他说，内地的生活不外在生死之间挣扎，我们在大都会里沉醉的人，恐怕不易谅解的许多，但是中国银行已经毅然决然地在此荒凉惨淡的环境中，尝试一些创造的事业，"我所遇见的贵行的同志，个个是务实耐劳，我敬仰他们，因为他们不是衙门式的公务人员，只在嘴上讲许多为国为民的话，而是与民众同甘苦的新向导，去辅导社会一切的事业,作忠实的服务"。

潘光迥说他特别钦佩同行诸君的,不是算盘打得奇快,而是他们快速熟悉环境的能力,只要一谈起银行事业的推广,他们对于当地风土、水陆交通及绅商官厅关系,都能说得头头是道,平日所谈,也是三句不离本行。同人参观时,考察精细,一个个都好问、善问,参观后讨论的深切与细密,都具备一种科学的态度。几个年岁较长的,一点不卖老,反而有种少壮的劲头,有一位上了年纪的同行者这样对他说:"我是一辆破旧汽车,看相欠好,但是机器健全,反较新车子碰压得起呢,禁得起风险。"这让他觉得了此人的可爱,"竟如求学时代的学生一般,既有新的精神,又有旧的涵养"。有一次,他对张先生说了一句话:"你们银行要赚几个钱,可真是苦极。"他本以为对方会就此大倒苦水,没想到张嘉璈这样回答他:"这样看法,就是一个错误,我们假使把银行完全当作一种事业来看,就无所谓苦不苦。"

潘光迥认为,此次张总经理出发到西北,说走就走,说行便行,事前既不迟疑,临事更不畏劳苦,正体现了中国银行精神里最可宝贵的"能行则行"。想到说到,就要做到,所以有了此次集合各方面关系的同人,去到一处,解决一处,想到一事,解决一事,敏捷反应,勇敢担当。这乃是知行合一的真正践行。"一行之后,内部办事上可以多得好几分联络,精神上多得好几分贯彻,对于银行事业的全般,更可以找出一些有统系的建设与推广的路径。"①

---

① 潘光迥:《中国银行服务生活的"八段锦"》,《中行生活》,第 23 期,1934 年 2 月 1 日。

第九章　入　川

一、荣　枯

　　1934 年,农历甲戌年。这是一个平淡无奇的年份,也是一个暗潮汹涌的年份。这一年,十九路军兵败福州;"满洲国"恢复帝制,溥仪当上了康德皇帝;日本发表侵华宣言——天羽声明;希特勒与墨索里尼在威尼斯会面;德国和波兰签订《互不侵犯条约》;兴登堡逝世,希特勒继任德国总统。

　　年初中华苏维埃第二次全国代表大会在瑞金召开,几个月后,国民党军占领中央苏区,中央红军开始长征。从此,突围与追剿,成了这个国家最大的军事行动,像黑洞一样吞噬了无数真金白银。这一年,象征着都市时尚的"无轨列车"在上海隆隆开动,在资本的助力下,出版空前繁荣,朽烂的南方文化和新潮的买办文化一相逢,催生出时髦的海派文学并迅速繁荣。也是这一年,自由派文人、一代报业巨子史量才死于阴谋者暗杀的子弹。

　　在四川,经历了"二刘"(刘湘、刘文辉)互争雄长的大大小小上百场战事后,饱受战乱之苦的川人也终于可以喘一口气了,因为侄儿刘湘终于把叔叔赶去了西康,获得了名义上的胜利。川政统一了,中央为限制地方军阀势力,也开始重视四川的发展,一些银行和大企业正在计划向四川投资。这一年,号称"西南第一路"、从成都途经简阳、资阳、资中、内江、隆昌、永川、江津直抵重庆的成渝马路全线通车,诚为轰动巴蜀之大事。据说,它已经修了 9 年,因为打仗,一直修不成。

"五月素为多事之秋,而本年国内及四川尚相安无事",既然有此难得的太平光景,张嘉璈自然是要入川一游,偿他二十余年之夙愿了。少不入川,老不离乡,他今年46岁了,鼎盛之年,腿脚、脑筋,都是最好的时候,再不入川就晚了。

这几年,张嘉璈遍历中国,沿海都市的繁荣与内地和农村金融枯竭的现状对照,触目惊心,已让他深感这个国家的经济已处于严重的畸形中,若不加以纠偏,不仅沿海的产业界和金融界有随之衰落的危机,而且整个社会也将面临被撕裂。

"繁荣内地是谁的责任?"年轻一代中也不乏敏锐而有担当者发出这样的诘问。诚如这个年轻的记者所说:假使我们站在上海的黄浦江头望一望,对面工厂区域的浦东,烟囱林立,不时吐出一层层的黑烟,江中泊着张有各色国旗的兵舰和装货的轮船,最有名的"外滩"和几条横贯的马路上,崇楼高耸,高厦林立,肩摩踵接,车水马龙,十足表现了都市的"文明",而一到晚上,随处可见的红绿闪烁的霓虹灯光,远近场所不时放出的高下抑扬的音调,在在足以摇惑着人的灵魂,一切的一切,显示了"快活的、美满的、醉人的、陶情的"风光,可是,"回过头来,闭眼想一想内地的情形,农村濒将破产,民生是怎样的颠连困苦,若与都市的生活比较起来,真不啻有天壤之别。"[1]

这也正是张嘉璈所担忧的,现金和人才均集中于都市,这是反常的,畸形的。这种畸形的发展,实在蕴藏着无限的危机。都市的这些华美,并不足以代表中国的真相,内地的一切,才是中国真正的缩影。所以都市的荣枯,应以内地的荣枯为准则,繁荣内地的责任,应由都市的人去担当。

此次入川前,4月5日,他在圣约翰大学同学学术研究会做演讲,主题就是"内地和上海"。他说,民国十六年(1927)革命以后,内地的一切习惯和法律都遭到了破坏,新的习惯和法律顾尚未建立,一场接一场的内战又连轴而来,内地如此衰落,都市的上海又如此畸形繁华,顾念

---

[1] 野马:《繁荣内地是谁的责任?》,《中行生活》第21期,1933年12月1日。

前途,实已酝酿着一个极大的危机,因为内地农村破产的结果,亦将影响到上海的前途,尤其和上海金融资本方面,有着密切严重的关系。近年内地困难日深一日,上海的繁华则日甚一日,一切现金财富均集中上海,只要观察上海方面银行的发达和存款的增加,便可证实,如华商银行最初存款不过一亿元,而最近已增加至二十万万元以上。内地农村膏血一天天向上海灌注,现金完全集中上海,而内地的投资又缺乏保障,难免不发生现金的出路问题。

他认为,照目前百业凋敝、信用发生空前动摇的现状,银行方面一味采取收缩政策,内地不景气的情形一时不会好起来,上海的产业界和金融界随时都面临衰落的危机,唯一的救济办法,是上海的有产者立刻送钱、送人才到内地去。他说,内地的人民对上海人很觉讨厌,和穷人看见财主的讨厌心理一样,我们需加紧训练一批刻苦耐劳、富有思想并懂得专门技术的人才,以"殖民的精神"和"宗教宣传般的真诚"深入内地去,"拿我们的心,我们的精神"去指导开发,"我相信内地是有救的,关键便在于我们上海人的眼光,是否能即刻注意到内地去!送钱是比较容易,人才的产生则困难,所以现在我们至少应该着手去训练起来。"①

而独独注意到四川,是因为这个西南内陆省份除了具备当时各省固有之通病,如政治不良,租税负担过重,农民生活困难,购买力减低,输出输入不能相抵,金融枯竭,币制不统一等外,还有其"特殊之病":

第一为防区制度。1934 年以前,四川有第二十一军、二十四军、二十八军、二十九军等多个防区,以"二刘"论,刘湘的第二十一军防区为重庆、万县、奉节等 20 余县,总兵力约 10 万人,刘文辉的第二十四军防区有 70 余县,占四川大部分地区,总兵力约 20 万人。每个防区几乎是一个独立王国,租税货币均各自为政。商货转运,经过一防区,即须征收税项一次。"二刘"之战后,刘文辉败退西康,刘湘防区大为扩充,其他如杨(森)、邓(锡侯)、田(颂尧)训军势力迥不如前,但防区制度依然

① 《内地与上海——四月五日在约大同学学术研究会演词》,署名公权,《中行生活》第 26 期,1934 年 5 月 1 日。

存在。第二为田赋重征。各防区因财政困难,每年田赋,可征十余次,平均为七次,而人民不得不勉力担负,其困苦可想而知。第三为苛捐杂税,各省均废除厘金,而四川省对于各种货物之通过,几于样样有税。设卡征收,无异变相厘金。第四为货币不统一,现各省均改用大洋,唯独四川省有特殊之川洋。

张嘉璈日后归来对上海各报界发表游川感想,把此次入川之目的,吐露无遗:

> 以四川人口之众,物产之丰,论其面积,几同德国一国,所以四川一省,当视为上海工业之一大市场。在消费方面,固不必说,即如棉纱一项,若四川一省果能安定,人民购买力稍稍增加,则上海各中国纱厂所出产之棉纱,不难尽为四川一省所吸收。但欲使四川为上海制造品之推销市场,即须增加四川人民之购买力,亦即须增加四川人民之生产力,使之增加出产,推销于外,庶四川之出入口可以相抵。故一方应有技术人才,多往四川帮助其计划种种建设,一方面俟政治稍稍安定,币制稍稍整理,即可逐渐输入资金,以增加其生产力,此为上海实业界应具之眼光,要之外省人当以深切之同情,多与四川人接近,以尽辅导之责。①

他希望,向来不出四川一步之军政当局,多到外省游历,使南京、上海等通商大埠及各省多与四川沟通,则四川之进步与建设,来日自不可限量。

二、山　水

张嘉璈 1934 年春夏之交的四川之行,行前没做任何声张,启程之后,各行便接总处电嘱勿告外人。然而就在他离开上海不久,还未入

---

① 《张公权先生年谱初稿》上册,第 128 页。

川,5月1日的重庆各报,便登载了一条关于他入川考察的消息:

> 中行总经理张公权入川考察,已由沪搭轮西上。一日沪飞讯,中行总经理张公权氏,去岁曾往湘、鄂、晋各省考察,兹以四川地面僻处吾国西隅,物产丰富,素有天府之称,爰于最近决定入川一行,考察各地经济情形。现据记者探获,张氏已于昨晚搭乘捷江轮离沪,过京时并不登岸,将直赴汉口,再往宜昌、万县、重庆、成都各处,各地均将少作勾留,借资考察。同行者上海中行副经理史久鳌、经济研究室(副)主任张肖梅及随员秘书二三人,考察期预定几个月云。

张嘉璈此次专程赴四川考察,连沪、宜往返日期,前后历时45天,行程12751里,其中在川旅行6469里。行程路线为:先至重庆,继至内江、自流井,而至成都;由成都而嘉定、叙府(今宜宾)、泸州,折至重庆,又至北碚。在四川游历51处,计有:巫山、奉节、云阳、万县、忠县、丰都、涪陵、长寿、重庆、璧山、永川、荣昌、隆昌、内江、自流井、资中、资阳、简阳、成都、双流、新津、彭山、眉山、青神、嘉定、峨眉山、五通桥、犍为、叙府、南溪、江安、纳溪、泸州、合江等。①

川游同行者,除了报上所说的史久鳌和张肖梅,还有英籍经济学家、总行经济研究室代主任格雷,以及张嘉璈的三位师友:浙江兴业银行董事陈叔通、通易信托公司总经理黄溯初、苏纶纱厂总经理严裕棠。陈叔通是清末翰林,甲午后的第一批留日生,第一届国会资政院的民选议员,离京后入商务印书馆,因与浙江兴业银行董事长叶景葵颇有交情,任该行驻行董事。黄溯初是温州人,原名黄冲,溯初是他的字,从事实业前曾短暂从政,他还是个狂热的诗歌爱好者,这一路,他都不废吟哦。严裕棠是去年晋、陕之行的同游者。一群人里,陈叔通最年长。

4月28日,张嘉璈一行乘坐捷江公司的"宜昌轮"从上海出发,直奔

---

① 《川游行程》,《中行生活》"川行专号"第29期,1934年8月1日,《稀见民国银行史料三编:中国银行〈中银生活〉月刊分类辑录(1932—1935)》。

汉口。在汉口停留一日,因时间仓促,仅参观申新第四纱厂、瑞丰打包厂和扬子铁厂等。扬子铁厂在汉口下游20里的黄石江附近,年产铁三万吨,半数为上海各铁厂销用,因该厂运往上海之铁,中行曾做押汇,故张嘉璈予以特别留意。铁厂用煤,大多来自萍乡煤矿,唯因运费过巨,铁厂已基本处于半停工状态。船经黄石江,远远看见高大的工厂设备林立,却不见烟火,一众人都慨叹中国的铁工业在外商围剿之下的惨败。

沙市停泊4小时,在当地中行用午餐时,张嘉璈有简短训话,大意谓,内地银行员最易沾染"银行习气",滋生自大与自满,望同人切戒。

5月6日午间,船抵宜昌,众人雇汽船游当地名胜"三游洞"。此洞在州西20里,滨大江之左,面临下牢溪,岩穴深邃,风景清幽,唐元和年间白居易与弟白行简及元稹参游洞中,因此得名。其后宋苏洵及子苏轼、苏辙亦曾同游于此,人称后三游。汽船自宜昌至此处约一小时,众人舍舟登山,一路看碑刻游序,又在道旁一老刹与方外人茗坐,游兴即阑,登舟返宜。听陪同者介绍说苏东坡在此处留有诗,黄溯初早就按捺不住了。入城后,张嘉璈去给宜昌中行同人训话,众人又坐人力车巡游街市。直到晚餐后,宜昌的朋友才依依不舍送他们上船,黄溯初一登船就关上房门,去写他憋了一路的诗了。

5月7日晨,4时半许,船离宜昌,溯江西上。从此时起,山川形势大变,冈峦起伏,风景天成,同船诸人大多生长于江浙,几疑为另一世界。天色刚亮,众人就早早起床,凭窗赏览两岸美景,唯恐漏下一二。船刚过西陵峡,溯初先生就叫了起来,成啦,成啦!原来,当众人流连窗外佳色时,溯初先生已吟就七绝二首,当下他也不客气,立于船首,为众人激情吟诵道:

凌晨破浪过西陵,烟雨空蒙见未曾;
更有四山堪画处,万条泉落白云层。

妙笔襄阳天下无,画山却学此规模;
天工信是丹青手,写出西陵云水图。

　　众人哄然叫好,好一幅"云水图"！这西陵峡,号称长江上游第一险滩,起自南津关,延至香溪,长约117公里,此滩在夏秋时节,礁石沉没,航行尚无多大危险,冬春水枯,则成畏途,因为江流转弯处的那些乱石暗礁,会把船首拍成碎片。1900年,德籍瑞生轮作航行川江的处女航,就是在此处触礁,船主与船同葬水底。此后通航三十余年,已有多班轮船在此出事,大多从触礁到沉没都只十几分钟。溯初先生吟罢新诗,听船工说起此节,脸色都白了。

　　上午11时,船过新滩。这新滩,又作心滩,意谓渡此要危,全凭一心之邪正。一船人的安危,唯有听命于天,断非人力可以避免。滩分头青滩、二青滩、三青滩,由下而上,先经三、二两滩,头滩最后,而头滩之险,实较三、二两滩为尤甚。因河床坡度太大,长150尺,而倾斜程度有6尺,江水下流,势如瀑布,急湍狂奔,一泻千里,而轮船上驶,正须与狂流相冲击,无异登坡。"宜昌轮"经过此处时,船上众人见到,有数十乡人群集滩前,待轮船汽笛一鸣,船工抛下钢绳,乡人们把钢绳绕于沿岸百步开外的大石上,然后船上将钢绳徐徐摇紧,船遂借势跃上了坡。这船上岸下紧密协作的一幕,把众人都看痴了。

　　再往下,八十里巫山峡,奇峰峭壁,山峦萧森,却没有听到传说中让人闻之堕泪的猿啼。巫山十二峰,岩崖千仞,峰峰壁立,众人翘首去找上古神话里赤帝之女瑶姬死后所化的神女峰,也不知道哪一峰才算是。

　　5月8日,下午4时许,张嘉璈一行抵达万县。此地离宜昌195里,实为宜渝航线之中心点。张嘉璈八弟、渝行襄理张禹九和总处总账室主任刘攻芸等人,已经提前一日由渝来万,相迎登岸。内有一周仲眉,成都人氏,交通大学毕业,在渝行从事经济调查和金融研究,喜好昆曲,吹弹俱佳,也是一雅人。时因四川各埠无码头设备,"宜昌轮"下完客后就停泊在江心。张禹九说,总座和考察团诸君在川期间,一应车马舟船、吃住玩行,都交给他去打点安排了。

　　万县地处宜、渝之间,是川江进口第一大埠,亦为川省之门户。县城在大江北岸,江边有如鱼鳞的吊脚楼房子。众人大多第一次踏践四川土上,下得船来,迎面便见四百余步的一个大石阶,陪同者笑笑,说:

"四川是山国,出门不下山便上山。"石阶旁,停着十余乘"挂"在石阶上的轿子,轿杠前长后短,略作弓形;轿旁苦力,有十五六岁童人,也有五六十岁老者,皆似营养不良状。上海客人第一次来,"见轿子似有官味、暮气和病态"。众人见张嘉璈未坐轿,也都安步当车,攀缘而登,好在万县中国银行离岸较近,走完十级又十级,便到了。

在行小坐,乘日光未落,一众人雇了洋车,去商业区参观市面情形。城内已有电灯及自动电话,马路两旁植有行道树,望到表面整洁,但内颇湫隘。城内有钱庄 20 余家,银行只有中行、聚兴诚、万县市民、四川商业四家。虽只是一个 20 万人口的县城,通用的货币之五光十色也足令人吃惊,有龙洋、人头洋、川大洋、川半元、滇半元、广东双毫、龙双毫,等等。

到万安桥,此桥长 50 丈,来回须经山坡,"严裕翁似无保镖,坐车中色不安",坚持要求下车步行。可能是他看这些蜀中苦力,一个个脸有菜色营养不良状,生怕把他老人家给颠下车来吧。

号称川中最大公园的西山公园,地处城西,一面临江,一面依葵花寨,好在离行屋甚近,到时天色尚亮。园内面积很大,花木繁茂,有亭、台、林、池之胜,草坪、长椅等园内建筑甚是舒齐,还不收费,据说是川军将领杨森所建,第一期建设费就花了四十万元。众人只听说过这个大军阀娶了十多房老婆,却没想到他还会做这么好的一项市政。张肖梅对格雷说:"你未曾想到中国内地有这样美丽的公园吧?"格雷先生也是一副开了眼的模样,说:"没有,你看我们同船来的一些外国人,不来看看真是可惜,他们回去要写不少关于中国的东西,不亲自看看,难道去胡编吗?"

公园内有西餐厅,建筑颇似北平的"来今雨轩",据说,人称"王灵官"的王陵基经常在这里招待外国客人。众人也去游了一圈,而后就到附近的"太白楼"便饭,尝尝真正的四川菜。江浙人听川人说"真正的"三个字,总觉得有些等着看笑话的味道,因为他们的胃不一定能承受如此美味。张禹九带来的陪同者"川人"观察道:"总座怕多吃,张肖梅先生怕花椒,格雷先生与中国菜不甚相识,他的筷子方向,便依总座与张肖梅君者为转移。"

晚饭毕,出公园,诸客不坐车轿,史久鳌、张肖梅、刘攻芸三人陪张嘉璈同去万县中国银行,因察看行务后,张嘉璈还有一个对万县中行同人的讲话。众人无事,再加一路车船劳顿,便登船休息了。

从万县到重庆,须两日夜。因海关有规定,轮船不得行驶过速,故行速放缓。好在川江景色美丽而不单调,同舟诸人又能说新话旧,倒也不觉无聊。

三、重　庆

5 月 10 日,午后 3 时,船到重庆南天门码头。嘉陵江自西北来汇,河道到此成三岔口,船方入港,第一眼先望见江北人头山的塔和大佛寺前的大佛,其次是江北和弹子石,再次是形如山茶叶的山城。但见屋舍密如蜂房,城头雉堞整齐,高过所有建筑的,便是教堂钟楼的尖顶了。沿城江边,帆樯如林的是木船,江中还参差着铁壳的商轮和神气十足的外国兵舰。而最让众人惊异的,是从江边升腾,直至弥漫全城的雾气。

中国银行重庆分行经理周宜甫率众上轮迎接,重庆市银、钱业的重要人物,及张嘉璈的朋友民生轮船公司经理卢作孚等,都在码头迎候,并有军乐队列队致敬。"盖渝埠各界欢迎张总经理之热忱,在此时多表现无遗,其热烈实为历年所仅见。良由总座之学问道德及二十余年来之苦心经营,其坚忍不拔之精神,早已为川省人士所景仰。"①

军乐声大作,张嘉璈似脸有不怿,脱帽而过。轿子联翩,莫非冠盖,于是,一行人便进雾气缭绕的重庆城了。

到行少息,各处走巡一次,而后,张嘉璈处一室中,由各股主任,各领所属人员,依次谒见,鱼贯出入,不到半天,便把全行同人都会过了。

---

① 《稀见民国银行史料三编:中国银行〈中银生活〉月刊分类辑录(1932—1935)》,第 825 页。

此时的重庆，还没有日后作为"陪都"的喧嚣闹腾，全市人口，连江北和巴县，也不过八十来万，却是一座时尚而又充满活力的山城，大城市该有的市政和其他设施，如公共汽车、电力厂、咖啡店、交易所、公库、信托公司等，莫不具体而微，应有尽有，街上女子所着衣装，也大多是上海仕女最新款式。张禹九两年前由沪入川，对上海、重庆两城异同最有观感，他说，重庆人天性好奇，喜追时尚，又善于模仿，此地已颇有"四川的上海"之气象；这里的生活费用，也不亚于上海；上海的新电影片来时，无论好坏，首映总是满座，名角徐碧云、"琴狮"陈彦衡，到渝演出，各大戏院总是爆满。

中行重庆分行创设于 1915 年，管辖全川境内所有中国银行，至张嘉璈入川的 1934 年，已有 16 个分支行处，论实力，在当地的 12 家华资银行中可算首屈一指。道是哪 12 家？却是中国、聚兴诚、川盐、川康殖业、重庆市民、平民、建设、江海、地方、四川美丰、四川商业、新兴。这也是近年才有的新气象，早两年，钱庄的势力还是要压银行一头的。禹九向其兄长介绍道："民二十一年以前，重庆有钱庄约三十家，银行为七家，目前，钱庄减为十七家，银行增为十二家了。"

张嘉璈等人对渝行观感甚佳。"一到四川，见渝行行员各佩徽章，状为古钱式，系银盾金字，一若从前咸丰时代之当十元铜圆，上标明'四川中国银行'等字样。"此处的卫生状况，也给他留下了良好的印象："大小便所，设备周到，甚为干净。各支行处内部墙壁上皆有中国国货介绍所赠送之搪瓷标语牌，劝勉卫生方法，极为动人。"与内地相比，"渝属各处房屋，多堂皇宽大"，尤其是成都支行的楠木厅、楠木柜台等，"质美工细，极为可贵"。服务的行员，"大都年轻之辈，极精神饱满，奋发有为，女行员心细缜密，亦能各尽其职。仆役都着制服，极为整饬"。"令人不必看到内容，即知其精神纪律之所在"。①

月底，张嘉璈从叙府回到重庆，送走陈叔通、黄溯初、格雷、刘攻芸

---

① 《百闻不如一见》，《中行生活》第 29 期对史久鳌等回沪诸君的采访，1934 年 8 月 1 日。

四人，又精细化地考察了一遍渝行。"详察渝行行务，同人等不论职位之轻重，均一一与之亲切询问；支行办事处，不论地点之偏僻，均亲自视察训话。""查账至各项之内容余额，同营业人员，垂询尤详，问同人们之身世、工作各数分钟，历数日始完。"

渝行经理周询，字宜甫，号逢庐老人，为川省名宿，服务中国银行垂20年，可说是当地金融界资格最老者。"对外与军政各界周旋应付，有左右逢源之妙，煞费苦心"。宜甫先生是光绪举人，早年游宦四川，辛亥后一度出任巴县知事，未几去职，任中行成都、重庆等处经理，比在座年岁最长的陈叔通还要大上几岁。老先生行笃而学粹，行务之余，潜心著述，已经刻了好几部稿，最为世人所知者，是几年前出版的记蜀中掌故的三卷《蜀海丛谈》，连一向待人至苛的陈叔同先生都不得不服气，一见面就赞他："先生之《丛谈》，成于民国二十年，溯搦管之初，川局俶扰，风鹤频惊，先生内维行务，外应繁征，不惟行务得以不坠，扶助工商，安定金融，伟绩所惠，至今始称，且于退食之暇，追忆蜀中掌故，笔之于书，百年来实事讽谕之中，寓治废盈虚消长之理，诚一大学问家也。"

宜甫先生装了一肚子的风俗、艺文掌故，还有好多四川官场逸闻趣事，这顿晚宴，众人虽喝酒无多，却都说吃得乐胃，更听得长见识。听众人七嘴八舌，述说入川见闻。宜甫先生道，世人皆谓"蜀道难"，我就讲讲民九那年，从成都赴重庆就职途中的一段经历，诸公看到底是难还是不难。众人顿时安静下来。

宜甫先生说道："当时我由蓉入渝赴任，正值川军与滇黔军大战，交通断绝。后战事虽停，但满地皆匪，绑票之风尤盛，大路不能走，只有出嘉定绕自流井，由自流井绕泸县到重庆，勉强可以通过。我先乘木船到嘉定后，即请兵护送，但在抵达荣县后，兵们一排三十人即告回嘉销差。问及原因，竟因去自流井百里路程，其间三处匪窟，皆各有匪百余人，匪多兵少，实在可虑！

"当日踌躇至三更，忽然店主人来告，说有一法可侥幸渡过，他有一朋友系哥老会中人，送上酬劳金，可由其先与匪交涉。因无他法，也只有依计行事，这一路忐忑前行，实在是险象环生。

"到张家场,过场上时侧眼偷看,有匪百余人,坐在一大茶馆内,身上衣服长袍、短褂,人人手抱一枪……最令人胆寒一事,则是居中连二方桌脚上,用铁链锁着二人,那膊子拴得来巴着方桌脚,大约转侧均感困难,此两人就是匪先生们新绑得的财喜,川省叫作'肥猪'是也。

"到了自流井,需坐三天轿子,才到泸县。打听路上情况,人人都说走不得,这三天中,河下比陆路更糟,要走只有陆行。第二日行至青松岭,匪窟也。兵士或先或后,三三五五,沿坡脚而行。岭上之匪,以为少数军队,似欲攫取其枪,遂于岭上鸣枪呐喊。只听机枪的声,滴滴答答,我这一惊,却真不小!

"此次,因匪窥见兵有百人之多,不敢尝试,最终偃旗息鼓而退藏。我又在泸县住了六天,等到有重庆轮船到来,才得以搭乘安全抵达渝行。"

宜甫先生赴任遇匪事,去年已写成文章,发表于总处编印的《中行生活》,张肖梅亲于其事,在座诸公,也大多读过。但当事人亲口道来,往事历历在目,又是一番惊险。①

宜甫先生最后感叹道:"四川从民国四年以后,无一年没有内战。单就重庆城说来,民国十二年最多。这一年里头,旧者退却,新者进来,足足闹了五次。若一进一出两面的计算,便是十次了。军界向商会筹款,这一年中共闹了十三回,平均每月一回。只说商场上及公共团体直接所受的损失,共有七百余万元。中国银行所受的损害,虽幸不甚巨,然某次系如何应付,实在说不完……"

在座诸人,除了张肖梅和格雷先生是近两年入的中行,其他人与中行都渊源颇深,亲眼看着中行二十余年来,如西天取经般,渡尽厄难,一路至今。顾眼下,国内打打停停,国际银价旋涨旋落,处于风口浪尖的中行究竟会有个怎样的将来,俱都心下栗栗,一时作声不得。张嘉璈伴自笑道:"本行经过二十余年的历史,其中因时事的转变,就不能没有层

---

① 周宜甫《十八年来我的中行生活——蓉渝历险之一页》,《中行生活》第9期,1933年1月15日。

出不穷的应付,遂演了不少的险剧、怪剧,相信以后的日子,会一天天好起来。"

四、蜀　道

5月11日,晨,张嘉璈一行分乘八辆汽车,从重庆前往成都。这日天气甚怪,黎明犹风轻云淡,颇有晴意,忽而斜风细雨,继以倾盆。四川公路照例是大雨就不能开汽车,但是合同已订,不得不冒雨出发。

八辆汽车刚出通远门,就被成渝马路局全数挡住,停于大雨淋漓中。事前各种麻烦手续,如护照等,完全办清。哪知路局打起市用汽车不能行使的官话,其实他知道有这笔好生意,曾来接洽用路局之车,旅行团以其车多破旧不堪,恐碍行程,未便照允,此时交涉结果,只得调用路局车一部,始得开行。这辆老爷车,中途老是失灵熄火,一行人到内江,已夜半12时。

成渝公路在未修路前,全系青石板砌成,不能跑汽车,只可行人。自改马路铺泥土后,一遇天雨,泥泞没踝,车轮陷入泥中,无法跃出时,乘客均须下来推车。天晴泥干,路又凹凸不平,汽车跳舞而过,搭客头冲臀筑,几将全身骨节震散。几位老先生一路埋怨,康庄大道之马路,应称牛路,盖如牛耕田所经之水泥翻腾状。

到了永川,一行人都感饥饿,便在茶馆内大煮鸡蛋吃。张嘉璈早年在国外,曾因食鸡蛋大病,陈叔通先生于是劝说:"鸡子不好再吃了,记得吗?"格雷先生慎于饮食,颇有孔二先生之风,到内地旅行,对于各种食品,更形怀疑,平常用餐,他的筷子的方向都是以张嘉璈和张肖梅两人为标准的,但饥不择食,车子一到隆昌,他也就大吃蛋炒饭了。他见茶房门首写有No1、No2等字样,注视不去,大概以为到了和平饭店了,又见雪白的食盐,怕得病不敢吃,众人劝说,川盐大多是井盐,能提鲜、解腻,洵为川菜烹调必需品。格雷尝了味道,鲜得眉毛都要起舞的样子。

隆昌当成渝要冲,古称隆桥驿,小城格局颇具古风。张肖梅见饭店墙壁上挂有网球拍,很是诧异。她在英伦待得久,常见英人以打网球为时髦运动,难道网球运动在四川这么普及了?竟然在隆昌这样的小县城的馆里都挂着网球拍。一问,才知道是昔日杨森在川时提倡的。中国的情形就是这样,一地之风气,全视领袖为转移。

一顿饱餐之后,严老先生拍拍肚子说:"不管内江和外江,我们也不怕路远了。"

不知是不是中了暑,格雷先生饭后略感不适,想吃一片阿司匹林,同行都没带药,在隆昌街头一家药店竟然立即买着了。格雷言谈中,"颇有中国内地尚不可轻视之意"。最让这个英国来的"经济研究者"开眼界的,是到了这四川夏布工业的中心,把原料"麻"也给寻着了,直叹此行不虚。叔通先生精于小学,说"麻",枲属也,《正韵》谟加切,《礼记》有载,"女子执麻枲学女事,以共衣服",这一大堆学问,听得格雷先生一愣一愣的。

到了素有"川南第一门户"之称的椑木镇,汽车乘渡船过河,众人散步先行。时则暮色苍茫,四周虫声,杜鹃在丛林中不住叫唤"不如归去"。溯初先生诗怀蓬勃,一路觅诗,张肖梅则苦于蚊蚋叮咬,不住驱赶,奈何小虫越赶越多,她都要哭出声来了。好在张禹九英雄救美,帮着她驱虫,总算杀出一条生路,一路护着她落荒而逃。

蜀道之难,这尚是开始。5月12日,从内江到自流井,路况更糟,交通工具除了滑竿别无选择。出了内江不远,张肖梅所坐滑竿的轿竿就折断了,换竿而行,没走多远又断了,前头的老先生们关照道:"竿细固有罪,坐轿的艺术亦有关。"

如同铁路的洋旗、航道的标杆,都是交通上的信号,四川抬滑竿的两个轿夫,前后近在咫尺,仍然有他们的信号,即所谓"点子",遇事遇物,前呼后应,不仅为警告之用,且诙谐问答,可破长途之沉寂。如前呼"满天星",警告"地上有卵石",后应"脚上有眼睛";如前呼"峦拌",警告"地上有树干横挡",后应"在看";再如前呼"天上有朵云",警告"路上遇有卧者",后应"地下一个人"。一众人坐在滑竿上,听着轿夫一路呼号,细研其意,觉得这些"点子"每多世道人情之理。"其为学,大矣哉!"老先生们感慨道。

轿夫抬竿,每行十余里,就要小憩片刻。客人们在乡镇茶肆内茗话或聚餐时,乡民见他们穿着多为西装,男女中外均有,就一个加一个地围观起来,瞠目结舌,痴态欲滴。善劝威叱,一松动,又围得水泄不通,让人好气又好笑。因慨叹,中国的农村,不是穷的问题,而是愚的问题。

这一日下来,众人说笑道,自流井无处不咸,内江又不处不甜,本日的生活,早晨是咸的,下午是甜的,至若正竿,踯躅长途,骄阳如炙,这般生活,可说是苦的。

5月14日,从内江去成都。格雷先生那辆车的汽车夫自夸车好技佳,实际上他开得快而不稳,颠簸得要把人的骨头都倒散了一般。格雷先生愤愤地打断他,要求由他来开。格雷先生扶着方向盘,把从球溪河到成都的一段路,开得又快又稳。汽车夫开始不相信这个英国绅士的技术,冷眼相看,到后来昏昏睡去了,格雷先生对同座说:"这下他相信我了。"

距成都还有半日路程,一行人到简阳石桥下车小憩,在一面摊吃面。摊主弟兄二人,甚是机灵,面亦可口。陈叔通对张禹九说:"你们要在这里开办事处,这两位一人管营业,一人管出纳,不就干起来了吗?"众人大乐。

从成都到嘉定(今乐山),先坐汽车到新津,再下河坐木船。一出南门,马路更坏于成渝路,行李车又坏在半途,至是方知蜀道之难。途中又遇二马奔逸,超驰于前,追者呼号,几至新津。

由眉州启行时,陈叔通一路抱怨:"这风景有甚可看,江浙固遍地皆是也。"待入平羌峡,舟洄流于青山绿树之间,风景幽秀,他老人家便怡情山水,转口赞道:"此处远胜富春江了。"

到得嘉定,当地中国银行同人热情招待,格雷先生看来是真的饿了。"摆的尽是醋鱼、炸虾,诸位下江客,大嚼如归故里。格雷先生至此,也会自动拈菜,不以人之马首是瞻矣。"

上峨眉山,路更不好走。由嘉定赴峨眉,须渡两次河。5月22日,张嘉璈一行登山,大峨寺之上,石径滑窄,滑竿接连在一处,道中有人滑跤两次。周仲眉"见之胆落",主动要求下了滑竿,自那里起,开始步行上山。胆大者仍晃晃然坐滑竿如故,张禹九还笑称"危险有其味。"

　　一个叫刘锡耕的渝行职员,倒真有办法来治那些故意作弄人的轿夫,他说:"滑竿夫可恶极了,他抬起吃力,到了危险地,故意晃一晃,使你坐不住,就得下来走。我知道他们的心理,你要给我晃吗,我也在轿内回你一晃,这下倒把他们吓住,以后就不晃了。"

　　钻天坡一气数千级,同人爬到洗象池,皆热喘不已,尽着单衣。见寺僧棉衣棉鞋,闭门围炉,心想再冷也不至如此。少息便觉料峭,夹衣上身,再会儿,更感瑟缩,毛衣上身。至夜间,正式烧起火来,才一两个小时,经遍春夏秋冬四季历程。是夜,张肖梅盖着薄被瑟瑟发抖,好不容易挨到天明,都快冻感冒了。格雷先生一早通报他的"御寒"妙法,拿脱下来的帽子、袜子和手帕,搬盖一夜,哪里觉着冷,就盖哪里。

　　一大队人马,侵风雨,冒寒暑,山中盘桓整整三日,无一人落崖,也无一人生病,也算获天之佑。24日下山,25日到嘉定(今乐山)县,一众人算是离了仙寰,重入半是烦恼半是喜的"阿修罗"世界。

　　5月26日起,从嘉定到叙府,再转往重庆,均是民生轮船公司派专轮"民法轮"运送,安全与舒适,自不是汽车和滑竿可比。"旅行合同原计嘉叙间乘木船,需二日程,今则乘风破浪,半日抵叙"。

　　由叙返渝,途泊合江,月色甚佳,顾此良辰美景,周仲眉笛瘾又犯,临江吹曲,其音清越,直把一船人给听痴了去。为舟中人所请,周仲眉又唱了一曲,到底是与昆曲名票一起唱和过的,歌声字正腔圆,在江面上跳跃,远去,众人听分明了,唱的是"收拾起,大地山河一担装"。

　　此时,船已快到重庆,等着解决的行务甚多,张嘉璈与刘、徐、孙、张诸君,利用这长途之暇整日都在开会,船上的空气都显得有些紧张了,舟中人的心情,也无复岷江优游时的从容。这一夜的月色和笛声,似乎成了好时光的最后一个休止符,留在他们的记忆里了。

五、风　土

　　行路难之外,住宿也不是一件容易解决的事。被众人戏称为"司令"的张禹九,一路负责后勤保障。每到一地,他立刻分配各人住室,按名单安置行李,立刻吩咐饭食之做法,立刻拍电通知前方,再拆看后方的来电。大都市出来的人,别的都可以将就,清洁卫生是丝毫不能马虎的,就连 W. C.(洗手间)的各种用具,张禹九也都亲自安排。

5 月 12 日,从内江到自流井,在当地中行住宿,第一问题是 W. C. 的设备,研求许久,方得解决。格雷君问其地,怅然而返,答云:"除痰盂外,一无所有。"告之曰:"彼即是也。"5 月 18 日,从成都赴嘉定途中,有一段乘坐木船。上船后,张禹九在窘迫环境中想办法,就在船后尾以油布隔围造一 W. C.,门帘写一"进"字,也算是别出心裁。同船者问,"出"在何处? 禹九答:"在反面。"众皆大笑,也算苦中有乐。

5 月 24 日,下峨眉山途中,张嘉璈、刘攻芸一路领先,从九十九道拐到报国寺,行四十里,可谓健步。住报国寺,寺僧求捐不遂,立变态度,要茶、要水都没有,房间又不够分配,于是长凳长桌,都被利用做床,连几位老人都吃这种苦头。张禹九、刘攻芸两位则只好委屈宿在大殿中,两人睡不着,悄声议论:"幸而下山宿此,若上山便受闷气,更叫不值,峨眉山的和尚实有改造之必要。"禹九想起山中某一晚,也是宿在寺中,刘攻芸怕被臭虫咬,提出想以门板做床,被刘锡耕正色阻止,说,刘博士,门板不好睡呵! 不由窃笑。

好在沿途的风土人情,时让这些大都市来的人兴奋、惊讶,把印象深刻的拾掇一番,几可作民俗学和历史学的活化石:

5 月 12 日,从内江到自流井途中,过白马庙场。"忽见满坑满谷的老幼男女,皆持武器一样,竹梆一个,什么刀呀,叉呀,十八般武艺,件件俱全,壮丁们则扛近代武器,如四板火、毛瑟、前膛、后膛等,古色古香,如入中世纪历史之篇页中,脑子退后三百年。仔细一问,乃系四川出名的团防集团之期。书云:'举国皆兵',于斯见矣。"同行诸人举起相机,就要拍照,周仲眉慌忙阻止。周是成都土著,知道当地人迷信,以为摄影就会把人的魂给吸走。后经周仲眉一番解说通融,终于让他们拍了几张照片。

5 月 15 日,在成都,川江航务处处长何北衡宴请张嘉璈一行于"姑姑筵"(餐馆名)。馆主刘君,是个遗老,"前清曾仕光禄寺卿,民国亦曾任教职,蒿心世乱,隐于疱,肴蔬均出心裁,不重油腻,为坊间所无,遇所好,辄亲入厨下指挥以享客。清神,美须髯,健谈,谈至疱法,滔滔者皆精辟之论。善书,出所书《纲鉴》,笔法超逸。四壁琳琅,皆名人书画,邀之坐,自谦为厨子,不能衣冠同坐起"。陈叔通先生说:"光禄寺卿不坐,吾们更不敢坐。""强之始允,亦奇人也。席间问其梓舍,则曰:'某正学,某尚稚,不成材者为老大,在做棒客'(即川中土匪),众皆愕然,君乃从容解释曰:'在做团长'。"宴后,一众人品了普洱茶,可能有些茶醉,返回住宿的华西大学散步,信步忘返,归时迷不得路,各自回房,都已深夜 11 点了。

5 月 20 日,到了嘉定城,住于美国燕牧师家。花木扶疏,依栏正望大佛及两江合流处,众人赞叹不绝。张嘉璈等视察行务后,下午带众人渡江,游乌尤寺和大佛寺。嘉阳山水之佳,无出其右,红山绿树,天然着色画画,远望峨眉,厚黛天半,青衣江合流于岷江,清浊如剖,大佛坦腹中流,依山为座,尤为奇观。

5 月 22 日,登峨眉山,周仲眉胆怯不敢坐滑竿,一度独自步行,上观心坡时,路遇一僧,随后同行,与之攀谈,殊不俗。沿途指点风景遗迹,更为详尽。"讯其身世,自谓曾经匹头商于成都,因折本灰心,遂披缁衣于峨山之初殿,历五六年矣。"周仲眉心想,这样出家的,倒是真和尚,请其同摄影一张,以做纪念,"僧亦合掌称佛号不止"。

是夜,同人围炉聚谈。寺中和尚浩然而叹:"有几次军人来此,枪击猴居士(对猴的尊称),因此吓跑,不常来了。"陈叔通指着张禹九说:"这事请问这总司令。"和尚马上合掌哀求道:"总司令呀,猴居士是这里的山灵,与人无害的,再不可用枪打了,请总司令出示严禁,功德无量。"把张禹九弄得承认也不好,不承认也不好,众人在旁哄笑。禹九只得答道:"吾们想法大家来维持就是了。"

5 月 23 日,上金顶。磴危石滑,烟雨迷蒙之中,张嘉璈扶策而行,先众人而上金顶。他跪在金顶正殿菩萨普贤之前,先替全行求一神签,所得为"上上签",内容为:"夏日清和渐渐长,农人稼穑热非常,天宫只有怜人意,送阵清风解汤肠。"原签解曰:"内外莫疑,佳期自至,凡事相援,何须忧虑。"并注明:"应致送香油十五斤。"问问休咎,当然是"生意兴隆通四海,财源茂盛达三江"。刘攻芸也求得一签,注明应致送香油一百斤。后张嘉璈在渝行谈话,讲到了这次登金顶:"此次游峨眉山,登金顶,金顶不过高而已矣,但峨眉之成名山,绝不端赖金顶之高,亦须有林泉丘壑之美,为之陪衬。一行之经理,也就是金顶,单靠他还是把行办不好,亦须靠全体同人,群策群力。"

糖业专家吴鹄飞(渝行邀请来四川做糖业调查),喜谈笑,颇解众人长途困乏。吴一度为众人打前站,5 月 24 日,下峨眉山途中,吴先生先经过供椿坪,寺僧见他一人,等闲视之,随便给大壶便茶一杯(轿夫所吃)。嗣后,寺僧见其他同行客人源源而来,知吴有来历,就泡盖碗茶了。吴先生不禁喟然叹曰:"今而后信'茶,泡茶,泡好茶'之不诬矣。"看来,名山也有俗僧,世态之炎凉,虽方外也不能免。

六、人　物

从进入成都开始,张嘉璈带着总处的刘攻芸、史久鳌、张肖梅等人,每天拜客、会客、赴宴、谈行务,日程都安排得异常忙碌,游山玩水寻幽探胜的事,也只有黄溯初、陈叔通、严裕棠这班清闲客才有心情去做了。用张禹九的话来说:"总座来成都,只看人物,不看山水。"

成都的市政经过整饬,比起以前三军合驻时的紊乱,已大为改观,但比起重庆的时尚,还稍嫌落后,有电灯,不甚亮,没有自来水,电话也随时失灵。全城城墙,纯用砖制,高约二丈,城内房屋多筑为方形,亦不甚高,令初到者有苍茫万古之感。成都人性情平和,初与人交接,寒暄问候,备极亲密,如蜀语云"井研人遇事,先打后吵,川东人遇事,先吵后打,成都人遇事,只吵不打",这倒是促成了本地手工业小作坊的异常兴盛。自刘湘驻蓉,金融业也日见兴旺,有中国、川康、聚兴诚、地方、市民、美丰、川盐等七家银行在此地开设了分行。币制以银圆为主,人民好用钞票,半元亦可通用,铜圆用小二百,每元可换二十五千文。

5 月 15 日上午,张嘉璈与四川省督办刘湘晤面。去年"二刘之战"结束,战败的刘文辉把川政拱手相让,刘湘成为名副其实的"四川王",又得蒋公召见,委以西南重任,其势方盛。这是张嘉璈此番入川第一个想见的人。

跟这个目下四川最有权势的军人第一次见面,张嘉璈开口便道:"我二十年才来一次,希望与公畅谈。"

此前,四川地面上对中国银行有种种误会:其一,因聚兴诚银行在沪装运现金,诿为中行破坏其事,故当地金融界对中行似很不友好;其二,外界传言,中行总行对于渝行,未与分文资本,任由其自生自灭,渝行的生存,全靠当地的存款和发行。是以,为消除误解,张嘉璈一开口就取开诚布公的态度。

刘湘见张嘉璈如此磊落,也顿生好感,彼此倾谈渐趋融洽。刘湘说:"余对中行,非为误解,但是心中有两个疑惑,一是总行是否还对渝行负责,无论总行如何,分行如何,总行是否曾接济渝行资金? 再者,外界盛传,中行对各地救济农村及辅助建设诸端,颇多尽力,而在川省,除吸收存款及高利贷款外,向无所事事,究竟总行对其他各行是否有此同一情形?"

张嘉璈答谓:中国银行对四川建设的支持,一向"以川局为转移",无论是救济农村还是辅助其他各项建设,都需要当地政治清明,社会良好,光靠银行是不能单独繁荣的。他说,今日欲开发内地,并不是拿钱放账,就算了事,必须输入有新智识的杰出人才,否则,"吾辈不过为旧式钱庄垫腰而已"。他告诉刘湘:"若川省果能政治安定,吾当先输入优秀之人才,而钱在其次。"①

刘湘深以为然,与张嘉璈握别后,他告诉陪同会晤的四川航务处处长何北衡:"张君确是办事之人,不若我们四川人。"

5 月 16 日午后,刘湘到中国银行成都支行回访张嘉璈,会谈长达约

① 《川行感想之种种——六月十五日在九十四号演讲》,张公权,《中行生活》第 29 期,1934 年 8 月 1 日。

两个小时。张嘉璈"详陈中国渐趋整个化,各省主脑人物均有进境,各地应与中央竭诚合作,最好请于'剿匪'后出川一行",刘湘对此极为赞同。时人称"枢转万人之祸福,仁言殊利溥矣"。

5月17日晚,刘湘在四川地方银行设宴款待张嘉璈一行。之所以如此大张旗鼓,是因为正好有一个重要的军事会议在成都召开。这场晚宴,川军大员几乎悉数到场。武的有与刘湘并称"川军五行"的第二十军军长杨森、第二十九军军长田颂尧、第二十八军军长、外号"水晶猴子"的邓锡侯,以及李其相、罗泽州、唐式遵、潘文华等师长;文的有政务处长甘典夔、财务处长唐棣之等。宴会大厅,各路豪杰,形形色色,备极伟观,"好像北京看窠窠头戏,令人应接不暇"。席间闲谈,张嘉璈问道,刘先主陵在武侯祠的是否衣冠墓?刘湘最爱谈的就是昭烈遗事,看戏都爱看三国戏,马上接过话头,引经据典,说那的确是昭烈亲身的墓地。张嘉璈此前已听说刘督办总爱把自己看作刘玄德转世,看来传言非虚。

刘湘生于光绪十四年(1888),长张嘉璈一岁。若以历史学家高阳的"人才"说,他们都属于同光中兴后、自辛未年到辛亥年应势而生的一代精英,在人生初年见证了王朝的没落,此时,时代的重担正落到这一代的肩上。此次四川之行,张嘉璈对刘湘观感甚好,并与其交换种种意见,力劝其整理四川金融。不久,刘湘升任陆军上将,叙第二级,张嘉璈为之接洽,促成最高当局赴渝指导整理川政,中央政府并允予在金融财政上援助四川。

张嘉璈此次入川,另一个交游接洽的当地闻人是实业家卢作孚。

卢作孚在四川所办事业,一为民生实业公司,一为北碚建设,一为在成都办的民众教育,另还办有川康殖边银行,以前两项最为世人所知。北碚处嘉陵江岸,当江、巴璧合之焦点,素来盗匪遍地。卢作孚出任峡防局长后,办团防将盗匪肃清,继而经营北碚镇市政,禁赌毒鸦片,办中小学,立医院,设民众俱乐部、图书馆等,后又创设西部科学院,筹设农事试验场,将一项社会改革试验做得轰轰烈烈,且其经营费用概出于募捐,不足则不惜出于借贷,体现出卓越的自治精神。

早在30年代初,卢作孚在北碚的经营就得到了一些想在落后地区启动现代化建设的有识之士的重视,他提出的"打破苟安的现局,创造理想的社会"的口号更是不胫而走。1930 年 12 月初,地理学者翁文灏与中国科学社的任鸿隽等人到北碚参观中国西部科学院以及其他建设时,卢作孚资助的植物、昆虫两支采集队,已深入西昌、会理、川边及青海等地完成采集,且成绩斐然可观。翁文灏赞他,虽不是科学家,处竭蹶经费状态下,而提倡科学不遗余力者,四川殆仅卢君一人乎。翁文灏对北碚的建设事业更是赞叹不已:"于此水乡山国之中,竟有人焉,能借练兵防匪之余,修铁路,开煤矿,兴学校,倡科学,良出意计之外。更观之川中军界政界,颇多颓败不振之气,而能布衣粗实,节饷捐薪于建设之事,无论其将来成绩如何,要其不囿于环境,卓然独立之精神,良足尚焉。"[1]张嘉璈此次参观北碚,更为北碚民众的精神面貌深深感动,并决心帮助北碚的建设事业及民生实业公司。回沪后,他做的第一件事,就是捐款 2000 元给中国西部科学院。

5 月 10 日,张嘉璈乘"宜昌轮"到渝,卢作孚曾亲到码头迎接;其后,游峨眉山后,由嘉转渝,都是民生公司安排专轮运送。5 月 30 日,张嘉璈从叙府回到重庆后,重庆金融、交通两机关在重庆一园隆重设宴,欢迎张嘉璈一行,并安排了川戏演出助兴。"各银行员生,准时而至,整齐严肃,静听总座之演讲,闻渝埠开团体大会之新纪元。园中标语甚多,济济一堂,尽欢而散,为重庆商界空前之盛会。"

张嘉璈此次入川规模最大的集会,即由卢作孚出面组织。是晚,重庆银行公会主席潘昌猷致开幕辞,卢作孚到场致介绍辞,张嘉璈做了一场题为"银行界的责任应以商业道德改良政治"的著名演讲。

6 月 1 日,张嘉璈一行乘"民主轮",赴重庆北碚温塘,参观峡区各项事业。一进峡区,但见到处表现整洁合理,办事人员一律穿着制服,彬彬有礼,餐食简单朴素,经济卫生,众人皆大为叹服。随同张嘉璈考察的张肖梅一踏上北碚地面,就赞道:"道路之清洁,布置之整齐,为全国各地所无,上古盛治之世,道不拾遗,夜不闭户者,仿佛似之。"张嘉璈

---

① 翁文灏:《四川游记》,《地学杂志》,第 20 卷第 1 期。

主动要求参观次日的峡区周会,并在会上发表演讲,赞扬卢作孚精神之可贵。

对卢作孚在北碚约餐一事,他印象尤深的是"俭省",不事铺张:"卢君之邀聚也,各人筷箸,均以纸包,桌上铺白纸一方,每人备豆腐汤一、火腿一、素菜一,简单朴素,经济卫生。因觉目下世事艰难,凡事应从节约着想,而个人日常生活,尤宜简单。"他觉得,这些回到上海都可一一施行起来,包括总处的就餐,也不妨仿效北碚,"倘能改取分食制,每人一菜一汤,或每日略备菜肴一二种,任人捡择,其结果当能节减无谓之浪费,而有益于同人之健康。"

当日,重庆金融界要人如任望南、唐棣之、康心如、康心之等,也都赶到北碚温塘,与张嘉璈交换对西南金融、财政和建设的意见。

杜重远后来记述张嘉璈的这次北碚之行说:"有一次,公权先生来重庆,看到作孚先生的实地工作之后,才彻底钦佩。他说:在中国看一般人的劣习,以为中国人无希望,但看当日欢迎的民众,男男女女没有一个有恶习的,竟感动至于流泪。这是他接触作孚先生之后,才有此钦佩。"[①]

对于卢作孚经营的民生公司,张嘉璈认为"乃宜渝及川江之唯一具有规模之航业。"当时,民生轮船公司负高利短期债务达 500 万元,利息在月息二分以上,随时有逼债拖倒之虞。返沪后,张嘉璈即与各银行商洽,决定发行公司债一百万元,于翌年 7 月 1 日发行。"孰料不数年,中央以四川为抗战基地,地方与中央得以水乳交融,共同抗战,而民生公司竟然担负长江上游,及川江军运、民运重大任务。可谓因救济内地事业,而得到一意外收获。"到那时,张嘉璈出任政府交通部部长,卢作孚以交通部次长的身份襄助,共同指挥战时机关和工厂大撤退,可说是前缘赓续。

多年以后,卢作孚犹记得张嘉璈发行债券支持民生公司一事,他回忆说:"由于中国银行张公权先生的主张,金城银行总经理周作民先生

---

① 杜重远:《由小问题讲到大问题》,《新世界》第 12 卷第 4 期。

及金城天津分行经理王毅灵先生的赞助,向上海募集了公司债一百万元,这是四川的经济事业在上海第一次募债,而且第一次募公司债。财务是民生公司在不断地发展的途程当中一个大大的困难,总算始终得环境上的帮助,没有限于挫败。"

七、以商业道德改良政治道德

归沪后,在极司菲尔路 94 号向同人演说,张嘉璈说,"都市生活,浮嚣繁缛,久处于此,不免消磨朝气,减少临(凌)空的思想",故他每喜往内地走走,"即所以转换脑筋,增加新的思想"。此次入川考察,举凡银行会计、经营策略等,自有同行的刘攻芸、史久鳌、张肖梅等一班人,到一处研究一处,随时予以解决,这使他得以有余暇从杂务中抽身,专心思考金融业的现状和未来,并谋划如何复兴内地。

以往他想象中的四川,总以为地处边陲,内乱频仍,因此也从未予以特别留意,再加上各支行处主持非人,行务废弛,呆账、亏损不少,内心里总以为此地毫无希望。此番川行月余,大为改观,始知凡事纸上得来终觉浅,终须实地到了才好,不然就会被偏见牵了鼻子走,故说起此次四川之行,犹觉如上次与卞白眉等同游西北一般,都是行之而有效的。

旅途中,除了与各地政商人士交谈,听取行员汇报,他还要时常就经济时势、金融业建设、内地与都市等主题发表演讲,尤以 5 月 30 日在重庆一园所做演讲最能体现其金融思想之精粹。据现场听讲者言,是日,听众三四千人,张嘉璈以二十余年金融从业经历和道德经验,现身说法,口若悬河,一口气讲了洋洋数万言,虽未备讲稿,因久思于心,皆出口成章,"不特词令极洽,意义深切,且前后呼应,一气呵成,随手记录,即成一篇极佳文章"。

此次重庆金融、交通两机关在一园公宴张嘉璈一行,诚为当地商界空前之盛会。其意既为送行,也是渴盼其游历归去,多介绍四川的风景、建设和民众精神于中外,促成更多的金融家和实业家注目四川。园中标语,有称张嘉璈"全国金融事业的领导者""国货消沉的唯一救星",亦有称"四川开发前途的扶助者""生产事业的最大助力者",更有大幅旗帜,上书"欢迎张公权先生,携带世界前途的变化,中国前途的希望,四川前途的办法,赐赠四川人!"可见川人期盼之殷。

是日,张嘉璈演讲题目为"银行界的责任应以商业道德改良政治"。他认为,发展经济为救国要图,而银行应为全国的血脉,银行应在国家组织之内发挥更大的效力,承担更重要的责任,那就是"用我们银行界的商业道德来改良政治","今后欲救中国,必先唤起人类同情心与牺牲心"。他说:

"因为金融界的人,替政府的人,或者军阀,或者那些有钱的人存款,他们的钱的来源,我们姑且不管,但他们总是与我们金融界有关系的。他们拿钱到我们这里来,一方面是我们的利益,他方面也正是我们金融界的人,规劝他们、陶冶他们不对的地方的绝好机会。譬如说,今天有个军阀,或者其他的人来存款,或借款,我们就可以趁这机会告诉他:'我们银行最要紧的道德,是讲信用,今天借款,如果约定明天还,那么到了明天,一定要还的。'我们这样一天一天地告诉他听,假定这人在行里,常常听到这种劝导,我相信银行方面的信用,他是不能不维持的。久而久之,他自然也会领会到维持国家信用,不再随便不讲信用、滥发公债了。又如我们借钱给任何人,我们要问他有偿还本息的能力没有?假定他没有能力,那么,我们为维持银行营业原则,是不能随便借给他的。如果政府有人常常在行里听讲这些事情,久而久之,他会领会到租税太重,结果人民没有负担的力量,他自然也就晓得了。再如我们行里的职员、行员,以至经理,他们不能在行里亏吞公款,或挪借公款,那么政府的人,或军阀听讲了,他们也就渐渐知道,用不正当的手续得来金钱,是不道德的,他们亦可减少贪赃枉法,剥削人民了。这些因我们银行里面的种种商业道德,来纠正和改良政治上的不良的道德,不是不可能,吾敢信为非常有效的。"

他强调,银行家应以道德为武器,凡是不正当或不合银行道德的事,都不去做,只要发现国家政治上或财政上,有不合理的事情,能够纠正的,都要竭力纠正;即使不能纠正,也不要去帮助他阿附他。行员本身则须严加训练,一个个都变成有道德有人格的人。"银行钱庄应互相借鉴。钱庄若将从前的老法子保存改良,再加以银行化,钱庄还是可以生存;而银行要做商业银行,亦不能采取钱庄老法子。"

他说:"刚才卢先生说我这次到四川,一定带有希望来,这是不错的。兄弟九一八事变以后,第一次,就到南洋去,因为我觉得满洲一失,中国出口贸易,差不多减了三分之一,这个漏卮,只在华侨地方,所产出口,方能填补。所以兄弟第一次就到南洋去看。一到南洋,觉得南洋华侨真能吃苦,然而他们因世界不景气,一年不如一年,所以兄弟当初很想在南洋设一分行,与他们合作,但因时机未至,也就搁置起来了。回来后,又到长江沿埠及西北一带考查,想看看:到底中国有无办法? 到底中国能否有一天可以进出口相抵? 如何复兴中国? 但是考查之后,希望很少,因为各地,有的是人口稀少,有的是资源不足,兄弟觉得十分失望! 这次到四川来,所怀的希望,当然更要深切一些。四川乃全国最富之区,什么东西都有,一到乡下到处都是很好的耕地,乡下的人也都是勤勤恳恳的。有这样的天时地利,若能再加人力,四川确为复兴中国之地!"

至于如何复兴,他说自己也没有什么奇妙的方法。时下中国,最缺少同情心,几百年来专制政体下,无人有团体思想,彼此之间,很少有同情的思想,因无同情,就不屑为人牺牲。金融界的同志们,要以经济救国,就先需具备这两样:一是同情心;二是牺牲精神。

他表示,中行在四川设立分行已 20 年,四川的所有分行,是为帮助川省一切事业的;中国银行整个的组织,是为帮助中国所有一切事业的,"中国银行根本就是中国四万万同胞的银行!"

结语中,他以自己与四川的深切关系相号召:"还有一点,就是希望以后,诸位都当我是四川一分子,我很愿意用我一分力量来替诸位办一分事情,要把我是大银行家、大事业家这些头衔丢开,当着我是你们的一个小朋友。本来是,兄弟和四川确有深切的关系,我的祖母就是川省人,所以如果如主人所说的我是出类拔萃的人,这是你四川的血统所给予的。反之,如果不能如诸君所望,吾四川的朋友,恐怕亦要负此责任,所以我很愿意与诸位联合起来,共同建设四川,建设中国!"①

一番充满激情的演讲后,何北衡代表四川方面致答词。何是四川罗江人,毕业于北大法律系,时任川江航务管理处处长,连说带做,口才了得,滑稽之中,尤具深意:"我们欢迎张公权先生,是欢迎他对四川的办法,不是他那一堆银圆;要是欢迎银圆,我们就俗了;是他的道德和才具,不是他中国银行总经理的地位;是为公的,不是为私的,要是为私,那么'同行相忌',我们就该欢送。四川是公开的,欢迎国内人士来开发,造成救济今日中国的一个大本营。"

演讲会后,张肖梅记其听讲心得,谓:"近日以文眩世之辈,多不胜数,而富有意义之作,终不多,以演说相号召者,亦指不胜屈,而能前后一贯,词气畅达,意味深长,恳切动人,尤不可得,盖以二十余年之精神工作,道德经验,现身说法恐除总座而外,无与匹矣。"

八、进步的保守

长年游走在政商两界,经历了民初以来一次次大大小小的金融和商业危机,张嘉璈因对政治的失望,而寄希望于通过推广商业道德来纠偏不良政治,在他看来,商人道德正预示着中国未来的高度。故而自宜入川后,与各分、支行的行员一路谈话,用意皆在于建立起银行人的一套道德准则,"本行自有其整个的道德与人格",他希望经由谈话和训练,让年轻的行员们从他律走向自律。

在湖北沙市,他指出必须要戒除不良"银行习气":"在内地之分行,最易染银行之习气;而银行员最犯忌者,又莫甚于银行习气。而所谓银行习气,不外自大而自满。非阔人、大主顾不应酬,非上门生意不招呼;行长深居简出,行员趾高气扬,谓之自大;只知每日例行行务,不知研究新业务;只知保守固有生意,不知创造新生意;只知当地一市之内,不知

① 《银行界的责任应以商业道德改良政治——在重庆地园公宴演讲》,张公权演讲,青年会速记,《中行生活》第 29 期,1934 年 8 月 1 日。

眼见四乡附近；只知敷衍对付，不知自觅新途径，谓之自满。希望同人切戒此种习气。"

5月6日，在湖北宜昌，他说，我们中行在外界素有保守之名，保守这两个字，并不是一个坏名词，不过保守要分进步与不进步两种。他所希望的，是"进步的保守"，譬如一座老房子，年代虽久，只要墙壁年年粉刷，窗户年年油漆，每天勤加拂拭，仍不失为一所好房子。他希望同人之间形成一种家庭、学校、俱乐部三者交互的氛围："中国银行号称最大最稳固之银行，欲保持最大二字，须能长久维持其领袖之地位；领袖云者，系当地之最大公司与商号莫不与本行相往来；最新之事业与人物，亦莫不与本行相周旋；而存款放款汇款均比别家为多之谓。欲保持稳固二字，须放款精而开支省；放款精，必须全市业务情形了然于胸中，不论新旧商务，均有研究，养成选择之能力；开支省，必须人人具有相当办事才力，人人均以经理之责自任；即全行行员，其才力，其用心，等于经理，则效率增进，业务加多，而费用不增。但欲达到以上目的，必须先将精神改变，执业机关化；而上下和衷共济，一如家庭；彼此不惮研究，一似学校；全体活泼愉乐，更若俱乐部。"

5月8日，在四川万县中行，他提出一个合格的中国银行行员须遵循的三个标准：一是保持旧道德，即"勤俭信义"，日常用费不出超，宜"俭"；每天工作不积压，宜"勤"；对外做生意，务尚"信义"。二是培养新精神。第一须锻炼体格，第二须宝贵时间，三则做事刻苦，四则服务谦和，五则遵守纪律。三是用旧识见贯彻新精神，以新驭旧。"新知识不能凭空得来，当以旧识见为研讨之基础"，"吾们待人接物，尽可用旧方法，不过吾们心中充满着新精神，看社会进步到什么程度，吾们慢慢地改用新方法"。他特别强调，当晚的谈话，"诸位认为校长的训辞，似不足表示亲切，最好当作家长的训诲而常加实践，便是我的谈话有了相当的代价和结果。"

在四川内江，谈到在自流井参观盐井、在内江参观漏棚糖房的感想，他认为"井盐纯粹天然之富源，内江制糖方面，皆数百年前之旧法，毫无人工的改进。与外人之以机械制糖比较，曷啻霄壤之别。此由当地制糖家未受相当之教育,技术上不知改良。"由此,他引申指出:"目前中国银行行员,最大缺点,是旧的行员,只知旧经验;新的行员,只知规章;对内的人员,仅知记账;对外的行员,仅知老式交易,所以全行人员,未能融化为一炉,互相调剂。"为此,他要求,须"以创造能力打破环境":"办事同人,应改变旧的习惯,做事不分畛域,大家切实互助。""今日以后,须事事有创造能力,即小而至于一行的布置,亦须不为环境所牵制,尽可以极省的金钱,自己创造一种新式的设备。"

在四川嘉定演讲时,他设问道:"我人本身之能力是否足敷本行今日之需要?"他认为,川行人员之程度较他省为低,原因在于一是"川省银行钱庄均不进步,川行人员无良好之环境";二是"川行人员多为本地人,即主任阶级,多皆足不出川"。因此提出:"川行人员今日如须补充高深学理,或深厚之经验,实不容易,但未尝不可从最低限度做起。"要补充智识,努力"使银行成一学校,可补同人知识之不足矣"。他特别强调,"智识之不足,以人格补充",能力不足,则先重道德,次求经验,再则扩充学识。"同人既感知识不足符实,则先将人格提高,因人格一高,可补知识不足之缺憾。若二者都缺,不知补充,则必为人所轻视矣。"

在四川叙府演讲时,他强调:"吾们应以人格与能力为竞争的工具。"指出:川行人员要私德端正,不为社会所指责,智识充足,比别人高,衣服朴素整洁。他强调:"中国银行是整个的,从今以后,吾们要使不论何行人员,变成整个中的一分子。"要淬励精神,以我们的人格与能力,为竞争之工具,"要谋本行各行之平均发展,同时必要先谋每一行同人之平均发展。不论是分支机构或分支机构中之一员,均须步步整理,其有益于地方而能赚钱者留之,否则去之;行员之合乎本行标准者留之,否则去之。"①

①　张嘉璈在湖北和四川各地中行的谈话记录,参见张肖梅和川人等撰的《溯江记》,《中行生活》"川行专号",1934 年 8 月号。另参见刘平《游客、商人与"家长":张嘉璈 1934 年四川之行的三种叙事》一文,《银行家与上海金融变迁和转型》,《中国金融史集刊》第六辑,复旦大学中国金融史研究中心编,复旦大学出版社,2015 年版。

在渝行，与金融、交通两界的朋友公宴前，他先与行内同人谈话，提出要使中国银行成为近代化大银行，行员应当具备四种要素。第一须有钱庄的智识。"吾国旧式钱庄，虽云失败，但其做法，颇称良好。因其能与真正工商业接近，银行则否，只知做上门来顾客的生意"。但是，银行"单效法中国老成式钱庄果不可，单效法外国银行亦不可，必须有吾们自己的办法，吾称为中国近代式的银行做法"。第二须有洋行之智识。因为"钱庄的失败，在不明了近代工商业与夫世界贸易的趋势，往往囿于一隅，囿于旧习"。第三须抱如在大学研究院之心理。"现代学术，日新月异，银行已变学术化"。最后，须有教会的精神。"外国人到中国来什么都不懂，但能战胜旧环境，创造新环境，不为环境所同化，继续创造其事业。吾辈现注意内地，则内地的同人，不特能吃苦，且须有打破旧环境、创造新环境的能力。""吾人虽应备以上四种要素，但须力避其恶习，如钱庄的经理做私生意，店员宕账，洋行之买办恶习，研究院之书呆，只知书本上原理原则，宗教家之慈善气，只知销用别人的钱，不知生产。若能扫除这种缺点，而具有此四种智识与精神，吾中国银行就可称为近代式的银行！"

谈了这四个要素后，他重提理想中的中国银行行员的标准，以示求贤若渴之意："一、健全的智识。旧的钱庄智识，新的洋行头脑，人人能看中外银行经济书籍与报章；二、道德的观念。人人知道，不营私，不舞弊，不投机，不嫖不赌，有公德心；三、强健的体格。人人能运动，面色光辉，身强体壮，能吃苦。四、互助的精神。不分彼此，共同增加效率，节省人力。"①

日后，张嘉璈回到上海，在"94号"红楼做中行内部聚餐会演讲，他特别讲到，"发展内地，人比钱要紧。"他说，此次到四川，上次到西北，备受各地欢迎，自惭无才无德，不足当此，唯本行自有其整个的道德与人格，足为外界所敬重。唯此种道德与人格，乃全体同人所共同缔成，因

---

① 《如何使我行成为"最进步最稳固之银行"——在渝行演讲》，《中行生活》第29期，1934年8月1日。

觉本行内地人才之缺乏,亟宜"储才备用",积极地注重人事,加以集中训练。

他说:"今日欲开发内地,并不拿钱放账就算了事,必须有新智识之杰出人才,研究各业衰败之病源,逐一改善而组织之,方有农业贷款可放,或工业贷款可放。否则与旧式钱庄,有何分别,吾辈不过为旧式钱庄垫腰而已。"为此他提出,为内地建设计,迅速训练人才,"如今各地有各地的行员,如何使其精神一致,最为困难。我人固不能将各行的行员一一从机器中制造出来,使全体行员成为同一之模型,但欲求精神之整齐和组织之健全,自非集中训练不为功。今日各地行员的精神,幸赖在行年深日久之老行长所熏育、所维系。但人事变迁,近来新进行员日见增多,分子日益复杂,假使没有统一的精神,将来组织愈大,愈难维系。"他要求组织人事委员会,由各处保送人员,先加以体格上、道德上、学识上之训练,在相当期满后,再派遣各地工作。

其时,卢作孚因事由川来沪,也来到极司菲尔路"94 号"红楼,参加了 6 月 22 日的聚餐会,并应邀做演说。其演说主旨与张嘉璈不谋而合,要之在于,凡事业之成败,无不以人为中心,故找人建设事业尚易,训练人才实难。目下之社会潮流,都讲求物质上的享乐主义,必须树立为事业而努力、以事业改进社会的观念,使人人获得正确的成才途径,这乃是当前"急务"。①

1934 年 6 月 4 日,是张嘉璈一行在四川停留的最后一天。"本日濒行,百事猬集,时候之贵重,一分钟均有计划。"从早晨起,张嘉璈就十分忙碌。"上午接见同人,午刻海关李税务司宴,介绍渝埠洋商。后过河至南山何小勋君处茶点,返至曹家巷看旧日行址,旋申汉纱厂茶会,直至夜八时,始在坊处开餐。"当晚 10 时,张嘉璈一行登船离开重庆南天门码头。好友何北衡阖家来送,卢作孚也亲到轮送行,旧雨故交,高谊可感,也算是为此行画一个尚称圆满的句号。

他所谋者,是在畸形繁荣的都市和日渐凋敝的内地之间搭一根桥

① 《中行生活》第 28 期,1934 年 7 月 1 日。

梁,就像他的朋友卢作孚、梁漱溟做的那样。是以,这么多年,行务之暇,他都在足无宁趾地奔走,呼朋结友,盱衡时势,统筹兼顾,凡事虚心。他知道,这么做虽不能把陷溺于灯红酒绿和水深火热中的人们完全拯救出来,但至少,可以变更都市与内地的环境,促进有组织、有生命的机能。中国之所以大,正因为它有着广大的腹地啊。

四周是沉沉的夜。铁壳的船体下,逝水汤汤。眼下是1934年春夏之交的中国,于这些都市客而言,去过那布帛蔬粟的出作入息之生活,恐怕也只是一己痴梦,不定有多少事儿,在前头等着他们呢。重入修罗场的忐忑与不安,如一片阴云移上张嘉璈的心头,渐渐弥散开去了。

第十章 天 命

一、国际饭店的晚宴

这是一场在本城首幢摩天大楼举行的晚宴。时当 1935 年 2 月 22 日，一个早春的晚上。

尽管工部局的那群胆小鬼们出于对火灾的担忧，一直不肯在闹市区批建高楼，但禁不住上海的地价坐着火箭直往上蹿，无论如何是到了这座城市里第一座摩天大楼出现的时候了。金融家们和建筑师开始携手，一个老资格的银行家吴鼎昌领导下的"四行储蓄会"（大陆、盐业、金城、中南四家北方银行的联合机构）给国际饭店的建造提供了全部资金。从 1931 年夏天开始，一根根钢质的梅花桩，按着一个叫邬达克的匈牙利设计师给出的图纸敲了下去。回荡在静安寺路上空的打桩机和水泥搅拌机的轰响，肯定也刺激着在黄浦滩仁记路 22 号德国总会办公的张嘉璈和他的同人们，他们发誓要造一座与本行声望相孚的大楼，肯定也有与"四行"的同行们叫板的意思。

那时候，贝祖诒十几岁的儿子贝聿铭从苏州来上海读书，每星期末总去附近的大光明看电影，或去台球房打球，听人说这楼会盖到 26 层，这让这个中学生"依稀看到了未来"，非要他父亲把他送去美国学建筑。他说："那时候有一个新的高楼叫国际饭店。听说国际饭店会盖 20 多层，我不敢相信这是真的，所以每周六都要去看看它往上冒。我觉得很有意思，看着它越来越高，结果真的有 20 多层高，这在 1934 年的上海是件不可思议的大事。国际饭店是我当时最喜欢的建筑，我被它的高度深深地吸引了,从那一刻起,我就开始想做建筑师……"而本来,贝祖诒是想让他学金融或学医的。

1934 年 12 月 1 日开业的国际饭店,很快成为达官名媛、豪门贵人争相出入的一个场所。中国建筑师学会的庄俊、范文照等一帮年轻人在大楼落成之初来此小聚,给出了一个"远东第一高楼"的名头。的确,对于一个生活在 30 年代上海的时尚人士来说,来到静安寺路派克路口的这幢大厦,推开国际饭店古铜色旋转门步入大堂,来到一排高贵挺拔的奶黄色大理石八角柱面前,就是步入一个天堂。洁白的瓷砖,钢与铝,柚木护壁板,黑色大理石的前厅镶板,精美的黄铜柱子,舒适的椅子摆放成各种吸引人的角度……大楼 14 层的"绿厅"是供举办庆典和私人派对的沙龙,这里的烧烤屋是全酒店最豪华的场所,金色的天花板,红色涂漆的柱子,墙壁覆以嵌银的奥地利胡桃木,舞厅地板是美国枫木制成,上海人叫弹簧地板……15 到 19 层的每个套房都有一个景观露台,客人们可以一边坐着享用饮料,一边欣赏远处的跑马场。四行储蓄会主任吴鼎昌,这个同时拥有一个媒体帝国和一个金融帝国的巨商,据说他的套房就在饭店 19 层。他阴郁的目光时常在这里眺望苏州河对岸的英国领事馆,并打量 20 世纪 30 年代枪炮与货币交互下的中国。

1935 年中国银行第一区区务会议,就在刚刚落成不久的国际饭店二楼举行。所谓第一区,是以上海分行为区域行的上海、南京、杭州、安庆四分行。这样的会也算是例会,去年是在万国体育会开的,今年移到这新开张的"远东第一高楼"来开,费用一如旧例,排场阵容却已截然不同。上海人讲做事体要腔势足,在这"远东第一高楼"开会自然腔势十足。是以,傍晚 7 时刚过,这 22 层高耸入云的大楼,每部电梯皆已上下川流不息,同人 99 人,已纷纷莅临宴会厅。论人数,哪一年都没有今年多,本行事业蓬勃郁发之新气象,或可从中见焉。

去年底,国际饭店开张,国人莫不向往。这家大饭店自开张以来,二楼宴会大厅没有一日是空过的。就在三天前,上海各界人士就在此间举行过欢送梅兰芳博士赴苏联演出的大型宴会。在座诸位虽未亲见,却大多都已从《申报》知晓,今日能来此开会、宴饮,自是人人都觉面子上有光。总经理在此设宴,既是犒劳同人一年劬劳,也是有着某种特别的寓意吧。用张嘉璈的话来说,诸位尽瘁于各地行务,终岁辛劳,今日联翩来沪,相晤一堂,借杯酒言欢之际,彼此得有互相慰勉之良机,允称无上乐事。

浙江分行经理金润泉抢先发言,其意不外乎,我们内地人到此,犹如乡下人进城,目迷五色,应接不暇,能获此种优越之享受,足见总经理对同行对同人之用心,十分周到,总处同人诸公关爱有加。南京分行经理吴震修,总处设在北京时他就是总文书,资格老,口才又好,他说,今天诸位同人相聚一堂,一年容易,去年万国体育会的盛况,犹在眼前,记得那时也一样吃的西菜,总经理还拿中国菜和西洋菜来比拟我行的内地行与上海行,说是应当新旧交融,不断往改进的路上走,时代巨浪汹涌着的今日,人怎能不挣扎着力争上游呢?此次区务会议开会,兄弟同宁属不少的同人来沪,即是想大家吸收一点海上新空气,转换个人脑筋。兄弟前几日碰见四行储蓄会的当局,说起国际饭店,他有一句话,国际饭店是中国人自己资本所经营的事业。在外资充斥的现在,这话显然十分有力量。今天我们来到这独步一时的国际饭店,回去也尽足傲视侪辈了。每次会议,都承总经理殷勤赏饭,并以内地没有的物质享受,来启发我们的新精神,万分感谢。

维时,美酒芬芳,餐厅仆役穿梭来去,桌上佳肴杂陈,乐队奏起悠扬的音乐,宾主尽兴,自不待言。

张嘉璈作祝酒词,他讲话惯于比兴,借着这第一高楼又生发了开去。他说自己和众人一样,观此崇楼峻宇,心中也有无限感慨。"高崇之建筑,必赖坚固之基础",过去一年中,现实环境虽"机陧异常",而我行业务,仍有进无已,存款数字,尤见增加,足证年来社会人士对于我行信仰之心理,正如诸位今日目见此处国际饭店根基之深固,建筑之高巍,内部之新颖,同其景仰之心。而如何谋本行基础巩固,不负社会,唯有赖全体同人同心同德,努力向前①。故此他要以水酒一

---

① 《上海国际饭店宴会席上》,《中行生活》,第 36 期,1935 年 3 月 1 日。

杯,既祝本行前途进展,也祝同人身健、家和,共尽此觞,所有的话也都在杯中了。

此时,张嘉璈踌躇满志,他丝毫没有觉察,一场针对他的阴谋已在酝酿中,他已经坐在了火山口上,成为国家实行金融统制必须扫除的一块拦路石。这阴谋,也可以说是阳谋。只因发动者用的乃是国家的名义,等张嘉璈反应过来,几乎丝毫没有还手之力。

事情的根由,还在于这一代银行家从一开始就命定般地落进了政商旋涡,领袖与银行家的关系,就好像三明治的上下两张皮,总贴不到一起去。最高领袖早就看张嘉璈不顺眼了。他知道张是个金融奇才,也是个不可多得的干才,且自定鼎南京以来,此人为稳定金融出力颇多,在社会上声望也高。尤其是自从国民政府定鼎南京,政府把中国银行宣布为特许国际汇兑银行,此人满腔热情安排自己的规划,寻求经验和帮助,七八年工夫,竟把中国银行办成了唯一一家能与外商银行相抗衡的华资银行,存款实占全国银行存款总额的 1/4,发行则占全体的 1/3。相比之下,本寄予厚望的中央银行简直是个扶不起的阿斗,虽然给了它特殊的地位和不少特权,奈何几年惨淡经营下来,实力还是比不过人家老字号,更不用说去掌控金融全局了。

国家建设需要钱,而且越来越多的人知道,委员长对于发动军事行动的兴趣,要远远大于搞建设。这几年,他在内地的江西、湖南指挥大军围剿红军,很多时候在首都几乎见不着他的人影。为了应付越来越浩大的军费开支,他还以复兴农村经济为名,亲自开办了一家银行。这家银行名为豫鄂皖赣四省农民银行(由"剿匪"总部主办,后改名中国农民银行),总行设于南京,实际上是为专门筹措对付红军的军费而设的。但饶是蒋以国民政府军事委员会委员长兼总司令之尊亲手掌控,还是远远不能满足其胃口。把张嘉璈动一动,还需要找什么理由吗?木秀于林,风必摧之,中国银行家大业大,任谁都不能不眼红。谁又让你那么不听话?一次又一次无视中央,独行其是,说什么银行是银行,国库是国库,三番五次搞得上级下不来台。

二、在劫难逃

从世界经济来说,大萧条造成全球性的生产停滞,大量银行倒闭、工厂破产、工人失业,西方各国纷纷实行币制改革,相继放弃金本位,必然对中国金融产生巨大影响。如前所述,1933 年美国放弃金本位后,又于 1934 年实行高价收购白银政策,强烈冲击世界白银市场,白银价格巨幅上扬。用银大国中国的白银开始大量外流,随即国内出现通货紧缩,银根枯窘,周转不灵,使本就困窘的国民政府财政雪上加霜。面对这一"困苦",中国的政府和民间力量,都在想办法扛过去。

现代性的一大表征,乃是新科学、资讯和跨国界的经济组织把世界连成一片。略晚于华尔街的金融风暴约两年,进入 30 年代,经济萧条的震荡波也扩展到了远东,作为中国经济最活跃地区的上海也面临着"现代的危机",几乎所有人都感觉到了火山爆发前夜的那种紧张与忧虑,预感到大祸临头。

1933 年初,上海新中华杂志社以"上海的将来"为题发起征文,收集到的来稿中有人预言,"尖锐的对照,极端的膨胀,这些都是趋向毁灭的表现","大减价、绑票、暗杀……法西斯的传单、各帝国主义者的大兵船,以及日本帝国主义的陆战队,这些显示着'上海的现在',从这些推展开,便是'上海的将来'了。换句话说,上海的将来,只有在各派混战中而告灭亡。"①

政府也是使尽浑身解数,以应对此轮经济危机。先是改革币制,放弃银本位,与国际银价脱钩,采用法币为统一货币。再是力图扩充中央银行,由国库拨足资本额,以增强抗风险能力。孔祥熙从宋子文手里接任财政部部长后,施出最辣手的一招,就是试图建立起国家金融垄断体制,即所谓"统制金融"。

---

① 新中华杂志社辑《上海的将来》,上海中华书局,1936 年版。

　　按说,中央银行开张后,所有的金融信誉和风险都须由国家银行去承担了,各家商业银行若遇到市场银根收紧,是可以向国家银行贴现或抵押贷款的。但上海的银行家们明白,1928 年才成立的中央银行资力薄弱,羽翼未丰,全部资金虽然号称两千万元,其实都是靠发行政府公债预约券抵充的,甚至连外滩 15 号的中央银行大楼,向原产权人华俄道胜银行购入时付不出钱,也是用两百万元预约券权作资金的。听起来堂而皇之的中央银行,不过是个空架子,根本没有办法庇护各家商业银行应对金融风险。是以,早在 1932 年,上海银行界以"南三行""北四行"为主,并取得中、交两行支持,成立了类似联合银行性质的"联合准备会",以期一起扛过这个经济寒冬。

　　"联合准备会"由浙江兴业银行创办人蒋抑卮的女婿、曾在哥伦比亚大学学习金融的朱博泉出任总经理,李铭、贝祖诒、胡笔江、钱永铭、徐寄顾等为常务董事,以李铭为主任委员。"联合准备会"以会员银行提供的不动产和有价证券作为准备金,以七折发行公单给会员银行,各行如遇头寸短缺,可按公单票面金额提出贷款申请。不久后,朱博泉等人又在这个"联合准备会"的基础上发起成立了"上海票据交换所"。此所自任"金融枢纽",它的创办,实标志着上海金融业向着现代化迈出的重要一步。

　　但此次统制金融,看来政府是下了更大决心。它暂时放过了私营银行,打击目标很明确,那就是向着金融业坐头两把交椅的中、交两行直接下手。像以往每次抗命一样,张嘉璈再次处在了风口浪尖上。所不同的是,以往他总能顺利化解,这一回,他在劫难逃。

　　其实,早在 1928 年央行筹备成立时,政府将中、交两行总管理处由北京迁来上海,早就下手对之进行过改组,中行强行加入官股 500 万元,交行加入 200 万元,并改总裁制为董事长制。但在中央看来,这些还只是牛刀小试,收效还远远不够。中央银行的力量还不够大,百姓并不买账,而中国银行、交通银行两行发行的钞票信用好,人们喜爱使用。在资本方面,官股只占两行资本总额的 1/5;用人方面,政府的控制力更是有限,无法安插自己的人员。尤其这几年,中国银行的业务如日中天,手握权力秘符的政府已经无法容忍它一枝独秀的局面再持续下去了。①

　　自由、松散的市场无法应对全球性萧条,必须将之铸成一个整体,不仅金融要统制,实业要统制,就连人的思想,也要整合到一个领袖、一个主义上来。而当务之急,乃是想法子尽快把中、交两行的大权牢牢抓在手里。

三、密 谋

　　1935 年 2 月 28 日,财政部部长孔祥熙、经济委员会常务委员宋子文奉蒋电邀,前往汉口。三人行前,连行政院长汪精卫都蒙在鼓里,只对外声称,与编制下年度预算案有关。密谋中,蒋直接说出他的旨意,要让张嘉璈“完全脱离”中国银行,其背后江浙系银行家的代表人物、中行董事长李铭,也拟一并调离,还说要把中国银行完全交给宋子文去办。

　　此一重大人事变动,由蒋亲口说出,却是孔祥熙受命策划。前年 11 月,孔祥熙继宋子文任财政部部长后,每月筹款,弥补收支不足,时须向中央、中国、交通三行通融借款。中央银行虽在财政部掌握中,奈何实力较逊,中国银行实力虽丰,却不能事事听命、取求如意。去年初,上海市地方协会由杜月笙主持,召集本市商会及银、钱业联席会议会商,要求中央银行拨款扶持中小工商业主,以应对大萧条下的经济困境,孔二话不说,就把对中央银行的要求和货物抵押贷款推给三行会同办理,中间还数次到上海,催促银行家们对处于困窘中的企业给以贷款。银行公会同意与政府共同组成银团提供 500 万元的信用小贷款,孔祥熙把责任强加给中国银行,以部令要求中行组织银团办理,这一强迫银行挽救经济和企业的做法,曾让中行左右为难,张嘉璈也啧有烦言。眼下正

---

　　① 　1928 年至 1931 年,中国银行存放款额均占中央、中国、交通三大行存放款总额的六至七成,仅放款总额就占全国银行总额的 23%。至 1934 年底,中行定活期存款总额已达 5. 4669 亿元,各项存款达 4. 1195 亿元,均数倍于中央银行,钞票发行量 2. 471 亿,也为中央银行的 2. 5 倍。

值银价续涨,金融枯竭,政府早就有意改革币制,统一发行,倘若这一计划真要实施,自必须让中、中、交三行直接听命于财政部。"去张",乃是币制改革的第一步,孔祥熙早就谋划多时了。

宋子文与张嘉璈交情还算不错,在抗日和财政政策上,两人的一些主张也基本一致,但既已内定把中行交给宋子文去打理,可以一抒打入冷宫的郁闷,他也就不能容张了。试问,谁愿意留一个喜欢自主、不轻易听命的前任在眼前?宋子文做得更绝的是,他提出,既然非得清除这个路障不可,那就连常务董事的席位也不必保留,只留个普通董事的名义即可。

在座三公也知道,凭中国银行的规模、实力和张嘉璈在金融界的声望,如果公开强行攫取,会对政府带来严重风险,在张嘉璈经营多年的上海,更会开罪于当地的工商界和银钱业,一旦发生意外,将难以收场,所以,他们决定采用隐蔽和谨慎的手法。

袭击很快在不露声色中发动。正当上海银行界被迫筹组银团办理信用小贷款时,结束密谋回到南京的孔祥熙以财政部名义,向中央政治会议提交了一份增拨三行资本发行公债的提案,此提案很快获得通过。3月22日,《申报》先得着消息,捅出报道称,政府将"救济金融",发行一亿元公债,充实中、中、交三行资金,以间接救济工商业。两天后,又报道一亿元公债的分配计划:以3000万元充实央行的基金,2500万元交中行,1000万元交交行,以增加两行的官股。

报上所见,都是干枯的数字,但张嘉璈还是觉察到了字里行间的凛凛寒意。从北洋时代开始,他就秉承着自己的金融理想,削减官股比例,将之像柠檬里的水一样挤出去,梦想着"总有一天能把中国银行来替代汇丰银行的地位"。[①] 中间虽经几次官股回潮,商股化的大方向还是没有改变。1928年,中行自愿放弃中央银行地位,改组为国际汇兑银行,其用意,也是为了把政府对银行的干扰减至最低程度。且这七年来,中行通过股东会、董事会的合法程序,让代表商股利益的常务董事

①　《张公权先生访问记》,《金融知识》创刊号,1942年1月。

会牢牢掌握着实权。现在看来,中行遭政府注目,又遭央行嫉妒,它的宿命竟是从进入威权时代开始就注定了。

政府没有钱,孔祥熙想出来的以公债充任股本,是个无赖办法,但这办法却管用。如果照此计划实施,政府便完全控制了中、交两行。中行原本资本 2500 万元,其中官股 500 万元,只占 20%,若再增加官股 2500 万元,政府资本就有了 3000 万元,超过商股 1000 万元,官股势必占到绝对优势。

得知财政部要发行公债增加中、交两行官股,张嘉璈下意识的反应自然是竭力抵制,但部令既是以"救济金融"为名发布,他很快明白,自己无法完全抵制,硬顶不是办法。他拍急电给在外视察的好友陈光甫(中行常务董事),请他火速回沪,和董事长李铭一起商谈对策。

其时,陈光甫正带着调查部主任资耀华等视察长江流域各埠分行业务,船到九江,突然接到张嘉璈从上海发来急电,说有要事相商。稍后他便知道,财政部部长孔祥熙要增官股、抓大权了,准备发行金融债券一亿元,作为增加中、交两行及其他几家有发行权的银行官股资本。据说,正式债券尚未印制,只由财政部先交一张 2000 万元金融债券预约券给中国银行,作为增加官股的凭证。

张嘉璈、李铭、陈光甫三人密议,都认为从目下形势看,绝不能完全拒绝,不得已而求其次,只能要求官、商控股各半,并请陈光甫去与孔祥熙商洽,因为陈、孔同属留美学生组织的兄弟会,私人关系较好。陈光甫受托向孔陈述内情,提出这一要求。孔祥熙同意了,还故作爽快地收回了 500 万元金融债券预约券,看起来卖了陈光甫一个面子,实际上,他对控制中行已成竹在胸。

若是张嘉璈预先知道蒋已经发了一封密电给孔祥熙,指斥他领导下的中国银行"吸吮国脉民膏","破坏革命",要把他完全逐出,他可能会放弃所有努力。蒋在 3 月 22 日从巴县发给孔祥熙的那份特急密电中,指斥中国银行不与中央合作,必然"断然矫正",务使之"绝对听命于中央,彻底合作"。蒋置历年来中、交两行支持政府事实于不顾,把一盆脏水全都扣了下去,断然声称:"国家社会皆濒破产,致此之由,其症结乃在金融币制与发行之不能统一。其中关键,全在中、交两行固执其历来吸吮国脉民膏之反时代之传统政策,而置国家社会于不顾","此事实较军阀割裂、破坏革命之为尤甚也。""今日国家险象,无论为政府为社会计,只有使三行绝对听命于中央,彻底合作,乃为国家民族离不开唯一之生路。"

40 年后,旅居美国的张嘉璈成了斯坦福大学胡佛研究中心的一名中国经济研究学者,对于当年被迫离开中国银行一事他还是如鲠在喉。他说,自己被逐,最关键的原因,在于与财政当局意见不合。当局只想把三个银行(中央、中国、交通)一把抓在手里,可以随时命令贷款,而他始终坚持,筹款不能依靠发行。"财政当局要拿银行当作国库,我却以为银行是银行,国库是国库,这一点上意见不合,所以造成了我离开中国银行的最大原因"。

至于记者问到,假设他继续留在中国银行,较之后来在政府里担任官职对国家贡献是不是更大? 张嘉璈明知历史不容假设,还是肯定地说:当时英国财政顾问李滋罗斯有一项建议,将中央银行改为中央准备银行,政府股份占少数,将中央银行独立,不受国家财政所控制,假定他没有离开中国银行汇票,李滋罗斯的计划就能够实行,中国银行仍然办理国际汇兑,那对国家和金融的贡献一定很大。"可是有一点我们无法预见,就是日本的侵略,因为中日发生战争,所以引起了通货膨胀,使中国经济无法与英美并驾齐驱。这一点,是谁也预料不到的。"①

四、铁王座

1935 年 3 月 28 日,财政部部长孔祥熙向中行发布沪钱字第 13 号训令:

> 为令遵事,比年以来,世界经济恐慌,波及我国,物价跌落,百

---

① 《张公权先生自述往事答客问》,《传记文学》第 30 卷第 2 期,第 49 页。

业衰颓。去年复受美国提高银价影响,国内存银巨量流出,益令金融枯竭,市面周转维艰,大有岌岌不可终日之势。本部顾念及此,迭经令饬该行,会同中央、交通两行,拆放巨款,借资调剂,工商业各团体还请救济,亦以该行等尽量押借为应急要求。顾体察内外经济情形,凋敝已深,杯水何济,兴复无象,来日方长,以三行现有资金力量维护,或有难周,而该行与交行资产负债总额对于资本总额之比率,参酌各国银行通例,尤觉有失平衡,于金融关系綦巨。若不熟筹远虑,及时充实资本,增厚信用,势将捉襟见肘,应付难以裕如。查该行原有资本金 2500 万元,内官股 500 万元,应再增官股 2500 万元,以民国二十四年金融公债如数拨充,业由本部提经议决施行在案。①

一亿元公债拨交三行后的余额,交中央银行作为周转资金;全部公债并不流通市面,只由各银行互相承受。训令中所谓"资产负债总额对于资本总额之比率"有失平衡,只是一个借口,而是要清除不听命的障碍,以便利用两行财力,任意弥补政府财政赤字。

同日,财政部部长孔祥熙发布训令改组中、交两行,发表人事任命,以宋子文为中行董事长,原董事长李铭和总经理张嘉璈调离中行,张嘉璈调任中央银行副总裁;同时发表胡笔江为交通银行董事长,唐寿民为交通银行总经理。

改组中、交两行同时,还特许设立农民银行(前身为豫鄂皖赣四省农民银行),控制了邮政储金汇业局,并在中央银行内开设中央信托局。四行两局的主框架搭设好后,还以金融救济为名,在有发行权的几家商业银行大量加入官股,中国通商银行、中国实业银行,四明商业储蓄银行,新华信托储蓄银行等各大商业银行先后一一归化,垄断金融体系终于得以建立。政治完全支配了金融和经济,向来不服管束的银行家们不得不集体臣服了。

----

① 《中国银行行史(1912—1949 年)》,第 378 页。

中行接到财政部增资改组的训令,乃于次日 3 月 29 日召开董事会。这是张嘉璈最后一次以中国银行总经理的身份主持召开该行董事会。财政部的意图是要令强令按程序通过,而董事们既反对增加官股,又无法反抗来自政府的压力,他们也只能口头提出异议:原颁中行条例,实是官商合股的契约,怎能未经中行股东同意就做修改,并训令执行?怎能以未上市的公债缴充股本?即使公债上市,其价格也远低于中行的股票市价,这又如何和原商股股东交代?对于被指斥在萧条中没有配合政府进行调节,董事们也进行了驳斥,历年所遇金融风潮,中行倾注全力救济,又有哪一场落下过?

董事长李铭和总经理张嘉璈都提出辞职,张嘉璈并说明,孔财长已决定派宋子文为董事长,调他为中央银行副总裁。而交行人事并未变动,显见其中有人事关系问题。有董事说要驳还部令,张嘉璈说,人事恩怨的事,都是上不了台面的,国难迫在眉睫,何可因小愤而害大局。他认为,"部行对抗,难免不牵动市面",表示不愿与政府相抗,同意辞去总经理一职,希望各董事予以谅解。

让张嘉璈出任有名无实的中央银行副总裁,是来自蒋的旨意。当时决意去张,可是考虑到张嘉璈在社会上的声望,蒋又指示孔祥熙,要对张做"委以虚名"的安排,比如调任政府其他职务,或充任中央银行副总裁等。

当初,张嘉璈获知蒋、孔、宋联手驱逐他离开中行,自知上意难回,情急之下,致信正在莫干山卧病休养的好友黄郛。又亲自找上山去,请他找蒋说项,探探蒋公底牌。黄郛于 3 月 27 日强扶病体,以专用密码替他拍发致蒋电文:"璈与中国银行历史悠久,即时摆脱,深恐影响行基,踌躇未决。奈孔部长一再敦促,因思当时经济困难时期,苟利党国,捐糜在所不惜!顾又虑在金融尚未安定以前,设以个人进退,影响行务,间接及于财政金融,益增钧座焦虑。万不得已,或由璈暂行兼任中国银行总经理,一俟渡过难关,再行完全摆脱。"

在黄郛看来,自己这位朋友是银行家中从不营私产的一个人,这样的人品他素所敬仰,故而在电文后还为之陈情,帮他说了一大堆好话,说他自九一八以来，"态度尚称得体"，"在沪言论，时以应拥护中心势力以渡国难为主张，自牯岭返沪后，对于吾弟认识尤深"。谈到人事问题时，他委婉地说，当此金融界极不安定之际，把张嘉璈调离服务二十余年的中国银行，似操之过切，是否相宜，望弟务必"审慎"。金融统制，目前是从人事方面去打算，或者着重方法方面更为稳妥。再者，张嘉璈在中国银行是总裁，去央行做副总裁，以总易副，无从抖擞精神去工作，似乎让他面子上也有些吃亏。

到本年底，国民政府发表张嘉璈为铁道部部长，黄郛这番话应是起了关键作用。可是让张嘉璈继续留在中国银行，不管谁的面子，蒋都不会给了。一次面谈中，孔祥熙、宋子文明确告诉张嘉璈，让他离开中国银行正是出于蒋的安排，悲愤交加的张嘉璈只得表示，"钧座既有此意，璈无不惟命是从"。

当年黄郛曾为自己向蒋陈情一节，张嘉璈当时并不知悉内情，直到多年以后沈亦云在美国完成回忆录写作，他才从手稿中读到。有感于黄郛待友之诚、谋事之忠，他曾特意致信沈亦云：

　　大稿述及中交票贬值与民二十四年中行改组一段，乃恍然于膺白先生对我认识与对我爱护，使我十分感激。回忆自入中国银行后惟一志愿：欲建立一完善之中央银行，为财政改革与经济建设之基础。奈连年军阀当政，财政金融日见紊乱，与我志愿愈离愈远，正在彷徨中，适因公务得识膺白先生，晤谈几次，知其有建设新中国之理想，吾之金融制度理想可为其中之一环，每次论及财政经济，彼此意见几归一致，其见理之明，宅心之公，令我敬为师友。民二十四年中行改组，我当时审察环境，知不能再留中行，亦无法挽救。但亟欲明了蒋先生之真意，故托膺白先生用其密电本代发一电，今方知膺白先生，尚加按语，从大处落笔，读之衷心感激。不料十有五载以后，银行纸币等于废纸，中国银行支离破碎，思之不觉无限感慨。……①

_____

① 张嘉璈：《致黄夫人函》，1961年3月19日，沈亦云《亦云回忆》。

他说,为公为私,臁白能有这么一篇传文,他都喜不自禁。

1935 年 3 月 30 日,中国银行在上海召开第十八届股东总会,被迫接受增加官股、改为国营的政府训令。

为缓和官、商股的矛盾,孔祥熙履行了当初向陈光甫所做承诺,将拟增的官股减为 1500 万元,合原有官股 500 万元,共计 2000 万元,官商股权各半。随即通过修改后的银行条例,公布宋子文、叶琢堂、席德懋、钱新之、胡笔江、宋子良、杜月笙、吴达诠、王宝崙九人为中行官股董事。新董事会又互选宋子文、叶琢堂、钱新之、王宝崙、冯耿光、宋汉章、陈辉德七人为常务董事。宋子文董事长"即日视事"。本拟宋子文任中行董事长并兼任总经理,为缓和矛盾,改为宋任董事长,并提名年已老迈的宋汉章为总经理,唯为了便于实权掌控。修改总经理负责制为董事长负责制。宋子文在致宋汉章聘函中有云:"台端老成硕望,于本行夙著勋劳,尚祈展布宏猷,共谋策进,实深盼荷。"

宋汉章曾拒绝陈其美向中行筹饷,又参与民五抗拒停兑,北伐军入城时又曾拒绝垫借款而为蒋所不满,宋推他出任总经理,是因为他清楚,自己入主中行,开罪了不少金融同人,他需要一个资历较深、经验丰富,又较易合作的人来合作,被他叫作老爷叔的宋汉章正是这样的人选。

张嘉璈下台了。他努力了 20 余年、建立不依附于政府的独立商业银行的努力,全都付之流水。国家威权主义夺走了他的梦想。

日本驻天津总领事川越在发给北京若衫参事官的一份密报中称,把张嘉璈从中国银行赶走,是孔、宋密谋,蒋亲自批准的一项秘密策略,"据某要人密谈,把张公权由中国银行赶出,这是因为蒋介石为了讨伐共产党及扩张军备,使南京政府的财政收支每月出现了 2500 万元的赤字,每年赤字共达 3 亿元。这是孔、宋两人为了加强蒋介石政权而策划的。这是经过蒋介石批准的一种秘密策略的具体表现"。[①]

---

① 中国人民银行总行参事室编《中华民国货币史资料》第二辑,上海人民出版社,1991 年版,第 83 页。

　　川越的报告透露了驱张行动的四个步骤,最后称,"归根结底,他们所策划的,是在统制金融、整顿通货的美名下,谋求发行权的统一,从而使势力范围能够统一地发行不兑换纸币,使南京政府的财政得以稳定下来,从而加强蒋介石的势力"。

　　张嘉璈在 1935 年 4 月 1 日当天写下的一段哀婉言辞,正表达了银行家们那种欲说还休、无可奈何花落去的悲凉心境:

　　　　此次中国银行增加官股,与更动人事,于三月中旬,孔、宋两先生自汉口归来后,方始知之。因在行二十三年,几于年年在奋斗中过生活。与事斗争,即不免牵入人事恩怨。所幸为国家已树立两大财政金融工具之信用:一为公债,二为纸币。为金融界已建立一近代化之金融组织,为中国银行已奠定坚固不拔之基础。眼看国难近在眉睫,何可因小愤而害大局。且因人事斗争,更难登大雅之堂。况天下无不散之宴席,手栽的美丽花枝,何必常放在自己室内。能让人取去好好培养,何尝不是一桩乐事。①

　　他所惋惜的是,自民国成立以后,希望以中行之力辅助政府建立一完善之中央准备银行的希望再无实现的可能了。另一个更大的、也是更终极的金融救国的梦想,也是做不下去了。在他的这个梦想里,一面能永保通货健全,一面能领导公私金融机关,分业合作,最后创造出一个内有资金充沛之金融市场,外具诱导外资之坚强信用的金融体系,目标是追踪经济发达的日、德两国,最终实现强国富民。

　　但这个梦在 1935 年春天的上海不得不戛然而止了。全球银价的危机差一点使这个国家遭受灭顶之灾,政府急于从"银本位"中解套,"金融统制"长鞭所到之处,银行家和小企业主哀鸿千里,不得不收起二心,集体臣服于铁王座之下了。从此开启的一个时代里,对资本说了算

----

　　① 《中国银行二十四年发展史(民国元年至民国二十四年)——张公权先生建立近代金融组织基础之成就》,第 10 章第 4 节。

的不再是市场，而是国家和权力，肇始于甲午后的中国自由资本主义的黄金年代终结了。他只能徒叹，"此志未遂，斯为憾事！"

中行董事会为酬报他23年服务中行的劳绩和卓越贡献，特提出专案，决议致送张嘉璈"退职赠与金"16万元。这是他平生最大一笔收入。

张嘉璈在任时，经常昭告同人："中国银行之能渡过无数难关，建立强固基础，绝非少数人聪明才智之产物，实为数千百行员气质变化，力争上游之收获。"他甫一脱离服务了23年的中国银行，全体同人不免惘然若失，又钦佩他体认个人去就，不欲牵动事业发展，是以，从上到下皆以继续维持中行的传统精神相勖勉，以不负张氏历年建设中行之苦心孤诣。当张嘉璈离职时，清华毕业、留美归来的姚崧龄刚于前年入职中行，日后，他在《中国银行二十四年发展史》一书的收尾部分说：

"而所谓传统精神者，似极抽象，然粗知中行历史之人，则无不领会其意义，了解其体系。盖张氏在行常以三大道德纪律期励同人：'一曰行员在行服务，不仅以保护股东、存户、持券人之利益为满足，必须进而为社会谋福利，为国家求富强；二曰职位不拘高低，必须人人操守廉洁，摈除恶习，更须公而忘私；三曰任事不能仅以但求无过为尽职，必须不避艰险，不畏强御，战胜难关。'以上三原则，张氏尝纳于'高''洁''坚'三字，以为每一行员座右箴铭。此种熏陶，为时既久，不知不觉中形成一种风气，使每一行员于待人接物之顷，不期然而然，表现无遗，博得众人信任。"

商业的道德，正预示着中国未来的高度，张嘉璈于此终生耿耿在怀，良有以也。

下部

（1935—1979）

第十一章　战　争

一、丧家犬

"手栽的美丽花枝,何必常放在自己室内,能让人取去好好培养,何尝不是一桩乐事。"张嘉璈离开中国银行时的这句话,看似洒脱,实有无限失落和郁愤于其中。于今,无可奈何花落去,按照财政部发给中国银行和他本人的训令,不日他将履新中央银行副总裁。

尽管在张嘉璈和李铭的竭力坚持下,再由陈光甫出面说项,孔祥熙做了让步,同意将原定的增资 2000 万减至 1500 万,但再加上原有的500 万官股,日后的中国银行已是官股、商股各据其半的局面。这一新局面的形成,宣告了自民初以来他所有努力的失败。这二十余年,他竭力要把官股像挤柠檬一样挤出去,现如今,这些被挤走的官股又回潮了。这如同一记响亮的耳光,打醒了他试图让金融独立运行于政府之外的梦想。他自忖,中国银行一步步走到今天,对抗北洋,资助北伐,屡遭逼饷,再到被一再要求增加官股,成败荣衰,都在一个"势"字。这势,乃是权力、机遇、关系的一个合体,一个人再是有通天手段,也不能逆势而为,更何况,他置身的又是一场场权力和资本的博弈。

从 3 月底卸去中行总经理职务到 4 月 28 日政府发表张嘉璈为中央银行副总裁为止的一个月里,在张的新职安排上颇经历了一番周折。原因在于,蒋对此既想亲自过问,又举棋不定,以致迁延整整一月。

先是,因蒋、孔、宋的行动极其隐秘,中政会讨论之前,连行政院长汪精卫也给蒙在了鼓里。汪非常不满,于 3 月 20 日给在巴县的蒋介石发电提出异议："顷知庸之兄此举事前并未征取中、交两行张公权等之同意,恐将因此引起风潮。庸之兄即夜车赴沪,能调解否,未可知。弟已托吴震修亦即晚车赴沪,切嘱公权等务须和衷商榷,万勿决裂。因闻公权等已准备辞职也。弟于此举,事前亦未接头,事后补救,未知能有效否?"蒋复电:"如为救国家与社会计,今日财政惟有此一办法,舍此之外,皆为绝路。"

此时,蒋介石已经预料到,张嘉璈或许不肯同意出任中央银行副总裁一职,即使奉令,似也过于屈才。如何安置张嘉璈,蒋曾致函汪精卫说:"公权先生如果辞职,弟意请其承长实业部,则公私两全,实业前途必能一放光明。"

据此,4月4日,就在张嘉璈辞去中行总经理职务的第三天,行政院长汪精卫从南京来电邀他出任实业部长。张嘉璈接到南京来电,一时有无所适从之感,遂上莫干山找黄郛商讨个人出处。

《张公权先生年谱初稿》1935年4月4日条"就黄郛商榷出处",该条下面并提及:"忽接行政院长汪兆铭约赴南京担任实业部长来电。对于中央任命为中央银行副总裁问题,尚未解决,兹复发生实业部问题,颇有无所适从之感。特赴莫干山访问黄膺白商讨个人出处。黄氏因电蒋委员长代询究竟。"

黄郛受友之托,次日即向时在重庆的蒋介石报告:"公权昨忽来山谈一小时,匆匆转京。谓汪先生约赴京,拟劝其就实业部事。彼应中央银行问题,已极困难,忽又发生实部问题,实令彼莫所适从,特来商榷。兄因不知内中情形,未便妄参意见,仅嘱其斟酌取决而去。特再电达参考。弟对此意见如何,能从速示及,或可稍稍代为授意也。"蒋没有回复。

据此看来,张嘉璈拒不接受实业部长一职是与黄郛商量过的,当时黄郛不明就里,没有明言支持或是反对,但出处是大事,"斟酌取决"的言下之意,黄郛也是同意他暂作观望的。

而孔祥熙这边,按照蒋3月22日电示,已开始办理任命张为中央银行副总裁的手续。3月27日,孔向时在贵阳的蒋汇报,"一万万元金融公债案,赖兄鼎力主张,已于今日立法院大会通过",特意提到张的新职问题,"至中央银行副总裁,并请提请中政会议决定,添设一人,拟即呈请任命张公权充任"。同时,他还向张嘉璈去电"祝贺"。

可能是行政院那边汪的意见起了作用,让蒋觉得张嘉璈去实业部任职比较"妥当"。4月3日,蒋回电的语气变了:"弟意公权就实业部较妥当,先安其心,且勿使人难堪也。"并让孔与宋子文商量一下如何办理。蒋那时还想成立一个总揽中央、中国、交通三行业务的上层联合机关,方案还没成熟,是以对张这枚棋子,久举不落,显见得也是颇为踌躇。

孔祥熙乃复电称,不论让张出任何新职,他都听蒋的,不会有任何意见:"弟以张公权为中央银行副总裁,系因其为金融界巨子,可资臂助,几经敦促,公权本已允就。嗣应汪院长拟令担任实业部长,公权遂又有意就部长之意。且弟本意令其辞去中国银行总经理,仍任常务董事,乃子文不愿与之合作,因是公权颇抱消极,现对人言,任何事均不愿担任。弟今晚赴沪,拟再加劝慰。究应令其担任实(业)部或副总裁,仍请尊酌,弟无成见。"①

4月16日,孔祥熙接李煜瀛(石曾)电,大意谓:公权兄感公之关注及鉴谅曲衷,"极思图报",盼就经济委员会常委职后,赴北平协和医院检查身体,出院返沪后即就中央银行常务理事及财政部高级顾问两职,至于副总裁职,"仍请俟诸异日"。李认为"其意甚诚",宋子文亦表赞同。

孔祥熙于当晚将李电转行政院,并于次日电复李:关于经委会常委,按组织法定额五人,如增加一人,须提经立法院先修正组织法才能提议,至于财政部高级顾问职,虽随时可为发表,但张未就中央银行副总裁而先发表为顾问,"恐外间又将误会,谓为置之闲散"。张嘉璈曾告孔,愿出国研究考察,以补所学之不足,孔则希望他先就任中央银行副总裁后再出国,终于4月28日发表了副总裁简派令。

---

① 《中国银行行史资料汇编(1912—1949)》上编,第388页。

在这之前,汪精卫曾电告蒋"张公权已允先就中央银行副总裁,而仍保留实业部,俟助庸之兄整理中(央银)行后,再决去留"。蒋电示赞成,并于4月29日电告孔。蒋、孔的本意是要让张嘉璈脱离中国银行,不管张愿意出任实业部长还是央行副总裁,在他们都是两可的,因为目的已经达到了。

蒋口口声声"先安其心,勿使人难堪","略予面子,不使其不安",倒也不是妇人之仁,而是在中国银行改组这件事上的确感到了愧歉,想要对张嘉璈有所弥补。但张嘉璈似乎并不打算领这份情。很长一段时间,他都没有从被逐的灰败情绪中走出来。太多的无奈、妥协、委曲求全,让他对即将担任的两个新职都提不起兴趣。

按先前计划,他去了北平,既是去协和看病,也为散心。5月中旬,在北平办事的中行浙江分行经理金润泉,接到了刚刚北上的张嘉璈写来的一封短札:"润泉我兄大人阁下:九日抵平,寓大方家胡同李宅,日内拟赴西山小住,再赴协和医院检查,在平约有一月勾留。致膺公信乞加封,寄上为叩。匆匆。弟璈顿首,十二日。"

信不长,寥寥六十余字,语皆平常。但对知悉内情的金润泉来说,他太理解张嘉璈那种丧家犬般的凄惶了。金润泉也算中行老人了,这位萧山籍的前大清银行浙江分行经理,曾官居三品,在杭州城一向被看作胡雪岩一般的红顶商人,他深知政商旋涡的凶险,也更能体味张嘉璈此时的心境。信中,张嘉璈说要到西山去将养,又说要去协和医院检查身体,似乎染疴已深。但金润泉明白,张嘉璈是病在心里。

金融统制的长鞭刚一挥动,任谁都已看得出来,一个银行业商业化经营的黄金时代已经落幕,从此以后,中国的金融业,除了依附于国家权力,别无他途。权力的利刃,置于商业法则之上,随时都可能落将下来。对于张嘉璈这样有着自由主义经济理想的银行家来说,没有比这更让人灰心的了。

张嘉璈北上"养病"刚出发,蒋介石就有电致孔祥熙,再谈张的新职安排,想让他尽早就任实业部:"实业部事以先任公权为妥,如此时由子文兼任,则更为众矢之的,而于政局亦必生变化,更多不利。请以兄意直商汪院长,即任公权为实业部长。则于公权方面亦可略予面子,不使其不安也。务望速办,并以此意转告子文是荷。"①

5月11日,蒋再有一电发与汪精卫,再次谈实业部长的人选问题。蒋的意见是,公权能够答应下来自然更好,否则,丁在君(丁文江)也是合适的。"但须先征求其本人同意,并发表后应即就职,使政治充实,如发表而不就职,则轻公而自重,殊非革命之道。"②他让汪找孔祥熙再做详商,从速裁夺。

去北平看病一事,张嘉璈曾事先告知孔祥熙。他说他接下来还要出国。孔祥熙看出张嘉璈是故意拖延上任,故竭力劝他先履新,再出国也不迟。

最后促使张嘉璈下决心就任新职的,却是另一个原因。此时的北平已非太平光景,整个华北都在日军势力的牵制范围内。张嘉璈到北平没多久,就有冀察当局的人闻风找上门来,说要成立华北准备银行,请他出任总裁一职。一些日本旧识闻讯也来怂恿。张嘉璈早年留学庆应大学,有不少日本朋友,但此敏感时期,生怕沾上落水嫌疑,到时说不清,故而没多久就有了南归之意。

他自述这段经历:"我闻之骇然,知华北危机已亟,乃即日离平返沪,径到中央银行就职,以免是非,且放弃出国之念。"

7月1日,张嘉璈就任中央银行副总裁。就职后,即奉央行总裁孔祥熙之命,筹备中央信托局成立事宜。10月1日,中央信托局开幕,张嘉璈兼任局长,他在中行时的助手刘驷业任副局长。

1935年8月23日,张嘉璈应邀到南京与蒋介石面谈。蒋对于几个月前没经其同意就将其调离中国银行一事当面表示了歉意。张嘉璈日记手稿中的这段话,是已刊史料和其他论著鲜有提及的:"晨到宁,即有姚副官来接,谓蒋先生在励志社,即赶去谈约二十分钟,大致上半年

---

① 王正华辑:《蒋中正总统档案·事略稿本》,台北国史馆,第31册,第19页。
② 《蒋中正总统档案·事略稿本》,第31册,第51—52页。

中国银行调动事,事前未及接洽,略表歉意,希望此后多多合作,并对于汪先生尽力相助,助汪即助己。约九月十九日六中全会时再约谈,因即须乘飞机赴川,当即至飞机场相送。"①

日记中所说"对于汪先生尽力相助"事,即指要他出任汪精卫主持的行政院的实业部长。当时张嘉璈以中央信托局甫告成立,业务正待推进为由婉拒了。张嘉璈之所以再三推托,是因为他对这一届的行政院是持消极看法的。

送蒋上飞机后,张嘉璈上了张群的车,同至都城饭店略谈。当时外交部次长唐有壬也在座。对汪内阁,他们都乐观不起来,觉得此次蒋、汪晤面,虽然表面上看起来关系益见密切,但政局前途仍不能以此小小结果而大有希望。

随后,张嘉璈又去拜会汪精卫,当汪问及政府改组后是否可以参加实业部时,张嘉璈表示,"此时不必谈,姑俟大局定后,先谈事而后谈人"。真实的想法则是,"余实不愿参加此无组织之政府"。

8月29日,张群询及,六中全会政府改组时能否出任实业部长,张嘉璈答:"一无钱,二无事权,如经济委员会所为之事大都是实业部事,三则政府对各国经济关系难有确定方针,四则不愿离金融界,希望不提此事。"②

9月2日,"孔(祥熙)部长与余言,汪院长日前在沪托其转促余就实业部事,余答以已婉谢汪院长,并在岳军兄前亦已婉告,且信托局组织伊始,未便撒手。而中央银行亦有许多改革之必要,不愿易地。孔云,渠亦难于主张,劝就,恐陈公博兄方面有所不满,劝辞,恐汪疑不顾大局,欲余自己主张"。

两个月后的11月1日,四届六中全会在南京湖南路丁家桥中央党部如期召开。中委百余人、各机关代表及党部职员共千余人出席会议。

---

① 张嘉璈日记手稿,1935年8月23日,张嘉璈档案第16盒,美国斯坦福大学胡佛研究所藏。

② 张嘉璈日记手稿,1935年8月29日。

会前，虽有清华大学、燕京大学等 11 校学生自治会联名呈请政府尊重约法精神、要求开放言路等声音出现，但一向反蒋的冯玉祥、阎锡山等地方巨头来到南京，也使本届政府有了一种"粹厉奋发"的气象，起码表面上趋于团结。孰料开幕当日，即起风波。

是日上午 7 时，一百多名中委先去紫金山南麓中山陵谒陵。9 时整，回中央党部开会。行政院院长汪精卫致开幕辞毕，中委们齐集会议厅阶前，分列五排合影。合影毕，正当委员们陆续转身上台阶时，记者群中闪出一人，以一支六响左轮式手枪，向站在第一排正待转身的汪连击三枪，枪枪命中。发起这博浪一击的是晨光通讯社一个叫孙凤鸣的记者，前十九路军的一个排长。混乱中，相继扑上前去的张继和张学良联手缴了刺客的枪。

一时议论纷纭，传说中一份指使者的名单里出没着党国大佬的身影，还牵涉到一个叫王亚樵的暗杀高手。而最后查明，狙击是由死士孙凤鸣和他身后的华克之、陈惘之、贺坡光等青年所策动。这些青年爱国者因为不满政府对日软弱，在上海打浦桥法政学院东边新新南里 232 号租下一间危屋，日夜谋划，"欲拼一死以诛元凶"。他们的目标是要刺蒋，因蒋警觉未到场，才临时把枪口对准"第二国贼"。

汪被紧急送往中央医院抢救，当时虽性命无虞，9 年后，却仍死于那颗深陷在胸脊旁子弹的弹伤。眼下，已成惊弓之鸟的汪不得不出国疗治。稍后召开的五届一中全会，批准了汪的辞职报告，通过蒋介石兼任行政院长，孔祥熙为副。

新一届政府敦促党外人士积极参加行政院工作。张嘉璈既已明确表示不愿就任实业部长，蒋想让他在外交方面担任职务。鉴于日本在华北屡屡挑起事端，中日形势渐同水火，蒋希望，有留学日本背景的张嘉璈最好在对日交涉方面有所担当，以取代越来越手足无措的黄郛。

这年 11 月底，政府拟派遣一个经济考察团赴日考察。日本侵占东北后，染指关内的野心已渐显露，战争气氛愈益浓烈。考察团打的是民间旗号，实际上是半官方的，表面有通融、示好之意，目的也是探其虚实。孔祥熙要张嘉璈担任考察团长，但他以信托局刚开张事务剧繁为由推掉了。最后是盐业银行总经理、"北四行"储蓄会主任吴鼎昌担任了考察团团长。

本来蒋还想要张嘉璈出任中日贸易协会会长，授意吴鼎昌去做工作，吴鼎昌托钱新之、徐新六两人去劝。但张嘉璈认为，中日交恶到了这般地步，日本已渐露其狰狞吃相，哪有什么"经济提携"可言。自己在日本朝野虽不乏人脉，但时下形势严峻，到时候真要办起事来，肯定也是处处掣肘。吴鼎昌托钱、徐传话，要他就会长职，他反倒劝吴鼎昌自任会长，说实在万不得已了，他答应可出任副职。

11月26日的日记里，记录了他的答复："余正值养晦之期，何必再于此等事露面，遭无谓之误会。且中日前途以北方情形观察，将有大问题发生，征之今日殷汝耕之通电宣布自治，必有背景，可以想见政治上之关系如是，其不安定，有何经济提携之可言。故告达诠劝其就会长，余不得已时可为之副。"

12月8日，张嘉璈从张群处得悉，蒋介石有意让他出任驻日大使，他当即"表示难就，允明日答复"。当日晚，在国际饭店再次遇到张群时，又告以"不适任"，只是答应，若万不得已，可以中日贸易协会名义赴日，小住数月，大使一职是万万不会担任。

次日，他就拒任驻日大使一事正式答复张群，列举了三条理由：一是"外交非所习"；二是"日人之致尊敬于我者，以金融上之经验与信用，一旦涉足外交，观念顿变"；三是"与蒋先生素未共事，日人疑我不能全权代表"。① 他觉得拒绝出任驻日大使的理由已经说得很充分了，蒋应该不会再强人所难。

张群当即电告蒋，在这份于"佳"日（即9日）发出、标为"密"字级的函电中，张群称，"公权意极恳挚，但因有种种困难，未允出使日本"。他建议让张嘉璈出任铁道部部长一职，"群熟思此君与日英各方关系均极圆满，于铁道借款及各种债务问题，亦甚谙悉，与庸之、子文两先生又可合作——群意以为公权担任斯职颇为合适"。张群请蒋考虑他的这

---

① 张嘉璈日记手稿，1935年12月9日。

一建议,如蒙采纳,"敬祈径告庸之先生,征其同意"。

时在南京的卢作孚第一时间把这一消息告诉了张嘉璈,时间即在12月9日上午。张嘉璈当天日记有载:"卢作孚自宁来书,谓蒋先生有意欲我担任铁道部,因告岳军兄万不得已即就铁部,岳兄以此告蒋。"下午,孔祥熙的电话也到了,转告蒋的意思,要他赴宁一谈。当天晚上,张嘉璈坐车赶往南京。

姚崧龄的《张公权先生年谱初稿》,在1935年12月12日"就行政院铁道部部长职"条下有此简略记载,采的是传主本人口吻:"我以国难当前,毫不迟疑,选择铁道部。一则可以贯彻在中行时代所抱辅助铁道建设之志愿,二则希望实行中山先生建筑十万里铁路之大计划。"

对于之前曲折经过,皆无载。

12月10日,张嘉璈到南京与蒋的谈话经过,亦只见于其日记手稿,录之,可收与年谱相互参证之效:

> 晨抵宁,十时晤蒋。告以:(一)向来只知对事不知对人;(二)喜直言;(三)非党员;(四)喜廉洁不能容恶人,所以不宜做官。同时,(一)华北外交险恶;(二)财政金融日陷绝路,恐徒劳无功。蒋答但愿我负责做事,一切为难由彼负之,并谓国难当前,正欲在社会做事,而在党以外者来负国家重任,决不计事功。最后告以勉为担任,如干不下去即挂冠以去,彼如不惬意时亦不欲强留。……嗣谈次长问题,渠云养甫可任次,余即同意,因年来浙江建设,彼此共事,相知甚深。此外拟招曾镕浦,渠与整理内外债及庚款内容,知之颇稔,可助部务,蒋亦同意。别蒋后即招养甫来谈,渠尚谦逊,震修兄力劝之。晚至蒋处决定,即晚回沪。①

两天后,即12月12日,国民党第五届中政会第一次会议决定任命张嘉璈为铁道部部长。从拒任实业部长、驻日大使到最后出任铁道部

---

① 张嘉璈日记手稿,1935年12月10日。

部长,事情能有如此出人意料之解决,张嘉璈对铁路事业素有抱负是其一,蒋在人事安排上予以充分授权是其二,而张群的穿针凿柄之功,实也起到了极大的作用。是张群让两个根本就不可能谈拢的人最终意见趋于一致。

张嘉璈被逐出中国银行的怨念平息了,他不再是惶惶不可终日的丧家犬。他与当局尤其是与蒋的裂缝也在渐渐弥合。只是,自此以后,这一代最杰出的银行家不得不离开他热爱的金融本业,蜕变成为国民政府的一个官僚,国家机器的一个部件。而在这之前的二十余年,他与这个庞大的国家机器的博弈里,有合作,也有反抗,个中滋味,亦是一言难尽。

从金融到铁路,从自觉远离官场到进入中枢,他的新形象,渐渐被一个战时政府官员的身份取代了。张嘉璈才 48 岁,却已遍尝世间种种无可奈何。人生并不是树了一个目标就能如愿抵达的,有时走着走着,身边的景变了,人也换了。在走的道路早已不是原初设定的那一条。

二、学者从政

1935 年底组成的这一届新内阁,各部会的首长名衔如下：内政部部长蒋作宾、外交部部长张群、军政部部长何应钦、海军部部长陈绍宽、财政部部长孔祥熙、实业部部长吴鼎昌、教育部部长王世杰、交通部部长顾孟余、铁部道部长张嘉璈、蒙藏委员会委员长黄慕松、侨务委员会委员长陈树人。

新内阁的组成人员与日本都有某种程度的渊源。张群、张嘉璈之外,其他如蒋作宾、何应钦、吴鼎昌等,也都有着留日背景,熟悉日本情况。在中日形势日趋紧张之际,蒋授意组建这样一个班底,自是为了在日后的冲突中有所折冲调和。

本届政府另一个为人所热议的现象,是一个叫"新政学系"的政治派系横空出世,与党内的 CC 系、黄埔系鼎足而三。因张群一向被视作这股政治新势力的三巨头(另两人是杨永泰和熊式辉)之一,和张群走得比较近的张嘉璈、翁文灏（行政院秘书长）、蒋廷黻（行政院政务处长）这批学者型官员也被归入了此派。而实际上此说也是颇多牵强。

这批学者型官员基本上都是在同一年进入政府的。从政治史和思想史的视角来看，五中全会后改组政府，一个重要的信号，就是一批专家和有着留美欧背景的自由主义学人进入了国家体制，即所谓"学者从政"潮的出现。这使得中国的自由主义思潮和自由知识分子群体在20世纪30年代中期出现了一个影响深远的分野。

进入30年代，蒋在排除党内异己势力的同时，一直在物色受过高等教育、具有专业知识的各方面人才，试图改造他的高层官僚结构。他通过私下接触或公开召见的方式，在南京官邸或者庐山牯岭，同这些自由派学人、银行家、实业家和媒体巨头见面、闲聊，保持着私谊和日常联络，并时常征询国家建设方面的意见。而一旦政府有召，这些长年受西方精英政治熏染的学者和实业家们，自然也把共赴国难作为自己的当然使命，欣然出任。即便是胡适这样坚定的反蒋派，后来也欣然"出山"担任驻美大使。

本届政府内阁中，和张嘉璈同时走上仕途的还有一位银行家——盐业银行总经理、四行联合营业事务所主任吴鼎昌。如果说张嘉璈离开中行进入官场是事出有因，被迫无奈，吴鼎昌则是袍笏登场，春风得意。

方脸、深眉、时常戴着一副圆框近视眼镜的吴鼎昌，身上浓郁的文人气质可能来自家族遗传。晚清时，他父亲在四川绥定府做幕府多年，晚年才辞官定居成都。吴鼎昌有个笔名叫"前溪"，时人皆不知出处，其实这是他的祖籍浙江吴兴县一条小河的名字。他是以这种方式时刻提醒自己不忘那座江南小城。

吴鼎昌是个有政治野心的人。孙文卸去临时大总统职务后，他去了北京，他的旧交、总统府秘书长梁士诒把这个洋翰林举荐给了袁世凯。袁和吴谈了两个多小时，纵论天下大势，吴大谈他的理财构想，袁听了赞赏有加。可是回去后就没有了下文。梁士诒找了个机会问袁缘故。袁说他不敢用,此人"嗓哑无音""脑后见腮"。相书上说,"腮"是反骨的意思,此事遂罢。后来吴鼎昌经常自叹,自己"吃了相貌的亏"。老袁素以识人自负,这一回却看走了眼。他说吴鼎昌有反骨,殊不知当世的银行家里,没有一个人比吴更懂得政治的重要性,更能洞悉股票、债券、外汇与政局的微妙关系。

这几年,吴鼎昌把"四行"办得风生水起,四行储蓄会的存款雪一般飞来,至此总存款已达一千余万元。不久前,"四行"还在上海最繁华的跑马场周边地段投资建造了号称远东第一高楼的地标性建筑国际饭店。他名下的《大公报》也以不党、不私、不卖、不盲的伪自由主义立场,小骂大帮忙,俨然成为民意喉舌。乘此二匹"宝骏",此时的吴鼎昌早已身价陡升,虽然他自称"喜谈政治,不一定适于做官",又说自己平生志愿在办一学校办一报馆,"无意袍笏登场",但志存高远的他早就不满足于只做一个呼风唤雨的金融界领袖了。

早在九一八事变爆发后不久,吴鼎昌即抓住"停止内战、救亡图存"的大题目,在上海鼓动商界和金融界的四个团体(全国商联、上海商会、银业公会、钱业公会)牵头发起成立了"废止内战大同盟"。"大同盟"的十条章程即为吴起草,其中一条"安内对外",即其揣摩最高当局的"先安内后攘外"的意图精心结撰而成。他曾多次在上海、天津的几所大学演讲,这些都不可能不传到蒋的耳朵里去。想当年,这个银行家最初是以一手握"四行"、一手握舆论的不凡实力进入蒋的视野,目下这个大事迭出的年头,他的政治正确又大获上层欢心,是以,当蒋介石托钱昌照网罗名流,组成"国防设计委员会"时,吴得以名列金融界的三个代表之一(另两人是张嘉璈和徐新六),那时的他已经踏上了通往权力顶峰的第一步。

吴氏所存这一心志一向掩饰得很好,但有一个人早就看出来了。此人即与吴偶有诗文唱和的报界朋友曹聚仁。1932年元旦,时年49岁的吴有感于年齿徒增,一口气写下了三首七绝,中有"河山破碎此身全,区区许国终无用""四十九年湖海气,难禁春雪上头来""问舍求田意最高,百年上策亦徒劳"等句,曹聚仁读后大惊,连说自己真是有眼不识泰山。让一向自视甚高的曹服气不容易,一是诗要好,更重要的是,他从这些狂放不羁的诗句里看出了此人终非池中物。

就在五届中政会召开前不久,因为张嘉璈避而不就,吴鼎昌还率领一个 34 人的经济考察团访问了日本。这个考察团会集了平、津、沪、汉金融、工商界的翘楚宋汉章、陈光甫、周作民、刘鸿生、徐新六、俞佐庭、黄文植等,吴在这一大群经济界精英中出任团长,既是最高当局对他的看重之意,亦可见其声望上升之快。此次行政院任命吴鼎昌为实业部长,盐业银行总经理一职仍予保留(四行联营事务所主任的职务则由副主任钱新之代理),自是希望他在打通实业和金融方面再有一番作为。

如果说张嘉璈出任政府公职是因为蒋着意笼络,张嘉璈本人并不是十分情愿,那么,吴鼎昌转向仕途发展,实出于他甘愿驱驰。毕竟,并不是所有人都能够放弃权力的荣耀。

吴鼎昌后因受命调查上海纱布交易所风潮事件,触及最高层利益之争,被打发到贵州出任省政府主席,在那里一待就是七年。在一本叫《花溪闲笔》的政书里,他自述出京情状,"又不意二十六年(1937 年)冬,忽奉命出主黔政","奉命时之惶恐心理不堪言状",简直与贬官无异。虽说贵州是重庆的卧榻之侧,战略位置重要,但表面的倚重之下,遭受放逐的失落滋味也只有他自己去体味了。

随着金融统制的格局铸成,财政部遂于这年底颁布紧急法令,规定中央、中国、交通三行发行之钞票,定为法币,所有完粮纳税及一切私款项之收付,概以法币为限,不得再使用现金,违者全数没收,以防白银之偷漏,如有故存隐匿、意存偷漏者,应准照危害民国紧急治罪法处置。

财政部的《新货币制度说明书》称,向者,我国货币为银本位,白银是我国货币基础,亦即经济基础,"如长此巨量流出,实感受极大威胁,工商事业之衰颓,国民经济之萎缩,其痛苦不可以言语形容",实施这一新货币制度,正是为了从"消极之维持"转为"积极之改进"。①

"国家行政上之任何措施,均需要一种政策,以为进行之标的,譬如

----

① 《财政部新货币制度说明书》,《中国银行行史资料汇编》,第 565 页。

在茫茫大海中,航海家完全赖有指南针,指示航行之方向。"当局认为,法币改革,正是国家这艘大船渡过金融风潮的"指南针"。

三、"欲救中国,当先救铁路"

出掌铁道部没几天,时任北平冀察政务委员会委员长的宋哲元就给张嘉璈来了一个下马威。宋出身西北军,与中央时有忤逆,未商得铁道部同意,就私下委任了两个亲日的亲信,分任北宁、平绥两铁路局局长。这让一直警惕日本势力渗透的张嘉璈大为生气,他愤怒地说:"此举大则导致津浦、平汉北段之分割,促成日人之华北自治梦,小则破坏我之铁道计划。因北宁、平汉两路收入较多,一经丧失,无法获得基金,整理旧债,吸收新债。"

此时,距当局做出全面抗战的决策尚有一年零八个月。

1936年元旦刚过,张嘉璈即坐车前往北平与宋哲元和北平市长秦德纯、天津市长萧振瀛会晤。他正告宋哲元,铁路行政统一一旦遭受破坏,势必中了日本人华北自治的诡计。宋哲元说,他这么做也是因为顶不住日本人施加的压力。秦、萧两市长说,华北日军还向冀察政委会要求,扩建大沽港,建筑沧石铁路,还试图截留关余、盐余、铁道收入及其他中央税收。

情势急迫,张嘉璈也不得不做了让步,承认宋哲元委任的两个局长,但要求两人须服从部令。另外他也答应宋哲元,他会建议中央将华北收入悉数充作宋部军费,以防日本人染指。

与宋哲元谈毕,他又马不停蹄赶往张家口,会晤察哈尔省主席张自忠,赴大同会晤绥远省政府主席傅作义等人,告以中央对日政策。又到天津,视察北宁、津浦两铁路局。再飞青岛,视察胶济铁路,又与山东省主席韩复榘会晤。1月10日,返回南京,将此行一切经过,向蒋报告,均予同意。随即与有关各部接洽,办理正式手续。

任职铁道部部长(后铁道部与交通部合并,改任交通部部长)的七年间,张嘉璈的职守是主持战时中国铁路和其他交通事业的规划、筹措等事项。战后,他在美国出版有《中国铁道建设》一书,首述自清同治五年以来至民国二十四年共七十年间中国铁路历史,主要章节"恢复债信及战时准备""抗战中之铁路运输""抗战中之新路建设"等所述,皆是他部长任内亲身经历及经验。此书日后由出版家王云五的商务印书馆出版。王云五亲撰序言,称此书"内容精微宏博",实为近世中国铁路方面之唯一专著,张嘉璈任部长的七年,堪称"老成谋国"。

战时军力、财力之调配,全赖交通生命线,这期间,举凡浙赣、贵昆、湘贵、湘桂、津浦、广九、粤汉、成渝、叙昆等路与德、英、法等国的交涉,缅甸公路、西南公路、兰新公路、黔桂公路、川滇公路的修建,再如被炸毁的滇越公路的抢修与车辆吨位分配、拟建的中印公路的勘测、与英法俄航空公司谈开通航线事,几乎占去了张嘉璈全部的时间和精力。尽管不再有执金融界牛耳时的得心应手,但值此国家非常时期,矢志救亡图存,也庶几可以弥补他离开金融界的遗憾。

上任之初,这个前银行家雄心勃勃,想通过整理旧债树立债信,吸引外资,筹措新路建设及旧路改善之款。重要的一项工作,就是整理铁路历年积欠外债。

至张嘉璈就任铁道部的 1935 年底,中国政府积欠铁路外债本金已达 2 亿 6500 万美元,当时适逢李滋罗斯来华协助改革币制,这个经济学家对中国政府提出三个要求:一是健全银行组织,二是平衡预算,三是吸收外资。说三者如能做到,则法币自然稳固,又表示,若能整理津浦及湖广债款,英国愿意设法增加投资。这正符合张嘉璈吸引铁路投资以扩充新路的设想,尤其是长江以南及贯通西南与西北之铁路,以为中日战争之准备。他在民国初年整理京钞的经验这时派上了用场,上任的第一年中,就将整理工作迅速完成,整理就绪公布办法者,计有:津浦路债款、津浦路德华银行垫款、湖广铁路债票、道清铁路债票、广九铁路债票、陇海铁路债票、宁湘(南京—萍乡)、浦信(浦口—信阳)垫款。

他是以金融家的手段治铁路,以达至"铁路救国"的目的。整理案一经公布,让外人看到了中国政府致力于恢复国家信用的努力和担当。伦敦《泰晤士报》称:"本年中国铁路借款之整理,是为第四次中国政府努力恢复铁路债信，实属最可喜之事。"英国《金融时报》云："吾英国应充分承认中国政府恢复铁路债信之决心，及铁道当局之勇于负责，能自远处大处着眼。铁路债信恢复，即国家恢复信用，必能鼓励国外之投资……"

至1936年10月，张嘉璈做了一个小结："以上各项债款整理，债权人方面之牺牲，除陇海路一亿五千万元外，津浦、湖广、道清、广九四项共五百六十余万镑，约合国币六千七百余万元。故于债务方面，中国政府减少负担二亿三千余万元，而外债十分之九，均已整理就绪矣。"①

各路债务整理之后，最要者，为如何增加收入，而开支不随之并进。次则如何使盈余足敷偿债之用。张嘉璈召集平汉、津浦、粤汉三路，研究如何节樽开支，增加盈余，以全信用，决定入手点为从严集中会计管理，确立了铁道部会计制度改革的大体框架：设立铁道基金总账制度，厘定现金收支状况报告，修订各路编制概算及执行预算规程，整理各路账目，举办全国铁路财产估计。

他还把在中国银行施行的经济调查制度引入了铁道部。在铁路经济调查员训练班开班典礼上，他到场训话，并亲做《如何调查铁路沿线经济》的演讲。他说，经济调查是一件很重要的工作，近百年来，欧西各国经济上的神速进步，一部分应归功于他们经济调查的完好。铁路方面的调查，要从大处着想，注重整个国民经济，调查的事实应注意以下几端：货物供求的情形，供求的结果，货物的保存问题，诸如种类、数量、季节、地点，等等。

在新路建设方面，张嘉璈给自己设立的首个目标，是五年内计划修成8000公里铁路。西安事变发生时，他就职铁道部正好一年，在闻知事变消息的第二日，他召开部务会议，报告一年来整理铁路问题之感言：

"余于忝长之初，即奉蒋院长之命，首途北方视察，而耳濡目染，感想万端。归途深觉欲救中国，当先救铁路。挽救之道，固在于旧路之策

---

① 《张公权先生年谱初稿》上册，第151页。

进,而尤要于新路之建设,然后可望全国脉络之舒展,完成铁路救国之目的。因即于途中抱定造路之决心,首先决定发行公债,继即整理旧债,所以一方减轻负担,一方提高债信,以使外资源源流入,作为建筑新路之用也。"①

他说,目前我国铁路干线总长度 8000 余公里,五年内要再赶筑8000 余公里,任务至为艰巨,且从前修筑一路,费时数年,方能完成,甚至有永远都修不成的,现在国难深重,民力疲惫,只有抱定百折不回之决心,方能有见诸实现之一日。当此大变发生之际,他要求同人,"吾人目下惟有专注心神,肃然祈祷领袖之安全,早释国人满腔之忧思耳"。

1937 年元旦,张嘉璈为部刊撰文,向部员宣示他的"新年新精神",提出要"谋商业化、国防化之调和,克尽对国家所负重大之使命",并表示要"牺牲小我,成全大我,抱定为事业而百折不回、努力奋发之决心"。

除了债票整理,张嘉璈就任铁道部部长第一年里,着力推进的铁路建设方面的事业,计有:与德商西门子洋行订立兴筑湘黔铁路材料借款3900 万元;与中国建设银公司、四川建设厅、法国银团会商订立成渝铁路借款合同,发起成立川黔铁路公司;敦促立法院通过发行第三期铁路建设公债 1 亿 2000 万元条例;与中央、中国、交通三行订立湘黔铁路国内建筑费用借款合同;与中国建设银公司及中英银公司合组之银团签订发行英金债票合同,债券面额计 110 万镑;与比国银团签订建筑宝鸡至成都之铁路材料借款 1 亿 1250 万比国法郎合同;与德国银团签订湘黔铁路材料 3900 万元借款合同;与法国银团签订成渝铁路借款计划现款 1300 万元、料款 1450 万元合同……

与德商西门子洋行、德国联合钢铁公司签订 3900 万元的材料借款后,德国厂家获得了自杭州至贵阳横贯东西的玉南、南萍、湘黔各干线的材料供应权,《字林西报》报道德国报界对于中德购料借款合同之观感,咸称是一双赢局面,于中国的经济建设,尤有莫大贡献。此后,英国

---

① 铁道部总理纪念周演说,张嘉璈《决心为完成事业之前提》。《张公权先生年谱初稿》上册,第 156—157 页。

担心长江流域的铁路投资悉为德国所有，也开始热心赞助中国南方的广梅、襄浦等路的建设。伦敦路透社于11月间，以"中国之惊人进步"为题，采录张嘉璈为上海《大陆报》撰述《最近中国铁路建设情形》，分发英国各报，文中称："中国现向英伦定购大批材料，以供建筑自南京起点，经由粤汉铁路而连贯广州之新路（京赣铁路），其与怡和机器有限公司订立之合同，业于本月初签订，英国厂家供给该路之总数，共计英金九十万镑。该路完成后，将通过中国最富庶之区域，并为已完成计划建筑各路中之一大链节。""中国铁路悉为国有……大部分之建设计划，虽尚在建设中，去岁各路货运，较之1932年，已超出百分之二十五。"

路透社所称"新路"，是出于国家备战需要而兴建的一条干线。张嘉璈在笔记中说："我任职铁道部后，蒋委员长以一旦战争爆发，京沪路不通，必须有一自南京往后方撤退之运输路线。"最近的路线是利用江南铁路，自宣城为起点，向南行经宁国、绩溪、徽州，再东折经威坪、淳安，而达龙游、衢县，与浙赣路衔接，名为"京衢铁路"。但此路离海边太近，且沿线无甚出产，缺乏经济价值，因改经徽州径向南行，经休宁、祁门而入赣境，经浮梁、乐平而达贵溪，不特军事位置优越，且沿线出产丰富，称为"京赣铁路"。整个工程预计国外材料需90万镑，国内工款3400万元。当时政府能抵押的财源几乎搜索殆尽，只得向各方拼凑，由铁道部与中英庚款董事会、怡和洋行、汇丰银行及中国银团（包括金城、盐业、中南、大陆、四行储蓄会、浙江兴业、交通、中国农民等银行）四方面共同签立总合同，另由铁道部与怡和、汇丰及中国银团签订分合同。

这条铁路自1936年5月中旬分皖、赣两段开始兴筑，以两省交界之道湖为界。皖段自宣城至道湖，用一年时间，土石方及桥涵隧道等工程大体完成，铺轨至歙县，计99英里。赣段自道湖至贵溪，因材料运输极为困难，工程较皖段为迟，铺轨31英里。工程的进度还是没能跑过战争，至1937年12月宣城失陷，皖、赣两段铁路不得不将已铺轨道全部拆除，自民国二十五年五月兴工，费时一年有余，耗资已逾3800万元，至此全都打了水漂。

上海《法文日报》报道称："铁道部长张嘉璈氏对于中国铁道之改良

与延长,已以其努力,收获许多效果。"上海《大美晚报》以《中国铁路之进步》的长文,详述张嘉璈自民国二十五年一月接长铁道部,以迄是年底,十二个月之内"中国方面最有希望之事,厥为铁路建设之复兴"。

按照他呈递给行政院的"五年铁道计划",笼罩全国的铁路网包括中央、东南、西南、西北、东北五大铁道系统,五年之内,须筑8139公里,平均每年须筑1628公里。因政府财政困难,他提出了利用外资建筑新路的思路,前提是,旧路须健全发展,使路债本息如期照付,债信提高,外资方自易流入。①

蒋首肯了他的这一计划。1937年3月初,在委员长官邸讨论铁路工作时,蒋提出要从速进行,并面嘱财政部部长孔祥熙予以协助。五年计划的路线图也大致绘就。连同已兴工之路共计8500余公里,每年平均推进1700余公里。

但不久中日战争全面爆发,张嘉璈正在兴兴头头进行的铁路建设计划不得不饮恨夭折,"铁路救国"终成泡影。新路修筑,除了战前完成的粤汉铁路和浙赣铁路南昌至萍乡段,只完成1293公里。开战后的五年(至1942年离任),军运繁忙,铁路材料运输跟不上,迨广州、汉口同时撤守,外洋材料更难接济,不得不利用旧路拆卸的材料兴筑,只来得及建成湘桂路大部、湘黔路株洲至贵阳段及湘黔、黔桂、叙昆、滇缅路的部分,计长1434公里。

张嘉璈执掌铁道、交通部部长的七年间,合计筑成铁路新路2727公里,只及计划中的1/3强。②

四、战云初起

1937年夏天,肆虐长江中下游的梅雨季刚一结束,南京又成火炉,

---

① 《蒋委员长之五年铁道计划》,《张公权先生年谱初稿》上册,第163页。

② 《张嘉璈任铁道、交通两部部长时期工作择要报告》,中国第二历史档案馆,杨斌选辑《民国档案》,2010年第4期。

城里的有钱人都往江浙和内地避暑。循旧例,行政院各部又上庐山办公。7月5日上山,6日召集各部长官开会。再一日,就传来了卢沟桥事变的消息。

7月6日的行政会议后,蒋介石约张嘉璈吃午饭,张汇报了广梅铁路、胶济铁路、宝鸡至汉中新路借款还款事,蒋深为嘉许。至事变消息传来,张群与张嘉璈谈到,"觉得中日前途大有战事爆烈不可收拾之势"。

7月13日,蒋在下榻处紧急召集会议,报告说:"日方已由朝鲜调动大军入关,事变必然扩大。中央决派兵北上增援,虽蔓延至全面战争,亦在所不惜。"行政院各部长遂移返首都办公。

下山前,蒋限令铁道部将浙赣铁路玉萍段即日通车。张嘉璈与江西省主席熊式辉商量后,鉴于赣江大桥尚未合龙,七孔只完成二孔,决定先架设浮桥。回南京后,张嘉璈次日又飞上海,召集京沪、沪杭甬铁路局长讨论准备应付非常,及运输大军之一切准备。布置毕,又飞返南京,在外交部官舍出席行政院召集的各部长会议,讨论应对策略。

当局虽知事已紧迫,但对日本人的野心尚未看清,只是议决由外交部向日方提议,中日双方限期同时撤兵,冲突事件通过外交正常途径解决。但军政部长何应钦报告的消息打破了众人幻想,何称"日驻宁武官喜多来见,提议中央军不得北上,并应将北上队伍即行撤返,空军不能在北方有任何行动"。

7月24日,国民政府军事委员会颁布战时运输办法,决定成立铁道运输司令部,分路段设线区司令,各路运输有关军事事项,均受运输司令部指挥。同时成立国家总动员计划委员会,并决定中央军仍继续北上。张嘉璈担心的,一是各路局与司令部如何协调的问题,二是"战事发生,商运停止,各路收入势必减少,如何使各路财政勉强支持,不至开支无着而影响运输"。

他通令各路,须以"英勇抗战之精神"实行二事:一是"与军队同进退",二是"无论敌人如何轰炸,必须随炸随修,勿令行车有一日阻断"。同时通令各路不分路别,所有车辆一律统筹使用,为地理上便利起见,分长江南北两片设立调度所,由部派专人主持,以增强运输效能。

这个炎热的夏天,整个国家如同一辆紧急转向的大车,向着战时体制转轨了。铁道部通令各路局,紧急成立铁路工程队,专事道路抢修及破坏任务,计平汉、同蒲、粤汉各五队,津浦四队,正太、浙赣、京沪、沪杭甬各三队,陇海九队,胶济二队,南浔一队,共四十三队。并决定抗战期间各路一律减薪,余款一律解部,集中分配,以期维持整理外债信用,并备不时之需。

日军在华北策动后,又急着开辟华东战场,妄图以重锤式的进攻使中国政府屈服。8月4日,北宁铁路全线沦陷,张嘉璈闻讯,悲愤莫名。

此时,政府对日策略终于做出了重大调整,对日取全面抵抗态度。对于这一全国瞩目的重大转折,蒋介石本人8月7日的日记对决策过程的记述只寥寥数语:"晚国防党政联席会议,午夜始散,决定主战。"是日,张嘉璈全程参加国防会议及中政会议联席会议,在日记里详细记录了与会者的反应与态度。

国防会议于该日上午8时在国府大礼堂召开,出席者除了蒋介石外,有汪精卫、张群、冯玉祥、阎锡山、何应钦、程潜、唐生智、吴鼎昌、俞飞鹏、钱昌照、俞大维、周至柔、钱大钧、陈绍宽、白崇禧、何键、熊式辉、余汉谋、王宠惠。

当日晚,"在励志社与中政会开联席会议,除上午到会成员外,加林主席、张继(监察院)、四院院长及叶楚伧、陈立夫、蒋内政部长、王教育部长等"。"先由主席令何部长报告卢沟桥事变之经过及其措置,军委会徐厅长报告军事准备(甲、敌我之态势,乙、战斗序列,丙、集中情形),次讨论大计。"

日记中对蒋这一天的讲话记述最详:"此次战事关系国家生死存亡,胜则复兴,败则数十年或一百年不能恢复,希望大家去成见,平心发表意见,迨决定后则不问胜负,义无反顾。"

"敌军力比我强,经济力未必一定比我强,外交孤立,德亦未必为日助。但俄国此时不遑与日作战,英安定欧洲之不遑,无力顾及东方,美则向来取独立行动,故我方亦无实在援助。有一二学者说如能保持数十年和平,即以承认放弃满洲亦所不惜。果如是,何尝不可,但恐不可得。且以为今日中日之战,非以国与国战相视,乃一革命政府与某一国之战,自问革命政府无与中国可敌者。"

日记中还略记了其他各与会者的发言要点:

汪精卫:"先述九一八后日日所希望之全国一致之会议,今始得实现,亦可稍慰。敌人虽无止境,仍视我之抵抗力为转移,准备虽为敌人所不许,然战争仍可进行准备,且更加强。"

张继:"应断绝国交,明白表示态度。"

林森:"从前说抵抗,此须进一步说应战,来则应之,应否宣战或断绝国交,视对方情形而定。"

阎锡山:"我们须有战之决心为后盾,但备战时须有最大之努力,一面估计本身力量。中央与地方力量须打成一片。至友邦关系亦不能不顾及。"

刘湘:"条件至不能随,唯有战,力虽不能相敌,然精神作用亦是要素。须使战事延长以待变化,更须运用战略。"

程潜:"对敌须用,彼速则此缓,彼退则此进。"

日记还记录了会议表决蒋介石提议的情形:"蒋先生结论:战争是最后的决心,我方方针照原定方针进行,进退迟速之间由中央做主,何时战亦由中央决定,各省与中央取一致进行,无异言异心。"

蒋讲毕,"全体起立赞成前项决议,十一时半散会"。①

上海上空密集的战云终于撕开了一道口子。1937 年 8 月 13 日,上午九时一刻许,日海军陆战队强行冲破闸北防线,与中国军队交火,八一三战事正式爆发。

高层对这一剧变还是估计不足。是日,南京风平浪静。上午,张嘉璈在铁道部办公室约了广西省主席黄旭初,谈赶筑湘桂铁路事。午饭

---

① 　张嘉璈日记手稿,1937 年 8 月 7 日。

时,又约了云南省主席龙云,交换在云南境内修筑铁路办法意见。战事临近,朝野都认为中日实力相差悬殊,唯有拉长战线,后方运输基础薄弱,亟须加紧筹备。

次日上午,张嘉璈前往紫金山麓的灵谷寺,出席行政院紧急召集的会议。灵谷寺的 110 块石碑上,镌刻着北伐中阵亡的将士名单。为示同仇敌忾之心,代理行政院长蒋介石选择这一会议地点,显然也是煞费苦心。肃穆的气氛中,与会者祭扫了阵亡将士公墓。但此时的蒋介石对西方大国出面调停尚抱幻想,故不宣战,只说自卫,只有坚守首都、不迁往他处的态度是坚决的。

战事一开始,中国军队一改"一·二八"淞沪抗战时的被动守势,而取完全积极的进攻态势。当时日军的阵势,是以北四川路的日海军陆战队司令部、海军操场与杨树浦公大纱厂日军司令部为重心,连成一线,与黄浦江上的军舰成掎角之势,因此中国军队也分三路迎战:右翼由八字桥、江湾路进击敌司令部,中路由江湾进击海军操场,左翼则进击公大纱厂、沪江大学等要害据点。①

8 月 14 日,中央军空军出动飞机对黄浦江上日军"出云"号旗舰实施轰炸,投弹未中,误炸外滩汇中旅馆、华懋饭店门前及大世界附近,中弹及踩踏而死者达数百人,一时中外瞩目。

上海若有失,则首都危在旦夕,政府的各个部门都紧急动员起来,全力投入备战。15 日晨,张嘉璈往访勤务部长俞飞鹏,商谈江南各铁路添补机车车辆及紧急材料,以防将来战事吃紧时军运拥挤,两部会同签请行政院迅由国库拨款补助。是日中午 12 时起,日军飞机两次空袭南京,杭州及上海四郊也遭敌机空袭。嗣后,日军飞机每日都飞临南京上空。

至 18 日,敌机首次轰炸沪宁、沪杭两铁路,石荡、正仪两桥被炸毁,张嘉璈即派工务司萨福均司长带人督修。是日,他在日记中写道:"路上同人见部中重要职员不避艰险,亲临督工,益加激动。"

---

① 吴相湘:《八一三——全面抗战》,大成出版公司,1948 年版。

22 日,张嘉璈向行政院报告有关铁路运输事项,蒋约见时,他汇报称:广九与粤汉两铁路接轨工作已完竣,四五日可通车;粤汉铁路为后方运输集中之路,加以浙赣、京赣两路通车,必须添购车辆,以公款未筹划之前,已订购机车 60 辆,车辆 1200 辆,造车材料 1800 辆;为节用车辆之可能增加效率起见,建议于郑州及南昌设立总调度所;玉萍、京赣两路进展顺利。对他的办事效率,蒋颇为首肯。

开战十日后,战势急剧转下。日援军三个师团抵沪,内有号称最为精悍的久留米师团,松井石根大将也随同来沪指挥作战。海军方面集中了大小兵舰 70 余艘,炮位合计 700 门,此外又有新式战机 300 架以上。而国民政府方面,虽号称有 182 个师的番号,但作战初期可投入第一线的兵力仅为步兵 80 个师,又 8 个独立旅,骑兵 9 个师,炮兵 2 个旅,及 16 个独立团,因仓促应战,多兵种作战协调能力差,重武器短少,后期可补充兵力更是捉襟见肘。日军企图实施陆海空联合进攻,于短期内大举登陆,实行其所谓中央突破战略,故于 23 日后移重师于黄浦江下游,战事的重心也由虹口杨树浦外扩至沿海一带。飞临南京上空的敌机愈发增多,脆弱的防空力量随时都有可能被摧毁。

五、十月危城

张嘉璈到任铁道部后,于地下新筑有一钢骨水混的档案室,可作防空洞用。8 月 24 日,行政院召集的各部长会议就在铁道部地下室举行。嗣后,蒋介石接连数日都偕夫人在铁道部官舍宿夜,以应对越来越频繁的空袭。

国民政府所有的空中力量仅 300 余架战斗机,几次空战打下来,飞机折耗甚多,而修理厂又大多遭到轰炸。张嘉璈向航空委员会建议,由铁路各机厂帮助修理飞机,他派铁路总机厂业务副主任王树芳专任此事,还派出了两个工程师赴美购置飞机零件。

敌机连日轰炸,跑警报已经成了南京居民的日常。防空警报一响,首都人民惊慌失措,加之防空设备不周,谣言纷传,危城之象已现。自 8

月 28 日起,各部已开始疏散部员及案卷。铁道部一些职务次要的部员分批疏散,转往内地服务,女性职员多迁往四乡,部务案卷则派员由南京移至武昌及衡阳一带,以作将来复兴计。几日后,公布留部办事者 240 人的大名单,其余 560 人一律疏散。

进入 9 月,日军接连增兵,欲打通浏河、罗店、宝山,使之与北四川路陆军阵地连成一线,处于吴淞江口的宝山城,顿成争夺焦点。守城的第九十八师第五八三团第三营姚子青部,自 9 月 1 日起,抵御了日军大大小小数十次进攻,城垣雉堞,屡塌屡修,前后也达十余次。最后,日军集中军舰 30 余艘、飞机 20 余架、坦克 20 余辆,对宝山城实施焦土式轰炸,自姚子青以下 600 余官兵,那一班伟烈的男儿都殉了国。

宝山一失,我军已抱牺牲之志,决心在吴淞、江湾、浏河一带狭小地区与敌展开阵地战。日军佯退江湾,暗窥闸北,位于我军主力左翼的刘行方向顿感吃重,不得不把阵线后移至沪宁路及沪太公路以西。

为阻敌于苏州河南岸,蒋发布行政院长令,命自大场至真如、南翔一线,每公里安置枕木钢轨各 30 根,以构筑临时工事,限铁道部五日内办妥。张嘉璈在 9 月 13 日的日记中写道:"军事方面希望在沿路节节抵御,而不及建筑永久防御工事,因令铁路方面供给钢轨枕木。由彭浦至南翔约十英里,每五百码安置钢轨枕木各三十根。惟钢轨过长,须用电锯切断。日间不能从事,只能于黑夜工作。工人以劳绩获得军方犒赏。"[①]

10 月初,上海已成危城。外围战事仍胶着于江湾及沪太公路一线,弹丸之地,倾泻无数炮弹,地皮都似深犁过数遍一般。内线也处处吃紧。再加上沪宁路多处被炸,沿途车辆壅塞,败象初显。军方屡电铁道部加紧修复。

北方也是形势日坏。日军突破长江南口和张家口后,把两个师团的兵力集中于平绥线,向内陆山西推进,妄图一举而下太原。阎锡山在平型关集结兵力抵挡,未料敌板垣师团抄袭雁门关后路,连下代州、宁

---

① 《张公权先生年谱初稿》上册,第 177 页。

武,把阎部压缩在原平至五台山的一条钩形阵地中。陇海铁路局长电告张嘉璈,万一日军直达黄河沿岸,西北交通阻断,陇海线上的燃煤运输就会发生困难,须及早谋划,在洛阳附近建筑宜阳煤矿支线。

10月16日,张嘉璈趁着陪同蒋介石赴苏州召开军事会议之际,约沪宁铁路局及运输司令部人员在苏见面,商讨干线抢修事宜。途经各车站时,他与各站长一一握谈,"告以飞机炸弹并不足畏,生死有命,先天注定,俗话子弹有眼,即是此意,希望同人不必惊恐",又安抚他们说,即使将来有一天,铁路全线沦陷,政府也会安排好每个人的出路,不让一个人有失业之虞,"部路必同休戚,请同人放心"。他在日记中写道:"全路员工精神为之一振,盖知各人之运命,将与部及国家共存亡也。"①

延至10月下旬,日军续增的四万作战部队悉数抵达上海战场,战事更趋激烈,迫于日方的强大攻势,我军撤出大场、北站、江湾及闸北,向苏州河以南一带集结。10月27日,张嘉璈在日记中写道:"沿沪宁线无军事要塞,作战不易。该路曾于上海北站东北东南两角,及麦根路与中山路交叉点,建立钢骨水泥堡垒四座,在西北西南两角设置活动钢板堡垒两座。我方军队利用此项建筑作战,延长抵抗时日。迨十月二十七日,大场不支,北部亦随之撤退。"

因主力已投入淞沪会战,北方战事更是一溃千里。继平绥铁路全线沦陷后,平汉铁路北平至新乡段、津浦铁路天津至德州北段、正太铁路全线,皆相继沦陷。未失陷的路段,也日夜暴露在日军飞机的轰炸下,铁路局派出抢修的工程师和机工,时被敌机击中殒命。敌十六师团及近卫师团之一部占领松江后,中国军队为避免后路被切断,不得不放弃苏州河沿岸及浦东阵地,实施全线退却。

"八百壮士"于苏州河畔的四行仓库所打的那场被围观的战争,即发生于此际。当湖北保安团的这些新兵千里跋涉来到上海郊外的田野时,这座东方最繁华的城市已在战火中战栗了近三个月。八十多年后,导演管虎在他的电影《八佰》中用IMAX摄影机忠实复原了这群即

---

① 《张公权先生年谱初稿》上册,第178页。

将走上战场的士兵们脸上的惊奇、紧张与恐惧。新兵们被临时编入88师524团团副谢晋元麾下的一个营,受命在苏州河畔的四行仓库打一场阻击战。因为最高当局的"政略",是希望在即将召开的九国公约会议上多一个争取国际社会同情的筹码。四昼夜激战,新兵们成长为斯巴达式的勇士,他们在大上海最后的堡垒向世人宣示了中国军人的牺牲精神,而在河对岸歌舞升平世界的人们看来,这已然是战事的尾声:一场中日双方投入上百万人的战事至此已冰澌雪消。

11月11日,我军退出南市,上海已无一支可战的中国军队。我中央兵团与左翼兵团原拟撤到吴福线既设阵地后,拟再构筑防御,但此时我方空军战机已消耗殆尽,制空权悉落敌手,敌机追着退兵轰炸扫射,铁道交通亦遭重创。不得已,撤往锡澄线,亦不守。统帅部为保存有生力量,乃命京沪线各军以一部向常州方向运动,参加南京守城,以主力向浙、皖、赣边境退却。

历时三个月的淞沪之战,至此已到薪尽烟没之时,张嘉璈领导下的铁道部,与军政、外交、财政等部,是这场战争中最首当其冲的几个部门。他的勇于担当、忠于职守,给政府和民众留下了至深印象。上海战事后,惯于做数目字梳理的张嘉璈这般总结:"际此三个月战事中,敌机轰炸最烈期间为两个月,共计轰炸二百五十四次,平均每日四次,炸中路基十三次,桥梁涵洞十四次,轨道九十一次,站台三十三次,雨蓬十四次,票房三十次,厂房十次,仓库十三次,煤水站十四次,其他项目二十二次,而行车未尝一日中断。于此可见飞机轰炸,并不足以破坏交通……"

上海一失,苏、常洞开,南京周边几乎已没有能打硬仗的军队。本来,沪杭线上还有刚刚到达泗安、安吉的刘湘部三个师,可趁敌十六师团不顾后路长驱直入,打他个措手不及,但部队行动迟缓,战机稍纵即逝,敌人已越过宣城、芜湖西犯,会攻南京了。

六、更生之兆

11月14日,报称日军千余人已在常熟方向登陆,南京岌岌可危。

当天晚上 10 时许,军政部长何应钦给张嘉璈打电话,告以军政部准备炸毁钱塘江大桥,要他速携大桥建筑图纸前往会商。

张嘉璈迅即赶往军政部。何应钦告诉他,水网纵横的杭嘉湖并没有迟滞日军进攻,我右翼兵力薄弱,防线又过宽,日军第十六师团及近卫师团之一部已占领乍浦、平湖、嘉善,嘉兴危在旦夕,杭州势难确保,须随时准备炸毁大桥。

此桥由被誉为"中国现代桥梁之父"的茅以升主持修建,是国人自行设计、建造的第一座公路铁路两用现代化大桥,历时两年半,于全面抗战爆发后昼夜赶工建成,自通车以来,洵为后方物资和军队运往前线的一条大动脉。一个多月前,张嘉璈亲自主持了大桥竣工通车典礼,现在又要亲手毁了它,张嘉璈实感心痛与不舍,是夜,他在日记中写道:

"当时想及该桥耗若干专家心血,费时数载,用款七百万元,完成不及一月,乃将一轰而毁!回想预定计划,将于钱塘江大桥完成之同时,浙赣路玉萍段通车,株萍段整理完竣,浙赣路杭玉段调换重轨工程完毕,列车可由上海直达广州。届时举行上海广州直达通车典礼兼以庆祝是年之双十国庆,而今已矣。此一梦想又不知何时能实现也。"①大桥的设计者茅以升也留下了这样的愤慨之言:"桥虽被炸,然抗战必胜,此桥必复,立此誓言,以待将来。"

情势急迫,行政院于 16 日召开各部长会议,要求各部紧急疏散。张嘉璈回部后即刻做出安排,凡铁道部遣散人员,一律各发三个月薪金,并为预备舟车,限一个星期内疏散完成。

在当晚于铁道部地下室举行的国防会议上,蒋介石宣布了国民政府迁驻重庆、继续指挥长期抗战的决定,国民政府军事训练总监唐生智被任命为南京卫戍司令长官,率部守城。长髯垂胸的国府主席林森即席辞别,乘军舰溯长江赴川,平添一份悲壮。

宣布命令毕,地下室空气沉郁凝滞,任谁都明白,首都沦陷已是旦夕之间的事了。不知谁说了一句,重庆乃重生之意,迁都重庆,乃更生

---

① 《张公权先生年谱初稿》上册,第 180 页。

之兆,最后胜利,可操左券。众人脸色方转轻松。

正式撤退前,铁道部报称行政院,尚有几件事要做:本月刚建成通车的京赣线宣城至徽州一段,为防落入敌手,已铺轨道须全部拆除,可否移作后方最重要的湘桂铁路之用。蒋答:可以拆除。贵溪至景德镇一段应否继续铺轨,以备后方运输?蒋答:可以铺轨。张嘉璈又问,各路拆卸轨道及未完之钢轨,可否凑集作为完成目前最重要之湘桂铁路之用?蒋也同意了。张嘉璈又提议,津浦、沪宁两路优秀的技工,也须转移至内地,以备调遣。

两个多月前,淞沪战役刚一打响,张嘉璈就与广西省主席黄旭初接洽过兴筑湘桂铁路事。当时议定派杜镇远为湘桂铁路工程处处长,所有木方枕木由两省分担,一切按国难筑路办法处理。张嘉璈又会见了李宗仁、白崇禧两个桂系将领,告以湘桂铁路建设计划,要他们务必协助与督促一切。

11月20日,日军逼近苏州,政府虽已正式发表迁都重庆,但蒋和行政院的班子还没走。那几日,蒋时常带着僚属来铁道部大楼避警报。11月22日,张嘉璈在日记中写道:"蒋兼院长在本部官舍避警报,敌机于公园上空投下一小木匣,内置一函,劝其共同反共。"

张嘉璈是最迟撤出南京城的部级长官之一。11月25日晚,他与津浦、沪宁、沪杭、江南各铁路车务处处长谈话,众皆誓约,必维持通车至军队撤出南京最后一日。张嘉璈勉励一番,各拨给现款维持费若干。

此时,在铁道部官舍礼堂,国府迁都前最后一场外国记者招待会正在进行中。最高统帅用他的一口奉化官话,正在宣示政府决心长期抗战、决不接受任何屈辱条件之决心:"战争成败之关键,系于主动被动成分之多寡,我之所以待敌者即久战不屈,使敌愈深入而愈陷入被动。……夫唯我国在抗战之始,即决心持久抗战,故一时之进退变化,绝不能动摇我国抗战之决心,唯其为全面战争,故战区之扩大,早为我国人所预料,任何城市之得失,绝不影响抗战之全局,且亦正唯我之抗战为全面长期之抗战,故必须力取主动,敌我之利害短长,正相悬殊,我唯能处处立于主动地位,然后可以打击其速决之企图,消灭其宰制之妄念。以我土地之广,人民之众,物产之丰,战区面积愈大,我主动之地位愈坚……"

11月27日,张嘉璈主持拆毁了镇江以东一段铁路,并往访南京卫戍司令唐生智。深夜11时许,他登上"德和"号轮船离开南京。按行政院命令,他和其他各部长官将在汉口集中,再转往重庆。

轮船在黑暗中鸣响了汽笛,深秋的江面一派肃杀。顾念自"七七事变"至撤离南京的四个多月间,淞沪战场数十万将士皆成亡魂,南北铁路沦陷达3231英里,①张嘉璈只觉得胸闷难当,就好像被一只鬼手扼住了咽喉,呼吸都不得通畅。

1937年12月13日,南京陷落。是晚,代理行政院长蒋介石在武昌发表讲话,宣示中国政府纵使战至一兵一枪,亦绝不终止抗战的决心。蒋说,日军入据南京"败征"已现,他预言,侵略者将陷入泥沼般的持久战中不能自拔,最终被彻底击败,勖勉同人多负责任,"同甘苦,同患难,同生死"。张嘉璈注意到,蒋说这番话时,"辞气严肃而恳切"。

他意识到,中国的抗战已翻开新一页的篇章。有此广袤的国土和英勇的民众,中国绝不会亡。

---

①　计北关路关内段干支线289英里,平绥路干支线547英里,津浦路济南以北及蚌埠以南460英里,胶济路干支线288英里,平汉路黄河以北干支线488英里,正太路151英里,同蒲路干支线702英里,苏嘉路45英里,沪宁路干支线213英里,上海松江一段18英里,江南路之南京当涂一段30英里。《张嘉璈任铁道、交通两部部长时期工作择要报告》,中国第二历史档案馆,杨斌选辑,《民国档案》,2010年第4期。

第十二章　西　南

一、大撤退

随着上海、苏浙等一大片中国最富庶地区沦于敌手,日军从多个方向合围南京,守城之役已经毫无悬念。

但南京是首都,为国际观瞻所系,又是先总理陵寝所在地,不守又何以面对国人,何以向世人宣示我抗战意志之坚定？是以,最高当局批准了唐生智的守城请求。而唐生智做出背水一战的决定,并不是他已抱定与城偕亡之志,其真实目的,乃是在军事训练总监这把冷板凳上坐了多年后,借机可以重掌军权。按他理想的设计,象征性地抵抗后撤城而走,既保存了实力,又可捞取一笔政治资本。守城诸军本是淞沪战场上的败军整编而成,已成惊弓之鸟,再兼协同作战能力差,日军一向雨花台、通济门、光华门等阵地发起全面进攻,城防即处处险象,15万人守城不到一个星期,即告全线崩溃。

我军一出南京城,京沪、苏嘉两条铁道动脉即告堵塞。为承运各部委机关和工厂撤退,铁道部承担的任务至巨至繁。

苏嘉铁路虽不长,在中国铁路交通史上也算是命途多舛。清末,盛宣怀与怡和洋行、汇丰银行谈“苏杭甬”铁路兴筑,日后,孙中山在《建国方略》里设想未来中国实业,都提出要修筑一条连接嘉兴与苏州的铁路,以作上海腹地的建设之准备。但苏嘉铁路的建造,实是因“一·二八”沪战之教训,当局想要在沪宁、沪杭两条干线之外再筑一线,以作备战之需。此线起自苏州,沿运河、苏嘉公路南下,途经相门、吴江、八坼、平望、盛泽、王江泾六站,而达嘉兴。全长 70 余公里,所经皆肥田沃野,然为抗日计,江南的老百姓都不计土地征购价钱,毅然牺牲,加入筑路大军。

路成之日,为 1936 年 4 月,张嘉璈自是把它当作履新后的一大功绩。这乃是因为,此线的贯通,除了吸引周边物流,更有着军事上的重要作用。苏嘉铁路作为乍(浦)平(湖)嘉(兴)线和吴(县)福(山)线上的一环,是苏浙国防工程的重要组成部分,起着拱卫首都南翼的重要职责。而这项由德国专家指导的国防工程,号称中国的"马其诺防线"。

1937 年,中日淞沪战事再起时,日军为打掉我外围支援,这条建成才一年余的铁路顿成轰炸焦点。从开战第三天起,成百上千吨的钢铁和火药就在这条铁路上倾泻而下。日军飞行员在高处寻不着铁路,就以边上的运河作投弹的参照物。从嘉兴走出去的作家沈雁冰在《苏嘉路上》一文中写道:"苏嘉路,贯通了沪杭、京沪两线的苏嘉路在负荷'非常时期'的使命。……但伴着列车一路的,却有一条银灰色的带子,这便是运河。而这善良的运河不幸成了敌机寻觅苏嘉路最好的标帜。"

嘉兴的沦陷,只比上海晚三日。其后,这条铁路为"华中铁道株式会社"控制,日军在沿线各站建造了炮楼和碉堡。到 1944 年,二战已到末期,日本为解原材料之匮乏,命"华铁"拆毁了这条铁路,把钢材运回国内。现已复原的王江泾火车站边上,两座保存至今的日式炮楼,记录着淞沪抗战史的一个侧面。此是后话不提。

京沪、苏嘉两线苦苦支撑时,张嘉璈正随大队人马西去武汉途中。他得到留守至最后的铁路局同人来报,至我军主力由浦口突围撤退,铁路方面共抢运出京沪机车 72 辆中的 55 辆,其客货车辆除损毁外,均移于津浦路及浙赣路待命。

一到武汉,铁道部即以汉口法租界内福煦路上的平汉铁路局作为办公驻地,紧急安排车辆调度和路段抢修。刚到临时驻地下榻,在汉口的德国驻华大使陶德曼就来找他,要他传话,说德国有意斡旋中日和议。

本来德日结盟,是想让日本在东方牵制苏联力量,德国不想看到日本在对华战争中越陷越深,又不愿失去中国这个大市场,故希望日本趁着攻下上海,见好就收,尽早抽身而出。张嘉璈向蒋介石汇报后,蒋让陶德曼去南京谈。

国民政府认为,陶德曼的调停建议,实际上是逼着中国签订变相的城下之盟,不只破坏中国领土和行政完整,更要让中国成为日本的附庸,故予以严词拒绝,并通告英、美、法、俄四国。南京失陷两天前,陶德曼悻悻然回到武汉,张嘉璈邀他茶叙时,陶德曼说,中方的答复"太过空泛",希望再加补充。张嘉璈向孔祥熙汇报后,再次向陶德曼重申了国民政府抵抗到底的决心。德国见劝和不成,即变更对华态度,停止供给军火,召回派遣到中国的德国军事顾问,并勒令陶德曼回国。几个月后,蒋在国防会议大会中大骂德、意不可恃,应倾向英、美、法、苏,这已经是后话了。

此时的行政院已完成战时临时改组,自1938年元月起,蒋不再兼任院长,而以孔祥熙为行政院院长兼财政部部长,国防会议秘书长张群任副院长。铁道部并入交通部,蒋提名由张嘉璈接替俞飞鹏任交通部部长。张嘉璈提出,战时交通建设需有国库补助,方能措手,并要求把卢作孚调来做交通部常务次长,蒋都答应了。

这一轮战时行政机构调整,其他各部情形如下:实业部与资源委员会合并为经济部,蒙藏委员会及卫生署改隶内政部,侨务委员会并入外交部。军事委员会之下,设军政、军令、军训、民训及后方勤务部,由何应钦、徐永昌、白崇禧、陈诚、俞飞鹏分任各部长。

1月中旬,交接完部务,张嘉璈即飞往长沙,再经广西柳州、南宁前往河内,与法国银团和越南当局商谈镇南、南宁铁路借款及军火转运事项,开始经营战时后方交通网的布局。

法国人对于接通中国西南各省也颇感兴趣,因为可以带动越南商贸,铁路借款的事尚称顺利,与中国建设银公司很快签订了借款合同。但胆小的法国人慑于日方威焰,怕经由海防运输军火得罪日本人,予以种种限制。张嘉璈请驻法大使顾维钧出面协调也无果。在出席安南总督特意为他举行的晚宴时,张嘉璈趁着入席前,陈述了中国军民抗战到底的决心,终获总督予以通融的允诺。

与法国银团谈毕铁路借款事,张嘉璈原拟乘欧亚航线的飞机飞桂林,飞机晚点,又加机体稍有损坏,只能坐汽车。先到南宁,歇过一晚后,再行车一日,方抵桂林。向省主席黄旭初通报了镇南、南宁铁路借款事,同去的法银团成员要求广西每年所收的钨矿税里提拨 80 万元作为担保,又要求拥有在广西全境的优先采矿权,均允照办。

这时已经到了 1938 年 2 月初,距他离开武汉已半月余。中航飞机因天气不佳,一直不能起飞,他遂转道衡阳,从衡阳坐粤汉铁路的夜班火车北上武汉,谒蒋报告此次南行经过。

二、经略西南

此后的战局每况愈下。1938 年为阻日寇继续南下,国民政府炸毁了平汉铁路上的黄河大桥。继之,同蒲线 613 英里全线陷落。黄河以北,及道清铁路全路已全部丧失。至 1938 年 6 月 5 日,开封失陷,花园口黄河堤决,中原大地顿成泽国。

8 月初,日军逼近九江,南岸一支日军沿南浔路攻向德安,海军陆战队则沿江西进,武汉形势已危,驻汉口各中央机关全部移往重庆。为阻敌西进,最高军事统帅部决定武穴一段长江决堤,敌锋暂得一挫。此时,张嘉璈、卢作孚仍率交通部部分职员驻汉,指挥物资抢运及民众撤退。

为了开辟国际线路,在湘桂路与南宁铁路南镇段进行之际,张嘉璈又开始计划兴筑滇缅铁路。计划中,这条铁路自成都经叙府至昆明,由昆明经腾越而至密支那,或经孟定而至滚弄之铁路,与缅甸铁路相接,国境线内部分为川滇铁路。与英商马斯门公司谈毕投资意向后,决定由交通部发起组织一川、滇铁路公司,由部方及川滇两省合筹股本两千万元,英商担负造价之半数,年息 5 厘,以铁路收入为担保,本金三十年还清。

新筑各路中,张嘉璈都主张创设股份公司制度。湘桂铁路公司邀两省政府加入为股东,在桂林设立湘桂铁路公司理事会,张嘉璈自任理事长,下设总经理处,各工程处则直隶于理事会。衡阳至桂林一段路轨铺竣,即将衡桂段工程处改为衡桂段管理局。桂林至柳州、柳州至南宁两段工程动工后,即将柳桂及柳南两段归并为桂南段工程局。南宁至镇南关一段铺轨后,所有监督处改为南镇段工程局。

与此同时,交通部还与法航接洽组建中法航空公司,拟推出河内飞昆明、香港的线路,与英国人洽谈推出昆明飞仰光航线(1939 年 3 月 1日试航)。为保证战时邮路畅通,张嘉璈和交通部次长卢作孚一起,说服蒋允许沦陷区邮政复业,还征得孔祥熙同意,把中央信托局时的助手刘驷业调任邮政储金汇业局局长。

此时,日军已占领中国漫长的海岸线上几乎所有出海口,企图把中国政府困死在西南一隅,在张嘉璈看来,只要多开辟出几条线路,有国际援助源源不断输血,就多了几个呼吸的通道,日本人的诡谋就不会得逞。在张嘉璈的积极推动下,战时西南边陲的铁路、公路网建设渐次铺开了。这其中,张嘉璈雄心勃勃最想建成的是,自非川滇铁路(即滇缅铁路中国段)莫属。在他看来,抗战军兴,湘黔路不能进行,黔滇路已无再筑必要,为了战时首都重庆的生存和发展,由长江之叙府通往昆明之路线的兴筑,尤为迫切。

计划中的川滇铁路有东、中、西三条线路备选。自昆明从嵩明、曲靖、宣威、威宁、毕节、叙永、纳溪至泸县共长 581 英里,是为东线。自昆明沿牛栏江经昭通,沿洒鱼河,经横江北达叙府共 422 英里,是为中线。自昆明至嵩明、寻甸、功山、巧家、电波、屏山,沿金沙江而至叙府共 440 英里,是为西线。西线施工困难,无法采用,交通部决采取东、中线结合,即由昆明经威宁、昭通至叙府的叙昆路,自昆明至威宁系用东线,威宁以上部分为中线。此路全长 528 英里,经过许多重要城市,沿途出产丰富,如明良之煤矿,威宁之铁矿,彝良之铜矿,昭通之褐煤矿,而以威宁为要津,作为接通黔桂、湘黔两铁路的重要交叉点。

对于建设这条新路,法国人兴趣不大,借口南宁铁路镇南段已借款,势不可能两路同时借款,把皮球踢给英国人。缅甸方面对修筑这条铁路也始终热心不起来,甚至有部分缅人被日本人煽动,处处阻挠。张嘉璈专程前往腊戍与缅方商量,缅督柯克南担心铁路造好后中国人会大量涌入缅甸,对张嘉璈说:"此段铁路毫无经济价值,如无伦敦援助,缅甸政府无此财力。实则中国方面只须将公路加强,有充分汽车,足可运输入口各货。"

张嘉璈告诉他,建筑滇缅铁路,不只是为了眼下的抗战需要,更是为长远计,是要为云南谋一永久出海通道,为开发云南经济,切望有中缅铁路可通,如缅方不能即筑铁路,他希望自腊戍至我边境铁路之终点,先筑公路。柯克南以牵涉划界问题为由搪塞。张嘉璈和曾养甫又一起去找了缅甸内阁总理,告以拟建的铁路沿线矿藏甚丰,尤以煤矿最富,可以把优质的煤供给缅甸,代替印煤。

他问总理,外间传说,暹罗要与日本结盟,有无其事?总理矢口否认。张嘉璈告诉他,只有中国在这场战争中胜利了,方可维持亚洲和平及暹罗独立。这个总理是个滑头,说他只希望看到中、日、暹三国携手共存。

尽管阻力重重,在张嘉璈力主下,滇缅铁路工程局还是正式设立了,以铁路工程专家萨福均为总工程师兼任局长(后由杜重远继任,萨调任叙昆铁路工程局局长)。关于所需路款,张嘉璈提议,由政府月拨两百万元,利用未用之英庚款50万镑,出售招商局"元""亨""利""贞"四艘海轮(因海岸封锁,不能航行,恐被敌攫取,故出售给英商),凑足150万镑,为滇缅铁路首期开工费用。同时在英国进行出口信用证借款,以便向英人购足滇缅铁路所需材料。

虽然国防会议最终通过了川滇铁路建筑费预算,但这条铁路到底要不要建,怎么建,高层意见一直没有统一。一种意见认为,战局既已全面展开,原来利用铁路与大江为主要运输路线,今已形格势禁,此后必须依赖公路以供后方军运民运。军政部长何应钦就说,川滇铁路建成起码得两年,缓不济急,不如加强滇缅公路,以解燃眉。行政院长兼财政部部长孔祥熙也以耗费巨大,难以筹措,主张缓筑。

铁路兴筑费用浩繁,工时冗长,张嘉璈岂会不知,但铁路运力之大,自非公路运输可比,从长远计,还是铁路为首选。在行政会议上,他建议:将铁路建设计划通盘研究,何者应赶,何者可缓,应赶者须增加预算,充分接济,由军政、财政、经济、交通四部详细审查。同时,交通部将需费及时间详细列表,送行政院核定。但眼下战略物资奇缺,亟须新路输血,张嘉璈决定,铁路、公路一起上,只是苦于一时找不到主持滇缅公路运输和管理的合适人选。

四部审议结果很快下达了,大致谓:"滇缅交通关系抗战甚巨,公路及铁路建筑之进行,须同时兼顾,而予以合理调整,俾人力财力得集中运用,而收速效。"①

为了早日绘就战时西南大交通蓝图,张嘉璈数次从重庆飞往昆明,找云南省主席龙云商量,将云南境内的电信、电话及省外交通公路以及国际公路、铁路的事权一并归为中央统一管理。另受孔祥熙院长委托,他有一要事与龙主席商议,将云南产锡归由中央收购。因为陈光甫正与胡适大使一起在与美国人谈判,争取一笔信用贷款,很有可能要以桐油和锡块作为抵押。既是中央意图,龙云自无不允。

三、"桂林号"事件

自本年初,孔祥熙出任行政院长兼财政部部长,直接掌握向欧美各国接洽财政和军事援助的大权,赴美谈判的人选一直在酝酿中。最初内定的赴美人选不是陈光甫,而是上海金融界的另一个翘楚式的人物、浙江兴业银行总经理徐新六。

出生于杭州一个官宦世家的徐新六,其父是著名掌故作家、曾任袁世凯小站练兵时的幕僚徐珂。徐新六少时考入上海南洋公学,即有神童之誉,他是英国伯明翰大学和维多利亚大学的双学士,又在巴黎国立政治学院学习国家财政学一年。1914 年回国,参加北京政府的高等文

---

① 《张公权先生年谱初稿》上册,第 217 页。

官考试,以第一名录取,派任财政部公债司任金事,并任教于北京大学经济系。1917 年后,任财政部秘书、中国银行金库监事、汉冶萍煤铁厂矿公司总会计、中国银行北京分行协理等职。在他不长的生命履历中,最引人瞩目的是巴黎和会召开之际随梁启超赴欧,得以近距离观摩这场改变战后世界格局的大会。在上海金融界,徐新六一向被看作是长袖善舞型的人物,喜欢跳舞、宴饮和在大大小小的社会性事务中露脸,而上海公共租界工部局华董的身份又便于他织起一张覆盖政商和文化界的巨大的人际网络。他就像一个横跨政、商、文化界的三栖明星,在上海的华、洋两界左右逢源。

孔祥熙通知在香港的徐新六,告之拟组团赴美商谈借款事宜,命速返重庆。徐新六遂与时在香港的交通银行董事长胡笔江一起搭乘“桂林号”飞赴重庆,因为胡笔江也要去重庆参加财政部的一个会议,路上正好结伴。

1938 年 8 月 24 日,中航公司一架从香港飞重庆的“桂林号”商务客机被敌机击落,乘客及机组人员 19 人全部罹难。两天前,也是在这条航线上,这架飞机载着财政部的两位外籍顾问杨格和罗杰斯飞往重庆,也遭到日本飞机的拦截。当时,美国飞行员伍兹机智地调整了航向,冲进云层,甩掉了那些日本飞机。他得意地对杨格说:“你看见那些日本飞机了吗? 我觉得它们并不会发现我们,除非它们长着孙大圣一样看透云层的眼睛。”但这一回,他没那么走运了。

除了浙江兴业银行总经理徐新六和交通银行董事长兼中南银行总经理胡笔江夫妇,一同殉难的,还有财政部秘书王亮甫、聚兴诚银行董事长杨培英之子杨锡远、柏林大学中文讲师陆懿博士、孙院长(孙科)随员四人、中央储蓄银行经理许某、侨胞楼兆南及其夫人子女。有一种说法称,日军预定的袭击目标,是准备乘坐此架飞机的孙科,孙科因事耽搁,未赶上航班,而徐新六面貌酷似孙科,且都喜戴墨镜,致使日军误认为孙科仍在飞机上,并派机拦截。

是日,张嘉璈在日记中写道:“中国航空公司邮航机桂林号,自香港飞重庆,在广东中山县横门河上空为敌机扫射,随即折返,嗣又前进,为敌机四架强迫下降,机堕河中,复被敌机枪扫射,机沉河内。乘客中有交通银行董事长胡筠(笔江),及浙江兴业银行总经理徐振飞(新六)罹难。各线客机暂时停航。"①

机长伍兹大难不死,泅于水中,被急流冲到下游获救。据伍兹向报界披露,当"桂林号"飞出香港约65里时,日驱逐机凌空扫射,他见情形紧急,即入云躲避。但云层稀疏,不能将机遮掩。此时日机已追及,向"桂林号"密集枪击,致机身多处中弹。他见下面为一大禾田,周围有水堤环绕,即紧急迫降于一条小河。此时机在河中,离岸不过50码,机上乘客均安全。但日机兀自不肯放过,先是凌空扔下炸弹数枚,企图将"桂林号"炸毁,见不能命中,竟从高空低飞以机关枪扫射,轮番达二三十次之多,致机上十余人同遭毒手。死状最惨者,为一妇人及年仅两岁的孩童,全身中弹数十处。

噩耗传出,国人愤慨。上海银行业公会在香港孔圣堂追悼胡、徐,下半旗志哀,国府派以半在野身份驻港的宋子文代表致祭,钱新之、陈光甫、唐寿民、周作民、杜月笙、王晓籁、叶琢堂等沪上金融界、实业界同人联名具叩。徐新六是浙江兴业银行董事长叶景葵早初由中国银行引进,在行十八年一向为其得力助手。叶景葵痛失臂膀,亲作祭文云:"天道其有知兮,胡黄钟独毁而瓦釜依然?谓公论其无凭兮,胡知与不知,闻噩耗而潸焉",又寄挽联云:"百身如可赎,没世不能忘"。胡笔江是宋子文相中才走上交行董事长高位的,两人私谊甚厚,宋子文亦有联挽之:"忠于事,恕于人,血性论交,常披肝胆肺腑至诚以相见;敌之仇,国之宝,奇才招忌,竟历刀兵水火诸劫而成仁。"

得知徐新六罹祸消息,胡适在写给妻子江冬秀的信中说道:"自从志摩死后,在君、新六相继而去,真使人感觉孤凄寂寞。新六的性情最忠厚,心思最细密,天资最聪明,在朋友之中最不可多得……新六最后一次写信(六月七日)给我,说'此时能尽此一分力,尽此一日力而已',

①　张嘉璈日记,1938年8月24日,《张公权先生年谱初稿》上册,第197—198页。

现在我也只能作此想，以报答国家，报答朋友。"①他亦更坚定了抛下学者身份专任驻美大使的决心。

徐新六的罹难，使银行家陈光甫意外登上了赴美谈判的前台。其实，美国财政部长摩根索一直是中意陈光甫赴美的，并在一些外交场合向顾维钧等人暗示过。究其起因，是两年前的 1936 年 3 月，陈光甫以财政部高级顾问的身份率中国币制代表团赴美商谈中美白银问题时，给摩根索留下了深刻印象。摩根索后来说："我对第一次乃至第二次借款的支持全都建立在他个人信誉的基础上。他是一位了不起的合作伙伴。无论从哪个角度看，他都是无可挑剔的中国传奇商人，而他的大多数同行都难望其项背。"

1938 年 9 月 9 日，陈光甫率席德懋、任嗣达等助手，乘泛美航空公司的"飞剪号"飞机自香港启程前往美国。在这之前，协助他做准数据准备的是财政部杨格顾问。"我们在重庆完成了陈光甫所需的背景数据，并于 8 月底征得了孔祥熙部长的同意。但如何把它们交给身在香港并正焦急地等待启程的陈光甫呢？日本人的飞机又一直在香港飞往重庆的航线上徘徊不去。中航的夜间和阴天航班也还没有开放。我最后是借了蒋介石的专机，带着那些指示飞到了距香港一百五十英里的广西梧州。"②

随后的两年间，陈光甫与驻美大使胡适两个"过河卒子"通力协作，经与美方艰难谈判，达成 2500 万美元的桐油借款和第二笔 2000 万美元的滇锡借款。两笔借款数额虽不大，却意义非凡，成了美国走出中立政策的一个重要拐点。日后有史家评述称："这时正值广州、武汉战局紧张，我国孤立无援，而国内最负众望的两位学术界、银行界领袖临危受命，飞渡大西洋前往美国，这在当时是非常重要而且是再无其他选择

---

① 《胡适全集》第 24 卷，安徽教育出版社，2003 年版，第 402—403 页。

② ［美］阿瑟·恩·杨格著，李雯雯译、于杰校译：《抗战外援：1937—1945 年的外国援助与中日货币战》，四川人民出版社，2019 年版，第 83 页。

的两颗'棋子'。"①

"桂林号"遭袭,张嘉璈也惊出一身冷汗。中航公司和交通部隶属的欧亚航空公司②的 DC－3、DC－2 和几架道格拉斯水陆两用机,都是他经常乘坐的。沪宁战役后,国民政府刚刚起步的空军力量被摧毁殆尽,日军飞机视我长空如无物,若不尽快找到应对措施,焉知这样的悲剧会不会重演。袭击事件发生次日,中航公司港渝线暂时停航,并向日方严重抗议。欧亚航空公司也宣布停航两日。

德籍飞行员建议,所有机身加漆德国国徽,或可免遭日机拦截。德国驻汉口总领事告诉张嘉璈,称已与日本方面达成默契,日机不会攻击欧亚邮机。遂由华籍飞行员驾驶小型飞机飞香港,专载邮件。然而不久后的一日,欧亚航空公司一架自香港飞昆明的客机,中途突遇敌机袭击,迫降柳州。紧接着又发生一事,欧亚航空公司停在西安的客机,闻空袭警报起飞逃避,遇敌机追击,在湖北嘉鱼县簰洲降落,幸无人受伤。

看来德国领事说的也并不靠谱。张嘉璈只得下令,欧亚航空公司的飞机一律取消日间飞行,尝试夜间飞行,即晨 3 时从香港出发,天明抵汉口,再续飞重庆、成都、昆明等处。交通部还尝试与苏联方面接洽,另开辟一条飞西安—兰州—哈密—重庆的航线。此外,英国政府也同意,在昆明与仰光之间实行对飞。

四、天边的血路

这一时期,张嘉璈自己也有两件烦心事缠身。

第一件事,是有人密告,交通部将钞券运抵香港购买外汇。蒋最恨有人借国难之际贪污,于是密令彻查。原来,本年 4 月中,交通部为订

---

①　吴相湘:《抗战时期两"过河卒子"》,载朱传誉主编《胡适传记资料(二)》,天一出版社,1979 年版,第 235—236 页。

②　欧亚航空公司系由中国政府与德国汉莎航空公司按 2∶1 的比例,于 1930 年共同组建,其初衷是通过跨越亚洲的航线将中国与欧洲联结起来,后主要经营境内业务。

购电信电话设备,曾由邮汇局提借钞票 200 万元,空运香港,兑成外汇,备足价款,催促经售洋行从速交货内运。别有用心者即以私运钞票想把张嘉璈拉下马。张嘉璈即找侍从室钱大钧主任说明原委,告以曾向财政部申请外汇,未获允准,而深恐广州沦陷,或香港封锁,订购材料无法内运,故不避嫌疑,从权办理,目的在于维持今后若干年之后方通信。幸赖最高当局对他信任有加,此一诬告得以平安化解。

第二件事,是他的一个下属、西北公路局局长谭伯英出了事。谭被人控告舞弊,蒋勃然大怒,命第十七集团军军团长胡宗南将之拘办。张嘉璈闻讯,甚感吃惊,因他素知谭伯英为人及抱负,获知此讯,下意识的判断,是此人眼里揉不得沙子的耿直个性招致了诬告。当即谒蒋,请求为谭解释,蒋介石也卖他一个面子,允其所请。"承蒋委员长允予释放候查。此人言语不慎,往往开罪于人。"①

谭伯英是 1895 年生人,小张嘉璈 6 岁。他出生于南京边的一座小城泰州,北京大学矿冶系毕业后,去德国柏林大学内燃机系攻读硕士、博士学位。学成归国后,在上海浦东与李平书、王一亭、穆湘瑶等一班士绅办理路政,兴建了上南(上海至南汇)公路和铁路,最早引入了柴油驱动的铁路列车。1927 年后,张嘉璈从北京总行移驻上海,那时,这个年轻的市政专家是上海特别市公用局的一个科长,不久即脱颖而出,代理局长,专管交通、电气等市政建设。上海市轮渡渡船,就是谭在这个时期设计的,渡船两头均可开动行驶,并置有消除煤烟设备,当时人称无烟船。同时,谭还设计建造了北京路外滩双层自动升降浮码头。

张嘉璈清楚地记得,谭伯英是在去年 10 月上海沦陷前进入铁道部的。那时,他已经在上海市招商局局长的任上干了五年。张嘉璈与之接触不长,却深觉其人身上既有一种科学家的精细与执着,更有一种欲救国于水火的血性与激情。铁道部归并交通部后,张嘉璈当即把他派到西北,出任兰州西北公路局局长,主管从西安到新疆边境伊犁的公路建设与运营。

① 张嘉璈日记,1938 年 8 月 16 日,《张公权先生年谱初稿》上册,第 197 页。

经此一番曲折,谭伯英再次进入了他的视野。张嘉璈暗暗认定,谭伯英或许会是可以托付滇缅公路的最佳人选。

这个市政专家兼公路运输专家没有让他失望。接下来的几个月里,正是谭伯英带着 20 万筑路大军,在西南边地的崇山峻岭中,用最原始的铁锹、扁担和血肉之躯,建成了自昆明经楚雄、下关、保山到缅甸畹町和腊戍的滇缅公路。这条长达 1100 余公里、被时任美国总统罗斯福一再称之为奇迹的战时中国"生命线",谭伯英对之另有一个叫法:血路。

他说,当年工地传唱的筑路谣就叫:《公路是血路》。

1938 年 9 月的一天,张嘉璈带交通部专家前往昆明视察滇缅公路修筑情况,通知谭伯英同行。谭伯英日后在回忆录中说:

> 1938 年 9 月,重庆的一个早晨,交通部部长通知我,他决定到昆明去视察这条在交通部直接负责下的公路的修筑情况。他要求我在几个小时之内和他同去。部长没有直接告诉我什么,但我预感到他可能会要我领导公路的修筑。我说出了我的忧虑,因为我在大学里最早是攻读历史和地理的,我不认为我有成功的可能。我接受的不是一个民用公共建筑工程师应该接受的教育,这就如同让一个机械工程师去从事航海工作。而且对于中国的这方面的事务我很不熟悉。我不知道任何事、不知道如何联系、也不知道什么人可以帮助我。[1]

张嘉璈说,我了解你,大学学的是采矿,国外几年学的是内燃机技术,但路政方面你还是有经验的,所以才决定把这条路交给你,至于说到专业不相配,我学的还是货币和财政学哪,都怪这该死的战争,把一切都打乱了。谭伯英说,还有一个更加复杂的问题,公路要穿过原始边

---

[1]　谭伯英:《血路》,第一章《从昆明开始》,云南人民出版社,2002 年版,第 7—8 页。

境民族和土著聚集的地区,而每一种民族又有他们自己的传统和习俗,都需要很好地研究和特别对待,这项工作需要大量受过训练的助手来共同完成,但是到哪里去寻找他们？张嘉璈说,相信你会找到办法的。谭伯英说,接到赴昆明通知的头几天里我就苦苦地思考过了,但是不得要领。

滇缅公路最初是由云南省政府主席龙云动议,于 1937 年 11 月开始动工修筑。当时沪、宁、杭那一片中国最富庶的地区还没有沦陷,大部分的海港还未丢失,在南方,大量战争物资可以通过粤汉铁路从广州运到湖北省省会武汉,小批量的物资也可以通过法属印度支那铁路(即滇越铁路)从越南源源不断地运到昆明。这条地处西南边陲的公路并不像一些大干线那样举足轻重,人们根本无法意识到,它将在中国和世界的历史上扮演一个什么样的重要角色。是以,最初仅试图将一些分散路段连缀成整路,由云南省公路局局长禄国藩和助手杨文清全权负责此项工程,国家经济委员会派出了两名有经验的工程师前来协助。

随着战事日坏,大半个中国沦入敌手,交通部门一直在试图开辟一些"后门"式的铁路和公路。此时的张嘉璈部长虽然还把眼睛盯着铁路,但他也已经逐渐意识到,在各种可能性的方案中,修筑一条通向缅甸、把仰光港和中国内陆紧紧地联系起来的公路,似乎是最理想的选择。

张嘉璈带着谭伯英等人到昆明后,下榻在省政府招待所。距离驻地不远就是云南省政府官邸,它坐落在城北的一座叫五华山的小山上。这个地方辛亥革命前曾是一所学堂,以后被改造成一幢西方式的行政办公官邸。行政大楼的建筑是低平和简朴的,但在注重建筑外观的谭伯英看来,院内仍然有一些"非常生动雅致的痕迹":一个栽满了珍贵的树种和鲜花、饲养着鹿和孔雀的动植物综合花园;此外还有一个可以容纳二百多人就餐的巨大的接待和宴会大厅,据说是一位留学法国的建筑工程师设计的,"体现了法国优雅的抽象主义的现代思想"。就是在这个大厅里,云南省主席龙云主持了一个盛大的宴会欢迎交通部部长一行。

谭伯英对龙云的观感不错,觉得这位省主席就像一个"朴素、刚毅的老兵",风格简练,行事果断,不说废话,不仅懂得军事事务,对管理地方行政事务也得心应手,其能力远非他手下那些幕僚们可比。

另一个让他吃惊的是,他一到昆明,竟然有一种身处家乡的感觉。尽管他的老家泰州是距此千里之外长江边的一座小城,但此地的习俗和语言,处处都让他感到亲切。这让他疑心自己前生是到过这里的,甚至就是昆明城里的一个土著。他还喜欢上了一种叫腌咸鸭子的当地吃食,认为简直是著名的南京板鸭的一个翻版。

对修筑滇缅公路,他也从开始的忧心忡忡变得充满激情。他向张嘉璈建议,修筑滇缅公路有两条路线可以选择:一条从昆明通过保山和腾冲到八莫,再从那里通过伊洛瓦底江到仰光,此条线路上有一支属于英国某公司的伊洛瓦底江小型船队可以利用;另一条路线是从昆明到缅甸的腊戍,与来自仰光的铁路线对接,还有一个便利就是货物也可以直接用船从仰光一直运输到八莫,再从那里通过一条公路支线到达未来的滇缅公路。

经过反复讨论和研究,他们最终确定后一条路线为滇缅公路的路线,即从昆明经下关、保山、龙陵、芒市、畹町而至缅甸的腊戍,与中央铁路对接,直线距离 514 公里,考虑到修筑时会有许多困难地形需要迂回,实际公路全程为 1153 公里。

回武汉前一天晚上,张嘉璈把谭伯英叫去,做了一次谈话。

"谭先生,"张嘉璈说,"你不是一个民用工程的专业工程师,这我知道。但我从不怀疑你有承担这项工作的能力。我要你干好这个工程。我祝你好运。"谭伯英好像早就料到部长会说这样的话。他答应留下。

虽然,把上千公里的山道全都铺设上柏油,是一件想想就发怵的事,但谭伯英在临别时表示,他已做好了准备。他提出了技术上的初步设想:为了达到目标,一条铺设柏油的公路必须要有许许多多的 U 形急转弯,和又滑又陡的坡度。

得悉谭伯英要留在昆明担当这项充满挑战的筑路工作,朋友们都劝告他打消此念。"你这个人太直了,"他们说,"如果你直接按你的方法干,你会遇到许多困难而且很难解决。最好你要学会在必要时绕着走,这样不仅你可以少找麻烦达到同样的目的,还可以节省时间。"

他以俏皮的回答把朋友们的劝告挡了回去:"我认为这些意见是有道理的,我的意思是说,这些意见可以类比为修筑公路的路线问题。"

10月1日,张嘉璈乘坐欧亚航空公司客机飞重庆,参加由行政院召开的全国公路会议,向孔祥熙报告,在昆明接洽各事,都获顺利解决。会上,按照蒋的指示,先将全国公路重要干线整理完善,余皆从缓,预算需工程费1500万元。随后,核算正在施工中的湘桂路、湘黔路、川滇路、滇缅路、叙昆路、贵威路,各路应需钢轨数量和全部机车,折合成价款尚需英金536万镑(系向英商购买)。

两天后,他由重庆飞汉口,又向蒋汇报了两次赴滇经过。蒋对交通部在西南的工作甚感满意,特意留他吃了晚饭。

历时四个半月的武汉会战即将结束,武汉三镇将不守,满街都是神色惊惶的兵员和市民。交通部指定了留汉最后撤离人员,都是一群爱国热情高涨的年轻人,计有秘书徐济甫、金侯城、杨翼之、薛光前等,身为一部之长,张嘉璈自须一一谈话勉励。同时他还要督饬欧亚航空公司,帮助疏散各机关留汉人员,尽快向重庆集中。

从沿海转运来的近10万吨物资设备堆积在宜昌,准备向四川腹地转移。用报纸上的话来说,整个中国可怜的一点工业家底全在这里了。长江航道大约还有四十天的中水期,必须在此期间将这大量人员和物资抢运完毕。年初刚被任命为交通部常务次长的卢作孚协助分管战时水陆运输,实施宜昌抢运计划。

卢作孚长相清癯,看上去像个病夫,却有着"公而忘私、为而不有"猛虎般的做事劲头。他没有受过正规的大学教育,早年曾是四川保路同志会成员,后来办教育,做报人,大约在1925年后主持以北碚为中心的嘉陵江地区的乡村建设,同时,筹资创办"民生公司",致力于家乡合川县与重庆之间的航运。"民生公司"后来拓展到整个长江上游航线,成为与太古、怡和、日清、招商四大外轮公司并驾齐驱的航运企业。身为实业家和民众教育家的卢作孚,一向关注中国的革命和建设,他有一个清醒的判断,革命乃是一桩完整的事业,不能截然分成破坏与建设两段,应该是"以建设的力量做破坏的前锋",建设到何处,才破坏到何处,破坏的实力是建设,绝不是枪炮和军队。①

受张嘉璈的委托,卢作孚亲自坐镇宜昌指挥,调派民生实业公司的轮船往返于宜昌和重庆之间,分三段抢运入川人员和军用物资,终于在武汉沦陷前完成了这一史称"中国实业史上的敦刻尔克"的大撤退。民生公司也为此付出了损失船舶十六艘、牺牲员工一百余人的惨重代价。迟至10月21日,卢作孚才率部员坐火车离开汉口前往长沙。

坏消息一个接着一个,在广东大鹏湾登陆的7万日军,一路势如破竹,连下淡水、惠州、博罗和增城,仅用了十天时间就轻松击溃余汉谋的第十二集团军,于10月21日占领广州。

武昌城下,日军也是旦夕可至。10月23日上午,蒋介石亲自打电话给张嘉璈,要他随时做好撤离准备。

张嘉璈遂于次日清晨飞往重庆。他明白,广州一沦陷,粤汉铁路无从利用,一切仅赖公路运输。抵渝后的第一件部务,就是设立滇缅公路运输管理局,任命尚在云南的谭伯英任局长,要他尽速打通滇缅公路。

此时的西南诸省,蔚为抗战最后的屏障。1938年11月底,蒋乘坐湘桂铁路火车由南岳经衡阳赴桂林,于桂林设立行营。张嘉璈时在衡阳路局,坐了两天汽车,经零陵至桂林,向蒋汇报湘黔铁路及滇缅公路开建事宜。嗣后,他又一路风尘,经柳州、宜山、河池,再到贵州独山,一路检查公路车站。12月7日,张嘉璈经马场坪抵达贵阳时,贵州省政府主席吴鼎昌亲自出迎于市郊,以示隆重。两个战前中国最重要的银行家重逢于此河山疮痍满目之际,自有无限感慨,也可能会有一些更加深入的交谈,惜日记皆无载。在贵阳,他连日视察西南公路局各附属机关及电政、邮政各机关,两天后,就经乌江、桐梓回重庆了。

---

① 卢作孚著,凌耀伦、熊甫编:《四川人的大梦初醒》,《卢作孚文集》(增订本),北京大学出版社,2012年版。

这来回奔波的一年,在他是五十初度,华发已生。回到重庆,生日前一日,二哥君劢在家中设席,为他"暖寿",他亦是愁肠难纾。铁路、公路、航空,交通部的运力挖掘已经到了极致。为了节省汽油,甚至专门成立了"驮运管理所",把兽力的拖运平板大车都算了进去。他总结这一年,国土日缩,交通日益困难,航空与公路运输的重要性已第一次超过铁路,但航空运输要防敌机袭击,公路运输又苦于汽油和车辆配件缺乏,"如此情势,究不知如何始能满足军民需要也"。

张嘉璈把谭伯英带到昆明,不到一个月,对谭伯英的任命下达了。谭伯英日后在回忆录里说:"几天以后,我收到了一封来自重庆的官方文件。这是我的任命书:交通部任命我为'滇缅公路运输管理局局长'。1938 年 11 月 16 日,我走马上任了。我唯一的一间办公室安置在一家老式照相馆里。"

刚开始的几个星期,整个路局只有谭伯英自己和另一个职员。他迅速成立公路总工程处,投入紧张的测绘工作。被英国人叫作 Burma Road 的整条滇缅公路,由下关以西经漾濞、永平、保山、龙陵、潞西,由瑞丽的畹町出境与缅境路段连接,1100 余公里的途程要穿越滇西横断山脉、高黎贡山,及峡谷中的怒江、澜沧江、漾濞江,80%以上路段都在崇山峻岭中,且中方须负责从昆明到中缅边境小镇畹町的地质最复杂的900 余公里,英国人仅负责缅甸境内的 200 余公里,工程之艰难与浩繁实难想象。

谭伯英说,最初的勘测工作是由不到 30 个人进行并完成的,仅有的测量工具是普通的酒精水准仪。由于时间紧迫,测绘图的描绘常常是在沿途百姓的茅屋里,就着微弱的油灯完成的。

他们要建的毕竟是一条现代公路,对技术人员进行地理和地质方面的培训是必不可少的,诸如学习如何加快公路工程进度、用沙砾平整路面、把一条曲线慢慢拉成一条直线、减少急弯和陡坡、改良排水系统,以及如何修建载重量不能小于 10 吨的桥梁等一些课程。一所培训驾驶人员的学校在昆明潘家湾建立了起来。火一般炽盛的救国激情产生了惊人的效率。一批从沦陷区流落到昆明的有文化的年轻人在这种速成式的培训中成为技术骨干,日后正是他们创造出了滇缅路上的奇迹。

　　随着路段不断延伸,谭伯英把翠湖边的总部办公室搬到了下关县一个废弃的马厩。不久,又搬到苍山脚下一个遗弃的小茅屋,这里已是滇缅公路里程的一半。下关所有的路面都是粗糙和多石子的,运输管理局的女眷们不得不把新买的高跟鞋给扔了,因为这样的路面上穿高跟鞋走路很容易崴脚。

　　此时,留在他们身后的昆明,已然成为一个繁忙、兴隆的国际化城市。外省难民和美国人、英国人、缅甸人、法国人、希腊人、印度人蜂拥而入,摩登的商店、饭馆和电影院也开始大量涌现。谭伯英这个公路局长所住的,都是些大山深处勉强够遮蔽风雨的房子,好在,他在野外的时间总要比在办公室待的时间长。

　　高层也终于意识到,滇缅公路这条公路通畅与否,将直接关系到中国的抗战能不能挺过将至的凛冬。行政院军政、财政、经济、交通四部审议,认为"滇缅交通关系抗战甚巨,公路及铁路建筑之进行,须同时兼顾,而予以合理调整,俾人力财力得集中运用,而收速效"。① 张嘉璈也在想方设法改善公路运输,增加车辆。得知陈光甫在美借款成立,他即电请由交通部出面购买两吨半的道奇牌大车 500 辆,全都用于滇缅公路上国际援华物资运输。

　　战争进行了几年,此时的国民政府已国疲民乏。为保此路所需资金,1939 年 8 月 21 日,张嘉璈召集滇缅铁路及滇缅公路主管人员开会,不得不暂缓滇缅铁路工程,把公路先提上来。是日,张嘉璈在日记中写道:

　　"法币币值,日见减损,筹集经费,日趋困难。特约滇缅铁路及滇缅公路主管人员开会讨论。决定滇缅铁路西段工程暂缓进行,滇缅公路西段工程应加紧进行,俾明年雨季前,公路可以通车,每日可行驶车辆四百部,运货六百吨,并使雨季不致停驶。计算改善工程,需款一千三

---

① 张嘉璈日记,1939 年 6 月 13 日,《张公权先生年谱初稿》上册,第 217 页。

百万元。"①

熟悉这条公路历史的人都知道,昔年,昆明至下关400多公里的毛路,整整修了十二年。如今要再从下关往边界延伸400多公里,翻越高黎贡山、云岭等横断山系,跨越澜沧江、怒江两大峡谷,工程量之大可想而知。既然当局号召"地无分南北,人无分老幼",人人皆有守土抗战之责任,公路所经沿线各县也都动员了起来,分段包干筑路。云南人烟稀少,有的县方圆百里都找不到足够数量的劳工,他们只好穿过这些地区到更加遥远的地方去寻找。而招募到的劳动大军,又要步行100到200公里甚至更远的路程,才能到达他们工作的地方。

劳工们开山撬石、焚烧淬石、填土砌基,让公路一点点地向前延伸。保守估计,26个工程段,每日有20多万民工在大山深处筑路。汉、彝、白、傣、回、景颇、阿昌、德昂、苗、傈僳等十几个民族,服饰、语言各异,人声鼎沸,那场面,就像人类修建巴别塔一般悲壮。有些路段,其中只有很少的男人是壮劳力,其他都是妇女和老头以及很多的孩子,孩子们都带着自家的宠物,狗、鸡和长尾巴的小鹦鹉。在一些傣族地区,那些跟着大人来做工的孩子还带着猴子。暴雨导致的塌方事故屡有发生,还要应对酷热、潮湿和瘴气,疟疾蔓延开来更要收割走一大片生命。"曾有八千人患疟疾,免于死亡的只有五百人",谭伯英说。

一个突出的难题是缺乏机械设备。劳工们都是用自带的镐和鹤嘴锄挖土,再用竹篮子搬运土方,这种延续了上千年的劳作方式的效率极为低下。路面铺设了柏油后,需用重型压路机进行碾压,没有机械压路机,只好自制石碾子来代替。公路上使用的一百来个石碾子,都是"使用锤子从巨大的石灰岩上手工开凿制成大石块"雕琢而成,一般1.8米高,三五吨重。在荒山野林里,成百劳力推拉肩扛一个石碾到公路上,其曲折繁难,"本身就是一首动人的叙事诗"。于是"许多恐怖的故事就发生了"。

碾子上坡时没有多少麻烦,方向较容易掌握。但下坡时,由于石碾

---

① 张嘉璈日记,1939年8月21日,《张公权先生年谱初稿》上册,第219页。

子所产生的巨大冲力,常常使得地面上大量光滑的石头也跟着向下滚动,在这种似乎可以摧毁一切的可怕动力面前,那些来不及躲避的劳工们常常被失去控制的石碾子压死。偶尔也会有一些孩子被压成肉饼,因为"天真的孩子们总是喜欢在大人们工作时玩耍,而又总是奔跑在这个被解放了的巨大石兽的前面"。

冬天,工地食堂散发出的食物的气味吸引来了狼。南方的土狼个儿都不大,拖着湿答答的舌头围在厨房门口。工地上大部分的厨师都来自上海,以前从来没有见过狼,他们以为是对人很友好的狗,就扔给它们吃的东西,还想逗它们玩。当他们知道这些访客实际上是狼时,才怕得要命。

工地上的每一个石匠都随身带着一个小火盆,这让谭伯英很感奇怪。后来有一个石匠向他解释,这个小火盆是用来给凿子淬火的。因为每天的工作量特别大,当凿子有力地撞击岩石时会产生高温,凿子就会软化,锋利的尖端也就开始变钝。把凿子放到火盆里烧红,然后再把它放进菜油盆里骤冷,这样可以恢复它原有的硬度。类似这样的民间智慧总是让谭伯英大开眼界,并打内心里对这些山民生出敬意来。

他还见识过劳工们高空作业。这些身手矫健的劳工大多是傣族、傈僳族、藏族和狩猎部族的,一些人曾经修建过佛塔。他们系着长绳,手握钢钎,腰、腿以及在踝和膝之间都箍着一个紧紧的黑色藤圈。他们高高地悬挂在山岩上,像猴子一样攀登,简直命悬一线。谭伯英后来知道,他们中只有少数人把工钱寄回家买地置屋,大多数人都在酒馆里喝着高度白酒把钱给挥霍掉了。

他认为最迷人的是傈僳族的女人。这个高山民族的女人个头都不高,但非常健壮。任何一位傈僳族女人用一条皮带托在头上就能很容易地搬运一块重达80公斤的岩石。她们很爱干净,总是穿着一件在袖口和领口上有美丽刺绣的雪白短褂,上面都精心装饰着用薄银片包着的当地宝石。她们毫不在乎工作中的粗糙、泥泞和肮脏,但第二天出现在工地时,她们身上的污垢早已洗得干干净净。白天她们要在家里忙家务,所以都喜欢晚上来工地上干活。月光下,隐约看得见她们干净衣服上的白色部分在闪烁。她们边干活,边唱着她们自己的传统歌曲,那些歌有歌唱太阳、月亮和江河的,也有一些是简单短小的情歌。

这些傈僳族妇女刚来工地时都非常害羞和胆小,但很快都变成了可靠的熟练工人。分配给她们的活是切割石头。石头切割要按照一定的规格,问题在于她们对于英寸或者公分的度量单位完全没有概念。工地上的技术人员告诉她们,石头的规模是类似鸡蛋大小,她们马上指出鸡蛋也是有大有小的。技术人员只好在石片上用红色油漆画上标准模样,然后用绳索拴着这些小石子分给她们,要求她们按照这个模型切割石头。但这种方法也不是很管用,因为她们在敲石头时要花很多的时间来和这个模型标记比较,然后再讨论尺寸的大小,根本不能很快地完成工作量。这些有颜色的石头逐渐消失了,因为她们都把这些石头带回家给孩子玩了。最后谭伯英想出了一个方法,要她们制作拇指和食指合围大小的竹圈,告诉她们凡能通过这个圈的石子就是合格的。这个方法她们很快就掌握了,从此她们敲打出来的石子就跟一台石头破碎机制作的一样标准了。谭伯英不由得感叹,也许她们受到的教育和训练很少,但是她们都很聪明。

数年后的一个圣诞节,谭伯英到了美国(他是作为民生轮船公司的高级顾问赴美考察船舶事业的),他在纽约第五大街看到许多辆柴油推土车和许多翻土运雪卡车,工人们的整套工作服是厚外套、羊毛衫和厚皮手套。回想起修筑滇缅公路时,崎岖的山路上、泥泞中,使用着锄头、衣衫褴褛的中国劳工,那些干着重活的女人和裸着双手的孩子们,谭伯英泪流满面。

战后,谭伯英定居美国,专事船舶设计和写作。① 他用英文把修建滇缅公路的经过撰写成回忆录《修筑滇缅公路纪实》。1945 年 6 月,著名的麦格劳希尔公司出版这本书时,正值太平洋战争趋于尾声,出版人对此书有一段介绍,称这条公路的修筑是"人间的伟大戏剧":

---

① 谭伯英是世界性的造船年鉴《荷兰造船年鉴》刊载的世界著名船舶设计者24 人之一,设计的 20 余种巨型船舶均为日本、德国等国所采用。

"为战争物资从海港仰光到达昆明,在 1938 年开始建设和完成的著名的滇缅公路提供了一个通道,在中国和世界历史上,它扮演了一个生死攸关的角色。此书将修此路的实况与技术方面的细节,以及地方特色与历史的视野,令人钦佩地结合了起来。负责这项工作的谭伯英,对中国的这个地区几乎完全不熟悉。在没足够的人力、资金和任何现代设备的条件下,他们在岩石上开路,使用的几乎就是中国制造爆竹的黑色炸药。绝大部分是靠着几个世纪之前的原始工具和方法,用双手顽强地将公路向前推进。"

在谭伯英的眼里,这条路已然成为一个纪念碑。它所纪念的,是一个正在遭受凌辱的国家无名者们意志力的胜利。"正是由于全体建筑者的忍耐和贡献,才使得我们这个民族可以继续延续下去。"他预言,今后的人民可以在这条现代公路上自由穿行,更多地观赏大自然的美景,而这条公路给予人们的激情可能超过了他们旅行本身。

他说,这本书是献给"那些用血汗和生命构筑和维护滇缅公路的同事和劳工们"。[①] 他希望西方读者从中对"中国人的精神"有更好的理解。因为,"这项工程仅仅是中国人民在战争中所做出的一系列伟大成就中的一项。他们虽然没有足够的营养和设备,但他们拥有从我们先辈那里继承下来的宝贵的自我牺牲精神和坚忍不拔的决心"。

他从内心里感谢张嘉璈把他从诬告中解救出来,又给了他这一难得的际遇,让他参与到这"人间的伟大戏剧"中去。

五、"耻莫大于亡国"

自北伐军兴,张嘉璈与当局屡有冲突。先是 1927 年遭逼饷之厄,继而 1935 年被蒋、孔、宋联手逐出他一手打造的中国银行。冲突最剧

---

① 　原书名 *The building of The Burma Road*,由 Whittlesey House and McGraw Hill 图书公司于 1945 年出版。2002 年,云南人民出版社把这本书以《血路》为名,作为"旧版书系"在中国大陆出版发行。

烈时,甚至受到最高当局的通缉威胁。种种委屈,实一言难尽。自国府定都南京,近十年与政府的合作与冲突,给他最大的教训是,在强大的国家机器面前,任你是不世出的英雄,也是生如蝼蚁,只能伏低做小,尽量收缩身段。

伤心离开中行,是人生一变,直接结果是进入内阁,执掌铁道部。全面抗战爆发,又是一变,把他推上了救亡图存的第一线。短短数年,历此三变。一般人终其一生,不过是从山的这一边到那一边。生逢大时代,注定不平凡的命运,让张嘉璈在短短数年间得以领略不同的高峰,也获致种种复杂的体验。

为谋川滇、滇缅、滇越铁路之进展,张嘉璈不仅要坐着汽车奔走在国内各个路段,还要跨出国门前往越南、曼谷、柬埔寨各国,与当地政府和英法殖民者谈判。

1939年初,滇越铁路延伸段终于由同登接入镇南关国境,经湘桂路接入国门,嗣后,抗战物资可由海防直接输入,而不须再在越境接运。唯越南铁路轨距为一公尺,称为"米轨",我方路基、桥梁及路线标志均为标准轨距,为加紧完成两轨对接,5月,张嘉璈转道曼谷、西贡至河内,与越南当局和法国银团代表会谈。又坐汽车至谅山,召集中国建设银公司、中央信托局、邮政储汇局及交通部各路局局长,商议镇南段铁路赶工事宜。事毕,又返抵河内,与越南总督商谈把海防码头开辟为自由港,并就过境越南的抗战物资准予免税、迅予验关放行等事宜进行接洽。

其时,正届期颐之年的马相伯老人由桂林赴昆明,正道经谅山。生于1840年的马相伯是复旦公学(复旦大学前身)和震旦学院的创始人,一生奉行教育救国。张嘉璈倾心其学问人格,又深佩其于国难之际发起义卖募捐,赴河内前,特前往探视,存问起居。数月颠沛流离让老人身体大亏,他意识到,自己可能走不出谅山了,却仍以前方将士为念。张嘉璈嘱他好生将养。老人答:老朽何为,流离异域,正愧无德无功,每嫌多寿多辱!临别,犹以救国会的口号联语"耻莫大于亡国,战虽死亦犹生"相赠。

6 月 23 日,陈光甫在美达成的桐油借款采购的第一批援华物资到达海防内运,计有卡车 510 辆,军布 200 吨。再过一个月,三位美国运输专家谢安、范百德、白熙将抵达重庆。这是陈光甫与美国订立借款合同后,美方派来改进中国公路运输的。三位专家建议,把交通部所属川桂公路运输局、川滇公路管理处、财政部所属复兴公司运输部合并成立中国运输公司,以利车辆统一,提高运力。张嘉璈采纳了,以该公司专办西南各公路货运,兼及国际贸易运输事务,他自己兼任了中国运输公司董事长,邀美国专家一人为副,另两人分任运输及机务。

战时捉襟见肘的财政,使通往缅甸的铁路和公路进展缓慢。张嘉璈不得不决定,铁路暂缓,滇缅公路西段工程加紧进行,以确保明年雨季前公路全线通车。行政院批准了他的这一计划。饶是如此,整个工程款的缺口,还有 1300 万元。

此前,军事委员会已将铁道运输司令部改为运输总司令部,综管全国铁路、公路、水路的军事运输。为了增强战时的敏捷反应,行政院又议决,民运由交通部负责,军运由军委会运输总司令部负责,国际运输由西南运输公司负责。

滇缅交通之重要性,已上升到战略性地位的高度,缅甸方面愈发自矜其能。不久,缅方派出一个亲善访华团来重庆,重庆以贵客的排场接待了这批客人,在国际联欢社摆出了盛大的欢迎酒会。张嘉璈代表交通部致辞,申明了中缅交通的重要性,并再三向客人保证,不会有移民入缅的事发生。

进入 9 月,随着德军闪击波兰,英、法对德宣战,二战正式爆发,中国国内依仗英美的汽油供应陡现紧张。他这个交通部部长又受命与各汽油公司接洽增运汽油。最困难的时候,他统计过,全国存油不过数千吨,而民用军用汽油,月需一万吨。燃料短缺如此,中国战力之薄弱可想而知。好在很快与亚细亚煤油公司、美孚石油公司谈定了购油方案。再约滇缅公路运输局长谭伯英,商议中国运输公司从缅甸运输汽油办法。

滇越铁路自从直通海防,一改夜间不行车的规定,日夜加开班次,此时已成为中国获得国际援助最重要的一条通道。为了应对日本轰炸机的疯狂袭击,张嘉璈带着铁路局代表找龙云商议,提出加强防空力量,至少需高射炮100门,最少不能少于70门。龙云告以:整个云南省的防空火炮只有60门,40门分配于各部队,20门为昆明市防空之用,铁路方面已配两门,只能再加两门,铁路防空,只能多配备高射机枪。最后军委会下令,运输总司令部把护路部队的高射机枪全部由7.92毫米口径更换为性能更好的13.2毫米口径。

全线22座铁路桥,是日军急欲除之的空中打击目标,尤以1940年3月1日的白寨大桥护桥之战最为惨烈。是日,由河口开往昆明的旅客列车正通过大桥,36架日机组成的编队凌空投弹扫射。火车开足马力,想冲过大桥进入隧道,防空官兵也向敌机猛烈开火。日机散开队形,对火车和防空阵地分梯次轰炸。火车即将冲入隧道时,敌机炸弹击中机车,当场死伤200余人,防空阵地也被摧毁。

因铁路屡修屡炸,年初的头两个月,每月运力不过三四千吨,最少时只有1000吨。数万劳工日夜赶修,从3月开始,终于恢复到了每月运量24 000吨。

1940年1月,张嘉璈再次赴昆明,与滇越铁路、云南省政府商议铁路防空问题,他在日记里忧心忡忡地写道:"我因滇越铁路被敌机轰炸,桥断路阻,前往昆明,视察沿线。因思桂南战争发生后,敌人虽退出南宁,而桂越公路无法利用。敌人近又开始轰炸滇越铁路,此仅存之国际路线,时遭威胁,不独运输拥挤,即东段铁路材料,亦无法照原定计划运入,近则更有中断之虞。"①

会商毕,由滇越铁路总经理陪同,张嘉璈坐火车视察沿线及海防内运物资要道,其在越南境内及广西的半月行程大致如下:

1月29日,视察盘溪、开远段铁路,在炸毁桥梁处慰问交通部抢修人员。

---

①　张嘉璈日记,1940年1月27日,《张公权先生年谱初稿》上册,第227—228页。

1 月 30 日,前往河内。"晨六时开车,八时半经过又一炸毁桥梁,下车视察。此桥在两山之间,当年以运输艰难,桥身系用小件配成,有如集锦一般。敌机投弹时,桥被碎石片击损,约数日可以修复。"

1 月 31 日,因南宁失陷,约法银团代表及中国建设银公司代表商订南宁至镇南关铁路关闭办法。

2 月 1 日,张嘉璈抵达越南海防港,视察存料、仓库及码头。"但见仓库材料堆积如山,码头亦狼藉不堪,许多商货因候车太久,已见腐烂。"

2 月 2 日,离开海防前往谅山。得悉滇越铁路 82 号桥又被轰炸,即派员赴河内,与越方商量架设便桥。3 时自谅山起身,经同登至那岑,此处系越南铁路终点。自那岑改乘汽车,经七溪、东溪至高平,是夜宿于当地省长官舍。日记载:"回忆七个月前,赴缅甸,曾留宿于边境腊成之长官官舍,周旋于殖民地边境长官之间,兹复如此,亦一可纪念之事也。"

2 月 3 日,离高平,驱车百余公里,晚抵平马。"天雨行车,甚为危险。"西南运输处已有 90 余辆车经过此路,4 辆出事。

2 月 4 日,经田州、万冈,前往三石屯。"细雨蒙蒙,路益滑溜,七时天黑,仍图前进,经过两小时之久,仅行得一公里,只好停驶,即在车上休息过夜。"传闻此地有虎,各车都将车头大灯开亮。

2 月 5 日,泥泞路滑,舍车步行。与美国财政部代表卜凯(Lossing Buck)偕行。他是一位农学家,在金陵大学任教多年,是作家赛珍珠的前夫,这一路行程倒颇不寂寞。八小时至东兰县,东兰县长出郊相迎,因至县公署宿夜。"县政府系用木板搭成,门窗无一块玻璃,只有煤油灯两盏,余均用豆油点灯。"

在东兰县城休息一日,因天已放晴,同行各汽车均相率下山,驶至县城。昨夜有汽车司机果见虎出,奔逃竟夜来城。

2 月 7 日,抵河池,与西南公路运输局局长薛次华、专员萧卫国、黔桂铁路局局长侯家源等商议今后河田、平岳公路及黔桂铁路建设,"属望于越南铁路不至阻断,可由桂省进入后方,较由昆明进入后方为便捷也"。

是日,传报日军由永淳抄至宾阳后路,有骑兵数千进至上林、隆山,几达都安,再进即至东兰。"似此河田、平岳公路已入危境矣。"

2月8日,中午抵宜山,前往离公路5公里的黔桂铁路局。因宾阳失守引起宜山震动,召集员工谈话,劝告切勿恐慌,如铁路停工,可调筑公路。下午5时抵柳州,晤抗战名将陈诚,告以河田、平岳公路之重要,陈诚答应调第三师至都安一带防守。

2月9日,坐火车经桂柳铁路抵桂林。这条路,历时近两年修筑,上年底刚刚开通,最近宾阳陷落,由粤调运援军,再疏散存柳物资,总算用得其时。张嘉璈十分感念:"其享受该路之便利者,曾复念及惨淡经营、心力交瘁之全路工程人员与夫死亡枕藉之无名英雄乎!"

2月12日,离桂林飞重庆。下午5时,谒蒋,报告此行经过及沿途决定事项。

此时的山城重庆,正经受着越来越频繁的突袭。日军大本营为彻底摧毁中国的抗战意志,对重庆中心城区的民房和商业街道实行了无差别轰炸,甚至连挂有纳粹党旗的德国大使馆也未能幸免。

5月26日,敌机96架轰炸化龙桥一带,交通部材料司、无线电台、配件厂等均有损伤。27日,敌机百余架轰炸小龙坎工业区,兵工厂、军政部所属纺织厂、大鑫铁工厂、豫丰纱厂等,均波及。28日,敌机百余架轰炸市区南区公园、上清寺及附近两路口,死伤200余人,交通部职员眷属失所者十余家。在6月10日的一次轰炸中,敌机投弹击中了张嘉璈所住重庆新村的4号住宅附近山头,一块飞落的巨石将卧室屋顶击穿,万幸他当时不在屋中,堪堪逃过一命。而门口墙壁皆被震倾倒,屋内门窗玻璃全都震碎。

这次轰炸中,新村1号、2号、3号均中弹。隔壁5号是蒙藏委员会委员长吴忠信的住宅,半幢被炸毁。两路口沿街房屋,多被焚毁。6月12日,国民政府大楼照壁、牌楼被炸毁,行政院门前落一弹,交通部的一处训练所被炸毁。凭借着无孔不入的谍报系统和奸细指引,日军的炸弹总能准确找到目标,甚至半个月后,蒋飞到广西指挥作战,50 余架日机围着他在柳州羊角山行营狂炸了半个多小时。

住所被毁,张嘉璈只得搬到附近的外交部官舍防空洞住。此地也不安全,他又计划搬往嘉陵江南岸租屋暂住。他把交通部的部分职员和眷属,紧急疏散到市郊的廖家店疏建区,稍做安顿,即布置市内电话、电报线路抢修,确保电信不因敌机轰炸而中断。

更令他忧心忡忡的是,滇越铁路在日机轰炸下勉力支撑,沿线桥梁、路轨本已满目疮痍,日军在海防登陆后,又占谅山,滇越铁路越段已完全受日本控制。日方要求越南停运中国政府物资,日方可在谅山等边界随时派员检查物资出入。越南迫于日军势焰,对中国禁运了。①

英国人也顶不住了。7 月 16 日的行政会议上,外交部部长王宠惠报告英国封锁缅甸经过,说英政府为顾到自身之利害关系,已决定先将缅甸入华之军用物资停运三个月。英国外交大臣还说:“好在不久雨季将临,暂时停运予中国之妨碍不大,亦不影响英国协助中国之精神。若于此三个月内,形势转变,有利于英,则不难设法补救,同时设或能因此而促进中日和平,则更为佳事。”

张嘉璈在日记里写道:“似此英国已无能力顾及亚洲,只好作此饰词,其结果无非步法国后尘。从此吾方无出海通路,原有交通计划,将根本变更矣。”

英方对滇缅公路禁运三个月,国内战备物资,特别是燃油和弹药愈发紧缺,交通部不得不将大量柴油车改用植物油,并紧急增设部分木炭车。欧亚航空公司也因燃油缺乏不得不减少航班和客车,重庆飞河内和哈密的航班压缩到了每周一班,飞香港的连一天一个班次也保证不了。

这两年来,他努力打通西南国际路线,初则滇缅铁路兴筑受阻,继

---

① 后因战事失利,至 1941 年冬,中方自行炸毁滇越铁路上的河口大桥、河口隧道、白寨大桥,拆除河口至碧色寨间近 177 公里铁轨,这条抗战初期的大动脉终告截断。

则南宁失守,嗣遭滇缅公路之封锁,一桩桩都是备受打击。随着日军入侵北越,广西、云南对外交通全告中断,一切尽成泡影。

"今年实为交通作战最不幸福之一年,至感痛心。"张嘉璈说。

他把开战三年来,国民政府所有的运输家底兜了个底:全部车辆,交通部及所属各机关计 6000 辆,军政部计 10 000 辆,西南运输处计 2500 辆,其他机关计 2300 辆,以上共计 20 800 辆,就是国民政府全部的公路运输家底了。每年需添置汽车配件约合 400 万美元,需用汽油 6800 万加仑、机油 680 万加仑,每加仑汽油仅能供行车 8 公里。

照上述数字计算,汽车的损坏添补和汽油内运,成了这个交通部部长最感头疼的两大问题。这尚且还不包括中国运输公司和原复兴公司的约 2000 辆汽车。张嘉璈哀叹:"此情此景,好似一家越来越穷,每日油盐柴米,不能不日日核计,否则即有断炊绝食之虞。"①为补救计,张嘉璈和运输统制局商议办法,决定装置柴油车 2000 辆,煤气车 800 辆,木炭车 400 辆,甚至把马、牛、驴这些驮运的运力都算进去。

陈光甫赴美签订桐油借款协议,中方承允,由中国运输公司每月运出桐油 2000 至 4000 吨。国际通道受阻,大多桐油都得从滇缅公路运出去。陈光甫多次来电催运。老朋友相托之事,又事关国家信用,他焉得不重视? 特地找了滇缅公路运输管理局局长谭伯英,商议如何不使桐油运输因战火蔓延中断。

谭伯英说,每辆载重三吨半的卡车,如果能调用 300 辆,如数载足,除去自用汽油,每月往返两次,则可运输桐油 1500 吨。他愿意代中国运输公司来办理这件事。商之于新成立的运输统制局指挥处副主任陈延炯,陈也认为可行。张嘉璈表示,车辆的事他尽量想办法。

1940 年 6 月,陈光甫办毕第二笔滇锡借款后回到国内,在与张嘉璈的一次见面中,他谈到美国的注意力其实是在欧洲,对这场发生在东方的战争一直未予以足够重视,两次借款后续如何,他自己也心中无数。张嘉璈在是日的日记中写道:

---

① 《张公权先生年谱初稿》上册,第 251 页。

光甫自美返重庆来谈：美国人民除知识阶级外，对于中国战争，渐已不甚注意，对于欧洲问题，异常关心。甚至有人主张应与日本接近，以免太平洋上发生摩擦。关于借款问题，国务院方面有人条陈，美国应支持法币。而财政部方面则持反对论调。财政部有外汇基金二十亿美元，该款可由财长自由处置。但财长曾向国会声明，不得议会同意，决不自由处置。故即使政府有意帮助中国，仍须国会通过。照目下情形，国会未必能予同意。宋子文已抵美，拟设法获得币制借款。姑观其进展情形如何。①

两个昔日银行界的中坚人物，这些年都疏于本业，冲到了救亡图存的第一线，他们太盼望出现一丝曙光了，但现实的严酷仍令他们忧心忡忡。

六、通胀的老虎开始吃人

国际形势恶化至此，重庆随时可能遭受威胁，传闻国府有可能暂时退驻川边，做迁往西康的打算。10月的一天，蒋介石正式通知交通部，加紧完成西康至祥云和乐山两公路，以为长久抵抗计。

兼之西南交通已经力竭，相当长一段时间难见曙光，张嘉璈又把目光放到了西北，前往视察成渝公路至天水及兰州一带公路运输情形。从10月中旬开始的一个月里，他风尘仆仆，一路行经成都、绵阳、广元、天水、兰州、西宁、凉州、洛阳、西安，行程数千公里。西北所经行处，旧称陇关道，是古长安西越陇山、继经河西走廊以达西域的古丝绸之路重要一段，虽满眼汉唐风物，皆无暇他顾，唯以与当地政府和驻军商讨筑路、养路事为念。日记述其西北行程甚详：

10月15日：晨七时三刻启行，过梓潼，经七曲山、八曲水、文

① 张嘉璈日记，1940年6月30日，《张公权先生年谱初稿》上册，第257页。

昌帝君庙(传文昌帝君张亚子出生于此)、剑阁(剑阁关口有姜维祠,传维曾屯兵于此,山头有七十二峰),过何家渡(离广元二十里),而至广元,宿中国旅行社招待所。

10月16日:晨八时半启行,车行十余公里,有千佛崖古迹,昔为筑路毁坏,上有旧建栈道,及龙洞背古迹。旋过七盘关,立有"西泰第一关"石碑。一时许,抵宁羌,再经大安驿至沔县,谒诸葛武侯祠,惜其墓在定军山,离祠约十里,未及前往。祠之附近有蜀汉骠骑将军、斄乡侯马超之墓。经褒城,抵汉中(南郑),鄂陕甘边区警备司令部祝司令绍周驻此。

10月18日:离留侯庙,经双石铺,参观西京机器修造厂及西京高级机械学校。经徽县,下午六时抵天水。

10月19日:闻李广墓、伏羲祠均在天水附近,以时间局促,不及浏览。十二时许,过秦安,下午五时半,抵华家岭。此处为天兰公路与西兰公路交叉点,山巅甚高,仅有一车站及招待所。天气已如严冬。据云为甘肃最冷之地。

10月24日:晨八时自兰州出发,经河口至享堂、乐都,七时半抵西宁。青海省马主席步芳率领各厅厅长,至二十里外来接。全程只一百二十公里,以享堂以上之路,正在修理,行车甚为迟缓。当晚宿省政府内。

11月3日:晨往视左文襄所建之柳湖书院,内有温泉,旁立石碑,上有左书暖池二字。八时半启行,过罗汉洞,尚未铺路面,又值天雨,泥泞难行。虽临时略铺路面,仍无法行车。自此往东,大多路面尚未铺就,因当地只有小包工,分段甚多,以致工程迟延。下午始抵大佛寺,距邠州城六公里。寺传系唐贞观间,尉迟敬德奉敕监修。石佛金身高八丈五尺。明嘉靖及清康熙间,曾两次重修。三时半抵邠州,离西安尚有一百七十公里,当以不及赶到,遂在此留宿于中央银行。

11月5日:晨八时出发,经监军镇、乾县、醴泉,而至咸阳。交通部所属各机关,及各银行同人,在此迎候。二时半抵西安,陕西省主席蒋鼎文,及胡总司令宗南来谈。至陇海铁路局所备寓所休息。晚运输司令陆福廷来谈陇海铁路积弊及纠正办法。

　　11月10日:晨与胡宗南总司令早餐,餐后阅兵。同乘马巡视一周,检阅炮、骑、步与机械化各部队,共八九千人,均年轻力壮,精神饱满。阅兵毕,即举行纪念周,余略述一生经验所得。散会后,参观其军部,嗣举行余兴,有国术比赛,又参观炮术训练。在军部午饭。饭后与胡总司令同返省城。

　　三时半,乘火车赴洛,胡总司令到站送行。八时过潼关。在此附近,曾筑有一长山洞(隧道),费时六个月,耗款六十余万元。火车驶经山洞,历时二十分钟,以防敌人隔河炮击行车。是晚月明如昼,尚无炮击。出洞后,全车熄灯驶行,过关底镇,始再开灯。经陕州、灵宝两处,对岸敌人好多次开炮,因又熄灯,亦均未遭炮击。潼关至会兴镇一段,濒近黄河,对岸开始为风陵渡,终点为茅津渡,终年受隔河敌炮威胁,铁路设备,屡被击毁,均经员工奋勇抢修,始终未使车运中断。

　　11月11日:抵洛阳后,至陇海铁路局官舍略事休息,即往陇海车站及机厂视察,并往观各电政机关。午后聚集交通部所属驻洛各机关负责人员谈话。晚卫司令长官立煌返城来访,随即同车赴省府,应渠宴会。有学生话剧及京戏等余兴。

　　11月13日:上午十一时,乘火车离洛阳返西安。夜十二时抵潼关,过山洞。晨三时,敌军向潼关连发十五炮。

　　11月15日:晨六时抵宝鸡前一站之十里铺,参观申新纱厂及面粉厂。厂房均装置于山洞中。经宝鸡抵庙台子,下午六时许抵汉中。

　　铁桶般的经济封锁,使得战时物价腾飞,再加上黑心官商借机囤积,大发国难财,此时的重庆政府,实已到经济崩溃边缘。要不是日本全面进攻,提前终结了南京时期开倡的黄金年代,这个国家本应该处在蒸蒸日上的轨道上。现在,好日子再也不会重现了。一个令人悲哀的事实是，"政府好像从来就不曾真正拥有过证明其能力的机会"（这是全面抗战爆发那一年美驻华大使詹森对杨格说的话）。

1940 年 12 月 14 日晚，蒋介石紧急召集财政、经济、交通各有关部门人员，商议物价问题。不久，政府推出统制物价条例，规定所有囤积粮物，都须在旧历年底前完全出售，否则即以囤积居奇论罪，照军法严惩。为以儆效尤，蒋还下令枪毙了不遵此令的成都市市长杨全宇。乱世重典，虽能震慑一时，但物价还是像失控的过山车一般刹不住。

张嘉璈早就看出来了，问题的症结，还是在于当局讳莫如深的通货膨胀上。在他看来，政府在战时选择通胀性融资，虽能一时见效，风险评估却远远不足。现在，脆弱的笼子已经快关不住这头巨兽了。12 月 14 日的会议后，他在日记中谈及对此看法："今晚蒋委员长召集财政、经济、交通各有关部门人员，讨论物价问题，责备各部门不负责任，大发雷霆。实则此乃通货膨胀之结果，非行政力量所能遏止者也。"①

恼羞成怒的蒋把高物价、米荒的责任一股脑儿归于经济部办事不力，下令让戴笠拘捕了经济部平价购销处四名主管人员，接着又拘捕了四名农本局办理棉布粮食平价人员。②

经济部长翁文灏立即向蒋陈情，说被拘的这几个人，为人都甚规矩。火头之上的蒋也不同意放人，只答以俟询查明白再说。翁文灏受此打击，当即提出辞职。

农本局总经理何廉向张嘉璈报告此事时神色颓丧，连声叹喟道，此

①　张嘉璈日记，1940 年 12 月 14 日，《张公权先生年谱初稿》上册，第 265 页。
②　时任农本局总经理何廉在回忆录中说，戴笠的秘密警察逮捕农本局职员的时间是 1941 年 2 月，张嘉璈日记其时间为 1940 年 12 月 29 日。何廉写回忆录是在 1965 年，对这桩二十多年前的旧事，记忆不一定可靠，相对照而言，姚崧龄编著的《张公权先生年谱初稿》逐日考校传主行迹，更为可信。是日，张嘉璈日记有两条述及此事："中午蒋委员长约往聚餐前，寿毅成、王性尧来报告，蒋委员长不满经济部平价购销处工作，将该处主管人员章元善、寿墨卿拘询。聚餐时，翁部长咏霓因向委员长声称章元善为人规矩。委员长答以俟询查明白再说。""晚十时，何淬廉来言，委员长又有一名单拘传蔡承新、王性尧、吴味经、朱伯陶，及平价购销处与农本局办理棉布粮食平价人员四人，共计八人。除蔡承新外，均已传至四行联合办事总处办公室候询。"见《何廉回忆录》，中国文史出版社，1988 年版。

乃书生参加政治之末路。

和翁文灏、蒋廷黻等那个时代最顶尖的学者一样,何廉先前也是一个政治上无所依傍的经济学家。他早年留学耶鲁,获得经济学博士学位后,即回国加入张伯苓创办的南开大学,教授财政学和统计学,闻名遐迩的南开大学经济学院和经济研究所就是他倡议设立的。20 世纪30 年代的学者从政热潮中,他被蒋看中,又因好友翁文灏的援引走上仕途。先任行政院政务处长(接替出任驻苏联大使的原政务处长蒋廷黻),1938 年后升为经济部次长兼农本局总经理。战时经济步步恶化,农本局在稻米配给及价格控制方面的任务日渐吃重,还承担着购储军粮的工作,农本局又只是一个空壳子,饶是他和翁文灏施尽浑身解数,但苦于僧多粥少,还是无法在粮食分配上让方方面面都满意。

何廉回忆,那个时期在委员长官邸召开的每周例会上,各部长官和机关单位头头脑脑们议论最多的就是"米荒"和"高物价"。通货膨胀则是忌讳被谈起的。虽然通胀的老虎已经随时都要吃人,但最高当局讳疾忌医,各部长官也就识相不提。

在蒋亲自主持的一次例会上,有一次他们还大吵了起来。有人问,市场上大米是否真的稀缺呢? 何廉说,米价虚高,肯定是有原因的,比如供应短缺,等等。行政院长孔祥熙立即咄咄逼人地说:"你是不是说物价高是由于通货膨胀?"何廉说:"我不是那个意思,我是说我们应该找出物价高的原因何在。"吴国桢说:"如果政府提供充分数量的大米并且按较低价格出售,市场上的米价就会下跌。"何廉说:"市长先生,政府手里存在农本局的有限数量的米,是不足以同市场上米的供应相比的。市场供应是没有限度的,我不得不在手里保留最低数量的米用来应急。如果政府为供应重庆而把存米全部耗尽,将会招致什么样的后果?"

这时,蒋插话说:"没有关系,把米投入市场,看看发生什么情况。"何廉说:"委员长,我愿意服从命令,但是你能否给我一个书面手令呢?"这句话把蒋给惹火了,但还是颁了手令。农本局拿出一半米供应市场,一个星期里,重庆的米价是抑制住了,但过了不久,米价又涨了上来。

日后,何廉在回忆录中说,实际上,到了 1940 年夏天,重庆的市面已经恶化了。他回想起战时重庆开不完的例会和持续不断的压力，深感"不寒而栗"。在他看来，那些来开会的只知一味抱怨，而他们的委员长通常是操着一口宁波腔的国语发一通脾气，责骂那些经办人员。何廉就被他指着鼻子骂过多次，不得不在会场里一次次站起来向大佬们解释。有一次被指责得实在受不了了，他说真想冲出会议室。

何廉很想与上层搞好关系，准备把功夫下到孔祥熙身上。但是，行政院长的门也不是那么好进的，他想要汇报部务，竟然总是见不到孔本人。孔祥熙对何廉不待见，是因为认定他是政学系的人。何廉深感委屈，在他看来，根本没有政学系这样的组织，他与张嘉璈、翁文灏、王世杰、熊式辉这些人只是说得来的朋友。后来有人指点用"门包"开路，总算见上了。

不久，何廉得悉，孔在行政院批准设立了一个新机构农产促进委员会，由从上海来到重庆的棉纺织业的大佬穆藕初负责。这个新委员会与经济部农本局的工作性质多有重叠，对农本局的粮食平价、良种推广等工作造成诸多干扰，何廉与翁文灏商量，成立一个单独的粮食管理局，接替半官方半民营的农本局。经过一轮轮的陈说、论证，最后，这个建议得到了最高层的同意，1940 年 7 月，新的粮食管理局成立，隶属行政院，与经济部分开，交通部次长卢作孚兼任粮食管理局局长，何廉为副。农本局那边的职务还兼着，何廉只好两头跑。

在这个新部门里，何廉和卢作孚开始了很好的合作。两人虽无明确分工，却配合默契。卢作孚在四川广有人脉，负责对外，与川省士绅打交道，何廉则更多地把精力放到经营和管理上。

战时重庆人口激增，合天府之国的一省之力，除了供应城市，又要承担大批军粮，其窘状可知。有时候为了等一船米来，管事者的心情真是若大旱之望云霓。某一日例会，何廉就因为等候一批运米船的消息，耽误了会议，惹得蒋大光其火。蒋听不进任何人的解释，咆哮着，非要让侍卫把何廉带到会场上来。

事后，何廉问张嘉璈："他为什么要冲我发那么大火？"张嘉璈说，会上有人抱怨物价高涨，米质低劣，徐堪拿出他家里收到的样米，米里掺有砂子和其他杂物,卢作孚手里又没有这个星期分给机关的米样,无法申辩,老头子就把火全都冲你发了。

后来在吴鼎昌的暗示下,何廉还专门去找了一次蒋,解释此事。他说,非常抱歉没有参加那日在委员长官邸举行的例会,实在是因为在等候一批米到达的消息,而那批米又迟到了。也不知道蒋有没有听进去,只是说好,好,好。然后何廉站起来要走。蒋叫住了他,问了一句,米的情况怎样?何廉答:我经常在我的仓库里存够两个星期分配的米。蒋又说,好,好,好。①

刚听说成都市市长杨全宇被控囤积大米枪毙的消息时,何廉很是惊愕。杨即使罪大至死,也要走正常的法律程序,哪有这样不经公开审判就直奔刑场的？与翁文灏谈到此事,他说,翁部长你应该站出来,我会支持你。翁是个典型的学者,一个好好先生,一说起战时经济管制计划头头是道,但他毕竟是幕僚型性格,为人拘谨,缺少胆略,终于没有发声。这次,戴笠奉蒋的指令逮捕经济部属员,翁文灏愤而辞职,于他这般性子绵软的人来说,也是给逼急了。翁文灏表示,在行政院允准辞职前,他已决计不再出席本年度的最后一次行政会议。

请辞的还有卢作孚。卢由交通部次长兼任全国粮食管理局局长后,搞了个运米的"几何计划",即把偏僻地区的余粮先用人力运送至邻近公路和水路的特定地点,再用汽车或船只转运至需用地点,以点带面地解决前方军需和后方市场。他到处奔波部署,累得患了肺结核,闻讯连夜从成都赶回,提出辞去所兼粮食管理局局长一职。

张嘉璈12月30日的日记载:"晚,作孚自成都赶回。淬廉又来报告,翁部长已决计辞职,秦次长景阳亦连带请辞。因请秦次长来询,知系属实,并知翁部长明日不出席行政会议。余亦决定明日不出席,觅彭次长浩徐不获,因请卢次长作孚代表出席,以表示对于此举之态度。作孚决辞粮食管理局局长职,淬廉决辞农本局局长职。"②

---

① 《何廉回忆录》,第189—190页。
② 张嘉璈日记,1940年12月30日,《张公权先生年谱初稿》上册,第267页。

370 … 银　魂

拘捕的八个人,被集中看押在城外化龙桥军统的一处秘密训练基地里。何廉跑去看望这些人,戴笠正在那里。何廉任三青团组织干事时曾与戴笠同事,就说,可不可以让我留下,把我的人都放出来。戴笠说,这不是他的命令。何廉坚持要看到批捕的命令,戴笠没有拿出来。但他看到被集中看押的这些人的所有私人物品都收去了,为了防止自杀,他们的裤带都给抽走了。

何廉约了翁文灏,一起去找孔祥熙。孔很滑头,不愿意出面。何廉实在没办法了,去《大公报》馆找总经理胡霖,想把此事捅到媒体上。胡霖劝他,别这么冲动,这只会使形势更加恶化。

到张嘉璈家里时,何廉已四处碰了一圈壁了。湖南人的执拗脾气上来,牛也拉不回的,他说他一定要争个是非曲直,查明逮捕我们的人的原因到底是什么。

张嘉璈对何廉和翁文灏深表同情,他也认为蒋在这件事情上举止失措,殊失领袖气度。为表示声援,张嘉璈也决定不出席行政会议。1940年12月30日,他连夜写下一封十七页的长信给蒋,请之对拘传各员案慎重考虑,并先行释放:

"昨晚终夜未成寐,觉得蒋委员长查究平价购销处,及农本局措施与其账目,原属正办。惟执行者将各人拘置一处,搜查各人随身什物,禁与外间往来,与处理现场刑事犯人无殊,实属侮辱士人。且拘传之前,未尝通知主管长官,不独损削其威信,甚至怀疑其可能走漏消息,帮助属员逃避,实使热心任职者灰心。此于行政效率,及罗致人才,大有关系。因特写一长达十七页之详函,送呈蒋委员长,申说此事之影响,请予考虑,将拘传各员,先行释放。本日深夜,得知蒋委员长已命令将被拘各人释放,闻之欣然。"①

由"侮辱士人"四字,可见张嘉璈对此事已经出离愤怒。

日本飞机并没有因为元旦将至而放松对这个战时临时首都的轰

---

①　张嘉璈日记,1940年12月31日,《张公权先生年谱初稿》上册,第267—268页。

炸。第二天突袭警报一解除,何廉就往化龙桥赶。到大楼楼下,门岗怎么也不肯放他上去,说上面正在审讯。何廉大喊道:里面被盘问的都是我的人,知道吗?我是他们的长官,我要对他们负责,没有理由不让我进去!

门岗请示后放行了。"我进去了,听到了加在我和我的组织上的这样那样的指控。他们指控我在分配米时徇私情,给一些大学和教育机构的米多于给党的机构的米;指控在我家里有大量橘柑供我自己吃,而这些橘柑是以公谋私搞来的;指控我的下属人员不老实,特别是那些在福生庄管棉纱业务的和管大米购销的人。"①

何廉说:"如果你们收集的所谓罪证就是这些的话,那很容易查,你们在一天时间里就可以把全部账簿弄来,农本局总局有现用的账簿,其余单据文件为防轰炸都存放在乡下,全部拿齐需一天时间。"军统的人坚持要派人一同去取,何廉知道,他们是怕做假账,同意了。

账簿还没取到,委员长侍从室的电话到了,让把人全部放了。被莫名其妙关了几日的这些人要一个说法,但没有人告诉他们为什么被关,又为什么放了。

戴笠去找经济部,说这批人释放了,要求打收条领人。部长和次长都打了辞职报告,戴笠最后找到了何廉。何廉对这个前同事的做法很恼火。纠缠了数小时,最后戴笠说,这事是他错误理解了委员长的命令。何廉这才让秘书出了一个字条。

此后,翁文灏、秦汾、卢作孚等人都收回了辞呈,唯有何廉被撤销了农本局和粮食管理局的职务。农本局整个被裁撤,局务工作一部分移交中国农民银行,另一部分有关棉花和棉纱的则单独成立一个花纱布管理局办理。给他的新职务,是去军委会参事室做一个挂名的参事。何廉赌气拒绝上任。

调令下达后不久,陈布雷来看他,说委员长将会很乐意看到他接到这个新指令,这个活儿不累,只要每周去一两次办公室,看一看经济事

---

① 《何廉回忆录》,第192页。

务方面的收文就可以,用不着坐班。何廉让他代致谢意,说自己累了,想休息一段时间。参事室主任是老朋友王世杰,王世杰来看他时,何廉还是同样的话,说自己经此一番波折,累了,想休息。倒是已经调任贵州省主席的吴鼎昌在电话里说得明白,与委员长打交道,一定要学会容忍!

何廉被一种彻骨的幻灭感笼罩了。1936 年夏天,两次在庐山与蒋的长谈,刺激了他内心深处跃跃欲试的从政热情。那时的蒋,十足礼贤下士的明君样子,非常想从他们这些专家那里听到独到的见解、新鲜的主意,给他的感觉是一个值得与之共事的政府领袖。在行政院这个中枢部门待久了,他才发觉,自己先前"天真幼稚者居多",蒋本质上是个独裁者,"委员长不仅是行政院的头,军事委员会的头,党的头,如果化成实权来说,他是万物之首"。

作为行政院政务处长,何廉多次陪同蒋视察,每到一地,蒋总是随身带着一支红铅笔和一叠纸,一旦需要拍板何事,就立即用红铅笔签发一纸"手谕"。这类无可计数的手谕到处流传,弄得翁文灏和何廉都招架不住,"有时候连到底怎么回事,都一无所知"。

让这个自由经济学家无法承受的,正是蒋本人对制度的漠视。独裁者对忠诚与驯服的要求,总是远远超过对正直和才干的要求。"办起事来,首先靠个人接触,靠关系","靠那些最亲近他、忠于他、服从他、能更听他话的人"。他从内心里给蒋下了一个结论,"从根本上说,他不是个现代的人",而是一个中世纪思想化育出的人。[1] 因为这样的人执政,从来是"靠人,而不是靠制度"。而人治和威权,恰恰是现代民主政治的两大敌人。

"玩火者,火闹大了,是控制不了的。"何廉断言。而自己这五年仕宦生涯,从满腔热情到心灰意冷,也适足以元人杂剧中的一句"我本将心向明月,奈何明月照沟渠"来形容。

二十多年后,何廉在英文回忆录中对张嘉璈表示了感谢。他说,元

---

[1] 《何廉回忆录》,第 256 页。

旦这天,蒋在吃晚饭时读到侍从转交的张嘉璈的十七页长函,始回心转意。蒋当时大发雷霆,对经办此案的戴笠劈头盖脸一顿训斥,说自己手令上仅"集中询问"四字而已,你们怎么可以把人家的人身自由都给剥夺了?

七、至暗时刻

军事不利,经济不景气,本部的交通事业,也诸事不顺,1940年冬天,张嘉璈的心情实是灰暗到了极点。岁暮盘点往事,他写下一篇感言,历数就任交通部部长这些年来,试图打通国际运输线路所经受的种种失败和挫折,尤以这一年的打击为重。

他说,本年计划原定是建筑滇缅铁路、完成南宁镇南关铁路,及加强滇越铁路运输能力三项。这些计划的开展,必得有一个前提,那就是不发生战事,故属望于缅、越两地境内之无恙,日军不侵犯广西边境。不料一年之内,形势遽变,而日军之所以采取如此大规模的军事行动,其目的也只有一个,那就是打破此一计划,把中国困死。始则于上年11月下旬,大举侵入南宁,切断桂越公路交通,阻止我南宁镇南关铁路之建筑。此时该路业已完成1/3。嗣后敌军虽曾退出南宁,然随时可以威胁,而该路工程遂亦告中断。因此不得不改筑镇南关以北之公路,希冀桂越间仍有公路可通。及本年5月内,法军在欧洲失利,日军即着手进逼越南,对我方物资加以禁运。9月间,日军则一面由镇南关进攻,一面在海防登陆,于是桂越交通全面中断。同时本年初,敌机开始轰炸云南境内之滇越铁路,使铁路运输时时中断。我方虽曾竭力加强滇越公路之运输能力,而越南政府因受敌方压力,又宣布禁运我方物资,迨敌军在海防登陆,则滇、越运输遂随之中断。

滇、缅间的运输,情形稍好,因滇缅公路于战争开始后不久即告大体完成,1938年底已通车运输军需物资。"此路自昆明至边界之畹町,长达959公里,经过横断山脉,跨越怒江、澜沧江、漾濞江等河道,有惠通、功过、漾濞三大桥。虽已开始运输,仍不断在改善整理中,所以力求其能增加运输能力也。乃本年敌机亦时来轰炸桥梁,幸赖护桥员工随炸随修,尚能不使运输中断。缅甸铁路之终点腊戍,至畹町计有 187 公里之公路,经与缅甸政府交涉改善,全路加铺柏油,车行较前迅速。”

而滇缅铁路的修筑,一再受挫。张嘉璈报告说,这条铁路本拟分东、西两段。自昆明至清华洞,计 410 公里为东段,自清华洞至南丁河之滚弄,计 470 公里为西段,在缅境内的路程为 200 余公里。缅甸政府则以中缅划界问题尚未解决为由一直推脱,又说此段地方贫瘠,无营业可言,非由英国政府补助不允承筑。而英国人则碍于对日关系,始终踌躇不决。我方只得先筑东段,并将一部分材料由滇越铁路内运。不意 7 月间,敌方压迫英政府封锁缅境运输军用物资,英方允予封锁三个月,于是滇、缅间交通亦告阻断。

张嘉璈说,“南方国际交通阻断,影响于军需民需之汽油,以及车辆配件之供应至剧。设无补充,将至血脉停滞,死亡立待”,故他也在受挫后设法以谋补苴罅漏,如继续加强内地运输,筹划叙府至昆明铁路,设法打开苏联通道,再如利用旧式工具板车、木船和驮运,加强运力。

但旧式工具的运量究属细微,只能当作辅助手段;叙昆铁路虽费尽九牛二虎之力与法国银团完成了材料借款合同,却因日军在越南登陆计划告吹;打通相隔 3000 多公里的苏联通道,亦须先将西北公路改善,还要提防日军由桂入黔以攻渝,不得不做政府撤退入西康之准备,故种种补救,亦属缓不济急。

故此,他说,“两年来对于打通国际运输路线,在外交、财政、人事、工程、材料上之种种努力,咸成泡影”。刚刚过去的 1940 年,“实为吾人交通作战方面最不幸之一年,亦即抗战环境最黑暗之一年”。“我个人之垂头丧气,可想而知。”①

---

① 　张嘉璈:《岁暮感言》,《张公权先生年谱初稿》上册,第 269—270 页。

第十三章 去 国

一、孤岛乱象

然而黑暗正长,不知何处是尽头。一脚迈进 1941 年大门,就有留守上海的中国银行同事纷纷逃到重庆。他们说,上海金融界正陷入一场空前惨烈的血战中,"军统"和汪伪特工大打出手,已让孤岛上海的金融秩序彻底崩溃。

先动手的是"军统"。伪中央储备银行成立不久,他们冲进外滩 15 号(原中央银行旧址)的伪中储上海分行,拿着匣子枪一通扫射。接着,汪伪派"76 号"特务报复,一夜之间,先冲到淮海路江苏农业银行宿舍,枪杀了 12 名职员,又闯进极司菲尔路的中行别业(中国银行宿舍区),抓走了 100 多名中国银行职员,枪杀 3 名高级职员。"军统"又反击,派 3 名特工潜入大华医院头等病房,用利刃活劈了正在那儿养病的伪中储上海分行的业务科长,还枪杀了几个科长和职员。"76 号"则再行报复,用炸弹袭击了中央银行在亚尔培路的一个办事处,当场炸死 8 人,炸伤 36 人。农业银行也发现了一只做成钟表形的定时炸弹,幸未爆炸。

打打杀杀的乱象延续了四个多月,一时间,繁华商业区动辄枪声四起,吓得各家银行都不敢开门,即使开了门也是早早打烊,生怕引来杀身之祸。

中央银行、农业银行相继宣布暂停营业,中央银行留守上海的总负责人张悦联(财政次长张寿镛的儿子)干脆躲了起来,不再露面。法租界巡捕房生怕两派特工再次交火,开来一辆铁甲车在各家主要银行门前巡逻。

中国银行作为银行界的龙头,又是国家的国际汇兑银行,按说担负着平衡上海汇率、维护法币汇价的使命,但 100 多名职员遭绑架,无法正常营业,只好一会儿关门,一会儿开门,营业陷入瘫痪。伪中储银行也是人人自危,日夜戒备森严。一些外资银行如美国花旗、大通、友邦、运通也停止开立美金支票存款户头,做出打道回府的架势。金融一乱,工商企业受其影响,资金无法周转,一时引发社会极大恐慌。

说起上海的金融乱象,实已非一日之寒。淞沪战役后,因日本人发动经济战,肆意扰乱,租界各银行就屡次发生提存风潮。1939 年 8 月,时在香港的中国银行董事长宋子文来电,主张上海停市三日。行政院长孔祥熙召集中央银行副总裁陈行、钱币司司长戴铭礼和财政部顾问杨格等开会,唯张嘉璈反对停市,主张限制提存,以 300 元为限,以避免市面崩溃。那次会上,做出了将外汇买卖移至重庆的决定,“盖海岸几于完全被敌封锁,外汇有出无入,政府在上海供给外汇,维持法币,势难继续”。①

此时的上海金融,他自问也是一筹莫展,“余不问金融久矣,今后财政金融,日见困难。每次遇有关于财金之会议,必被邀参加,实无良策,可以贡献。”

全面抗战爆发后,中国银行总管理处迁移重庆,总裁冯耿光去了香港,高管们也都逃的逃、躲的躲,此时,沪宁地区中国银行的实际掌门人是南京分行经理吴震修(名荣鬯,以字行,江苏无锡人)。吴震修早年留学日本,跟冯耿光是同学,民国九年回国,担任中行总文书,在银行界资历颇老。据说日本人曾有心拉拢他出任汪政府的财政部部长,他不想与日本人纠缠,携妻儿避往上海法租界,做起了寓公。这段时期,吴家连遭不幸,先是他爱子患伤寒夭折,再是其妻精神失常,吴震修在巨大的压力和郁闷中开始茹素信佛,闭门不出。金融乱成这个样子,他也根

① 张嘉璈日记,1939 年 6 月 21 日,《张公权先生年谱初稿》上册,第 218 页。

本没有心思去管。

中行惨案发生后,各方想法积极营救。汪政府也有意停火。最后说动吴震修等金融界头面人物出面,以上海总商会和银行公会的名义,分别致书重庆和南京方面,被拘押的一百余名中行职员才陆续释归。但被勒令,必须留在中行别业,不得外出,且须随唤随到。

双方停火后,中央、中国、交通、农业四行在胆战心惊中又开门营业了。经此一劫,中国银行已元气大伤,只能勉强维持。

到了10月,汪伪特工又把军统上海站给连锅端了,"军统"沪二区区长、号称"四大金刚"之一的陈恭澍被俘投汪。四行少了重庆方面暗中保护,日子更加难过,都巴望着这样的苦日子能熬出头。孰料到了12月,太平洋战争爆发,孤岛也彻底沦陷了。

二、美国入局

对于苦撑待变坚持了四年的中国政府来说,1941年实已到了U形转弯的谷底。

年初,闽浙沿海的宁波、温州、台州、福州、连江全线陷落,成立不久的东南联运处告吹,从东部运入少量物资的计划亦受打击,粮米运输不得不交川湘水陆联运处运输,端赖水运和驿运。越南运输路线始终断绝,中印铁路修筑无望,微显一丝曙光的是,滇缅公路禁运3个月后,终获重开,中英滇、缅划界确定,滇缅铁路不久可上马,美国对华运输租借法案也签字生效了。

战时首都重庆,接连数年的大轰炸已使这座美丽的山城成了人间炼狱。几乎每日,数十架敌机轮番飞临狂轰滥炸。张嘉璈住宅所在的重庆新村4号,前番挨炸后再次中弹,住宅全部焚毁。至6月初,敌机再次偷袭,校场口隧道发生窒息惨案,死伤军民三四万人,一时中外震惊。政府要员们天天开会,讨论凭证购物和限制物价的办法,却总是议不出个结果,米市恐慌依旧。

年初以来,张嘉璈精神迭受打击,已感觉自己的身体如一台超负荷运转的机器出现了故障。失眠,盗汗,心悸,头颈处还长出了一个小肿块。1941 年整个上半年,心绪欠佳的他没写过一个字日记。7 月中旬,他向行政院告假,前往香港诊疗。香港圣玛利医院的甘纳威医生检查后,认为并无大碍,只是心理负担过重。另诊出一处颈部脂肪瘤,需即行手术。出院后,他借住香港山顶 1912 号怡和洋行的一处幽静房屋养病。

其间,从上海逃难来此的虞洽卿、杜月笙、王晓籁、周作民、徐寄顾等故旧皆来探视。杜重远在美交涉滇缅铁路材料采购事宜,回国后也特地来香港看他,并携来胡适所赠相片一帧。新出任中、英、美三国平准基金委员会主席的好友陈光甫,办公地点就在香港汇丰银行大楼,也多次来看过他。陈光甫告诉他,自赴美借款回国后,美国方面一直希望法币汇价稳定,故财长摩根索竭力推荐自己担任平准基金会主席,但经济下行之势无法遏止,政府情非得已,已在考虑征用私人外汇。

他在港时约见交通部驻仰光专员,讨论后方交通计划,得悉滇缅公路屡炸屡修,仍起到重要作用,目前该路每日仍行驶商车 900 辆、西南运输处车辆约 500 辆,每月运送抗战物资 4500 余吨,心乃稍安。

回到重庆,又是开不完的会,见不完的客。虽则战时一切从简,务求敏捷反应,但公务机关的官僚作风,一得着机会就迎风滋长。部务繁重,再加开会,甚以为苦。其时,第二次长沙会战接近尾声,日军渐次撤出湘北,战报上零星出现的胜利消息,对压抑已久的他而言,都是鼓舞。

10 月 18 日,张嘉璈赴贵阳,出席中国工程师学会年会。因所乘汽车机件损坏,嗣又车胎爆裂,无备胎可换,幸途遇申新纱厂汽车,借得车胎,始复成行。不久机件又坏,抵黔境松坎,已届晚 8 时半。他感慨:"以一中央长官,而所乘之车如此,可见时下交通问题之严重。"

每一次的经济会议,要员们都在叫喊,物价上涨太快了,不抓住这匹野马的笼头,恐怕要翻车了。说到解决手段,不外乎,一是打击囤积居奇的不法商贩,二是要交通部提高滇缅运输的运力。面对责难,张嘉璈实感有苦难言。

在香港养病的一个多月里,张嘉璈已渐生引退念头。这个念头,在他回到重庆后每次遭到责难时总抑制不住要爆发。10 月底,滇缅公路运输监理委员会主席贝克前来辞行,说是虽在华多年,仍是不明中国实情,以致不能彻底合作,工作难收指臂裕如之效。他安慰贝克的同时,谈到自己任职以来,时局变化莫测,办事皆难奏效,拟向政府请辞。这是他在外人面前第一次谈及。

11 月,依然忙忙碌碌。月初,交通部电政会议,军委会美援物资分配会议,张君劢的文化书院董事会会议,行政院会议,蒋召集的午餐会……大会小会连轴转,根本不容他有时间提出请辞报告。进入下半月,同样不得清闲:筹设战后航业复兴计划委员会;出席行政院会议;与驿运主管人员商量今后工作;出席国民参政会大会,做交通报告;接待美国军事代表团团长麦克鲁德将军磋商滇缅铁路建设……

11 月 20 日,好友、时任四川省主席张群从成都来重庆,张嘉璈正式提出退出政府的想法,请他斟酌,在适当的时候向蒋转告。日记载:"数月来,目睹国际交通线日见阻塞,仅剩滇缅公路一线,而何日阻断,尚不可知,因汽车配件,及汽油材料之难于进口,国内公路交通,亦日感困难。而军政方面,相率责难,于是集中于变更组织,转移管辖。交通行政,建设既非其时,应付目前,亦权责不专。拟早日引退,借免素餐尸位。"[1]

形势日坏,固然是请辞的重要原因,一句"相率责难",更显出其内心的失落与愤懑。日记中所说"变更组织,转移管辖",即指他任职铁、交两部以来,所遭遇的种种压制:全面抗战刚爆发时,成立铁路运输司令部,各路凡军运事,悉归线区司令管辖。嗣后,滇缅公路的国际运输交由西南运输处负责,宋子良总成其事,交通部只能管客运,已见事权不能统一。因公路工程关系国防交通设施,1939 年 8 月起,又将公路工程与运输业务划分办理。及至 1941 年 6 月,又将公路事业全部划归军事委员会运输统制局管辖,交通部的权力更见削弱。

这些职权范围重新划分,有些是国家战时体制之需,也有些是因人设事,权责不分,这才是张嘉璈不安于位、想要一走了之的最主要原因。

辞职书还未正式递上去,1941 年 12 月 8 日,突然爆发的太平洋战

---

① 张嘉璈日记,1941 年 11 月 20 日,《张公权先生年谱初稿》上册,第 289 页。

争使张嘉璈不得不临时打消了此念。是日早晨 8 时许,张嘉璈由住宅下山去部上班,途遇一美国朋友,告诉他:凌晨 5 点半,无线电广播报道,日本已向美国开战,珍珠港美军基地和香港均遭日机轰炸,敌舰已进攻至夏威夷和关岛。同日,日军进占上海租界,孤岛沦亡。

张嘉璈马上想到了本部在香港的 12 架客机(中国航空公司 9 架,欧亚公司 3 架,差不多是交通部空中运输的全部家当了),还有交通部存放在香港的 16 000 吨战备物资。他预感到,香港已危,必须在陷落前把这批飞机和物资抢运出来。

次日,国民政府发布文告,正式对日宣战。平准基金委员会中外委员陈光甫及中国银行总经理宋汉章等在港金融界人士搭乘中航客机撤到重庆。随后几日,其他人员及一批筑路器材由 DC－3 大型客机转运至南雄。在港的一些要人眷属也陆续脱险飞抵重庆。

由港返渝的一架中航客机上,除了宋氏姐妹及泛美航空公司的人员,据说还有大量装着金银细软的箱箧,一时大起责难。蒋闻之震怒,打电话给张嘉璈,命彻查此事。张嘉璈前往中航公司调查,知事出有因,却也万难追究,只能严申运载办法,公司职员一律不得搭乘中航客机:“知昨晚飞香港之客机三架均返渝。其中一机载孙夫人(宋庆龄)、孔夫人(宋霭龄)等。一机载中航公司同事,及孔夫人介绍之乘客。一机载美籍飞机师及泛美航空公司人员。许多重庆要人往机场接亲友者,均未接得。唯见有人携狗下机,大起责难。有谓狗属孔夫人,有谓狗属美机师,事涉极峰。接委员长电话,属查究明白。当即往中航公司调查,并规定自今日起,不许运载公司职员,并规定运客办法。”①

12 月 12 日,港渝电报不通。时日军已逼近尖沙咀,占领九龙,英军也已决定放弃香港。蒋介石指示张嘉璈和吴铁城、戴笠,迅速拟就抢运人员名单,命令在英军关闭机场前把这些人送上开往重庆的飞机,并命交通部火速开通重庆经腊戍至加尔各答的临时航线。

12 月 18 日,日军登陆香港,一周后,占领全港。交通部在港数名职

---

① 　张嘉璈日记,1941 年 12 月 10 日,《张公权先生年谱初稿》上册,第 292 页。

员被杀。

美国被拖入战局,给了苦撑待变的蒋以底气,他在五届九中全会中表示:"经济封锁不足虑,食料及日用必需品,国内可以自给,军火可由同盟国供给。"太平洋战争的爆发也给了雪藏多年的宋子文以机会,走上了外交部部长的前台。

为应对战时越来越严重的通货膨胀,张嘉璈和财政部顾问杨格商议,发行一亿至两亿元的美金储蓄券,"由英美协助,以坚持券人之信用"。此行建议终获通过,从最近美国借款 5 亿美元中,指定 1 亿美元为偿还基金。但这并不能挽救越来越走向颓势的财政形势,物价平均每月上涨 10%,尤以粮价为最。蒋逢会必骂,把物价失控的原因归之于政府人员的无能,又痛责金融界不顾全大局,"谓十五年来,银行以租界为护符,不能推行国策,今日银行人员仍享受优越待遇,不能实行经济管制办法,此后必须痛改"。①

西南战云密布,中国远征军即将入缅作战,蒋介石任命罗卓英为远征军司令官,协助盟军参谋长史迪威指挥国军作战。1942 年 4 月初,蒋又亲自飞往腊戍视察战局。

军情如火,搁置已久的滇缅铁路又决定重新上马,由曾养甫负责工程,俞飞鹏负责运输。交通部接到的另一项任务是开通中印公路雷多至密支那的 500 公里新路。旋因远征军第五、第六两军不熟地形,史迪威又只注意防守曼德勒正面,致使日军先陷缅北重镇腊戍,切断远征军归路,日大队援军又自仰光登陆,缅甸战事终归于失败,西南仅存的一条国际通道滇缅公路也告全线陷落。

三、去留肝胆

这样勉勉强强拖延了又一年,直到 1942 年年底,张嘉璈才有机会

---

① 张嘉璈日记,1942 年 3 月 23 日,《张公权先生年谱初稿》上册,第 295、301 页。

向最高当局正式提出辞职。他请好友张群转达辞意。

按常理说，全面抗战已五年有半，最艰难的日子都已经熬过去，同盟国即将全面反攻，国家正是用人之际，做出这一决定让许多人殊为不解。是什么原因让张嘉璈在一年之后又重萌退志、执意要离开政府？看看他勉强留任的一年间所遭遇数事，即可知他早就不满于处处遭受掣肘的境地，求去之志已非一日两日了。

先是2月间，蒋颁下手谕，拟派驻中央调查统计局（即"中统"）局员在交通部办事，并把人事权也管辖起来。"中统"是国民党内二陈（陈果夫、陈立夫）所掌控的特务机构，由特务机构的人来掌管整个交通部的干部人事，张嘉璈殊觉寒心。他找到陈果夫，说他担心会造成部员之间"互相侦察攻讦"成风，窝里斗致使人人自危，降低工作效率。本来陈果夫已答应他暂时搁置不提，让他无论如何也想不到的是，两个月后，蒋介石竟然把原中央党部调查统计局局长徐恩曾给他派了过来，出任交通部次长。

美方允诺，拨予中航公司约100架军用大型运输机，言明必须用于抗战物资运输，蒋命令把这些飞机的指挥权交给航空委员会。张嘉璈开始还想以美军代表团空军顾问华赛尔将军不赞成为由挡回去，蒋闻之大为不悦，严令中航公司必须绝对服从政府。张嘉璈的心里又打上了一个结。

十五年前，张嘉璈在中国银行任上时，遭蒋逼饷，而有"军人不懂财政，又要事事干涉"之叹。眼下一边要打仗，一边又遭经济封锁，财政支绌，物价总是压不下，多次参加行政会议讨论经济，张嘉璈觉得蒋对经济依然束手无策，总是把责任归于金融界。以他的谋事之忠，却还处处掣肘，不予信任，待在政府里的憋屈可想而知。事实上自上一年秋天初萌退志后，这个念头就像雪球一样越滚越大了。战争还在持续，部里的公务还是天天都忙不完，他看人看事却已换了一种超然的目光。他知道，这场战争最黑暗的时期已经挨过去了，战时的一切都会终结，一切都会成为回忆。他希望，这一代人做出巨大牺牲后，那些回忆能够为战后中国的复兴提供一份遗产。

凭着多年执掌铁道、交通两部的经验,他深知战后中国的重建,铁路的恢复和扩建必为枢纽,无论是政治秩序的重建,还是国民经济的发展,无一不有赖于铁路的恢复与扩建。而中国经此次长期抗战,民力疲弊,国库空虚,唯一有余力资助中国的,也只有美国。故此,太平洋战争爆发后,张嘉璈开始加快写作《中国铁道建设》(*China's Struggle for Railway Development*)一书,每日执笔,无日停止。写作过程中,他打印了数章给英国《金融时报》记者斯汀,请之发表意见。二哥君劢和八弟禹九也被他分配了校阅任务。1942 年 11 月初书稿完成,由商务印书馆创始人夏瑞芳之子夏筱芳接洽,又请《时代》杂志发行人亨利·卢斯代为审阅,并托朋友董显光带了一本打印稿给刚刚卸任驻美大使的胡适,希望协助在美国出版,以期获得美国朝野对战后中国铁路建设的同情和援助。

托张群向蒋转达约一个月后,行政院秘书长陈仪告诉他,蒋已允其辞职。在与蒋的高级幕僚、委员长侍从室第二处主任陈布雷交谈时,张嘉璈托他转告:此次不称病言辞,政府无须为自己安排职位,辞职后将决意出国研究战后经济建设,"政府如予以闲散名义,俾便接洽,于愿已足"。

行政院副院长孔祥熙想继续挽留,希望他勿辞中央银行副总裁的兼职。还问他,是不是有意回中央信托局,或者出任即将成立的国营保险公司董事长。张嘉璈告诉他,现在只想休息,一年后再谈工作的事。

在接受了行政院顾问这一虚衔后,张嘉璈前去拜会了蒋介石并表示感谢,12 月 8 日的日记,记录了谒蒋经过:

"下午四时半往见委员长,谢其允我辞职。并告以愿出国一行,承表同意。附带述及:① 自任职铁交两部以来,优秀技术人员,十九均已网罗。② 抗战五年半期间,交通部各部门未尝贻误军事。③ 交通部各部门所存材料,尚足敷二年之用。至余个人,则从未私用一人,不耗用公款一文,不私弄一权,尚能为部中树立一新风气。现在交通路政方面工作人员,如凌鸿勋、杜镇远、陈延炯、侯家源、石志仁、萨福均等,均属一时之选,请予随时维护。承询及后继之人,当答以曾养甫在部有相当时日,俞飞鹏久任军事运输,均可胜任。又承告余欲多多研究经济财政,随时与陈布雷、王世杰诸人接触。"①

　　蒋知他去意已决,会见当晚,派人送来一函勉慰。这封明显经其文胆陈布雷润色的书函,倒也不全是虚应公文,字里行间,亦见一份情义:"公权吾兄勋鉴,溯自二十五年起,吾兄初掌路政,继综交通,先后七载,贤劳备至,匡助实多。尤以抗战以还,遇事纷繁,交通业务,相需更切,所有路航邮电各部门之员司职工,在兄指导之下,精神奋发,尽瘁奉公,且多躬冒险艰,迅赴机宜,裨助军事,良非浅鲜,每深佩慰。中央此次允兄卸去部务,聘任行政院顾问,追念同寅之谊,益弥眷念勋勤之思。惟冀珍卫之余,随时抒陈卓见,以匡不逮为幸。即颂台祺。蒋中正启。十二月八日。"

　　随即,国民政府发表以曾养甫继掌交通部,徐恩曾为政务次长,潘宜之为常务次长。12月14日,张嘉璈陪新部长上任,办毕部务交接。忽然想起谒蒋那天,曾与宋子文相约一谈,故于两天后的一个早晨特地登门,与之边吃早餐边聊。席间,宋子文说,你辞交通部事太迟了,应在公路运输被分割时,即行辞职。又表关切之意道,日后经济上若有困难需要接洽,可随时开口,他定会帮忙。

　　并不是所有人都像宋子文那样,对权力有着极端敏感和迷恋。张嘉璈辞职后,他的助手、交通部次长卢作孚也提出辞职,却未获批准。卢作孚找张嘉璈说起此事时,还自悻悻。其实两年前的1940年初,卢作孚就提出过辞职,当时民生公司因时常承担繁重的军差运输任务,账面亏损严重,卢本人无暇照顾,且外界浮言其利用地位偏护"民生",卢作孚就想专心做他的航运老本行去。当时张嘉璈不同意他走,只允他将兼职粮食局局长辞去,说只要以保护航运自任,则浮言自息,当时卢作孚答应了。眼下一走一留,皆是肝胆为国,也是殊多感慨。

　　1942年的圣诞节到来了。战乱时期,张家尤注重过节的传统,再加张嘉璈已在计划赴美,这可能是他在重庆过的最后一个圣诞,故在重庆

---

①　张嘉璈日记,1942年12月8日,《张公权先生年谱初稿》上册,第317页。

的张家眷属几乎都到齐了。二哥君劢、二嫂、禹九、肖梅夫妇和女儿之外，蔡承新、何廉、潘光迥夫妇等故交旧友十来人也来相聚。重庆少有雪天，又兼远行在即，这年的圣诞过得索然无味。

岁末，得知政府决定撤销运输统制局，把公路事仍归交通部管，刚刚卸职的张嘉璈闻之，心里也是五味杂陈。蒋派人送来年金两万元，说是资助他出国考察，他也拒绝了。

交接部务时，他就任部长七年来的工作写了一份详细报告，称"嘉璈于民国二十四年十二月奉命担任铁道部部长，至二十七年一月交通、铁道两部合并，又继长交通，先后共历七年，仰承中枢之指导，财政当局暨各方面之协助，以及在事同人之努力，对各项设施尚能勉力策进"。

报告以1937年12月为界，前半段述其在铁道部期间建筑新路工程、整理旧路债务诸事，后半段交通部时期，则分铁路、公路、航空、水运、驿运、电政、邮政七项，一一罗列抗战五年来为应战时非常之需所做努力。

"在前方，使已有之交通设备，虽受敌人之威胁，而仍能畅通无阻，保持其应有之效用，及国军撤退，则尽量毁坏，使敌人不能充分利用；在后方，使运输与通信线路逐渐补充，并力谋各种交通工具配件及燃料之仿制与替代品之改进，俾减少因工具缺乏或海口封锁之困难，同时使西南、西北各省增进开发之速度，而与中央保持更密切之联系。五年以来，即秉斯旨进行，不敢一日稍懈。"

述到战时至关重要的军运一节，张嘉璈报告称，自全面抗战爆发，他即抱定两大目标：一是在任何困难局势之下，必须维持通车，不使有一日之间断；二是铁路员工非奉军事命令，不得先军队而撤退。计自抗战开始至三十一年十二月止五年半中，对每次会战尚能迅赴事机、未有耽误，估计铁路共运部队2270万人次，军需品435万吨。公路方面，除了督造军用最急之公路、改善旧有干线，更致力于兴筑沟通后方及国际之新路，近三年中，完成对打通西南国际路线尤为重要的滇缅公路、滇越公路、川滇公路、河岳公路等4950公里。

再如作战通信方面：五年间在9个战区共铺设长途电话线33 000

余公里,于重庆、昆明、成都三处各设立大无线电台,有 13 条电路通向莫斯科、伦敦、日内瓦及旧金山;

　　航空方面:五年来增辟线路 18 290 公里,飞行记录 1210 余万公里,载客 13 万人次,载货 600 万公斤,共遭敌机袭击 22 次,汉口撤退时,中航公司有大机 6 架,小机 10 架,其中炸毁 1 架,损毁 5 架;欧亚公司有大机 8 架、小机 3 架,其中炸毁者 2 架,损毁者 1 架,现中航有客机 4 架、运输机 13 架,欧亚有机 2 架,总共 19 架,勉能维持航班;

　　水运方面:武汉撤退前,曾集中轮船 33 艘、木船 1100 艘,疏运人口 6 万人、兵工器材 11 万吨、工厂器材及公物 10 万吨,均运至宜昌以上;自武汉撤退,大小轮船 127 艘约 74 000 吨,一律上驶重庆,并依靠机力绞滩工程,把招商局的九大江轮全都沿川江上驶,至目前后方轮船共有 1000 余艘、约 14 万吨,尚能勉应需要;

　　驿运方面:因骆驼、大车、板车、木船等运力较小,只能以路就货,"线随货动",自开办以来,共计发动民夫约 40 万人,驮兽约 6300 头,自备板车 8200 辆,租用民间各式车辆 59 000 辆,木船 20 000 余艘,竹木皮筏约 1000 只,干线共运 128 000 余吨,支线共运 395 000 余吨,其十之五六为商货,十之四五为公物及军需品,虽运力微薄,也是聚少成多,积小致钜……①

　　对着昔日同僚和部属,张嘉璈也检讨了自己部务上的失误和招致外界的批评。诸如用人方面不能彻底除旧布新,机关内部冗员堆积,对部属过宽;有能力部员均被派往战区服务,以应军事及紧急工程之需,致使部内阵容薄弱;工作中只知补偏救弊,移东搪西,唯求事之有成,不免有敷衍了事之责言。

　　尤其是公路运输方面,"原有中国运输公司之设置,嗣因有西南运输处之成立,由宋子良主其事,以后直接隶属军事委员会,致运输组织分割,事权不能统一,最后全部运输改属军事委员会,而部方担负养路、

---

　　① 《张嘉璈任铁道、交通两部部长时期工作择要报告》,《民国档案》,2010 年第 4 期。

修路之重责,功则归于军方,罪则加诸部方",致使部员工作热情大受打击。再就是不讲政治,"交通人员均专心致志于技术学问与工作效率,对于政治活动,不感兴趣,尤其在抗战期间,人人以尽职报国为第一目标,致党部有交通部工作人员缺乏政治训练之讥评"。

他说所有责任皆由他身为一部长官者承担。而连累部属们吃力而不讨好的原因,就在于他这个主管部务之人任职太久,"不特难以引起外界发生耳目一新之观感,且于不知不觉中,产生惰力于无形"。他由此得出的一个教训是,以后凡是主持中央部务者,任期不能超过四年。而自己超龄多年,实是应该离去的时候了。①

部务交割完毕,料理一些私事,只待筹款出国了。1943 年 1 月 10 日,与行政院副院长孔祥熙共进午餐,告以出国目的,拟研究战后经济建设问题,回国后,拟集社会力量,兴办实业,为政府建设之补助。

交谈中,孔祥熙详述其与党国关系之深,历年国家重大事故,无役不兴,自问贡献不浅。这也勾起了张嘉璈的谈兴,他历数了北伐前后,有关财政调度和金融建设上对于政府和社会所做的种种,"即在政府要我离开中国银行后,仍秉只知有国、不知有己之一贯精神,为抗战尽力"。②

听说张嘉璈将处置部分藏书以筹川资,孔祥熙表示,可由中央银行承购这批藏书。后来是陈光甫施以援手,由上海商业储蓄银行买下了这批藏书,"价值随后再定,以之补充余之留美费用"。③ 这批藏书后来成了上海商业储蓄银行"海光图书馆"的一部分。

其间也有好消息,陈光甫带来了商务印书馆创始人夏筱芳自纽约来电,戴约翰(John Day)书店的老板、作家赛珍珠的现任丈夫韦尔契,接受了《中国铁道建设》一书,允先签订出版草约。虽然这本书销路不会太广,著作人不会有太大版权收益,但戴约翰是全美范围内出版中国

---

① 张嘉璈日记,1943 年 1 月 6 日,《张公权先生年谱初稿》上册,第 320 页。
② 张嘉璈日记,1943 年 1 月 10 日,《张公权先生年谱初稿》上册,第 321 页。
③ 张嘉璈日记,1943 年 8 月 3 日,《张公权先生年谱初稿》,上册,第 331 页。

书籍方面有着相当地位的一家出版公司，之前曾推出过林语堂的一系列著作，此书能够在美国顺利出版，得以有机会向美国朝野介绍中国铁路的现状和复兴计划，这对刚辞官的张嘉璈来说，也是个不小的安慰。

从政府高官归位为经济学家，他现在是个在野之身了，有时间、也有精力去做些以前想做而不得做的事了。他想到战后建设，必从兴办实业入手，故先联系实业界已有基础的友人，拟发起成立一个同人组织"中国工业联合公司"。他与热心赞襄其事的民生实业公司的卢作孚、何北衡，金城银行代表戴自牧、徐国懋，中国农工银行代表齐云青、钱祖龄等人拟定了公司章程。到 7 月，工业联合公司开张，因他出国在即，由卢作孚担任了董事长。

日后，张嘉璈抵美，通知国内取消了该组织，因为外国投资之事必俟战后方可进行，过早挂出此招牌而无实际工作，"徒负虚名，殊为不妥"。

一日，他与二哥君劢谈到国家的未来。张君劢已是国内首屈一指的宪政学者，正为当局器重，亟思在政治上有一番作为，一谈起来就刹不住话题。君劢在国事大政上的建议超越了党派之争，让他听着殊觉新鲜，要之在于：一是改造内阁，阁员中加入在财政金融方面有信用之人；二是邀英美两国派遣代表，共同商议如何维持法币；三是容纳各党各派参与国事。他答应，有机会一定向最高当局转达。

他也向君劢详告了此行赴美考察计划，并说这份计划书已托陈布雷代呈上去，要者有三：

① 战后各国经济关系，尤其英美与中国及日本之经济关系。② 战后中国经济复员，势须赖美国协助，究竟两国将采何种政策，及美国能以何种材料、何种机器供给中国，并在何种条件之下，予以帮助。③ 美国社会各方面对于和平条件之意见。

战争进行到此际，任谁都明白，打的乃是一场经济战，不只结束战争需要强劲的经济动力，战后复兴更须从经济着手。政府的高官们似乎此时才恍然意识到,刚刚卸任的张部长是一个资深金融家,都争先恐后来找他谈经济、财政事。陶希圣来找他谈交通建设商借外款事,孔祥熙邀请他出席讨论英美两国提议之"国际货币基金"问题。某日,经济部长翁文灏约吃晚饭,还未开席,就出示了一份工业计划纲领,说将来工业建设,国营、民营同时并进,不多做原则之争论,要他即席发表意见。教育部长陈立夫也来访,发表金融和实业意见若干。这个 CC 派的头子说,"金融机构须与政治机构配合",应以县银行为发展单位,中、中、交、农四银行尤须着重推进。他听了无言以对。

甚至连"军统"方面的戴笠,自负责经济检查同时担任动员会议之军法执行总监后,也来向他请教如何扑灭黑市。大概在戴雨农局长看来,扑灭黑市就像清剿共产党一样,只需施行高压,杀一儆百,自可立竿见影。张嘉璈告诉他,这些老手段用到经济上不一定能行,一面须谋增加生产,另一面须节制消费,减少包括运输费和人工费在内的货物成本,庶几物价不致狂涨,黑市可以逐渐消灭,否则罚不胜罚,徒滋民怨。①

主政江西十余年的熊式辉,与张嘉璈、陈光甫都是好友,此时出任隶属国防最高委员会的中央设计局秘书长(总裁由国防最高委员会委员长蒋介石兼任),编制经济计划与预算时遇到难题,也来问计于他们。5 月 12 日,熊式辉约了陈光甫一同来张家,商量时下经济问题。陈光甫说,通货发行增加,势难遏止,唯有先增加运输机 20 架,从国外运货进口,交与同业公会发售,以安人心,以平市价,一面尽速改善士兵待遇,加强军队训练,此外实无良策。②

张嘉璈思之,物价久抑不下,致使黑市丛生,起因还在物资匮乏,在没有得到同盟国的政策利好消息之前,也只能采用这最原始、也是最实用的一招了。

不久后的一天,熊式辉来找他,说美国政府已允在美援 5 亿美元内

---

① 张嘉璈日记,1943 年 2 月 11 日,《张公权先生年谱初稿》上册,第 322—323 页。

② 张嘉璈日记,1943 年 5 月 12 日,《张公权先生年谱初稿》上册,第 324—325 页。

划出 2 亿美元,购买黄金运华,特来商量如何使用。张嘉璈主张,不以货币为对象,即不赞成用作收回法币,应以物资为对象,即以之为保证,而发行一种证券,收购物资。一面设立基金保管委员会,以社会公团代表为委员;一面设立物资局,专任照市价收购物资。如黄金价涨,可多购物资。政府既把握多量物资,即可稳定物价。"如但用以收回法币,则法币在市面流通已经太多,势将有利于操纵法币者。"①这一极具远见的建言得到了最高当局的许可,随即,张嘉璈与熊式辉一同会商起草黄金物资证券办法。

张嘉璈辞职之初,蒋还有一个设想,想让他出任重庆市市长,托张群转约,张嘉璈明确拒绝了。至此,蒋也就不再挽留,再次送上节敬 4 万元,助他赴美考察。因前次已拒绝过,张嘉璈收下了这 4 万元。蒋还通知他,去美国考察的川旅各费,可径与孔副院长接洽。

不几日,财政部国库司拨发赴美考察费 5000 美金。中国银行总管理处也送来五千美金程仪。这笔钱张嘉璈坚持"璧还"了,他对中行副总经理卞白眉说,"因无工作可为中国银行尽力,未敢收受",让卞白眉退还给了总管处。

正式赴美前,蒋介石又有过两次约见,张嘉璈在日记中都有详细记载。第一次约见是 6 月 13 日,蒋约吃午饭,在座陪同的有顾孟余、陈布雷、蒋纬国等人。饭后,蒋询及出国计划,张答以到美后,拟稍休息,同时先研究最近世界经济思潮,然后照经济、交通两部委托调查各节,分别接洽。蒋又要求他,增加研究国际金融,例如货币问题,银行制度问题,并谓有信介绍美国当局。最后张报告发起组织企业联合公司经过,蒋答,可以进行。②

第二次约见是 8 月 5 日,主要是询问黄金办法。此时距张嘉璈整装待发已不到一个月,蒋的关切之情,溢于言表。先问他旅费是不是够,如果不济,可随时请拨,又说已有信介绍美财长摩根索,及密电码一

① 张嘉璈日记,1943 年 7 月 25 日,《张公权先生年谱初稿》上册,第 330 页。
② 张嘉璈日记,1943 年 6 月 13 日,《张公权先生年谱初稿》上册,第 327 页。

本,嘱早日启程。关于研究事项,除了上次所嘱之银行制度、货币问题外,又加上国际贸易及工业建设。复询及出国为期多久。张告以约需一年,如需延长,当再请示。蒋最后问及的,还是经济问题:

> 最后问我黄金用途。当答以应以物资为对象,发行物资证券,照黄金市价,以货物掉换证券。证券有期限,付利息,应投基金保管委员会,以中外银行代表组织之。并令商家组织物产公司,劝其收受证券。如是可保证券流通,且可吸收游资。因又提及平准基金委员会取消,甚为可惜。盖中英美合作机构存在,有利于来日之财政金融处理。随即建议现在补救办法,只有邀请英美银行家加入黄金证券基金保管委员会。至工业建设,必须吸收外资。将来规定外人投资,限制不可过于严格。同时须奖励国民兴办工业,予以补助。①

写信给美国财长的事,张嘉璈本以为蒋只是随口一说,没想到一周后,蒋介石真的派侍从室主任陈布雷送来了蒋致摩根索的一封介绍信,及联络密电本。

随着出发日期临近,一些事需最后交接,工业联合公司的事交付给卢作孚,与熊式辉共拟的黄金物资证券办法也须最后定稿。杜月笙赠的 5000 美金程仪,孔祥熙以个人名义赠的 5000 美金,均须一一上门致谢。旧日同僚、亲朋好友的宴请饯行也自是免不了。

7 月 17 日,"冰峰社"社友举行欢送会。到场有戴志骞、刘攻芸、霍亚民、何墨林、沈熙瑞、徐广迟、蔡承新、陈庸孙、林旭如、陈隽人、祝仰辰、张禹九、张肖梅等 13 人。君劢也获邀参加。张嘉璈大为感慨:

> 回忆十二年前,余以改进中国银行,罗致一班新人,为切磋琢磨起见,组织此社,无社章,仅以"高""洁""坚"三字为共同信念。

---

① 张嘉璈日记,1943 年 8 月 5 日,《张公权先生年谱初稿》上册,第 331 页。

今余虽不在中行,而社友均能卓然自立。①

让他最觉动容的,是旅渝中国银行旧同事的一场饯行会,到者计有:总经理宋汉章,71岁;前重庆分行经理周询,73岁;前南京分行经理许伯明,67岁;前杭州分行副经理徐青甫,65岁;前总文书陈其采,63岁;前总稽核汪振声,60岁;副总经理卞白眉,59岁;新加坡分行经理黄伯权,58岁。尚有其他多名中年同事在座。

这些金融界耆旧,多已鬓发苍苍,一众人共话民初以来抗停兑、助北伐的沧桑沉浮,及至与国同进退,在大后方服务工商勠力抗战,皆不胜唏嘘。张嘉璈想到自己初入金融界时,还是个二十出头的少年,起起落落大半辈子,竟也已五十有五,半入老境,亦是百感交集。

四、卢斯的预言

1943年9月3日,张嘉璈坐中航客机离开重庆,经停印度、巴西数日,于9月28日抵达佛罗里达州的迈阿密。10月2日,从迈阿密坐火车赴纽约。

此行既为研究战后经济建设,抵美后,考察各大银行及钢铁、燃油、汽车制造大企业,拜会工商、实业界领袖,自是必不可少。适值张静江、胡适、李铭、李煜瀛等旧识在纽约,可以时常聚首,谈经济、谈学术、谈国内时局变动,虽处大洋彼岸,仍让张嘉璈有置身局中之感。

他任职有着国家银行之实的中国银行行长达二十余年,与政府的关系千丝万缕,后又出任部长七年,这次赴美,又担着个行政院特别顾问的名义,美国朝野也都以银行家兼中国政府的代表视之。他刚到美国,与美商务部长琼斯、国务院东方司副司长范宣德(John Carter Vincent)、苏联驻美大使葛罗米柯、曾任总统特使访华的白宫行政助理居里(Lauchin Currie)等政要都有会晤并做长谈。但给他的感觉并不

---

① 张嘉璈日记,1943年7月17日,《张公权先生年谱初稿》上册,第329页。

好,刚从孤立主义中走出的美国,实业界对于战后中国投资,普遍不感兴趣。与政客们的交流,也是颇多隔膜。

10月17日,他到华盛顿与居里会晤。上年居里访华,曾在重庆住过三个星期,与他多有接洽。此番问起美国的外交方针,这位老朋友却闪烁其词,态度很不明朗,像是换了个人般。

> 张问:美国战后是否重建国联?居里答:多数人不主张有一世界机构,而愿有多数国际合作机构。
>
> 张问:美苏关系如何?居里答:美倾向与苏联协调,且愿见中苏合作。
>
> 张问:美国对外如何援助?居里答:将限于救济性之帮助,以少数必需品为限,此外将需现款购买;中国不可希望再有五亿美元类似之美援。
>
> 张问:对滇缅铁路建筑,能否继续帮助?居里答:滇缅铁路离海岸较远,为中国计,应先恢复沦陷区铁路。①

媒体大亨、《时代》《生活》的老板亨利·卢斯为张嘉璈的到访举办了一场盛大的欢迎宴会。为示对这个来自中国的经济学家、前铁道部部长的尊重之意,宴会前,卢斯和儿子一起把张嘉璈接到了华尔道夫酒店。主人在酒店里摆了八桌,到场客人80余位,有造船大王亨利·凯撒、摩根银公司重要股东拉曼德、共和党总统候选人威尔基之夫人等,皆系美国政界和工商实业界巨子。晚宴自7时开始,先由主人发言,介绍张的履历事业,张致谢辞,盛赞主人出版事业之成功,及其杂志受中国读者之欢迎,希望其今后对于中国建设,予以提倡。而后,各路客人均有演说,至12时半方散。

交流中,张嘉璈获悉,如何增加就业机会,将成为美国战后面临的一大问题。因为大量军人从战场归来,必须要有安置。而这也是战后

---

① 张嘉璈日记,1943年10月17日,《张公权先生年谱初稿》上册,340页。

中国要面临的问题。数百万人齐卸甲,要安置好,自必仰仗生产力的扩大。

还有一个重要消息是,战前美国的国外投资,偏向欧洲,今后将特别注意远东,而能否吸引美资,全视远东各国政治状况为转移。到时,中国的抗战结束,亟须结束一党专制,建立起一个统一、民主的联合政府,毕竟没有一个美国老板愿意把钱投向一个内战不息的国家。

亨利·卢斯与中国有着不解之缘。早在帝国的光绪年间,他父母——两个虔诚的基督教信徒,就来中国传播福音了。卢斯出生在山东省蓬莱,他是四个孩子中的老大,后来他们一家又在烟台等地生活,四个孩子都是在中国度过了完整的童年。作为一个成功的出版商,卢斯在财富和影响力方面都达到了时代的顶峰。他和他的传教士父亲一样热爱中国,并时刻注意着他麾下的出版物在中国激起的反响。11月13日,张嘉璈参观底特律汽车城后回到纽约,回访亨利·卢斯。卢斯问他,《时代》杂志的文字质量如何,是否于中国有益? 卢斯担心,《时代》周刊经常刊登批评中国时政的文章,会不会激怒当局? 询问张嘉璈有何良策,可以避免招致中国政府误会。

在这之前,张嘉璈对这家世界重量级媒体的关注并不是太多。来美近两月,他已经见识到了《时代》对共和党及美国政府的巨大影响力,也看到了卢斯的活动能量和对中国的热情,看来坊间传言,卢斯的影响力抵得上一个国务卿真不是夸大之辞。

他已经喜欢上了这个对世间万物都抱着乡巴佬式好奇心的媒体人。他也知道,刊登批评性报道和揭发丑闻,一向是卢斯办刊的秘密武器。有时候,《时代》傲慢、尖刻的文风并不代表卢斯本人。这位全美最大的报刊发行人在他眼里是一个矛盾的、奇妙的组合体,有时倨傲自大,有时又不可救药地腼腆;富可敌国,却又全然不觉得自己地位显赫。他告诉卢斯,一定会随时关注《时代》的中国报道,并随时贡献意见,以供参考。

卢斯恨透了日本人,对中国抗战一贯抱同情态度,因为他父亲、曾经在华传教十五年的亨利·温斯特·卢斯,就是因过于激动导致脑溢血,死于日军偷袭珍珠港的当天晚上。老亨利和女儿、女婿一起住在波士顿,当天晚上,卢斯撤换了《时代》《生活》的全部稿件后,从纽约给父亲打了一个长途电话。卧病已久的老亨利为日本人的卑鄙行径生气的同时,也庆幸美国终于可以走出孤立主义立场了。他赞赏儿子做得对,"现在,所有的美国人都应该明白我们对中国的意义,以及中国(独自抗击日本)对于我们的意义了"。说完这句话,他就溘然而逝。与卢斯长谈时听到此节,张嘉璈不禁对这个老传教士肃然起敬。

12月2日,卢斯约他晚餐,再做长谈。正好最新一期的《时代》周刊,登载了一篇驻重庆记者的报道,批评中国越来越严重的通货膨胀。卢斯读后,深以经济不景气影响政治军事前途为忧,问张嘉璈:政府为何不求改善,遏制通胀?

对卢斯此问,张嘉璈实是有苦难言,国府何尝不想平抑物价,勒住通胀这匹野马?但物资困乏,供应不足,法币发行又过滥,短期内要奏效又谈何容易。他告诉卢斯,政府不是不想抑制通胀,唯在战时情形下,"不欲亦不敢多所更张"。"用人方面,对于亲信之人,不免偏信,而惮于更易,怕激起更大动荡,居高位之亲信部下,相互摩擦,无调和处理之方,致意见纷歧,公务丛脞,此种缺点,不容讳言。"①

随后谈到对不久前宋美龄以第一夫人身份访美、并在国会发表演讲的观感,卢斯说,蒋夫人在美时,美国对华舆论之好,到了历史上的最高峰,但蒋夫人在美发表的几场演说,理论虽似崇高,实质不免空泛,以致务实的美国人总感觉中国政府对于目前切要问题,似乎并没有实际的解决方案,于是舆论也日趋冷淡。

又谈到正在进行中的太平洋战事,卢斯问张嘉璈什么看法。张嘉璈忽想起几天前拜会前总统胡佛时,这位74岁尚思路清晰的老人问他,要在美国逗留多久?当时张嘉璈这般回答,到和平条约签字为止就回国。胡佛叹道,如此则为期甚远了。照这位前总统估计,摧毁轴心国

---

① 张嘉璈日记,1943年12月2日,《张公权先生年谱初稿》上册,第349页。

全部军事力量,至少还需要四到五年时间。①

因此,张嘉璈这样回答卢斯:美国或能击破日本之海军,或能进攻日本本土,但恐日军坚守朝鲜、满洲与华北,而美国则已遭受巨大牺牲,不愿再在中国本土作战,则中国或许还需更长时日,付出极大代价,方能将日军完全赶出中国大陆。倘或日军再由常德进攻长江,打通粤汉、湘桂全路,有力补给香港、安南,则驱逐占领大陆之日军,将更加困难。

卢斯深不以美国海军目前的战力和战略为然,他认为,占据海军部高位的是一帮酒囊饭袋。他愤愤地说道,去年进攻太平洋群岛阿留申群岛的基斯卡岛,出动 25 000 兵力登陆,打了 7 日,一无所获,已属战略失误。再以上月底,刚刚攻占的吉尔伯特群岛的塔拉瓦岛而言,抢滩登陆的海军陆战队第二师,付出伤亡 5000 人的代价,才扫除了日本人布置在岛上的 400 余座钢骨水泥堡垒,而守岛日军总共 4700 人,战至百人,犹不肯降,其大部,非阵亡即自杀。如以兵员的伤亡率判断战果,此战所付代价,实属奇高,堪称美国海军的耻辱了。他怀疑,海军上将欧内斯特·约瑟夫·金这个庸才是凭着溜须拍马功夫一步一步混上高位的。

卢斯说,老胡佛的判断太过保守了,这仗哪还需要再打四五年。他和编辑部的同人分析后得出的结论,一年后欧战就会结束,到时采用麦克阿瑟将军的战略,先攻菲律宾,再攻香港,则再过一年,对日战争就可结束。

---

① 张嘉璈是在 1943 年 11 月 29 日,于纽约华尔道夫大旅馆之顶层公寓访问美国前总统胡佛的。当时他自己租住了纽约花园道(Park Avenue)277 号的一间公寓,以作临时办公。第 31 任美国总统赫伯特·克拉克·胡佛在走上政坛前是一名采矿工程师,被一家私人公司雇用去了澳大利亚,24 岁时被派往中国河北唐山的开滦煤矿,并为开办钢铁厂事到山西、陕西调查八个月,1900 年义和团起义爆发才离开中国。他在与张嘉璈的这次谈话中回忆了早年在中国的经历,也谈到了战后秩序的恢复及其和平建设。关于中国战后的经济建设,张嘉璈记述其观点云:"再询中国今后经济建设,是否照应美国之自由企业,抑采苏联式之国营企业。渠云,苏联军需品仍仰给于美国,即此一端,可以证明国营之不如民营。渠谈及中国建设民主政治,应从乡村做起,即乡村自治,民选村长。"

张嘉璈虽觉得卢斯的预言未免过于乐观,把对日战事看得太过稀松平常,但他也感觉到,卢斯言谈中对中国关怀之殷切,故也不忍泼其冷水,只是坦率以告。孰料两年后战事的走向,基本印证了这个报业大亨当年的预测,而政客和军方专业人士的分析却大都落空。可见媒体人的触觉自非泛泛。

五、赛珍珠的金陵旧梦

如果说,卢斯对中国政府抑制通胀不力的批评是从媒体人的角度,联邦准备银行研究员塔马喀莱对时下中国金融政策的批评,则完全是从专业角度了。

塔马喀莱是意大利人,毕业于耶鲁大学,却是个不折不扣的中国通,曾前往中国研究金融组织,出版有专著《中国之银行与财政》。他认为,中国要求从 5 亿美元的美援中提用 2 亿,用以购买黄金,此举"殊失计较"。塔马喀莱研究员说,出售黄金并不能有效抑制通货膨胀,只是徒然消耗有用的黄金储备,而使战后建设,少了一笔垫底的资金。听了"塔君"这番话,来美前曾参与黄金物资证券办法制定的张嘉璈也出了一身冷汗。

塔马喀莱说,现在美国政府须还中国政府所垫军事用款之法币,每月等值 1000 万美元,日积月累,其数可观。且据他本人调查,中国在美之存款、连同未运之黄金,实达 8 亿美元,另外还有商业银行及个人存款 7000 万美元,中国政府应该想办法让这笔死钱赶紧动起来,否则美国的国内舆论对远东战场也会越来越冷淡。

或许是已经习惯了战时的快节奏工作,张嘉璈来美后,他的节奏也一点没有慢下来。这样,直到 12 月中旬,他才坐火车来到华盛顿,在居里的安排下拜会了财长摩根索,并奉上了蒋亲笔的介绍信。其时,美国支付中国所垫军费法币,均按中国政府所定官价折合成美金,法币贬值让美国人觉得吃了大亏,故摩根索对张嘉璈来访甚是冷淡,谈不多时就以总统府会议为由,让司长怀德代为招待。

与美国政界的一些朋友接触,张嘉璈感觉到,美国人对中国战后的政治走向,普遍持观望态度。供职于国务院的东方事务研究专家项伯克告诉他:"经济问题与政治问题实是息息相通,政治上无良好表现,经济上难望顺利推进。美国今后对于各国的关系,完全看各国政治是否健全,及对于国际社会有无贡献。"

张嘉璈对党派政治素少概念,在交通部时就曾因为拒绝党部进驻,招致不讲政治之讥评。他不知道,美国人这样做,是不是出于对中国日渐成气候的共产主义运动的恐慌,借此先作敲打。在国内,他一直以为中国对于抗战之牺牲,已博得了世界的广泛尊敬,来到美国才知道,负面的批评也是日增一日,"有如海底依旧,而波涛日高"。他认为,项伯克的提醒很率直,也很实际,值得深思,"美国对于中国之爱护,基本并无变动,但中国必须善自努力,以尽其所得国际地位之责任"。① 总之,要"速图改善"。

几个月后,项伯克被年轻一派指摘为处理东方事务时过于亲华,被调离原职,去坐冷板凳研究战后问题。张嘉璈闻讯,还专门上门去慰问了他。

结束华府访问后,12 月 21 日晨,张嘉璈返回纽约。当日傍晚,与作家赛珍珠和其丈夫、戴约翰公司出版人韦尔契的一场饭局等着他。不久前,这家公司出版了他的《中国铁道建设》,他早就想找机会当面表达谢意。

此时,赛珍珠与第一任丈夫、农业学家约翰·洛辛·布克已经离婚多年,她早已不再是"布克夫人"了。比起在南京金陵大学教书时,她的身躯明显发福了,身穿的长外套在腰间束了一根扁平的带子,陷在沙发里,看上去就像一袋被扎紧的谷物。几年前,跨越东西方文化鸿沟的长篇小说《大地》(*The Good Earth*)的出版带给她巨大声誉,被主流媒体评论为描写中国农民生活的"史诗性巨著",也使这个东方古国撩开神秘的面纱走到了公众面前。诺贝尔文学奖更给她不再年轻的脸笼上了一

---

① 　张嘉璈日记,1943 年 12 月 15 日,《张公权先生年谱初稿》上册,第 353 页。

层神奇光环。

这天的晚餐,作陪的除了胡适大使,还有两位太平洋学会的秘书。

席间,这位离开中国已经十多年的女作家不断地问张嘉璈关于镇江的一些事,因为她尽管出生在西弗吉尼亚,却在还是一个 4 个月大的婴儿时就跟随传教士父母去了中国,在镇江度过了整个少女时代,那里是她的"中国故乡"。她兴奋地说着小时候老是闹鬼的那间老房子,还提到了《白蛇传》,因为传说中白蛇娘娘就是被法海和尚因禁在镇江城外金山寺的宝塔下面。但张嘉璈对长江边的这座小城所知实在不多。后来才知道,赛珍珠把他与另一位镇江籍的银行家陈光甫搞混了。①

不久前,赛珍珠夫妇刚刚在宾夕法尼亚的寓所发起过一次中美作家聚会,讨论战时中美关系,拟向朝野争取更大的援华力度。这个身材高大的美国女人说到中国,总是怀着一种乡愁的冲动。她说到了牯岭的老别墅,在那里,她在一台老式打字机上开始了平生的第一次写作。说到了她在南京平仓巷住宅的花园,花园里种满了她喜爱的飞燕草和金鱼草,还有肉质花瓣的栀子花,清晨时的花香是如此浓郁,以至于让她总是从梦中醒来。

她说她对中国的了解真的不是外界传言的"不过一点浮面的情形",她是真爱中国和中国人民,她最早的关于小说的知识,怎样叙述故事和怎样写故事,都是在中国古典小说里学到的,她写作的动力也是来自王龙这样的中国的农民和普通人的遭遇激起的愤怒和怜悯。

"恰恰是中国小说而不是美国小说决定了我写作上的成就",她说。她还说不喜欢那些把中国人写得奇异而怪诞的作品,她最大的愿望,就是"要使这个民族在我的书中如同他们自己原来一样真实正确地出现"。

席间她说得最多的是对中国政府和官员的批评,话锋尖利刻薄,似

---

① 张嘉璈日记,1943 年 12 月 21 日,"晨返纽约,晚赛珍珠及其夫君韦尔契[即戴约翰(John Day)出版公司主人]请晚饭,同席有胡适之兄,太平洋学会总秘书卡特尔(Edward C. Carter)及费尔德(Field)诸人"。《张公权先生年谱初稿》上册,第354 页。

乎在她眼里,所有中国官员都是贪污腐化、不关心人民福祉的。她说处于民族存亡关头的中国最需要的,是一个深得人民信任的强大的中央政府,但她不相信这样的政府能够在蒋介石的领导下形成。

张嘉璈很少阅读小说,尽管他那个家族里也有八弟张禹九这样有着浓郁文艺气息的人,他的妹婿徐志摩更是一个著名诗人,但长年的公务生涯已经掐灭了他身上的文艺火花。甚至对赛珍珠那部为她博得巨大声名、又饱受争议的《大地》,他也是第一次听说。这样的对话注定是吃力的,幸亏有胡适等人在一边圆场,宾主双方都不至于太过尴尬。

六、布雷顿森林会议

转眼就是圣诞,12 月 24 日,张嘉璈接到一个电话,是刚刚从重庆来美、参加毕联合国善后救济会议的外交部政务处处长蒋廷黻打来的。这位深受最高当局赏识的历史学者自从离开他一手创办的清华大学历史系后,一直以非党身份,帮政府从事外交事务工作。他带来了蒋介石和孔祥熙的意见,要张嘉璈出任联合国救济善后总署副署长。

张嘉璈为之考虑再三,战后需要善后救济,更需要建设,前者怎能与后者相比呢,再说自己来美后一直研究战后经济建设,他也不愿半途而废,故复电婉辞了。但蒋廷黻一直没有放弃说服他的努力。①

新年元月,蒋廷黻飞来纽约,继续苦口婆心劝说他。蒋廷黻的一口英语虽略带乡音而流利异常,唯说起国语来,满口浓重的湖南官话。他说,这次联合国善后救济会议,各国本来只允予中国以秘书长一席,副署长一职是他力争得到的,请张嘉璈务必担任。张嘉璈百般苦辞,实在拗不过,最后只得说,自己不是党员,这个位置盯着的党内干部实在太多,勉为出任,必横生枝节,要蒋廷黻务必向重庆代为请辞,还推荐财政

---

① 蒋廷黻从 1943 年开始即参与善后救济工作,该年 10 月 5 日,行政院议决由蒋廷黻任出席联合国善后救济会议代表。11 月 30 日,蒋廷黻当选为联合国善后救济会远东区委员会主席,后于 1944 年 4 月任善后救济调查委员会主任委员。1944 年 12 月,行政院设立善后救济总署时,蒋廷黻从政务处长转任救济总署署长。

部常务次长郭秉文担任此职,说郭善于处理事务,长于应付外人,一定会做得比自己更好。

蒋廷黻也是抱着服务国家的使命感弃学从政的,从未加入国民党,张嘉璈此番说辞,适足以打动他。蒋廷黻亦表理解,答应向重庆解释。因为在他看来,做战后救济工作和研究战后经济,都是尽公民的责任为国家服务。后来是郭秉文担任了这个职务。

随后,两人谈论时局。谈到北非战事已以盟军胜利告终,意大利无条件投降,开罗会议上月也已开过,世界反法西斯战争转入反攻,欣悦的心情,也只有老杜的"漫卷诗书喜欲狂"可以形容。但随即感到的,却是更大的忧虑,其忧不在日本,而在苏联。

这个哥伦比亚大学的历史学博士,最早的研究方向是大英帝国的工人与帝国主义的关系。毕业归国,痛感民族之耻,才改治晚清外交史。蒋廷黻在弃学从政前,曾受最高当局之命,以非官方身份出访莫斯科,进入政界后,又充任国民政府驻苏联大使一年零四个月。他从近代史上的历次中俄冲突说到当下,认为苏俄对中国历来居心不良,有领土野心。他断定,一旦美、英、中三国攻日,苏联必在东北有所发动,且必染指朝鲜及满洲,制造出一个亲苏政权。他担心此一局面如果形成,那么中国就要遭遇第二个日本了。[1] 张嘉璈想到,几天前和李铭、居里餐叙,李铭也表示过同样的忧虑。

蒋廷黻以近代史学者身份投身外交,且卓有建树,张嘉璈对此一直心仪。他有个问题比较好奇,如何在历史研究和外交之间实现对接。

蒋廷黻说,这两者并非风马牛不相及,他治史学,师事哥大政治社会史教授卡尔顿·海斯,其有一名言,"欲想获得真正的政治知识只有从历史方面下手",再就是事事讲求实证,确立了这一方法论,历史与外交,方能互通、交集。蒋廷黻又说,从近代历史来看,外交固然要紧,决定国家强弱的根本要素,终究是内政。在这方面,蒋廷黻很欣赏由土耳其国父凯末尔领导的革新运动,认为必须要有一个强有力的中央,才能

---

[1]　张嘉璈日记,1944 年 1 月 19 日,《张公权先生年谱初稿》上册,第 358 页。

领导中国,建立起一个屹立于世界之林的近代民族国家。

"可是,适之先生认为,中国应该建立的是自由议会政府。"

"适之先生太天真啦,这一套好人政府的理论,在眼下的中国根本行不通。适之先生还有一个谬误,他忽略了经济的重要性,在我看来,经济应该先于政治,宪法和议会之有无,实是次要问题,创造更多的财富,平均分配才是最重要的。这般复兴大任,一定要有一个强有力的政府,一个强有力的领袖。"

张嘉璈长铁、交两部七年,自是深悉内政之弊,但对于讨论开明还是独裁,他自忖不是对手。要是君劢在就好了。只是眼下时局变幻,纷争再起,亦不知如何终场,只觉狂澜当前,个体却是无可奈何。蒋廷黻要乐观一些,相信中国只要从器物、制度、精神上自觉接受近代文化,必致富强。他说:"所以我们要研究我们的近代史,要注意帝国主义如何压迫我们,要仔细研究每一个时期的抵抗方案,我们尤其要分析每一个方案成败的程度和原因,如果能找出我国近代史的教训,我们对于抗战建国就更能有所贡献了。"

2月17日,胡适与驻纽约总领事于焌吉设宴欢迎抵美的王世杰、胡霖、李惟果一行,张嘉璈也被邀参加,席间谈得最多的,仍是中、美、苏三国关系。时下美国国内民意,对中国"空气不佳",普遍缺乏友善,战后建设的重点,似更注重欧洲和南美,且美国为了自身利益,不得不与苏联"维持相当友好关系",中国的复兴计划能否得到美国的援助,还是一个未知数。晚宴后,他与王世杰略谈,对战后的政治前景都表忧心,认为"不可再在无关大计之小节上,惹人讨厌"。①

旅居美国的作家林语堂,1944年初曾短暂回国,在重庆的几所高校讲学,4月初,回到纽约,张嘉璈约他午饭时,林语堂深以美国的对华舆论日见恶化为忧。对此,张嘉璈也深有同感,上个月他在美国西部的旧金山、波特兰、西雅图等地参观,做过几场以"中美贸易""中国的工业化""中美经济关系"为题的演说,听众中总有人对中国的统一问题、通

---

① 张嘉璈日记,1944年2月17日,《张公权先生年谱初稿》上册,第360页。

货膨胀、中苏关系及中国能否代替日本的出口贸易及国际地位等提出质询,且语锋咄咄。看来华府对华已趋冷淡,迥非提供5亿美元贷款时情形可比了。

白宫特别行政助理居里,张嘉璈打过多次交道,彼此算是老朋友了。一次居里来访,开门见山就对他说,中国现时不宜再向美国商谈借款,以免刺激到美国人。他问是何缘故,居里说,是担心重庆方面不悉美国内情,再派人来借款。谈到美国为何对中国忽冷忽热,以中国通自诩的居里摆出了这么几条:中方军事配合不力,有不肯热心合作之嫌;在华新闻记者及教会学校教员受种种束缚,教育趋于党化,催生反感;左派宣传竭力描绘重庆政府之腐败等。而更关键的原因在于,法币与美元的不合理汇率,让军方和普通美国人都感到吃了中国人的亏。

张嘉璈给中央设计局秘书长熊式辉写了一封信,函告美国种种指摘情形,并提出,在战后复兴计划的编制中,中国首先应自行启动经济改革和政治体制改革,尽量减少与美国在价值观念上的冲突,要之在于:尽早颁布宪法,刷新政治;党政分开,不许官商混杂,选用有经验有声望之士充任行政人员;宣布新经济政策,放开民营经济,对于在华投资之外商不宜限制过严;应归国营之事业,在国家经营的同时,也不必限制不许民营。①

此间,蒋有一电,嘱他以中国首席代表的身份,与航空委员会副主任毛邦初一起参加战后民用航空会议,中有"勿却是盼"之语,当系他请辞联合国善后救济总署副署长一事。张嘉璈自难再辞,再加上毛这个航空界的元老在对日空战中战绩斐然,他也乐与其接触,遂与之和泛美航空公司、商务部民航局开始接洽。

蒋希望在这次航空会议上达成一个意向,战后,美方供给中国500架民用飞机,另包括3万吨汽油及机场设备。一开谈,美国人就告诉中方,美国民用航空发展了十五年,现有飞机不过300架,中方提出的500架之数,胃口实在太大,即使分数年,亦不一定做得到。

---

① 张嘉璈日记,1944年5月5日,《张公权先生年谱初稿》上册,第371页。

5月9日,与美国务院主管航空事务的国务卿特别助理格鲁(曾任驻日大使)商议毕,与朋友、东方司帮办范宣德约同午饭。范宣德透露,三个星期后,副总统华莱士将率拉铁摩尔等访华,为期半月,经行重庆、成都、昆明、西安、兰州、迪化、桂林,目的在于观察近状,并与蒋面谈。

得知此讯,他遂于次日特登门拜访华莱士。他期望,副总统的此次访华能够消弭两国间越来越深的误会。他与华莱士深入探讨集权与民主、一党与多党、民主精神与极权主义等问题,一再申明蒋这个领导人的"不易",谈话语气,纯然成了蒋的辩护人:"当告以蒋主席连年遇到不易解决之问题,为急求应付当前事态起见,必须采取各种不同之政治组织,如民主与集权。为贯彻三民主义起见,必须民主,为行政便利起见,倾向集权。又如多党与一党,为实行民主,应许多党存在,为强固国民党,又不得不维持党制。至于极权主义与民主精神,矛盾冲突,由于采纳苏联与德国顾问之意见,往往趋于极权,但以接近英美,又必须培养民主精神。"①

他说,都是因为这种种矛盾,才引起许多误解,他希望副总统此次访华,一面将美国如何建国,如何抵御外患,一面将今后美国政府对华政策,"开诚阐述","俾我国政府不至时感不安,左右彷徨"。

供职于战时情报部门的拉铁摩尔告诉他,欲知中国战后的政治表现如何,首先须看是否实行宪政。拉铁摩尔还给出了解决两党纷争、实现宪政的一条路径:"应先实施地方自治,培植宪法基础。"

当张嘉璈问到,宪法是否以三民主义为基础,拉铁摩尔说:"当然如此,以别于共产主义之宪法。"②拉铁摩尔曾由罗斯福推荐出任蒋的私人政治顾问,早年又作为北平哈佛燕京研究社研究员游历新疆、内蒙和东北等地,还到访过延安,他关于地方自治的意见,张嘉璈特别重视,第一时间传给了国内。

---

① 张嘉璈日记,1944年5月10日,《张公权先生年谱初稿》上册,第373页。
② 张嘉璈日记,1944年5月17日,《张公权先生年谱初稿》上册,第376页。

6 月 23 日，以行政院副院长、财政部部长兼中央银行总裁孔祥熙为全权代表，前来参加国际货币金融会议的中国代表团一行抵达美国。张嘉璈和刚刚接替胡适的驻美大使魏道明一道，前往机场迎接。美方前往迎接的是财政部部长小亨利·摩根索。

尽管中国的抗战已到最艰巨的时刻，重庆还是派出了一个最具专业背景和经验的经济学家、银行家和外交家组成的豪华阵容，除了先期已到美的张嘉璈、蒋廷黻、胡适，行政院新闻处驻华盛顿办事处主任李炳瑞，华商领袖、人称"钨矿大王"的李国钦等人外，与孔祥熙同机抵美的有：外交部次长胡世泽，经济部次长谭伯羽，财政部次长顾翊群，军事委员会参谋朱世明等。金融界和实业界的，则有中国银行副总裁贝祖诒，国货银行总经理、中央银行、中国银行及交通银行董事宋子良，中央设计委员会委员李卓敏，清华大学教授刘大中，行政院立法委员、经济学家卫挺生，邮政专家谷春帆，外汇管理委员会主任秘书兼中央银行经济研究处事务长冀朝鼎等人。有着哥伦比亚大学经济学博士学位的冀朝鼎，是一位资深经济学家，深得孔祥熙信任，但没有人知道，他还是一位大革命时期就入党的中共秘密党员。结束本次会议后，他将陪同孔院长前往华盛顿同美国财政部商谈美军在华费用以及美国向中国运送黄金事宜。

抵达大使馆，贝祖诒告诉张嘉璈，孔副院长此次来美，除了出席国际货币金融会议及洽谈民航合作事宜外，另一个重要使命是催讨美方在华用款旧账，并磋商法币折合美金的汇率问题，还说乘来的飞机已经折返重庆，将载蒋夫人和孔夫人再次访美。看来重庆方面已意识到，汇率问题已严重影响到美国人的对华态度。孔祥熙此番使美，率团参会之外，一个重要使命，就是挽回此间越来越不利的舆论。

6 月底，随着会期临近，考虑到张嘉璈的特殊身份，孔祥熙要他以中方正式代表身份出席。张嘉璈表示，参会可以，以顾问身份即可。孔也不作勉强。

1944 年适逢美国大选，离开会还有几天，张嘉璈坐泛美航空公司一个朋友的私人飞机赶往芝加哥，观摩了共和党总统竞选人提名大会。

提名大会上做演说的,除了前总统胡佛,还有一位是他的朋友亨利·卢斯的夫人。会后返抵纽约,即坐晚班火车前往新罕布什尔州布雷顿森林小镇,正好赶上7月1日开幕的国际货币金融会议。

人类历史上每次大的变动后,都会对自身行为做一次反思,正如一战催生了知识界对科学和技术的反思,即将结束的二战,也促使经济学家和各国政要对经济制度进行反思。来自44个盟国的700余位代表逃离暑热蒸腾的大城市,来到群山环抱的此间,齐聚这个森林小镇,正准备坐下来好好研究决定战后世界格局的新的经济体系。

战后世界要稳定,首先要稳住货币和金融,这在发起本次国际货币金融会议的各大国政府,皆已成为一种共识。因为他们已经亲眼看到,之前那种以邻为壑的竞争性贬值和各自为战的贸易保护政策,使个别国家的危机蔓延成为附骨之疽,进而导致直接引发了二战这场全球性的灾难。为避免重蹈覆辙,前一年,美国和英国已各自提出怀特方案和凯恩斯方案,广泛邀集各国专家讨论。本年初,美国财政部拟订了设立国际复兴与开发银行(即世界银行)草案和国际货币基金方案。故此,才会有数百名经济学家、财政官员、知名银行领导人云集布雷顿森林小镇的盛事发生。

主办方把下榻地统一安排在开会的华盛顿山峰酒店,张嘉璈略嫌嘈杂,搬到了稍清静些的枫林旅社。

中国代表团参会人员,计32人,代表团规模仅次于东道主。另有前驻美大使胡适、行政院高等顾问张嘉璈、浙江实业银行董事长李铭、立法院立法委员卫挺生等4人为顾问。席上诸公,除了孔副院长,还有行政院政务处处长蒋廷黻,财政部次长兼中英贸易协会主任郭秉文,外交部次长胡世泽,财政部次长顾翊群,财政部顾问李国钦,财政部驻美代表、中央银行及中国银行董事席德懋,中国银行副总裁贝祖诒,国货银行总经理宋子良等人。冀朝鼎担任中国代表团主任秘书。

7月1日,会议开幕。先由大会临时主席、美国财长摩根索宣布会议开始,并代表罗斯福总统致辞。随后,中国代表团团长孔祥熙代表其他43个参会国家致辞。捷克、墨西哥、巴西、加拿大、苏联等国代表相继发表演说,摩根索被提名为会议主席并获与会代表全体通过。摩根索发表就职演讲,开幕式结束。

7 月 3 日,分组讨论会。张嘉璈日记载:"上午开分组讨论会,第一组讨论平准基金,美代表怀德为主席。第二组讨论建设银行,英国凯因士为主席。第三组讨论其他合作问题,墨西哥代表为主席。下午六时,中国代表团讨论各国出资成分问题,因法国、印度均主张增加成分,使与中国相同,会议中金主张中国为第四强国,应保持第四分成分。对于规定各国之汇兑率,均主张从缓规定。"①

由日记可知,布雷顿森林会议主要议题是发起成立国际货币基金组织(IMF)和国际复兴与开发银行。财长摩根索虽担任会议主席,但会议的灵魂人物却是财政部司长助理次长怀德和英国经济学家凯恩斯(John Maynard Keynes),他们分别主持平准基金和开发银行的讨论。

怀德 1934 年加入美财政部担任货币研究处处长,嗣任财政部助理次长,在财政界是个举足轻重的人物。因他对苏联的社会主义经济制度亦抱有浓厚兴趣,经常受到间谍的指控。此次讨论的国际货币计划虽多出其手,但也因为这些指控,会后他只担任国际货币基金组织的执行干事。他一辈子都没有洗脱赤色嫌疑,于 1948 年受到国会正式调查,旋于调查期间暴卒。这是另话,不赘。

两位灵魂人物中的另一位,约翰·梅纳德·凯恩斯,更是一位明星式的人物,其在经济学界的地位相当于爱因斯坦之于物理学界。他原本是一个自由贸易论者,也是因为吸收了社会主义计划经济的某些观点,转而主张国家干预,主张政府应积极扮演经济舵手,通过财政与货币政策来对抗经济衰退和萧条。

这两位对 18 世纪亚当·斯密以来尊重市场机制、反对人为干预的古典经济学思想造反的经济学家,给走过 20 世纪 30 年代大萧条后的资本主义带来了重生的机会。工厂主和银行家们发现,只要稍稍动用国家手段,资本主义还远远未到山穷水尽之时。由他们担纲本次会议,

---

① 张嘉璈日记,1944 年 7 月 3 日,《张公权先生年谱初稿》上册,第 386 页。

正是资本主义世界内部的一次反思和主动调适,也使日后达成的布雷顿森林体系协议中和了某些意识形态色彩,增加了协作和配合的比重。

张嘉璈所说三个组,其实是三个委员会。三个委员会下面还分设三到四个小组不等,如第一委员会下面的第一小组,讨论基金的目标、政策和份额。值得一提的是,这个最为重要的小组,是由中国代表、行政院政务处处长蒋廷黻任主席,他有着哥伦比亚大学博士学位,是著名的历史学家和外交家,布雷顿森林会议前曾率团参加联合国救济会议和大西洋城预备会议,具有丰富的专业和外交经验。第二小组讨论基金的运营,苏联代表任主席;第三小组讨论基金的组织与管理,巴西代表任主席;第四小组讨论基金的形式和法律地位,秘鲁代表任主席。

第二委员会下面也设四个小组,分别讨论银行的目标、政策和份额,银行资金的运用,银行的组织与管理,银行的形式和法律地位,由荷兰、古巴、哥伦比亚和印度代表分任主席。

整个会议期间,第一委员会开会 9 次,各小组委员会开会 27 次;第二委员会开会 7 次,各小组委员会开会 20 次;第三委员会开会 4 次,各小组委员会开会 3 次。大会套着小会,各国代表和经济学家为了基金摊额和出资问题争论不休。会议开到第七天,是中国"七七"抗战纪念日,主办方很人性化地安排了孔祥熙和前驻美大使胡适做了两场演说,并放映了表现中国战场的纪录影片《中国战役》(*Battle of China*)。

会议的焦点之一,是各国在国际货币基金中的份额,因为份额与借款额度直接相关,也与投票权相联系。原定的 80 亿美元基金总额,中国的份额大致为 6 亿美元,居第四位。因英国和苏联都强烈要求增加本国份额,美国把基金总份额增至 88 亿美元,但中国没有水涨船高,反而缩水到了 5 亿美元。

孔祥熙带了宋子良、席德懋、张嘉璈一起向怀德交涉,说如果不能保持 6 亿美元之数会招致国内舆论反感。怀德不允,说 5 亿美元也进入四强了,且抛开第五位 1 亿多美元。怀德还说,打败了日本,中国不可再有内战,政治必须趋向民主,庶可得到外助,这才是战后中国财政的根本问题。看来美国人对中国的战后走向总是放心不下。

几天后,张嘉璈与前驻美大使施肇基谈起,也印证了他的猜测,美国人对国民政府的看法极为悲观,总觉得中国的经济和政治随时都有崩盘的可能。

孔祥熙找摩根索通融,还前往华府拜会了罗斯福总统,最后确定中国的基金摊额为5亿5000万美元。此后在第一委员会第7次会议中,公布了各国基金份额的分配结果,美国、英国、苏联、中国和法国排在前五位,分别为:27亿5000万美元、13亿美元、12亿美元、5亿5000万美元和4亿5000万美元。但包括中国在内的近十个国家对这一结果持保留意见。

孔祥熙对基金份额减少的事深感不满,他在代表团内部开会时,甚至说出"美国亦不足恃"这样的气话来。估计是华莱士访华回来后,报告内容对中国不利,再加罗斯福提名史迪威为中国战区总司令的提议遭到了重庆的否决,这次罗斯福的接见态度极为冷淡。"罗氏形容言语,殊非前次见面时可比,颇有不快之表示,甚至谓照目前中国情势,将走上崩溃之路。"这是他当时见了罗斯福后的观感。

张嘉璈安慰他说:"中国处境极为危险,昨日投票情形,英有自治联邦赞助,美有中南美国家协助,苏联亦有联邦自治国,法、比亦有领地赞助,中国既无友邦,亦无属地,等于孤立。"①他提醒孔祥熙,与美国一定不能闹翻脸,平准基金摊额多少并不重要,所应顾虑者,为今后中国在世界之地位。

张嘉璈约了范宣德一同早餐,想探听消息。一个月前,美国副总统华莱士访华时与蒋介石在重庆会晤,范宣德担任翻译,得悉内情较多。在本届政府,论到对东方事务的熟悉,范宣德可与谢伟思(John Stewart Service)、戴维斯(John Paton Davies)这两个老牌外交官齐名。范宣德对蒋的印象很不好,他说,蒋是个不知自省的人,只知一味把责任诿为外力。当时会晤时,蒋一再责备美国援助不力,以致军队战斗力日见薄

---

① 张嘉璈日记,1944年7月16日,《张公权先生年谱初稿》上册,第390页。

弱。范宣德一向主张在国共之间保持灵活政策，认为美国不应无条件支持蒋介石，他对蒋的恶感或许是因为其自身的左倾色彩。

张嘉璈试图说服他，蒋是一个有责任心、有担当的大国领袖。两人各执一词，谁也说服不了谁。

范宣德也透露了美方对孔祥熙此次向美国索欠旧账的态度，美国政府已决定每月支付中国垫付美军费 2500 万美元，目前结清法币 120 亿元，拟以 1 亿 2000 万美元了结。能有此结果，张嘉璈也松了一口气，基金份额没能争取到预期目标，但能够收回这笔垫付军费，也算攒起了战后建设的第一笔资金，孔副院长也能回国交差了。

对战后经济格局有着重大影响的布雷顿森林会议闭幕了。在会议后半段，中国代表团顾全大局，响应英国代表凯恩斯的倡议，放弃了基金份额上的保留条款。7 月 22 日晚 7 点，摩根索宴请全体代表及工作人员，庆祝协议达成。宴会后，从世界各地飞来的经济学家和银行家们也都作鸟兽散。在最终通过的协议上，有 27 个国家签字，苏联最后退出了。这似乎是一个先兆，预示着世界在走出铁与血的对抗后将迅速跌入冷战的泥淖。

但不管怎么说，布雷顿森林会议的召开，宣告了以政府间合作为框架、以通过干预稳定汇率为基础的新的经济体系的诞生。这是张嘉璈乐于看到的。资本主义在反思，它不再完全自由放任，这让他有理由相信，战后的世界，必将走向和平合作，相互借鉴，求同存异，当是人类大同之道。

会后，张嘉璈即携长女前往底特律转麦金纳岛，前去参加基督教道德重整会的夏令会。这个组织的发起人，是曾在中国传教的鲁植主教的女儿，名弗兰西斯（Frances）。据说，鲁植主教曾多次与蒋介石会谈道德重建问题，这些讨论直接催生了蒋提出"新生活运动"。这个组织的会员大多是无政府主义者，反对一切形式的强权政治。鉴于战后中国面临着从经济到思想、道德的一系列重建，该组织拟派员前往中国开展工作。

张嘉璈一向有着浓重的道德情结，早年发起"冰峰社"，和一帮年轻同志以"高""洁""坚"相砥砺，他执掌中国银行时，还将这三大道德信条拿来训练中行的高级行员。眼下战后重建千头万绪，无从措手，而收拾人心，让道德重归人心，当是一切建设的基础，是以，一收到弗兰西斯女士的邀请，他就答应参会并做演说。

会友们连日集会，介绍各自修身心得，批评各种极权制度。对于道德重整会拟在中国推进的工作，张嘉璈建议将之改称为"民族复兴运动"，并以"至诚""无私""纯洁""博爱"四德为标榜。他说，四德在中国孔孟之教中已谆谆言之，要之在于使道德精神与物质生活融合为一，他深愿以此四德时时提醒自己。

在弗兰西斯女士的生辰茶会中，他以中国传统士大夫的"修齐治平"为中心，做了一场演讲：

> ……一俟战争终了，人民脑筋当渐清晰，亟宜恢复固有道德。其推动办法，大可参考道德重整运动。类如孔子弟子曾参曰，"吾日三省吾身"，犹如此间每日必有若干次静默沉思。中国所谓大仁、大智、大勇，犹如此间之四德：至诚、纯洁、无私、博爱。中国之"天听自我民听""天视自我民视"，亦如即此间之"上帝指示"。中国之修身、齐家、治国、平天下，即此间之建树新人、新家庭、新世界之意。可见道德规律，中外相同，要视现实如何耳。①

他说，做一个真正的道德高尚的人，须从静穆沉思中来，更须从实行中来。

弗兰西斯女士邀他来参加夏令会的目的，是想让他受洗，加入道德重整会组织。张嘉璈认为自己是一个做实务的人，怎好在宗教上盘桓过久。他告诉女士，一个人只要实践力行固有道德，就必能改造个人，改造环境，改造政府，不一定要改信基督教。

---

① 张嘉璈，1944 年 8 月 24 日演说，《张公权先生年谱初稿》上册，第 392—393 页。

七、曙光在前

为了调和蒋介石与史迪威的矛盾,9 月,华府派了赫尔利赴华,重点协调中国战场的指挥权问题。还派了大使馆武官赴延安,考察八路军在华北对日作战情况。其后一段时间,中美关系渐渐趋暖。

罗斯福总统私人代表、美国战时生产局局长纳尔逊与赫尔利同机抵华,他所担负的"重大秘密使命"是了解中国经济,设法扩大对华援助,帮助国民政府渡过危机。纳尔逊在重庆十五天,晤蒋四次,会谈中国经济问题。单独同宋子文会谈多次,商讨经济问题不下三次。复会晤经济部部长翁文灏、交通部部长曾养甫等,就复兴中国战时生产计划进行会谈。

离开重庆前,纳尔逊向蒋表示,"输血"不是办法,只有提高中国自身的"造血"功能才是出路。他向蒋建议,仿效美英,先成立战时生产局,美国可提供给中国资金、设备、技术,帮助中国建立急需工业,他回去会向罗斯福总统请求给中国更多贷款。

10 月 2 日,范宣德告诉张嘉璈:"纳尔逊最近返国述职,依渠观察,中国目前确属困难重重,但并非绝望。纳氏推荐曾养甫为生产局局长。"又提到,国共问题如不能解决,影响及于中苏关系,深为可虑。

张嘉璈为中美关系松动感到高兴的同时,也为范宣德所焦虑的感到不安。

美国主导的国际实业会议即将召开,10 月 17 日,参会的中国代表飞抵纽约。张嘉璈去机场接到了陈光甫、卢作孚、范旭东这些老友。次日,八弟张嘉铸(禹九)也到了。

禹九可以说是张家子弟中最具文艺气息的一个,早年留美,爱好戏剧和美术,回国后又与沪上一帮教授名流集股发起"新月书店",并出任总经理。20 世纪 30 年代,在张嘉璈援引下,他进入金融界,先在经济研究室,后担任中国银行重庆分行襄理,嗣后又在实业救国的感召下,投身油料制造企业。此次来美,他的身份是实业部国际贸易局副局长兼中国植物油料厂总经理。

张嘉璈与卢作孚在旅馆长谈，又与范旭东和禹九长谈。这些金融界和实业界的翘楚，相交数十年，各执其业，各行其道，在一些重要的时间节点上，他们却时常会发生交集。他乡遇故知，本该有说不完的话，但公务在身，留给他们从容叙旧的时间委实不多了。

设宴招待这些国内来的老友时，张嘉璈特意邀请了全美商会会长詹士登及贸易、制造各业的巨头们，好让陈光甫向他们即席说明中国的战后经济政策，并争取巨头们对中国的支持。

老友们都以为张嘉璈要和他们一起出席国际实业会议，但大使馆早几日已转来电文，要张嘉璈和航空委员会驻美代表毛邦初为正、副代表，参加11月即将在芝加哥召开的国际民用航空会议，他也就不能与老友们同行了。

他这一队的参会人选，后来加入刘锴公使为副代表，李卓敏为顾问，另有成员航空委员会参事刘敏宜、机场建筑师陈枢翼、地理学家徐近之、航空委员会专员杨龄、无线电专家潘文渊等。

充任副代表的毛邦初，是一位空军将领。他是蒋的原配毛福梅的侄子，在黄埔第三期步兵科学习时就跟随蒋参加东征，抗战爆发初期，战绩不凡，后专司空军在美军购业务。张嘉璈担心毛自恃内戚身份，不好合作，当初刚接到通知时，他对是否去芝加哥有些犹豫，只因蒋的电文中"勿却是盼"四字，他才不得不应承下来。几个月来，他与毛邦初多次商讨民航建设计划，发现其对航空业务颇为精熟，人也不像外界传言的那样权欲熏心，合作还是颇为愉快。照目前情形来看，虽然从美国搞到大批量运输机的可能性不大，但采用一地一站办法，多开辟几条国际航空线路还是有可能的。让参会各国先感到不安的是，苏联借口西班牙问题拒绝参会。联想到几个月前，苏联代表在布雷顿森林会议最后时刻拍屁股走人，给人的感觉是，"北极熊"要自己玩了。

距航空会议还有两天，10月30日，张嘉璈陪同卢作孚去华盛顿拜访美国战时生产局局长纳尔逊时，这位罗斯福的战备物资大管家告诉他们，他马上就要动身，第二次去中国了，就战后经济建设做进一步对接。他说他给重庆带去的大礼包里,有一个 13 名专家组成的特别小组,其中包括 5 名钢铁专家、1 名酒精专家和若干名汽车专家,他们首先将研究如何在短期内提高生产及运输能力。

纳尔逊第二次使华又停留了十五天,帮助翁文灏建立起了战时生产局,他带去的专家小组为中国战时生产和战后经济复兴拟定了大纲,要之在于,先发展轻工业和手工业,代替日本倾销的廉价商品,俾使民富国强,再逐步发展重工业。纳尔逊本人也被聘请为国民政府高等经济顾问。前番因中缅战事失利,史迪威与蒋介石的矛盾趋于白热化,罗斯福权衡之下召回了盟军中国战区参谋长史迪威,代之以魏德迈,此一变故影响到了一般美国人对中国政府的信心。

纳尔逊两次使华释放的来自华府的好感信号,终于让在美多时的张嘉璈看到了战后复兴的一线曙光。

11 月初开幕的国际民用航空会议时开时停,花了足足一个月时间,军方和民用航空专家就领空权和航路问题也唇枪舌剑地战了一个月。12 月 7 日,总算结束争吵达成共识,订立国际民航公约,成立国际民航机构。是日,张嘉璈作为大会副主席做闭幕词,他说:"中国受战争之苦,其时间较任何国家为长,今日敌寇尚未驱除,故希望由政治、经济、文化合作而得到世界和平之信念,较任何国家为强,因此对于此次会议成就之欣感,亦较任何国家为深。"①

此时,四年一次的美国大选刚刚结束,罗斯福第四次连任总统,张嘉璈坐火车从芝加哥返回纽约时,卢作孚告诉他,文化界和实业界的领袖张伯苓、胡适、蒋梦麟、钱新之、林语堂、吴蕴初、胡霖等拟发表一个宣言,促同盟国关注中国战局,问张嘉璈是否愿意一同签名。

卢作孚还说,他正在起草一个电稿,促国内各界趁此机会向美国呼吁增加对华援助。大使馆那边,魏道明传来消息,美国已允出兵中国,《大美晚报》的主笔高尔德从战时首都重庆回来,也向他证实,重庆已准备好美军官 1000 人的住所。

---

①　张嘉璈日记,1944 年 12 月 7 日,《张公权先生年谱初稿》上册,第 411 页。

不几日,国内传来了行政院改组的消息。蒋介石不再兼任行政院长,由宋子文任代理院长。几个大部的人事也有变动,陈诚代何应钦任军政部长,俞鸿钧代孔祥熙任财政部长,朱家骅代陈果夫任教育部长。张嘉璈不知道这一人事变动是不是跟美国大选后的政局有关,用范宣德和他聊天时的话来说,"变总比不变好"。但范宣德也向他说出了自己的担忧:"惟宋氏虽精神充沛,但一般批评,其人无与人合作之精神,缺少良友辅佐,恐难有所作为。"

参加国际实业会议的中国代表团此时尚未启程回国,张嘉璈去看孔祥熙时,孔对这一人事变动也不无牢骚。他倒不是认为宋子文趁他不在国内,从背后下手,而是忧心于国内政治极权更甚。因为宋子文这个小舅子被雪藏多年后,此时已完全听命于蒋了,而蒋于财政又完全是个外行。

他愤愤地对张嘉璈说:"出国时,法币发行额只一千一百亿元,现已增至一千八百亿元,本年度提出之预算为四千四百亿元,现削减至二千四百亿元,但尚有种种支出未计在内,恐非三千亿元不可,如是有如黄河决口,不知伊于胡底。宋子文代理并无实权,俞鸿钧来电叫苦。"[1]

圣诞节早晨,张嘉璈还在和禹九一起吃早餐,二兄张君劢突然出现在他们面前。惊喜之下,他疑心二兄和八弟一定有什么事瞒着自己。因前一天平安夜,禹九过来吃晚饭时也没有说起二兄会来美国。君劢说,此事的确怪不得八弟,重庆起飞的航班提早了,所以他提前到美了。

君劢此次来美,是奉最高当局之命来考察民主政治的。国内的民主呼声日高一日,美国朝野也把中国政局是否趋好作为提供援助的前提条件,重庆方面对此不得不有所规划,故委托声望卓著的宪政学者张君劢先来做一番考察。君劢虽在政治上属于第三方,却是蒋信得过的学者。

———————————

[1] 孔祥熙 1944 年 12 月 21 日与张嘉璈的谈话,《张公权先生年谱初稿》上册,第 412 页。

　　对行政院的这次大换血,张君劢没多说什么,他只是暗示四弟,近期国内可能会召他回去。话音刚落,魏道明大使就来电话了,称张群来电,奉蒋主席之命,促他即日返国。

　　再一日,张群的电文到了,说蒋这次叫他回去,是意欲让他重回金融界,担任中央银行总裁。妹夫朱文熊的电报也到了,证实此事非虚。

　　中央银行总裁孔祥熙不是正在美国吗?张嘉璈吃不准了。他上门去看孔祥熙,旁敲侧击,探听其有无辞去中央银行总裁之意。孔只字未提。这一来他心里明白了,即致电张群,说自己还想继续留在美国做研究。

　　但与二兄、八弟长谈竟日,两人都建议他回去。他又心绪浮动了。那段时间所读都是多年不看的银行货币书籍,甘末尔的一本《美国联邦储备系统初阶》(*The ABC of the Federal Reserve System*)更是成了案头书。

　　12 月 29 日,中午和晚上,他约了李铭和陈光甫分别午、晚餐,商谈出处。陈、李二人不约而同,都主张他暂留国外为好。他们说,在美国继续研究战后经济,诱导美国投资事宜,待到接洽稍有头绪,再行返国,岂不比一回去就置身政治旋涡更好?他终于不再纠结,元旦这日,他给蒋写了一封信,申述自己不能回国的苦衷。他把信交给了贝祖诒,托返回重庆时带去。

　　张君劢此次来美,一个任务是会见美国政要,探听风向。正好张嘉璈要去国务院重签国际民航公约,于是叫上禹九,三兄弟结伴前往华盛顿。

　　他陪同张君劢访居里、范宣德、裴克、格鲁,参观了布鲁金研究院,陪同禹九访问商务部东方司司长莫曳。他们还一同去看望了前驻美大使施肇基。施说,美国一般意见,认为此次行政院改组,尚欠彻底,未能尽如人意。施说这番话,倒也在张氏兄弟意料之中。

　　盘桓两日,匆匆返回纽约。魏道明大使竟似追着似的来了纽约,告诉他,蒋已与孔祥熙通过电话,征得其同意,要张嘉璈“代理”中央银行总裁一职。几天后,张嘉璈接到孔祥熙的秘书从华盛顿打来的电话,称孔先生因病休养,要他去华府晤谈。

本来,张嘉璈已经和陈光甫、李铭二人约好,第二天就要去华盛顿,观摩罗斯福总统的就职典礼,居里已经给他们送来了白宫观礼的请柬。但此行去华盛顿要不要去与孔见面,见了面又怎么谈,张嘉璈实在是心中无数。

紧跟着,魏道明大使的电话又打了过来,大意谓:孔先生接蒋主席电,要张嘉璈"替代"其中央银行总裁之职,孔先生认为系"代理"之意,因此欲与张做一次面谈。

八、三个来自中国的银行家

1945 年 1 月 20 日上午,11 点三刻,在白宫对面草坪的阳台上举行罗斯福总统就职典礼。这是他第四次宣誓就职。先是杜鲁门副总统就职,然后罗斯福宣誓就职,整个仪式加上演说,不过 5 分钟时间。张嘉璈和陈光甫、李铭立于草坪上的一大堆来宾中,观摩了典礼全过程,远远地看着罗斯福,只觉其面容憔悴,而演说则极为简要而有力。

在白宫用过午餐,张嘉璈即与陈光甫和李铭分手,一个人前往孔祥熙住的医院。魏道明的电话,已让他知悉了孔祥熙恋栈不去的底牌,故此,去医院的路上他已打定主意不就任。谈话两个多小时,孔一直试图说服他回国"代理",态度至为"恳切",而张嘉璈则以种种理由推辞,终无结果。

他们当时还不知道,就在两天后,刚刚宣誓就职的罗斯福飞去了雅尔塔——苏联黑海地区一座风景优美的小镇,与苏联领导人斯大林和英国首相丘吉尔会面。三巨头秘密签订的雅尔塔协定,把中国东北的部分权利随手一划就划给了苏联,以此作为苏联加入对日作战的条件。这一秘密交易,将给战后中国增添无穷麻烦,此是后话不提。

熊式辉还在继续来电,转达蒋的意思,催他速归、勿顾虑。张嘉璈只得再次复电,告以中央银行完全为财政部附属机关,无法实行欧美中央银行职权,本人实难担任。

　　而从孔祥熙本人的言行来看,也丝毫没有撒手之意。2 月 3 日,孔邀集中央银行在美理监事午饭,张嘉璈和陈光甫、李铭、李国钦、席德懋、宋子良等人出席。孔谈中央银行的发行计划,谈对财政部的垫款,谈外汇问题,一点也没有要把中央银行交给张嘉璈的意思,只是在结束午餐的时候问了问他,准备什么时候返国。

　　和政客玩弄手腕不同,银行家和实业家只想着踏踏实实为国家做事。1945 年的初春,张嘉璈时常和陈光甫、李铭一起奔走游说,邀约美国银行界和工业界组织公司前往中国投资,进行战后经济合作。在大西洋城,他们三人和美国一家公司商定,成立一中美投资公司,定资本为 2000 万美元,上海商业储蓄银行和浙江实业银行先行缴足,以吸引美国资金和中国的海外游资,以从事战后经济建设。成立公司须填写一节略,说明事业规划和发起人的履历及事业关系,美方办理人员看了此节略,认为他们三人的社会信用,足以鼓动美国实业界的投资兴趣,让他们听了颇为感动。

　　战事的结束已指日可待,在此民穷财尽之际,这三个来自中国的银行家认为,若能以民间身份推动建立中美经济合作基础,也算是为重建中国、为这个国家做一点小小的贡献。张嘉璈对两位老友说:

　　"吾三人在以往有一段建立近代金融最光明之历史,及公而无私之结合,今日尚有此志趣,为国家战后经济建设创一新局面,此一集会不得不谓为一奇缘,但望他日小有成就,能影响于后代,则此一结合为不虚矣。"①

　　自从去年下半年纳尔逊两次使华,美国朝野对中国的好感增加了,他们似乎终于意识到,在世界反法西斯战争中,这个还是农业国的国家以羸弱之躯对抗工业强国日本,在远东战场上做出了重大牺牲,现在该是到了扶他们一把的时候了。2 月 7 日,魏道明大使设晚宴招待回国的

---

　　①　张嘉璈日记,1945 年 3 月 4 日,《张公权先生年谱初稿》上册,第 427—428 页。

魏德迈,张嘉璈也在座。魏德迈说,美国拟为中国装配 36 个师,武器和军官都已配备到位。他又说,军事观察团不仅去了重庆、西安、成都这些重要城市,也去了延安,反馈回来的信息是八路军政绩可观,根据地政治上实行三三制,农工事业鼓励合作组织,唯因无接济,军事实力还显薄弱。但未来发展趋向如何,谁也不好说。眼下日军势衰,将来美军登陆,大约总在长江以南,当不致与之有接触。

此时,张嘉璈自身的兴趣,已从刚来美时的注重政治力量的变化和美国的对华政策,转向了他的老本行财政、金融和货币。一有机会,他就多方会见银行家和经济学家,一一征询他们对战后中国经济建设的意见。

2 月 10 日,访问纽约联邦准备银行经济研究专员塔玛咯莱,讨论中国战后银行货币问题,塔氏建议如下:

（1）中央银行股本拟参照以前李滋罗斯在中国时所拟中央储备银行条例内规定办法。（2）董事由政府推选五人,由工商农各界推选五人,由银行股东推选五人。总裁及副总裁,就政府推选之董事五人中指充。（3）中、交、农三行股本,可定为官商各半,董事亦三方面各推选五人。（4）货币问题,最好在上海、天津、汉口、广州等地收复后,先发行一种变相军用券,定一与美元及法币之比价,流通市面,以美国应付中国所垫之美军费用为准备。一俟完全胜利,大局底定,再另发行新币,收回贬价之法币。①

2 月 20 日,约见前联邦准备局研究室主任司徒瓦特及其助手,记录谈话如次:

余问：将来中国之中央银行应否参加商股,抑或完全官股?
司徒答：中央银行虽与财政部不能分离,但经营管理以有独立

① 张嘉璈日记,1945 年 2 月 10 日,《张公权先生年谱初稿》上册,第 420 页。

性为宜,故不必完全官股。

余问:战后中国整理纸币,是否于美军在中国海岸登陆后,先整理一次,抑俟战事完全结束后,一次整理?

司徒答:在美军登陆后,不妨先发行一种临时地方纸币,规定与法币之比值,同时流通行使。而整理币制,必须俟货物畅通后,方可规定币值,发行新币。至新币对外价值,更须俟物价稳定,方可规定,要之币值跟物价而上下。

余问:为收缩贬价货币起见,能否限制商业银行所收新存款,一律转存中央银行? 若以新存放款须随政府意旨。

司徒答:如政府有此限制,人民可收藏纸币,不存银行。故整理币制必须自货物畅通,供求相应,物价稳定着手。①

同日下午,访问曾任中国财政币制顾问的甘末尔教授,谈两小时,记录要点如下:

中央银行应有商股。渠在中国时,曾起草中央准备银行法案,主张加入银行业及工商业之股份;

中央银行对政府垫款须有限制,否则必致丧失信用;

中、交、农三行,须保持独立性,不可完全受政府节制;

战后中国整理币制,须俟大局底定后,一次整理,惟青黄不接时,不妨发行一种地方券,当着手整理时,先定新旧币比价,不必即定外汇率;新旧币比价规定时,可宣布以旧币充作辅币;

新币保证准备应用商业票据,不可用公债,以避免人民怀疑;

政府不可因中央银行垫款有限制,而直接发行纸币,如通用券之类;

政府如在战后,以人民因战事而有不当得利,或因通货膨胀而

---

① 张嘉璈日记,1945 年 2 月 20 日,《张公权先生年谱初稿》上册,第 421—422 页。

发横财,而征收其利得,不可用一次征收资本办法,宜应用所得税或财产税征收之;

外国银行之设立,不必禁止。惟可规定其所收存款,如用于放款,须合于政府规定之放款种类。

3月10日,前往财政部,约接替怀德为币制股主任的柯弗兰克一起午餐,并询其对中国事务的看法。柯氏是芝加哥大学经济学博士,布雷顿会议后又担任国际货币基金组织秘书,谈兴颇浓。日记云:

今日中午约财政部币制股股长柯弗兰克午饭,录其谈话要旨如下:"今日《纽约时报》载莫斯科消息,谓延安八路军要求美军登陆后,夺得日本军火交与八路军。美已同意,惟蒋委员长反对。又重庆消息,中央方面有不署名之宣言,促蒋委员长辞职。似中国内部情形日见恶劣,如是中国不特不能统一,且战后建设将延缓若干时日。同时苏联不久将与美政府协商加强共军实力,以期迅速驱逐日军。如美政府不能接济共军,则苏联将取单独行动。以渠个人看来,苏联无领土野心,尤其满洲问题,必与美政府洽商。不过中国必须有一代表各党各派强有力之政府,俾易于对外。至于中国战后金融问题,势不能离战后之政治经济而独立讨论,例如税制与征收等事,均须政治革新,方能谋财政之改善及金融之改进。"①

3月17日,又访晤著名经济学家韩生(Alvin H. Hansen),记与其谈话如下:

---

① 　张嘉璈日记,1945年3月10日。柯弗兰克后被国会查出曾参加共产党,遂被停职,避往墨西哥、古巴。1960年,柯弗兰克寄居中国,曾在天安门大会上演说反美。《张公权先生年谱初稿》上册,第430页。

余问：中国通货膨胀，如何缓和？

韩生答：所有反通货膨胀各项措施，人人能言之，但运用之道，因各国政治情形而有异同。

余问：通货膨胀率有人云十分之一，尚无危险。

韩生答：既可减为十分之一，为何不减为二十分之一？

余问：中国之中央银行应否加入银行及工商业股份？

韩生答：在政府未稳固以前，可如此办理以加强银行信用，俟政府稳固，走上法治轨道，不妨完全官股。

余问：中央银行应否设分支机构？

韩生答：不必广设。应奖励民间金融机构，以期多多吸收储蓄。

余问：省银行应否准设？

韩生答：如不发行纸币，不妨准设。

余问：中国目前应否积极推行所得税？

韩生答：在中国工商业尚未发达、大资本家尚未产生以前，仍以着重间接税为宜。

余问：中国、交通两银行工作重点如何？

韩生答：中国、交通两行，闻各有专责，仍应分工合作。而最重要者，须着重长期工业贷款，及提倡证券市场，每年除人民投资外，政府应提倡发行证券，由银行信用以补私人投资之不足。①

他还拜访了刚刚访问中国归来的美国财政部官员福礼门，午饭谈话中，重点是通货膨胀问题。福礼门告："中国货币问题症结在政治，远则中国之政治统一，近则自由区与沦陷区之物质流通，与税制之改善，均为当前急待解决之问题。"

对于中国政府出售黄金抑制通货膨胀的做法，福礼门认为"实属杯

---

① 张嘉璈日记，1945 年 3 月 17 日，《张公权先生年谱初稿》上册，第 432—433 页。

水车薪,无补于事",建议中央银行应从速储备人才,为战后收复地区设立地行之用,同时要注重研究工作,速予扩展。

九、"报国有心,救世无术,忍负海誓山盟"

张君劢会见民主和共和两党领袖,考察各州议会上、下两院,了解美国地方政府法制及财政运行状况,张嘉璈也时常作陪。

2月里的一天,兄弟俩一起坐火车去普林斯顿,拜访了著名物理学家爱因斯坦。

爱因斯坦不修边幅,穿着一双"不结鞋带的皮鞋",在办公室接待了张氏兄弟。办公室的狭小足令二张吃惊。陪同的朋友说,大科学家就是在这个简陋的房间里推演那些令人头痛的方程式。日记云:"与君劢哥乘上午九时二十分火车同往普林斯顿。晤方善桂兄,由渠导引,于十一时半,访艾因斯坦。见其坐在狭小之公事房,只木桌一张,木椅二只,桌上空无所有。仅纸一张,铅笔一支。知其每日到公事房,即思索写公程式。或有研究员向其询取意见。脚穿不结鞋带之皮鞋当系 loafer(平底便鞋)。每日回家,途遇小孩,即与玩笑。在家时,喜玩奏小提琴乐器。我与君劢久慕其名,今日见到,实一快事。"①

3月14日,陪同君劢往访明尼苏达州众议院议员周以德,讨论中、美、苏三国关系。再访范宣德,知国共尚有对话空间,两人心中都抱一丝希望。

孰料两天后,3月16日,突然接到弟媳张肖梅从重庆来电,告以二嫂王世瑛在医院生产时,因心脏衰竭去世,婴儿先天不足,出生次日也告夭折。

肖梅为什么不直接通知二哥?张嘉璈稍一想也就明白,二哥二嫂情深意笃,肖梅是担心君劢受不了刺激,故此才把消息先告知自己,以便相机转告。

---

① 张嘉璈日记,1945年2月20日,《张公权先生年谱初稿》上册,第421页。

　　君劢的第一个妻子,是老家一个姓沈的小脚女子,婚后不久,君劢就留学日本,感情疏淡。直到遇到王世瑛,他的爱情才真正被唤醒。出身自福州一个名门望族的王世瑛,北京女子高等师范学校国文系毕业,是新文化运动中灿若群星的女子高师女作家群体中的一员,那个群体会集了陈衡哲、冰心、庐隐、林徽因、凌叔华、冯沅君、苏雪林、石评梅、陆晶清等一批才女。王世瑛担任校学生会主席,笔名一星,论才情,比之这些女作家也不遑多让。据说庐隐的早年名作《海滨故人》里,就有她的影子。同样来自福建的女作家谢婉莹(冰心)与之有同学之谊,她印象中的王世瑛,"一班中,年纪最小,梳辫子,穿裙子,平底鞋上还系着鞋带,十分的憨嬉活泼"。

　　当初,北京文化界筹备泰戈尔访华,一次招待会,经郭梦良和庐隐的介绍,张君劢初见王世瑛,一见钟情,展开热烈追求,王世瑛犹豫不决,写信让冰心拿主意,他们的婚事也有冰心一份赞襄的功劳。

　　王世瑛虽非君劢原配,但她与君劢相濡以沫二十余年,鹣鲽情深,再加她性情温婉,张氏兄妹对她都十分敬重。他们的婚姻,没有徐志摩与张幼仪离婚后娶陆小曼那般张扬得世人皆知,却要踏实得多。婚后的王世瑛,相夫教子,不再写作,从女作家群里退出,真成了民初文坛的一颗流星。她和君劢夫妻情笃,为他生下四个孩子,助这个书虫子译稿和学术写作。20世纪20年代末,君劢因从事政治被绑匪劫去,她冷静应对,营救夫君,时人誉她,"较君劢尤有党魁的坚强明朗"。

　　张肖梅电话里说,张君劢赴美前夕,王世瑛同他对斟对饮,情意款款,弟妹们都笑他们比少年夫妻还要恩爱。及至世瑛难产去世,他们都觉得当时这惜别的表现,有点近于预兆。

　　此时的君劢奔走各州,考察民主政治组织,屡有心得,兴高采烈,张嘉璈不敢把噩耗即刻告知二哥,怕他悲悼过分伤及健康。忧心之余,他感慨:人生五十以后,不如意事,往往接踵而至,吾辈岂能例外。[1]

　　3月24日,亨利·卢斯邀张氏兄弟茶叙,为《时代》一向站在中国

---

[1]　张嘉璈日记,1945年3月16日,《张公权先生年谱初稿》上册,第432页。

立场报道招致各方批评大倒苦水。张嘉璈几次想找机会与君劢谈起家事，怕君劢受不了刺激，又三缄其口。

卢斯没有察觉异样，顾自说道，《时代》《生活》为今后发展计，不得不调整今后立言方针，为此特征询张氏兄弟意见。张嘉璈心中有事，匆匆说道：《时代》一向以来都是中国人民的朋友，如作善意的忠告，中国方面极愿接受，让卢斯不必顾虑。

告别卢斯出来，张嘉璈数次欲语，想告诉君劢。却不知如何启口，唯有心中暗叹。兄弟俩在人来人往的街市上分了手。

担心白天与卢斯会谈时心神不定，词不达意，回到寓所，他专门写了一封信给卢斯解释，略谓：近来美方对于蒋委员长颇多指摘，实则蒋先生已在努力改进。"惟彼今日面临两大问题，一是与中共之关系，二是苏联态度暧昧莫测。欲解决中共问题，惟有早日实行民主政治。在民主宪法未颁布以前，采一过渡办法，俾得政治方法解决。同时在行政方面，彻底实行廉洁政治，以缓和民众反感。必先安内，方可攘外。庶几苏联不能有何阴谋。若能秉此方针立言，不特有助于中国，且可巩固中美之友好。"①

执笔惶惑，他给君劢写了一封短信，告以家事噩耗。此时离最初闻知消息已有 10 日，国内丧事皆已料理完毕。

几乎同时，正在美国参加太平洋学会的冰心丈夫吴文藻，也传讯给君劢。可以想见张君劢得知这一消息时悲恸欲绝的心情。廿年来艰难与共，辛苦备尝，竟成永诀，关山阻隔，再也无缘得见，六旬翁唯有长太息："报国有心，救世无术，忍负海誓山盟。"

他把对王世瑛的不尽思念，织成一篇凄凉文章："曹植之赋曰：入空室而独倚，对孤帏而切叹。痛人亡而物在，心何忍而复观，此正我于役美洲，闻夫人与世长辞，伤心惨绝之感想也。自结缡以来，相处二十年，实为世界政潮汹涌之会，为民主反民主斗争之时期。我以渺渺之身，不自量力，每思所以左右之，困心衡虑之。乃变故迭起，夫人亦缘是

---

①　张嘉璈日记，1945 年 3 月 24 日，《张公权先生年谱初稿》上册，第 437 页。

出入艰难困顿之中,而忧伤憔悴以死矣……呜呼!行行重行行,与君生别离。相去万余里,各在天一涯;道路阻且长,会面安可知?何期古人之言,若预为我留此写照耶?"

让张嘉璈吃惊且感佩的是,这人伦之伤痛,二哥在人前竟没有丝毫流露。他反而以一种不可思议的热情投入到工作中去。4 月初,张君劢飞到旧金山,做出席联合国国际组织会议的准备工作,一周后,回到纽约,又约请张嘉璈和胡适、陈光甫、晏阳初、李铭等发起成立旨在研究民主政治的社会科学院。大概也只有工作,可以让这个宪政学者暂时忘却这一人间至痛了。

这年底,君劢归国,把王世瑛的灵柩自重庆运回上海,安葬于真茹乡横塘先人坟旁。此一生,直至去世,他没有再娶。

其间,张嘉璈和禹九、李铭去医院看望了刚动过手术的孔祥熙。手术后的孔祥熙气色很差。他说开刀后状况尚可,尚须再开一次刀。可能是受宋子文政坛复出的打击,他连说话都是有气无力。坊间有传闻说,孔此次失宠,是因为傅斯年在国民参政会上发难,揭发其在发行美金公债中贪污舞弊。但也有一种说法是,他的家族敛财无算,以致极峰震怒,匆忙中做出了让宋子文暂代行政院长的决定。

孔祥熙絮絮叨叨地说,中央银行发行日见增加,去年 8 月出国时只 1100 百亿元,现已增至 2500 亿元,本年一、二两月,中央银行垫款为 77 亿元,而国库收入只 14 亿元,物价日涨,香烟已从每包 65 元涨到了 500 元,鸡蛋已涨至每个 30 元,且这势头看情形还一下子刹不住。

通胀到了如此地步,张嘉璈闻之只觉"不寒而栗",返国任职之念益感到冷淡。几天后,一个下属,滇缅公路西段工程延长张海平来美,说起时下国内物价情形,也对他大倒苦水:重庆米价由去年年底的每斤 5000 元,最近涨至 15 000 元;贵阳米价为 58 000 元,昆明为 25 000 元。重庆肉价去年年底每斤为 130 元,现涨至 300 元,昆明、贵阳均为 1000 元。

他给一直盯着自己的熊式辉发了一份电报,告以不敢膺中央银行重任,让转告蒋,请允稍晚回国。但张肖梅的来电却说,吴鼎昌、张群、贝祖诒等人都盼他早日返国。

十、慢船去英国

几天后,张嘉璈在花旗银行访晤著名财政金融专家伦道夫-伯吉斯(W. Randolph Burgess),彼对时下中国经济建言道:

目前既有中国、交通、农民三行,应将业务照原定条例划分清楚,各有专责;中国银行只能经营外汇,不能管理外汇;中央银行欲建立信用,必须对于政府垫款有所限制;发行纸币,准备不必过高,但须稳定于一定成数,而根本在乎确立信用;战后通货整理,仍在平衡预算,恢复内债信用,外债之有无,尚在其次,可以借鉴一战后法国整理币制的经验。

就在此时,传出一个消息,4月12日,在佐治亚州温泉市的"小白宫"内,罗斯福总统签署了一批文件、用过午餐后,即溘然而逝。他的副手、早有准备的副总统杜鲁门,接过了总统衣钵。

前来旧金山出席联合国宪章制宪会议的各国代表陆续抵美,纽约总领事于焌吉设宴招待前来开会的中国代表,有顾维钧、王宠惠等人,特意邀张嘉璈作陪。最无党派色彩的顾维钧,是个易于被各方接受的人选,据说极有可能接替魏道明出任新的驻美大使。

席间,一众人对老罗斯福的去世叹喟了一番,说他担任第四任总统仅三个月就去世,都是因为以往数年为战事、外交、内政操劳过度,可称"为国牺牲"。对资历尚浅的杜鲁门能否平稳驾驭好二战残局,也都发表了一通议论。

众人纵谈国内时局,顾维钧透露,此次旧金山会议,政府原不拟让延安方面参加,迫于美方施压,要容纳各党各派,才不得不加入了中共元老董必武,示外界以中国国内政治统一之象。顾维钧还说到,中苏关系正在改善中,苏联驻华新大使已经派出,行政院代院长宋子文正在准备访问苏联。至于重庆的经济形势,日趋严峻,军队的战斗力也依然薄弱。

这与贝祖诒自重庆归来后带来的消息相仿佛:"重庆政治情形依然如故;生产局近以物价腾贵,不易积存原料,开办后,仅支用二十五亿元。去年政府收购生金,及吸收金币存款,均合法币四百亿元。照其计算,本年支出恐须达三千亿余元。行政方面,上下相蒙、彼此推诿之积习,有增无减。加以通货膨胀之结果,人人忙于生活,万事不能推动。"①

　　行政院代院长宋子文作为旧金山会议的中方首席代表也来到了美国。张嘉璈前往拜访时,宋有这样的话:"今日国事,须先顾目前,因无目前,即无将来,但手段非杀辣不可。"张嘉璈的印象里,"杀辣"是一句长沙话,意谓凶狠,宋代院长说出这样的话来让他殊感吃惊,是对付经济烂摊子要"杀辣",还是对共产党要"杀辣"? 和君劢一起吃晚饭时,兄弟俩猜测了半天,也不明其所以然。

　　报人胡霖是以无党派中间人士的身份前来参加旧金山会议的。这位新记《大公报》的发行人在与张嘉璈的一次午饭谈话时,一脸掩饰不住的忧色。他说,虽然中方的十人代表团名单里,②最后加进了中共元老董必武,但国共两党分歧日深,或许一场内战将不可避免。

　　"共方在华之势力,已日见扩大,大有非我莫属之势,而在华中、华南,亦节节蚕食,甚为可虑。"胡霖断言,到了这个地步,最高当局若不广开贤路,一改用人非党即亲之陋习,国事必将糜烂至不可收拾。③

　　如何避免大有一触即发之势的纷争? 老友塔玛喀莱来长谈时给出一个建议。塔氏推测,苏联意欲在朝鲜、满洲扶植一个亲苏或与苏合作的政权,因此中共方面很有可能在华北建立地方政府,而遂至产生若干地方政治,为防微杜渐计,不如建立一联合政府,可以控制地方政权,否则将招致地方割据,甚至发生内战。美苏两国在日本败退后,还应有一个互不干涉中国内政的协定。张嘉璈深以为然。

　　塔玛喀莱同时还向张嘉璈透露了两个数据,俾使他心中有数:中国私人存美之活期存款,原有 1 亿 1000 余万美元,经陆续提出,售与中央

---

① 　张嘉璈日记,1945 年 4 月 14 日,《张公权先生年谱初稿》上册,第 441—442 页。

② 　中国代表团首席代表宋子文,另九名代表为:顾维钧、王宠惠、魏道明、胡适、吴贻芳、李璜、张君劢、董必武、胡霖。

③ 　张嘉璈日记,1945 年 4 月 23 日,《张公权先生年谱初稿》上册,第 443 页。

银行,目前约结存 7500 万美元;中国政府所存外汇,约为 6 亿美元,这是国民政府的全部家底了。

此时,张嘉璈又接到了熊式辉从国内发来的电报,转达蒋介石的意思,问他旧金山会议后是否可以整装回国。但张嘉璈此时仍无归念。他让即将回国的卢作孚向蒋转陈,说自己与英国实业界有约,不日将赴英一行,且罗斯福总统去世后,美国政坛人事将有大变,结束对英国的访问后他还需留美,与各部新长官再做周旋。

4 月 30 日,张嘉璈坐"法国小岛号"海轮从纽约前往伦敦。这日中午,陈光甫、李铭约了一个饭局给他送行。在座的还有一个叫宋以忠的朋友,据说其妻子在卢斯的《时代》周刊任编辑。谈到美国朝野对中国的看法,宋说,这只需要看《时代》杂志的态度,《时代》对中国局势的看法可归结为三点:从速整理军队,革新政治,改善农民生活。这三事若不从速进行,恐难恢复政府信用。可是眼下,政府已经透支了太多信用,还能透支到几时?同席几人都陷入了沉思。

从纽约到格拉斯哥是慢船,须行九昼夜。出于对苏联在战后世界崛起的忧虑,船上几日,张嘉璈带了《苏维埃与和平》《苏联经济理论基础》等几册有关苏联的书,读后有感,记于途次:"今日风大,船身倾侧,读完《苏联经济理论基础》一书后,略有感想。以为大陆国家拥有广大土地者,人民偏于有广泛之幻想,同时有伟大之体魄,列宁趁帝俄腐败政治之反响,以及战败之人民反感,造成革命。又值各国嫉视包围,益加强其国家主义之坚韧精神,与自力更生之决心。史太林富有实际头脑,补救列宁理论之不足,集中精力于实际建设,并建立完密之政治组织,得有此次战争之成果。"[①]而令他忧心的是,苏联"支配世界之野心",也在日益加炽。

船行第六日,船上无线电广播说,美国人打到了易北河,苏联红军推进到柏林,希特勒已宣告死亡,德军全线投降。第二天,也就是 5 月 8 日,英美等国已宣布该日为欧战胜利日。

---

①　张嘉璈日记,1945 年 5 月 5 日,《张公权先生年谱初稿》上册,第 445 页。

收听广播里丘吉尔的胜利演说后,船上的旅客们不顾海上风大,在寒冷的甲板上欢呼着,紧紧拥抱。此情此景,令张嘉璈不胜感慨,又复忧从中来:"人后我而战,先我而获胜利,我则困难之日,方自今日始。"①

船抵苏格兰格拉斯哥,再乘夜班火车前往伦敦。战时,车中铺位都改为军用卧铺,订不到铺位,只能闭目静坐待旦。

伦敦街头,触目皆是焦土,因城内防空设施少,市政当局统计上来的伤亡人数更是触目惊心。德军对伦敦无差别轰炸后的惨状让张嘉璈想到了重庆,"伦敦市民之抗战精神,要与吾人殆相伯仲"。但似乎伦敦受炸的范围更广,受灾程度也更为惨烈。

让他吃惊的是,即便是战时,英国人的政治热情也是空前高涨。在牛津三一学院,他和两个学生领袖一起用餐,恰巧一个是自由党的,一个是保守党的,两人告诉他:学院里保守派和自由派的都有四五百人,还有信仰社会主义的 150 人,信仰共产主义的数十人,唯后两派人很少露面公开活动。

对苏联问题的关切,贯穿了他与伦敦经济学界学者们的每一次谈话。5 月 10 日,张嘉璈会见了中国银行伦敦经理处职员格雷,格雷是其旧下属,所发议论也多切中肯綮:太平洋战争距结束恐尚需一年,苏联在最后 5 分钟方肯参战,且到时必提出种种要求,使英美无法拒绝。对于满洲,其至少将要求恢复至清时北满铁路地位,甚至要求恢复 1900 年对于旅顺大连所占之地位。除了不放弃满蒙之优越地位,新疆恐亦在其野心囊括之中。总之,苏联希望其亚洲之邻境,均为其势力范围。

5 月 21 日,在伦敦与浦洛特爵士在其寓所长谈,主题是对苏态度与益发汹涌的共产主义运动,浦氏并以新著《中国与英国》一册见赠:

> 余问:今日国际形势已十分明显,苏联对于满洲不肯放手,中国应取何种态度?
>
> 浦氏答:目前英美对于苏联,决无办法。中国只好忍耐应付,

① 张嘉璈日记,1945 年 5 月 7 日,《张公权先生年谱初稿》上册,第 446 页。

不必诉诸公论。

余问：中央应否效法英国之对付爱尔兰，让其正式成立独立政府？

浦氏答：应听其自然，不必承认，亦不加否认。中央政府惟有迅速改善行政，尤其对于下层行政，必须从速改善。农民租税负担及佃租，应彻底改革。小工业应切实辅助。上述数端，如能实行，中央政府自必强固，对共对苏，均不足虑。尚有一点，欲进忠告者，即 1917 年苏联革命成功，共产制度建立之后，风靡世界，咸予同情，政治家及学者，纷纷从事研究，以中国之文化大国，应自立政治制度，不必抄袭。

余问：战后中英合作基础，应建立于何种因素之上？

浦氏答：中英民族性情，最长于互让，如彼此彻底认识此点，一面沟通文化，一面促进经济与贸易，自能密切合作，不必有盟约，或防守协定之类。中国战后，应积极采取自动立场，不可再如以往事事受外界牵制或压迫。国民政府成立，在外人观之，以为可以奋起，采取自动，惜未能办到。

余问：香港问题，尊见如何？

浦氏答：此乃中英全部问题之一环。必须在时机成熟时，彼此心心相应，顺水推舟，不必出之要求，以免弄巧成拙。①

除了告以"忍耐"，英国人似乎对苏联这头东方巨兽也无可奈何。对地方上建立的共产党政权，"听其自然"，不加承认，亦不否认，更是让张嘉璈听得一头雾水。

但张嘉璈此时对局势的看法还过分乐观，与英美烟公司董事会的大股东们谈中国战后政治能否稳定，他判断说：战后中国恐有长时间之政治纠纷及随之而来之演变，但不致有内乱。

———————

① 张嘉璈日记，1945 年 5 月 21 日，《张公权先生年谱初稿》上册，第 451—452 页。

十一、凯恩斯、李滋罗斯与中国

张嘉璈此次来伦敦,实是国内局势未明、重庆催迫又日紧,彷徨无计之时的一次散心出游,并未有任何公务性活动。因此,日程安排得甚是松散,除了与经济学界同人交游,他还以一赋闲之身访问了三一学院、女皇学院、剑桥大学等多所高等学府及其图书馆。

牛津各学院均有四百年以上的历史,建筑外观虽陈旧,内部陈设却整齐清洁,使他每到临一处,都大起尊崇之心。

5 月 27 日,访贝利奥尔学院(Balliol)院长林赛勋爵,亦堪可一记。院长说,其有一子在延安,帮助管理无线电台。此子来中国多年,曾在燕京大学教授经济学,娶一中国女子为妻。最近时在报纸发表通讯,盛赞八路军政绩,复提及延安选举人民代表,系采取三三制,即党员、农民、地主各占 1/3;若国民政府与延安政权不能和洽妥协,恐日军退出中国后,华北地区将为延安控制。院长提出,亟思一见其儿子媳妇,问张嘉璈有无办法使其子至重庆,以便谋面。张嘉璈明知此事不好办,但也不忍看到老人失望,硬着头皮,答应回国后会想想办法。

在英期间交游的,有实业家范旭东,英庚款购料委员会主任委员王景春等。为滇缅公路修建积劳成疾的谭伯英此时在伦敦治病,张嘉璈闻讯也去做了探望。

道德重整会发起参观乡村自治组织,他在一个叫郝华德的会友的农场逗留了两日。回到伦敦,接到张群和熊式辉从国内发来的电报,说已推选他为国民党中央执行委员会委员。而此前几日,他已听说了宋子文不再担任行政院长的消息。他在日记中写道,“深感诧异”,“不知国民党是否将根本改造,抑仅罗致少数与党关系较浅之人而已”。①

6 月 10 日傍晚,张嘉璈前去皇家学院,拜访经济学家、国际货币基金组织和国际复兴与开发银行(世界银行)两大组织的英国理事凯恩斯

---

① 张嘉璈日记,1945 年 6 月 3 日,《张公权先生年谱初稿》上册,第 461 页。

教授。布雷顿森林会议期间,凯恩斯主持的第二委员会忙于世界银行事宜的讨论,张嘉璈甚少与之交谈,他早就想过在伦敦时造访之。

凯恩斯住在学院附近一小楼中,室内极为简陋。因患有严重的心脏病,曾被《时代》杂志描绘为"高大、迷人、充满自信"的凯恩斯,只能半躺在靠椅上与客人谈话。夫人莉达事先告诫,谈话不能超过一小时。

凯恩斯不是个象牙塔内的经济学家。他在学术之余,出任英格兰银行董事,还是数个慈善信托公司的顾问;他自己也做投资,而且是个成功的投资家。出现在张嘉璈面前的凯恩斯是一个理论与实践兼具的经济学家的典范。不止如此,他还被同行称许为这个时代"文章写得最好的经济学家",他嗜品美酒,尤其是香槟,是个品味不凡的艺术品收藏家。凯恩斯雄辩滔滔,十分健谈,一小时过去了,还谈锋甚健。莉达两次进来示意,凯恩斯才不得不刹住了话头。

他们一同下楼,出席了国王学院的院长晚宴,而后,夫妻俩又陪着张嘉璈去听了一场音乐会。凯恩斯的殷勤招待,让张嘉璈颇为感动和兴奋,谈话中,他提了一个私人问题请教:

> 我问其,我个人正彷徨于改就私人企业与重回政府担任公职。渠即问我,政府将要我担任何项职务。余答以,政府有意要我担任中央银行总裁。渠云,"如政府要你担任中央银行,我劝你抛弃私人企业,而毅然接受不疑。因任中央银行职位之人,必须品性纯洁无疵,而具有丰富银行经验,你二者兼而有之,不必怀疑。"我遂告以目前政府尚未表示要我回去担任何职。如就中央银行,将有许多问题,向彼请教,并望英国政府予以援助。此一席谈话,不免使我惭愧,但加强我返国意念。①

凯恩斯还就战后中国的货币金融、中央银行组织办法、汇率标准等

---

①　张嘉璈日记,1945 年 6 月 10 日,《张公权先生年谱初稿》上册,第 466—467 页。

谈了自己的看法。这是"宏观经济学之父"最后一次就中国经济发表看法。一年后,凯恩斯因心脏病突发在索塞克斯家中逝世。

6月11日,出席英国皇家国际问题研究会的招待午餐时,张嘉璈即席发表演说:中国战后,预料将废除一党专政,经济上,将趋向工业化,国际上,将加强与英美等国合作。唯因政治方面,立宪政治未有根基,难免不发生内部党派纠纷,由此影响到经济方面不分先后缓急,国际方面因法律习惯不同发生隔阂龃龉。他希望研究会的同人们能够给一些好的建议。但英国人更感兴趣的是,战后中国对外人前来投资是不是会给予更多优惠和特别待遇。至于要不要搞立宪政治,那是不容置疑的,简直没有讨论的必要。

几天后,中国银行伦敦经理处经理李德俦约请午饭,座中,汇丰、麦加利、花旗、米兰等各家银行的经理向他发问,中国战后对于外资银行将会是什么态度?张嘉璈答以,在纽约时曾与孔副院长谈及此事,孔氏表示,战后对于外国在华银行之待遇,仿照向来办法,"宽予待遇,可以放心"。

整个6月,张嘉璈在伦敦与英国经济学界、金融界的朋友多次交谈,他感觉到,英国人对将于11月召开的中国国民大会均寄予了热望。在这些西方人看来,只要中国最高当局有足够的诚意,公布宪法,成立一民选政府,则内战就不会爆发,中国从此就会安定,走上建设复兴之路。而一个稳定的中国,自然是符合他们的商贸利益的。

如何让中国走上稳定发展之路,这些英国银行家也都有各自建言。汇丰银行上海经理胡契曼说,目前法币可暂时维持,以安人心,但外汇必须管起来,且只准购买机器与原料。英国银团驻北京代表胡巴德认为,国民政府年来屡遭诋毁,主要原因是官员贪污成风,再加上党务部门徒事宣传,不务实际,他建议从速改良文官制度,整饬吏治。

十年前,李滋罗斯来华帮助法币改革时,张嘉璈正被驱离金融界,与之少有接触,这次在伦敦,他特地前往财政部造访,倾听其对币制整理的意见。6月21日,李滋罗斯约他在家中晚餐,日记记录那晚谈话要点如下:

余问：中国整理币制，采用德国战后整理办法，抑采用比国办法？

渠答：照中国情形，仍以德国办法为宜。即大户或较占便宜，然愈大则损失亦比例愈大，故尚公平。比国办法系收缩通货，降低物价，此点宜予以注意。

余问：中国在战后对申请外汇核准，以何为标准？

渠答：应以购买机器及原料为限。

余问：中国对于汇价，应于何时改订？

渠答：应俟物资流通，有出口货时，即行改订一暂时汇价。

余问：罗吉士前为中央银行所定则例，是否今后尚属适用？

渠答：在平时中央银行必须有独立性，故仍以减少政治性为宜。

余问：中央银行准备制度，是否比例发行制，抑或制限外发行为宜？

渠答：不妨用制限外发行，参用外汇平衡基金制度。

余问：英国战后能否对外投资，及贷与中国之五千万英镑信用，如何利用？

渠答：英国战后，本国政府需用恢复资金，实业机关需要添购设备资金，地方政府与属地政府需要建设资金，均不在少数，故四五年内，决无余力向外投资。至于英国政府许与中国之五千万英镑信用贷款，系专充战时之用。和平之后，即不能利用。中国唯一可以利用之途，乃在战时用以充作担保发行公债。但以英镑与法币价格意见不一，至今尚未实行，殊为可惜。

余问：印度、埃及出售黄金成效如何？

渠答：效果不大。因若大批出售，则人民将益迷信黄金，影响纸币信用，若仅出售少数，则无济于事。中国之出售黄金，未能见效，即其明证。且中国、印度等国，钞票散诸农民，售金徒利少数富商大贾。

最后，渠对于规定外汇价格，认为应先定一暂时汇率，俾其逐步稳定,最初或定美金一角半等于新币一元。渠意中国战后华侨汇款,恐不易达到战前之数,出口亦不易即增。如以所存外汇,抵充向来入超,恐不过数年,即行告罄,亟宜慎重。①

几天后,他与美财政部主管中国事务的杨格做午餐谈话。杨格1928年作为甘末尔顾问团的成员之一来到中国,到全面抗战爆发,一直担任财政部货币和信贷方面的顾问,在中国财政界,是罗伯特·赫德式的人物,态度虽偶或骑墙,但基本忠诚于他所服务的中国政府。说到战后援助,杨格的意见和李滋罗斯相仿佛,话说得更直截了当。他说,战后二三年,英国绝无能力对外放给信用,中国唯有仰仗国际银行周转短期信用,借以向各国购货,同时向美国进出口银行借款,直接购买美国产品,不必向英国有所希冀。

英国人的精明与世故,让张嘉璈的这次英伦之行几乎一无所获。6月底,他飞赴巴黎,想了解一下法国人是怎么抑制通货膨胀的。驻法大使钱泰告诉他,战时法国的通货膨胀情形比想象中要严重许多,如一套西装,战前需价1000法郎,现需2万至2万5000法郎,鸡蛋每个官价5个半法郎,黑市为15法郎,且法国人民道德水准不如英国,有钱者多购藏现金、现银、古董、家具。与法国金融界人士谈,他们也只关心在中国的法国银行战后如何复兴,"有无生意可做"。

法兰西银行总裁曼尼克谈他们如何整理贬值纸币,说是通过发行自由公债,吸收过剩纸币,以减少通货,此种公债只付利息,不还本金,符合法国人储蓄习惯,不致影响财政信用。但张嘉璈觉得,中国发行数目庞大,再加上人口众多,交通不便,法国人这套方法并不适用,倒还是采用德国换发新券办法为宜。

结束两个多月的英法之行回到纽约,他继续与李铭、陈光甫研究投资公司组织问题。其间,国内电令又到,交通部部长俞飞鹏要他前往加

---

① 张嘉璈日记,1945年6月21日,《张公权先生年谱初稿》上册,第473—474页。

拿大,参加下个月将在蒙特利尔召开的国际民航临时组织会议。接此电令次日,收听无线电广播,得悉美国空军继广岛之后,又向长崎投掷了第二枚原子弹,日本已准备接受无条件投降。张嘉璈闻讯,一时悲欣交集,"全国人民一心一德,得有今日,实为中国历史最值得纪念之一页","七年前,何至想到有今日"。①

国际形势变幻莫测,他到底没有体验到多少庶民的狂喜,几天后,他陷入了又一层更深的忧虑。贝祖诒从重庆来美,告诉他,行政院长宋子文已率外交部部长王世杰及沈鸿烈、熊式辉等前往莫斯科,中苏友好条约不日即将签字,其中有于中方甚为不利的条款,大致关节谓,中国长春铁路(即中东铁路与南满铁路之合称)由中苏合办,大连海港与旅顺军港准苏联使用,中国承认外蒙独立等。

"道德重整会"的会友艾伦,是张嘉璈旅美期间过从甚密的朋友,时常陪着他在各州旅行。这次蒙特利尔会议,艾伦随行,襄助匪浅。开会间隙,两人纵谈世界趋势,艾伦发表了一个观点:"各强国有各种不同之统治世界政策,除德国已战败外,今后美国将以工业经济称霸世界,英国将以殖民地政策扩展势力,苏联将以共产主义统一全世界,最可虑者,为苏美两种不同之政策如发生冲突,中国将首遭其殃。美苏如不参加中国内争,或可希望有自决之机会,否则将为西班牙第二。美国之对外政策,随其国内之经济情势为转移,若不景气,则对外更形积极,不利于中国。"张嘉璈深以为然。②

他已见识过伦敦挨炸后的惨状,自己在重庆的住所也被日本人的炸弹炸成了一堆瓦砾,上月在英国,他还坐美军飞机去了战后余烬中德国东部的法兰克福,亲见全城市街建筑十毁五六,较高大的建筑都已荡然无存,就连著名的法兰克福大学也被炸毁了。他憎嫌战争,视之为人类文明的大洪水,他来美的研究主旨,也是关于战后的修复与建设,他

① 张嘉璈日记,1945 年 8 月 10 日,《张公权先生年谱初稿》上册,第 489 页。
② 张嘉璈日记,1945 年 8 月 18 日,《张公权先生年谱初稿》上册,第 490—491 页。

真心不愿意看到,走出抗战后的中国再被卷入另一场主义之争的内战。若真如此,中国的近代化之路将彻底走入死胡同,它会在周而复始的黑色梦魇中永远沉沦下去。

8 月 23 日,趁在蒙特利尔参加国际民航会议间隙,张嘉璈和张君劢坐火车去了一趟渥太华,会见加拿大中央银行总裁及建设部部长,征询币制整理及战后建设意见。是晚,军事委员会参事室把一份加急电报打到了他下榻的大使馆,传达蒋介石一项命令,嘱他即日归国,开会事务移交另一代表刘敬宜。几乎同时,老友张群的电报也追着来了,嘱他即归。他和君劢商议半夜,也不知此番回去有何使命。

上月在伦敦与凯恩斯谈过后,张嘉璈实已有归国之念。此番电报是以军委会的名义发来,他虽不知将有何事,亦知情况紧急。次日,张嘉璈即与魏道明大使通电话,托代订返国机票。

就在张嘉璈整装准备归国之际,国内传来消息,云最高国防会议和立法院已分别开会,通过中苏各项协定。几天后的重庆《中央日报》,也全文登载了《中苏友好同盟条约》,及关于中国长春铁路及大连、旅顺港换文两件,要之在于:苏联声明予以中国以道义、军需及其他物品的援助,对东三省之主权及行政之完整亦予以承认,对新疆问题亦无干涉之意;要求中方承认外蒙公决独立;中东铁路与南满铁路由中苏共有共营,三十年期满归还中国;宣布大连为自由港,旅顺港为中苏共用之海军基地,有效期均为三十年。

张嘉璈揣想,此次归国或与对苏交涉有关?

返回蒙特利尔,办毕会议交接(张嘉璈是此次国际民航会议理事会第二副会长),即飞波士顿,再坐火车到纽约,张嘉璈到达寓所已是 8 月最后一天的上午。李铭来告,努力了几个月的中国工业投资公司已告成立,股本 500 万美元,中方占六成,由浙江实业、上海商业储蓄银行各半承担,其余四成由美方企业国际通用电气公司、通用汽车公司、拉柴兄弟公司、利门兄弟公司共同担任。李铭为总经理,张嘉璈和陈光甫为董事,另选柯尔德为董事长。张嘉璈告以回国事。李铭让他放心,合作的几家美方公司,皆资产雄厚,信誉卓著,中国工业投资公司将来不难在纽约资本市场以发行债券方式吸引更多外资。张嘉璈听了很是高兴，"此事之成，得力于馥荪兄之奔走，而光甫兄竭诚赞助，毫不迟疑，可谓我来美最大之收获也"。①

9月1日，张嘉璈午餐时约了中共元老董必武，边吃边谈。董前些日子送了一本著作给他，他表示了感谢。董再次声明，中共的经济政策，主要看是否适应国民需要，并不固执废止私有财产制度，也从未有过这方面的主张。下午，刚从重庆来的钱昌照来谈。钱昌照任职国防部直属的科学委员会，消息至为灵通，从他那里，张嘉璈得知，此番政府急召他回去，是拟派他担任东北接收工作，且已内定他为东北行营经济委员会主任委员。

麦克阿瑟将军代表盟国在密苏里战舰的受降仪式上接受日本投降后，世界反法西斯战争的远东战场算是正式落幕了。大使馆代订的回国机票是9月8日。自得到将有东北任务的消息，为有所准备起见，张嘉璈加紧了与美当局分别交换意见。美国人对他即将担任东三省要职都表赞成，但一谈到具体的援助项目都支支吾吾，这让张嘉璈疑心美苏是不是暗地里达成了什么交易。

9月4日，他赴国务院晤老友、远东司司长范宣德。他与范宣德比较熟，直截了当地问，美苏有无默契承认满洲为苏联之势力范围。范宣德答，他本人全程参加了波茨坦会议，知绝无此默契，美方亦无把东北视作势力范围之意，希望张嘉璈到任后加紧东三省的经济政策制定及立法，切不可迁就当地情形而特殊化，使之形同独立，并告，美国的东北领馆，不日也将重开。

商务部东方贸易司司长莫叟（Charles Moser）告诉张嘉璈：东三省实业应归民营，否则有碍美国传统精神；美国继续主张满洲门户开放，美国长期投资须视将来中国政策及有无保障。

商务部长华莱士说，收复东北，使之民心归向中国，全视中国之行政，尤其看能否提高农民生活水准，否则将为蒙古第二。

①　张嘉璈日记，1945年8月31日，《张公权先生年谱初稿》上册，第496页。

9 月 6 日中午，他访晤继摩根索后出任财政部部长的文生（Fredrick M. Vinson）。张嘉璈只说自己即将归国，担任何种工作尚未确定，希望财政部能继续予以协助。文生的话说得极为客气，细思却大有推托之意，其云：从个人角度而言，他极愿帮忙，但美国现负维持世界安定与繁荣之责，希望各国共同做此贡献，美国对各友邦，极愿尽力协助，唯美国自身用途浩繁，又限于政治环境，一切举措均须通过国会，方能有效，希望中国自身努力，早日使政治安定。

谈到今后中国经济情形，文生建议道：整理币制，最为紧要，币制若不安定，一切经济生活无法恢复正常，至于经济建设，须使之逐步滋长，不可急切从事，如 Mushroom 之发展。① Mushroom 是一种草菇，常在雨后疯狂蔓长。张嘉璈知道，文生的意思是说，中国的战后经济增长，切不可暴生暴死。

在美最后居留期间，张嘉璈访问的还有国务院东方司次长阿契孙、财政部助理次长怀特、财政部币制专家弗立门及农业部、商务部、进出口银行相关专家。离美前一日，陈光甫、李铭等老友和中国工业投资公司的股东们为他设宴饯行。

9 月 8 日午间，一架 C5 四引擎飞机轰鸣着，载着张嘉璈离开纽约机场。在美两载，每日所思所谋，都是祖国，在美所交结的，也大多是国内友朋，这让他觉得，自己从未远离。飞机越过大西洋，经停卡萨布兰卡、开罗。在开罗机场，检查飞机有一发动机损坏，改乘一运输机，机上无座，终夜无眠。

运输机的终点是加尔各答，在领事官舍休息时，他从报上得知，国民政府已正式发表他为东北行营经济委员会主任委员，兼任中国长春铁路行司理事长。这一消息来得并不意外，却仍令他忧心忡忡。自九一八起，东北沦丧已整整十四年，故国人民翘首以待光复，也足足盼了十四年，此番接收能顺利否？

----

① 张嘉璈日记，1945 年 9 月 6 日，《张公权先生年谱初稿》上册，第 498 页。

第十四章　东　北

一、空　城

一架中航 DC - 3 大型运输机从加尔各答机场起飞,飞经昆明,于 9 月 14 日抵达重庆。

次日,蒋介石就约午饭。两年不见,音讯常通,彼此也不觉生分。一见面,张嘉璈说,未经本人同意,任命业经发表,使他十分为难。

蒋丝毫没有在意他的不快,说,东北为中国重工业中心,接收东北的产业及金融,整理财政,此席责任重大,不易得适宜人选,公权兄无论如何都要担任。还说,政府已颁行收复东北各省处理办法要纲六项,东三省重新划分为辽宁、安东、辽北、吉林、松江、合江、黑龙江、嫩江、兴安九省,军委会在长春设行营,内设政治、经济两委员会,国府同时已明令熊式辉出任东北行营主任兼东北政务委员会主任委员。

张嘉璈答,请允再做考虑。其实他也明白,此时此际,他也没有了别的选择。回到寓所,当即缮具节略,陈述接收东北后之经济政策,及经济委员会组织大纲。同时声明,个人只能担任至接收完毕为度。

约一星期过去后,蒋又约午饭。席间,他一再申明,"暂时担任接收,待接收完成,请另选贤能"。

至动身离渝赴东北的几个星期中,政务、经济两委员会数次召开联席会议,讨论接收办法。让张嘉璈深感棘手的是,外交当局对于苏联如何交还政权、如何交还所占经济事业,均无成文。他预料到情形会很混乱,却没想到会这么糟。

　　其实,早在 9 月 14 日抵达重庆后,张嘉璈即向外交当局探询,《中苏友好同盟条约》签订后,当局有无与苏联讨论具体接收程序。乃知条约签订时,中方首席代表(宋子文)亟求会议成功,对各项细节均未细密研究,甚至对外蒙边境界线的划分也是语焉不详,条约仅对苏方撤兵及国军接防问题有交换文件,而对国军如何进入东北,行政人员如何接收政权,及经济事业如何移交,均无协定。

　　大概在那些要员们看来,只待大军到达东北,则一切问题可迎刃而解。而以张嘉璈对东北历史和苏联人的了解,他知道事情绝没有那么简单。

　　1945 年 9 月 25 日,东北行营主任熊式辉宴请苏联驻华大使彼得罗夫(Petrov),张嘉璈陪同,算是介绍彼此认识。次日,熊、张又往访。谈话中,该大使告诉张嘉璈,说驻东北苏军司令部已发行军用券,又说,这是宋子文院长在苏讨论条约时答应了的,斯大林要求中国政府承担占领军军费,宋拒绝,不得已采取此办法。至于军用券与法币比价如何规定,目前正与中国财政部磋商中云云。这话不由让张嘉璈心中存了一个疑问,苏军不是要撤出东北了吗? 如果在两到三个星期内就要撤离,又何必发行军用券?

　　谈到长春铁路合办事宜时,该大使又说,按照中苏条约,长春铁路合办章程,应在条约签字后一个月内,各派代表会同讨论,再请两方政府核定。至于长春铁路各项财产,何种应归合办公司所有,也要派代表讨论并送呈核定,希望中方照约履行。

　　"长春铁路理事长关系政治经济,责任重大,希望阁下大有成就。"彼大使这种托大的语气让张嘉璈尤觉不爽。他已经预感到,东北接收,可能会大费周折。是夜,他在日记中愤愤地记道:"苏联视长春铁路理事长犹如日本时代之满铁总裁。中国与苏联对于东北之一切政治经济关系,寄托于理事长一人身上。而苏联视今后之东北,犹如满洲国以前日人之视东三省。并非一经接收,即可收回东北。"①

---

① 　张嘉璈日记,1945 年 9 月 26 日,《张公权先生年谱初稿》上册,第 503—504 页。

　　担任东北接收的另一要员，系曾参加中苏条约会议的蒋经国，此时身份是国民政府外交部驻东北特派员。蒋经国跟张嘉璈谈到，长春铁路中苏合作，为期订明三十年，但何尝不可在未到期前提前收回，视我方之能否善于应付，至于东北工业之今后发展，应从全国工业着手，不可独立设计，云云。

　　日后，对于此次东北交涉接收经过，蒋经国和张嘉璈都留下了各自的记述，其丰富、生动，皆远胜两国往来公文。蒋的日记，为期短促，约二十天，记载简约，侧重外交、政治、军事交涉方面。张嘉璈的接收日记，自1945年8月23日在纽约接到催令回国写起，至1946年4月30日离开长春赴上海止，为时逾半年，在东北形势的激荡变化中，所记侧重东北经济问题及产业接收，也载许多与政、经两界人物的谈话记录，记事翔实，颇多细节，以之为入口考察那段时期暗潮汹涌的东北，其细微处，实堪咀嚼再三。①

　　1945年10月10日，张嘉璈和熊式辉、蒋经国等一行由重庆起飞，在北平停留两晚，旋于12日下午3时许，抵达长春。此时的长春，已下起了雪。

　　此刻的东北，全在苏俄控制下，中长铁路已不通，进出东北唯一依赖的就是空运。张嘉璈一行乘坐的军机，飞往长春前事先已获俄军方许可。飞机刚落地，张嘉璈从窗口看出去，机场的地勤人员，几乎全是

---

　　① 日后张嘉璈根据日记稿本编纂为《东北接收交涉日记》时，又加入了许多附件和对中苏双方多次会谈的分析，记述更为详尽，也更具史料价值。1961年起，张嘉璈应美国加州斯坦福大学胡佛研究所之聘担任该所高级研究员，从事现代中国经济及产业等研究十余年，其间，他把这部日记的稿本捐赠给了该所。该所两位研究员把日记全文译成英文，定名为 *Last Chance in Manchuria — The Diary of Chang Kia-ngau*，由斯坦福大学出版。1980年，寓居美国的中国学人姚崧龄编写张嘉璈的传记《张公权先生年谱初稿》时，把张的《东北接收交涉日记》，按月日节录于该稿上册第503—735页内，对原叙述程序有所调整，并添加了相关人名头衔，对原文时有修正或删除之处。曾在斯坦福大学胡佛研究所做访问研究的日本学人伊原泽周，抄录了这部日记，并加点校与注释，由中国人民大学出版社收入"海外中国研究文库"，于2012年出版简体字版。

苏军将领与兵士,中国人寥寥无几。这让他们的心里挺不是滋味,土地是我们的,却如同到了国外。苏占领军最高司令官马利诺夫斯基元帅,一位曾参加斯大林格勒保卫战的二战老战士,自己没有亲到机场,只是派了参谋长前来机场迎接。

车子在荷枪实弹的士兵护卫下入城。这个刚刚初雪的城市,是日据十四年的政治和军事中心,城内到处是高大的建筑和宽阔的马路,所有房子都朝着市中心呈辐射式。车子驶过大同广场,他们看到了广场中心那个刚完工不久的造型夸张的纪念碑,碑尖上顶着一辆苏式坦克,炮口指向南方。陪同的苏军参谋长得意地说,这是红军纪念碑,为的是纪念他们仅用 6 天时间就占领东北全境的伟大胜利。

一行人住进了前伪满司法总长丁鉴修的一处住宅,作为行辕临时办公地点。厨子、卫队,均系苏军司令部所派,语言不通。负责打前站的行营副参谋长董彦平中将,也是 3 日前才到。

"旋知长春中国、交通两银行已为劳军命令停业,致法币不能使用。行营手无分文,一切支用,无由取给","行动既不自由,亦无法与当地工商界人士及经济事业机关主管接触,直同身处异国",张嘉璈慨叹,"中央各部,尤其外交部,对于此类接收失地之大政,缺乏经验,未能于事前缜密准备,致接收人员面对如此尴尬环境"。①

苏占领军的最高统帅部,设在原日本关东军司令部内。马利诺夫斯基元帅的帅旗,则飘扬在南岭的一栋红颜色别墅上空。

进入房间,打开收音机,听到的都是"格瓦雷长春,格瓦雷长春"。懂俄语的随员说,那是苏俄空军导航的呼号,意思是这里是长春。窗外不断响起飞机引擎声,军机一架接一架起落。

当日接到报告,苏军正在抢运工业设备,发电机、炼钢炉、广播机件等大宗机器尽遭拆除,各机关家具、汽车,亦搬运一空。原来,那些飞机装的都是拆卸下来的机器设备。在东北行辕抵达前,整个长春已差不多成了一座空城。

---

① 张嘉璈日记,1945 年 10 月 12 日,《张公权先生年谱初稿》上册,第 506 页。

早在出发前,张嘉璈就心下忐忑。之前在重庆,已有多位金融财政专家向他建议,整理币制当为恢复东北经济第一要务。关外有日据时代"满洲中央银行"发行的钞票,又有苏方发行的军用票,法币又不得通用,行前他只来得及与财政部商议并报行政院同意,单独发行一种货币,以与目下东北流通之货币并行使用。照目下情形来看,要整顿东北秩序,真不知如何着手。

抵达长春次日,行营主任熊式辉及张嘉璈、蒋经国等即同往苏军司令部,与马利诺夫斯基元帅做首次会谈。马利诺夫斯基是个富于实战经验的军事干才,曾两获苏联英雄勋章,1898年出生于敖得萨,伏龙芝军事学院毕业,曾参加一战,二战时任南方方面军司令官,指挥退却作战,后参加斯大林格勒保卫战,又在罗马尼亚战役中击溃在匈牙利和捷克的德军,获任元帅,二战后期出任外贝加尔方面军司令官,指挥对驻满日军作战。

熊式辉申明,行营代表中国政府,根据中苏条约办理东北政治、经济收复事宜,望苏方予以善意协助。双方就苏方撤兵程序、中方接防、行政人员接收等问题交换意见。谈到经济问题,张嘉璈提出三事:

> 请其将敌人遗留之满洲中央银行钞票拨让一部分。马答可由吾方开出需要数目,再行商办。
>
> 请其准许各地中国银行及商业银行复业。马答:须请示上峰。
>
> 请其将伪满印刷局让我方接收。马答:亦须请示上峰。[1]

所谓"请示上峰",不过推诿之词。总之,"彼之答复,均极含混"。会谈结束,马利诺夫斯基反而提出一警告:中方在东北之秘密组织,必须停止一切活动,若不停止,将有严厉措置手段。

首次会谈不欢而散。张嘉璈的直觉是,对方对于我方输送军队,无积极援助之意,"含有不愿我方有大批军队进入东北之意",对于接收地

---

① 张嘉璈日记,1945年10月13日,《张公权先生年谱初稿》上册,第508页。

方行政机构,又多"设词延宕"。抗战结束,堂堂国民政府派员接收,竟遭这般推三阻四,苏联人罐子里到底在卖什么药?

他把首次会谈经过及感想,函报重庆,大意谓:伪满钞票全为苏方提去,印刷局亦封闭,市面全停。工厂机器大宗均被拆迁。交通通信工具多数拆运,甚至机关家具亦多搬走,"都市成一空城"。苏方似在着手一项极大动作,要将东北九省团团围困,出海口也有封锁之虞。"如此情势,东北全境悉被包围,内则合办之中长铁路犹如利刃一柄刺入胸腔,将周身血液抽空,使整个东北成为苏联囊中之物。"①

从前的一个下属、前哈尔滨中国银行副经理马子元,搭苏飞机自哈尔滨来见,告诉他一个异常动态:哈尔滨以北路轨,全都换成了苏联境内所用的宽轨,用意莫测。他明白,苏军为了运送抢劫物资,把最后一块遮羞布也撕下了。

来到长春的几日,雪都没停过。苏方让东北行营搬到日据时代"重工业会社"的满炭大楼里,说是那里有暖气。行营方面派出去打探消息的人回来报告说,市区里到处都是大鼻子的苏俄士兵,一到黄昏,就枪声四起,士兵随意用卡车搬走市民的东西。已经有数起抢劫、强奸事件上报到了行营。据称年轻女人上街都把头剃得光光的,穿上男人服装,以免遭殃。派来接收的吉林省政府教育厅厅长的随员,大白天的被士兵用轮盘枪指着,抢去了钢笔、手表和钱物。随同前来的中央社记者于衡,写下一篇控诉暴行的稿子,当他找张嘉璈签字拍电报时,张嘉璈压下了这篇稿子,理由是,不能发影响"中苏友好"的新闻。

第二次会谈于3天后举行。中方出席的代表有张嘉璈、行营主任熊式辉、外交部特派员蒋经国、副参谋长董彦平。会谈一开始,熊式辉就面告对方,中国政府拟海运两个军在大连港登陆,再陆运两个军经山海关开入东北,望苏方协助,先将山海关至沈阳铁路修复。另希望先接收伪满政府及日本人在东北所经营的工矿企业。

---

① 张嘉璈日记,1945年10月14日,《张公权先生年谱初稿》上册,第509页。

　　马利诺夫斯基答复,按条约规定,大连为自由商港,无论哪方军队都不得在此运输登陆,否则即是违反条约精神。至于接收工业一节,苏方的答复完全暴露了其攫取东北工业的野心,他们声称,日本所办工厂,均应视作苏军"战利品",即便是先前中国人与日本人合办之工厂,亦一概视作敌产予以没收。对于中方提出的中国银行及其他商业银行复业及接收伪满中央银行事,他也只是敷衍。

　　据曾参加过中苏条约签订会谈的蒋经国告诉张嘉璈,莫斯科会议时,其父蒋介石曾去电指示宋子文,"关于东北原有各种工业及其机器,皆应归我国所有,以为倭寇对我偿还战债之一部分,此应与苏方切商或声明者也"。谈判中,斯大林答应对此事允予同情考虑,并说,东北各项企业,属于特种公司组织者,应归苏联所有,充作战利品,属于日本私人者,可交回中国,赔偿中国人民战争损失。按斯大林此说,则东北所有工矿企业,尤其是满铁附属事业,无一不属于公司组织,也就全成了苏方的囊中物,即使日后苏方让步,允与中方共同合办,中方也丧失了经济自主权。惜当时仅把斯大林此语记入会议纪要,再未做进一步讨论争辩。

　　"即此一谈,此后遂搁置,未加注意。今则公然认为战利品。当大任者,不能细心密虑,今铸此大错,可为痛心。"[1]张嘉璈为当时这一疏忽痛心疾首,认为宋子文实在是不堪大任,以致为今日接收,留下种种隐患。

　　苏方的拒绝也让蒋介石大急,急电熊式辉和张嘉璈,"海运决不能以苏方阻止大连登陆而停止",军队入东北应海运与陆运并进,着即赶紧恢复北宁路(沈阳至北平)铁路运输。行营方面派副参谋长董彦平继续与占领军晤谈海运军队登陆事宜,熊式辉飞返重庆,向最高当局汇报。

　　张嘉璈就东北经济形势专附一函,托熊式辉转上,内中皆是建议政府向苏方提出的要点:"满洲所有敌产,应以之抵偿所负人民债务,

---

　　① 　张嘉璈日记手稿,1945 年 10 月 17 日。

如尚有余,应以之赔偿中国八年战争之损失,故一切敌产,应归中国没收。"要求苏联政府通知前方军队,从速停止拆卸机器,所谓的战利品,只能以拆卸之机器为限,其他产业不能再视作战利品。信的最后说,"东北军事政治因时势所迫,处于不利地位,若经济再落空虚,则真名存实亡矣"。[1]

几天后,熊式辉自重庆返回,告以外交部与苏联大使讨论大连登陆,也无丝毫通融余地。为免耽误东北接收,拟不再胶着于大连登陆问题,政府军队拟先在营口、葫芦岛两地运兵登陆。他还带来了蒋的复信,说手书读悉,所谈各节,已令外交部切实研究后,再定交涉步骤。"以理度之,对方当不致过分如此也。"信中又说,"东北问题,此时只可做一步算一步,以待时势变迁如何。吾人唯有尽其心力,不必以此着急或失望也"。[2] 最后说到当前第一要务,还在使国军如何速入东北。故修复北宁路,必须竭尽一切办法,期其完成。

二、棋逢对手

苏军司令部经济顾问斯拉特阔夫斯基(Slad Kovsky),来中国前系苏联国外贸易部远东司司长,其人精明强干,又曾于 20 世纪 30 年代到过南京、上海,熟悉中国情形,他是张嘉璈在接收谈判中的真正对手。

10 月 27 日,双方有了第一次接触。顾其谈话情形,开始时彼此都小心翼翼地试探,而后触及经济利益纷争,渐渐剑拔弩张:

　　余:此来拟致力于中苏两国在满洲经济上之合作。

　　斯:对于东北未来之经济政策如何?

　　余:我之目标,在将以东北之有余产品,供给中国与苏联之不

---

① 　[日]伊原泽周编:《战后东北接收交涉纪实——以张嘉璈日记为中心》,中国人民大学出版社,2012 年版,第 16 页。

② 　张嘉璈日记,1945 年 10 月 26 日,《张公权先生年谱初稿》上册,第 520 页。

足。东北所需要之物品,亦由中苏两国供给,使东北成为中苏两国之共同良好市场。故第一步,拟与苏联缔结一以货易货协定,互通有无。

斯:对于东北之工业政策如何?

余:东北重工业已由日本因军事关系,加速发展。此后只须维持现状,应多发展轻工业,以提高人民生活程度,所需机器,可向苏购置。

斯:对于日人在东北所建之工业如何处置?

余:日本建设之工业,应以赔偿中国抗战之损失。所谓日本建设之工业,即由日人投资者。若为满洲国政府投资者,应以之清理满洲国政府所欠人民之债务。

斯:照此办法,苏联将无可分润以赔偿苏联之战争损失。

余:此点在协定中并无规定。且中国八年抗战,人民损失不知凡几,理应有所赔偿。

斯:苏联之战争损失,等于其他协约国损失之总额。

余:苏联在东北已拆迁之机器资财,是否将之视作赔偿苏联损失之一部?

斯:此事甚为复杂,原应由两国政府解决,不过今日顺便提及而已。同时当知东北工业大部分已为敌人破坏。

……

余:双方既愿意合作,希望苏方开诚以意见相告。至赔偿问题,并非与苏方斤斤计较,实以中国工业毫无基础,与苏联相较,不啻天壤之别,故欲多多保留,归中国所有而已。①

从斯拉特阔夫斯基的口气来看,丝毫没有经济合作的诚意,只是想在东北趁机捞一把。

_____

① 张嘉璈日记,1945 年 10 月 27 日,《张公权先生年谱初稿》上册,第 521—522 页。

10 月底至 11 月初,东北行营与苏占领军又进行过数次会谈。苏联人依然固执地不让中国军队在大连登陆,也不肯在其他登陆地点提供车辆援助。马利诺夫斯基还为大连航线发现美军军舰在会谈中大发雷霆,说此举有碍邦交,无论港内或航线上,均不应该出现任何一国的军舰,尤其是美国军舰!某次,五个美国记者结束在长春的采访任务搭机返回沈阳时,苏军的两架战机起飞拦截,且时做攻击状,迫使这五个记者下飞机搭乘火车回沈阳。马利诺夫斯基的助手特罗曾科中将露骨地向董彦平表示,国民政府要和苏俄做朋友,就不能和美国人做朋友。

彼时在苏联占领地区,每日晚间皆有落单的苏俄士兵被袭击的事件发生,此外还有拆毁铁路、偷袭火车等事。苏方认为国民党东北党部有反苏色彩,对党部办公地点进行了搜查,且把怀疑的矛头对准了行营方面。看来,苏联深恐美国插足东北,中方欲借美国运输舰在营口和葫芦岛一带实施登陆的计划,已让苏方高度紧张。

在蒋介石严令之下,营口、葫芦岛运兵登陆一事在节节推进。10 月底,蒋又委任杜聿明为东北保安司令长官飞抵长春,与东北行营方面接洽军队登陆计划。令张嘉璈头痛不已的是,杜聿明一到任就发行了 10 亿元"代流通券",令本就混乱的东北币制更难收拾。

11 月 7 日,适逢十月革命纪念日,为了与苏方搞好关系,熊式辉、蒋经国、张嘉璈亲往苏军司令部道贺。苏方举行了盛大的联欢会,招待中国客人,又以前线红军战士歌舞团的演出招待客人。俄军方的所有高级官员,除马利诺夫斯基元帅以外,特罗曾科中将、巴甫洛夫斯基中将也都出席。

那天,戴着金线肩章、穿着镶红条子青蓝色裤子的马利诺夫斯基显得格外兴奋。其他苏军将领衣饰也都极讲究,满眼看去,都是金光闪闪的宽肩章,让中方客人就像观看一场沙皇时代的宫廷舞会。马利诺夫斯基说:"苏联是第一个放弃在中国的治外法权的国家,最近又缔结了中苏友好协定,这一切都是我国爱好和平与正义的象征。"中方来宾听了虽不以为然,还是由熊式辉表示了感谢。

舞曲响起,歌舞团的女演员入场,与军官们翩翩起舞。舞步沙沙作响,却是生硬的,丝毫没有柔和的气氛。让张嘉璈吃惊的是,距演出还有 15 分钟,马利诺夫斯基元帅单独找到他,说要与他谈一会话。

> 彼云:"此后第一幕工作为阁下之工作,阁下向在经济界负有声望,富有经验,闻名已久。且知阁下为有思想之人,必能解决一切,但望勿为金元(即美元)所左右。"
>
> 余答以:"人民与土地为每一国家之经济源泉,金元并非重要因素,我当先利用中苏两国之人力物力,不足,再借助于金元。"
>
> 马又云:"精神为上。"
>
> 余再云:"中苏两国之生产,势须与世界各国交易有无,故势难与金元完全脱离关系。希望苏方如有意见,尽量直告,免生隔阂。"
>
> 马答云:"当然,好在凭阁下之思想,已可解决一切。"
>
> 余云:"深为感谢! 希望元帅继续予我以信用。"
>
> 马答云:"当永久予阁下以信用。"①

此段谈话,让张嘉璈颇耐寻味。马利诺夫斯基从未与自己有过私下接触,怎么突然对自己的工作好奇起来了? 他揣测,马的用意不出两端:一是苏方已急于要以经济合作之名攫取东北财富了,二是警告他勿亲美。

张嘉璈至此已清醒地意识到,苏联人是恨不得把整个东三省都搬到莫斯科去的。东北的工矿企业,苏联人是抱定主意必欲染指了的。这正是苏方一直遮遮掩掩的一个极大阴谋。设计"战利品"的名义从日本人手中攫取工厂所有权,拆卸机器重要部件运苏,都是这个阴谋的一部分,"故经济问题不得解决,即接收问题无法解决,已灼然可见"。

行营政治委员会委员、中长铁路副监事莫德惠,是一起从重庆过来处理接收事务的,他也赞同张嘉璈的观点,认为眼下东北,多方势力交杂争雄,其险恶几同于九一八前之状态,这时候即使运再多的兵来,也

---

① 张嘉璈日记,1945 年 11 月 7 日,《张公权先生年谱初稿》上册,第 534 页。

难安苏联人之心，必须从经济和政治上求转机。"渠似已看到症结所在。"

与熊、蒋商谈各地接收进展，张嘉璈和熊式辉都主张行政与军事并进，还在迁延观望的各省主席，应马上到职履任。独蒋特派员不以为然。11 月中旬，重庆方面决定以退为进，做出了东北行营即刻停止一切谈判、移驻山海关的决定，并令其他接收人员，一律撤到北平，只留下董彦平率一军事代表团，继续留在长春周旋。

三、忍让不是胆怯

蒋特派员前来传达命令，出示了最高当局的一份亲笔手谕："东北行营决定撤退。一二日后看其反应如何。如尚有转圜之望，则我方可表示并不欲在东北建树武力，并亦不愿与何人启衅。地方政治机构可用民选制度。经济可与苏方合作。"

张嘉璈对此项命令深感惊愕，但他还是遵令执行了。他猜测，蒋这么做是为试探苏联人的真实态度。11 月 16 日上午，在召集行营所属全体接收人员并宣布撤退命令时，他心头郁结，又强作镇定道："我们到东北来，是根据《中苏友好同盟条约》，以及同盟之间一贯友好互信的精神，办理祖国领土收复的事务，但东北沦陷已经十有四年，地方秩序未臻恢复，难免有不良分子乘机扰乱，所以政府为确保建立行政机构，必须配置相当数量的兵力，方能安定秩序。我们最初考虑运输军队到东北，最便捷的途径是从大连登陆，但马利诺夫斯基元帅强调大连是自由港，中国军队不能在彼登陆，屡经交涉，毫无结果。于是先在营口、葫芦岛登陆，因遭岸上不明来历之武装队伍射击，运输舰登岸受阻，被迫回航。若仍照预定计划执行，就一定不能避免发生大规模战斗行为。我们不忍再看到有任何性质的战争，也不忍有任何加重人民痛苦的事态重现于东北，故以忍让之精神暂撤。"

会场一片骚动，有人当场落泪。他继续说道："我们政府以大智大仁大勇的精神，为东北同胞的生命安全而忍让，为继续保持同盟国之间的友好关系而忍让,决定将行营移驻到山海关。我们犹如父母来探望分别了十四年的儿女,虽然只是看了一看就回去,但已经表示我们骨肉相亲的十四年关切眷念的感情,总之,我们应无所遗憾,欣然而来,亦欣然而去。"他希望属员们对于此次接收东北主权的经过,"不多说一句话","保持一种容忍的政治家风度"。①

苏联经济顾问斯拉特阔夫斯基闻听行营将撤退,当天来找张嘉璈,催询经济合作事,意图将经济问题先行解决。张嘉璈告诉他,眼下的政治环境妨碍经济合作,"政治问题须与经济问题同时解决"。他同时表示,不会因为行营撤退停止经济合作谈判。

辞别马利诺夫斯基时,斯拉特阔夫斯基亦在座。张嘉璈说,自就职长春铁路理事长以来,一切工作正在开始,拟不日赴重庆一行,特来辞行,同时拟向阁下略表个人意见。马问:阁下是否完全离此? 张嘉璈说,仅短期赴重庆报告,目下中苏两国间,似有一层雾障,盼望能及早消除。马一口推了个干干净净:苏方绝对遵守条约,不可能有什么雾障。

马利诺夫斯基表示,地方发行的军票,已明令停止使用,政治环境也一定能好转,希望行营早日返回长春,继续谈判。至于此间日人企业,日本资本超过半数以上,苏方亦愿意依平均原则与中方合作,即苏方资本不超过50%,以示"苏方友好精神"。并说在谈判中止期间,苏军缓撤,以帮助中方在东北建立政权。

张嘉璈将了他一军:"贵元帅虽一再催促前往接收,但各省主席无丝毫武力,彼等如何敢去接收?"他提议,假使能运5万军队,在苏军协助之下,当可足数前往各地接收。马利诺夫斯基没有拒绝,只是不响。

对此一节,张嘉璈自忖,"渠不置答,似已默许","因其言辞向极锐利,如不赞成,往往立即拒绝"。② 他把这一分析意见发给了先期前往

---

① 张嘉璈日记,1945 年 11 月 16 日,《张公权先生年谱初稿》上册,第 544 页。
② 张嘉璈日记,1945 年 11 月 23 日,《张公权先生年谱初稿》上册,第 557 页。

重庆的熊式辉。

上一周,熊式辉回重庆述职,其职务由张嘉璈代行。现在张嘉璈一走,所有与苏方的交涉全都落到了董彦平一人身上。戎马半生的董彦平时年50岁,他是辽宁洮南人,早年毕业于东北讲武堂。当记者们围着他打探消息的时候,他很少透露什么。

甫抵北平,张嘉璈即与李宗仁进行了一次长谈。谈到东北形势,两人皆忧形于色。11月25日,离北平,飞重庆。熊式辉和蒋经国已先抵重庆,在机场接上张嘉璈,即同至林园谒蒋,报告局面已稍有转机,中央军5万人去东北,当无问题,经济合作方案宜及早决定,庶几省市接收,亦可望顺利进行。蒋介石当即判断:"俄军似已决心拖移撤兵日期,其意有二:甲,必须经济合作条件达成其要求目的而后撤兵。乙,或待美国在华北陆战队撤退时,彼乃同时撤退。"

3日后,蒋介石在寓所约请行政院长宋子文、外交部部长王世杰及熊式辉、蒋经国、张嘉璈等,会商东北经济合作事。宋子文的意见是:"对于东北解决,不外二途,一则静待大局转变,一则委曲求全,唯以日人东北投资,为苏方战利品,成为合作投资,出于中苏条约范围之外,无论如何不能同意。"

王世杰也附和说:"在未顺利接收以前,谈经济合作,无异甘受苏方之高压力,必引起人民反感,是以必须政治问题解决之后,方可谈到经济合作。"①

宋、王主张,于法于理,确是正当,但这种把接收与经济合作割裂之论,肯定与苏联人没法谈,在张嘉璈等人看来也未免太过书生意气。会议毫无结果。

在渝一周,访孔祥熙,访中共驻重庆代表董必武,又与财政部部长俞鸿钧商议收回苏军军用券办法,与资源委员会副主任委员钱昌照讨论中苏经济合作大纲,张嘉璈忙得足不点地。12月5日,他和特派员蒋

---

① 张嘉璈日记,1945年11月28日,《张公权先生年谱初稿》上册,第559—560页。

经国一道,率东北行营返回长春,与苏方重开谈判。

一开场,蒋特派员就告以下列各点:空运部队即将来长;省市行政人员到任,准备带少数宪兵和警察,同时编织若干保安团队。

马利诺夫斯基即表示,中国军队可迅即开往沈阳、长春,苏方愿负保证安全之责,仍盼经济合作事先行开谈。这与在重庆时宋子文、王世杰定下的先接收、后经济合作成了谈判中的一大分歧。张嘉璈身处两国交锋前沿,深觉苏方外交手段敏捷,令人钦佩,"而吾方则行动迟缓,手段呆板,徒知主张原则,而不知运用方法以贯彻原则",尤其是外交部过于谨慎小心,处处只知从法理观点立论,不知变通,"深虑中苏交涉,或将归于失败"。①

对于战利品及赔偿问题,中苏双方一直意见分歧。中国方面认为动产可为战利品,不动产不能为战利品,实物可为战利品,权利不能为战利品,且赔偿问题不能由中苏两国间解决。此次重回长春会谈,马利诺夫斯基表示,苏方虽认为均属苏方战利品,但愿将一部分交还中国,即重工业中,亦允提出一部分归中方自办,并说苏联要求经济合作之目的,仅为期望获得本身之安全,矿山只要地上机器设备,并不要占有地下资源,一部分工矿,仍可归中方独办,只希望经济合作事,"能以迅速简单之方法解决之"。给张嘉璈的感觉是,马此次谈话中"异常开诚爽直","于此谈话中,苏方态度可得十之八九矣"。②

随即,张嘉璈与老对手斯拉特阔夫斯基又坐在了谈判桌前。先前在重庆,和钱昌照商议中苏经济合作大纲时,张嘉璈对总框架下的商务、技术、资金、工业等方面的合作已做过不少功课,故在谈判中成竹在胸,提出经济合作总的指导原则应是出于双方意愿,并合乎双方愿望,且使双方舆论都认为公平,于中国之体面与利益没有损害,而苏方先前主张的方案,"无异继续日本帝国主义之故技",必须更改。

---

① 张嘉璈日记,1945 年 12 月 5 日,《张公权先生年谱初稿》上册,第 566—567 页。
② 《战后东北接收交涉纪实——以张嘉璈日记为中心》,第 65 页。

斯拉特阔夫斯基闻言,表示"甚为惊讶",甚至把张嘉璈的日苏并提,视作"莫大侮辱"。他说,中国舆论十分庞杂,议论毫不一致,日本人在东北所投资的工业,包括煤、电,全系军事工业,并非对华,而系反对苏联,因此均须视作"战利品"。张嘉璈针锋相对道:"阁下认为是侮辱,我有何法解说,只有惋惜而已。"

斯拉特阔夫斯基说,他有证据可以证明,中方经济专家所说的与军事无关的煤、电等工业,都是军需产品,目前此项"战利品"既在红军手中,中国只有两个选择:一是设法合作,继续经营;二是任其尽数损坏。他说,他不是来做政治论辩的,因为那不是他的职权范围内的事,他只是觉得张主任所谈,前后缺乏逻辑,中国怎么可以一面要求苏方协助接收,一面又拒绝在这些事实上已在苏联手中的工厂的基础上进行合作?他说他对中国的立场已经完全明了,经济问题如能解决,则政治问题也随之解决。

张嘉璈坚持,按通行意见,所谓战利品,仅指动产,以煤矿为例,有战前开办的,也有不久以前开办的,岂能一概视作日本人的军需工业?斯拉特阔夫斯基说,战利品并不限于动产,此次欧洲作战已有先例,尽人皆知,此两三年东北所有工业,悉为军备而经营,以煤矿而论,仅将煤末供给民间,其余都提供给了军方。

双方唇枪舌剑,各不相让。张嘉璈说,我刚到东北时,东北人民来告,苏方将工厂机器都拆卸而去,我当时还说不要公然加以指责,苏方这么做或许有其理由,比如出于对日本人的仇恨等,我这么做,已经很照顾苏联的利益了,也希望阁下顾及中国人民的愿望。

斯拉特阔夫斯基说,我当然极信阁下的诚意,所以我们上次的提议也是基于友谊精神。

张嘉璈说,若真的出于友谊,阁下须顾及两国国情的不同,中国人民对于土地十分重视,故对矿产异常爱护,且中国现尚无重工业,而苏联已备有庞大的重工业,请阁下对此重加考虑。

斯拉特阔夫斯基说,但实际上,你们要明白,中国只有依赖苏联的帮助,才能恢复东北的重工业,苏联与日本及其盟国作战,所受损失极大,必须获得补偿。如从此点观察,亦可明了苏方此举之善意,苏方现愿将其所得一半让与中国,实系基于对华友谊之精神。

斯拉特阔夫斯基一口一个友谊,语气间却全是贪婪之意。张嘉璈说,无论何国人民,都不会坐视失去独立经营其工业之机会,此点务请予以考虑。

斯拉特阔夫斯基也拉下了脸,这么说来,你们是无意参加共营苏方已掌握的工业了?

张嘉璈说:根本问题,还在战利品一点,这一点没解决前,无法谈参加经营与合作。

斯拉特阔夫斯基揶揄道:我始终不明了阁下之观点。

张嘉璈说:我今天谈话的目的,就是使阁下明白我要表达观点的来源。将战利品与经济合作放在一起,就像捆绑式婚姻,总觉意味欠佳。

斯拉特阔夫斯基遇上这个旗鼓相当的对手,也累了,说,定议以后,可不可以再也不要提战利品这个词了,把它称为合作品如何?

张嘉璈说,我实在不想让我国人民有这样一个印象,经济合作的协定,是在苏联武力压迫下达成的。①

斯拉特阔夫斯基的这番话,意思已很明白,经济与政治须同步解决,或者说,对他们来说经济就是政治。张嘉璈担心的是,对方的信用是否可靠,是否经济问题解决了,东北九省的行政就可全部接收呢? 他给蒋发去一电,请示中央,速定方针,是否以经济上的让步换取政治上的顺利接收。另请速定,何种工业、矿业可与苏方合作。同时建议,速派资源委员会两位主任翁文灏和钱昌照前来长春主持解决经济合作事宜。

后来,经行营向蒋介石商请,关于战利品问题,商定由中方向苏方支付国币(指东北流通券)10 亿元,以补偿苏方因战事所受损失及延期撤兵费用。经济合作事,则由经济部派员,与之洽谈成立合办公司事。

---

① 此谈话要点根据张嘉璈 1945 年 11 月 28 日的日记整理,《张公权先生年谱初稿》上册,第 560 页。

借此苏方稍做让步,东北交涉接收事,于山穷水尽处似乎稍显曙光。币制整理也在逐步推进中,中央政府换收了苏军所发军用券。工业合作也在洽谈中。在与斯拉特阔夫斯基的最新一次谈判中,张嘉璈感慨,这两个月下来,自己的头发几已苍白。斯拉特阔夫斯基说:"我们的事谈完后,阁下将重返青年。"

12月22日,中央银行长春分行正式开业,张嘉璈亲握钥匙,开启大门,主持了开幕礼。苏军经济顾问、远东银行经理、城防司令部皆来道贺。

新年元旦,央行哈尔滨分行亦复业。虽然前一晚张嘉璈在铁道俱乐部参加苏军的迎新年晚会,被北满警备司令马克西莫夫中将灌得大醉,返寓已凌晨三时许,还是强抑着身体的不适,参加了揭幕仪式。会上盛况空前,市民欢欣鼓舞,皆谓和平有望,一时令张嘉璈悲喜交集。

同日,他还收到了熊式辉转来的外交部部长王世杰的一封电报,电文说:"美苏僵局已于莫斯科三外长会议打开,今后苏方当不易作独立自由之行动。国际全局好转,国共商谈重开,停止军事行动,双方意见接近,其他问题,似可望妥协。"

他觉得,王世杰还是太过乐观了,始终不太明了苏方对于中国东北,实有其另外打算,"任何国际局势之变动,不能动摇其既定之局部策略"。①

元月三日,张嘉璈和董彦平一起前往苏军司令部拜贺新年。一番寒暄后,马利诺夫斯基假惺惺地说,我们等了中国军队那么久,不知何故,一直迟迟不来。张嘉璈不便揭穿,于是说,可能是御寒装备一时不易办妥,再加上运输困难的缘故。马利诺夫斯基说,现在各国报纸纷纷猜测,以为苏军阻止中国军队进入东北,实不知我们等候得有多焦急。张嘉璈说,所幸接防日子现在已经确定,一些已经接收的城市,人民的反响也甚为良好。马利诺夫斯基说,我们目前的任务只有一个字,等,

---

① 张嘉璈日记,1946年1月1日,《张公权先生年谱初稿》上册,第599页。

你们来了我们也可以早日返国了。张嘉璈说,吾人亦复如是,我八年未返家乡,也盼着早日回去。①

四、"莘莘征夫"

1946 年春天,正是新任东北保安司令杜聿明声望最卓的时候。随其出关的孙立人的新一军、廖耀湘的新六军,全是清一色美式装备,此外还有石觉的十三军、赵公武的五十二军、陈明仁的七十一军。1 月 16 日,杜聿明麾下大军进驻沈阳,又兵指长春,杜对着中外媒体记者口出豪言,称一周之内收复吉林,驻马松花江彼岸。

不久,经国共双方协议,发布停战令,在北平设军调处,由国共及美方三方代表共同执行此令。停战令一经报章公布,全国反应良好,民众皆以为从此战火可熄。杜聿明也在松花江岸边收住兵锋。令张嘉璈更为欣喜的是,蒋介石夫人宋美龄春节前将来长春慰劳苏军,以促两国之敦睦友好。

只是,运兵速度迟缓的消息让他们怎么也轻松不起来,杜聿明决定加快运兵入东北进度,请求美方派军舰协助。这让张嘉璈又添了一层忧虑,去年 10 月行营刚入东北时,马利诺夫斯基为美国军舰在大连港视察及舰长登陆一事大发雷霆的一幕还恍在眼前,他担心,一向警惕美国势力渗入的苏联人,猜忌之心会更重。

经济部派孙越崎等人前来长春接收敌伪资产及与苏方洽谈经济合作事宜。孙以做石油生意起家,人称"煤油大王",战前由翁文灏举荐入政府,张嘉璈久闻其名。孙越崎带来了中央的最新接收指示,准备与苏方就经济合作就地磋商。

就在此时,受蒋介石之命前往莫斯科与斯大林会晤的蒋经国回到了长春,带来了蒋介石给张嘉璈的一封信,大意称,中方决定采取折中

---

① 此节对话见张嘉璈 1946 年 1 月 3 日日记,《张公权先生年谱初稿》上册,第 603 页。

方案,即在中国东北选择一部分企业同苏方合作经营,但不进行全面经济合作,蒋称此为"缩紧"政策,信中谓:"经儿回来,所有在苏经过情形,当能面详,不赘。关于经济合作方针,此时只可缩紧,不宜太宽。此事已考虑再三,不能不如此。唯兄独当其难,自受苦痛,此乃中无时不在体会与想念之中,请兄勿加过虑。总要使我主权与法理不发生恶影响,不为他人引以为例,则得矣。"

蒋的"缩紧"政策,及信中所说与苏交涉注意"主权"与"法理"等语,当是蒋经国回到重庆汇报赴苏交涉详情后,蒋重新考虑斯大林提出的共同经营东北、但须排除美国势力的意见后做出的部署。但在张嘉璈看来,这一政策的背后有着宋子文和王世杰的身影。接到此信的当日,他在日记中写道:

"在中央辅助蒋主席作东北问题之决策者,为行政院长宋子文、外交部部长王雪艇及经济部长翁咏霓。宋王二人,因当签订中苏友好条约之冲,唯恐再受攻击,宋则取极端冷淡态度,王则取极端谨慎态度,翁则以宋、王态度为转移,而仅作工矿合办事业选择之贡献,使蒋主席为主权与法理两理论所拘束,因有只可缩紧、不宜太宽之指示。"①

经济合作问题若迁延不决,则苏军不撤兵,若谈合作事,则中方必须有所让步。孰轻孰重,行营方面自有共识。就在张嘉璈与孙越崎加紧制订经济合作方案时,一桩突发事件迟滞了整个谈判进程,并给初显曙色的两国关系蒙上了一层阴影。经济部特派员、专门负责东北工矿接收事宜的地质学家张莘夫一行8人,在抚顺突遭暗杀身亡。

张嘉璈犹记得与张莘夫的第一次见面,那是在上月下旬,圣诞节前后。这位小他10岁(张莘夫生于1898年)的地质学家系着一条驼色旧围巾、戴着一副黑框圆镜片的眼镜,风尘仆仆出现在他眼前时,他还以为是一个做皮货生意的东北小商人。

张莘夫是吉林九台县六台村人,其父是当地最大的地主,拥有一家榨油厂和一家面粉厂,民国初年曾入徐世昌幕府,担任国会众议院议员

---

① 张嘉璈日记,1946 年 1 月 18 日,《张公权先生年谱初稿》上册,第 619 页。

多年。张莘夫 20 岁时就通过官费留学考试,入芝加哥大学学习经济学(后入密歇根工科大学改学矿冶),但在他那张敦厚朴实的脸上,一点也没有海归派的顾盼自得,张嘉璈一见就大起好感。

张莘夫是为接收东北矿产资源,由经济部特派从重庆飞来的。这是他自九一八事变离开东北后首次回乡。他来的时候,正值中苏双方各执一端,为敌伪资产是否一律充作"战利品"争论不休之时。吵闹归吵闹,运兵、撤兵乃至普通商运均需大量车皮,用煤量激增却是事实。张嘉璈召集中长路局理事会,与苏方副理事长谈妥,抚顺煤矿归行营经济委员会接收,也是得到苏方认可的。张莘夫一到长春,就被任命为东北行营工矿处副处长。本来,任命主持抚顺煤矿接收的是孙越崎,孙推说临时有事,推荐张莘夫代行职责。张与孙是朋友,二话不说就领受了这项任务。这个离乡十五载的东北游子,最后把血洒在此间的白山黑水,也是命中注定。

1946 年 1 月 7 日,张莘夫一行在中长铁路苏籍助理副理事长马利陪同下前往沈阳,准备稍做休整,转往苏军占领下的抚顺煤矿。行前,张嘉璈嘱之再三,要他务必注意自身安全。

就在那天,张嘉璈才知道张莘夫的本名叫张颂恩。"莘夫",是他到了美国后自己改的名字,源出古老的《诗经》,"莘莘征夫,每怀靡及",翻译过来就是"一大群勤勉出征的男子"。这个因为战乱背井离乡多年的矿业专家立志成为这样的人:致力于为国家尽忠服务,而自我则消隐在名字里。

那天,他还拿自己回国那年的一件旧事,给张嘉璈讲了个笑话。说的是他从美国回来的第一天,父亲在村里办了一场接风庆典,庆祝他最宠爱的儿子千里迢迢从美国给家里带回荣耀。第二天,一家之主拿出一根叫作"家法"的木棍狠揍了他一顿。因为他这个儿子在美国擅作主张从文学转到矿业工程,还把名字都改掉了。说到此节,他那双黑框圆镜片后面的眼睛还兀自闪着顽皮的光。

孰料十天后传来噩耗,说张莘夫一行 8 人在自抚顺返回沈阳途中,遭不明武装分子登车袭击,张莘夫身中 18 刀,当场毙命,随行 7 人全部遇难,无一生还。

此一不幸事件发生时,正值宋美龄即将到达长春慰劳苏军。因事发苏军辖区,苏方怕传出去于己不利,刻意封锁了消息。待张嘉璈结束陪同宋美龄访问长春,获知此讯,已是张莘夫遇难一周后的事了。

张莘夫有一个叫董文琦的朋友,刚刚上任沈阳市长不久。经向董文琦查询,张嘉璈大致搞清了事发经过:

1946 年 1 月 7 日,张莘夫率同 5 个技术人员,在中长铁路苏籍助理副理事长马利的陪同下前往沈阳。抵沈后,马利脱队行动,独往抚顺。两天后,张嘉璈得知张莘夫一行还滞留沈阳,询问中长路副理事长加尔金,张君是否不能前往? 加尔金答,尽可前往,恐张君不敢前往。马利也来电告,已与苏军方面接洽,可以去抚顺了。但董文琦却不放心他们去抚顺。董文琦对张莘夫说,你刚从重庆来,不知道这里是什么情况,这里乱得很。有个苏联朋友也提醒他们,等抚顺那边的治安状况好些再过去。于是一行人在沈阳多逗留了一个星期。

再留在沈阳是不行了,因为已经有人在指责他们为懦夫。面对东北经济委员会上司的迭电催促,1 月 14 日下午,张莘夫偕技术人员 7 人,在中长路路警中队长 2 人、警察 7 人陪同下乘苏军专列前往抚顺。一下车,苏方就用车把他们拉到抚顺煤矿俱乐部。说是暂住,其实形同囚犯。路警所带枪支,全被苏军缴走,门岗也换作了苏军士兵。

16 日晚,约 8 时许,苏军方人员连同当地警察前来向张莘夫声述,抚顺煤矿不能由其接收,勒令即速回沈。当晚 8 点 40 分,张莘夫等 8 人被带至火车站,候车一小时许,搭乘原专列自抚顺回沈阳。晚上约 10 点半,当火车行驶至抚顺以西 25 公里处一个荒废的小站李石寨站时,一股不明身份的武装分子强行登上列车,将张莘夫等人拖下专列,押到附近山坳里,一一乱刀刺死。相邻车厢即是苏军士兵,竟无一人出面阻止,放任这伙武装人员行凶后,消遁于夜色之中……

此事显然表明,苏方不愿我方在经济合作问题未解决以前,接收抚顺煤矿。获悉张莘夫死讯的当天晚上,张嘉璈终夜不寐。张莘夫的音容笑貌时时浮现在眼前。他怎么也无法相信,一个如此鲜活的生命,一个正当壮龄的矿业专家,就这样不明不白消失在了东北荒野的黑夜里。他后悔自己不明抚顺那边的情形,就迭电催促他们上路,"吾何能逃良心上之责备"①。

行营副参谋长董彦平代表中方出面质询苏军方,要求迅速查明真相,缉获凶手,并保证国民政府所派各地接收人员之生命安全。苏军方的答复近乎诡辩,说张系中央要员,其行踪并未告知苏军司令部。董驳称,张系与中长路苏方助理副理事长同往,且在贵军护送之下,何得谓贵司令部不悉其行动? 苏军方仍强词夺理:马利系中长铁路职员,与军方无关。张莘夫既系中央要员,似应与其他接收大员同样通知苏军总部,派联络员护送。

没有一个组织声称为此次暗杀事件负责。这一恶性事件的谜底从未真正揭开过。张案发生后,重庆方面称,张一行 8 人,系被苏联红军或抚顺的共产党游击队杀害。中共方面则在一份内部报告中称,此事件系戴笠勾结日本人、指派军统特工杀害又嫁祸于苏军,其目的是借此为反苏反共的借口。苏联驻华大使彼得罗夫就此事答复重庆国民政府外交部时则说,张是被"反苏的匪徒"所杀。

过去的战争虽已结束,新的战争即将开场,张莘夫的死,或许只是以后更多杀戮的一个开端而已。

五、战利品

孙越崎带来的重庆关于经济合作的最新指示,没有把苏方所开列清单全盘照收。斯拉特阔夫斯基甚为恼火,指责中方毫无诚意:"苏联政府对于敌人在东北之工矿事业,用以帮助关东军者,均视为战利品,今苏联战胜敌人,得到此项战利品,一部分交还中国,一部分为顾全中苏友好起见,与中国合办,今中方对于此项根本精神,抹杀不理,深为惋惜。"他指着张嘉璈说:"贵方提出的经济合作办法,没有商业基础,等于

①　张嘉璈日记,1946 年 1 月 25 日,《张公权先生年谱初稿》上册,第 628 页。

在沙漠地带种红萝卜。合作的事若再拖延,势必影响军事政治一切问题。"

张嘉璈说,关于战利品一事,一直都是你们在自说自话,中国方面无法同意。但我现在不想在这一点上与阁下争个没完没了。合办矿产工业,何种列入,何种不列入,事关技术,我会让孙(越崎)特派员与你们再谈。阁下说到此事若再拖延,恐将影响于政治及军事,我要提醒贵方注意的是,目下我方在各省接收,处处受阻,等于虚饰,这都与你们军方的态度有关。

斯拉特阔夫斯基说,苏方所以欲与中国密切经济合作,实是因为不想看到有第三国再掺入,并非我方欲一手霸占利益。

张嘉璈说,我们会自力更生建设好东北,苏方如能交还东北,我方顺利接收,我敢担保,一年之内,我们就能不借助任何外力恢复经济,阁下大可放心。

他也明白,这样没完没了扯下去,徒逞口舌之快,却于事无补。苏方撤兵的期限快到了,只能用快刀斩乱麻,尽快拿出一个双方都能接受的方案来。于是约定,双方对提案加以修改,苏方做最大之让步,中方也做最后之让步。

斯拉特阔夫斯基也亮出了底牌,苏方想要的,就是东北的重工业。轻工业方面,如食品、纺织,苏方不但不欲染指,还极愿全力帮助推进。他试图说服张嘉璈:"为中国人民利益计,当然以发展轻工业、提高人民生活水平为上策,与国防有关的更重工业,并不能给予人民直接利益。"

张嘉璈毫不松口:"我当然赞成每一项合作都要有商业基础,不过东北重要的工矿事业,为数不多,中国方面必须得一部分,可以独立经营。例如钢铁厂,只有两所,中国必须占有一所。北满煤矿,大者不过两所,中国必须亦占一所。至非铁金属产品,将来工业方面,如有需要,尽可供给。中国方面之观念,对于地下资源之矿产,十分重视,对于制造事业,尚可放松。"①

---

① 张嘉璈日记,1946 年 1 月 28 日,《张公权先生年谱初稿》上册,第 635 页。

对于苏军强拆工矿设备、把机器作为战利品搬回国，东北民众本已有诸多不满，张莘夫案点燃了这股压抑多时的愤懑情绪。更兼年前，美、英、苏三国秘密签订的损害中国利益的《雅尔塔协定》被报章披露，1946年新年到来之际，重庆、上海、北平、南京等地均发生了反苏游行，要求"赤色帝国主义"如约撤军。春节张嘉璈返回重庆述职，其间，重庆也发生了沙坪坝各中学及大学学生三万余人上街游行事件。

中国共产党在东北的势力崛起让张嘉璈感到了惊惧。撤兵日期已到，苏军还无北撤迹象，显见有意拖延。东北问题，除中苏关系外又加入了国共关系，且军事胜负，难以预料，瞻念前途，实令他不寒而栗。

2月4日，正月初三，抵达重庆的当天傍晚，蒋介石召他谈东北交涉事，说："如苏方不撤兵，吾方即不前进，亦不谈经济合作问题，任其搁置再说。"张嘉璈急说不可。因他离开长春前，与马利诺夫斯基会面，马氏已把话说得很绝，经济合作问题若拖延不决，再有"赌牌式的钩心斗角之种种举动"，东北局势会更溃烂，直至无法收场。

他说：今后苏美两国对峙，已为不易之事实，且彼此争相扩充势力范围，"若东北全赤，则华北亦赤，将来中国，即为美苏角逐之场"。[1] 他建议，与苏方的谈判不可中止，即使做最大的让步，也要让对方履行条约，最好请对方到北平或重庆来谈。蒋只是说：俟考虑，再谈。似乎他说的全未挂心。

还在正月中，访亲问友，自是世情难免。然而不管怎样小心遮掩着，话题总是要滑入越来越坏的时局中。币制未见统一，中苏两方猜疑日深，苏军怕撤兵后共同经营东北的目的告吹，迟迟不动，中央军更是担心贸然前进被投入陷阱，逡巡不前，而其间，中国共产党的力量却在不断壮大。东北的接收交涉至此已似乎陷入死局。

2月8日上午，张嘉璈接待了两个重要客人，来客系中共领导人周恩来和驻重庆代表董必武。他们是来探询中苏谈判情形的。

去年11月，张嘉璈回重庆时曾会晤董必武，劝以中共军队退出沈

---

[1]　张嘉璈日记，1946年2月4日，《张公权先生年谱初稿》上册，第645页。

阳、锦州沿线的铁路线。因事先未报,蒋介石虽未切责,但也流露不快,他特电熊式辉代为解释,"前途荆棘正多,有时不能不稍迂回曲折也",方获过关。故在会面中对政府在东北的交涉事不欲多谈,只是含糊地说,中、苏两方,"尚有歧见"。①

周、董告以中共方面的意见,东北问题应用政治方法解决,首先应该改组东北行营政治委员会,即在这个委员会里加入各党各派,在行营内组织小组,由中共方面及国府方面派代表参加,就地解决一切军事问题。送走客人后,张嘉璈感慨:"其气概,与去年 11 月 30 日(即他首晤董必武的日期)晤面时迥异,谅彼方已估计其在东北之武力,足以抵抗吾方。"②

美国人开始插手了,华盛顿方面发布一项声明称,中国东北的财产归置及赔偿问题,应该成立一个专门委员会(比如赔偿委员会)讨论解决。有人主张,不妨借美国之力,对苏采取强硬态度。令张嘉璈更为沮丧的是,政府大僚们对东北交涉依然意见分歧。他去访孙科,孙科只是泛泛地说,苏联政府不信任国民政府,所以提出经济合作的要求,以前满洲经济为日本人垄断,今分若干与苏联,也没有什么不可以。文官长吴鼎昌的意见也是隔靴搔痒,只是说应将事实尽量公布,以免外界猜测,反增误解。行政院长宋子文一谈起东北,则一脸掩饰不住的悲观,干脆劝他不必再回东北了。

张莘夫的夫人李芳蕙,由孙越崎夫人陪着来找他,希望行营出面,早日帮其觅得丈夫遗体。这个毕业于北京女子高等师范学堂的中学教师告诉张嘉璈,丈夫赴东北期间,她曾去庙里求得一签。她逐字逐句背诵了预示着不祥的 28 个字,"昔日行船失了舵,今朝依旧海中寻。若然寻得原物在,也费工夫也费心"。

张嘉璈只得一面安慰这个面容憔悴、絮絮叨叨的妇人,一面打电话给行营董彦平副参谋长,催问与苏军交涉进展,催速将遇难 8 人遗体交

---

① 张嘉璈日记,1946 年 2 月 8 日,《张公权先生年谱初稿》上册,第 647 页。

② 《战后东北接收交涉纪实——以张嘉璈日记为中心》,第 106 页。

付中方,并逮捕一切人犯。传来的消息令人泄气,苏军方称,张莘夫及其随员的尸体,都被凶徒们就地烧掉了,凶手也一个都没抓到。

张嘉璈本拟二月中旬和蒋经国一起返回东北,行李都送到机场了,忽接到蒋介石自南京来电,嘱他们暂缓行,于是他又得以目睹重庆各大院校数万人游行的壮景。

三万多青年学生和教员举着花花绿绿的小旗,如愤怒的潮水一般漫过。愤怒写在他们高昂着的年轻的脸上。那么多的愤怒,简直能把战时的首都给点燃。张莘夫案已经传开,凶徒焚尸灭迹的暴行让人血脉偾张,种种小道消息也在流传。但游行者们仍然是克制的,队伍井然有序。学生们呼喊的口号也显见得有组织者精心设计,不外是要求苏联撤军、退还掠夺物资、取消地方非法政权、拯救东北同胞等。游行队伍中还举着一幅幅醒目的漫画,其中一幅刀刺斯大林,因辱及苏联最高领袖有碍邦交,被警察拦下收缴了。混乱中,中共机关报《新华日报》驻重庆办事处亦被捣毁。

金城银行董事长周作民当时刚从上海来到重庆,数次目睹学生游行场面,2月22日,他出外办事,正好看到了报馆被捣毁的一幕。他在日记中写道:“本市学生为东北问题游行沙坪坝一带,学生自晨六时顷经红岩嘴向城市前进。十一时顷,余车过,适遇一群打毁新华报馆,势其汹汹。”周作民下车步行,至民权路口,同样是“群众塞途,不克前行”。①

共产党方面发表了针对这次游行暗中操纵者的指责,认为学生的爱国热情被别有用心者利用了。而政府则忙着出面辟谣,证明自己与这次游行毫无关系。在这样乱糟糟的空气下,张嘉璈明白,即便此时赶去了长春,也是无所作为,也就安心留在重庆,等蒋介石回来。

大游行暴发次日,即是红军纪念节,中苏文化协会早就在张罗一个纪念宴会,但接到请柬的苏联大使馆并无一人出席。他们以拒不到场

① 王伟整理,张爱平审校,上海档案馆藏:《1946年周作民日记》,档号Q264-1-130。

表示对政府纵容反苏浪潮的抗议。

东北那边也做出了反应。董彦平副参谋长自长春来电,报告说,马利诺夫斯基元帅对指斥苏联为"赤色帝国主义"恼怒不已。苏军驻长司令部召开纪念会,面对到场祝贺的 30 余名中方官员,马元帅几乎咆哮一般说,中苏两国友谊系经共同流血结成,切勿受第三国之挑拨离间,苏联民性真纯,岂会抢夺他国物资,"现有戴麂皮手套、囊怀金元之第三者,伸手于中苏之间,亟应加以排斥,斩断他的手"。

苏方经济顾问斯拉特阔夫斯基也发表讲话,称:红军为苏联长子,苏联对其长子之期望最殷,亦最珍视,"其成就满洲之解放全由红军流血而来",因此,始有中苏在经济上密切合作之机会。苏联从未提出有损中国人民利益或其主权之要求,苏联之要求仅在经济方面之平等合作,其目的"不在金钱,而在国防"。

董彦平说,那天宴会后,马利诺夫斯基喝得醉醺醺的,临别时又拉着他的手说了一通话,大意谓:"别的国家帮助你们中国,是为了他们本身利益,而我们苏联帮助中国,仅是基于衷心的正义,你们国家认识不清楚,也是你们的错误,如其他国家挑拨吾人之友谊,侵犯吾人之利益时,我们应当共同起来反抗,并予以教训。"

张嘉璈判断:"由各人发言,其胸中情绪,对于经济合作不能遂其所愿之愤怒,及对于美国之猜忌,可见一斑。"

而且眼下的情形已与一个月前迥异。彼时,东北问题还只是对苏交涉,现在又加上了两党纷争的军事、政治等问题,且后者的比重越来越大。他有些后悔,当初答应得太草率了,东北的事估计难了,不特交涉协议势难实行,办理交涉者也将遭国人唾骂。

蒋介石出巡南京回来,闻知学生游行事,极为恼怒,认为是帮倒忙。苏联驻重庆大使彼得罗夫递交抗议书,又火上添油。抗议书指责学生大游行系有组织的活动,且侮辱苏联最高领导人,应由中国政府负责,又说张莘夫被害系"暴徒"所为,军方也在追查中,苏军延迟撤兵,其因不在苏方,而是"基于技术上之各种原因"。蒋介石告诉张嘉璈和蒋经国,眼下赴长春也没什么用了,二中全会月底就要召开,等开完这个会,苏方误会稍解,再赴长春不迟。

苏军的撤兵日期又推延了。苏军驻东北总部参谋部声称,从 1946 年元月 15 日,苏军开始撤退,截至目前,一直在撤退中,且大部分苏军已撤回国,之所以发生"一点儿耽误",是因为日军败退前破坏铁路,再加之冬季燃煤不足,"中国政府军队十分缓慢地来到苏军已经退出的地带,因此苏军指挥部无法把所要撤退地带的政权交给要来接收的人"。莫斯科广播发布苏军参谋长特罗增科关于撤军的最新声明:苏军从东北撤退,将在美国陆军从中国撤退之时完成。

担心行营那边等得焦急,张嘉璈给董彦平等长春同僚发去一电,详告迟迟未返原因,在于重庆这边枝节横生,颇有应接不暇之感:"要之,此二十日中,始有雅尔达密约宣布及张莘夫被害事件,继则美外长谈话及中共对于东北的四大要求,以致有学生游行之触发,造成今日现象。恐在长同人心绪不安,望代慰藉。"

就在此时,延安《解放日报》发表了社论《爱国与排外——重庆事件与东北问题》,行文纵横捭阖,有着排山倒海般的气势,显然出自名家手笔:

"爱国的人民决不允法西斯分子拿了国家民族去孤注一掷,一切爱国的人民终将认识法西斯分子破坏和平民主、破坏中苏友谊的阴谋。""危机笼罩着中国,现在是我们看政府紧急行动的时候了,现在是全国爱好和平民主的人民紧急动员起来,推动中国和平民主,维护中国国际地位,维护中国国家民族利益,而与国内法西斯反动阴谋实行严重奋斗的时候了!"

六、佳人做贼

因逢春节,再加上东北交涉迟滞,张嘉璈这次居留重庆的时间较长。与金融界朋友见面,说得最多的是留在沦陷区的一些朋友的遭遇。眼下重庆正派出大员前往各地接收,一些留在上海未走脱的,都需一一审查甄别,附逆罪名确凿的,甚至已被上海地方高等法院判刑。

顾念自八一三以来的八年,中间又夹着个太平洋战争,中国的金融业已是备受摧残,再也没有了当年的鼎盛气象。银行家们各自西东,也是吃尽了颠沛流离之苦。抗战初期最耀眼者,当数陈光甫,银行家办外交,两度赴美借款,与驻美大使胡适联手,打开了美援的大门,后又出任军委会直管的贸易调整委员会主任,推动中国土产品出口。张嘉璈、吴鼎昌脱离银行界,出任铁道、实业要职,也是勉为其难。再如胡笔江殉难后主持交通银行的钱新之、主持新华银行的王志莘等,撤至重庆后,把金融业务重心转向内地,也算是抗战的有功之臣。而秦润卿、徐寄顾等银钱业名宿,困守孤岛,与日本人虚与委蛇,虽吃尽苦头,尚算大节不亏。而唐寿民、吴震修、周作民这些人就有点说不清了,尤其是交通银行总经理唐寿民,主持伪交通银行复业不说,还出任伪职,说来真是英雄气短,可叹复可恨。

最初,唐寿民是作为陈光甫的助手进入张嘉璈视野的。唐办事利落,手面极大,陈光甫把上海商业储蓄银行在汉口的业务全都放心地交给了他。日后,唐、陈反目,唐寿民投靠宋子文,创办国华银行,担任中央造币厂厂长,执掌交通银行,已是金融圈后来居上的一匹黑马。让张嘉璈想不通的是,唐寿民这样一个精明强干、野性十足的银行家,怎么会甘于对日本人俯首帖耳?

"桂林号"事件后,唐寿民回过一趟上海,由于行踪被日本人侦悉,他怕出事,又匆匆返港。他与董事长钱新之的关系不好,也很少回重庆。1941 年冬,太平洋战争爆发前夕,唐寿民已有预感,数次向重庆请示应变措施,而总管理处一直未有明确指示。钱新之还怪他沉不住气,"总说勿信谣传,务必镇定"。

翌日,日军偷袭珍珠港得手,太平洋战争全面爆发。日军进逼九龙,截断与香港本岛的轮渡,唐寿民被困在九龙家中,接到在重庆的钱新之的电话,告以四联总处的应变措施是,中、中、交行与英美行共同进退,嘱他将票版、钞票等紧急转运,必要时予以销毁,重要人员和文件尽快内迁。唐即通过电话向香港的交行本部发出指令,"将所属库存之巨量兑换券及公债连夜截角打洞,不令落于敌手"。

日军炮火猛烈,英军根本不是对手,九龙很快失陷,存于九龙中华书局库房的法币全部落于敌手。港岛方面,英军和商团抵抗力度稍大,赢得了一些时间,但库存钞票也仅切削一小部分,大部分无法动手,损失惨重。

九龙陷落前,重庆方面曾派遣多班飞机接运滞港重要人士,据说最初的接运名单中有唐寿民,但不知哪个环节出了问题,接运人员没有联系上唐。以后再有飞机来港,名单上就没有他了。唐寿民看着重庆来的飞机要将人们和美钞一批批接走,却没有自己的份,其郁闷可想而知。

唐寿民无法走脱,化名华天福,假称是上海朋寿堂药店职工,在一个朋友家隐藏下来。不几日的全岛大搜捕中,日本宪兵追到了他的行踪,将其俘获。据唐自述,到了宪兵队后,特务机关长冈田即揭穿他是匿名的重庆要人,要把他和家人全都移至半岛饭店"保护"。"自是与外界完全隔绝,虽餐食无虞,而行止限于斗室,不能稍越雷池。"①

12月底,日军又把他们分批转移至香港酒店,一人一室监禁,说是予以"优待"。同被关押的银行界人士,还有金城银行董事长周作民、香港盐业银行经理倪士钦、香港中国银行经理郑铁如,及政界和军界名流颜惠庆、许崇智、陈友仁、李思浩等。

唐寿民心高气傲惯了,一入虎口,痛不欲生,数次动念要自杀。难友李思浩回忆说,唐"时痛愤交并,恒思跃出楼窗,了此生命,言时泪痕被面"。日本人拿来纸笔,逼他写下对"和平"的感想,他当场拒绝:"不平则鸣,强迫是不平,侵略也是不平,如此不平,实无和平可言。"一日,唐寿民乘人不备,正拟破窗跳楼,被看守发现,连劝带拉予以阻止。若他真的跳下去,也就成了徐新六、胡笔江这般的烈士,也就不会有日后

---

① 《唐寿民自叙"办理交通银行复业与参加商统会之经过"》,《审判唐寿民档案》,《档案与史学》,1997年第5期。

的一辱再辱了。唐日后对人说起此事,叹息不已:"是命也夫!"①

　　此时,上海租界已完全被日军占领,短暂而又炫目的"孤岛"时代结束了,设在租界的中外银行,也悉被日军定为敌性银行,以整理业务的名义令其关门,停止一切收付,接受清查。日军派驻交行的监理官福田忠三郎,系由日本住友银行调来,精通银行业务,在此人追索下,交通银行来不及转移的9800余万存款、秘密存放在中法实业银行一个专用仓库的8000余两黄金全都被掠夺而去。在沪的中、中、交、农四行,中央、农民两行因官方色彩重,被日军勒令撤销,中国、交通两行,历史悠久,股份中又有不少商股,日军决定予以复业,粉饰太平。

　　交通银行沪行经理王子菘此时已逃亡外地,行务乏人管理,日本人要将交行复业,必须找一个在金融界有相当地位、又肯合作的人才镇得住局面,最好是原班人马。于是,1942年4月中旬,唐寿民等十余人被塞上一架飞机,遣送回上海。至此,他已在香港被羁押115天。

　　送回上海后,他被继续软禁,先是关在华懋公寓,后来又转移到了锦江饭店的第十八层楼上。一段时间后,唐寿民终于获释回家,但会客仍受限制。日本人在他家附近设了一座岗亭,不准他随意外出,且须随叫随到。日伪头面人物开始频频造访游说,要他出任复业的交行董事长。与他颇有交情的汪政府财政部部长周佛海也对他百般诱说,要他带头把上海金融业"复兴"起来,周这样对他说:"你受了痛苦,我未能营救,深为抱歉,现在回来了,希望你帮我的忙。"

　　以唐寿民的精明,岂会不知附逆下场。他拒绝过一阵子,但在各方的威迫利诱下,彷徨犹豫数月后,他把心一硬,决定下水,"余处兹环境,虽仍觉一无把握,然终迫于责任心之驱使,乃不顾毁誉荣辱,挺身而出,为吾行及存户尽最后之微力焉"。②

　　日后在法庭上,他说自己被迫出山,"一来可保全交通银行的财产,

　　①　邢建榕:《民国银行家唐寿民的一生》,《档案与史学》,2003年第1期。
　　②　《唐寿民自叙"办理交通银行复业与参加商统会之经过"》,《审判唐寿民档案》,《档案与史学》,1997年第5期。

二来可以维持职工和家属的生计,耿耿此心,别无他求"。他还有一个奇怪的譬喻,说"交行复业,好比一家人家被盗,主人逃避,账房先生出来为主人看家,保存未被强盗拿去的财产,等主人一朝回来再行交还"。① 照他这样说,他不但不是一个罪犯,而是一个大大的功臣。而今渡尽劫波,政府不仅不嘉奖他这个功臣,反而要将他判刑,他不服。

他一直都在追求权力的荣耀,做梦都想着出人头地,却又屡屡遭遇天敌,总是不得志。先是在上海商业储蓄银行时,陈光甫压着他不能露头,后来进入交通银行,又是胡笔江和钱新之轮番压着他,原先还赏识他的宋子文,到了后来关系也渐渐疏远。尤其是香港陷落前,天天看着飞机来去,忙着抢运物资抢要人,却生生地把他给落下了。这种种的失落和愤懑在心里发酵,或许正是他落水的一个隐秘动机。

为了日后追究起来好有个转圜余地,他与中国银行南京分行经理吴震修商量,中、交两行一同复业,理由是"敌方意在必行,与其事后听人摆布,不如自我恢复,盖如是吾行数十年基础,或犹得保存,数百同人,亦或得免于冻饿,数千存户亦得赖以周转也"。

此时的吴震修也给逼到了一个抉择关口。中国银行摊子大、员工多,仅在上海一地,除了上海分行外,还有虹口、同孚路、霞飞路、成都路四个办事处,加上各地撤退到上海办理收付的行处,加起来有上万人。银行一停业,这些人失去了生计,多数中下层职员自是希望"复业"。史久鳌等上海分行的负责人也去找吴商量,说如果不复业,不仅产业保不住,储户们的存款要化为乌有,上万员工的生活也要发生困难。

再三掂量后,吴震修同意出山了,出任"复业"后的中行代理董事长,但言明自己不拿一分钱薪资。做出这个决定前,他让中国银行杭州副经理胡熙伯去安徽屯溪,用中行的一架自设电台与重庆联系,向总管理处报告日伪强迫"复业",申述左右为难的苦衷。重庆方面没有答复,似也默许了。

---

① 中国人民银行上海市分行金融研究室编:《交通银行简史》,内部资料,1978年版,第38—39页。

1942 年 9 月 1 日，南京汪伪政府登报公布了中、交两行复业的消息。重庆方面很快做出了回应，财政部会同四联总处在中央广播电台发出申明：自太平洋战事发生，中国、交通两行总管理处即经遵令通饬沦陷区分支行处一律停业，所称在沪及其他沦陷区开业之行处，纯系"假借名义，希图混淆"，两伪行"一切行为及其债权、债务在法律上一律无效"。①

尽管为复业找了这样那样的理由，唐寿民内心里还是惴惴不安。筹备复业期间，他多次向重庆方面报告，以期获得谅解。与重庆联系不上，他就转头与在上海的"军统"特工接上了线，在行内增设了一个"调查统计室"。据其自称，这个由他一手掌控的部门的任务，就是收集日军占领区金融经济情报，密报重庆。他时常将"青白乃心"四字挂在嘴边，还将之刻在新交行徽章上。行内有中共地下党活动，他也睁开眼闭。

这些事先铺垫，为日后唐寿民的减刑争取了机会。但出任伪全国商业统制总会理事长，却是唐寿民怎么洗刷也洗不白的一大污点。相比之下，周作民、吴震修就要比他滑头得多。1943 年 2 月底的一天，伪财政部部长陈公博、上海市市长周佛海约唐、周、吴三人商谈组织商统会的事项，周佛海说，此系日方新经济政策，如得施行，则日军统制之事即可交还我国民间人士办理。周、吴不以为然，说了一通不着边际的话，只有唐寿民表态说："以往统制，病国殃民，殊以为非，今若改由我方办理，或可免除扞格不入之弊。"

周佛海对唐的这一表态甚感满意："作民、震修只知批评，不肯负责，令人失望。寿民颇有勇气，拟请其为会长也。"②因此有人事后揭发，其实唐是想当这个商统会理事长的。尽管一年零三个月的商统会理事长期间，具体事务都是亲信陈子培在打理，他还是难逃此项罪责。

战后"肃奸"，吴震修、周作民也遭软禁，在建国西路一幢叫"楚园"

---

① 《中国银行行史（1912—1949）》，第 451 页。
② 周佛海：《周佛海日记》，上海人民出版社，1984 年版，第 821 页。

的洋楼里关了些时日。但他们做事预留后路,经说明情况,还是大体获致了各方谅解。

宋汉章在写给吴震修的信中说:"我兄为行服务,忠心耿耿,有口皆碑,无任佩迟,虽局外人知之稍晚,然真金不惧火,终有水落石出之日也。"张群也表示,"震修兄多年老友,其品格行谊本所深知,敬当尽力陈述"。张嘉璈对吴在上海沦陷期间的表现也持谅解态度:"八年不见,人事蜩螗,唯无私无利私欲者必得最后之同情,吾兄一番为行事苦衷,多数谅解,望镇静坦白处之。"吴震修也是个明白事理的,重获自由后把行务交出,从此离开中国银行,再未在其中任职。

唐寿民就没有这么好的运气了。他那个臭脾气,关在一起的人也跟他对不上路。据一个"难友"说,大汉奸梁鸿志关在"楚园"时,一副名士派头,时常写诗自遣,不高兴了就在诗中骂人,唐向他索诗,还被皮里阳秋地骂了一通。其中有"市儿但识金银气,计相哪知平准书",骂唐是只知摆弄金元宝的市侩,对国家财政大计则一窍不通。最后一句"知君自有安心法,白发苍颜近更腴",更是骂得露骨。唐寿民跑街出身,文化程度不高,哪识得梁诗人的弦中之意,一经道破,梁早已被枪毙了,气得大骂,"自己去送死的"。戴笠飞机失事后,关在楚园的这些客人全被请进了提篮桥监狱,不久进入司法程序,该审的审,该关的关,唐寿民一案由上海地方高等法院审理。

持续数日的庭审中,控方和辩方进行了激烈争论,尽管唐寿民最后陈述时声称,"挟持"期间,"虽无成仁取义之烈,亦绝无助逆资敌之事",但上海地方高等法院还是以汉奸罪,判他无期徒刑。

战时,各大银行的总管处几乎都迁到了重庆,银行家和实业家们的星五聚餐会一直坚持着。张罗此事的是张嘉璈的胞弟张禹九和妻子张肖梅。

到大后方后,禹九继续做金融调查工作,肖梅在写一本关于实业救国的书,夫妻俩做什么事都是兴兴头头,家里一天到晚总是高朋满座。聚餐会上,张嘉璈与刚从上海来到重庆的金城银行董事长周作民也见过几面。

周作民与张家渊源很深，不仅与禹九、肖梅是朋友，张嘉璈的妹夫朱文熊开办的南洋企业公司，据说暗地里也是周作民出资的。朱文熊总说自己这个董事长只是个替身，张嘉璈哪天不想在政府里干了，他这个董事长马上让出来，但日后据张嘉璈辩白，他几乎从没过问过南洋公司的事。

几次见面，张嘉璈发现周作民精神恹恹，一脸愁苦，似是担着天大的心事。听张群、吴鼎昌等人说起，才知道周作民来重庆是为洗刷汉奸嫌疑，找人说情的。

周作民是江苏淮安人，原名维新，他父亲是末科举人，未入仕途，在乡下设馆授徒，一家子的日子过得很是清贫。少年时，他和同乡好友谈荔孙（后入中国银行担任北京分行经理，1919 年创办大陆银行）等一起到上海去寻找发展机会，家贫凑不齐路费，最后还是家境殷实的谈家包了一艘船，他是搭船去的。

周作民中学时的老师，是著名古文字学者罗振玉。罗在广东教书，写信召他前往。罗振玉负责了他在广东期间的所有学费，生活费则全靠他为人抄稿打工去挣。好在这个寒门子弟刻苦好学，不久就考取了广东省的官派赴日资格，入京都第三高等学校学习财政经济学。可是读了两年半，官费停发，不得已，他只好提前回国。先在南京法政学堂谋了个教职，辛亥后，即进入南京临时政府财政部，随政府北迁到了北京，成了财政部库藏司金事。但他并不满意这个小京官角色，暗暗积蓄着人脉资源，想着有朝一日出来单干。

不久他就有了个机会，进入梁士诒创办的交通银行任稽核科科长兼国库科主任。交行想在安徽芜湖开设分行，因安徽督军倪嗣冲阻挠，这事总办不成。周作民出马了，他跑到芜湖拜见了倪嗣冲，一见面就送上一份厚礼，却开口不谈设行事，只讲贷款给安徽发展茶叶事，一席话把倪督军唬得如坠云里雾中，又是设宴，又是搓麻。搓麻时，他故意失手，用支票支付时眉头也不皱一下。他在芜湖逗留了二十余天，混熟了许多朋友，直到临走才提出在芜湖开设分行事。倪嗣冲见他手脚大方，举止豪爽,自然应允了。

后来周作民离开交行自立门户办银行时,倪嗣冲这样的军阀和官僚就成了他的大股东。这时已经到了 1917 年。银行名"金城",取"金城汤池,永久坚固"之意。这个督军、总长级别的股东名单可以开得很长,显要者有:陆军次长徐树铮、财政次长兼天津造币厂厂长吴鼎昌、陆军部经理司司长陈国栋、山东省财政厅厅长曲卓新、长芦盐运使段永彬。

当时有传言说,金城银行总经理周作民的手下有吃、喝、嫖、赌、玩古董五种人才,银行要拉拢关系时,他就出动相应方面的人才投其所好,曲意逢迎。张嘉璈当时还在中国银行副总裁任上,拿金城银行和刚初露锋芒的上海商业储蓄银行做过比较,说上海银行专做小人物的生意,讲规矩讲信用,伏低伏小,连银行的门面都不敢搞得太阔气。而周作民的金城银行就不一样了,到处逢迎,四处拉拢,不按常理出牌,一些大权在握的银行高管,周更是对他们放纵迁就,一些挥霍和拖欠的款项,只要周作民批了字,都能作为呆账一笔勾销。

到太平洋战争爆发,周作民已在金城银行总经理的位置上干了二十多年(其中十多年还兼任董事长),从北洋元老到国府新贵,甚至日本军政要人,都有他的朋友。[1]

1941 年 11 月初,离开粮本局的何廉为躲避"军统"纠缠,在翁文灏和陈布雷的帮助下到了香港,住在周作民家里。周作民是南开经济研究所的董事,何、周交情一向很好。那时经常在一起碰头的,还有陈光甫、唐寿民、胡霖,以及南开经济研究所的两位董事颜惠庆和范旭东。

12 月 7 日,这些老友照例又在周作民家聚会。风暴来临前的宁静让他们都有了一种错觉,以为英国人保护下的太平景象会一直持续下去。何廉和周作民谈到了西北的开发和建设问题,周作民对甘肃、宁夏

---

[1]　此处对周作民生平的叙述,参见徐国懋《周作民与金城银行》,"近代中国工商经济丛书"《周作民与金城银行》,许家骏等编,中国文史出版社,1993 年版,第 39—46 页。

和青海的石油开采也非常感兴趣,两人当场相约,何廉回到重庆后即往西北做一次考察,费用由金城银行承担。当时没有一个人会想到,这是香港最后一个平静的夜晚了。

12 月 8 日,中国航空公司的一架客机抵达香港,当晚就接了一批高级官员和他们的家眷回重庆。周作民的家离市中心远,联络不便,他想尽办法也没能赶上飞机。日本人三天后就占领了九龙,到圣诞节,控制了整个香港。何廉、周作民、范旭东、颜惠庆这些朋友都被困住了。

他们先在山上的一处小房子里住了一阵,然后搬到了商业区的金城银行大楼。50 多人挤在一处,食品和饮水都很成问题,一些有官方背景的人更是担心出门被逮走。日本人占领香港几个星期后,因为给养跟不上,也在尽可能把难民都遣走,想离境的,只要到日本人那里领取出境证即可。胡霖带着报馆的两个年轻记者先行离开,接下来,何廉装扮成一个苦力,范旭东装扮成一个穷教书的,也都脱了险。周作民放不下金城银行那么大一个摊子,又自恃在日本人那里有说得上话的朋友,没有走。

逮捕后,他和唐寿民等人一起被看押在半岛酒店,第二年春天被押送回上海。在日本人的逼迫下,他出任了复业的金城银行董事长兼总经理。但此人精明过人,虽然他与汪伪政权的要人们频频交往,却从未答应出任伪职。银行事务但凡有出头露面的,他都让亲信、金城银行沪行经理吴蕴斋代理,平素行事竭尽小心,不让别人抓着把柄。

1945 年 10 月的一天,周作民在家中被两个"军统"人员带走,关押在海格路一处戒备森严的旧房子里。周家慌了神,托关系找到帮会大亨杜月笙和张嘉璈的妹妹张嘉蕊,托他们与戴笠联系。数小时后,周作民被放归。孰料没过几天,军方再次上门检查搜捕。当时周作民正好不在家,闻讯连夜出走,找到一家医院隐藏起来。不久消息传来,吴蕴斋已被逮捕。周作民惊惶失措,一度想自杀,妻子苦求,他自己也下不得手,"诚求生不得,求死不得,奈何奈何",一个曾经风光无限的银行家沦落到此地步,也是够凄惶。

逼到绝路,周作民使出一着,紧急起用重庆金城银行经理徐国懋担任总经理,自己退到幕后。徐国懋是美国约翰霍金斯大学的政治学博士,1936年加盟金城银行,以忠实、勤勉获得稳步升迁,更重要的是,徐在重庆时一度担任飞虎队陈纳德的英文秘书。众所周知,陈纳德是蒋夫人看重的人物。抬出徐国懋做总经理,有了一个在最高层可以说得上话的人,不仅金城银行可以保住,说不定还能把老搭档吴蕴斋给捞出来。周作民这着棋确实下得妙极。

周作民的运气比唐寿民的确要好得多。他多年行走的政商两界织成的那张庞大的人际关系网在关键时刻起了作用,时任行政院长张群、国民政府文官长吴鼎昌和密友钱新之等人,都是在上面说得上话的人,此三人竭力说项,终于使他免予被追究。

在上海有过交易所从业经历的蒋介石知道,战后上海金融界的复兴,离不开周作民这样的头面人物的支持。又问明周在沦陷时期并没有公开落水,乐得做个顺水人情,于是让钱新之转告周作民,说周在战时的表现,他是知情的,让周勿担心事,可以继续在上海从事金融,为国家效力。

蒋让钱新之而不是与周关系更深的文官长吴鼎昌转告,此中亦有隐情。吴鼎昌在贵州省主席任上八年,虽然经济搞得一团糟,官声大体上还算不错,上年回调中枢,担任国民政府文官长,可算成了股肱之臣,但实际上,此时蒋身边的智囊团已有张群、陈布雷等人,文官长这个职位不过是虚应门面,并无多少实权。吴为了重邀圣宠,挖空心思出了个电邀毛泽东来重庆共商国是的计谋,原以为毛不会来,就可把内战祸端推给中共,却想不到毛竟然来了,还毫发无损地回了延安,一番较量下来,国府这边并没落着什么好。从那以后,吴鼎昌看似还身居高位,实际上已在走下坡路了。

尽管有了最高当局口头关照,周作民还是不安心。他自忖在上海沦陷期的行为,虽大节无亏,但若有人故意找碴,他这样的灰色人物也是万难说清楚的。为了求得一张让他安心的护身符,在张群和吴鼎昌安排下,周作民于1946年初飞到重庆。

到重庆两月有余,蒋还没有接见他,而上海那边传来的消息,愈发让他不安。已被逮捕的吴蕴斋已经被以汉奸罪起诉,很有可能要提交高等法院公开审判。他最担心的是,对吴蕴斋的公开审判把火引到他身上。

1946 年元旦,风日晴好,但周作民却心境灰暗。张群和吴鼎昌对吴蕴斋事件爱莫能助的表态,使他终日被"忧愁悲痛之苦楚"笼罩。几天后,张禹九告诉他,重庆高层对他在上海期间的表现也有种种议论。冒冒失失跑来重庆的周作民不由得脊背阵阵发凉。

如果不是蒋介石终于接见了他,周作民不知还要担惊受怕到什么时候。从他事后的记述来看,"主座"似乎已经原谅了他在上海沦陷时的"沾染之处"。当然,这离不开总统府文官长吴鼎昌的暗中援助:

"……坐定,余谓数年来在沦陷区内,仅将比较重要事件托张岳军转陈,未能随同为国家有显著之贡献,抱歉万分,且为掩护工作计,不免有些沾染之处,诸承包涵成全,尤为感激。主座谓汝之作为甚好,余悉知道,但部下人员不知我的意思,更不知我们的关系,发生误会,实在对你不起。"①

按理说,这次接见后,压在他心头的一块大石头应该落地了,但吴蕴斋一案迟迟不结,总是个大麻烦。他又陷入了臆想出来的恐惧中。忧端如山来,他经常失眠,回想前事,更是惭悚万分。3 月 8 日,交通银行总管理处通知开董事会。他发着高热,本可不去,一想到钱新之和张嘉璈均在,可借机"与商蕴兄事","遂不服热度如何,决然前往"。张群和吴鼎昌位高权重,目下正在筹备举国瞩目的政协会议,自然不能再向他们开口,张嘉璈和钱新之与戴笠交情匪浅,请他们去说情,戴笠肯定会给面子。

上海那边,他已经安排好了杜月笙动用各路关系全力营救吴蕴斋。杜、吴交情,可追到北伐军入上海的二十年前,多年难兄难弟,岂有袖手之理。沪渝两地联手,出面说话的又是财界元老、帮会大亨,吴蕴斋不交法院审判这事,看来马上就能成了。周作民心里压着的那块大石头

---

① 《1946 年周作民日记》,"1 月 12 日"条。

也终于可以彻底放下了。却没想到人算不如天算,戴笠乘坐美制 DC－47 型飞机自青岛返南京途中,竟然在南京西郊机毁人亡。

那天周作民去交通银行总处参加董事会,张嘉璈有事没来。第二天,周作民给他打电话打探消息时,张嘉璈告诉他,"雨农赴平未归"①。一周后,就传来了戴笠所乘飞机失事的消息。

戴笠一死,吴蕴斋重新解送法院。营救吴蕴斋的计划功败垂成,周作民大感沮丧。但此事他确已倾尽全力,说仁至义尽也不为过,落得这样一个结果,也只能以天意如此自慰了。日后,经上海地方高等法院审理,吴蕴斋被判入狱,家产抄没。

吴蕴斋出狱后到了香港,从此看破红尘入了空门,在维多利亚港附近的一座山上带发修行。他刚出狱的时候,周作民以金城银行的名义补偿数十万元,但他对金钱和一切事物都失去兴趣了。一些上海来的朋友上山去看他,他心灰意懒,什么事也不肯提了。

好在有张群、吴鼎昌、钱新之三人鼎力帮忙,周作民的那张护身符终于搞到了手。1946 年 3 月 6 日,经蒋介石同意,吴鼎昌以国民政府文官处的名义,正式致函何应钦、汤恩伯、吴铁城、吴绍澍等在沪军政要人,并通知司法行政部、上海法院知照,"周作民在沦陷区期间为中央秘密工作,请分令各有关机关加以保护,以免误会"。

吴蕴斋的事已无可奈何,好在自身牢狱之灾已免,此后的周作民有所振作,又重新捡起了金城银行在重庆的业务。3 月 17 日,他去南开大学和张群、张嘉璈、何廉、张肖梅一起午餐,"餐后谈近事,岳兄(张群)对于政学系之传说有所表示,意在诚实拥护主座,尽忠国家,不愿有所组织以示异,以为现党内派别不免有争权之嫌。公权稍有不异,仍主奋斗。余与淬廉、静轩闻之,颇有感触,自当继续努力也"。②

3 月 24 日,又是聚餐,同席有张嘉璈、张禹九兄弟、张群、何廉等,餐后周作民又访陈光甫、吴鼎昌等人,直到晚 9 点半,方各自散去。"十时

① 《1946 年周作民日记》,"3 月 9 日"条。
② 《1946 年周作民日记》,"3 月 17 日"条。

岳兄来谈,劝余仍应积极做事,对于行员宜取纵贯横连方法,挽回风纪,决不可持消极态度。"①

3月31日,一行人从张禹九寓所出发,同车过江至南温泉,下车步行,绕山坡一周,至冠生园午餐。用餐毕,一行人又坐小船。张嘉璈见周作民仍愀然不乐,还没有从那摊子事中走出来,斥道:"作民脑际无时无思虑,毋乃太苦! 为君计,此次入川,理应卧息一年,何仍愁眉不展耶?"周作民伴笑道:"自讨苦吃,虽欲卧息焉可得乎?"②

张嘉璈的斥责,用意是要他保重身心,努力行务。周作民思之,"意重情长,能无感动"。他自忖近来的确有些过于戚戚了。"拟从今日起,振起精神,积极服务以了残年,以慰众望。"

在冠生园吃饭时,张嘉璈透露了一个消息,中共中央总部拟由延安迁往江苏淮阴清江浦一带,以便与重回南京的国民政府联络。周作民忽然想到了留在家乡淮安的二弟,消息隔绝多年,也不知如何了。席间,他问张群和张嘉璈,可否从中共驻重庆代表周恩来那里求得一书,他好派人前往探视家人。当时何廉接过话说,南开大学的伉乃如君,是周君天津求学时的老师,托此人介绍,最为相宜。

4月1日,周作民回城,约上伉乃如,即同车前往上清寺中共代表团驻地。这是两个淮安老乡第一次见面,所谈皆是幼时记忆和家族往事。周恩来称他为"老前辈",执礼甚恭。周作民对这个中共领导人也印象颇佳。这次会面,为他四年后从香港返回大陆埋下了一个伏笔。

重庆作为陪都的使命行将结束,中央各部都已在做迁往南京的准备,加之六届二中全会即将召开,政府要人们皆忙成一团。周作民此时也起了东归之念,拟把金城银行的业务重心移往南京。去南京前,他计划先往汉口分行考察一番。张群、何廉、张嘉璈等人在"暇娱楼"摆下一桌,既是为他饯行,也是为不日后张嘉璈回东北提前送行。

席间,张嘉璈对他有一番劝告:"精神上应积极担当一切,事实上应

---

① 《1946 年周作民日记》,"3 月 24 日"条。
② 《1946 年周作民日记》,"3 月 31 日"条。

稳定处理一切",①冀得渡此难关,一年后,社会上当有另一番眼光来看他周某人。周作民唯唯答应着。重庆半年盘桓,又有担当要津的朋友们帮衬,他自以为已把污迹尽行洗去,从此可以轻装前进了。但事情并没有他想得那么简单。张嘉璈虽以积极之语劝勉朋友,一想到形势日坏的东北,也是心情灰暗。

七、烽火再起

六届二中全会吵吵嚷嚷开了半个来月。党务报告、财经报告、外交报告、政治报告,一个个冗长的报告做下来,委员们对本届政府表现,不满甚多,指责有加。检讨政治报告时,行政院长宋子文借故避席,委员们纷纷要求其到会,及到后,大受攻击,体无完肤。质问时,宋神态极窘。对翁文灏领导下的经济部的攻击,也火力甚猛。

东北问题因进展迟缓,原不拟在会议上做正式报告,蒋也同意了,但会上会下都在谈论这一时局焦点。有人说民心可用,要继续发动民众运动。也有人说,对苏不能示以软弱,要"上天讨价,落地还钱"。更有人提出修订中苏友好条约,立即罢免外交部部长。国家主义甚嚣尘上,各派挟意气相互攻讦,这乱糟糟的一幕让张嘉璈大感沮丧。"于是东北问题,自中苏纠缠,美国空言仗义……国家主义派之反苏反共,将进而入于党内政争。完全表露弱国外交,无不引起国内政潮,而友邦之仗义执言,不特不能帮助解决,且增加弱国之进退两难","东北本案,益趋黑暗矣!"②

会中,苏联大使彼得罗夫访外交部部长王世杰,询问如何处置溥仪及经济合作问题,王世杰答称:"中国极愿遵守中苏条约,但目前国内情形,凡主张中苏友好者,均将遭受挫折。关于经济合作,原拟派张嘉璈、蒋经国赴长春继续商谈,而近接到报告,苏方拆移机械设备甚多,故实

---

① 《1946 年周作民日记》,"4 月 11 日"条。
② 张嘉璈日记,1946 年 3 月 1 日,《张公权先生年谱初稿》下册,第 665 页。

无法再谈。"

以齐世英为首的一帮委员们，对熊式辉这个东北行营主任极为不满，本想在会上发难，予以难堪。熊未到会，齐世英等坚持大会报告非做不可，遂由国防部参谋次长刘斐和张嘉璈分别做了东北军事和经济报告。

刘、张二人做报告时，请愿团在场外一片叫喊，会议几乎无法进行下去。主席团公推了陈诚和陈立夫两委员出去应付，允将请愿团对于东北问题的要求带回会场。场内，报告结束后，请求发言的条子，如雪片般送上主席台。东北十三省人民团体也于此时向大会请愿，呈述意见。全场空气，如弦绷紧，又像随时都要断裂。

《中央日报》次日刊登刘、张二人所做报告，继续引发热议。张嘉璈简单介绍东北工矿企业接收的情形后，就战利品的归属和经济合作再度申明中国立场，并说当前最重要的是教育，即如何改造东北人民的思想，培养其国家观念。"刘氏说东北接收的问题，实在复杂，应说的话，不能说，不敢说。"《中央日报》随后评论道：东北是中国的东北，苏方与我经济合作，最受欢迎，但合办不是合作，合作尤其不是独占。

二中全会从一开始定的调子，就是坚持国民党一党专政、反对政协决议中各项民主原则，故而会议闭幕第二天，中国共产党代表周恩来、秦邦宪就在重庆召开记者招待会，声明对于这次会议的失望，称破坏了"中国的民主契约"。国共对立，未见和缓，反而更形恶化。

蒋介石对党内言论互相攻讦深感不满，认为这不仅使党内同志失去互信，更无异于表示失去自信。一次谈话中，他引用韩愈老夫子的一句"怠者不能修，而忌者畏人修"，要大家束身修德，做一个君子，并称今后一切问题，都要用政治方法解决，且须忍耐再忍耐。

二中全会结束后，老友梁漱溟应中共领导人邀请往延安一游，回到重庆，张嘉璈约其晚饭，为其接风。"渠云，毛泽东告彼，中共作风非变不可，但求变而不乱。不知其所谓变者，是否指新民主主义而言，借以缓和人民对于共产主义之恐惧。又云：渠见坦白运动，彼此公开批评。

公务员均不支薪,各自种菜养鸡。其衣食悉由公家供给。"①张嘉璈想打探中共高层对于东北问题的态度,梁漱溟却说不上什么。估计他真的是什么也没听到。

　　率团在重庆参加和谈的周恩来,亲自找上门来,与张嘉璈谈东北局势。周说东北问题迄今已有"三误":一误于去年 12 月中央军进攻热河,次误于 1 月初三人小组未获协议,今则中央军大量北上,中共不能不为防卫之策。周认为,目前解决之道,唯在迅速在政治、军事方面同时谋解决,政治方面改组东北政治委员会,军事方面迅速划定双方驻军地点,提出整军方案。张答以,"必须由中央先接收各地政权,再谈政治协商"。② 遂不欢而散。

　　会议后半晌,苏军已开始北撤。此退彼进,东北烽烟遂起,成为国共两党角力厮杀的修罗场。中国共产党确立"向南防御、向北发展"的战略,林彪为总司令的东北民主联军与国民党军在长春、沈阳、锦州展开激烈争夺。

　　接收交涉不顺使国民党处处被动,中央军先是受阻于铁岭,再受阻于四平,令蒋介石忧心如捣。在国民参政会上,他赌咒发誓般地说,政府致力和平统一,保国权而维民命,两大要点缺一不可,第一东北问题,第二训政约法。至于东北问题,必须确信必获苏联和平合作,主权行政必须完整,接收未完成前,无内政问题可言。他找来张嘉璈谈:东北问题,对于共方不能再让,共方必须让出铁路线两旁各 30 公里并停战,否则,政府将为"傀儡之傀儡"。他告诉张嘉璈,仗打成这样子,长春是不必急着赶去了,就留在重庆继续和苏联人谈吧。张嘉璈虽不懂军事,却也觉得,造成今日之局面,与蒋某人"只知刻板文章、不善应用"实有莫大之干系。③

　　4 月 4 日晚,蒋宴请安南国王,张嘉璈被邀作陪,饭后留宿林园,蒋

①　张嘉璈日记,1946 年 3 月 28 日,《张公权先生年谱初稿》下册,第 691 页
②　张嘉璈日记,1946 年 3 月 30 日,《张公权先生年谱初稿》下册,第 692 页。
③　《战后东北接收交涉纪实——以张嘉璈日记为中心》,第 146 页。

向之征询有关东北政务及经济方面的意见,张嘉璈于谈话中表示,愿脱离政治,而就社会事业,"主席不以为然"。①

顾目前情形,他也觉得,国共双方除了以武力决斗之外,已别无解决之道。然以东北之地势,补给线之困难,及长途远征之疲乏,"胜负之数,不难预卜"。他实在乐观不起来。

延安的《解放日报》继发表周恩来代表中国共产党反对国民党继续增兵东北、扩大内战的声明后,不断登载中央军进攻受挫消息。4 月中旬后,东北电讯时断时续,前方战事消息,诸如双方军队在四平街的拉锯战、中央军在本溪湖以及昌图以北战役中的败北等,张嘉璈大多是通过这张报纸获悉。军方及情报部门遮遮掩掩,含糊其词,远不如共产党办的这份报纸干脆利落,消息准确。而该报宣传中共东北局恢复生产、建立民选政府等举措,意在表明,中共方面在东北的军事和政治均在节节推进中。两相对照,不由得让张嘉璈慨叹,这届政府已处处透出衰败之象。

留守长春的董彦平来电相告,苏军驻东北指挥部已准备撤守回国,送马元帅的饯行酒也已喝过,气氛"尚称欢洽",催重庆方面把经济合作事早日敲定。蒋指示外交、经济两部各派次长一人,担任中苏经济合作谈判,张嘉璈从旁协助,"规划一切"。但王世杰仍坚持候苏方回复到,是否协助北上接防后,再行开谈。他觉得王世杰实在过于书生意气,不知接防的枢纽,乃在经济合作协议是否达成,更不知苏联人背后还有一张更大的牌要打。

他心下忧虑,但现在交涉的事都移归中央主持,"余有何言可说"。② 有王世杰这样刻板的人在主事,他连插嘴都插不上了。只得给董彦平发去一密电,嘱再与斯拉特阔夫斯基一谈,并转致马元帅,大致谓经济合作商谈即可进行,希望能获圆满解决,目前最要紧者,为政府军在苏军撤退前进驻哈尔滨,并希望中长路两侧 30 公里内无驻兵。

---

① 张嘉璈日记,1946 年 4 月 3 日,《张公权先生年谱初稿》下册,第 699 页。
② 张嘉璈日记,1946 年 4 月 8 日,《张公权先生年谱初稿》下册,第 707 页。

"如此,不特战祸可免,中长路及工矿事业可免损失,而中苏友好局面可以奠定。"

4月12日,张嘉璈与东北政治建设协会的几个干事一起午餐。这些人已经访问过陈诚,也访问过周恩来和民主同盟的几个元老。谈到东北时局,他们都希望两军立即停战,不使长春涂炭。据他们说,周恩来对于不进占长春一节,似有商量余地。张嘉璈闻言,唯有叹息,"政府已处于下风,若早与苏方达成协议,何至有今日"。①

两天后,即4月14日,东北民主联军向据守长春的国民党东北保安第二、第四总队(原伪满铁石部队)等部发起猛烈攻击。4月18、19两日,与长春的电信联系中断,张嘉璈担心长春已失守,问了军令部的刘斐,告以"吾军尚未越过四平街,恐在此尚有一场恶战"。东北行营的僚属们还大多在长春,张嘉璈心忧如焚,想着如何尽快帮他们逃离这座即将被战火吞噬的城市,接连数日,寝食难安。唯有加紧推动政府和苏方展开商谈,希望经济合作协议早日签订,长春情势或许可以借三人军事小组之力得以转圜。

他在日记中写道:

"五月余,苦心焦虑,奔走于渝长之间。冰天雪地,鸢飞空中,置性命于不顾,而所得之结果如是。不知主管当局所持之政策,祸乎?福乎?加上二中全会一幕,国家主认派之偏狭见解,与附和者之利用,以作私人斗争,达成今日不可收拾之局面。黑暗耶?光明耶?乃知国家大事,真是千钧一发,恐对于今日局势之负责者,尚沾沾自喜,认为得计,而未尝一加反省也。"②

就在此际,周恩来代表中国共产党在重庆发表声明:在东北停战、政治改组及人权保障等问题未解决前,中共决定不参加国民大会。政府不得不将国大延期。

政府军猛攻四平遭挫,损失了两师人马。长春这边,城防司令陈家

---

① 张嘉璈日记,1946年4月12日,《张公权先生年谱初稿》下册,第710页。
② 张嘉璈日记,1946年4月20日,《张公权先生年谱初稿》下册,第718页。

珍受伤住院,副总队长刘德溥以下官兵伤亡四千余名,余部撤出市外。东北民主联军兵锋直指哈尔滨。几天后,周恩来托张君劢转告,留在长春的国府接收交涉人员用飞机接出一事,已经办妥,人皆安全。张嘉璈方松了一口气。他觉得,自己再去东北,已无意义。

在马歇尔将军主张下,国共双方将共同组成一个三人委员会前往东北调停。张君劢、罗隆基等皆与闻其事。就在此时,张嘉璈提出返乡料理先室丧事,经文官长吴鼎昌通融,蒋介石同意了。

4 月 30 日,晨七时一刻,张嘉璈自重庆坐火车返上海。回首这半年有余的日日夜夜,自领命之初到谈判决裂所经每事,真有不胜今昔之叹。在摇晃不止的车厢里,他展笔检讨道:中苏间之东北交涉,因苏联撤兵之期限为时短促,虽经展限,亦仅六阅月余。"其间纵横捭阖,常有稍纵即逝之感。"最初,由于苏方之借口大连为自由港,几至无法开始谈判。及开谈后,对方提出条件之苛刻,令人大感失望。及对方稍做让步后,似稍见曙光,而苏方又复希图建立亲苏缓冲地带,致遭党内激进派之反对,掀起反共、反苏狂潮,卒至谈判决裂。

> 尝忆弱国无外交之语,经此一段交涉,乃知国无武力,无富力,固不足与强国折冲樽俎。而弱国政治组织之脆弱,上无有效之决策机构,下无训练有素之统一民意,更无法与强邻谈外交。在交涉期间,执政党内意见纷歧,且互相攻讦。行政主管部门,则惮于负责,致每一决策,惟最高当局是赖。而决策之际,又为党中所指导之舆论所束缚。其行政组织之脆弱,益尽情毕露。最后,诉之武力。①

他断言,以当时东北之天时、地利与形势,一旦失败,势必牵动全局。

就在他离开重庆这一天,东北民主联军解放哈尔滨。

---

① 张嘉璈日记,1946 年 4 月 30 日,《张公权先生年谱初稿》下册,第 723 页。

随着火车隆隆东行,一册众声喧哗的交涉接收日记至此也画上了句号。张嘉璈的东北使命算是结束了,而他身后的白山黑水间,战火方烈。

1946 年 5 月 1 日,国民政府发布迁都南京令,中央各部皆在加紧搬迁。在沈阳,董文琦市长为张莘夫举行了一个隆重的葬礼。

几天前,苏军司令部来电说找到了 8 个遇难者的遗体,董文琦前往接收。尽管遗体已被洗净,但还是可以看出许多刺刀伤口和被捆绑过的勒痕。多年后,董文琦在回忆录里写到这一幕:"我看到院子中间停着一辆卡车,里面装着一具棺材,用黑布裹罩。我跳上卡车,打开棺材;毫无疑问,这是莘夫。他还穿着我和他在北平一起做的那套深蓝色中山装。他的身体被刺了十八刀。"

死难者下葬在市区的北陵公园,这里是清朝第一代皇帝的陵寝。葬礼沿途皆有士兵护卫,参加送葬者有万余人,行列长达数里。政府为张莘夫起草了一段碑铭文,但他的家人拒绝把这段评价镌刻上去。张莘夫的一个在北京大学做助教的堂侄,坚决不同意政府关于他叔叔之死的说辞。张莘夫的夫人李芴蕲也反对刻任何文字上去。因此,墓前大理石只刻上了"张莘夫先生之墓"几个字,高大的墓碑空无一字。

知道张莘夫这个名字的人越来越少,渐渐地,那个墓碑被附近的居民叫作"无名碑"。

第十五章 货 币

一、再度出山

回到上海，连日与亲友欢叙。许多老友都是七八年未见，皆以为张嘉璈从此可以摆脱政治，复归平民生活。却不料国府还都南京，张群就打来电话，要他务必赴南京一行。张嘉璈正患重感冒，热度未退，问可否后天搭飞机前去。张群说，蒋公的意思，务必明晚赶到。

这个电话如同一个先兆，不管他退到何处，当局总能在第一时间快速找到他。政治已成了他的附骨之疽，他再也无逃于天地之间。

张群在电话中还告诉他，行政院已局部改组，以俞大维任交通部部长，王云五任经济部长，改军政部为国防部，以白崇禧为首任部长，陈诚为参谋总长，以钱昌照为资源委员会主任委员。

1946 年 5 月 22 日，张嘉璈坐晚班火车赴南京，次日凌晨到达。还没来得及休息，蒋就来电告，坐中午的飞机，一同前往沈阳。是夜，蒋住在了杜聿明处。张嘉璈和白崇禧匆匆游了北陵和清故宫，住在熊式辉那里。

收复和建设东北，是事关国家安危的一块基石，东北币制久不统一，蒋于是再度起用张嘉璈，要他继续留下来整顿币制。这重新套上的重轭，给张嘉璈兜头泼了一盆冷水。力辞不允，他只得硬着头皮答应再担任一段时间，但提出一个条件，要蒋下一手令，中央有关东北的经济接管工作，一切用款及人事，须得经过行营经济委员会。蒋同意了。

东北币制的混乱，去年秋天张嘉璈刚上任时就深感焦头烂额。其时的东北纸币,五花八门,有苏军发行的红军票,有伪满券,又有政府发行的流通券。目下更令他头痛的,则是政府军队进入东北时发行的十亿元盖印法币,系由杜聿明在关金上加盖国防部印而在市面上流通,人称"代流通券"。

张嘉璈试图让政府发行的流通券成为东北市面上的唯一纸币,故对各种军票及代币拟订了一系列收兑办法。此举触动军方利益,直接导致了他与杜聿明的冲突。好在他事先请到了蒋的一纸手令,东北币制终于渐形统一。上海的《沪报》报导张嘉璈统一东北币制的功绩,说他"手腕高明,不怕遭怨"。文章称:

今日的东北三大巨头,政是熊式辉,军是杜聿明,经济是张嘉璈,三巨头中政学系占其二,东北已是政学系之天下。张氏又以政学系张群的幕后支持,兼任中长铁路理事长,其对东北的经济交通之权力,更属庞大。张氏刚上任时,东北经济混乱,简直是一团糟。但张氏始终以最大毅力去克服困难,一方面与苏联当局交涉,停止续发红军票,已流通者,实行兑换流通券。为阻止再发行"代流通券",张与杜聿明也曾大闹意见,但杜握有军权,张氏竟也无可奈何。据说后来这事闹到首都,蒋介石问明原委,亲下手谕,将杜训斥一番,并命令杜除了军事外,其他一概不许过问,于是,所谓"代流通券"的问题终得解决,云云。[①]

报纸上还发表了张嘉璈有关重建东北经济的谈话要点,要之在于,恢复交通通信,重建中央、中国、交通、农民、中央信托局等金融机关,稳固币制,另行分配敌伪工厂并加快投入生产,等等,还明确了何者以中央为主体,何者以地方为主体。关于地方职责,他着重谈到,要普遍设立农业合作社,以便推广改良农业,指导耕植,发放农贷等,"并设立常平仓,照市价收买食粮存储,藉以平抑粮价高涨"。

张嘉璈还说,尽管当此战后复兴之际,东北的工业设备遭破坏和抢掠之后只剩下残破的空壳,但东北的商业,绝非单方面的只能取之于

---

① 彭晓亮、李嘉宝、张一选编整理,上海档案馆藏:《张嘉璈剪报资料辑录(1946—1948年)》,档号 Q131-17-153。

人，而不足以助人。这里的物资原料，如大豆、造油种子（如酥子），鞍山、本溪之铁，抚顺之煤，辽宁大石桥之镁，都是各国急切需要的，东北行辕经委会今后将推出更多便利政策，吸引国际和民间资本陆续前来投资。①

蒋全力支持张嘉璈着手整顿东北经济。国共两党在东北的较量已趋白热化，蒋像个急红了眼的赌徒一样，努力想扳回颓势。军事上放手给了杜聿明和孙立人，经济上，他只能继续依赖张嘉璈。军务倥偬中，蒋多次有手函给张嘉璈，中有"东北工厂如何使之迅速恢复，不仅关于全国经济之进步，而且于国家建设之能力声望更大也，务望激励同人，奋力奋勉，完成使命也"等语，大有不把东北经济整顿好就不放他走人的架势。

随着国共双方摩擦加剧，7月开始，和谈改为先就地商谈，即山东由王耀武与陈毅谈，东北由杜聿明与林彪谈，最后把商谈方案报中央裁决。张嘉璈觉得，照此下去，和平的希望愈加渺茫，"观察情形，势必决裂，结果或不免不宣而战"。出面调停的马歇尔也泄了劲，"惟劝中央不必未战而先事叫喊，尽可就地实际解决"。②

君劢时常从上海来信，报告国共协商情形，"此间大局日见恶化"。即以马歇尔提出的折中方案而论，政府埋怨中共，把齐齐哈尔以北三省都给了你们，你们还不知感激，中共则说，彼乃不毛之地，要之何用？总之，因双方心理上距离太远，总也谈不拢，也不知僵局何时能打开。最近的一封信里，君劢说，他找蒋先生和周恩来都谈过了，周有一名言，"联合政府如何能在战火之上建筑"。君劢担心，若战事再延长，胜负不分，那么11月的国大必再延期，"即使开成，将为曹锟宪法"。

民国十二年，当时刚回国的张君劢作为小有名气的宪法专家参与了民国首部宪法的制订，嗣因曹锟贿选，难以服众，只一年，这部倾注了

① "中央社沈阳九月卅日电""中央社沈阳十月廿八日电"，1946年12月9日《大公报》报道《张嘉璈谈东北经建：希望民间前往投资，对流通券问题有所说明》，《张嘉璈剪报资料辑录（1946—1948年）》。

② 张嘉璈日记，1946年7月7日，《张公权先生年谱初稿》下册，第736页。

他无数心力的宪法就被段祺瑞废止，沦为笑柄。君劢爱惜羽毛，自是有此担忧。

君劢信中说，他一直没有放弃政治解决争端的努力："最近政争三人五人会议，毫无结果。中共重在停战，政府怕停。停战令宣布，一切不解决，其症结在此。兄意政府允停战，中共允参加国大，正在商量中，不知后果如何。"

外界对张嘉璈此番重来东北保持着浓厚兴趣，有小报记者"蜀君"者，把张嘉璈的一生行藏尽行挖出，历数其在中国银行任上的种种显赫历史，说其与政学系关系的确立，乃在民国二十四年政府用增资方式而取得中行控制权、张氏踏入政界后。并拿他与另一个银行家吴鼎昌作比，"张氏与吴鼎昌，颇有相似之点，同为金融界巨擘，同为由商而仕，所不同者，吴氏踏入仕途在金融界之势力未全泯灭（最近亦已宣布辞去北四行之董事长矣），而张之担任铁道部部长，等于以中国银行交换，完全退出金融界"。

关于张嘉璈进入政府后的表现，"蜀君"称，张特长在金融，管理铁道，自属格格不入，难展其才，但其任职铁、交两部八年，恪于职守，大体可圈可点。尽管战时格于外部形势，殊难施展，多为人所诟病处，但外界对张个人品行节操，素来推崇。而更可贵者，在于其人身上殊少党派色彩。张任铁道部部长时，仍属无党无派，至民国三十年始入国民党（后加为中央执行委员），可是"党性不强"。这位记者接下去讲了一个八卦：民社党党员梁秋水在北平招待记者时，曾有记者询问，贵党张主席的胞弟张公权是否为国民党员，梁答以"不清楚"。更有一位记者问："张公权先生算国民党的外围呢，还是算民社党的外围？"答以："都不算。"

"蜀君"评论道：这可以解释为，张嘉璈已为国民党圈内人物，不算是"外围"，但也可以解释为既非国民党，又非民社党。如此闪烁含混，"由此可见张氏与国民党关系之浅了"。他认为，在国共冲突愈益紧张的东北，张嘉璈的中间色调，自然可以起到调和各方的作用，但也让人担心，这样的身份难以取得中枢的绝对信任。

二、千里东风一梦遥

就在此时,张君劢在当局眼里的地位突然变得重要起来。鉴于抗战后两党相争不下,蒋介石决定召开国民大会推出宪法,以政治手腕来制衡中共。身为民主社会党党魁、知名宪政学者的张君劢,成了蒋着意笼络的首要人选。11月1日,张嘉璈接到蒋电话,要他赴南京,说有事面商。当时张嘉璈尚不知此行与君劢有关。

3日上午,飞机从沈阳西苑机场起飞。到南京刚下飞机,蒋经国奉父命亲自来接,送至中信局招待所。这番隆遇,令张嘉璈暗自惊奇。

是夜,君劢来访。告诉他,国大要开了,可是中共方面要求停战及改组行政院,方可提国大名单,民社、青年两党因和平未至,也不愿提交名单。

召开国民会议是年初的政治协商会议所定,唯其有一充分必要条件,那就是必须待内战停止、政府改组、训政结束、宪草修正完成后,始能召开。眼下中原和东北军事冲突日益严重,张君劢对国大能否顺利开起来毫无把握。他也向四弟吐露了自己左右为难、进退维谷的处境。

张君劢说,中共方面要求先停战,改组行政院,嗣后再提出国大名单。鉴于政府方面一直未宣布停战,中共代表周恩来已返回延安,明确表示不参会,可是最高中枢仍要作为"第三势力"的民社党和青年党提名国大代表,这让身为民社党主席的他实感犯难,因为这势必得罪中共和原先的盟友中国民主同盟。而在党内,也是意见不一,蒋匀田等一帮学生党员吵嚷着,饿着肚子跟了先生这么多年,别无奢求,就求先生让我们到政府中混碗饭吃。而在北平的老友张东荪等一批倾向左翼的党员骨干则警告说,民社党交出名单之日,便是他们脱党之日。如此水火交逼,实让他焦头烂额。

次日,蒋召见。先报告最近东北经济情形,再谈人事。蒋说,大连市市长沈君怡拟调任南京市市长,问何人可继任。张嘉璈推举了建筑学家薛次辛,又建议武人不宜任东北长官,以不谙政治经济,似不相宜。

蒋答云无成见。随后进入正题。蒋说,国民大会能否顺利召开,关键在于民社党,这次专门调他回南京,是要让他劝劝君劢,在这次国民大会上与政府保持同一步调。

"主席继告我,此次要我返宁,专为希望我劝君劢家兄采取独立立场,勿受共方影响,如民社党肯提国大代表名单,青年党亦可提名。……因此君劢居于举足轻重之地位,可做一历史上有意义之举动,欲我劝君劢促成其事。"①

作为一个多年徘徊于学术与政治之间的宪政学者,张君劢一直秉持着一个学者可贵的独立精神。早年与好友丁文江激烈辩论科学与人生观,使他担了多年"玄学鬼"的骂名,但他和梁启超一样,始终没有放弃对科学万能的质疑,"科学无论如何发达,而人生观问题之解决,绝非科学所能为力,唯赖人类之自身而已"。抗战军兴,他回到新儒家的立场,出版了《民族复兴之学术基础》《明日之中国文化》二书,把唤起民族主义作为立国的基本原则,一再强调,要救中国,须靠中国的"民族自信力",而民族自信力的来源,则是在继承传统优秀文化并勇于创新。抗战结束,他坚持反对以战争的方式解决中国内部问题,战后一年来,为调处国共矛盾四处奔走。

君劢不爱钱,也不为求官,唯独对外界封他的"宪法之父"这一虚名格外在乎。对立宪政治的痴迷使他相信,司法是权力的达摩克利斯之剑,中国只要有了一部宪法,就可走上民主之路,一切问题亦可迎刃而解。几个月前,他亲手操刀起草过一部宪法,但被一味集权的最高当局否决了,用他自己的话来说,是"扔在字纸篓里了"。

中共方面,周恩来已开出最后清单,一切问题必须同时解决,政治与军事同时讨论,方可谈开会。张君劢、李璜这两位民社党和青年党的党魁,拖延着交上名单,两边不开罪。但蒋介石似乎已经铁定了心,要把国民会议开成。蒋的执拗,张嘉璈已经不是第一次领教了。看来快到耳顺之年的蒋,耳朵里倒是越来越听不进不同意见了。到南京的第

① 张嘉璈日记,1946 年 11 月 4 日,《张公权先生年谱初稿》下册,第 750 页。

三天,张嘉璈在蒋处午饭,蒋又问到君劢的态度。先问已否与君劢谈过。张嘉璈答以已谈过,君劢仍主张应与中共继续谈判,认为一切问题不解决,即令政府宣布停战,中共恐未必肯提名,而终必出于一战,无裨大局。至民社党提名一节,君劢的意见是,"不便单独主张"。

蒋当然清楚,中共方面坚持的"一切问题",政治方面是要国府与行政院改组、承认地方政权、起草宪法;军事方面,是要划定双方驻军地点。这于他是万不愿接受的。他听了张嘉璈报告的乃兄态度,并没有为张君劢迁延不决大动肝火。"主席闻之不以为然,嘱仍多多与君劢接洽。"①他这么好脾气,大概是已视张君劢为掌中物。

1946 年秋天的南京,对"国大"的态度成了检验各党派、团体、政治家立场的一块试金石。蒋着意要笼络的民社党的张君劢、青年党的李璜更是身处旋涡中心。

民社党的党员大多是老学究和一些流亡海外的知识分子,其间还有不少专为猎取官职的骑墙派小人,曾搞得张君劢大骂"腐败",声言要脱党。这个小党小派在之前的民国政坛上也没什么响动,蒋之所以对张君劢倚之为"举足轻重",不光为装点门面,更是看重张君劢的中间人物加宪政专家这一身份。蒋知道张君劢的软肋,乃在对宪政的极度迷恋,只要以"制宪"为饵,后者迟早必会上钩。何况还有特意从东北召回的张家兄弟在一旁敲敲边鼓。据说张嘉璈回到南京后,拿出两万美金资助民社党机关刊物《再生》,这笔钱就是蒋给的。

被来自各方的游说人员包围着,张君劢连家也不敢回了。因为一待他拖着疲乏的步子回到家,总会有一大群左翼朋友坐在客厅里等他回来,那情形,用他自嘲的话来说,"简直形同请愿"。朋友们热情地围住他,你一嘴我一语,试图说服他拒绝蒋的拉拢。某日,似乎是他不胜烦扰了,也似乎是真的动了容,当众表示:"第一,我不会交名单;第二,我就是我,不会受任何人影响;第三,我曾告诉公权,叫他问政府,拆了第三方面,于他有何益?"大家热烈鼓掌,感情易外露的诗人郭沫若还拥

① 张嘉璈日记,1946 年 11 月 5 日,《张公权先生年谱初稿》下册,第 751 页。

抱、亲吻他,大声笑着说:"你的大旗怎么倒,我就怎么倒!"①弄得他老大不自在。可是等这帮朋友一走,他妹妹张幼仪又凑近身来,极力怂恿他参加国民会议。

忍受不了这种三明治式上下挤压的境况,张君劢于 11 月 12 日突然返回上海。蒋大为焦急,召张嘉璈询问君劢为何返沪。张嘉璈答:"君劢临行前,曾告我一切须到沪与党内同志商量,不日返宁。"他说,君劢还主张,目前开会时机不成熟,须适当延期。蒋仍不放心,催着张嘉璈去上海,把君劢带回南京。

张嘉璈无法,只得速飞上海,向君劢当面传话。君劢坚持,国大延期到下月初召开,先开预备会议,在此之前,政府须尽最大努力与中共谈判。但他还是同意了与张嘉璈一起同机飞返南京。11 月 14 日,到南京当日,张君劢就与李璜等人商议民、青两党提交名单的条件,要之在于:促蒋与毛泽东见面,做最后商谈,政府对驻兵地点作战后调整,停止国库支出党费,党部退出学校,改组行政院,于水利部之外,另立邮电部与农林部,此三部部长人选由中共方面提出。

就在同日,周恩来代表中共方面约民盟做谈话告别,正式退出国大。张君劢等人所希望的国共继续商谈、达成和平的愿望,终成泡影。张君劢明白,事已至此,国大延不延期,已经无关紧要。

此时,对一部尚是空中楼阁的宪法的极度钟情已让张君劢陷入了自设的迷津。特别是当张君劢听政府里人说,蒋先生决定采用已被扔在字纸篓里的那部宪草,他消沉已久的激情重又被点燃了。之前,他口口声声批评国民党一党独大,被"制宪"的许愿一叶障目后,他又恢复了对国民党政府的信任感和依赖感。在一些公开讲话中,他天真地表态说:"国民党决心要放弃一党专政,建立近代民主国家的规模,民青两党自然乐于帮助,好比一个人犯了错误,肯改过自新,我们岂有不帮助、使他向上的理由?"

---

① 中国社会科学院近代史研究所中华民国史组编:《中华民国史资料丛刊》,增刊第 6 辑,中华书局。

从一开始,蒋或真或假的姿态就让他有轻度的迷失。当然,这个从书斋里直接走出的政治家对自己"第三方面"的力量还是太过自信了,以至于说出这般可笑的话尚不知自省:"假定第三派不参加国大,训政不结束,始终为国共武力争个你死我活之状态,反之,第三派参加以后,和平虽未实现,然在法制方面定了一个基础,万一行之有效,可逼成中共承认第三派宪法之一日,岂非山穷水尽之际,另生一柳暗花明之境界乎?"①

11 月 15 日,张嘉璈前往观礼"国大"开幕式,遇到美国大使司徒雷登。司徒雷登也对蒋仓促召开这个会表示无可奈何,说:蒋公个性坚强,一切只有因势利导,徐图补救。他还特意提到了张君劢,嘱张嘉璈赶紧动员他二哥,早日完成宪法,亦可为国家走上民主之途奠定一基础。

期许着"柳暗花明"一景的出现,张君劢在苦思冥想中终于做出了"难以抉择的抉择"。"国大"在物议汹汹中开幕第二日,借故避会的张君劢即从上海赶到南京,给蒋介石写了一封信,表示只要国民党同意"制宪",改组政府,结束党治,民社党就"有条件参加国大"。他说的"有条件",是说他本人不当国大代表,由徒众们参加。但如果宪法的事,需要他解释或做说明,他决不推辞。蒋倒也没有勉强他非与会不可,当即回信允诺。张君劢遂提交了民社党参加"国大"人员的名单,并约北平、香港的本党同志来宁面谈。

民社党开会通过了张君劢的提议,决定与蒋互换信函,蒋大喜过望。11 月 19 日晚,在官邸设宴款待张君劢和徐傅霖两位,以嘉奖他们对国家的"贡献",陪宴者有孙科、张群、陈立夫、陈布雷等衮衮诸公。觥筹交错中,张嘉璈隐隐发现,二哥那张勉强赔笑的脸很是苍白。知兄莫若弟,当晚,他在日记中写道:"晚间,蒋公设宴款待君劢……好似庆祝宴。不过吾知君劢有无限痛苦,认为中共问题不解决,即开国大会议,

① 张君劢:《两党共同勉励——在成都青年党招待会上的演讲》,《再生》,第 245 期。

亦无补于国家统一与政治安定。但彼一生迷信立宪政治,总觉有法胜于无法,以致矛盾环绕于胸中。"①

张君劢还在兀自安慰自己,这么做既不失自家体面,又不致让政府为难,实为两全之策。孰料这一不明智之举,已使他沦入万劫不复之境。

因为他的态度的这一巨大转弯,昔日好友和原本对他抱有好感的"中间人士"纷纷发表指责。郭沫若嘲笑他是"犹抱琵琶半遮面",连相交几十年的老友梁秋水,也在报上作诗挖苦他:"漫道鹓鸰争腐鼠,却怜彩凤逐群鸦。"民主同盟变得眼里越来越揉不得沙子,更是宣称与之绝交。

昔日的盟友们怎么也想不明白,到底是什么原因,让一个自由主义宪政学者迅速投向了一个极权者的怀抱? 或许他们都没有看清楚,张君劢的思想里虽有着自由主义的底色,但他同时也是一个民族主义者,甚至是国家主义者。尽管他一直以来试图在权力和自由之间走一条折中主义的道路,但最终,受国家至上观念的蛊惑,他失却了最初的超然与平衡,屈服于他既痛恨又歆羡的权力之下。换言之,他是想以国家权力来推动实现他的自由主义理想,他走入了以权力反抗权力的悖论中。而在 1946 年众声纷扰的中国,这注定是一条死胡同。

就像张嘉璈在宴会上所观察到的,积淀胸次的"无限痛苦",把那几日饱受攻击的张君劢折磨得形神俱废。朋友们去看他,惊异地发现,才几日工夫,昔日意气激扬的党魁已面容憔悴,仿如大病一场,再也不复当日神态。见到旧日同人,初是赧颜无语,继则讷讷表白,"现在我是没法,不牺牲自己,就牺牲党,两条路只有一条",言下似有万般难表之苦衷。

事势的发展,果如当时观察家们所预料,张君劢和他付出巨大心血的《中华民国宪法》一时成了众矢之的。自延安重返南京的中共代表周恩来在梅园新村召开记者招待会,以他一贯的凌厉语词称:这是国民党

①　张嘉璈日记,1946 年 11 月 19 日,《张公权先生年谱初稿》下册,第 759 页。

政府一手包办的分裂的"国大",蒋政府的"国大"与"宪草"既未经政协一致同意,又无联合政府召集,更无中共及真正民主党派的代表参加制定,故不论这所谓"国大"已经开过,这所谓"宪法"已经通过("国大"决定次年 12 月 25 日为行宪日期),其性质依然是"蒋记"国大、"蒋记"宪法,全国民主人士决不会承认它合法、有效。

11 月 24 日,国民大会第一次正式会议召开前日,张君劢在张嘉璈陪同下悄悄返回上海,对外声称自此将投身教育,再不问政治,拒见任何外人。"才自精明志自高,生于末世运偏消。清明涕送江边望,千里东风一梦遥。"其政治运命,还真被张嘉璈说中,系其"一生迷信立宪政治"所致。执念于宪政,执念于权力,在这双重的执念中丧失了对于中国政治走向的判断力,也丧失了之前一向被人尊崇的独立人格。

张嘉璈自己也向蒋正式提出,此次陪家兄返沪一行,料理家事,事毕即返东北。他已打定主意,不去南京蹚政治的浑水了。蒋意不怪,却又似有愧于张氏兄弟,淡淡地说,如有事,随时电话通知,并嘱他赴东北前再来宁一谈。

1946 年的岁末,已是张君劢在政治舞台上的最后一次表演了,他的迅速淡出乃至被遗忘的命运,在他做出与风雨飘摇中的国家权力合作决定的那一刻,即已注定。之后,国共两党基于自身建构的正统性,都把他的名字抹去了。以至今日,他的名字十有八九还是会被读错。这对一个终生致力于中国前途和中国文化研究的学者来说,真是莫大悲哀。

当 1931 年国家社会党刚成立的时候,张君劢曾说过一段话,敦促本党同志要警惕"私欲",其大意谓:无论何人,当其初动念想救国的时候,未尝不有清明之气,但这个清明之气经过了许多的磨折,忘记过去只剩下了实际利害与个人私欲,所以中国人直接间接与政治有关系的,降止今日,其道德破产已成了公认的事实。十五年后,当他声名狼藉之时,不知他重新检视这段话是什么心情?

他仍未知悔。此后的好多年里,他内心里还一直被一种虚妄的悲壮感充满着,总以为是舍弃了自己去成就国家,却不知此等行径,不只违背了自由主义之主旨,更是愚不可及的误国。

对张氏家族中的这个时运不济的学者兼政治家,时人多歆羡其才华,又恨其不争,同时代人、与之有师生之谊的夏康农评说道:

> 从张氏追溯到梁任公,到康长素,实在叫人感慨系之。假使我们温习《左传》上曹刿论战的名句,那说是一鼓作气、再而衰、三而竭的,应用到这三代政治家身上,倒是非常恰当。或者抄袭鲁迅的作品,借用九斤老太的口语,这又叫作一代不如一代了。所以,康长素以布衣而公车上书,成就了一场轰轰烈烈的戊戌政变,一传到梁任公,笔锋常带情感,也还风靡多年,等再传至于张君劢,尽管他苦口婆心,一字一泪地说教几十寒暑,然而人心不古,听众总是寥落萧条,献身组党,创导了民主这么些年,好容易熬到今天,风云际会,车马盈园,偏又闹得故旧割席,部属携贰,民间更不知道是谁人恶弄,竟以"君卖"相称!①

张氏兄弟,操政治者,已被唾弃;操经济者,也已日暮途穷。张君劢所期待的"柳暗花明"之景没有出现,他预言过的两党终有一决战,倒是提前应验了。

三、重履深渊

陪君劢返回上海后,张嘉璈与陈光甫、李铭、贝祖诒等老友有过几次小聚,又出席国货厂家茶叙,话题总不离东北局势,谈至最后,总是黯然相对。

沪上名流叶景葵、严独鹤等,在报上签名发起"和平运动宣言",他们惊呼一个贫弱的国家,流血十年,并且还在流血。"我们不亡于日本的侵略,却将亡于自己的内争。"为了不致仆仆于饥饿线和死亡线上,他

---

① 夏康农:《论胡适与张君劢》,新知书店,1948年版。

们"垂涕而道",希望立刻化干戈为玉帛,"我们不能坐视工商百业民族命脉长此毁于内争"。

上海的平头百姓,甚至破了产的中产阶级,都在盼望共产党早点打进上海。既然要来的终究要来,那又何必在担惊受怕中挨日脚呢。他们说,要怕的,不是解放军来,而是溃兵,到处大水冲过一般破坏殆尽,所以有句话叫"怕出不怕进"。

其间,他还陪君劢去江湾看地,为拟建的社会科学研究所选址。比之喧嚣的东北和南京那个名利场,他还是喜欢上海。深秋的上海,充满着离情别绪,朋友们都知道,待南京那边的"国大"开过,他又要动身去东北了,都希望他在上海再多住些时日。

昔日的中行下属、现任中央银行总裁贝祖诒找上门来。都说贝出任此要职,是行政院长宋子文极力提携。果然,见面寒暄几句,贝就传达宋院长的意见,要他到了东北后抓紧大豆出口,助政府换取外汇。大豆市场集中于英国,贝祖诒拟成立一中英公司专办此事,要他协助,他自然应允。其间,在美考察时过从甚密的李国钦过沪,于是拉了李铭等人,接连几场小宴和茶叙,也听客人说道大洋彼岸的政经形势。

这样轻松的日子过不了多久,南京那边又来电催他了。

蒋倒是对他二哥颇为关心,一见面先问君劢情形。得悉君劢想办学校,需购地建筑,还特意关照教育部和上海方面予以协助。然后,他要张嘉璈把这一星期上海见闻,不管是金融、经济,还是当前情势,均据实以告。

张嘉璈说,现在上海坊间议论,都认为政府政策变更太多,执行又不彻底,以致政府信用大失,而且各种政策又多偏于局部,所谓头痛医头,脚痛医脚,致使金融、经济千疮百孔,故在今日,已非局部救急所能奏效,必须全面改革。

蒋沉吟半晌,说财政主管要动一动了。

张嘉璈想起前一阵子在南京,有一次和陈立夫闲谈,陈对宋子文的经济政策多有指责,说他紧缩生产货款,使生产萎缩,增加通货膨胀,又说宋主政下的国家,只重营利,对国货工业不够重视,等等。看来,上头对宋子文的不满已非一日两日了。

张嘉璈深恐卷入旋涡,且任职铁、交两部及东北工作的经验提醒他,自己于政治恐怕永远是个门外汉,既非所长,亦无兴趣,故谨慎作答:"财长必须为行政院长信任之人,不如俟行政院改组时,由院长选择。"①蒋亦无话。

这次面谈后,张嘉璈即前往沈阳。

途经北平,停留一日,大陆银行总经理谈荔孙约午饭,以尽地主之谊。他又约北平中央、中国、交通三行经理,商谈稳定东北券办法。其间,又接受记者采访。报界发表他的谈话称:东北重建已逐步开展,今后工作中心当在恢复经济机能,其重要者,在交通、工业、金融、农业四项,至明年,拟把钢铁产量提高至 20 万吨,电力增发至 25 万千瓦,增加煤产量 1 万吨,此外并拟遍设合作社,以期鼓励东北农产品运输及稳定粮价,等等。

看似信心十足,其实也是强打精神。此地的重工业设备,多已作为"战利品"被人家拆卸而去,再加战火正以遏止不住之势到处蔓延。建设要钱,打仗更是烧钱。"在政局不定中,恢复工矿,仅交通、电力、钢铁、煤炭四项,一九四七年度预算支出,已达五百亿之巨。一旦战事爆发,势将再遭破坏,或使计划进行中止。而流通券增发,自必招致物价工资上涨,预算经费必再增加,趋势如此,真不知何以为继也。"②

他的悲观心情,在这月底出席沈阳市政府成立一周年纪念活动时流露无遗:"回忆一年前今日,自长春来沈阳,指导董市长(文琦)接收沈阳市,兴高采烈,今日纪念,似觉暗淡万分。"③

时间不会因一个人心情沉郁而停滞脚步,不知不觉中,1947 年的元旦到来了。这一日,在南京,国民政府正式公布《中华民国宪法》,举国庆祝。在冰天雪地的沈阳,也是一派喜气,哪怕这喜气多少有些矫作。

---

① 张嘉璈日记,1946 年 12 月 3 日,《张公权先生年谱初稿》下册,第 762 页。

② 张嘉璈日记,1946 年 12 月 20 日,《张公权先生年谱初稿》下册,第 768—769 页。

③ 张嘉璈日记,1946 年 12 月 27 日,《张公权先生年谱初稿》下册,第 770 页。

上午9时,张嘉璈参加行营新年团拜礼,宣读宪法完成颂词后,一众人行礼如仪。10时,中长铁路同人于中苏联谊社举行团拜礼,张嘉璈又赶去即席致辞,勉励同人,"继续抱坚忍不拔之精神,通往迈进"。下午5时,又是经济委员会的同乐会,例行的团拜、致辞后,又趁着余兴欢宴,直至夜深方散。

张嘉璈不善饮酒,并没多饮几杯,不想第二日醒来竟觉脑涨如裂。他想休息一整日,也好整理一下纷乱的思绪,吩咐下去,来客一律挡驾。不料下午5时许,刚从南京飞抵沈阳的蒋经国就闯上门来,带来了一封蒋介石的亲笔信。

信中说:自国大闭幕以后,政府亟待改组,但各党派尚在犹豫滞延之中,或须待至二月间,方能实现。然后说到东北经济重要,人事与组织,务望在最近期间部署完妥,"以免临时仓皇"。最后要他积极筹划实施向关内输出物资,"请兄为余熟筹之"。

通货膨胀已让蒋介石焦头烂额,故此,深盼东北物资内运,以济燃眉之急。"将来政府之改组,必须对军队与公教人员发给实物,则金融政策方有办法。"他告诉张嘉璈:"此一政策,必须排除一切障碍,势在必行。只要粮食、布服、盐、煤与豆粉五者,能发给现品,则军费与政费即可减发纸币,金融乃能稳定也。"①

张嘉璈接读此信,"心中栗栗危惧"。来东北前的一次谈话,蒋曾向他暗示,财政主官要"动一动",这封由蒋经国郑重面交的信,已经明白无疑地告诉他,他调至政府工作的事"定调"了。会把自己放在哪个位置呢?财政部?中央银行?他自忖,无论财政,或中央银行,均无法补救。

蒋想当然地以为,关外尚能以粮食供给关内,却不知在今日东北情势之下,军粮尚时感不敷,哪有余力可供中央!煤炭自给不暇,大豆稍有剩余,而车辆不足,运输梗阻,不能有大数输出。至于通货膨胀,更是已达恶性阶段,谁也没有回天之力。

---

① 张嘉璈日记,1947年1月2日,《张公权先生年谱初稿》下册,第771页。

张嘉璈思虑再三,虽觉东北工作,已日暮途穷,然究属范围狭小,若冒冒失失去了中央,势必出丑。当夜写下一信,托小蒋带回面呈,大意谓:经委会与中长路人事及内部组织,正在加强,关外物资输出,已在进行;至于全盘经济,病况已深,非局部治疗所能救治,更非仅恃一二人之才力所能补救,"深虑竭蹶,不能胜任,请予谅察"。

蒋经国此次来东北,似乎专为送这封信而来。第二日上午,张嘉璈陪同他游览了沈阳故宫及文渊阁,看了《四库全书》和宋元明版古籍后,他就飞返南京。登机前,张嘉璈嘱他向蒋转呈此信。

蒋回电:"暂缓南行,候电进止。"

短时间里可以不用去南京了,张嘉璈稍松一口气,但心里压着的石头还没有放下。

2月中旬,熊式辉去南京,带回了蒋的口信。说是最近上海发生金融风潮,蒋焦虑异常,要他即日南下,商量对策。熊式辉微露口风,说很可能让他回去担任中央银行总裁。

张嘉璈于忐忑不安中等着另一只靴子落地,见无动静,心乃始安。2月21日,蒋介石的又一封亲笔信到了,说经济风潮,势颇汹汹,本周虽已渐稳定,但须视周末及下周初余波如何,若无剧变,请他于下周二前飞京。"否则仍可缓行,以不愿兄当此冲也。"

两天后,外交部部长王世杰来沈阳,也带来了蒋要他于下周二前到达南京的口信。

2月25日,蒋专门派了一架飞机来沈阳接他,一封亲笔手书,唯寥寥数字:"公权吾兄勋鉴:本日派机来沈,请明日回京。行动仍以不告人为宜。"

两天后,张嘉璈和王世杰同机离开沈阳。行营主任熊式辉因与白崇禧约了在北平见面,也搭乘了这架飞机。飞机经停北平机场,又向着南京续飞。看着舷窗外翻滚的云团,张嘉璈心中一片茫然,为急遽变化的时局,也为不可知的来日。一种预感越来越强烈,这一回,蒋是要把他留在南京了。

当日傍晚见到张群,方知政府果然已有大动作,已内定宋子文下台,蒋介石自兼行政院长,张群为副,将让他接替贝祖诒出任中央银行总裁。接下来还要与各党派商量(也是走个过场),改组行政院及国府。

张嘉璈以沉郁的心情检讨道:

"今日与东北告别,胸中无限感触。前年十月,赴东北任事,抱有极大志愿,希望以东北已有之工业及丰富之资源,用以重建关内战后之经济,替代日本在亚洲所占之地位。乃以中苏交涉顿挫,四平街国共两军战祸爆发,虽一时敉平,而东北之成为国共战场,已难避免。去年五月间,蒋主席坚嘱重返东北,乃返沈阳以来,终日忙于恢复运输,应付当地日用必需品之供应,而中央发行通货膨胀,波及东北,加以当地军需日见频繁,流通券随之增加,不啻火上添油。于是不得不设法平抑物价,而百孔千疮,顾此失彼,不暇应付。即国府政权所及之工业,均难恢复生产,实无建设之可言。"①

他说,今离开东北,赴中央工作,心中实是"忧愧交集"。"愧者,在东北担任经济工作,前后十六阅月,一事无成,实无以对东北三千万同胞;忧者,以东北关系国家全局,万一东北无法挽救,其如国家全局何。"

晋谒,领受新命,是 2 月的最后一天。一早,张群就来了,说昨夜蒋公特意打来电话,问他们谈得如何,还问到他对出任中央银行总裁一职有何态度。因 11 时半蒋要接见,两人不及多谈,就赶去候见。

蒋一见面就说,此次对公权兄南下行期一再变更,实在是不愿使你在金融风潮中,身当其冲。接着就对中央银行前总裁贝祖诒大表不满:"当贝淞荪接任中央银行总裁时,有黄金五百六十万两,连同其他外汇,总值美金八亿元,现只剩黄金二百六十万两,合值美金四亿元,一半的钱都到哪里去了!"

蒋又说:"淞荪接任时,我曾叮嘱他,把黄金、外汇数目,随时报告。去年初,尚未大减,七月后,在庐山暑期办公会的三个月中,外汇骤见减少,到十月底,黄金和外汇总值竟然减少到了五亿美金,哪有缩水得这

---

①　张嘉璈日记,1947 年 2 月 27 日,《张公权先生年谱初稿》下册,第 788—789 页。

么快的！而黄金市价跳跃上升，外汇亦随之飞涨，致一度停售外汇。不久前，他与子文及罗杰士一同来找我，请求准其大量抛售黄金，我想，既欲抛售黄金于后，何必中止出售外汇于先？因此坚决反对。此后一个月中，又要召开全会，又要改组政府，异常忙碌，对于金融事，我实在是放心不下，先发表公权兄为中央银行总裁，也是情非得已啊！"

张嘉璈说："照今日经济、财政、金融情形，非中央银行单独力量所能挽救，且以本人能力薄弱，恐怕难有贡献啊！如果政府改组，有通盘计划，我还可以勉尽绵薄。"

蒋介石还沉浸在自己的思绪里，似乎没听到他的话，顾自继续说道："如中央银行改组，宋院长必提出辞职，我只好自兼院长。"

张嘉璈说："金融情形到此地步，余虽勉强担任，而能否有所成就，实无把握。再说我一向与党部毫无关系，深恐不能取得党方合作，办事难免捉襟见肘，这也是我至为忧虑的。"

蒋说："党方上级干部无问题，对你的任命明天就发表，一发表，你就去上海上任吧。"①

看谈得差不多了，张群进来，邀张嘉璈共进午餐。席间，说到央行副总裁人选，提了几个都不觉满意。蒋向两人透露，宋子文离任行政院长后，将担任最高经济委员会主任。这个听上去挺唬人的名头，不过是一个虚衔。张嘉璈明白，这不过是蒋惯用的手段。宋子文失势了。

结束会见出来，冷风一吹，不觉浑身一激灵。今日谈话后所做决定，可说是一生中又一重大转变。张嘉璈又想到了一句话，"栗栗危惧，若将殒于深渊"。

四、批　宋

当初，宋子文出任行政院长时，为回笼法币，抑制通货膨胀，大量抛

---

① 此节对话，根据 1947 年 2 月 28 日张嘉璈日记改写，《张公权先生年谱初稿》下册，第 790 页。

售黄金和外汇,折腾了年余光景,中央银行黄金和外汇储备锐减,演变为来势汹汹的"黄金风潮案",引发新一轮物价上涨。搞到后来,除了排队轧金子,连其他生活用品都要去"轧"。

到 1947 年初,经济危机的黑色旋涡已越卷越大。不得已,又实施"经济紧急措施方案",下令中央银行停售黄金,同时搜缴民间拥有的黄金。却没想到带动新一轮物价飞涨,终致金融秩序大乱,大量中小企业破产,许多家庭财产缩水一半甚至更多。以致坊间有传闻说,蒋介石心痛被宋子文花光的黄金,有这样的伤心欲绝之语:我把财政经济交给你管,不料你竟弄得如此之糟。

杜月笙是最早提出不再"抬轿子"的银行家中的一个。这个混迹上海滩多年的帮会大亨,已完全洗白,与沪上银行家领袖们平起并坐,除了担任中国通商银行董事长,他手上还握有一家私人银行,即位于延安路与河南路交界处的中汇银行。1947 年初,他以赴港"小住"的名义,住进告罗士街 701 号,远远观望蔓延中的上海黄金风潮。在写给钱新之的信中,他把法币与港币做了对比,说法币面值有五千元券、万元券,却并不当用,而港币则为五分券、十分券,仍运用自如,"仅此一端,两相对照,不胜霄壤之感矣",且法币如失缰之马,无可控制,前途不堪设想云云。

2 月 12 日,他有函致接替叶景葵出任浙江兴业银行董事长徐寄顾:"连日法币狂泻,金钞飞腾,沪市恐慌紊乱自可想见。公等奔走集议,益念贤劳。此种严重局面,稍有差失,未堪设想。瞻望祖国,怵然如捣。未知当局有何办法以资补救。"目睹风潮汹汹,不知如何收场,避居香港的杜忧心忡忡。

徐寄顾函告:"连日沪市金钞疯狂上涨,影响物价甚巨,人心极不安定。市商会、参议会迭开会议,对于稳定金钞及抑平物价,一面劝告各业勿盲从涨价,一面建议政府以备采纳。现在政府轸念民生,已有决定办法,以后景象或可安定。""如弹劾案成立,小贝或不免受行政上之处分。"

受托代管两家银行的钱新之写信给杜月笙,也谈及沪上情形:"中央颁布之紧急措施办法,恐只能作一时救急之需,且彻底实行困难,想政府或尚有次一步之根本办法,不然殆矣。"同一日,钱永铭再发一电,劝杜在港宜再住几日,不必急返。"春寒多厉,宜暂留港休养。"

到了 3 月 1 日,徐寄顾写信给杜月笙,告以"近日沪市情形,自政府颁行紧急措施以来,金钞黑市已告消灭,一般工资亦可停止增加,物价已逐渐平复"。听其语气,似乎上海市面已经平静。

宋子文下台,固然与他错误的经济政策耗尽了黄金储备有关,傅斯年一篇嬉笑怒骂的讨宋檄文《这个样子的宋子文非走开不可》,也在关键时刻狠推了一把。文中重磅炮弹式的一句,"国家吃不消他(指宋子文)了,人民吃不消他了,他真该走开,不走一切垮了",一时都下人民皆奔走相告。

这篇文章,最初发表在经济学家何廉创办的《世纪评论》上。农本局被撤销后,何廉虽还挂着个军委会参事的虚衔,但内心里他已经把自己看作了一个"中国政治经济形势的旁观者"。从香港脱险回到重庆后,他没有参加过军委会的一次会议,也没去参事室上过一次班,最高当局也没有再问起他。就在他以为被人家忘得差不多的时候,突然有一天,蒋召见了他,说很欣赏他在南开的研究工作,又说现在不是做研究的时候,应该出来为国家做些更有用的事,还问他最近有没有见到贵州省主席吴鼎昌。

正好下月是吴鼎昌的 60 岁生日,何廉约了几个朋友一起去了趟贵州。这次西南之行,印证了他的判断,果然是老友吴鼎昌在蒋那里说了话。何廉告诉吴鼎昌,他不想再在政府工作,蹉跎岁月,他对自己今后的人生规划,要么是回南开继续做研究,要么去私营工业界,创办实业。吴鼎昌说何廉太书生气,要他现实些。他说,战争结束后,我们都将干自己的本行,可是在战争时期,只有服从。"现在他来找你了,不管他要你担任什么职务,你应该非常严肃认真地加以考虑。"

与吴鼎昌的这次会面后,何廉有过一次长达数月的西北之行。这是他在香港时与周作民谈到过的一个计划,金城银行西南片区管辖行经理戴自牧一路陪同。六个人，两辆车，装载着行李、帐篷、汽油、食物、药品、被褥、急救器械和修车零件，在尘土飞扬的西北五省的穿省公路上颠簸了近两个月。一开始信心满满的经济考察到后来几乎成了一趟观光之旅，因为他所关注的私人企业和私营银行，在贫瘠的西北几乎做不来什么事。

在何廉的学术生涯中，西北之行的结局是灰暗的。他之前坚信的、波姆那学院教给他的那些经济学观点，并没有在这次旅行中得到印证。结束西北考察回到重庆后，何廉正式就任中央设计局副秘书长（秘书长是熊式辉），负责经济设计。作为一个自由经济学家，他依然重视私营经济在整个国家经济中的地位，但西北之行也给了他一个教训，那就是，诸如交通、灌溉这样的建设，私营企业是无力承办的，只有政府才办得了。因此他认为，战后中国的经济应该是混合中有计划的发展，既不能完全由政府控制搞国营企业，也不能完全依靠私营企业，必须国营与私营两条路线同时进行。他认为，19 世纪以来的中国工业，先是完全官办，再是官督商办，那都是产生贪污腐化的根源，混合中有计划，才可以使经济健康有序地发展。

当时的中国，政府的人绝大多数支持全盘国营，实业界则无一例外赞成私营企业，即以这个顶层的委员会内部而言，意见也不尽统一，翁文灏倾向于由政府经营工业，张嘉璈和卢作孚赞成私营企业。讨论中，蒋廷黻站到了何廉一边。何廉也试图说服张嘉璈和卢作孚，他说他刚刚去过西北，西北其实是中国的一个缩影，如果是全盘的私营体制，我们可能要花一百年才能够开发西北，如果没有政府的引导，全部由私营资本自行其是，它们就会全都跑向上海、天津和广州。

经过数月讨论，终于在 1944 年夏天正式通过了《(战后）第一个复兴期间经济事业总原则草案》，确定中国的工业建设应以国有和私营两条路线同时进行。但接下来重庆又要忙着迁都，又要对付共产党，这份耗费无数人心血的计划书一直静静躺在当政者的抽屉里。后来蒋让将原文打印 1000 份分发给各级官员，行政院长宋子文拿走了 100 本英文本，此后再也没了下文。看来政府无限期推迟了这份计划的发表。

　　经济复兴纲要编制完成后不久,日本人投降,熊式辉调任东北行辕主任,中央设计局秘书长由吴鼎昌接任,何廉应翁文灏之邀,又重新回到经济部,担任了一段时间的副部长职务。在如何确定收复区通货与国统区通货官定兑换率问题上,何廉与宋子文领导下的行政院发生了冲突。沦陷时期,上海地区的通货是"中央储备券",抗战胜利后,市场上的兑换率约为200元中储券兑换法币1元。何廉认为,应该用重庆和上海之间物价指数定出比例,而不能简单依据200∶1这一市场兑换价格,若硬要这样做的话,沦陷区的人民说起来是解放了,却很有可能一夜之间破财丢产,人民不会欢迎这样的解放。

　　但宋子文根本听不进他说的,仍以上海市场行情的200∶1公布了兑换率。后来的事实证明,这是宋子文犯下的一个严重错误,其影响是灾难性的。当兑换率刚由官方定出时,上海物价下跌,但仅仅过了几天,随着法币逐渐充沛,物价一下子又猛涨了。

　　法币的币值被人为抬到如此高的地步,以至于就连一头身上绑满法币的猪,只要它跑到上海就能发一笔财。对于投机客们来说,发财的机会来了。那些有机会去上海出差公干的,就招人眼红了。一次,何廉去上海出差,就有一个相当级别的官员托他带一只装满法币的箱子,何廉毫不犹豫拒绝了,他说为有这样的同僚感到羞耻。

　　战后的头几个月里,何廉结结实实地见识了接收日伪产业中的诸多乱象。经济部负责将收复区划分为若干大区,委任特派员到各大区执行接收工作。最初,他和翁文灏遴选接收干部,都是慎之又慎,如派到东北区的特派员,是富有管理经验的矿业专家孙越崎,派到上海区的,是老成持重的工业调整委员会副主任张兹闿。但后来局势就失控了,重庆的军政部门、行政院所属各部纷纷出手,任何官员或组织,不论他代表谁,只消在一个大楼上标一个记号,就表明这所大楼是他的,别人不得染指。特务机构也有它们的生财之道,那就是找曾经落水或与傀儡政权有过勾搭的"灰领人"的麻烦,用近乎流氓的勒索手段敛取钱物和不动产。

　　何廉从重庆飞抵上海,去找上海市市长钱大钧。钱曾是侍从室第一处主任,算是熟人,比较好说话。钱大钧说,他也做不了主,或许只有戴笠可以帮忙。何廉一听头就大了,自从农本局事件后,戴笠一直都紧盯着自己,他叫了起来:"天哪,我还得和这位先生打交道!"

时人形容大接收时期上海的景象,有一句俗话,"有条有理,无法无天"。何廉刚听到时很惊诧,后来他知道了,"条"是金条,"法"是法币,这句话的意思就是,要是你有金条,就有了本钱,要是你没有法币,那就没有天理可言。

何廉心情复杂地离开上海去了南京,又与俞飞鹏一起坐飞机从南京到汉口。汉口也乱得一团糟,根本说不清是谁在负责这里的接收。国府的接收工作如此没有章法,真让何廉直抽凉气,这一路看下来,胜利的喜悦已所剩无几,只觉得人心已散、已坏。他终于见识到了,人被压抑着的欲望一旦释放出来,会是如此可怕。

重庆也是一片乱糟糟。中央设计局已作鸟兽散,经济部也已完成改组,翁文灏调任资源委员会主任。对何廉的新任命也下达了,调他担任经济建设特别助理。何廉拒绝就任,决定去上海,与两个月前从重庆搬去的家人会合。他说,"十年的政府工作使我破了产",最拮据的时候,妻子卖掉了她父亲留下的祖传的《三希堂》摹本。

回想十年前,抱着一腔报国热望,随着学者从政的大潮投身政府,种种辛苦遭逢,到头来落得个这般结局,他心有怨怼。好友吴鼎昌、张嘉璈、翁文灏还在为这个政府工作,且身据要津,而自己早早地就退了场,心中也难免苦涩。但早一点置身局外也未尝不是一件好事,他脱离了羁绊,好歹争得了自由身。对一个学者来说,又有什么比自由更重要呢?

以人事代替制度,以驯服与否代替才干,他认为是蒋这个政府最大的弊病。有时他会想,在蒋某人的棋盘上,自己和蒋廷黻、吴鼎昌、张嘉璈这些学者或实业家出身的人,到底处于什么样的位置呢? 蒋有时或许会听从他们的意见,却从来没有真正信任过他们。他赶走张嘉璈让宋子文去操纵中国银行,他动用特务手段拘捕农本局属员又把这个机构任意裁撤,就是例证。因为他们从来就不是"最亲近他、忠于他、服从他"的。他信任孔祥熙和宋子文,因为他们是姻亲姻弟,他信任孔祥熙胜过宋子文,因为孔更听他的话;他信任陈立夫,因为陈的叔叔是他把兄弟;他信任俞飞鹏,因为是他的表兄弟;他信任黄埔军校生,因为他是校长,而在中国,师生关系几乎亲如父子……何廉不敢再想下去。他有一种不好的预感,威权主义正越来越成为这个国家的政治方向,而官僚资本主义正在鲸吞这个国家的经济躯体,乱象还将持续。总有一天,巨轮将会沉没。他庆幸自己趁早弃船登岸了。

为了解决生计,也是为了给自己的专业一个出口,何廉想进入实业界或金融界工作一段时间。周作民的金城银行几乎是迫不及待地邀请他担任了常务董事,同时在上海提供给他一所房子和一辆车。同时他还担任着包括民生实业公司在内的四家实业公司的干股董事。报酬一下子变得非常可观,他在政府供职时也没有领到过那么多钱。但何廉还是觉得缺了点什么。他想在上海或南京办一家经济研究所,同时再创办一个类似于《独立评论》的刊物。20 世纪 30 年代初,他和翁文灏就是《独立评论》的热心撰稿人,他和胡适的结识,也是通过这家刊物。他认为,在这国家命途晦暗不明的时候,作为社会精英的知识分子不进入政府,照样可以通过这样一个平台发出自己的声音。

曾陪同他西北之行的银行家戴自牧帮助他实现了这两个愿望。经周作民同意,金城银行为这两个项目各捐赠了 20 万美元。1947 年 1 月,《世纪评论》在南京创刊。何廉说服耶鲁毕业的南开老同事张纯明担任了杂志主编,一些农本局下属也进入了编辑部。杂志继承了《独立评论》的余风,甚至在言论尺度上更为大胆。一时间,麾下聚集了萧公权、吴景超、潘光旦、蒋廷黻、翁文灏等政界和学界的精英。

1947 年初春的一天,何廉收到了傅斯年的一封信,盛赞《世纪评论》办得好。傅是五四健将、中央研究院历史语言研究所所长,何廉对他的人品和学养历来敬仰,自然不会放过约稿的机会。傅斯年说,要他给《世纪评论》写稿可以,但有一个条件,就是按原文发表,不能改动一字。这种狂者姿态一点也没有让何廉感到不适,他当即同意。两天后,傅斯年就拿来了稿子,这就是一时洛阳纸贵的《这样的宋子文非走开不可》。

何廉对宋子文的不满已日甚一日,对宋甩卖外汇储备来抑制通货膨胀的做法更是认为那是败家子的做法。现在,终于有足够分量的人向宋开火了。

傅斯年说,国民政府从广东打出来以后,曾办了两件大事,一为打倒军阀,一为抗战胜利,而在政治上,则是彻底失败的。弄垮一个政权的,并不是革命的势力,而是它自身的崩溃,眼下的中国政治坏到如此地步,原因不在党派,不在国际,而在自己。检讨失败之因,就在于"前有孔祥熙,后有宋子文,真是不可救药的事"。

傅斯年引经据典道,"为政不于常,道善则得之,不善则失之矣",孔、宋的为政之道,都是失信于天下的。孔祥熙"十年生聚佐中兴",几乎把抗战的事业弄垮,而财政界的恶风也为几百年来所未有,其人之贪鄙,比清末的奕劻有过之而无不及。民众出于对孔的憎恶,寄希望于宋,想当年,宋从美国回来,国人对宋的深浅,并未尽知,宋初次出席参政会,"会场中的人,挤得风雨不通,连窗子外门外都挤上千把人",可见都城人士对之是抱着怎样的热望。结果又怎样呢? 国家还不是照样搞得一团糟? 一个人但凡"稍有常识、稍知检点、稍通人情",又何至于弄到今天! 弄到国人"欲得而食之不厌"! "不自爱的人,实在没有过于他的了。"

傅斯年把宋子文担任政府首揆以来的黄金政策、工业政策、对外信用、办事方式批了个体无完肤:中央银行天天卖黄金,子子孙孙要还的黄金债,哪禁得起这样个玩法? 说是要平抑物价,反而刺激得物价噌噌往上蹿,黄金风潮的背后,若不是黑幕重重,也足见当政者的"三无"——"无办法、无见识、无原则"。再如收复区敌伪的工业,全部眼光看在变现上,有利可图者收归"国有",无利可图者"拍卖",搞得工厂一片叫停,连许多资本家也同情起了共产党,真称得上"开万国未有之奇",他心中到底有没有"人民"二字? 办事上,依仗几个"小鬼",把行政院各部长都变成了奴隶或路人,这样行政,岂特民国"民主"不容有此,即帝国专制又何尝可以? 难不成中国真成了他的私产? 国家到了如此地步,上海经济都快维持不下去了,要是当政者两袖清风,照样可以取谅于人,偏偏孔、宋这些人的屁股从来就没有干净过,立法院、参政会这些机构到底是干什么吃的? 为什么就不好好查查这些豪门权族的"企业"到底有些什么内幕?!

　　傅斯年把宋子文的失败,最后归结于宋几乎是一个文化上的白丁。欠缺中国文化,不通中国国情,除了英文说得流畅,结交些个美国人,对西方文化也是不通。"说他不聪明罢,他洋话说得不错,还写一笔不坏的中国字(我只看到报载他的签名),说他聪明罢,他做这些事,难道说神经有毛病吗?"

　　批宋檄文最后,傅斯年说,良善的人活在这个时代,谁无"人间何世"之感,要是再任由孔宋这样的人胡搞,"火灾昆岗,玉石俱焚"的一天怕真的是不远了。"国家吃不消他了,人民吃不消他了,他真该走了,不走一切垮了。"或许某些团体最喜欢孔、宋这样的人当国,因为可以迅速地"一切完了",然后舆图换稿。"我们是救火的人,不是趁火打劫的人,我们要求他快走!"

　　这篇痛快酣畅的文章在《世纪评论》发表后,不到半天时间,这期刊物就在市面上见不到了。编辑部的人明白,这不是刊物的销量一下子上去了,一定是有人从报贩子手里把这期刊物都收买去了。何廉去找了《大公报》的胡霖,《大公报》第二天又重新刊登。何廉说,傅文并不是无的放矢,其中许多判断,都是根据上一年冬季的经济状况而做出。"这些事实也是我亲眼所见。""在这种情况下,他要想继续干下去是不可能了。"①

　　何廉认为,宋子文的经济政策,许多依据是错误的,而执行过程中又存在着管理失当的问题。宋以为扩大进口就可以解决供应不足问题,出售黄金可以吸收过多流通的货币抑制通货膨胀,但却忽略了扩大钞票发行这个造成通胀的根本因素,以致将近一亿美元的黄金储备消耗殆尽,军队和政府里的"大萝卜头"和"小萝卜头"投机活动大量滋

---

① 《何廉回忆录》,第 282 页。

生,而通货膨胀却如同吸血怪物扶摇直上。

宋子文错误经济决策的另一个重要原因,何廉直言不讳地指出,是他没有看清国民党和共产党的力量对比,总以为外汇储备的大量消耗只是过渡时期的权宜之计,却没承想,到后来窟窿越来越大,怎么补也补不上了。

解放军占领锦州后,国民党在东北的败局已经注定。随着物价管制彻底放弃,这一轮劳民伤财的币制改革终告失败。很快,何廉代理南开校长后重建校园的计划也难以为继了。校园里弥漫着不安的气氛。教授们微薄的薪水已应付不了最起码的生活需要。《世纪评论》也因为经济不景气已经办不下去了。很多南方来的学生又吃不惯美国借贷的面粉,只得去黑市上用面粉换大米,取暖的煤已经很难用官价买到,学生宿舍里常常既无暖气又无热水。

无奈之下,何廉去找"北四行"董事会商量,能不能搞到一笔购买粮食的抵押贷款。银行家朋友们答应了。但问题很快出来了,去农村购粮,那里都已在解放军的控制下,去黑市上买吧,价格又高得离谱。后来有个学生代表来找何廉,说他们有渠道得到共产党方面的合作,何廉也只能咬牙冒险了。后来果然从农村采购来了好几大车粮食。教授们暗地里都说,到底是共产党好。

事情到了这个地步,何廉觉得,知识分子与政府的合作已走到了尽头。他检讨从北伐以来,国民政府之所以能在与北方军阀的较量中胜出,关键有二:一是教育界和其他知识分子站到了国民党一边,二是江浙系银行家们的支持。可惜所谓的"黄金十年",并没有什么具体的社会计划和经济计划,建设大多停留在纸上谈兵。到全面抗战爆发前,不满的声音已越来越响,及至政权向独裁发展,孔、宋在财政金融界不断扩张官僚资本势力,原来支持的知识分子和中产阶级也变得离心离德了。而党内派系斗争更是耗尽了民众可怜的一点耐心,所有的幻想都破灭了。

何廉感到他必须离开了。此时,天津到北平的火车已无法准点运行,在天津市市长杜建时的安排下,他乘飞机从天津到北平,然后乘坐最后一班民航客机到上海。在机场,他遇到了准备飞往重庆的张伯苓。在候机的一个多小时里,他向张校长汇报了南开的情况。分别的时候,张伯苓说,你一定不要再去天津了。

1948 年冬天,上海的金融和实业界一边弥漫着悲观和失望情绪,一边是粉饰太平的各种宴会场的觥筹交错。这种畸形的豪奢之风的突然兴起,怎么看都有点今朝有酒今朝醉的颓废。何廉不喜欢这样的上海,他觉得,先前的上海不是这样子的。上海的朋友都在催促他走,他也觉得舍此已没有路走。一些朋友被美国驻上海机构罗致,还有一些人选择了留下来迎接解放。

航空公司已经买不到一次性的四张机票,想尽办法只搞到两张。他和大儿子保山先飞到香港,过了担惊受怕的两个星期,夫人和女儿也从上海飞来了。1949 年 1 月 2 日,他们一家坐“美琪将军号”轮船前往美国。行前,周作民为他送行,托他在纽约看看有什么业务可做。像周作民这样的银行家也已经预感到,政府靠不住了,想要在巨轮沉没前把资产转移出去。

虽然这个经济学者还想着不久后重返中国,但形势的急转迫使他放弃了这一计划。他的余生是在哥伦比亚大学东亚学院的讲坛上度过的。他此后的生活“安静而平顺”。

五、火山口

3 月 1 日,下午开中常会及最高国防会议。中午时分,各院院长就来了,侍从室通知他们开会前一起午餐。餐间,蒋即宣布宋子文辞职,由他自己兼任行政院长,张群为副,同时还发表张嘉璈任中央银行总裁。都是预料中事,也未见众人有何意见。不动声色间,中枢就已门庭暗换,让张嘉璈深为惊讶。

当天,贝祖诒来访,说起宋子文辞职事,他才知道,昨日蒋介石已找过宋子文谈话。贝祖诒离任央行总裁,眉眼间有一种掩饰不住的轻松。贝祖诒说,昨日傍晚 6 时,蒋公约谈宋,说,明日立法院开会,对你必大加攻击,是否可以不必出席？宋答,如不出席,必须辞职。见宋似意气未平,蒋说,晚9时再谈。及再谈,蒋明确告以不必出席为宜。宋说,那我只好辞职了。蒋遂允之。

为示器重之意,当晚8时,蒋忙完后,留张嘉璈共进晚餐,照例是张群作陪。餐间略谈今后金融形势,张嘉璈趁机推荐经济学博士刘攻芸为自己副手,蒋当即应允。蒋还特意提到在沪上做寓公的张君劢,要张嘉璈到上海后第一件事是务必说服他出来,参加讨论国府及行政院改组。张嘉璈明知二哥已经心如死灰,还是答应会把话传到。

次日一早,他访毕各院院长及中枢要人,即坐车赴沪。3月3日,贝祖诒陪同赴中央银行正式上任,与各部主管见过面后,张、贝二人举行茶会,招待各界来宾。给外界的感觉,张嘉璈显得心事重重,只念了一遍早就备下的书面稿子,表示了一通抑制通货膨胀的决心:"欧美各国预防通货膨胀危险的方法,就是一面管制物价,实行配给,扶助生产,节约消费;一面提高所得税率,提倡储蓄,增募公债,以吸收人民之过剩购买力。因此财政收支,物价供求,虽在通货膨胀之中,而仍能保持平衡。……中国如欲逃出通货膨胀的危险与痛苦,仍不能不经过欧美各国所经之过程。……其成功之关键,全在人民与政府之互信互助,推诚合作。"

在场记者频频发问,上任后有何举措走出经济困境,他也只是审慎地答道:今日所能奉告者,即对央行人事,概不更动。

当夜日记写道:"今日接任中央银行工作后,静思检讨,知我之任务,面对若干大前提,实为成败关键之所系。"

他日夜忧之的三个"大前提":一为预算能否平衡,二为能否获得外援,三为当前军事能否顺利。三者之中,尤以平衡预算为首要。他算了一笔账,去年全年,财政收支短绌达4万零700亿元,即以本年1月而论,财政收支短绌已高达8500亿元,有可能全年财政赤字突破10万亿。这些窟窿的十之八九,先前皆由中央银行垫款,央行祭出的法宝,无非是狂印法币,由此造成恶性循环,以致物价飞升,有如脱缰之野马不可控制。他认为,只要开源节流、取缔投机、发展贸易,同时保证公职人员工资和城市日用品定量供应,则中央银行的垫款即法币发行可以减少,币值一提高,物价必下降,汇率也可稳定。这理论上的事他固然能想明白,但问题是,财政赤字这个黑色旋涡到底有多大?

另一笔账是:至1945年抗战胜利,中央银行持有外汇及黄金储备共计美金8亿5800万元,截至他上任前的1947年2月底,只剩3亿6400万元,而本年第一季度进口外汇配额,已由政府核定共需美金1亿1467万元,其中第一类生产器材等项共需美金600万元,第二类粮食、汽油、棉花等主要用品需美金9967万元,第三类各项必要用品及零星原材料等需美金900万元,全年进口所需外汇,合计需美金4亿5000万元。这还不包括币制改革所需准备。即便把政府的全部家当押上去,再加上出口收入(上年度才1亿4900余万美金),也不过能拖延个一到两年。在这财源枯竭之际,除了依赖外援,已经别无他法可想了。他终于明白,蒋介石告知他只有这些家底时何以会如此恼怒了,若这样下去,不需要共产党来打,不出一两年,政府就要关门大吉了。

方今之计,可以求援的,唯有美国。而马歇尔将军前来调停国共纷争,刚以失败告吹,肯定老大的不愉快。再加上马歇尔就任国务卿后,把注意力放到了欧洲的经济恢复上,对于中国的财政援助,虽没有完全放弃,肯定也不会积极。

那么内战又何时到头?报纸上都在鼓吹东北国军胜利的消息,张嘉璈刚从东北来,自然明白,那都是华而不实的浮言,真实的情形并非如记者们所说。四平街战事后,共产党的军队已经过相当时间之整理,向松花江以南地区进攻已是旦夕间事。设若政府军队失利,势必要增兵反攻,东北军费支出必然大增,而关内战事,也会愈燃愈烈。如是,政府除了增发法币别无他法,物资日渐缺乏,平衡预算、稳定物价也都成空,最后的结局必是大厦倾坍、万事瓦裂。

这般想来,不由一身冷汗。他都有些后悔了,这个时候接任央行总裁,简直是坐在火山口。说不定哪天,地火喷涌,自己会落得连个葬身之地都没有。"如上述三项大前提不能解决,则我之任务必告失败,思之几于寝食不安。"①前途灰暗至此,他不能不早做打算。

但他此时甫履新职,总想着或能觅得一线生机,还不肯轻易放弃。刚上任,找前任贝祖诒了解行务工作,找上海市市长吴国桢商议平抑物价,还自兼了中央信托局理事长(吴任苍任局长),忙得不可开交。当下急务,还是在平衡预算这第一个"大前提"上,配合"紧急方案",抑止恶性通货膨胀。接连数日闭户苦思后,他预计,如果央行努力推销公债库券,吸引游资及社会储蓄4000亿,再有财政部开源节流,负责将支出每月减少4000亿,当可减少法币发行,通货膨胀不致再行恶化。

在这危急关头,他深望最高当局及财政首长有"大勇气"和"大决心","以快刀斩乱麻手段,毅然行之","则国家前途,或有一线希望"。"此虽不免书生之见,而日夜思索所得者,除此之外,则别无良策。"②但财政部主官俞鸿钧是否肯配合,他亦心中无底。

报上有人揶揄,国民政府成立以来,宰辅之才皆有一个特征,那就是"大头大脑",自孙科、谭延闿、孔祥熙、宋子文至今日的张岳军,莫不如此。财政方面,战后的两位首脑贝祖诒和张嘉璈,也是一样的肥头大耳。有人说一位"苏空头"和一位"上海佬",是十年来中央政府仅有的江苏籍特任官,不过贝是一个商人,张倒是一位"名实相副的经济政治家"。这不只是因为张氏毕业于日本专为制造财政专家的庆应大学,经济乃他本行,更是因为张氏自梁启超荐举进入银行界后,的确做了许多出色的事情,金融界南派领袖的名头也不是浪得的,比如出掌央行前在东北,苏联军用票的收回,就足见他的理财手腕。"所以张岳军出长政院,一定先把他拉出来拿住钞票。"

笔名"瘦者"的小报记者说,现在的中央银行,是宋子文当财政部部长时候,觉得处处受张氏之掣肘而另起的炉灶,想不到现在要交给张了;至于中国银行,现在虽然孔祥熙任董事长,实际的权力,还操之于张

---

① 张嘉璈日记,1947年3月3日,《张公权先生年谱初稿》下册,第793—794页。

② 张嘉璈日记,1947年3月8日,《张公权先生年谱初稿》下册,第794页。

嘉璈和宋汉章之手。"有人说宋子文是最有权力的一位行政院长,记者以为,张嘉璈确是最有权力的一位央行总裁。"①

贝祖诒担心自己成为黄金风潮案替罪羊,一直托张嘉璈打探消息。上任几天后,张嘉璈趁着前往南京办事,即找新任国民政府文官长兼总统府秘书长吴鼎昌,探询监察院调查黄金风潮案结果。

张、吴二人,自20世纪20年代起即为金融界的南北领袖,交情匪浅。吴鼎昌控制中南、大陆、金城、盐业"北四行"近三十年,在金融界关系至为深厚。不同于张嘉璈行事风格倾向英美口味,放任中善于驾驭,吴氏理财,好用统制手段。抗战期间,吴鼎昌从实业部长任上调任贵州省主席,继续用他的统制手法理财,把贵州一省的企业搞得半死不活,不得已才内调,但当局对他的器重依然不衰。

吴鼎昌告诉他,监察院于右任院长已将四名监察委员联名签署的调查报告呈送蒋,奉批文交文官处审查,结论是宋子文应负政策错误之责,贝祖诒负办理不善之责。目前对两人尚未见有弹劾案,只把央行业务局的正、副两个局长林凤苞、杨安仁抓了起来。板子高高举起,却轻轻落下,张嘉璈也为老友全身而退感到庆幸。

这是他出任央行总裁后首次前往南京。短短几日,都是开不完的会,谈不完的事。开完行政院召集的物价委员会的一个会议后,和行政院副院长翁文灏一起午餐,他提出公用事业应由政府补贴,不能加价,翁同意了。随后又与财政部部长俞鸿钧商议发行政府公债事,两人都认为法币贬值太快,失去了信用,发行公债和库券只能以美金为本位,准备报蒋批准后就实施。

对于被逮捕的林凤苞、杨安仁,张嘉璈认为,两人尚是中央银行行员,岂有直接实施司法关押之理。参加完四行联合办事总管处的一个会议后,他拉上俞鸿钧去找蒋,请求将林、杨二人先由行方查核有无舞弊,再移交法院。蒋二话不说就同意了。

回上海前,蒋留他吃午饭,念念不忘的还是敦促张君劢出山之事。

---

① 1947年4月19日《苏报》报道,《理财专家张嘉璈》。

嘱他向张君劢转告二事，一是外间谣传政府将对共方下讨伐令，并无其事；二是不久后将召开全会，正式发布责任内阁。

张嘉璈回上海，向君劢传达蒋嘱传之话。君劢听了，只是笑笑，丝毫不见动心起念的样子。君劢说，他最担心的是多数党压迫少数党，这个问题若不解决，中国的民主就不能真正实现。日后，张嘉璈向蒋回复君劢此语，蒋力辩"决无此事"，还说他当政一天就要维持一天的公平。

发行美金公债和库券这样的大事，还是要请银行界老朋友"帮场子"。张嘉璈约了陈光甫和李铭，一起商议应付金融危局。他向两位老友和盘托出了堵上10万亿元财政赤字的计划：财政部开源节流，减少半数支出，央行发行公债库券4亿美元，其中美金公债1亿元，库券3亿元。陈光甫和李铭都认为可行，表示愿意鼎力协助。

对张嘉璈这一试图通过发行美金公债挽回经济颓势的计划，外界普遍持审慎观望态度。金融学者盛慕杰在报上发表文章《论张嘉璈氏的路线》说：

新任中央银行总裁张嘉璈氏，是金融界的元老，过去一直主持中国银行，该行的发展，不得不归功于张氏。自从1936年宋子文氏打进中国银行后，张氏虽在中央银行任副总裁，但始终没有在中央银行的行政上负起任何责任，"事实上他是置身于政治上了"。八年抗战，他虽然有许多的贡献，但并不在财政金融方面。直到胜利之后，接收东北，不单在经济上有更进一步的努力，在金融上，也开始展开他的另一页。虚悬了十年的副总裁，一朝参与了中央银行实际的行政工作，这该是一个极大的转变。此次，正当因金钞狂涨而引起通货恶性膨胀之际，张氏临危上任，应该是有"深切的自信"。但自从3月3日他就任央行总裁以来，差不多一个月了，"仆仆于京沪道上"，除了就职时的一篇书面谈话以外，似乎异常沉默。文章称，中国今日经济危难的克服，需要一个强有力的人来实干，"而且做一点颜色出来"，"不是需要一个宣传者，来敷陈他的做法，或捏住一、二点来粉饰当前的困难"，时下中国的经济环境，可说是已从有希望走向绝望，从可安定走向混乱，从能复兴走向破坏，张氏到底能否"把这一个悲观的现实扭转到乐观的境地"，必须看看他走的路线究竟如何。

盛氏称，中央银行自 1928 年在上海开张后，是有种种"先天不足"的，它一直处于一种"跛行"的状态，"政府的银行"的成分多了一点，"银行的银行"的成分少了一点。尤其是内战爆发后，军费所出悉从央行，而集中准备，也成了央行收缩通货或信用的一项手段，对于稳定金融、巩固币值、平抑物价、促进建设等诸项应尽职能，则弃之若遗，事实上，中央银行因不能实施贴现政策及公开市场政策的运用，已变成了"财政的外府"，与一般金融业脱了节，也与中国的工商业脱了节。

而新任央行总裁张嘉璈所能用来阻止或缓和通胀的凭借，实在是太少了。盛氏说，向来央行防止通货膨胀的手段，如抛售黄金、提高外汇供售、标卖敌伪产业、增加物资供应等，都已用得差不多了。现在黄金外汇卖完，敌伪产业也只剩纺建公司及中华烟草公司等。至于物资也差不多完了，再要如过去那般配合起来收缩通货，几乎是不可能的。一方面是通货无可收缩，一方面内战方烈，军费开支激增，通货又要膨胀，张氏究竟有何灵丹妙方来助政府这个泥足巨人度过困厄呢？

文章还称，公众所期望于张嘉璈的，不只是克服通货膨胀，做一个政府的"好账房"，更希望在他的手上，能使中央银行与政府的关系转为正常，使中央银行不致沦为政府的财政外府而不克自拔。打个比方，中央银行是一个"蓄水池"，一般金融业是这蓄水池上的许多"支管"，蓄水池中的水要发挥灌溉作用，一定要经过支管。过去中央银行这个蓄水池，对于作为支管的其他商业银行，始终不能善为利用，致流出来的水，在少的时候变了细流，在多的时候变了洪水，大失蓄水池的灌溉功能，结果造成与一般金融业脱节，与整个中国的工商业脱节。今日张氏上台，如何利用好央行这个"蓄水池"，这才是关乎普通民众和一般商家切身利益的。

民众寄望如此之切，而能够展身腾挪的空间又如此狭小，盛氏断言，张氏成功的可能性不大，恐怕连他自己，也是信心不足。且"政府的银行"与"银行的银行"两者之间，本身就是不可调和的，在扶助生产的一面，要能充分供应资金，这非要中央银行真能做到"银行的银行"不可,在增募公债的一面,要能充分吸收剩余购买力,这又是要中央银行做到"政府的银行"地步,两者之间,择谁而事?或许有一个可能能使张氏的理想得以真正实现,那就是内战停止,中国实现真正的民主。可是眼下从东北到华北,战火愈燃愈烈,张嘉璈早已注定了他失败的命运:"我们固不愿使张氏灰心,说他循其理想而行进的做法将遭遇挫折,或其进行的方案将遭遇到许多困难,如果基本情势无任何的变化,则其失败,恐不能归罪于宿命论者的必然论断吧!"

而这一切的一切,皆是因为今日中国经济最大的危难——内战下的通货恶性膨胀。即令张氏靠募集美金债券暂时抑止了通货膨胀,但假使所吸收的剩余购买力,敌不了内战创造出来的广大剩余购买力,恶性通胀还是会继续发生,张氏还是逃脱不了失败的结局。

文章最后预言,张氏的做法即令能有相当的成功,如果跳不出内战创造剩余购买力的旋涡,如果建立不起中央银行与政府的正常关系,依然是财政的"外府","则现在的一切办法都是作茧自缚,结果一切的办法都是毁灭张氏前途的地雷,一切的方案都是埋没张氏前途的黄沙!"①

"暂时沉默","仆仆京沪道上",正是张嘉璈1947年春天接任中央银行总裁后的日常情状。到了上海后,他在言语上谨慎了许多,不再像在东北时那样频频对报界发表讲话。美金公债和短期库券的发行准备正在进行中,他得一次次地跑到南京,向最高当局汇报,与行政院、财政部沟通,找经济学家咨询。在蒋的亲自授意下,各部门一路绿灯放行。不久,立法院顺利通过了美金公债及短期库券条例。

他约了中国银行的旧人,储蓄部经理施久鳌、总管处副总稽核潘寿恒等人来谈,听取上海银、钱业及工商界对于发行美金公债的意见,都认为也只能如此,死马当作活马医。

张群的行政院副院长即将转正,问他对后任财长人选有无考虑。

① 盛慕杰:《论张嘉璈氏的路线》,1947年4月3日、4日《文汇报》,《张嘉璈剪报资料辑录(1946—1948年)》,档号Q131-17-153。

大有一切以他的意见为准之意。张嘉璈明白,肯定是谁打了俞鸿钧小报告,当下凛然作答:不敢有所主张,如真要发表意见,个人觉得现任财长俞鸿钧之外,更无合适人选,其人毕业于上海圣约翰大学,素知经济,战后当过一任央行总裁,为人诚实可靠,忠于职守,虽外界有人批评其缺少魄力,诚或有之,但这个世上本就没有完人。

六、自我的敌人

旨在刺激已经半身不遂的经济躯体的 1 亿美金债券,于 1947 年 4 月 5 日开始发售。国防最高会议及中常委会议(中常会)同时议决,将适时推进经济改革,关于币制问题,未提及改用金本位,只是说,政府应有充分准备,并选择适当时机整理币制,使其能逐渐恢复常态。

按老办法,债券发行又要搞强迫式摊买。但张嘉璈认为,若不着力维持,政府的信用总有一天会像指间沙一样漏个精光,故坚决主张自主购买,不搞摊派。各城市的发售工作也主要靠非官方的劝募委员会推动。

他还要央行推出新的贴放政策,先试行于上海,再推广至各大城市,以期协助全国经济复兴,让中央银行真正成为"银行之银行"。财政官员都为他捏了一把汗,认为他的目标太不切实际了。

金融界的老友们都来"帮场子",浙江实业银行董事长、上海银行公会主席李铭担任公债基金监理委员会主任,上海商业储蓄银行的陈光甫任委员,交通银行董事长钱永铭担任公债库券募销委员会主席,就连刚从香港回来的帮会大佬杜月笙,也被他拉来担任了这个委员会的副主席。还有担着行政院政务委员虚衔的"社会贤达"缪嘉铭这样的朋友,主动要求回云南成立募销分会,还说要督促当地提高滇锡产量,以备出口换取外汇。

所幸动员得力,金融界老友们鼎力帮倡,人民也厌烦了无休止的内战,对这个央行新掌门人寄望弥高,发售前景尚称乐观。发售当天,上海银、钱两业公会宣布,担任募销美金公债 1000 万美元,短期库券 3000

万美元,以为提倡。陈光甫的上海商业储蓄银行认购美金公债 100 万元,让他颇感盛意,就连久不问江湖事的钱业界前辈领袖秦润卿,也出任了募销委员会委员,并带头认购了部分美金公债。

有小报记者言之凿凿,称张嘉璈对于销售债券之对象,已寻着了孔祥熙、宋子文两尊"财神",正准备打上门去。两大财神在国外所存的外汇,据调查有美金 3 亿元之巨,两人在金潮案中又不能推得十分干净,三中全会提出弹劾案,终被一笔勾销了,孔、宋出于感激,也应"义不容辞"认购美金债券。笔名"铁公鸡"的记者说,张氏已将宋、孔两财神列为"首户",两人也均已"慨然允诺",只是提出一个要求,无论认购债券多少,都请张总裁代为严守秘密。首户以下的"财主",自然数贝祖诒这一班人了,"张嘉璈总裁也都一一记入怀中的小册子,正在分途接洽中"。所以日前张总裁见蒋主席时,对于美金债券销售的前途,"至抱乐观"。①

《苏报》上说,"九百兆只眼睛都望着他",看这个刚上台的央行新掌门人如何解决一大堆棘手事:赤字财政、恶性通货膨胀、外汇枯竭。他们都看出来了,发行美金债券和库券,正是他的第一炮。想当年,袁世凯筹备帝制,下令提中、交两行的准备金,两行纸币一律停兑,那时张在上海,毅然和宋汉章一起决定,不受袁命,照样付兑,大得人民赞许。他们希望这个还不算太老的总裁(虚龄 60 岁),还有昔日与北洋对着干的雄风,敢作敢为,把法币的信用重新恢复过来。

那么,张总裁的第二张牌是什么呢? 那就是搞"贴放会",让中央银行扩大贴放业务,以之刺激生产并带动出口业务。但马上有人忧心忡忡地指出,这批头寸经过行庄一转手,有三十至九十天的流转时间,但眼下物价高涨,谁能保证这笔钱不用来转放高利贷或者商品投机呢?

"银行里只要增加头寸,在官家利率与黑市有悬殊高下的现况下,只有痴子才不会赚钱,各系金融巨头,大约其中没有白痴,所以如此一来,定更能兜得转,也就有更多的钱好赚。"所以结论是,张总裁的办法

---

① 1947 年 4 月 8 日《力报》报道,《张嘉璈剪报资料辑录(1946—1948 年)》,档号 Q131 - 17 - 153。

好是好,就是太过书生气了,所谓的扩大贴放业务,不过是给一些有关系的行庄增加一些头寸而已。①

上任以来,张嘉璈觉得自己就像一个走钢丝的艺人,试图在政府和民众两者间取得平衡,而结果却总如报界批评的一般,总不脱"跛行"状态。美金公债发行后不久,4月15日,中央银行牵头成立"全国银联"(全国银行业同业公会),吴鼎昌代表蒋介石作训辞,略谓:金融事业与国家之隆替息息相关,抗战中协助政府之功劳甚大,现在仍希望各位能协助政府推行政令,诸如经济紧急措施方案、美金债券之推销,都要各位帮忙,希望各位集中力量,使政府预算平衡,整理币制,安定民生,增加生产,完成建设。

继则陈立夫致辞,也谈到,现在银行业的主导思想,仍不脱旧式商业金融之窠臼,这是受了外商在华银行之影响,他们是做生意第一,不管中国的工业、农业建设的,搞得现在我们自己的银行95%注重商业,只有5%注意农工。他检讨说,这是"政府主持者的疏忽",其后果,就是让中国穷得像"叫花子国家","日本在明治维新时,因袭英国旧法,后来改过来了,美国后来也注意工农事业……忽略建设,商业也无法发展,希望大家能代表民意,依大多数人所需要的金融政策来执行"。

会上的主要声音,是希望政府对金融政策不要只知管制,更要注意如何导领,促进生产。就像实业家、中国兴业公司创办人胡子昂代表各银行所说,政府对金融一定要有正确的领导方法,政令不能朝令夕改,要使大家能共同有所遵循,"一般人以为金融紊乱乃银行之过,其实只要财政有办法,经济就有办法,金融也就有办法了"。张嘉璈是日讲话,也谈到了中央银行今后计划,要之在于,人民与银行打成一片,注意内地农村,重视商业道德,注意放款用途,并勉银行业同人要"争回昔日光荣",成为全体人民信托中心。②

---

① 1947年4月22日《新民晚报》报道,《张嘉璈的妙计》。
② 1947年4月15日《新民晚报》报道,《张嘉璈剪报资料辑录(1946—1948年)》。

然而，"全国银联"成立后的次日，他向蒋报告对于各公私银行所存美金处理办法的时候，他的屁股又一下子滑到了"政府的银行"上去。按照张嘉璈所建议的，中国、交通、农民三行，以一部分购买美金公债，一部分移存中央银行，如因业务需要，可向中央银行透支抵用。对于各商业银行，明令以 3/10 购买美金公债，余准各行自行保存，俟整理币制时，应听政府支配。"主席表示首肯。"①

很难想象，提出这一充斥着权力意志建言的张嘉璈，是"民五抗停兑"中与北洋政府叫板、北伐时为了逼饷与当权者竭力抗争的那个张嘉璈。那时候，他致力于要让金融业脱离政府的控制，让银行按照金融和商业的规则运行，而现在，当这个银行家被权力加持，早年的那个崇尚自由经济的自己，已成了他的敌人。在这经济临近崩盘的临界点时，作为国家权力在金融界的化身，他不会给别家商业银行更多的空间。时耶？命耶？他已经没有了选择。

雪上加霜的是，因马歇尔调停失败，美国的对华援助此时出现了变数。美联社 4 月 22 日电，杜鲁门总统宣布，进出口银行将对 5 亿美元的对华贷款暂予搁置，待中国真正实现和平统一后，此项贷款方能启动。否则，此项贷款将于本年 6 月底撤销。

5 亿美元的信用贷款，是上年 4 月马歇尔来华时答应蒋介石的，主要用于助力中国经济的战后复苏。美方搁置此项贷款，显见其对内战不止的中国已失望透顶。这一釜底抽薪之举，让正致力于整顿经济秩序的张嘉璈焦急万分。

张嘉璈当即赶往南京，与财政部长俞鸿钧紧急磋商如何应对，俞也苦无良策。商之于老友陈光甫，陈光甫提出：既然获得大宗经济援助的希望殊属渺茫，不如先就美方进出口银行保留的 5 亿美元作为援华用款做文章，较易说话，政府应立即派出实业界人士赴美谈判，声明该款之五六成用以在美购置棉花、麦子、肥料等，其余四五成，用以购买急需

---

① 张嘉璈日记，1947 年 4 月 16 日，《张公权先生年谱初稿》下册，第 810 页。

的交通器材,且一切按照商业借款手续办理,示之以诚。

张嘉璈试探性地问,愿不愿意赴美一行。陈光甫回答,若去的话,也只能是充任代表团团员之一,挑大梁是不行了,毕竟好汉不提当年勇。

但外交部部长王世杰坚持在政治借款上做文章,而且数额必须巨大,"且看对方反应再说"。陈光甫回到上海后,给张嘉璈写了封英文长信,告诉他,目前向美进行政治借款,殊属渺茫,要他务必说服当局,"放弃现时向华府寻取政治性贷款之构想",先由企业界代表赴美,打开谈判之门,与进出口银行接洽此项 5 亿元贷款,获得其切实同情,再慢慢打开局面。陈光甫说:"今日美政府对华态度,与吾辈两年前旅美时,迥然不同,彼时华府官方,对于我国将由战争残破局面之后,转变为远东一种安定力量,极寄厚望,今日则形移势换,此一希望已成泡影,而代以怀疑与失去信心。"随信还附上了谈判节略和一份贷款还本付息表,并建议中央银行应为承还贷款本息之保证人,以打消美方顾虑。①

陈光甫积极献策,张总裁"倚畀甚殷",外界纷纷传说,陈光甫很可能趁此"再次出马"。坊间猜测说,陈光甫这位老金融家之所以有今天的地位,皆是从上海银行苦干起家。而上海银行得以渡过多次难关,皆有张嘉璈的功劳,后者"多次把中国银行的白银整箱地往隔壁搬",才帮他渡过危机。孔、宋时代,陈不得志,尤其是实行法币政策后,被中(央)、中(国)、交、农四行完全压倒,今国家有难,张嘉璈出面请他,陈必甘往驰驱云云。

按张嘉璈上任之初的设想,要想挽回经济颓势,中央银行与财政部职责各半,"分任弥补"。央行负责发行美金公债及短期库券,以减少垫款,挽回法币信用;财政部则要开源节流,把每月开支节省 4000 亿(法币)。但俞鸿钧从一开始就不同意,说军费开支月月见涨,财政部又不能扣着不给,中央银行怎么可以限制政府垫款额度。两人在张群家里

---

① 陈光甫致张嘉璈信件,1947 年 4 月 29 日,《张公权先生年谱初稿》下册,第813—816 页。

争执不下,一起去找了蒋介石。让张嘉璈泄气的是,这一回,蒋站在了俞鸿钧这一边,谈话无结果而散。当晚,张嘉璈在日记中悻悻然写道:"此点实为抑止通货膨胀之关键,亦为我担任央行职务之成败所系,实亦政府基础能否稳固之所系。此一建议不能施行,美金黑市必日见高涨,人民如何肯以美金来购公债,对于库券亦必观望不前。且本息以法币照美金市价偿还,法币支出势必增加,殊不合算。我之发行公债库券计划,将全盘失败,等于一场空梦。诚恐国家厄运,注在今日矣。"①

外界报纸上说他为这个政权所做的一切努力都是徒劳,所有办法都是埋没,甚至是毁灭他前途的"黄沙"和"地雷"。现在他知道,这不是危言耸听,因为这"黄沙",正一寸一寸地淹上他的喉咙,让他透不过气来。

次日,张嘉璈乘夜车返回上海。唯因心事重重,他连片刻都未能合眼,整夜听着车轮与钢轨单调的摩擦声。左思右想,自己的计划既难实行,理应挂冠以去,但就任未久,新阁初成,若即辞职,又恐牵动金融,设有小小波动,人将归咎于己,说他只为自己而不顾大局,只好"忍耐应付"。"先求缓和物价上涨,节用外汇,以待美援,并望时局好转。"②他明知此非根本办法,亦唯有"尽人事"而已。

天色微明之际,火车驶进上海站。他明白,政府未能同意央行的限款计划,应对恶性通胀这头巨兽,自己独木难支,日后不管采用何策,也都是将就之计了。目前,只有暂时设法,以期能稍稍迟缓这头巨兽进逼的脚步:一是各大城市开始实施粮食配给,逐步推广及于其他日用必需品;二是美金税率改为随时调整,以免钉住太久,反致黑市汇率日高,影响出口及侨汇;三是设法增加出口,减少进口。

俞鸿钧也来了上海,请他吃饭,一是赔罪,二是叹财政部的种种苦经,要他谅解。张嘉璈苦笑道,时局已危,看来我是不久于任了,你我皆唯有尽人事、安天命而已。

---

① 张嘉璈日记,1947 年 5 月 1 日,《张公权先生年谱初稿》下册,第 817 页。
② 张嘉璈日记,1947 年 5 月 3 日,《张公权先生年谱初稿》下册,第 817 页。

陈光甫、李铭两友上门,商议央行限制垫款计划未能实行的补救办法,也是同为叹息。陈光甫还带来一个消息,外交部王世杰部长已向蒋提议,希望由他出任政府代表,赴美交涉援助。但陈光甫认为代表一席,应该熟悉全盘政治军事,且应由政府中人出马较为妥当,自己一个在野之人,实不愿勉为其难了。他实是见时局糜烂,已大非他昔年赴美求外援时可比,不愿再去仰美国人鼻息了。张嘉璈自己也是心灰意冷,并不苦劝,只是问他有无可能出任即将成立的输出推广委员会副主任一职,陈光甫答应了。张嘉璈说,如是,该会负责有人,私心欣慰。

上海局部地区实行粮食定额配给后,米价飞涨,情形险恶,张嘉璈急电南京,要行政院长张群早日将预算公布,以安人心。他说,按照我原来的计划,若财政部与央行各半担任预算差额,即使不能全部弥补,所差之数当可逐渐减少,再将预算公布,人民对于法币信心当可逐步提高,物价也可不抑而平,照现在这情形发展下去,不待人民把我们推翻,我们自己就先倒了!

他也没有放弃对进出口银行保留的5亿元对华援助的争取,特致电华盛顿方面的友人,希望美方对此笔贷款继续予以保留,待中方提出符合美方意愿的项目计划后,再实施启动。还请外交部部长王世杰联系了驻美大使顾维钧,希望其向马歇尔建言,在大借款未成立前,尽早使这5亿元信贷资金到位。

顾维钧的回电倒是很快就到了,详述了与"马帅"(指马歇尔)会谈经过,云彼"颇为动容",又说财政界保守派和国会左派议员阻力甚大。但美方否定了中方提出的购买棉、麦等必需品和交通器材的计划,建议就粤汉铁路、塘沽海港、黄河铁桥三项建设计划予以讨论,这让张嘉璈觉得,马歇尔对进出口银行这5亿美元贷款,并不热心支持,不能指望这笔钱马上到手。这与陈光甫的判断一样,进出口银行5亿美元,虽属商业贷款,但美方所提条件前所未有的严苛,即便是先前的桐油、滇锡借款这样的小额援助,恐怕也不易得了。

借款无着,粮荒又起,米价如坐了火箭一般噌噌往上,从22万元一石涨至38万元、48万元。粮价暴涨波及一切物价。配给制已准备从局部向全市范围推开,大口每人 3 斗,小口每人 1 斗。

到 6 月初,政府不得不紧急向美请求粮食救济。张嘉璈觉得,这个中国最大的城市已经处在了火山喷发的临界点。他去南京找蒋介石,再次请求限制中央银行政府垫款,勿再增发法币。蒋刚从沈阳回来,东北暂时的平静让他心情还不错,反过来倒劝他不必忧虑,说到年底战事告一段落,一切就都好办了。

蒋问,币制改革进展得如何了?张嘉璈答,关键是要有现金准备,如果没有,以新纸易旧纸这样的事,万万不可做。蒋问,需多少金银准备?张嘉璈答:如果用金本位,或金汇兑本位办法,至少需要 3 亿美元借款作为准备;若改用银本位,至少须有价值 5 亿美元之生银贷款。①

蒋沉默半晌,似也在算这笔账。张嘉璈趁机又提,中央银行与财政部必须划分界线,若这个体制问题不解决,中央银行长此为财政部之附庸,予取予求,无论用金用银也无办法了,不久币制仍将崩溃。蒋不耐烦地叫了起来:公权无须再说了,一切我自有分寸,币制改革的事还是要抓紧做。

张嘉璈约了总统府文官长吴鼎昌、上海商业储蓄银行总经理陈光甫、浙江实业银行董事长李铭等人,就币制改革征询各人意见。他说,几天前与美国驻华大使馆财务参赞艾德勒谈过,改革币制,前提必须平衡预算,否则仍需加发纸币,填补收支亏绌,人民竞相窖藏金银,通货膨胀只会更烈。这几人都是近代中国金融业的开山人物,自然一眼就看出问题的症结。他们都说,没有外援(主要是美援),币制改革就动不起来,但只要政府减少预算赤字,中央银行限制政府垫款,即便没有外援,通货膨胀还是可以抑制住的。话是这么说,他们还是草拟了一份币制改革的方案和路线图。

6 月 26 日,上海《大美晚报》刊登华盛顿消息,进出口银行 5 亿美元贷款期限不日届满,不再延期。再加上在华美商不满于中国政府实行出口贸易管制,迭电美国政府勿再对华贷款,财政金融界翘首以待的这

---

① 　张嘉璈日记,1947 年 6 月 18 日,《张公权先生年谱初稿》下册,第 828 页。

笔美援，流产已是板上钉钉的事实。受此刺激，上海资金大量逃港，黄金黑市飞涨。张嘉璈此时头痛医头，脚痛医脚，派央行顾问罗杰士、业务局长邵曾华前往香港，与香港政府接洽打击走私、取缔黑市事宜，以图补救。6月最后一天，他又乘火车前往南京，与张群、俞鸿钧、徐柏园等人会晤，再次正告，中央银行若为政府无限制垫款，"通货将日益膨胀，危机即在目前"，万不可漠视之。

对这5亿美元贷款，中国还想再拼力一试。新任驻美大使顾维钧接国内急报，再次向美国务院提交了包括交通、工矿、农业经济3大类共计11项的贷款具体计划。但美进出口银行的一帮扑克牌脸的大老爷们，还要求中方提供一连串的数据，诸如政府和人民所持黄金和外汇数量、近两年黄金外汇国际进出数目，等等。张嘉璈闭户数日，与财政部属员一起编制财政一览表，总算如期给出了美国人所要的数据。

处置完这些事，张嘉璈即飞往北平。

这次北飞，谋划已久，对外声称是与北平、天津方面商议粮食和煤炭配给，但他另有一件极隐秘的事，是举行续弦婚礼。

妻子陈兰钧去世后，他一直没有续娶。归国后忙着奔走在东北与重庆之间，正式的丧事也是去年才办。续娶的周碧霞小姐，是小妹张嘉蕊介绍的姐妹淘，其人性情温婉，知书明理，是上海买办周田青之女，祖籍浙江慈溪。周家三姐妹，老大周映霞嫁卓牟来为妻，老三周绿霞嫁王正廷的侄子、曾任驻波士顿总领事的王恭守为妻，周碧霞居中。

婚礼在北平美以美会教堂举行，由退休的老牧师戴维斯主持。出席观礼的除了妹妹张幼仪、张嘉蕊和女方的几个亲戚，再无他人。在这乱世年景里，他坚持不在上海办这场婚礼，不请一个朋友和同僚，就是为了避开送礼、宴请这些繁文缛节，避免授人口实。周碧霞对他这般刻意低调的做法没有任何意见。

婚礼次日，他就离开北平坐火车去了天津，与津门银行界、钱业界代表谈话，又与工商界、进出口贸易界人士晤谈，还抽空去看望了隐居天津的政坛老人曹汝霖和年届七旬的前盐业银行董事长任凤苞。天津市市长杜建时是加州大学的政治学博士,又自小长在大运河边,对当地人文掌故无不熟络,一席长谈,两人都极感投缘。

市政府和东北保安司令部长官部联合设宴,为张嘉璈接风。席间有人说,粮价上涨后,东北人民生活即感困难,东北每日需粮食800吨,过去尚有平绥、平汉、津浦等铁路济运,而现除平绥线外,均告断绝,急需救济。张嘉璈答称,南方的粮食可以挤一些北运,目前至少有10万吨能落实,用以解决公教人员及学生的口粮;而南方的上海等地也极盼东北的煤,南北两地可以物物交换。说到金融,京津各银行现均感存款增加太慢,筹码缺乏,筹备设立银行准备库,并盼央行能做重贴现,以调节金融,张嘉璈皆一一耐心作答。

再回转北平,场面上的应付也自应接不暇:李宗仁来访,外国记者采访,银行公会宴请。但他一刻也不想多待了,履任美驻华大使的司徒雷登正在上海,他必须马上赶回去探知美国援华的风向。

司徒雷登大使向他透露,马歇尔援华方案正在国务院讨论中,希望中国派一熟悉财经细节的专家赴美,以备咨询。他马上想到了赋闲在家的贝祖诒。上个月,上海地方检察院以收到弹劾案为由,要把贝带走调查,张嘉璈找到行政院,才为他摆平此事。凭直觉,他知道贝祖诒离开央行后无处着落,是极愿去美国的。

贝祖诒办事极干练,上午刚与他说起此事,要他重新起草一份管理外汇及贸易方案初稿,当天下午,贝祖诒就把方案送来了。

贝祖诒的这一方案书,主张将中央银行之外汇挂牌取消,另设一个外汇平衡基金委员会,随市结汇。先前,中央银行的挂牌总是要低于黑市,出口与侨汇皆裹足不前,此策一出,实为打击黄金外汇黑市一大利器。张嘉璈很高兴,趁着全国经济会议快要开了,次日就赶到南京,找行政院和财政部,汇报平津两地接洽粮食分配办法,也要讲一讲贝祖诒治黑市的那个法子。

央行拟订的外汇管理及进出口办法经行政院讨论正式公布了。贝祖诒被张嘉璈请到南京,为最后定稿出力甚多。张嘉璈向报界乐观地宣称,此一修正办法实施后,国际收支当可"渐趋平衡",正当工商业亦可"日见起色"。此一办法采自大众公意,他也希望得到民众拥护,"深盼经营出口商家不以市价汇率较前优越,趁机竞购抬价,以致影响海外市场,重使输出不振,更盼进口商人,勿以市价汇率之存在,乘机囤积抬价"。

商人趋利,本是天性,他们会买他的账吗?

七、豪 门

旨在打击黑市的外汇管理办法一经公布,外汇平衡基金委员会、输出入管理委员会相继成立。张嘉璈亲任输出入管理委员会主任委员,李铭任副主任委员,操持具体事务。陈光甫任外汇平衡基金委员会主任委员。

坊间揣测说,这是张总裁施出的一招"锦囊妙计",他毕竟比贝祖诒要高明些,拉拢着李馥荪做了这个"挡箭牌"。因为输出入管理是张嘉璈上任以来最感头痛的问题之一,每天要耗费大量时间与中外进口行家的老板们敷衍,再加上厂商和进口行明争暗斗,外商和华商也闹着抢生意的纠纷,使他愈发头昏脑涨,搞得自己不像总裁,倒像是"买办"一样。现在有了李馥荪就好办了,所有杂事都可交给他去应酬、处理。"可是,李馥荪虽则获得这样的荣宠,实际还是有职无权,遇到任何巨细问题,还得要张总裁最后决定,以李公在今日金融界的地位,居然给张总裁这样捉弄,可见张总裁用人手法的高明了。"

陈光甫担任主任委员的外汇平衡基金委员会,没有任何基金,要稳定汇率根本做不到,他们只能干一些核定的工作。每日早晨,中国、交通两家国家银行,花旗、汇丰两家外资银行的代表共4人,根据国内物价、出口贸易等情况,商定当天汇率,然后,由陈光甫召集平衡基金委员会和中央银行的外籍顾问审核。这是一桩吃力不讨好的工作,黑市汇率高,委员会定得过低,没有人愿意出手外汇,定高了,又变成哄抬物价。委员会开张9个月,调整汇率18次,还是被黑市汇率远远甩在了后面。

越来越庞大的财政赤字也令最高当局头痛不已。1948 年 1 月下旬,赴美借款还在进行中,蒋介石就时下经济情形问计于陈光甫。陈答之两点:一是美援多少现在不必计较,一经开始,可徐图增加,倒是政府支出必须减少。最后又说,对财政金融,也不必过于悲观,以致乱了步骤。答毕,汗涔涔出。他明白,这些话,大抵是些于事无补的空话和套话。眼看着这届政府病入膏肓,自己却又无能为力,他被彻骨的悲凉湮灭了。

在公众眼里,掌握着国家金融物价之舵的张嘉璈已然成了一个明星式人物。中央银行总裁虽在行政院及财政部节制之下,但普通百姓可以不知行政院院长、财政部部长何许人也,对央行总裁张嘉璈的一举一动、一言一行,却都视作与国计民生有关。在他们看来,外汇牌价起落、日常生活指数如何、物价能否平抑止,均操于张氏一人之手,诚可谓"公权能贵之,公权能贱之"。

一段时间不见他露面,外界就揣测纷纷,有说他躲在闺房陪新夫人的,也有说他为打击走私去了香港、澳门的。有一家叫《罗宾汉》的沪上小报记者追踪到,张总裁并没有去香港,他数日闭门不出是因为真的碰到了"香港问题",他害了脚气病(俗称"香港脚"),不得不遵医嘱在家休息。张虽然居家,对于香港、澳门的走私等问题却一直在埋头研究,派去那边的邵曾华与罗杰士按日将谈判情形报告给他,他审查后再行复电指示,中、英双方就解决黑市与走私的谈判也在逐渐接近。小报记者截住他采访,话里有话地说了一句,但愿你的香港问题也告同时解决。"张大笑不已,仍旧拖着他那蹒跚的步伐,走向汽车里去了。"①

坊间对张嘉璈的议论乃至攻讦一直没有停歇过。为打击外汇和黄金黑市猛跳,张嘉璈施出铁腕手段,断然拒绝豪商巨贾订购的进口物资入关,这一棒打着了豪门资本和部分投机商人的痛处。一些别有用心

---

① 1947 年 8 月 21 日《罗宾汉》报道,《张嘉璈的"香港问题"》,《张嘉璈剪报资料辑录(1946—1948 年)》,档号 Q131－17－153。

者反诬张嘉璈是新豪门的代表,爆料说,张氏家族有多人经商,张嘉璈大哥张嘉保的上海棉花油厂和孚中、扬子两公司之外,还有八弟张嘉铸的中国植物油厂,妹婿朱文熊的南洋企业公司等等,提出要监察院彻查张家。逼得张嘉璈不得不当众辩白:"本人在银行界服务数十年,所培植之工商业人才,数逾数千,而本人在沪并无田产之购置,亦未做任何商业机关董事等职,南洋企业公司之总经理乃本人之妹婿,其关系只此而已。""中国植物油厂有人亦认为是豪门资本机构之一,此乃又一误会,该厂与本人无关,且最近复有中国、交通、农民等行加入资本,即此事可证明。"

但小报记者还是不肯放过他。报纸做了醒目的通栏黑色标题"张公权巧辩豪门资本",其下是极富煽动性的副标题——"惜乎欲盖弥彰!妹婿是谁? 油厂是谁?",攻击张"善于言辞,圆妙不可方物"。

这些亭子间文人像日后的狗仔队员一样无孔不入,很快打探出,张的妹婿朱文熊是留日学生出身,在东京时曾与鲁迅、许寿裳同窗,其人性好玩赏,"家里美轮美奂","有大汽车、大洋房",名伶程砚秋每回南下,必住朱家。程登台,朱必包好座位一两排,阔绰可想。说"南洋公司,朱出面,张做后台,是人所共知的事"。至于植物油厂,署名"小卒"的文章说:"张说与本人无关,偏偏事实与他有关,这公司开办十年以上,总经理一直是张的胞弟张禹九(嘉铸),就是张肖梅的丈夫,禹九英国留学回来,刚巧无事,办过静安寺路云裳时装公司,晓得的人,恐怕很少。该厂战时开在香港,现在各地都有分销,规模很大,完全由公权一手栽植而成,偏说本人无关,欲盖弥彰,我们且看监察院怎样收篷?"[①]

还有人言之凿凿,说张嘉璈从事金融业多年,有一件"德政",那就是在中国银行首创经济研究室,以致后来各家银行纷纷仿立。现在中行的经济研究室主任张肖梅女士、张的弟妇,一度传说调主央行研究工

---

① 1947 年 8 月 17 日《东方日报》报道,《张嘉璈剪报资料辑录(1946—1948 年)》。

作,如果传言不虚,可见张的办事作风是任人唯亲。文章援引"孔庸之时代的经济外交家"、央行经济研究所主任冀朝鼎的话说,现在的经济研究工作,是交给失意落魄的经济学者的,暗示说,张嘉璈这个无能的总裁,估计也快进研究室去了。

就在此时,杜鲁门总统特使、曾任委员长参谋长兼驻华美军总司令的魏德迈率领一个代表团来到了南京。7月3日《申报》发表魏德迈抵华后向报界发表谈话要点如次:"余上次在中国荣任蒋委员长参谋长兼驻华美军总司令之职,为时颇久,此番重临旧地,与诸位老友再度聚首,至为欣慰。余之使命,为调查一切关于政治、经济与军事情形之事实,不论有利或不利者,然后加以评估,提呈美国总统。"

据华盛顿内线密报,魏德迈此次来中国,名义上是来调查时下中国的政治、经济、军事情形,实为考察美国援华项目的实施可能,以备作为政府向国会提出援华张本。本已对美援失去希望的国府要人们重又看到了希望。张嘉璈被紧急授命,起草《美国援助中国建议书》,以备政府向魏德迈使团提出经济援华之参考。

可是政要们对于怎样向魏德迈使团提出,口径并不一致。外交部部长王世杰主张不必提出,张群主张只提以往的困难和政府的对策,蒋主张只讲努力与成就。意见分歧,张嘉璈感到实难落笔,只得将月初拟就的《中国财政经济现状节略》结合众家意见,修改撰成。

"建议书"称,"中国政府素以促进国家现代化建设,俾中国国民在工业及农业之民主体系中,提高其生活程度,为无上之职责",在此"民生尚未苏息""战乱又不幸遽加其身"之际,深盼美国总统及人民对中国予以尽量协助。讨论时,在蒋介石和张群的提议下,张嘉璈还在"建议书"中加进了这一条:中国政府拟在行政院内增设一设计委员会,专司建设计划之设计,中国政府作为债权人,"自当竭力以最经济、最生产之方法,运用其借款"。

其间,陈光甫从青岛来电,援引美国朋友的话说,大批的政治性借款,短期内几无希望,即使有小额借款,也是按商业性质。张嘉璈闻讯,

"意兴索然"。他觉得坊间对魏德迈使团所抱希望太大了,也觉得自己所做,"多是枝节应付",①无补时局。

魏德迈来中国转了一圈就要回去了,直到启程前一日,张嘉璈还在修订使团节略译文。8月22日,蒋介石在黄埔路官邸客厅为魏德迈设宴饯别,国府委员及各部会首长30余人均列席,张嘉璈也在被邀之列。"魏使谈话颇多指责之词"②,他说。

开宴前,蒋客气道,魏特使此番奉杜鲁门总统之命来华,虽为时仅匝月,然南北驰劳,见闻必多,盼魏使能坦诚对我国现势加以批评,俾资借鉴,而知所兴革。魏德迈果然一点也不客气,就政治、经济、军事诸项,挨个数落不是,说政府机构叠床架屋,官场贪腐丛生,行政院不免脆弱,最后归结为"人谋不臧",本来极可为的事搞到最后一事无成,其症结悉在"人力未尽",希望政府向共产党学习,"反求诸己,自求进步"。又说蒋主席日理万机,过于劳瘁,左右应有诤谏的勇气。这一番夹棍带棒的指责,说得本来还笑呵呵的蒋脸色铁青,宴会厅的空气也似冰凝了一般。直到魏德迈最后礼节性地称赞蒋之伟大,说蒋的领导和广大民众的拥护实为中国前途之保证,表示回国后会向总统建议加大援华力度,凛冬始又转成和煦的春天。

接下来迫在眉睫的事,是抓紧向美派遣政府代表团洽谈借款。就在此时,张嘉璈内心里有一个声音越来越强大,这个声音一遍遍地催他,赶紧挂冠离去。自3月初履任,到本月底,任央行总裁已整整半年,政府的钱袋子不仅没有鼓起来,财政赤字变本加厉,发行已达去年底之4倍。他深感通货膨胀已病入膏肓,自己饶是施尽浑身解数,也是回天乏力了。而这个时候求去,外汇管理办法刚刚变更,局势可暂维一时安定,应该是最合适的时候。

他生怕词不达意反惹蒋猜忌,写这封不长的辞职信时字斟句酌,

---

① 张嘉璈日记,1947年8月9日,《张公权先生年谱初稿》下册,第854—855页。

② 张嘉璈日记,1947年8月22日,《张公权先生年谱初稿》下册,第870页。

把早年跟着袁观澜先生读《四书》《五经》的私塾功夫都用上了。开头先来了一段恭维话："嘉璈忝蒙知遇，擢任中央银行总裁，受命之始，深感简拔之殷渥，当分宵旰之忧勤，惟以兹事艰巨，自维材轻，必难负此重任，迺蒙恳挚督促，不得已遵命就职。"继而自述任职半载来，如何兢兢业业，致力于市面之暂时安定，但可虑者，外汇来源有限，而支出浩繁，长此继续，必难持久。自己职责所在，无论对于国币外汇，不能不希望撙节使用，"但需款者，均昧于目前之事功，而不能顾及金融之危险，甚至以为银行靳而不予，责难纷至，势将丛脞集于一身"。他自揣"智力有限"，"日久亦恐技穷"，为金融大局计，自宜早日让贤，希望最好还是回头去做经济研究和咨询企划工作，"拟恳俯察愚诚，另选贤能"。最后表示，在没有找到合适的继任者之前，他还是会照常工作。

8 月最后一天，下午 5 时，他带上辞呈去见蒋。一见面，他就大吐苦衷，请求辞职，要财政部和审计署赶紧安排时间来核查外汇账目。蒋一个劲地劝慰，希望他任劳任怨，继续替政府管好钱，还说用不着财政部和审计署来核查，公权做事他是最放心的。

张嘉璈不知道是什么时候结束会见的。直到蒋走了，他才发现，口袋里那份揉得起了皱的辞呈最终还是没有拿出来。

为抑制通货膨胀势头，政府拟增发银币，暂时救急。张嘉璈开始也表同意。前财政部顾问杨格却对用银提出反对，说如果仅赖中央银行现有存银，或向其他地方购银补充，此区区之数，若无美国大量援助，而遽发新银币，将会导致恶币驱逐良币，而美国贷借白银的可能性甚小。杨格建议，银价涨落无常，为长久计，中国不宜以存银铸造银币或收购白银。因为一国之本位币，须能抵付国际收支之不足，但白银并无此类功能，且其价值易被市场左右，遇有大量买入或卖出时，银价即随之涨落，如以大量白银折换美金，不特困难繁多，而且会蒙受巨额损失。

张嘉璈岂会不知，就货币理论而言，杨格顾问之言，句句合理，但目下国库垫款日增一日，物价飞涨，外汇存量即将见底，又有何良策？他告诉蒋:"种种治标之策,等于杯水车薪,目睹险象,触目惊心。"①央行的国库垫款,必须缩减到每月 1 万亿元为度,且财政部和央行要各半负责,弥补财政收支上的巨大漏洞。

果然,美国极力反对采用银币计划挽救通货膨胀,再加上用银大国印度的铸币厂明确表示不能代为大量铸造,此一轮币制改革遂暂时搁浅。此番波折后,张嘉璈把抗战胜利前告老返国的杨格重新聘请为中央银行顾问,专门襄助美援交涉事宜。杨格自从全面抗战爆发后返国,一直担任国务院经济顾问,他答应,会与国务院做深入接洽。但他坚持认为,要让国会通过援华提案,更重要的是,中国必须启动一场涉及土地、税收、金融、财政的全方位的内政改革。

物价上涨过于剧烈,政府采取全面收缩的猛烈手段,四行联合办事处在同一日都接到最高当局手令,除农货、粮食、公用事业外,其他非必要贷款,国家行局一律停止放款。此令一出,金融界深感惊愕,普遍都持怀疑态度,恐难以持久,均加入"暂停"字样。张嘉璈也是万般无奈,因为无休止的垫款把国库的袋子都掏空了。

10 月底,《中美救济协定》总算签下了,双方签字人是外交部政务次长刘师舜和美驻华大使司徒雷登。报界一公布,民众奔走相告,皆以为美援有望,中国有救。因为照此协定,美国将向中国提供两笔总数额 3 亿美元的贷款,首批美贷 6000 万美元明年 1 月起即可照付。东北方面,也有变化,熊式辉撤回,改派陈诚为行营主任。

来自民间的盲目乐观,无可责怪,但政府中人和金融同行也跟着瞎起哄,令张嘉璈实感忧虑。在他看来,这不过得着一喘息机会,对通货膨胀这头猛虎的遏止,丝毫不可放松。资源委员会委员张兹闿时在美国,写信来说,美贷如仅用以国际间支付,短期内,外汇汇率方面可能会比较好看,但事实上,国内通货膨胀不已,物价过快上涨,同时国内产品成本增加,必将导致生产萎缩,走私猖獗,很可能重蹈一年前宋公在位时之覆辙,故此,重要的是"喘息"之后的"维持",不然又是一场空欢

---

① 张嘉璈日记,1947 年 9 月 29 日,《张公权先生年谱初稿》下册,第 877 页。

喜，而使以后事更难办。张兹闿建议，凡是能充裕国库收入，又能减少"既得利益者"手中过剩购买力的办法，必须立即筹划，使之与美贷配合，方能起到作用。张嘉璈抄录了这份信件，评价道，"张君所见甚是"。

不久，张君劢去美国讲学，迭次给张嘉璈来电，要他转告行政院，美国务院近日将有正式援华方案提交国会，敦促政府赶紧派一大员，带财政币制改革方案来美洽谈，争取主动。并提议，此事最好"由国中资望素孚之人发其端"，"雪艇部长能亲来美一行，最为上策……同时如以胡适、陈光甫、权弟等辅之，则此项财政币制改革基金交涉，可以不至失败"。①

张君劢还说，他已拜会过魏德迈将军，"畅谈甚欢"。魏德迈对上次来华时说了许多过头的指责话"颇自悔其愚蠢"。为示弥补之意，魏德迈提议从对欧援助中提取 3 至 5 成，作为援华基金，唯因马歇尔不愿意先提出来，故中国方面必须主动，可以先派人来，与魏德迈接洽，提出初步方案，嗣后再进入正式交涉。

八、美元、枪炮与物资

由外交部、交通部、资源委员会专家组成的国民政府代表团，延至 1948 年 1 月中旬才从上海出发，前往美国。正、副团长原定为交通部部长俞大维、央行前总裁贝祖诒，因俞临时有事无法抽身，故让贝祖诒带团先行。实际上是让贝祖诒担任了代表团团长一职，这让坐了许久冷板凳的贝祖诒深觉扬眉吐气。

1 月 14 日，代表团坐机离开上海，途经威克岛及火奴鲁鲁添加燃料，次日晚 5 点半抵达旧金山，再经过一天跋涉，抵达华盛顿。入住肖汉姆饭店没多久，贝祖诒就按捺不住激动的心情，向远在上海的"亲爱的张总裁"汇报："飞越太平洋的旅程令人精疲力竭，然而我们被马上要

---

①　张君劢致张嘉璈信，1947 年 12 月 23 日，《张公权先生年谱初稿》下册，第 911—912 页。

飞到华盛顿特区的急切心情所鼓舞","尽管疲惫不堪,但已为接下来的行动做好了准备"。①

贝祖诒的高兴劲没能持续多久,因为他马上就尝到了美国式衙门门难进、脸难看的滋味。"各衙门官员终日开会,其情形与南京相仿,约晤一次难若登天",而美国国内舆论,除了工商界对中国尚抱好感,"文化、新闻两界,对援华问题仍多怀疑",且报端时有身份可疑的作家记者发表对中国政府不利的言论。连日与美国务院、财政部、商务部、联邦准备银行讨论国际收支及货币等技术问题,美方最关心的,似乎是"中方采取自救措施的程度、范围及细节情况","最感困难者,每开会一次,对方问话极多,均须临机应付,无法准备"。贝祖诒说他到美后的两周,可谓"马不停蹄,日以继夜",以致寝食失常、左目流泪,腰背颈项痛楚万分,一个出发时的精壮汉子,几乎给生生折腾成了一个病夫。

1月29日,贝祖诒和驻美大使顾维钧一起与马歇尔进行会谈。15分钟的谈话,开头的一套虚应礼节已耗去太多时间。马歇尔问俞大维为什么不来,贝祖诒解释说是其母患病之故。接下来,马歇尔对中国共产党在长江流域的渗透表示了忧虑,又问起粤汉铁路、塘沽港等一些建设项目的进展情况,对币制改革等事一概不提,显见得对此毫无兴趣。

据贝祖诒事后向蒋介石报告:"马卿对华情感极深,态度诚挚,诒等告以国内经济及军备两方面需助之殷,马卿均允优予考虑。"他还说,交涉可能比预计的要漫长得多,也艰难得多。国务院起草的援华方案,须待援欧方案通过后,2月中旬方可由总统咨送国会讨论,"诒默察此间情势,经济援华须经若干步骤,仍非一蹴而企"。②

代表团来美的时机很不凑巧,1948年是美国的大选之年,民主与共和两党斗法,都以援华案为争点,援华案实已成为美国国内政争的工

①　贝祖诒致张嘉璈函,1948年1月20日,《1948年国民政府技术代表团赴美期间贝祖诒致张嘉璈等函件》,沈岚辑译,中国第二历史档案馆藏,《民国档案》,2004年第2期。

②　贝祖诒致蒋介石函(抄件),《1948年国民政府技术代表团赴美期间贝祖诒致张嘉璈等函件》,中国第二历史档案馆藏。

具。2月9日,一封发往上海的标为"绝密"的函件中,贝祖诒告诉张嘉璈,他来美后通过一系列官方与非正式接触后得出的印象,"对华援助正被当成一只政治足球,将越来越多地卷入大选年所特有的政治纷争中去"。① 一周后,他又在另一封信中说,共和党把共产党势力的崛起归咎于民主党过去两年里的政策错误,"把我们夹在中间","深怕羊肉不吃一身骚,故不得不慎之又慎"。②

美国人基于国家安全的考量,朝野一直有一种支持"欧洲优先"的论调,认为欧洲的复兴将有效地构筑起一个"反苏缓冲带",中国虽值得同情和帮助,但对华援助并非没有止境。贝祖诒提议道,我国待援甚急,故交涉中将循此三节办理:一为国务院所提5亿7000万的物资贷款与经济复兴案;二为军事援助;三为改革币制与经济建设。国会全部通过当数上策,迫不得已就力保第一节。

局势的演变可能使美国国会最终意识到,有必要在通过欧洲复兴计划(ERP)时再通过援华方案(CAP)。4月5日的一份函件中,贝祖诒告诉张嘉璈,"援华法案"已由国会作为"1948年援外法案"第四款通过。同时他还寄给张嘉璈一套有关援外方案的国会听证会记录,使之知道参议员们的反对有多厉害。而一些支持者慷慨激昂的讲话,最终成功抵消了反对的声音。美国人办事顶真,原定援华计划为期15个月,总价5亿7000万美元,国会坚持调整为12个月,总数也削减为4亿6300万美元,且言明,其中3亿3800万为经济援助,1亿2500万为军事援助。

靠着这笔输血,已濒于悬崖的南京政府又能苟延残喘了。领命出使的贝祖诒也终于松了一口气,打点行装准备返国述职了。

贝祖诒与张嘉璈的来往函件中,有一份他于3月8日寄出的重要文件,是曾任宋子文经济顾问的E. A. 贝纳(回国后供职于国务院)关于美国对华政策的一份私人备忘录。其间流露的悲观情绪把这两个银行

---

① 贝祖诒致张嘉璈函,1948年2月9日。

② 贝祖诒致张嘉璈函,1948年2月16日。

家都深深震撼了。他们私下交换过意见,担心刺激到最高当局,没有送呈上去。

对时下日趋恶化的中国内战局势,贝纳分析道:

中国的共产主义者以接受俄式训练为指导,但并不受到其实质性的援助,他们事实上已控制了中国从满俄边境的黑龙江到华中地区包括扬子江流域在内的广大农村地区。国民政府已经丧失了人民的信任与支持,只能眼睁睁地看着共产党的联盟不断壮大,却对此束手无策。随着政府的土崩瓦解,中国将有可能沦为旧式军阀的争夺领地,这一切又使得行政管理日渐增长的共产党人在这些地区的统治巩固下来。……共产党已经通过选举人民代表在当地建立了参政制度,而对于由孙逸仙先生作为一项政策方针而建立、政府亦于1930年制定的土地税收改革法,国民政府实际上根本没有贯彻执行过。国民党早在共产党人还未着手进行土地革命时,就做出口头承诺,表面上摆出推进民主进程的样子。国共双方都依赖于他们变幻无常的军事作为后盾,这就是中国历史性的政治事实。

贝纳由此断言,尽管军事行动尚在进行中,但从财政上讲,国民政府已临近破产。如果政府内部不发生变化,恢复到以前革命的国民党所采取过的同情民众、并与民众保持接触的做法,那么国民政府将最终垮台,“就连美元、枪炮、物资以及军事将领也都无法改变最后的局势”。他不得不承认,在这场胜负天平已渐渐倾斜的角力中,共产党最终夺取政权,“恐怕只是短短几年的事情了”。

贝纳对蒋介石并无恶感,他认为,就个人品质而言,蒋也许是个“正直公正”的人,但他也一针见血地指出,无视导致社会革命的诸多因素、过于迷信武力、仅靠下属对他的忠诚掌控权力,正是蒋作为一个现代政党领袖的致命弱点。贝纳相信,他看到的这些,美国负责东方事务的官员和整个知识界都已看到,蒋作为国民政府核心的权势已在快速下滑,仅靠政府内部的进步力量,已无法采取措施挽回颓势,美国对此也几乎无能为力,所以国会最后批准给中国的这笔钱,很有可能是打了水漂。

九、"老舵工"上岸

当援华交涉在大洋彼岸紧张进行中时,上海的张嘉璈正处于舆论的风口浪尖上。出任央行总裁将近一年,物价依然居高不下,物资配给制让数以千万计的城市居民也为饥饿困扰,见他在势如洪水的通胀面前束手无措,民众不免失望。国家信用已经完了,他的个人信用,也差不多提前预支完了。

美钞黄金黑市屡禁屡涨,带动棉纱、米粮和各种物价节节攀升。乱世重典式的经济管制,不过虚张声势,让豪门和不法商人更加有恃无恐。有记者援引中央银行内部人的话说,"这次张的决心打击豪门,仍然没有干彻底,经过各方面的人事战术,他的铁腕终于软化下来"。记者由此联想到"中国政治的错综复杂和积重难返的传统牵掣","不禁为之掷笔三叹,热泪夺眶而出了"。

攻击者们继续在捕风捉影。他们说,抗战胜利后张嘉璈去东北,一手掌握东北的经济大权,他的兄妹都在关内外大做生意,除了贸易和金融的统制外,还在东北开有钱庄。东北形势恶化,张内调,张家就全体将资金南携,迨张嘉璈任央行总裁,则张氏门中更为活跃了,他的家人都在上海大做外汇生意,几乎控制了整个金融市场云云。

一张叫《铁报》的三流小报,将张嘉璈兄妹冠以"新豪门"的头衔,大放猛料说,"新豪门张氏家族'一门四杰'","大哥民社党魁、二兄金融巨头、三弟主持中植、小妹理财能手"。先说张君劢,"是今日民社党的党魁,他已有了政治地位,有政治地位当然便有生产之道"。再说中国植物油公司总经理张禹九,说中植公司今日得与"中纺""招商""中蚕""中国石油"等第一流专营事业并驾齐驱,靠的是"胜利后兼并许多敌伪油厂和小油公司,在一片油荒声中,钱赚得翻倒",而张禹九得任"中植"总经理,定是靠了张君劢、张嘉璈的关系,目前这个中植公司,已成了"张家的事业"了。最后还捎上了张禹九的妻子张肖梅,"张小姐是个寡居多年的老密司,民社党的财务就都握在她的手中,民社党去年参加政府后,当然拿到很多的党费津贴,他们出版几种刊物,又可超额领到大量的配给纸,就这些收入,有人统计数目,已相当惊人了"。这些噱头,自然都成了市民们茶余饭后的谈资。

出掌央行,已是勉为其难,辱及家人,却是始料未及。外界猜测纷纷,舆论铺天盖地,张嘉璈不胜愤慨。他抗辩过,说"嘉璈服务社会与政府三十余年,立身处世社会自有公论……"①可这声音太过微弱,很快就被嚣动着的攻讦之声淹灭了。

对越来越坏的时局,张嘉璈难掩悲观:"一星期来,物价涨风愈演愈烈,市面混乱,工商界认为纸币增发过巨。东北战事失利,沈阳被围已久,对外交通只余空运,游资蜂拥南流,要为主要原因。虽美援已有曙光,五大都市(京沪平津穗)食粮配给即可开始,而于物价无丝毫反应。若战事不能好转,前途真不堪设想矣。"②

危局之下,总有人视金融管制为灵丹妙药,主张改革币制时,效法欧洲一些国家,将存款冻结,限制放款。张嘉璈认为首先须掌握充裕的物资,然后才谈得上统制金融。陈光甫去南京面蒋,回来告诉他,贡献了三点意见:不必计较美援多少,一经开始,可徐图增加;政府支出,必须削减;对于财政金融,不必过于悲观,以致乱了脚步。还说与行政院副院长王云五也谈了,劝他适当放松金融管控,不要搞连锁制。但他们似乎听不进去,或者根本就不想听。

国民党在东北战场节节失利,四平街被解放军围攻数月,势将弃守,长春形势也骤形紧张。3月5日,行政院副院长王云五接见来京请愿的东北籍参政员王化一等,张嘉璈也在座。请愿代表痛陈两年来政府对东北措施之失当,军事方面,战略错误,只知个别守城,而无联系,

① 《张嘉璈剪报资料辑录(1946—1948年)》,档号 Q131-17-153。
② 张嘉璈日记,1948年2月28日,《张公权先生年谱初稿》下册,第959—960页。

只知用兵,而不知用民,加之将帅不和,官民不能合作。对于经济措施,请愿代表抨击东北流通券政策之不当,以及限制关内外通汇,以致东北流通券发行达 1 万亿元,概由少数人民负担,引起人民对政府心怀怨怼。张嘉璈整理东北币种时曾初见成效,眼见又反弹回去,且局面更坏,如坐针毡。

国共角力到了这一步,任谁都可以看出来,这届政府快不行了。但蒋介石不愿意承认失败,在 4 月初的国民大会上兀自打肿脸充胖子,说眼下政治基础并未动摇,经济方面,中央银行库存黄金白银尚值美金 1 亿 1000 万元,国家行局所持外汇头寸计 1 亿 8000 万美元,出售招商局、中纺公司部分股本及国营工厂可得 4 亿美元。法币发行,至 3 月底,仅 70 万亿元(照美汇率,约合 2 亿美元);军事方面,黄河以北数月当可解决。他要把这些老本全押上去,与共产党再赌一把,鹿死谁手,还不一定呢。

国民大会选举蒋介石为行宪后首任总统,桂系领袖李宗仁为副总统,并通过动员戡乱时期临时条款。会议闭幕后,再次通过发行短期库券,中央银行副总裁刘攻芸奉令宣布,这次短期库券由中央银行直接在上海经售,为吸引民间游资,折扣定为“八七三”,即购买 1000 万元券面,只需交款 873 万元,一个月到期后,可以收入 1050 万元,约合利息 2 角强。

东北的国大代表不满意对流通券的处置办法,二百余人又蜂拥至行政院请愿,张嘉璈不得不和财政部部长俞鸿钧、粮食部部长俞飞鹏等再出面解释。

行宪政府即将成立,各部首长面临一次大换血。照例,新总统就职前,前一届政府阁员提出总辞呈,再由新总统一一聘任。张嘉璈瞅准这个时机,真的想辞职不干了。他先访行政院长张群,告以自己虽非阁员,自问一年来心力交瘁,无补时艰,亟宜让贤,以期金融有所好转。张群答应会把他的辞意向蒋转告。

1948 年 5 月 22 日,新一届政府成员名单发布。翁文灏接替张群出任行政院长。张嘉璈的辞呈也终获批准,由俞鸿钧接替他担任中央银行总裁。

5 月 24 日,新、旧总裁举行交接仪式,然后举行记者招待会。俞鸿钧除了一个劲地称颂前任张总裁的功绩,还信誓旦旦地表示,目前法币准备充足,政府并将握有大量物资,必可稳定市值。

张嘉璈说他卸任的心情"如释重荷"。在过去的一年多时间里,最初,他试图通过停止中央银行对政府的垫款来中止通货膨胀,从而达至收支平衡的目的,这一计划无法实现,转而求其次,采取缓和膨胀,减少外汇支出,以待时局好转及获得美援之成功。为此,他推出稳健的财政政策,如推行实物配给,设置中央银行贴放委员会,使银行信用用于生产之途,设置平准基金委员会,随时调整汇率,打击黑市走私,同时逐步减少进口,以期保存外汇资金。无奈每一措施无不需相当时日,而东北、山东、河南、绥察、陕北战事日见扩大,军费日增,交通阻滞日广,物资供应日缺,中央银行这点家底,是无论如何也支撑不下去了。

他罗列了一盘账:

> 一九四六年政府预算赤字仅四万六千九百一十七亿元,一九四七年增至二十九万三千二百九十五亿元,预计一九四八年六月底,赤字将达四百三十四万五千六百五十余亿元。中央银行对于政府垫款,一九四六年为五万五千一百四十六亿元,一九四七年底,增加二十一万五千六百四十亿元,预计一九四八年六月底,将再增加一百三十八万九千一百余亿元。因之发行随之增加:一九四六年底,发行额只二万六千九百四十二亿元,一九四七年底,增至二十九万四千六百二十四亿元,预计一九四八年六月底,将达一百六十三万三千三百二十余亿元。①

如是,币值焉得不跌? 物价与美金汇价焉得不涨? 让他气恼的是,每逢物价上涨,各方往往归咎于中央银行,美金汇价提高,亦以中央银

---

① 张嘉璈日记,1948 年 5 月 24 日,《张公权先生年谱初稿》下册,第 981 页。

行为指责对象。

"所有缓和膨胀之种种措施,等于杯水车薪,何能扑灭燎原之火?故虽自早至晚,焦头烂额,而不能见谅于人。今能离职,如释重荷。虽私心忻幸,然瞻望国事前途,忧心如捣。奈何奈何。"①

从去年3月3日就职礼起,到今年5月24日的交接仪式止,张嘉璈做了一年两个月零二十一天的中央银行总裁。这期间,外界一直对他时扬时抑,可谓备受恭维,也遭尽谩骂。张嘉璈辞职不久,有《新民晚报》记者"行止"撰文表示惋惜称:"黄金潮过后,风浪愈来愈大,当时大家对这老舵工的希望,甚为殷切。张嘉璈也不负众望,他拿出了一宗法宝——发行三十六年美金债券,以期收缩通货,稳定物价。可惜风浪太大,淹没了债券,也淹没了大家的希望。张嘉璈的失败,就此注定了。自然在这战火延续中,金融上成功的希望,原就渺茫得等于零。"

"论功过,一年来张嘉璈主持的央行计划大,成效小。"记者的观点,代表了来自政府内部和经济学界相当一部分人的声音,即近年来金融上大前提的错误,首先是由宋子文"高估法币的价值"所造成,张不过是代人受过。尽管作为一个国家金融机关的领导者,张嘉璈有各种毛病,如有人说他政治和金融混杂不清,有人说他野心太大,油盐酱醋都拉来管,也有人说他脑筋太顽固,对人事派系观念太深,"但就事实说:一年来在这混浊的局面中,能为政府撙节外汇,促成美援,调理军费,对张(指张群)内阁和现政府的度支上,是尽了最大的努力的"。② 文章为张嘉璈大鸣不平,说他的劳绩换来的竟是官员的咒骂,而未沾实惠的老百姓,也都默默无言,这也似"太无天理"了。

对张嘉璈的突然辞职,坊间传说纷纭,有说他是因为牵涉"豪门资本"落马的。"行止"以知情人的口吻披露这段"启人疑窦"的公案内幕说,中植油厂的一段港汇公案,确实已经传了很久,老八张禹九的买卖,多少使他受累。但其实这桩案子,已拖了一年多,不是张嘉璈辞职的近

① 张嘉璈日记,1948年5月24日,《张公权先生年谱初稿》下册,第981页。
② 1948年6月16日《新民晚报》报道,《张嘉璈下台前后》,记者行止。

因。行政院长张群的下野，才促使张嘉璈最后下了辞职的决心。国民大会后，新立法院的阵容和张群甚难相容，张群在行政院独木难支，自然走为上策，而政学系都是捆绑在一起的，一荣俱荣，一损俱损，是以张嘉璈只有请辞。

尽管张嘉璈的名字在新内阁的名单中消失了，但没有人认为，他会就此离开政坛。张是国内外知名的金融家，又在争取美援方面卓有功绩，深获美方信赖，不仅总统对之仍极为器重，即便新内阁的翁文灏要在财政上有帮手，也非得拉住江浙财团，借重张嘉璈不可。有人猜测，张嘉璈离开央行后，可能会以在野身份参与到美援机构的运作中去，他在政治上会暂时告隐，而他的金融权力，仍牢不可摧。

集权体制下，传言往往都八九不离十。"行宪"政府开张之初，蒋介石和翁文灏都有意让张嘉璈再任新内阁的财政部长。蒋让总统府秘书长吴鼎昌询其意愿。张嘉璈表示，做了一年央行总裁，已感"竭蹶"，何敢再任财长重任，对于政治既无兴趣，亦无勇气，今后只想从事研究工作。

王云五接替俞鸿钧出任财政部部长。王一上任就宣布，接下来的币制改革，其方向是取消法币，改发新币。张嘉璈觉得王云五此论无异纸上谈兵，"深望新内阁对于此举慎重考虑"。

对张嘉璈的指控并没有因为他的离任而消停，这些攻击大都来自政府内部。究其原因，不外是因失望而不满，因不满而忌恨。一个叫吴铸人的立委说："张嘉璈在东北，在中央银行任内，劣迹昭彰，他的太太、妹妹、妹夫、弟弟都在做生意……"指责他任意支用外汇，有徇私之嫌，中国植物油公司和南洋企业公司都是因张的情面关系得到了外汇。

攻讦之声越来越烈，张嘉璈向吴鼎昌呈上一份中央银行外汇出入概况节略，请求当局彻查，把结果昭告国人，还他一个清白。他再次声明，八弟张禹九任总经理的植物油公司，系由实业部会同产油省份之省政府及油商共同合资成立，并非私人经营之企业，至于外界纷传的由他妹婿朱文熊任总经理的南洋企业公司，则系由金城银行及南洋华侨与朱文熊合资设立,并非朱某一人独资创办,与他更没有丝毫"情面关系"。他还委托了一个叫孙晓楼的法律专家前往南洋企业公司,调阅公司账目,查询该公司取得中央银行外汇的经过。

蒋介石在吴鼎昌转呈上去的那份节略上批了 8 个字:"由予负责,不必另查。"过了几天,又亲自给张嘉璈发了一份电报,称他主持央行,"谨严有法,中所深知","一切无稽攻讦,不必介意,亦不必派员审查,徒滋纷扰也"。对张嘉璈的人品,他终究还是信得过的。①

十、临阵换将

历时两个多月的币改风潮,新内阁财政部部长、前商务印书馆经理王云五走到了历史的前台。

世人皆知王云五是靠做出版起家发迹。1919 年后,出版家张元济把商务编译所交给高梦旦来做,苦于不懂英文,高梦旦请出了胡适,胡适答应试试。一试,实不胜繁剧,胡适便推荐王云五接盘。王云五果然是个出版奇才,到任后推出"万有文库",发明"四角号码检字法",商务的生意做得红红火火,总经理鲍咸昌去世后,他便做起了商务的当家人。

抗战初期,王云五把商务在上海的机器悉数运到香港,不料后来香港沦陷,商务在香港的厂子也遭到毁灭性打击。其时,王云五正在重庆参加参政会,他通过陈布雷的关系,向政府商请贷款。蒋亲自批条,以优惠条件贷给 500 万元。王云五感恩戴德。以后几年里,他以社会贤达的身份在战时首都活动。政府捧红了他,他也甘之如饴,正式进入官场,由国民参政会主席团成员而经济部长、行政院副院长,而财政部部长,一路亨通。

历来,国民政府的财政大权,包括财政部部长、中央银行总裁、四联

---

① 蒋介石致张嘉璈电,1948 年 7 月 19 日,《张公权先生年谱初稿》下册,第 986 页。

总处主席等职,悉操于蒋氏姻亲之手,非孔即宋,偶有张嘉璈、俞鸿钧等替补,也属串场。眼见得战后军费开支浩繁,恶性通胀加剧,旧人回天乏术,蒋也急于要临阵换将了。

在这场改革中,一种史上最短、又最为臭名昭著的币种金圆券应运而生。据王云五日后在《岫庐八十自述》中回忆,金圆券发行之前的一年里,他任行政院副院长,眼看法币不断贬值,便认为唯有实施彻底的货币改革,方能挽回财政颓势。他对刚任行政院长的上司翁文灏说,公库收入仅及支出的5%,物价飞涨,支出庞大,全靠发行新票支持。他所说的"新票",即是以中央银行所存黄金和证券为保证发行新币种,以此收存金银外汇,实行管制经济。他原指望用美援做币制的保证,但美方并不支持,因此他倾向于"先赖自己的力量开始改革,等达到了初步的效果,再争取币制益加巩固"。

王云五有一个观念,只要硬性规定某种货币的坚挺度,再以政府强有力的手段为保证,必能降住通货膨胀这匹脱缰的野马,在悬崖边上挽救国家财政。当年的四角号码检字法的发明者是一个出色的出版家,然而,他出色的想象力运用到于他素非专长的财政金融领域,顿成一场雪崩式的灾难。

王云五带着一个专家小组开始研究币制改革方案。方案初具轮廓后,一个6人小组在高度保密的状态下多次进行磋商。新方案的要旨在于,以"平抑物价、平衡国内及国际收支"为目的,采行管理金本位制,发行新币"金圆券",限期收兑已发行之法币、东北流通券及人民手中持有的黄金、白银及各种外国币券。一切都是在保密中进行,这时的专家小组和最后的审定小组里已没有张嘉璈、陈光甫、李铭这些银行家的身影,或许在蒋看来,这些银行家过于固执,不太听他的话。现在蒋那里日益见宠的,是刘攻芸、贝祖诒、席德懋这些金融界的后起之秀了。

最后参与磋商的6人小组中,除了执笔者王云五外,分别是行政院长翁文灏、财政部次长徐柏园、中央银行总裁俞鸿钧、副总裁刘攻芸、台湾省财政厅长兼美援会联络人严家淦。文稿的起草和修改也都由王云五带回家中来做，按理说不会外泄任何消息，但恰恰是在最不可能出事的环节上出了事，造成意外泄密，致使日后的政策推进处处陷于被动，王云五在日后也遭到立法院的弹劾。

莫干山 550 号别墅"松月庐"，原先的业主是上海著名船商陈永青，房子建在陡峭的山岩上，设计成了一艘船的形状，一到夏夜，竹涛如海，蒋很是喜欢这处地方。1948 年 7 月下旬，币制改革草案出炉，蒋到"松月庐"小住，特意把草案带上山研究。

7 月 29 日，他召集翁文灏、王世杰、王云五、徐柏园等上山，来"松月庐"商议发行新币一事。

蒋开门见山地说："今天请诸位上莫干山，讨论王云五草拟的金圆券方案。我看，收集金银外币，控制物价，平衡财政收支，凡此种种，都是必要马上采取的措施，搞币制改革嘛，难免有点风险，诸位不妨畅所欲言。"

王世杰说：王云五部长所拟方案极为妥善，时不可失，必须由总统下最大决心，大力实行。翁文灏说得比较模棱两可：在这个艰危紊乱的时期，改革币制没有多大把握，但财政实非改革和整理不可。蒋问中央银行新总裁俞鸿钧，印制新钞票是否来得及。俞答，新印肯定来不及，中央银行有一批废币可暂时应急，先用飞机密运各中心市场，待总统令发布后，就作为金圆券使用。

可能是谈得心中无底，7 月最后一天，蒋介石离开莫干山前往上海，又找张嘉璈征询意见。蒋说，目下法币日跌，钞票发行日增，致使钞票来不及供应，势非另发行一种新币以代之不可，问张嘉璈有何意见。张嘉璈告诉他，如欲发行一种新币，必须有充分现金银或外汇储备，或者至少手里握有充分物资，能够控制物价，这样发行才有把握，否则等于发行大钞，钞票面额太大，人民对之的信用还是建立不起来。他还提醒蒋注意，东北流通券和广东省市面上拒绝收受国币的问题。蒋唯唯未置可否，只是一个劲儿用他尖厉的嗓音发泄对囤积居奇者的不满，说要严惩不贷。谈话时间很短，只 20 分钟，蒋马上要返回南京，分别时，蒋说下月中旬他将赴庐山，问张嘉璈到时可否上山一谈。张嘉璈答应了。

8 月 16 日，张嘉璈从上海坐飞机至九江，再转往庐山，住在庐山的中央银行大楼。小报记者们似乎嗅出了异样的信息，相互兴奋地打听：张嘉璈又被招赴庐山，难道又要"荣任"金融要职了吗？

上山后的第二天，下午，蒋介石终于安排出时间见他了。谈的还是币制改革要不要改、怎么改的问题。

张嘉璈说，根本问题在于财政赤字太大，发行新币，若非预算支出减少，发行额降低，新币贬值仍将无可抑止。蒋说：物价必须管制，使其不涨，现决定各大都市派大员督导，彻底实行。张嘉璈答：中国地大，交通又不方便，无法处处管到，仅在几个大都市实行管制，无法阻止内地各县各镇物价上涨，从而影响及于都市，或则内地物产不复进入都市市场，故期期以为不可。

为了增强说服力，张嘉璈还取出带来的最新一期《经济评论》杂志。这本由中国经济研究所主办的杂志，刊登了他署名"冰峰"的一篇文章，谈希腊的战后经济改革。张嘉璈认为，战后希腊与我们今日的局面有许多相似处，同样是内乱不止，政府面临巨额财政赤字，借助美援之力，发行新币代替旧币，新币又迅速贬值，这一痛苦经验足资借鉴。谈了半小时许，蒋把杂志搁于一边，说改日再谈。张遂告辞。

第二天一早，张嘉璈接到总统官邸电话，通知下午 1 点蒋要见他。见面后，蒋交给他厚厚一本"改革币制计划书"，要他先拿回去看，待稍事休息后再谈。

张嘉璈从头至尾细细翻读了这份计划书，发现它包括四个部分：改革币制、收兑金银外币、登记管理外汇资产、整理财政并加强管制经济，其重点在于发行金圆券，以之取代形同废纸的法币。每金圆含 0.2217 克纯金，每 4 金圆合 1 美金，每 1 金圆合法币 300 万元，规定金圆券发行总额最高不超过 20 亿元。他认为，币制改革能否成功，成败关键在于，20 亿元的发行额限度能否不突破，物价能否自发行之日起不再上扬。

蒋派人来催，问他有何意见。他想这些意见还是面陈为好，匆匆赶到总统官邸。其时云雾满天,副官几次进来催蒋上飞机,不便多谈。仓促间,张嘉璈只来得及说:计划书已经阅过,个人认为物价绝对无法管制,因此 20 亿元的发行额无法保持,恐怕不出三四个月,就要突破限额。再一点,他最顾虑的,人民已经用惯了法币,如果对新金圆券不加信任,势必弃纸币而藏货品,若四亿人民都这么做,情势实不堪设想,故请对此一不成熟的方案重加考虑。

蒋说:今日必须赶回南京,无法听你细说了,明天国务会议就要讨论这个计划书,视会后情形,我再与你通电话。

按理说,币制改革这么重大的事项,须经立法院充分讨论。蒋明知立法委员们不赞成他大动干戈地搞,遂以"人多口杂""不好保密"为由绕开立法院,动用《戡乱时期临时条款》,以"总统令"强行推出。

8 月 19 日,国务会议通过币制改革方案,行政院随后发布"财政经济紧急处分令",申令自明日起仅金圆券可作为货币流通,金、银、外币等硬通货都要"以金圆券限期收购,逾期发现,一律没收"。公私员工薪酬一律冻结,不再按生活指数调整,日用品价格均限定在金圆券发行前一日的价格不再变动。"金圆券发行前若干日,同时将沪津穗汉四市之公私仓栈封锁检查,登记存货,禁止货单买卖,并限制提货数量。"

同时公布的"发行办法"和"金银及外币处理办法",规定金圆券发行总额为 20 亿元,法币 300 万元兑换金圆券 1 元,人民手中的金、银、外币亦须限兑换,对美金汇率为金圆券 4 元合 1 美元。

币制改革如此仓促就上马,以致第一批发行的货币连"金圆券"三字都来不及印上,只能拿抗战初期在美国印制的一批废币将就代替。国之重器,如此草率从事,也是够荒唐的了。

当晚,尚在庐山的张嘉璈特意去牯岭市街转了一圈,询问物价有无变动,"得知鸡蛋已经涨价"。第二日一早,再游市街,得知米价亦涨,遂叹,"乃知金圆券之命运已定,奈何奈何"。①

---

①　张嘉璈日记,1948 年 8 月 20 日,《张公权先生年谱初稿》下册,第 993 页。

政府既以铁腕手段大力推行币制改革,升斗小民只有就范,乖乖将手中黄金、美钞换成金圆券,《大公报》报道称:"今日(1948 年 8 月 25 日)外滩中央银行目前,清晨六时即有人守候排队,兑换黄金银币和美钞港币的,分别排列,内以黄金和银圆兑换的人最多。有许多人早晨六七时排队,到下午一二时还没有兑到。"而随人拿捏的中产阶级总是最好的配合者,当时记者采访,问他们兑换的原因,都说:"要出钱呀,放在那里犯法,又不会涨,就早些卖掉吧!"

小民手中的黄金和美钞毕竟有限,大头还在那些豪门和大资本家手里,为了保证金圆券的购买力,政府不惜向资本家们动刀了。行政院设立经济管制委员会,翁文灏牵头,财政部部长王云五、中央银行总裁俞鸿钧等 7 人为委员,并派出各路大员任督导员,分赴各重要城市管制经济。天津为张厉生,王抚洲协同;广州为宋子文,霍宝树协同;武汉人选暂未确定。西南方面派徐堪前往督导。经济重镇上海以俞鸿钧为督导员,蒋经国协同,实际上生杀予夺大权悉操于小蒋一人之手。

此次币制改革十分保密,开始,除了极少数几个人与闻其事,连上海市市长吴国桢都蒙在鼓里。

8 月 19 日,吴国桢接到俞鸿钧的电话,说他和蒋经国一起在上海,要吴过去,"讨论一件非常重要的事情"。吴国桢匆匆赶去。俞鸿钧拿出一份公告,即"财政经济紧急处分令",交给吴看,问他有什么想法。吴见公告上说,金圆券将全面取代旧法币,且自当日起冻结所有物价,大感震惊。他问俞鸿钧,这个公告是否已经公布?俞答,或许现在就在公布。吴国桢要他打电话给南京,要求重新考虑此事。俞说,这个政策已经决定,不用再打电话。吴说,这不行。俞问,为何不行?吴国桢说,价格不可能有效冻结。

吴国桢顺手拿起桌上一份报纸,给俞鸿钧看当天市场上的布匹价格和棉花报价,解释说,就以纺织业为例,若以现在的棉花价格和布匹售价,没有厂家能继续长期生产,他们之所以按现价出售,是因为在早些时候以低价买进了棉花,并用旧的库存来织布,如果现在起将上海的物价冻结,像棉花这样的原材料,是厂家从很远的内地如湖北、山西、河南购来的,很快就不能以现在的报价买到了,得不到棉花供应,纺织厂家就不得不关门。

吴国桢继续说,公告将金圆券的发行限制在 20 亿,那么,政府是否有信心,不管日益增长的开支,特别是军费开支的情况,切实地将钞票的印刷控制在这个限度内呢?

一直坐着不响的蒋经国开腔道,政府完全有信心,这事已彻底讨论过了,并将付诸实施。他告诉吴,上海是中国的经济心脏,新币制的推进尤其重要,中央将在上海设立一个经济督导机关。

面对信心满满的小蒋,吴国桢无话可说。当晚回到办公室,他即向南京蒋介石发去一急电,提出辞职。

据财政部原经济顾问黄元彬回忆,币制改革令下达当天,吴国桢参加了另一个饭局。陈光甫招待在沪立法委员,吴国桢和俞鸿钧都应邀出席。吴国桢一腔无名火无处可泄,当着俞鸿钧和一众立法委员的面大骂王云五,连"乌龟王八"这样的话都出口了。俞鸿钧忙做解释,说他本人对这一轮币制改革也不尽赞同,"莫干山会议时,尽管在职务上我必须报告印存新币的数目,但在政策上还是反对,后来到庐山开会,总统一开始就表示势在必行,我就不敢讲话了"。他的首鼠两端让吴更加愤怒。

黄元彬曾经草拟过币制改革的无限制兑现的金本位方案,也说:"在法币丧失币值的情况下,又当内战紧迫,改革币制的机会早就错过,金圆券的办法是要以政治力量来施行不兑现的货币,隐伏险情,一旦发行数量超过市面流通必需量,必定到处突破政治力量,不过几个月就要崩溃。"①

---

① 黄元彬:《金圆券的发行和它的崩溃》,中国人民政治协商会议全国委员会文史资料研究委员会编《法币、金圆券与黄金风潮》,文史资料出版社,1985 年版,第 55 页。

第二天，吴国桢坐夜班火车去南京面蒋。吴是美国普林斯顿大学政治学博士，曾任蒋的私人秘书，在蒋眼中一向是个治世之能臣。29岁那年，就委以汉口市长重任，抗战时，先任重庆市长，再任外交部政务次长、中央宣传部部长等要职。战后，吴国桢接替把上海搞得一团糟的钱大钧出任上海市市长，短短两个月时间，就使上海摆脱对中央政府的补贴依赖，靠税收就能自给了。蒋一度曾想让他出任财政部部长，苦于找不到合适的人接替上海市长，才让他继续留在上海。

蒋和吴国桢谈了大约3小时，快到午餐时间，照例留饭。吃饭时，吴还在一个劲地劝说蒋，金圆券改革行不通。蒋说，政府对此已彻底讨论过了，现在已不能回头。顿了顿又道，你的反对意见或许是有充分根据的，现在有何补救办法？

吴问，是否与美国方面商量过？蒋说，在做最后决定的前几天，曾把公告给美国大使司徒雷登看过，大使未发表任何评论，但也没反对。吴国桢说，唯一可以补救的办法，就是设法从美国得到白银贷款，作为金圆券的后盾。[①]

蒋说，他会找翁文灏和王云五谈，王部长不久将赴美参加世界银行大会，届时去谈这笔贷款或许是合适的。吴国桢说，要快，除非按我的建议去补救，否则整个计划将在两个月后破产。蒋让吴不要急着回上海，要他等一下，晚上再做一次面谈。

吴国桢去行政院见翁文灏。翁正被虚幻的胜利冲昏了头，因为他刚接到俞鸿钧和蒋经国的报告，说上海有成千上万的人排在各大银行门外，将旧法币、金子和外汇兑换成金圆券。翁喜不自胜地说，照这样的势头发展下去，相信新币制马上就会取得巨大成功。吴国桢沮丧地离开了。他没有再去财政部找王云五，他下意识地觉得，就是去了也没用。他一个人来到玄武湖畔。盛夏的黄昏，湖上的暑气还未消散，他在湖边怔坐着，心里边说不出的失落。

①　裴斐、韦慕庭访问整理，吴修垣译：《从上海市长到"台湾省"主席，1946—1953年：吴国桢口述回忆》，上海人民出版社，1999年版，第43页。

　　傍晚6点,他再去见蒋。这次谈话很短。蒋说已经与翁院长和王部长谈过了,他们都不同意你的观点。吴国桢说,那就请您接受我的辞呈。蒋说,那不行,如果你这时候辞职,会动摇人心,你现在必须立即回到你在上海的办公室去。

　　资本家的钱袋子哪是那么好掏的? 8 月 19 日,币制改革令发布当天,行政院发电给俞鸿钧,让他邀集上海金融界头面人物宋汉章、钱永铭、李铭、徐寄庼、赵棣华、戴立庵、徐国懋等十余人赴南京开会。会上,行政院长翁文灏、财政部部长王云五、财政部政务次长徐柏园全班人马出席,点名要刚改组成立的联合银行总经理戴立庵做发言,意图是让他领头说些为新币制捧场的话。他们满心以为,戴在财政部任钱币司司长多年,应该会听招呼。没想到戴一开口就是"为民请命",对收购金、银和外币大唱反调。会后,有人对他说,你说得太直接了,他们会不高兴的。戴说:驷不及舌,既说了又有什么办法呢!

　　金圆券方案实施约一周后,黄元彬和几个经济学家找到蒋,当面直告,"金圆券不过几个月一定崩溃"。告以三个解决办法:一是停止收兑金、银和外汇,不再加发金圆券,因为这无异于"把死老虎锁住把活老虎放出去";二是立即改限时兑现为无限制兑现;三是与美国交涉,加大准备金存量。

　　但那段时间的物价在高压下已回落到了新币发行前的水平,利息也在逐渐走低,政府要员们被表面上的胜利冲昏了头脑,补救措施遂搁置。最后一丝生机破灭了。

十一、打　虎

　　蒋经国来到上海后,"督导员办公处"借地中央银行正式挂牌开张,沸扬一时的"打虎",正式拉开帷幕。

　　生于 1910 年的小蒋,是年 39 岁,正是二十年前乃父意气风发率北伐军进入上海的年龄。此前,他在江西施行"新政",颇孚声望,此番来到上海,自是信心满满,想要撸起袖子大干一场。从一开始,他对有产者的态度就是恶狠狠的,认定"大资本家和大商人"是"坏头",是这场改革最大的拦路虎。8月26日,他到上海的第三天,就在《沪滨日记》中这般写道:"已经骑在虎背上,则不可不干到底了。"①

官员们的消极怠惰甚至对抗,早在小蒋的洞悉中,来上海前,他对乃父就有这样的交底:"上海金融投机机关无不与党政军要人有密切关系,且做后盾,故将来阻力必大,非有破除情面,快刀斩乱麻之精神贯彻到底不可也。"他决心以强权来压一压这些地头蛇们。

得到乃父的首肯后,小蒋调来新组建的国防部戡乱建国总队,从中选拔精锐成立"经济管理工作队",协同上海军警部门,准备以雷霆手段打击大户们了。他声称,这是一种"社会性质的革命运动",要"发动广大的民众来参加这伟大的工作"。

照例是先来软的,再来硬的。小蒋刚到上海时,宴请沪上金融界各巨头,略作客套便转入正题:"我奉命在上海执行有关金圆券发行的各项法令,这是务必贯彻到底的,在座各位都是我的世伯世叔,希望给我点面子,拉破面子,就不好看了。"与会巨头、大亨面面相觑,虚声应承,却没实质性的跟进,小蒋不耐烦了,开始动真格的了。

"经济戡乱大队"在街上张贴标语,成天鼓动年轻人游行。装着高音喇叭的卡车在银行门口和资本家居住的高档住宅前来回巡游,要他们交出金银外汇。戴着"大上海青年服务总队"的人员在路上随意设卡,查抄货物,冲进各家公司检查仓库、货栈、账目。一些被捕的商人在游街示众后,有的被关进监狱,有的直接在马路上毙掉。上海申新纺织公司总经理荣鸿元,杜月笙的儿子、鸿兴证券号负责人杜维屏,虞洽卿的儿子虞顺懋等"大老虎",米商万墨林,纸商詹沛霖,中国水泥公司常务董事胡国梁,美丰证券公司总经理韦伯祥等60余名商人被逮捕后转交法庭审理,追究其私藏黄金、囤积居奇等罪项。报纸上成天都在扬言,"乱世需用重典",要"借一两颗人头祭刀"。以孙科为后台的林王

---

① 蒋经国:《沪滨日记》,1948年8月26日,《蒋经国自述》,湖南人民出版社,1988年版。

公司董事长王春哲做了第一个祭刀的人,罪名是私套外汇,随后被枪决的还有淞沪警备司令部的一名科长和一个大队长。小蒋说,这是"以群众运动的方式,获得广大民众的共鸣和支持"。在小蒋眼里,这些大户仿若待宰的羔羊。

他也承认,官员们都不支持他,深感孤独。但他不怕,有勇气去面对,因为他没有私心。"我自己的心地非常光明",而且有"民众的拥护"。他决心以一种斯多葛精神与反动力量斗争下去。因为他在上海已经成了"十目所视、十手所指"的人,他行事加倍小心,以防被对手找到攻击的借口。

其父对他的铁腕做法颇为赞许。当吴国桢认为小蒋在上海以强权手段推行经济政策的做法有问题时,蒋不以为然,回护说:"经儿将沪上最大纱商鸿元与杜月笙之子拿办,移交法庭,可谓雷厉风行,竭其全力以赴之。惟忌者亦必益甚,此为民之事,只有牺牲我父子,不能再有所顾忌,惟天父必能尽察也。"行政院院长翁文灏也向蒋介石转告,说美国人认为蒋经国在上海的作风,"全为俄共产主义之思想",蒋听后仍一笑置之。9月底,蒋介石和宋美龄乘车到南京东郊兜风,夫妻俩还相约支持蒋经国在上海的举措,"同为经儿前途打算,使之有成而无败也"。

9月6日,蒋在中央党部扩大纪念周上有一个公开讲话,怒斥上海银行界对币制改革的抵制:"目前尚有一个问题,即商业银行对政府法令尚存观望态度,其所保留之黄金、白银及外汇,仍未遵照政府的规定移存于中央银行,并闻上海银行公会理事会拟集合上海所有各行庄,凑集美金1000万元,卖给中央银行,便算塞责了事。可知上海银行界领袖对国家、对政府和人民之祸福利害,仍如过去二三十年前,只爱金钱,不爱国家,只知自私、不知民生的脑筋丝毫没有改变。"

又恫吓道:"彼等既不爱国家,国家对彼等自亦无所姑息,故政府已责成上海负责当局,限期于本星期三以前令各大商业银行将所有外汇自动向中央银行登记存放,届时如其再虚与委蛇、观望延宕或捏造假账,不据实际报存放,那政府只有依法处理,不得不采取进一步的措施予以严厉的制裁。"①

蒋的这把无名邪火,是冲着老资格的银行家、浙江第一商业银行(原浙江实业银行)董事长李铭而发。李铭身兼上海银行公会理事长和全国银行公会联合会理事长二职,"紧急处分令"下达后,只得自家带头,再与几位金融界头面人物磋商,最终议决,各大银行、钱庄凑足 1000万美金上缴中央银行,算是响应政府号召。蒋早年在证券界混过,知道上海的银行、钱庄各有明暗两套账簿,明账对公,暗账收付,认定李铭只缴这点数额肯定是拿着假账来搪塞,偌大一个上海,各行庄全都加起来,怎么可能只有 1000 万美金!

蒋"愤怒频作",大骂李铭"奸诈",打电话给俞鸿钧,要查封浙江第一商业银行。俞鸿钧拖延着不办,蒋索性把俞鸿钧也一并骂了,说他"畏缩因循不敢任怨"。蒋甚至还想把李铭抓起来,逼他吐出银子。

吴国桢闻讯大惊,急忙跑到南京阻止,不惜再次以辞职相争。"我突然听说要逮捕李铭,指控他未将银行里的全部外汇交给政府,据说他隐藏了约三千万美元的外汇。我到南京去见蒋介石,问他要逮捕李铭的消息是否属实,他说是真的,因为经国查出具体证据,他拒交三千万美元。我告诉蒋,他最好亲自过问此事,李的银行资本只有约五百万美元,即使李将他每一分钱,加上存款都变成美元,总数也绝达不到三千万,蒋感到吃惊。于是李铭未被逮捕只是受到了警告。"据戴立庵透露,李铭自己也托了与蒋关系密切的已故中国银行常务理事叶琢堂的女婿李叔明向蒋说情,才得无事。

小蒋紧跟着赶回南京,向其父汇报上海经济督导进展情形。蒋对上海官商勾结的严重情形虽感痛心,但对儿子汇报的战绩却深觉满意。"所有上海黑幕皆得发见,实堪欣幸。"几天后,小蒋报告,上海"物价平稳,黑市几乎消灭",蒋认为经济上的"滔天大祸"已去,"不胜感祷之

---

① 戴立庵:《金圆券发行后蒋介石在上海勒逼金银外汇的回忆》,《法币、金圆券与黄金风潮》,中国人民政治协商会议全国委员会,文史资料研究委员会编,文史资料出版社,1985 年版,第 71 页。

至"。小蒋再来南京,他送给儿子一句"食鼠之猫不威"的古训,意思是要他"多做实事、少发议论",以免让人揪住辫子。

9月10日,李铭接到督导专员小蒋一信,约他于第二日上午到静安寺附近的乐义饭店一叙。同日被约谈的还有联合银行总经理戴立庵。小蒋终于撕开面子,向这些父执辈的金融界大亨们动手勒逼了。

戴立庵担心凶多吉少,又不敢不去,磨磨蹭蹭赶到时,小蒋和李铭已开始谈了。谈话是在一个套间,戴坐在外面等候,只听得里面两人"讲话声音很大,似有争执模样",旋即李铭从房间出来,"面红耳赤,神色颓唐,和我点点头就离去"。无从知悉小蒋和李铭在房间里谈了什么,蒋、李都未做记述,但从随后戴立庵被召进房间后的遭遇,可以想象李铭所受屈辱。

戴立庵回忆,他进入谈话的房间时,小蒋站在那里,房间内朝窗摆着两张沙发,中间搁着一张茶几,旁边沙发上坐着一个秘书。小蒋招手让他坐下寒暄几句,马上进入正题。小蒋问,这几天的报纸你都看了吗?他指的是上海一张小报《大众夜报》发文指称联合银行逃避金银外汇的事。戴答:已看到,正要请督导员彻查,至于联合银行的黄金外汇,已经开单与钱新之先生一同面交中央银行俞总裁和财政部徐次长了。蒋经国重复小报上的攻击事,要戴承认。戴说,这是无稽之谈。小蒋不以为然。戴说,《大众夜报》说我私人财产两亿美元以上,这种连常识也没有的话,你也会相信吗?蒋经国严厉地要戴交出金银外汇,戴表示拿不出来,说:"要么请你把具体事实和票据拿出来,让我也可甘服。"小蒋思索了一会说:"要拿,到法庭上再拿,我正在考虑送你到法庭还是特种刑庭。"戴也顶了一句:"听你的便。"戴站起来要走的时候,蒋经国说,希望你考虑考虑,下次再谈。戴说,没有什么考虑。遂不欢不散。①

同日被约谈的金融、实业界要人,还有钱永铭、周作民、杜月笙、

---

① 戴立庵:《金圆券发行后蒋介石在上海勒逼金银外汇的回忆》,《法币、金圆券与黄金风潮》。

刘鸿生、荣尔仁等人。大亨们遭受的待遇大都类似，不外威逼恫吓。刘鸿生谈毕回去后，不得不忍痛出售几家企业，交出了 800 条黄金和 200 多万美金。杜月笙离开时，脸色都发青了，大概是谈崩了。不久，他的儿子杜维屏因抛售永安纱厂股票被判刑 8 个月并处罚金。曾在沦陷期替杜家照管家产的大管家万墨林，也因粮食贷款舞弊案被扣押了。

钱新之有事去南京，事先写了一张便函，约改期再谈。钱从南京回来后说，他跟蒋谈到上海的事，蒋只是轻描淡写地说了一句：小孩子胡闹。

周作民是此次"打虎"的重点对象。对于那些在沦陷期有污点的人，小蒋下起手来特别狠。先前，陈公博的小舅子、上海农商银行总经理梅哲之，曾遭小蒋拍桌大骂，对周作民，他当然也不会客气。

还都南京后，周作民回到上海，此后两年，他的情绪一直悒郁不振，对行务也提不起精神，一有感触，这个大男人就会当众号啕大哭，悲不能已，朋友们怎么劝慰也止不住。陈光甫曾劝他对于行事可略"放松"，但迭经忧惧打击，他都不知何以自处了。先是刚回上海时，被时任行政院长孙科强借去 2 亿法币，他有前科，不敢声张，只得应允。随后黄金风潮引发通货膨胀，2 亿法币几同废纸，他也只能打落牙齿肚里吞。此番小蒋上海"打虎"，他又在劫难逃。

据在场亲见者回忆，小蒋和周作民会面的时候，一再追问周作民有多少外汇暗账。其时金城银行的外汇存款，已从战后的 300 余万美元锐减至 50 万美元，[①]这笔账周作民当然清楚，他回答说，账上只有 5000 美金。蒋经国闻言大怒，恐吓说要打电话给警察局把他拘留，"并站起来做出要打电话的姿态"。最后，小蒋要他具保，未经同意，不能离开上海。

周作民本已成惊弓之鸟，这下真给吓破了胆。他连夜找老朋友张

---

① 中国人民银行上海市分行金融研究室编：《金城银行史料》，上海人民出版社，1983 年版。

群疏通,住进了外国人开的一家医院。除了几名随身亲信,连司机都不知道他在哪里。他的夫人一再受惊吓,竟因心脏病发作去世了。不久,周作民走通美国人的路子,搭乘飞虎队的一架军机悄悄去了香港。

李铭后来还被"委以重任",强之出任金圆券发行准备监理委员会主任。但被威胁银行关门、险遭下狱这些耻辱,已让他心灰意冷。日后,李铭与吴国桢在纽约相遇,诉说这段往事。吴国桢说,据他所知,性格冲淡的李铭从没有批评过任何人,即便是币制改革时遭到冲击,也没有说过蒋的不是,但那次纽约见面,他使劲地骂了蒋。吴国桢认为,臭名昭著的金圆券,使李铭这样原本与政府关系深厚的银行家和商人,对蒋政权也心怀"怨恨和仇视"。

他为李铭那一代银行家们深感不平:"蒋介石在 1927 年真正掌权并成功地完成北伐,是靠上海银行家们的支持,李铭就是其中之一,而现在却使他们如此遭罪。"

高压之下,市民和各商业银行不得不一点点吐尽手中所握金银外币,而中央银行的金钞存量则日日翻新。戡乱大队控制下的报纸还在一个劲地报道这一与民逐利的"喜讯":"总统的支持,督导员的铁腕,和地方政府的执行,使紧急处分在上海市场发生了实效。"

政府到底从上海掠去了多少资产? 小蒋日后自述,至 1948 年 10 月 6 日,他在上海督导经济管制的"战果"如下:国家共计收兑黄金 114 万两、美钞 3452 万元、港币 1100 万元、银 96 万两,合计价值 3 亿美元。他自吹,在他的领导下,上海是收兑成效最好的地区,占到了全国兑换总数的 64%。

把财政赤字货币化,疯狂开动印钞机,一层层地薅羊毛,这一劫掠行径,使银行家们对政府心生怨恨,彻底失望,也使民心相背,再无转机,加速了国民党在大陆的最终失败。主导这一改革的王云五遂被千夫所指,目为"民国罪人"。说他本非金融行家,乃是一个"杂家",做买卖出身,惯打小算盘,才会搞出金圆券这么个大惨案来。

日后,通过币制改革收缴上来的 200 万两黄金分批劫运台湾,做了新台币的准备金,又有人说是王云五深谋远虑,提早为台湾经济"复兴"

埋下了伏笔。一介书生,病急乱抓方,日后的经济崩盘、黄金运台,等等,本不在他的设计中,他也只是"精神一世,懵懂一时"罢了。

币制改革的惨败成了王云五心中一个暗疾。他的两本自传,《说往事》只谈出版业的功绩,《岫云八十自述》实在绕不开那一段,就多处推诿,为自己辩护。

但还是有明眼人如吴相湘这样的史家指出,王之误国,实因自身性格和学识结构上的致命缺失所引起。王云五自信极强,性格固执,习惯于力排众议,硬干到底,这种性格于他做出版不无推动,但一涉及金融经济,就暴露出了蛮干硬干的危险性。且从知识结构上来看,财政金融素非"杂家"出身的王云五专长,"推王云五出任财政部长,实由于政府当局只知以学人或社会贤达当政,企图一新国人耳目,不详究其专长而任意安置,这完全是政治上的粉饰行为,无补于政治革新的实际,且适以误国,王云五即因此被牺牲"。

而政府在准备金缺乏的情况下仓促上马币制改革,且强行收兑民间金钞,在吴相湘看来,更是出于投机心理的买空卖空,本身就没有金融学理的依据,乃是流氓政府的流氓做法:"既缺乏准备金,而大事改革,可以说是卖空,收兑金钞,岂不是买空?"

上海"打虎"时,在美国待了整整一年的经济学家何廉正在坐船回国途中。他是应张伯苓急召,回国出任南开大学校长的。船上流传着一个消息,说眼下的中国已实行一种新的货币,叫金圆券。同船有许多商人,来问何廉,对这个改革有什么看法。何廉已大致了解新币制的内容,一听就叫了起来:这怎么可能!仅仅用一种新货币代替旧货币怎么叫币制改革呢?币制改革的前提是财政改革,眼下内战席卷整个中国,要实行财政改革怎么可能!

船到上海,周作民和钱新之来接。何廉才整个了解了有关金圆券的来龙去脉。晚餐时,钱新之说他明天一早就要去南京,与委员长谈币制改革的事。何廉不客气地打断他说,如果这就叫货币改革的话,那就用不着经济学者和经济学了!

席间,周作民一直叫苦连天,说小蒋以控制物价和打击黑市为名,逼着他交代金城银行在国外的财产,真正是斯文扫地。他本以为,去重庆讨得了一张护身符回来,他在沦陷区的附逆嫌疑可以洗刷干净了,没想到小蒋还是不肯放过自己。他说上海这地方真是没法待了。

蒋经国的秘书陈汉平,是何廉在农本局的下属,找上门来说,是否愿意同特派员谈谈,如果想的话,他可以安排。何廉说,你是一个经济学家,你应该知道,除非在收入来源方面和支出方面完成财政改革,否则就不能完成货币改革。陈汉平又重述了蒋经国打击黑市和投机的决心。何廉说:我知道蒋经国的用意很好,但他能对付那些更大的老虎吗?①

管制越紧,人心愈慌;人心一慌,抢购蜂起,黑市愈加汹涌。此时的王云五正陷身"泄密门",焦头烂额。

最初揭露泄密的《大公报》,登载了一则消息,篇幅短小,用语隐晦,云"某一隐名人士于币制改革前一日乘京沪夜车至沪,向汇券市场抛售永安厂股票",获利达法币千数百亿万元。于是众家媒体共同发声,要求彻查泄密案,追究当事人责任。

王云五认为泄密一事根本不可能。参与币制改革方案最后定稿的,包括自己在内6人,都是最高当局亲自圈定,而所有文件都是自己带回家缮清,发生泄密根本不可能。为维护形象计,他令财政部派驻上海证券交易所监理人员调查此案。

调查结果令王云五大吃一惊。上海经办人员打来电话报告,说调查已有线索,币制改革前夜确实有人自京到沪,狂抛股票,此人系朱国兰,乃财政部秘书陶启明之妻。当天,朱国兰被捕,次日移交南京特种刑事法庭。

细究下去,案情渐渐明晰。去莫干山向蒋汇报币制改革方案后,8月初,王云五回到南京,即着手进入到文案的最后整理阶段,时刻担心

---

① 《何廉回忆录》,第 290 页。

泄密的他找了几个帮手,到家来协助工作,分别是秘书赵伯平负责复写各类文件,公债司司长陈炳章负责把全部文件译为英文,钱币司司长王抚洲办理其他事项。8月18日这天,王云五在家处理各项要案,午前将王抚洲所拟电稿交托次长徐柏园带回财政部修改。徐回部后细看电稿,认为毛病较多,遂令主任秘书徐百齐重写电稿。徐百齐在部有一同事陶启明,两人系东吴大学同学,关系密切,徐密告于陶,致有陶妻赴沪抛售股票一事发生。①

王云五牵涉案中,只得以用人失察为由提出辞职。但蒋还不想过早地把这个书蠹头推出来,为之开脱说,此事全系财政部秘书的责任,"我们不能以其用人不慎的微疵,而加以重大的责难,反来妨碍政府经济政策的实施"。

但新闻界不肯放过,披露说,商务印书馆在币制改革前几日将图书、仪器提高标价出售,言下之意是商务有此举动,肯定事先得到了王部长的暗示。王云五大感委屈,认定是幕后有黑手推波助澜,想撂挑子不干了:"国家事真不可为,多一事不如少一事。"②世界银行大会在美国举行,身为财长的王云五率团参加,会期只有五天,他却滞留二十天,显然是为躲避国内舆论风潮。

10月10日,王云五回国。此时,恶性通胀已全盘反噬,一时间,全国市场骚动,游资汹涌,金圆券眼看着快顶不住了。

新币制的设计,本质上就是与民争利,难怪很快就丧失了信用。

王云五试图力挽狂澜,回国不久即在立法院召开"检讨物价秘密会议",向400多位立委讲他的补救办法,不外增产节支、统筹物资、控制游资等一套老调调。他讲毕,立法委员们纷纷举手要求发言,问题一个比一个尖锐,如何取缔黑市? 如何使各地经济管制趋于一致? 用什么方法取信于民? 王云五只觉得自己简直成了赤壁大战前舌战东吴群儒

---

① 郭太风:《王云五:金圆券风潮中的一个关键人物》,《档案与史学》,1999年第5期。

② 王云五:《岫庐八十自述》,上海人民出版社,2007年版,第561页。

的诸葛孔明,而他又没有孔明的口才,只能疲于应付,甚至给逼问得张口结舌。

情势逼迫,10月26日,行政院经济管制委员会连开三天会,商议如何应对币改危机。各部部长和立法委员皆应邀出席。会上,王云五仍主限价政策,受到多方责难。粮食部长的反对意见最为尖锐,他提醒王云五不要空谈限价,粮食部已没有多少粮食可供军用民食,手中无粮,当然只能任市场自由交易,既然粮价放开,其他限价岂非形同虚设?

自本年8月以来,林彪率领的东北民主联军把中央军驱出了锦州、沈阳、营口等大中城市,长春暂时还没丢,但这座城市在经历长达五个月的围城后,也将易手。军事不利,金圆券又日益贬值,逼得政府不得不放弃限价政策,由行政院出面公布"改善经济管制补充办法",声明除六大都市配售粮食仍由政府办理,纱布、糖、煤、盐由中央主管机关核定本价外,其他各地粮食、日用品及工业材料,均按市价交易,自由运销。蒋在会上说,"军事本来不会垮,被立法委员们闹垮了,金圆券本来不会垮,也被立法委员们闹垮了"。与会的委员们面面相觑。实际上,这番破罐子破摔的话,不仅是说给委员们听,更是说给在一边虎视眈眈的桂系李宗仁他们听。

就像张嘉璈几个月前所预言的,物价是绝对管制不住的。金圆券的发行又如何呢?张嘉璈观察到,"两个月来,增加甚速,已近二十亿限额。九月底发行限额为九亿五千万元,十月底为十五亿九千万元,依此速度递增,不到十一月即将满限"。

"物价管制与金圆券限额,乃币制改革成败之两大关键,兹既未能彻底实行,则金圆券之崩溃,已成定局矣。"看着这个曾经效力数十载的政府一步步走入绝境,他真觉万事皆空,怅不能言了。

这"补充办法"一出台,唯因外埠来货日少,商店存货日减,最后形成抢购狂潮。于是人人涌向街头,见货就买,"所有商店的库存都空了,货架空得像鬼一样"。人们都说,政府可以依靠印钞机,我们只能靠买买买。

随后，政府不得不全盘放弃限价政策，引发物价再度高奏凯歌，突飞猛涨。张嘉璈说，上海放开米价的首日，白市的价格已比之限价高出 3 倍，到第 6 日涨至 6 倍。连首善之区南京，也发生了抢米这样殊失体面的事，于是《中央日报》这样的喉舌也发表社论说政府不可失尽民心。

行政院长翁文灏不得不紧急发布"修正金圆券发行办法"和"修正人民所存金银外币处理办法"两案，取消 20 亿元发行限额，允许人民持有金银外汇，银币流通亦不作禁止，并把美钞与金圆券的比价，由原来的 1 美元合金圆券 4 元调整为 1 美元合金圆券 20 元。来回一折腾，仅仅两个月，老百姓口袋里的钱缩水到 1/5。这届政府割韭菜大获丰收。

百姓屡经折腾，早就心有余悸，自然要用金圆券把外币换回来，把金子"轧"回来。"轧"是沪语，是抢购之意，也有挤的意思。上海话里另有"打桩模子"一说，意即站街做黄金美钞黑市交易的人，大概就是起于那个时候。可惜市场上放出来的硬通货极为有限，能够轧回金子外币的寥寥无几，轧死人的消息倒时有所闻，上海就曾发生挤死 7 人、挤伤若干人的惨剧。

张嘉璈观察到："金圆券存兑限制办法实施后，存兑人数越来越多，每日上海黄浦滩中央、中国、交通三银行门前，自清晨至傍晚，鹄立群众拥挤不堪，现象十分恶劣，终于发生挤毙人命。"政府不得不下令暂停存兑，并酝酿新的办法，将不日公布。

10 月底，王云五向行政院递交辞职书。随后引发翁内阁集体总辞，由孙科接任行政院长，徐堪任财政部部长。仅仅两个月，曾被寄予救市希望的金圆券很快沦为废纸。

小蒋在上海的"打虎"，也不得不草草收场了事。他的心境，也从初到上海时的意气风发，一变为忧虑，再变为消沉了。"上海整个的空气是在恶转中"，他说。查办孔令侃的"扬子公司"一案无疾而终，使他在公众面前成了一个屈于家长压力的"悲情英雄"。但他还想在上海再坚持一把，预备在市面上投入更多物资，香烟、时装、鱼肝油，还有几十万磅的绒线。他参加了行政院的经管会议，闻听会上一致主张让步，取消限价,工资亦做调整,只觉"内心惶恐万分"。

限价令取消,小蒋在上海两个多月的工作,一笔勾销。他在报上发布一份致上海市民书,承认自己未能尽职完成任务,向市民表示最大的歉意,同时表示要向政府自请处分。11 月 5 日,小蒋正式辞去督导员职,向同事和下属辞行。当他离开工作了七十余日的中央银行大楼办公处的时候,心中感慨万端,"几欲流泪"。看着黄浦江的夜景,也觉格外凄惨。次日一早赴杭,一路风景虽美,"但秋风红叶,使人发生伤感"。①

---

① 《沪滨日记》,1948 年 11 月 6 日,《蒋经国自述》。

第十六章　苍　黄

一、兄　弟

就在这风雨苍黄之际,张嘉璈的60岁生日到了。这年月处处末世衰象,他哪有心思去庆生。但二兄君劢不声不响已为他写下了一篇寿文,挡不住兄弟姐妹和子侄们的热情撺掇,于是闭户开了小宴,与家人共饮。世道再乱,天伦乐事还是不可废。

君劢说,数十年中,兄弟怡怡之乐,独他和权弟知之最深,弟妹们皆深羡之,子侄们更是无从听闻,今天,仿效苏东坡为弟子由写诗庆贺寿,他也要一读此文,为权弟庆生。众弟妹和子侄辈轰然说好。

我与弟生当清季末造,童时,父母命之上海广方言馆肄业,乃曾文正、李文忠奏设江南制造局中习外国语文与科学之所也。弟习法文,我攻英文。继而弟去北洋入工业学校,我去湘中教读二年。两人一时分道而驰,而旋合于东京。其始去也,各有学资,不久来源竟绝。我每月得之《新民丛报》与《学报》之稿费,为生活之资。弟读书于庆应大学,我考入大隈氏所创办之早稻田大学。弟每早上课且吝电车费,而常步行以往。两人面巾既破,裂其完整者为二而分用之。每星期六,为见面之期,购熟山芋五六枚以自犒赏。虽生活之窘如此,然平日纵谈,不离天下国家大事。我随任公先生奔走宪政,尝辍学半载,幸而毕其所习。弟以资斧匮乏,中途返国。革命军兴之日,弟尝组织政社,赞助共和。迨民二以后,弟投身中国银行,抗洪宪停止兑现之命,始稍稍露头角。然政局三翻四覆,主持国家银行者,日在惊涛骇浪中。弟既离中国银行,当局招之,先后长铁道、交通两部,所以建设铁道公路,维持邮航电政者,尤能烛照机先,计日成功。抗战之中,弟司交通,能与军事配合,尤为难得。此八载流离之中,自京去汉,自汉去渝,与寓渝之日,无一地不与弟共之。……

上海、东京、北京、重庆;共和、北伐、抗战、和谈……兄弟相濡以沫的一幕幕,如默片一般在脑海中闪过。张嘉璈看着君劢。这些年,二哥苍老多了。他比自己大 3 岁,因为瘦削,因为气血淡,似乎看上去要大上许多。他从心底里感谢二哥,为他做了六十年来一帧珍贵的传记小像:

我与弟所以相得之故,盖有在此。我两人一治经济,一攻政治,然有其根本上相同之点,则立身处世,必本于道义,所谓"不以其道得之不取"者是也。弟厕身银行界数十年,至今无一尘之居,无担石之贮。其主持金融交通两政,一本科学原理,绝不因当局喜怒,而丧其所守。弟好读书,异乎一般实业家之重实务,轻书本。海外新旧报纸,搜求不厌。平日身上绝少藏金,以致宴客之际,客人反为之会钞者,屡屡见之。吾家兄弟姐妹十人,各图自立,彼此之间,无银钱交涉,故有聚首之乐,无细故之争,此我于弟之生日,所以回思往昔,叙述所怀,非徒祝弟之寿,亦即戒吾家子侄,使知所取法焉。

我两人逢民国建始,然少所树立,视当世贤豪有赫赫之功者,惭愧兹多。惟小心谨慎,不敢以激烈言行,惑乱当世。尤欲以勤俭洁白之身,内以对祖宗,外以答友朋,所以自勉,而勉人者,如此而已。①

---

① 张君劢撰:《公权弟六十生日寿序》,《张公权先生年谱初稿》下册,附录 17。

他预感到，这可能是在上海过的最后一个生日了。

战事迫近平津，北平城郊空运已全部停止，城内建筑了临时机场，每日抢运要员和物资。淮海战场同样不容乐观，黄维和杜聿明兵团在宿县一带被围，数十万大军靠飞机空投粮弹接济。各大城市，金圆券的信用在迅速丧失，各存兑处从早到晚拥挤不堪，挤毙人命的恶性事件不断发生，政府不得不下令加以限制，规定每人3个月里只能存兑一次。

一片乱糟糟中，1949年的元旦到来了。是日，蒋发布和平文告，称愿意在国家主权完整、人民得享自由生活、维持宪法与法统的条件下与共产党谈判，但中共方面发布的八项和平条件击碎了他最后的幻梦。1月21日，蒋宣布引退，由副总统李宗仁代行总统职务。与此同时，行政院议决政府各部迁至广州，一些重要物资已在装船准备运往台湾。

行政院移穗，立法院尚在旧都，两院对峙，暗潮汹汹，搞得孙科内阁很快就撑不下去了。何应钦继任行政院长。中央银行总裁俞鸿钧也去职了，由副总裁刘攻芸继任。迁去了广州的政府还试图做最后的垂死挣扎，一日，新内阁财政部部长徐堪来上海请张嘉璈吃饭，告诉他，金圆券又大跌了，港币对金圆券的比值一日数价，政府决定启动新一轮财政金融改革以挽回残局，要之在于，前线军饷全都发给银圆，黄金白银均可自由买卖。张嘉璈听着，有一会儿呆呆出神，他看着黄浦滩外渐渐沉入黑暗的楼群，觉得自己就像站在一艘遭遇了海难的巨轮上，再不离船，怕是要葬身鱼腹了。

李宗仁还想挽留他，把他请去南京，说美援继续尚有希望，目下财政已临最后难关，挺过去必见起色，希望他出任财政部部长。怕说不动他，还搬来翁文灏和陈光甫当说客。张嘉璈"诚恳婉却"，说早已决定今后从事研究工作，对于政治，"既无兴趣，亦无勇气"。[1] 李宗仁才不得不放他回了上海。第二天，李宗仁又打来电话，问他有无转圜余地，张嘉璈答，实难胜任，将来可以从旁贡献意见。

---

[1] 张嘉璈日记，1949年3月19日，《张公权先生年谱初稿》下册，第999页。

　　自去年岁末以来,张嘉璈唯有一念:"以勤俭洁白之身"度过余生。他本来还想留在国内,平津将失,徐州亦不保,逼得他如丧家之犬,只能觅地海外了。他计划去澳大利亚。澳洲国立大学校长柯朴兰是个经济学者,任驻华公使时曾与他颇有交情。托外交部部长吴铁城帮忙,他搞到了一张前往澳洲的普通护照,并办好了签证。

　　在给柯朴兰的信中,他说,军事情势日非,新政权是否允他做自由研究实难推测,恐怕要长居国外了。他希望柯朴兰能够收留他,在大学做些研究工作,他说已经拟定了两个研究方向,一为中国通货膨胀,一为中苏东北交涉,后半辈子将以写作谋生了。这两端,都曾带给他无尽的伤心和挫败感。他希望,余生能够平静下来,好好去想个明白,自己为何失败,国民党为何失败。

　　4月24日,人民解放军进入南京。再两日,张嘉璈偕夫人离开上海前往香港。为写作而准备的几大箱书籍无法随身携带,打包托民生轮船公司代运。这批书要半年后才回到他身边。

　　机内拥挤不堪,皆是携细软南逃的达官贵人,所幸下榻的中国旅行社新宁招待所尚称整洁。他没料到老友陈光甫创办的事业在这乱世中尚能帮着自己一把,不由大为感慨。居港几日后,他读报纸,得知立法院少数委员联署提议,向宋(子文)、孔(祥熙)、张三家征借10亿美元。他掷报于旁,笑得连眼泪都出来了。

　　他本以为这只是几个不明事理者的无稽之谈,却想不到其中一个立委竟找上门来。那人说,此事他可以出面摆平。张嘉璈一眼就看出了其居心叵测。说:每人各有嗜好,有人爱名,有人爱利,我一生只好做事业,对于金钱绝不感兴趣,从未自营任何产业,当年我从中国银行离职,董事会发给退职金16万元,作为子女教养费,除此再无任何私人财产,你们若不信,可以向任何一位金融界朋友打听。那人还是一再声称愿意帮忙,张嘉璈把他轰走了。

　　指他为新豪门并拥有大量私产,这已经不是第一次了。张嘉璈一生爱惜羽毛,不想离职了还被泼脏水,当即致函行政院,请求派人彻查财产,声明若私产超过中国银行退职金数目,甘愿一律贡献国家。同时他还把此函交中央社发表。为防人骚扰，他从黄泥涌夹道 10 号公寓（中国银行香港分行代觅）迁出，住到了圣保罗中学，此处房子由旧友艾伦介绍，校长胡女士是道德重整会的会员。

自内地来港者越来越多，每天到访者络绎不绝，无法静心写作。他想去澳洲，却苦于无川资，年初所办入境许可已到期，他又让朋友帮忙展期半年。只想着待手上有了一笔钱，就可动身了。

在香港住了约一年半，路费终于有了着落。这笔钱是他积年未领的兼职理事、董事的薪金，虽加起来也就 15 000 美元。他和夫人商量，节约着花，在国外支撑个一两年应无问题，因此决定先赴澳洲讲学，兼事著述。

1950 年 10 月 25 日，张嘉璈偕夫人离港赴澳。当他启行时，由于朝鲜战争爆发，美国第七舰队已开进台湾海峡，新成立的共和国正动员志愿军入朝参战，刚刚平静的世界再起风云。

二、南 迁

当张嘉璈在海外觅得一块清净地时，他的好友陈光甫也在实施避地计划。

当初，张群出任行政院长，实施新一轮政府改组，为了向公众昭示民主气象，一些小党派领袖、无党派人士和金融工商界代表人物成了当局的重点网罗对象。来华调停的马歇尔更是到处放风，希望中国的自由知识分子出来参与到政府的改组中去，在马歇尔的这份名单上，胡适排在了第一个，另外还有胡政之和莫德惠，陈光甫并不在这个提名名单上。

为此胡适十分不满，认为马歇尔究系洋人，于中国的事情还是"十二分地隔膜"。在他力主下，这个名单加上了陈光甫。1947 年 3 月 18 日，张群特地跑到上海，特来动员陈光甫参加政府。出面安排这次见面的是张嘉璈的胞妹张嘉蕊。据陈光甫回忆，"这是一次愉快而亲密的聚会。我们谈啊，谈啊，一直谈了三个钟头"。给他的印象，张群善于雄辩。张群明确告诉陈光甫,如果同意出任改组后的国府委员,很有可能会派往美国,"担任财政方面的使命"。张群还提到了抗战初期陈光甫两次以财政部高等顾问的身份被派往美国接洽借款,订立桐油借款、滇锡借款均告成功的往事,希望往日的荣光能够再现。

这一年陈光甫 67 岁,精力已大不如前,张群好像估计到他会以不胜负担为由拒绝,特别应许说,新的岗位不会带来过多麻烦,全部要做的事就是两周一次去南京参加会议。

"这完全是一个争取支持的问题。"张群说,"我们需要广泛的支持,这就是必须有你和胡适一类人参加的原因。"

陈光甫说:"争取支持是重要的,但是,政策更重要,您的新政府将采取什么政策? 进行无休止的战争直到共产党人被打垮和肃清,还是现在就停止战争? 抑或政府设定一个有限的目的,达到之后就停火?"

张群答:"是的,有限制。在肃清津浦路、平汉路并且重新通车之后,政府将再次谋求和平。"言下之意,战争不可能马上结束。

但陈光甫认为应该尽早停火,在内战的巨大打击之下,政府随时会有垮台的危险。张群不以为意,说政府准备发行一种新的货币。陈光甫告诉他,在这个节骨眼上,这么做是困难的,也是不会有成效的。

至于张群说到的赴美"担任财政方面的使命",陈光甫请政府考虑再次任胡适为驻美大使,因为胡适能博得美国官方和公众两方面的尊敬。他也明确拒绝了张群要他加入政府的游说,说自己的所有帮助都是"尽个人之力"。

陈光甫听从了胡适的劝告。"你和我,都还有点本钱,所以政府要向我们借债,渡难关。"沉浸在"民主政治"将要实现的幻觉中,他出任了"国府委员"。胡适把陈光甫忽悠了进去,自己却听了傅斯年的劝,不往"大粪堆上插一堆花",托词身为北大校长,国府委员是特任官,不便兼任,没有进入这届政府。

与政府若即若离那么多年,陈光甫又与各路要人周旋开了,他觉得格格不入。"我有多少年没有和政府这班人搅在一起了,记得还是二十年前在高仓庙,那时正值北伐。如今再和这般要人在一起,我总觉得自己不合格。"但国府老店新开,一切都待振作,他的心情总体还是好的,"国民政府正如一家银行,国民党办了二十年没有办好,生意做差了,或是不能兑现,或是怎样,这家银行岌岌可危,于是总经理蒋先生不得不去拉些新股东来,或者比传的更确实些,请几位新董事而总经理不变,希望因为这些新分子,银行可暂渡难关,依然维持下去……"

张嘉璈任中央银行总裁后,想靠发行新公债走出经济困境,陈光甫出面认购美金公债 100 万元,可说是他对政府改组献上的一份大礼。往昔上海商业储蓄银行遭遇白银风潮,面临挤兑倒闭,张嘉璈多次施以援手,把成担的银子往"隔壁"送,现在也是他回报的时候了。

政府祭出金圆券这个宝器,收兑民间黄金、白银和外汇时,陈光甫也慌了神,虽因战时劳苦功高,蒙另眼相看,不在"打虎"约谈名单之列,他也生怕上海商业储蓄银行哪天给强行关门。"行宪内阁"一上台,他的新头衔是立法院交通委员会召集委员,这是个闲职,已没多少事好做了,便想去香港看看,提前找一条退路。

比之在战火中煎熬的内地,香港尚称太平,在陈光甫看来,香港"富力雄厚",此皆"英人政策宽大","居民运用天才而成"。到香港的第一周,除了上医院,他哪儿都不去,不与政坛和商界的人见面,也不访报界旧友,时常拿着一大堆报纸,想从中觅出时局的风吹草动,以谋进退。

报纸读多了,却发现香港本地人对他们这些携款南来的大陆客并不友善,不知是出于仇富还是什么心理,一些左倾的报纸对这些逃难的有钱人不光言论上不表同情,反而时常作辛辣的文章攻击他们。像宋汉章、卞白眉等一些银行家到了香港后,基本上都销声匿迹,不敢声张。这情形让陈光甫觉得,有如清末遗老逃难至上海青岛一般,真个是三十年风水轮流转。

更让他郁闷的是,此间报纸如《大公报》等报道他抵港的消息时,皆冠以"江浙财阀"或"浙江财团领袖"等用语。这让他一提起来就觉愤愤,认为不过是"刺激人心"之语。

上海商业储蓄银行在抗战爆发前就在香港设有分行。陈光甫考察后,认为由于通货膨胀,内战不息,上海与长江中下游一带分行已无法发展,香港分行将是唯一维持业务的重心。因此又制订了一份雄心勃勃的发展计划,计划觅地建屋,开设新的分行。中国旅行社亦同时进行,此外还要经营房地产业。陈光甫估计,"三四月之后,上海富家必来此,需要房子,有利可图"。香港有着他期望的"太平",他已经在计划把家和整个事业都搬来了。

某日,读《南华早报》,看到一条消息,说新政权将允许私人经营企业,他又打消了搬家念头,"一来搬家费事;二来共产党政策不扰动做生意的人,不反对中外私人事业,不依照俄国铁幕政策,我住上海,与香港有何不同?"

他还在观望:"① 家不搬,仍住上海;② 往台湾一行,看看时局;③ 时局不好仍回香港;④ 时局好仍回上海;⑤ 香港房子要准备。"

为保万无一失,他制订了一份应急计划,准备必要时带着妻子一起出走香港。"此地尚有朋友,可以与美国通信,看看报,读读书,有相当自由,此为最宝贵之精神食粮也。"以香港为跳板,可去新加坡、曼谷、仰光、菲律宾、美国,为此他申请了护照,并且在设法取得去马尼拉的签证。

一切安排妥当,他于 1948 年 12 月 27 日坐船返回上海。近期读了大量香港报纸,他已约略知道,中国共产党的经济政策与苏联还是有很大不同,如采用民主经济政策,允许私人企业存在,与外人通商等。他认为,这必是共产党人深知推行社会主义必有一相当时期而做出的决定。无疑,这一决定是英明的。

李宗仁代行总统职权后,决定派出一个由各界名流组成的"上海人民和平代表团"前往北平。用李宗仁的说法,这是一个"敲门使团"——敲开和平之门。李宗仁来上海找他加入这个团,他拒绝了:"我不是寻求和平的适当人选;我认为张元济、侯德榜、卢作孚将是更为合适的人选。"

见面是在前广西省主席黄绍竑的寓所,张嘉璈、钱新之、徐寄顾等一起共进午餐。李宗仁提起了二十年前他们在汉口见面时相约的事,说,辉德兄是否还记得,当时你说过一句话,如果我当了一国之元首,无论我叫你做什么,你一定会接受。陈光甫无奈叹道:"大势已去,只好取消前言了。"

李宗仁这次飞到上海与银行家们见面,另一个重要议题是讨论日益严重的经济问题。当时,蒋正下令让汤伯恩、俞鸿钧把中央银行库存的金银秘密运往台湾和厦门,那都是从新币制改革中搜刮来的。李宗仁要陈光甫和张嘉璈告诉他,应该做什么、怎么做。

陈光甫记载:"公权是我们的代言人,详细讲了当前的经济形势。他将这一问题分为两部分:当地和全国。他说,实际上现在已经没有什么根本的解救办法,不过,作为一种治疗方法,应该要求中央银行将其金银保存在上海。当财政部长决定发行金圆券时,公权提出过此点。结果,同意将金银交由一个委员会保管。他说,这一步是必要的,并且是反对将金银运往南方的好理由。"

陈光甫同意张嘉璈所说,又补充说:"中央银行大约现存四千五百万银圆,按照战前的汇率计算,大约相当于一千五百万美元。两个星期以来,由于物价飞涨,金圆券这种现在的法币早已濒临崩溃。在此意义上,金圆券将立即丧失它作为交换手段的价值。部分米商早已拒绝接收金圆券,相当大的一部分公众将失去支付能力。我们可以想象,当人民无力购买基本生活用品时,情况将多么严重。"

他还说,目前最严重的问题是,上海附近有大约 20 万军队,这些乱兵将会成为最大的麻烦根源,因为他们为饥饿所迫,什么事都做得出来。真要这样的话,共产党的军队还没打过来,上海就先乱了。陈光甫提议,中央银行可通过指定的银行抛售银圆,以之作为吸收纸币、控制物价的办法。

午餐很精致,优质的白兰地酒挑起了陈光甫的说话兴致。他反过来劝李宗仁,代总统的职务吃力不讨好,而且不可能保持很久,因此,必须利用机会,做最有利于国家和人民的事。他还建议李宗仁,每周举行新闻发布会,"让世界将更多地知道李宗仁是怎样一个人"。因为他坚决不去北平,一些人背后嘀咕他"滑头"。

由张治中、颜惠庆、章士钊、江庸、邵力子等人组成的"上海人民和平代表团"在北平转了一圈，半个月后，带着一大堆土烟、水果和一份与中共达成的国内和平协定最后修正案回到南京。中常会随后发表声明，拒绝接受这份修正案，和谈破裂。

谈崩的次日，去溪口探望蒋介石的几个官员谷正刚、潘公展、赵棣华等回到上海，杜月笙以请吃茶的名义邀请上海金融实业界座谈。这几个人带来"蒋先生的话"，意谓："北伐时上海这班人很帮他的忙，如今重新表示感谢；今后如北伐时一样，还要希望这群人帮他的忙。"谈话中，有人冲动地喊口号，"拼命保命，破产保产"，无非是要上海的银行家们再次拿出钱来，支撑残局。

陈光甫没发声。他怎么听都觉得这帮人在痴人说梦，苦笑之余，心里暗想："今日之争非仅国民党与共产党之争，实可说是一个社会革命。共产党的政策是穷人翻身，土地改革，努力生产，清算少数分子……所以有号召，有今天的成就。反观国民党执政二十多年，没有替农民做一点事，也无裨于工商业。"

国家像一个病入膏肓的垂死者一样，已经油尽灯枯了。3 月底，上海已成危城，陈光甫转道香港前往曼谷参加"亚洲与远东经济委员会"会议，预感到很难再回上海，他匆匆布置了上海商业储蓄银行的留守事宜。想到要丢下在上海苦心经营多年的事业，此去又前途莫测，心中多有不舍，更多的是苦涩。

从曼谷到香港，萦绕这个银行家脑际的，更多的是"历史""革命"这些大命题。回想投身银行界以来的数十年，他无可奈何地发现，自己这一代人已经落进了时代的夹缝里，而这数十年里，中国的命运悉操于革命家之手，载沉载浮。

他也不想去台湾。"政府向来予人以空心丸，不知已有若干次，受害者深知其味，今又再来一次，未免难受。"他认为国民党在大陆整个的失败，就是因为给人吃多了"空心丸"，一次又一次的失望，最终招致恶感丛生。他钦佩共产党人，"而彼组织颇好，有其刻苦耐劳之精神"。

章士钊动员陈光甫和李铭、李国钦一起去北平。虽然年初陈光甫没有一起参加"敲门使团"去北平,章还是告诉陈光甫,北平方面并没有放弃他。

陈光甫说:我现在还有营业机构在尚未被共产党人解放的地区,如果我赴平,将被这边理解为一种敌对行动,很可能对我们在重庆、成都、昆明、广州和台湾等地的分支机构搞点动作。他认为李国钦北上可能更加合适。"我们在中国都有商业利益。不像李一样能够以中间派的身份说话。作为一个商人,他最能使毛认识到一项受到西方民主国家援助的工业化计划的重要,李可以告诉毛,如何实现这一计划。"

7月4日晨,陈光甫接到留守大陆的上海商业储蓄银行总经理伍克家打来的电报,里面还附了一封黄炎培的电报,说接到周恩来的指令,"其意甚诚",要他对陈光甫"劝驾早归","共为新中华努力"。两个月后,新政协即将开幕,李济深又派李绍程携函赴港,邀他"命驾北来,共商一切"。

信中有"今后新中国经济建设,将在中共毛主席领导之下,由人民共有的国家资本,和民族工商业的私人资本,分工合作,有计划有步骤地促进民族产业之发展,新民主主义之实现"等语,令他怦然心动。

10月25日,李济深再次派李绍程到香港,邀请在港的陈光甫和宋汉章、钱永铭、周作民、李铭5人北上。李绍程说,本来是毛亲自出面来信邀请的,李济深说不如由他出面较为轻松,免得他们为难,觉得有非去不可的意思。

陈光甫已在让资耀华在北京找房子了。几天后,上海商业储蓄银行经手的一笔950万港元的款项,因港方查补第二密码,延迟一天,正碰上英镑贬值,上海的中国银行国外部要他们赔偿损失,并以吊销执照或没收外汇威胁。这一横生枝节,使本就噤若寒蝉的陈光甫终于打消了北上的念头。

1949年春天,银行家们纷纷南迁,也是末世之一景。

自本年2月起,财政部已令"所有四行、两局一库"随政府南撤广州,按照部令,中国银行董事长宋汉章和总经理席德懋等均须移往广州办公。4月23日,席德懋在上海召开行务会议,最后一次决定同人去留。中低级职员有愿南迁的,大多则不愿丢下家人,抛下白手起家的事业。"结果采取自决办法",自己拿主意。曾在中行服务多年的姚崧龄记述这难堪一幕:"自愿留沪之人,虽亦有投机分子,准备靠拢,希望大用,但大多数人,均以家累过重,难以行动,且抗战时期,已饱经播迁流离痛苦,不欲再度尝试,只好一切委之命运,情实可悯。"

姚崧龄说自愿留下的有一些"投机分子",其实身处乱世,逃来逃去费神伤财,逃到哪儿还不是都一样。对于常务董事、总经理一级的银行高管们来说,他们自忖只要在目下还称太平的中转地香港站稳了脚跟,进退都可自如。是以,1949年春天银行家们纷纷南迁,几乎都把香港作为了首选之地,在这里暂避风头,再作进退。

吴鼎昌仕途沉浮十余载,随着蒋的引退,也辞去了总统府秘书长职务。尽管整个40年代他一直担任着蒋的重要策士,却一直未辞去"四行"的职务。辞职后的吴鼎昌料理完毕名下的财产,于1949年春天背着头等战犯的罪名(在这份战犯名单上他名列第十七)逃到香港,不久即检查出患了肠癌。家人延医为他开刀疗治,他说都近古稀之年了,何苦挨这一刀,坚决不肯手术。在香港时,吴鼎昌有电报给四行的董事和监察人,说是病重需要住院,能不能治好尚不确定,若治不好,即以此电与诸公告别了。

吴鼎昌很想回上海。不久,《大公报》记者徐铸成到香港公干,有人对他提及吴鼎昌,说达诠老身体已大不如前,似有回心转意,问他是否可以劝其回去。徐铸成担心吴顶着个头等战犯的罪名,不好开口,正踌躇间,某日路过雪厂街花店,见门前不少新扎的花圈,赫然写着吴鼎昌之名,才知道吴已经去世了。

黄金风潮时,杜月笙早已看出政府气数将尽,以赴港"小住"的名义遥望上海的局势,把名下的中国通商银行和中汇银行托给好友钱新之打点。儿子被小蒋打进监狱,他受了一肚子气,与政府更是貌合神离。1949年4月的一天,他悄悄坐船前往香港,此后再没回到上海。几天后,身心俱疲的李铭也飞去香港。这个行事缜密的老资格银行家于出走前给上海银行公会的同人留下一封信,信中说:"弟因血压增高,医师谓非易地修养不可,拟于日内离沪,兹已函陈银行公会给假。假期中公会事务,敬恳各位常务理事主持。"随后到港的陆续有钱永铭、宋汉章、周作民、徐国懋等人。黄浦江边的"星五聚餐会"移到了香江边上,人还是那些人,只是话题已改,心情亦已大异。

到了香港,牵念的还是上海。他们通过代理人继续控制着自己的银行,希望有一天还能回去。陈光甫通过资耀华、伍克家控制着上海商业储蓄银行,周作民让亲信徐国懋掌控金城银行,杜月笙的儿子杜约翰一直留在中汇银行,与上海高层保持着联络,这情形就真如陈光甫所说,"人在香港,心在上海"。

当然也有哪儿都不去的。浙江兴业银行董事长徐寄顾、新华商业银行总经理王志莘早已做好了迎接红色政权的准备。据说,徐寄顾手里掌握着一条通往解放区的秘密通道。早在抗战时,他就已与中共地下党建立联系。他与地下党员梅达君合作,一直在为前往苏北解放区的进步青年提供旅费。浙江兴业银行前董事长叶景葵已是 75 岁高龄,该老舍不得合众图书馆的一大堆古籍图书,也不想走,有人劝赶紧出去躲躲,他笑答:"余避地有二,一为今日所坐之屋,一乃万国公墓也。"竟然一语成谶,解放军入城前真的心脏病发作猝死了,死后葬在万国公墓。

最不可思议的是唐寿民。唐因为附逆案吃足了苦头,战后被判无期徒刑。他不服,多方申诉,一些说得上话的朋友如宋子文、陈光甫、吴忠信等也尽力帮他,减为十二年。唐仍不服,再次上诉,甚至在美国的儿子也跑回来帮他做申诉材料,再减为八年。到 1949 年初,蒋下野,李宗仁上台,大赦政治犯,唐蒙赦出狱,实足在牢里关了三年零六个月。唐一出狱,就有朋友拿了去香港的机票给他,劝他赶紧走。唐说,我被国民党判刑八年,在看守所拘押了三年多,他们自己快要完蛋了,才放我出来,现在他们逃了,我才不跟他们一起逃呢!

唐寿民捐出了珍藏多年的一批文物字画。他不奢望再去做金融业了,能有个地方安顿,领一份薪资,空闲下来像弄堂老头一样打打牌,也就知足了。因为曾经附逆,他被判处管制劳教两年。刑释后的唐寿民才六十出头,却已容颜全改,苍老得没有一个朋友能认出他。此后他深居简出,从不与人往来,只以牌戏和临帖消磨余生,一手毛笔字倒是越写越好了。他至死还是嘴硬,说自己此生无悔。"我是一把阳伞撑出来学生意的,没什么好遗憾的!"

那些到了香港的,也是不安枕。宋汉章来香港避风那年已 80 多岁了,还担任着中国银行董事,两边都动员他回去,他借口两耳重听,总是不置可否。来人见说了半天,此老都毫无反应,也不知道是真聋还是装聋,遂作罢。钱永铭也拒绝了邀请。只有金城银行的徐国懋,禁不住软磨硬泡,又牵挂银行业务,买了一张单程船票回了上海,用他自己的说法,是为周作民打前站去的。

果然,周作民后来成了唯一一个从香港回到上海的金融大亨。统战部门自然把他的来归看作莫大的统战成果。周作民只提出一个要求,他要见见淮安老乡周恩来。他如愿了,共和国总理在自己家里用一桌地道的淮扬风味的菜肴招待了他。在接下来的公私合营中,周作民担任了金城、盐业、中南、大陆四行和四行储蓄会改组的联合信托董事长。这个十余年来一直都在担惊受怕的银行家,在生命的最后几年终于活得舒展了。

此后再无归客。那些去了香港的银行家,要么去了台湾,要么远走海外,他们与身后那片古老大陆的距离已越来越远。

三、学人归来

在澳洲悉尼,张嘉璈找到了久觅未得的平静。他购入了一处小屋,首付几乎用尽了积蓄。自此他集中精力,专心写作,除了每月抽出几日去悉尼大学听讲或参加讨论,绝少应酬,亦少见客。

旧友耿艾华,捷克人,抗战前在上海任外汇经纪人,时在美国洛杉矶洛亚拉大学讲授"亚洲经济",写信来说,已向校长卡沙塞神父推荐,让他接替教职。张嘉璈与夫人商量,《通货膨胀的曲折线》已完成初稿,想要在美国寻找机会出版,此次来邀实属机会难得,也就不计较学校大小,薪金多寡,欣然答应了。担任入校介绍人的,是前美国驻华大使高斯、前中国驻美大使胡适,另一个是周绿霞的丈夫王恭守,时任华美协会驻西岸代表。

当他赴美时,移民法案已做修改,大学教授可以移民身份入境一条已取消,只能按旅客入境手续入境。经与移民局治谈,同意他以第一优先移民身份入境。

为筹措路费,他卖掉了悉尼的小屋。又托朋友刘攻芸出售了两幅旧画。画是他年轻时在北京购进的,得了 1000 英镑救急。为节省路费,他与妻子是分途走的。周碧霞坐船,他还要赴新加坡、泰国、越南、香港等地转一圈,收集相关经济资料后再飞去美国。新加坡金融界的朋友看他窘迫到了如此地步,赠送了由新赴美的机票。

1954 年底,张嘉璈与先期抵美的周碧霞在洛杉矶会合。随后,去洛亚拉大学见了校长卡沙塞神父,其人"面貌清秀,双目炯炯"。校长告诉他,学校要明年 2 月初开课。

洛亚拉大学是由天主教会创设的一所综合性大学,建校九十年,教授多系天主教神父,不支薪水,校方提供膳宿,非神父教授虽有一份薪金,但其微薄。他这个年龄(过了农历中国年之后,就是虚龄 66 岁了),又不是美国名牌大学毕业,一口英语也不那么熟练,在战后就业竞争激烈的美国能有这样一个教职他已很感满意了。抵美后他先在洛亚拉大学商学院教授中国和东亚经济发展史,后又在南加州大学兼课,常常上午在洛亚拉大学上完课,下午又搭公交车匆匆赶往南加州大学授课,午餐在车上就着凉水吃一个三明治随便打发,这辛劳程度,都赶上了年轻时在日本求学那时候。

尽管到美后一直忙忙碌碌,他自觉在工作与谋生方面,略具信心,"无论演说或写作,均勉可应付,不至如初到时之彷徨,惟恐不能在美立足"。但他仍觉得不能与美国大学正途出身者相比。一则英语运用不够灵活,二则不易得到长期固定之相当职位,计划再入哈佛这样的著名大学深造，"或继续撰著，借卖文为活，不必专门任教"。① 他对已完稿的《中国通货膨胀经验》一书期望甚高，想着俟书正式出版后，再做计较。朋友杨联陞（时任哈佛大学经济学系教授）和何廉反对他去哈佛读博，说以他的工作成就和学问造诣，"恒为一般拥有博士学位者所不及"，没必要再去镀那层金，方才作罢。

住地离学校很远，搭乘公共汽车到校上课，中间须换车两次以上，有时衔接不上还要耽误上课。第二年春天，已是美国一家保险公司业务代表的贝祖诒从纽约来西海岸，见他这么大年纪还要像个年轻人一样赶车挤车，大为惊讶，问他何不在学校附近租屋或者购屋。张嘉璈苦笑道，学校附近的住宅不肯租给有色人种，自行购入又手中拮据，奈何！最后还是贝祖诒联络陈光甫、李铭和中国银行十几位旧同事，以"凑会"的方式，你一千我五百地凑了 10 500 美元。

他收下了朋友们的这笔钱，叹息道："惟以多年在金融界任职之人，不知治生，今日竟然赧颜向人呼助，殊感惭愧。"②

本来他还指望着出书能有一笔版税收入。他找戴约翰书局的新主人瓦尔齐询问，能否按照十年前出版《中国铁道建设》的办法，出版这部反思通货膨胀的新作。瓦老板告诉他，中国的书不像以前那样受欢迎了，出这样的书肯定亏钱，为了避免出版后书局遭受损失，要他先交两千美元的担保金。可是他实在拿不出这笔钱来。

大半辈子都跟钱打交道，临老却床头金尽，饱受困厄，在常人看来的大不堪之事，在他却是一生清寒之明证。回头检视前半生，由财界而入政界，由银行家而部长，如一条充满悬念的通货膨胀曲线，跌宕起伏，大起大落。到后半生，他终于找到了属于学者的一份宁静。他乐于拥有这份宁静。即便再清苦，他仍以拥有这份大河奔涌到了入海口时的宁静而觉得堪慰平生。

---

① 张嘉璈日记，1957 年 12 月 31 日，《张公权先生年谱初稿》下册，第 1038 页。

② 张嘉璈日记，1954 年 12 月 25 日，《张公权先生年谱初稿》下册，第 1022 页。

　　和他一起历尽艰难迎来这份宁静的,还有二哥张君劢。君劢自离开大陆,先去印度,再辗转来美,他的宪政梦虽在现实面前饱受挫败,政治热望却始终未改。张嘉璈刚到澳洲,准备埋头读书从事研究时,君劢就大不以为然,劝他"不要完全消极读书"。可是在张嘉璈看来,二哥虽终生从事政治,与实际政治接触较少,勉强组个党,也是与自己性情不合的党,一些见解,听起来头头是道,终觉太过"凌空",与中国实情不合。来美后,君劢性情大变,热望转淡,兄弟俩的许多见解已渐趋一致。回想半个多世纪前,兄弟俩在上海广方言馆开始同学,几十年分分合合,乱离之后,又在海外同过读书生活,张嘉璈把这看作上天对他们兄弟俩的格外垂青。

　　在张君劢七十大寿时写下的《我与家兄君劢》中,他深情回忆了和家兄各自为国事而努力的离合往事。北洋时代,兄撰文痛贬倒行逆施,弟在中国银行抗命停兑,双双触怒于袁氏;北伐胜利后,兄一秉民主政治理想,反对一党专政,弟抱定银行独立、服务社会宗旨,不问政治;及至抗战爆发,弟服务于政府,居部长高位,兄则时时立于反对党的地位,所期皆在抗战完成;抗战胜利,弟去东北收复失地,兄则以第三党的身份周旋于两党谈判间,共同梦想国家复兴有日……而现在,命运的小径又交叉在大洋彼岸的流亡中了。

　　让张嘉璈感慨系之的是,他们兄弟的性情和事业成就途径各各不同,彼此也不强使之同,而到了人生晚景却陡然发现,这几十年里他们在许多地方竟是相互影响,不合而同的。而自己出了银行界后加入政府,这从政的基因也未始不是家兄给种下的,尽管"我任铁道部长,家兄并不以为然"。究其原因,张嘉璈把它们归结为,一是"共同为国家"的理念使然,一是教育基础的相同,童年时一起读过的书,那些关于义与利的古训,养成了他们共同的道德感。这使他从事金融而没有流为一个市侩,或一个见钱眼开的资本家,也使他的兄长尽管从事政治,却从未谋过一己之私利,没有长出一张党棍们惯有的扑克牌脸。

　　"我由我们两个人的关系想到一个国家,只要所有不同地位与不同政见的人们,能够大家都将个人利害抛弃,共同为国家着想,不但不妨碍国家的利益,且能综合各方面的意见,促进国家的发展。善治国者,尤应知道如何培养不同性格与不同事业的人才,使各在其岗位上努力,使各人自由发挥其天才,国家自会人才辈出,众志成城,国家自然会兴盛起来了。"

这番议论,也是对"兄弟阋于墙"的 20 世纪前半叶历史的一个检讨吧。

他说,君劢这个人天生是治学问的,朋友们也都期望他能够成为一个单纯的政治哲学家,可是他总不能忘怀实际政治,国家一有事,就会情不自已地去参加政治,想把所学付诸现实。而组织政党这样的事,与他的性情并不"相宜",因他是相信人性本善的,而政治往往是残酷的,甚至是龌龊的。所以君劢给人以"用其所短"的印象。他认为这是君劢性情上的矛盾,这个矛盾的发生,乃是"由于时势所迫"。过去几十年的历史,从袁世凯称帝、蔡松坡起义、对德宣战、国民革命军北伐、对日抗战、国大制宪,最后到国民党失去大陆,都给他莫大的刺激,"使他的爱国的热情奔流,不得不转移他学术的兴趣到政治上",而现在,流亡使他返璞归真,学人又归来了。

张嘉璈承认,他自己也始终处于这种矛盾的性格之中,"我进了中国银行之后,虽然一心想发达银行,建设国家,使银行不受政治影响,可是到了最后我也不免参加政府了"。"我的矛盾正和他一样,他是学问的兴趣与国家环境矛盾,我是事业的兴趣与国家环境矛盾。"他断言,即便到了今天,这个矛盾依然没有消解。

"不过我希望今后我们共处于逃亡海外的生活中,他能借此机会更满足他求知的真兴趣,多所发挥传诸后世,我也能借此难得与他更多切磋的机会,弥补我过去几十年所未享受的读书生活的损失,那么我们两个人更能最终归结于安贫乐道的共同点了。"①

---

① 张嘉璈:《我与家兄君劢:君劢七十寿言》,1956 年 2 月 6 日,《张公权先生年谱初稿》下册,第 1026—1027 页。

四、"通货膨胀实为自由社会之敌人"

麻省理工学院国际研究中心的哈契博士告诉张嘉璈,《中国通货膨胀经验》一书可以接受出版,中心还愿意预付一笔销售版税。张嘉璈的第一反应是,终于可以略有收入了,"对于个人生活费用,不无小补"。① 不久,哈契寄来了预付版税 3000 美元。

美国大学的学术著作出版有一套严格程序,再加上张嘉璈又对书稿做了详细审订,正式出版时已经到了 1958 年 6 月。② 此书虽只薄薄15 万字,却耗费了他多年心血,内附的 95 种数字表格,大量翔实的数据,70 余名财经实业各界领袖人物名录,更凝聚着妻子周碧霞的辛劳。得到出版社函告,他在日记中兴奋地写道:"屈计此书属草于数年之前,费时两载,始告脱稿。嗣经修改与校正,又费时一年。此一年中,每晚均工作至深夜。内子碧霞帮我核算数字,编制表格,辛苦万分。今日有此结果,正如婴儿呱呱坠地,长幼咸吉,衷心顿觉轻快,好似放下一块巨石。"③

作为建立中国近代金融组织基础的重要人物,尤其是与恶性通货膨胀这条巨龙缠斗多年的一个败北者,张嘉璈在这本书中论述了通货膨胀这个"尾大不掉的怪物"的产生原因和历史背景,并提出了经济落后国家的应对策略和经验教训,警告他们勿再重蹈中国国民政府的覆辙。因为通货膨胀实为自由社会的敌人。

他说,脱缰奔放的通货膨胀,从慢慢坐大到再也无法驯服,最终造成中国经济和政治制度的整个崩盘,看来匪夷所思,实际上证明,原有的一切政策和管制犯了严重错误。经济的解纽实为政治与军事整个崩

① 张嘉璈日记,1956 年 5 月 1 日,《张公权先生年谱初稿》下册,第 1028 页。
② 简体中文本《中国通货膨胀史(1937—1949 年)》,由文史资料出版社于1986 年出版,作者署名张公权,译者杨志信。
③ 张嘉璈日记,1958 年 5 月 23 日,《张公权先生年谱初稿》下册,第 1039—1040 页。

溃之先声。对刚刚过去的一幕悲剧,他不想谴责,也不想辩护,只希望有人引以为前车之鉴,亦备后世史家"探索与考鉴"。诚然,事后思之,一个政权的崩溃不能完全归咎于经济的原因,但他认为,经济实为枢纽。

张嘉璈提供的一连串数据表明,从 1937 年至 1945 年短短八年,物价涨了 2500 倍,贬了约 99.88%,战争(还有瘟疫)迟滞,干扰了中国的近代化进程。它摧毁了整个通胀体系,使国民经济回到了以货易货或黑市交易的状态。抗战胜利后,物价有一个短暂的平稳下跌期,因为国人的信心又回来了,和平成了大家的共同信念。但紧接着内战一爆发,原来的故事就讲不下去了。而国家金融能力又很差,缺乏一整套健全的财政体系,只能依靠央行印钞来解决问题。这种通过发行货币的方式为政府公共债务融资的行为,亦即赤字货币化,虽起到一时的止痛作用,实后患无穷,因为货币能创造需求、刺激需求,却不能创造供给,所以造成通货膨胀。这就是"货币的诅咒":"创造货币的能力可能成为一个诅咒而不是经济的福音。"

令人实堪痛心的是,昔日中国的领导人对于需求与供应两者的逻辑关系,似乎一直没有注意过,更遑论去加以把握。因此在本书首篇,他着重追寻"综合需要如何超过综合供应的发展过程"。"现代经济分析,恒注意于各种供求的'变数',故在中国研究各种供求的行为,正可明了政府政策何以导致一切无可避免的后果,而事前竟然未加勘测。"①

"发展中国家的长期利益最好是通过增加实际产出和促进国内资本的积累来实现。中国的经验表明,要做到这一点,就必须尊重民营企业和银行业的健康发展。政府过度发债,强制银行认购,以及通过直接发行新钞无节制地赤字融资,这些中国都出现过,而且破坏了银行作为公众存款安全保管机构的信心。"

信心一失,万事瓦裂。不必去深究是通胀引发了经济崩溃,还是经

① 《中国通货膨胀经验》自序,《张公权先生年谱初稿》下册,附录 23。

济崩溃引发了恶性通胀,张嘉璈认为,到后来,最大的问题是信心的丧失,因为物价是跟信心联系在一起的,货币本质上就是一个信念共识。

一旦出现通货膨胀,政府必然会增加干预或直接统制。中国这样的发展中国家,受教育人群和知识分子数量很少,而且由于这些人通常集中在政府服务部门、教育部门和其他收入相对固定的职业,通货膨胀会减少这些重要群体的实际收入。他们言辞的不满必然会引起反政府舆论的高涨,而这通常会夸大真正的不满情绪。政府开罪于这些中产阶级和社会精英,正是其走向败亡的开始。"观照中国近期的经验,可以明确地讲,现代经济生活的复杂性不是任何一个人能够把握的,尤其是专注于许多其他责任的政治领袖。允许一个人绝对和任意地控制,就是在制造灾难。"

麻省理工学院国际研究中心的一些研究员(如中心主任白尼坚等)认为,此书足以反映作者个人所具富有价值的优越经验,特别在研究中国财政管理和战前、战后和战争期间的通货膨胀问题上,此书具有其他著作无法比拟的真实贡献。书出版后,引起各国经济学者广泛关注。《华尔街日报》发表书评称,张氏所撰之书,应该让立法和行政人员人手一册,还应让每个大学生都去阅读,"凡是对于所持美国购买力越来越低发生兴趣的美国人,此书有不少可供咀嚼的粮食"。《法国经济专刊》称,张氏实系中国金融界之重镇,书中揭露了过去二十年间政治与经济制度的缺点和迅速败坏的原因,"足见著者的勇气与头脑之清楚"。《美国经济杂志》称:"著者为中国资深而廉正的经济政治家,具有撰写此类问题的崇高资格。"《亚洲研究杂志》称:"此书对于一般经济学者及研究近代中国的学人,其题旨显具诱惑力,自系一空前而且重要的著作。"

前财政部顾问杨格写信来说,书中批评政府战时的财政政策,关于预算与信用,关于税制的改进等,他个人完全同意,尤其是书中引用的统计数字,直接来自他这个当事人,较之一般二手资料,不独可靠,而且容易了解。老友塔玛格莱读了他寄赠的书后,回忆起抗战前在华撰写《中国财政与金融》一书,与他彼此参阅,一起探讨未来的中国银行业前景,抚今思昔,"不胜沧桑之感"。

　　此后,他还应哥伦比亚大学东亚研究所之约,完成了《中国现代财政金融简史及有关人物》的写作。这是该所主持的口述史的一种。①在这份手稿中,他提到了与他一生事业有莫大干系的8个财政界人物:梁士诒、叶恭绰、曹汝霖、廖仲恺、梁启超、熊汝霖、孔祥熙、宋子文,而对于中国近代金融组织做出重要贡献的银行家,他则列举了4人,两个是终生知己,陈光甫和李铭,另两人是周作民和吴鼎昌。

　　一个时代即将落幕,对于有着强烈历史感的这群人来说,一生沉浮,最后能托付的,也唯有文字了。年前,陈光甫还从香港托人传信,请他代为作传。对老友所请,张嘉璈答:当勉力从事,唯请不可限以时日。

　　陈光甫来函申谢厚意,并历述昔日筚路蓝缕创办上海商业储蓄银行之艰难经过,感念他和李铭从旁赞助之盛情,中有"弟今日对于银行,略有成就,皆吾兄与馥兄二位大力"等句。这又勾起了他对世纪初刚投身银行界时的种种回忆。那时他们多年轻啊,梦想也那么年轻,于今"往事重提,令人不胜今昔之感"。②

　　何廉夫妇来到洛杉矶,代表哥伦比亚大学聘请张嘉璈担任《二十世纪中国名人词典》顾问。他答应了,还遴选了在他看来"厥功至伟"的12人,为他们亲作小传。12人中,"促进中国金融组织近代化者"为陈光甫、李铭(馥荪)、徐新六(振飞)、吴鼎昌(达诠)、钱永铭(新之)、周作民6人(后又加入中兴银行创办人、菲律宾侨领薛敏老),"开创近代工业者"为荣宗敬、荣德生昆仲,"对于交通事业有贡献者"为卢作孚与王兆熙,"对于中国银行有贡献者"为宋汉章、贝祖诒。

　　这一年,他七十又晋一寿。他老了,他的朋友们,甚至往昔的敌人也老了,属于他们的时代已无可奈何地老去。突然萌生的历史意识使他决意去写他们。在他看来,为这些老友作传,"实为一生之幸事"。若说自己一生小有成就,这些人对他助力实多,让这些曾为国家做出贡献的银行家和实业家们的一生心血湮灭无闻,于他亦殊非良心所安。尤

---

　　①　该稿未经刊印,现藏哥伦比亚大学东亚研究所图书馆。
　　②　张嘉璈日记,1957年5月10日,《张公权先生年谱初稿》下册,第1033页。

其是这 12 个友朋中,除了陈光甫、李铭、宋汉章、贝祖诒 4 人尚健在,余均物故,而自己的余生也已看见尽头,此时不作,更待何时?

五、最后的庇护所

1961 年元旦过后,曾经任职中央银行的经济学家吴元黎的一次引见,使斯坦福大学胡佛研究所成了张嘉璈生命中最后十八年的庇护所。

此研究所系前总统胡佛于一战后在比利时主持实地救济时,将收集的战事资料交与斯坦福大学而设置,后扩展成一藏书与研究机构。吴元黎从央行退职后一直在这里从事经济学的教学与研究工作,利用胡佛图书馆浩瀚的藏书和大量专访人员的口述撰写了多部有关中国的书。

谈话中,该所所长康培尔得知眼前的这个老人曾任东北经济委员会主任委员,参与接收东北,如获至宝,竭力鼓动他把这段历史写出来。参观了胡佛高塔内宽敞的图书馆,张嘉璈当即做了决定,受聘斯坦福大学胡佛研究所担任中国经济高级研究员。他与康培尔商定,拟开展的研究计划有两项,一是编纂曾亲历的"接收东北与苏联交涉"一段历史,一是研究中国大陆经济。胡佛研究所与官方关系向来紧密,此两项研究又都与冷战有关,很快申请到了经费。

对洛亚拉大学的卡沙塞神父,他很是过意不去。因为如果留在胡佛研究所,他就不能返校授课。卡沙塞神父说,斯坦福当局已有信来,盛赞他的工作成绩,请求校方继续同意借用,他本人和学校咸引以为荣幸,已允其所请,且仍承认其在洛亚拉的教授名义,可以随时返校。张嘉璈听了深为感动,与各学院、各系同事一一晤别。

张嘉璈也确实把胡佛研究所视作了此生最后一个栖居之地。研究所的新建图书馆落成后,他把一直不舍得出手的王原祁的一幅山水画也捐了出来。先前,洛亚拉大学建画廊,他还只捐了一幅丝绣寿星图呢。到美后另一个让他感动的是纽约圣若望大学,授予他人文博士荣誉学位。在荣誉学位颁发仪式上,卡海尔校长表彰了他以深邃的经济学识致力于国家进步的种种事迹,更盛赞他在文化道德上的建树,"以经济学名家者六十年,对于孟子所论仁、义、智、恻隐、羞恶、辞让诸端,实最能体验力行而加以阐扬之一人"。

张嘉璈回报他们的,是答应将来把自己的日记手稿捐赠给胡佛研究所,①另把一千余册全部私人藏书捐赠给圣若望大学图书馆,这批藏书大多是有关中英及日本经济、财政、金融方面的重要著作,有些还是绝世珍本。

1962 年下半年起,为考察美援国家自助能力及中国大陆经济和物价指数,已 74 岁高龄的张嘉璈又做了一次半环球旅行。西德、瑞士、意大利、印度、越南、新加坡一圈跑下来,中间特意转到香港小作休整。因他在新亚书院做过一场经济学的演讲,在台的原东北行营同事和中央银行下属对他到港的消息多有闻知,联名请他访台。张嘉璈也极欲到台一行,在向蒋介石和陈诚发去两封试探性质的信后,蒋、陈均表欢迎,"此间友好均盼早获良晤"。

因当局着意张罗,张嘉璈自香港抵达台北时有 500 余人到机场迎接。其间不乏张群、严家淦(台"财政部长")这样的政府高级官员,还有李石曾、董文琦、蒋匀田等一干旧友。这让海外漂泊十余载的张嘉璈颇为动容。《联合报》报道说,张此次将在台居留四个星期,除了与金融界人士交流,收集资料,还将赴台中、台南、台东等地参观。"他的健康情况很好,精神充沛,昨天在机场欢迎他的董文琦(东北接收时任沈阳市市长)说:张氏一点也不显老,精神也和当年一样。"

随后他前往日本,在儿子张国利陪同下重返母校庆应大学,参观了大学创办人福泽谕吉所建演说厅并做演讲。返美后,又前往旧金山看望刚刚完成回忆录写作的黄郛夫人沈亦云。其时,沈亦云身体已大不如从前。外孙朱汤木常代母亲黄熙治来看望她。这个毕业于密歇根大学的年轻人在《时代》杂志工作,喜欢写作,还有一个导演梦。他说总有

---

①　目前存于胡佛研究所的张嘉璈私人档案,其日记部分共 6 盒、34 本,起止时间为 1935 年 6 月至 1979 年 10 月。

一日要把外公外婆的故事拍成一部电影。他还陪同张嘉璈参观了生活与时代杂志大厦。

　　时光奄忽,老友陈光甫的上海商业储蓄银行自 1915 年在宁波路的石库门房子挂牌开张,至此五十年。尽管 1949 年后这块牌子已然不用,香港分行重新注册,易名为"香港上海商业银行"。为了纪念那段难忘的时光,他应友所托,担任了纪念册的主编,还完成了《上海商业储蓄银行五十年史》和《陈光甫与上海银行》两书。后者说是小传,积稿也有 15 章 13 万言。

　　1966 年秋天,趁去日本参加亚洲政治经济研讨会之际,张嘉璈转道去了香港,循例住在航运业巨子、老友董浩云的"香岛小筑",他和陈光甫有过一次见面。他说陈"身体健康,头脑亦清晰如故"。这年的圣诞节,他是在陈光甫家中度过的。陈光甫一再劝他离美来港长住,老来也可做伴,还说香港上海银行正在起造新厦,可以留出一层楼给他做经济研究室,来此带几个年轻的经济学者,"庶几薪尽火传"。[①] 他虽然动心,但在斯坦福待了几年,已经习惯了旧金山湾区南部帕罗奥多的气候环境,还是没有答应。

　　张嘉璈为老友所撰的传记,因写到了 1949 年那一段过节,上海银行香港同人顾虑或对留在大陆同事不利,提出暂时不宜付梓。陈光甫的传记后来由姚崧龄完成。姚崧龄是张、陈的后辈,曾留学宾夕法尼亚大学研习经济,张嘉璈离开中行前引荐进入银行界,嗣后二十余年,长期服务于中国银行,其人博闻强记,文字功夫了得,又熟知近代金融往事,张嘉璈的年谱和陈光甫的传文,悉出其一人之手,也是冥冥中似有前定。

　　这年起,中国内地发生了"文化大革命"。世事纷乱,好在不久前他与留在大陆的两个儿子重新联系上了。七子张国魁,原在上海印制厂

---

　　①　张嘉璈日记,1966 年 12 月 24 日,《张公权先生年谱初稿》下册,第 1168 页。

担任摄影工作,上海解放前,因在厂旁已购有一屋,没有走。八子张国星,原在北平善后救济分署任会计,平津大战时,因媳妇分娩在即,也选择了留下。国魁向他报告,自己在原厂做了一名机件维修工,已生二子,长子邦德 15 岁,次子邦华 3 岁。国星在北京的一家冷热汽管厂继续做会计,也生了一子二女,子邦平 18 岁,大女怡平 16 岁,次女健平 13 岁……"一别十五载,今始得家报",①这悲欣交集,也只有高诵杜子美在乱离中写下的《闻官军收河南河北》方可平息。

　　他无法见到留在大陆的这两个儿子,还有他的孙子和孙女们。如果见了,他要对他们说什么呢? 好在这里的子侄辈和孙辈也常来看他,庶几也可享天伦。孙子邦杰台大经济系毕业,来了美国,进圣克拉大学商学院深造。大女儿国钧嫁给张椿,为他生下了三个可爱的外孙女:衣莲、亭亭和爱琳。爱琳参加西屋电气公司主办的全美高中生"科学天才竞赛"获了三等奖。小辈力学上进,让他颇感欣慰。君劢的大女儿小艾经常会过来看他,有时还会带着男友、斯坦福大学的建筑系硕士王大蔚一起来。三个外甥女朱仁香、朱仁明、朱仁娴都结婚了。妻妹周映霞的长女艾米丽结婚了。君劢的小女儿小满也结婚了。再后来,在东京的国利的女儿邦美坐船来美国了,她进福提希尔学院读了几年书,也与一个叫高重生的青年订婚了……

　　一个年轻的世界正在生长,旧世界和旧世界走来的人,在迅速老去。

　　1969 年 2 月 23 日,旧历新年过后,张君劢自新加坡讲学归后病躯转重,体气渐衰,张嘉璈和八弟禹九陪侍月余,君劢终不治去世。君劢身体素健,终日埋头读书,写作、讲学不辍,除了早年因遭绑架双足被捆数星期之久,步履不稳,另动过一次胃部切割手术外,余皆无大碍,他的死实是已至"灯尽?"之境。物伤其类,唇亡齿寒,"回想多年手足,相依为命,今一旦分手,人天两隔,不觉泪涔涔流入心坎,欲哭无声"。②

---

①　张嘉璈日记,1965 年 4 月 2 日,《张公权先生年谱初稿》下册,第 1137 页。

②　张嘉璈日记,1969 年 2 月 23 日,《张公权先生年谱初稿》下册,第 1209 页。

君劢的灵柩暂放加州阿克兰追思礼拜堂，按祖制，他带着家人守灵。想到自己 70 岁那年，二哥写的寿文，有"不知何年何月复返故土，上祖宗丘墓"之句，又想到七十晋一那年，二哥照例又作寿文，文中引用苏轼、苏辙手足故事，譬喻兄弟两人一生遭遇，他又一次痛哭出声。

他把张君劢的藏书分装 24 包运到台湾，捐赠给文化书院。他想给君劢后半生着力奔走的"新文化"，找到一个植根之所："国家以其固有之文化为基础，吸引西方思想与科学方法，融合而建一合于时代之新文化，以之熏陶人民，使之深信不移，庶几任何害国害民之主义不易侵入。"

他的视力越来越坏，有时会分不清孙子孙女们。右眼几乎不能看近，书上的文字也常常重影。他给康培尔所长打了退休报告，告以体力日衰，又告以原拟撰写之书，因为风潮无休无止，一切政策无延续性，不易下笔。唯《东北接收日记》尚在整理中，若有余暇，还想写作一部《中国经济史》。康培尔是个博洽君子，告诉他一切随心所欲，不必顾虑。

时间好像遗忘了这个老人，也似乎是对他格外开恩，以后的这些年里，他的朋友一个接一个死了，甚至他的敌人也没一个存活于世了，他还孤独地活着。

82 岁那年，日本政府为表彰他于战后安置日本侨民撤退的人道主义努力，授予他一等瑞宝勋章。再过一年，母校庆应大学授予他名誉博士学位，他在儿子国利和儿媳掌珠的陪同下，再次前往日本。在福泽谕吉所建演说厅里，他回忆说：六十年前，以贫苦无钱买书，常在图书馆坐读至关门，有时步行至神田，将教科书出售，缴付学费。他自谓一生成绩，受益于庆应校训"独立自尊"实多，在北京任中国银行副总裁的那几年里，一直致力于传播这一教育精神，惜后来中日交恶，一衣带水之邻邦，竟如仇寇。

1976 年 7 月 1 日，他一生的挚友陈光甫在台北去世。闻讯，张嘉璈在日记中写道：陈光甫"识见远大，志趣恢宏，求知不懈"，实为良友，其一生事业，于中国的金融业，于国家进步，功实匪浅，"余与光甫兄于民国三年定交，志同道合，六十年来，互相砥砺，情同手足，无时不以裕国厚民,振兴民族经济为共同志愿。今闻其遽归道山,曷胜哀悼……"①

在这之前,他们的前辈宋汉章,他们共同的朋友李铭,都已在香港去世。宋子文、刘攻芸也都已一一谢世,渐次凋零。这一代中国金融人半个多世纪的雄图与壮举,也随着时代沉沙而逐渐湮没了。

他为挚友陈光甫撰了一副挽联:"论交六十年前,往复绸缪,以裕国厚民相期,得君伟业垂型,堪偿宿愿;闻凶数千里外,生死两隔,往异域殊乡为客,假我余年著述,以证心期。"不顾后辈们的反对,以88岁的衰老病体,飞到台北,亲至阳明山陈光甫墓前祭奠。

就在张嘉璈这次台北之行时,他的传记作者姚崧龄告诉他,由他授权编纂的《中国银行二十四年发展史》已经完成,将在刘绍唐的《传记文学》杂志分期刊登,并将由台北传记文学社出版全书。他所惋惜者,天海暌隔,中国银行案卷全部留存大陆,此书编纂大多由他个人提供资料及回忆,自难十分详尽。但历年重要事实,书中已大致包罗,足可为后人研究中国金融史资证,他觉得也算了了一桩心愿。

读书,回忆,写作,会友。他做着这一些,就好像在一间渐渐暗下来的屋子里做着人生谢幕的准备。1979年秋天,死亡终于眷顾了他。那时离他的91岁生日,还有一月余。他是因一次寻常感冒引发心脏病去世的,死得平静而安然。八弟张禹九,在美的几个胞妹张嘉玢(幼仪)和张嘉蕊都赶来送他。和十年前去世的张君劢一样,兄弟俩都希望死后灵魂能回到故国家园,把骨灰归葬上海嘉定的家族祖坟。

他最后落葬在旧金山湾区的奥克兰,这是英文"橡树之地"(Oakland)的音译。据说此地前身是一座美丽的橡树林,那里,一年四季都吹拂着太平洋上的西风。

---

① 张嘉璈日记,1976年7月1日,《张公权先生年谱初稿》下册,第1324页。

跋

六年前,我曾起心发愿,穿过各种事件交织的丛林,把目光聚焦于现代性转型背景下,讲述一段肇始于大革命时期、终结于1949年的置身金钱政治旋涡的南北金融界群雄的故事。一个关于资本与权力对立、依存、冲突、纠缠中大志未酬的一代人的故事。

张嘉璈,这位中国现代银行制度最初的奠基者,是这批金融界精英中最杰出者之一。因其民初就进入中国银行,服务垂二十三年,一部金融史上的重要节点一一经历,鼎革后又远渡重洋,从当事人的角度,对吞噬了一个政权的通货膨胀尤有深刻反思,故其一生行状、教训和经验一样重要。一部中国近代金融史,他堪称当中的枢纽人物。

要深切了解一个人,须得先了解他的时代。他成长并力图有所作为的年头,是一个大时代。在他人生的初年,中国走出了王朝循环的固有模式,以现代民族国家的形象正式出现在世界面前。那也是一个大动乱的环境,军绅政权,地方割据,无休止的内战,再加外族入侵,使得人民不堪负担。神州板荡,中原陆沉,商人和实业家则在努力托住社会的底盘。

这些新式银行家,无论是有着中、交两行背景的张嘉璈、李铭、钱新之、唐寿民,还是"北四行"出身的吴鼎昌、周作民、谈荔孙、胡笔江,"南三行"出身的陈光甫、叶景葵、徐新六等人,他们心目中理想的银行,都是独立于政府之外的商业银行,而不是沦为中央和地方政府的财政外库。即便是张嘉璈长期主事的中国银行,在民初虽有国家银行之名,也努力做大商股,让官股在商股面前节节败退。他们的梦想和野心,是本着现代意识、进取精神和民族主义热情,服务社会、辅助工商,建立外部化的、不依赖于政府的独立的金融市场,并建立进行金融交易、执行金融契约必不可少的制度基础,最终推动商业现代化,乃至整个近代中国的社会转型。这是这一代银行家的魂魄所寄,也是他们的担当。

那时候,世人都瞩目于银行从业者,一入银行即被视作捧上"银饭碗"。那是因为大银行都在都市。而都市五光徘徊,十色陆离,再加上传统陋习和机构滋生的腐败,中国的银钱业也亟须道德重建。张嘉璈经历了民初以来一次次金融和商业危机,因对政治的失望,而致力于金融实务,试图"以商业道德改良政治"。"商业道德正预示着中国未来的高度",正是他作为近代金融组织创始人的深切思考。

那也是一个自由经济思想盛行一时的年代,实业昌盛,言路畅通。毕竟,从甲午战败的耻辱中走出并致力于与世界对接开始,到张嘉璈、陈光甫、李铭、钱新之、吴鼎昌这一代新式银行家登上舞台的 20 世纪第二个十年,这个古老国家的现代性转型已经进行了二十多个年头,中国自由资本主义的"黄金四十年"(1895—1935)也已走过了一半历程。

本书既为张嘉璈的国内首部传记,当纯然以事实为旨归,无一词一语无来历,对人和事的叙述,不尚生动,务求踏实。昔年,王国维谈西方哲学,迟疑于"可爱"与"可信"之间,这也是当今历史写作纠结之两端——"可爱者不可信,可信者不可爱"。割舍一些"可爱",多一些"可信",这是传记写作之初就须订立的一份契约,在我,或许还预示着今后十年写作风格的某种转变——当然,远非"晚期风格"。

历史写作,端赖史料,尤其是第一手的访谈,更显珍贵,如唐德刚写顾(维钧)、张(学良)、李(宗仁),长年累月,口述实录,终成一代史笔。本书主人公去世数十年,其大部分著作和日记手稿,又都捐献给了斯坦福大学胡佛研究所档案馆,国内无从见到,幸有前辈学人姚崧龄先生,历时四载,充分援引其日记、自述、谈话记录、演说词、专题论著、条陈、文告、公牍、私人信札及新闻报道等原始资料,编纂成两巨册《张公权先生年谱初稿》,刘绍唐先生将之收入台北传记文学出版社的"传记文学丛刊",于 1982 年出版了繁体中文版(中国社会科学院近代史研究所将之收入"民国文献丛刊",于 2014 年出版了简体中文版)。此稿于民国金融史、财政史、政治史、外交史研究保存了大量信史资料,也是作者写作本传记的主要史料来源之一。

需要着重提及的是,出生于安徽桐城的姚崧龄乃桐城文章大家姚鼐之后,一生著译丰硕,之前已有《中行服务记》《芮恩施使华经要》等著述行世。姚先生治会计学出身,清华大学毕业后,教授于中山大学、南开大学、上海商学院等高校,嗣应中国银行之聘,服务于总行总管理处长达二十三年之久。他于张嘉璈晚年助之完成此稿,既是对其品德、事功的推崇,也是出于友情的感召。他四年有加的工作,于史料辨析,态度极为审慎,"中间遇有困惑,不惮烦琐,或由长途电话,或经航空邮递,往复商询,不遗余力",遂获谱主尊敬,引为晚年知交。故此稿所录,大到国家处境、内政外交、财政军需、学术思想,小到个人之旅行游览、公私酬应、婚丧喜庆乃至饮食起居,莫不一一载明。1979 年张嘉璈去世后,由其遗孀周碧霞女士捐赠给胡佛研究所的日记和私人档案,也先由姚崧龄经眼并引用。据称,保管在胡佛研究所的张嘉璈私人档案,共 6 盒 34 本,起止时间为 1935 年 6 月至 1979 年 10 月,涵盖了张嘉璈被国民政府借金融统制之名逐出中国银行后的主要经历及晚年旅澳、旅美生活。因此,专研西方近现代政治思想史的浦薛凤称,这部年谱不仅保存了张嘉璈的个人生活史,也是"研究中国近百年史之绝好原始资料",可谓确评。

张嘉璈手写日记的 1927 年、1928 年和 1932 年的部分时段,曾分装为两册,1949 年初,张嘉璈前往香港时,行前仓促,不慎失落。是年春夏之交,一个叫徐子为的上海收藏家从地摊购得这两册日记,后入藏上海图书馆。姚崧龄编著年谱时,因东西暌隔,上海图书馆藏的这三年日记没有机会能够引用,而这恰恰是上海的银行家们与政府关系最为错综复杂的几个年份,这三年日记的缺失不能不说是一个遗憾。笔者有机缘抄读这两册日记,并据此对国民政府成立后的政商关系重做梳理,这也是数年来沉潜于民国金融财政和口岸城市现代性研究,念念不忘、必有回响的福报吧。

2019 年 10 月,友人牵线,访问了从日本回沪探亲的张嘉璈孙媳张庆衍(其丈夫是张嘉璈七子张国魁次子张邦华先生),数小时访谈,共话百年张家旧事,基本厘清了张嘉璈子女及后代在中国和美国、日本的繁衍脉络,自属难得之机缘。而这两年在中国银行总行行史馆、西交民巷(原大陆银行旧址)博物馆、上海分行行史馆,对数百件金融文物和史料从容含玩,沉潜往复,也有相关工作人员的一份赞襄之功。

本书引用的张嘉璈本人的几部著作,交代版本如次:

1.《中国铁道建设》,叙述 1935 年以前中国铁道事业发展的历史,以及抗战中的铁道运输和抗战后的铁道发展,曾由美国戴约翰公司在战时出版,商务印书馆于 1945 年出版中文初版,商务总经理王云五作序。

2. *The Inflationary Spiral: The Experience in China 1939—1950*,1958 年由美国麻省理工学院国际研究中心出版,是张嘉璈以其自身经历,全貌地记录中国自抗日战争全面爆发到 1949 年间的通货膨胀发展过程的专著,照字面可直译为《通货膨胀的曲折线——1939 至 1950 年中国的经验》,文史资料出版社曾于 1986 年出版由杨志信摘译的一个简体中文选本《中国通货膨胀史(1937—1949)》,2018 年中信出版社出版了新译本《通胀螺旋:中国货币经济全面崩溃的十年(1939—1949)》,译者于杰。

3. 张嘉璈任东北行营经济委员会主任时撰写的《东北接收工作日记》(*Last Chance in Manchuria: The Diary of Chang Kia-ngau*,起止时间为 1945 年 8 月 23 日至 1946 年 4 月 30 日),涉及第二次世界大战结束时中国东北的经济形势,中苏关于收回东北历次谈判,日记手稿曾由他本人于 1974 年捐赠给胡佛研究所,并与时任所长康培尔约定,该部分日记于十年后公开。日本学者伊原泽周编注的《战后东北接收交涉纪实:以张嘉璈日记为中心》即以此为底本,中文简体版由中国人民大学出版社于 2012 年出版。

张嘉璈的日记、随笔及其他自述文字,系从《张公权先生年谱初稿》《战后东北接收交涉纪实》等文献及国内已经译介的部分胡佛研究所所藏张嘉璈私人档案征引;有关中国银行史的叙述,其史料来源主要是卜明先生主编的《中国银行行史(1912—1949 年)》,以及中国银行总行与中国第二历史档案馆合编的《中国银行行史资料汇编 上编(1912—1949)》。尤其是后者,皇皇巨编,仅是"上编"就逾 200 万言,洵为研究近代中国财政史、金融史之宝山,值此新书付梓,谨对前辈学人的劳绩表示感谢。

特此说明。

作者

2021 年 8 月

附录 1　张氏家族成员表

张秋涯：曾祖父（第七代）

张鼎生（铭甫）：祖父，以举人身份任四川内江县令、邛州知州，在
　　　　　　　　川十余年，有政声（第八代）

张祖泽（润之）：父，张鼎生第五子（第九代）

张嘉保：长兄，实业家

张嘉森（君劢）：二兄，政治学者，国家社会党创始人

张嘉佺：三兄

张嘉璈（公权）：四子

张嘉桦：五弟

张嘉莹：六弟

张嘉煊（景秋）：七弟

张嘉铸（禹九）：八弟

张嘉英：大妹，适何

张嘉玢（幼仪）：二妹，徐志摩原配

张嘉镫：三妹，适董宝桦

张嘉蕊：四妹，后随夫（朱文熊）姓改名为朱嘉蕊

陈兰钧：张嘉璈原配

周碧霞：张嘉璈继室

张嘉璈子女

张劳度：长子

张庆元：二子

张国亨：三子

（无名,早夭）：四子

张国利：五子

张国贞：六子

张国魁：七子

张国星：八子

张国井：九子

张国钧：长女

张国兰：二女

（九子二女均为原配陈夫人兰钧所出）

注：此表经张嘉璈孙张邦华先生审定,特此鸣谢。

附录2 张嘉璈大事年表

1889 年

11 月 13 日,出生于江苏省嘉定县城(今上海市嘉定区)。

1902 年

考入上海江南制造局附设之广方言馆(上海言文馆)。是馆由江苏巡抚李鸿章仿京师"同文馆"例,于 1863 年奏设于上海。

1905 年

投考北京高等工业学堂获录取,执贽于唐文治先生之门。

清政府以官款兴筑京张铁路。

1906 年

获唐文治资助,赴日本留学。入日本庆应义塾大学专攻政治经济及银行货币科,师从堀江归一、福田德三。

1908 年

继续肄业庆应大学政治经济及银行货币科。

户部银行改称大清银行,重订则例 24 条,增资本银为 1000 万两,官、商各认一半,亦即中央银行之滥觞。

1909 年

由日本返国,任北京《国民公报》编辑。

与陈兰钧完婚。

京张铁路告成。

1910 年

任邮传部《交通官报》总编辑,后被派兼在路政司办事。

1911 年

武昌起义爆发,离北京赴上海,与友人发起政治团体"国民协进会"。

12 月,孙中山先生当选为中华民国临时大总统。

1912 年

7 月,任浙江都督朱瑞的秘书。

中华民国成立。年初,大清银行商股联合会呈请南京临时政府财政部,将大清银行改为中国银行,承认为国家中央银行。

1913 年

1—6 月,任浙江都督府代表,往来北京、上海、杭州。

10 月,袁世凯当选为正式大总统,黎元洪当选为正式副总统。

12 月,经中国银行总裁汤睿举荐,任中国银行上海分行副经理,进入金融界。

1914 年

从引入西式簿记、擢用人才、培育行员优良风尚等各个方面,推动中国银行行务现代化。

7 月,第一次世界大战爆发。

1915 年

结识李铭、叶景葵、蒋抑卮、陈光甫、钱新之等江浙系银行家。发起上海各银行正、副经理"星五聚餐会",日后上海银行公会之成立,即胚胎于此。

1916 年

与时任中国银行上海分行经理宋汉章一起,拒绝执行北洋政府的停兑命令,使中国银行的信用显著提高,中国银行被誉为"江浙财阀的核心""民族资本的守护者"。

6 月,袁世凯去世,黎元洪继任大总统。

1917 年

5 月,《银行周报》创刊于上海。

8 月,赴北京,升任中国银行总行副总裁,从稳定市价着手整理京钞。

邀堀江归一至京,讨论修改中国银行则例,提出银行董事应由股东总会选任,官、商股份不予严格划分,致力于使中国银行成为一健全独立的中央银行。

1918 年

2 月,中国银行股东总会成立,任副总裁。政府简派冯耿光为中国银行总裁。结识革命家黄郛(字膺白)。

10 月,上海银行公会正式开幕。财政部应中国、交通两行请求,不再令两行垫付京钞。

11 月,第一次世界大战告终。

1920 年

首次整顿国内公债。

8 月,为树立纸币信用,力抗军阀借款,主导建立中国银行分区发行制度。

1921 年

2 月,在《银行月刊》发表整理内债办法,获总统核准。

1923 年

在《银行周报》发表文章,批评银行业最危险的倾向,是"喜与政府为缘,以与政府往来为惟一之业务"。

至年底,中国银行商股已占全部股份的 99.75%,基本实现商股化。

1925 年

拒绝张作霖向中国银行勒借巨款。

3 月,孙中山病逝。

1926 年

6 月初,离京南下,以中国银行副总裁名义移驻上海,在分行二楼辟屋办公。

7 月,广州国民政府军事委员会主席蒋介石任总司令职,正式下达北伐部队动员令。

1927 年

因政府屡次提款事,与蒋介石发生冲突。

4 月, 国民政府于南京成立。

1928 年

中国银行经国民政府特许为"国际汇兑银行", 出任总经理。

1 月, 宋子文就国民政府财政部长职。

11 月 1 日, 中央银行开幕。

1929 年

赴欧美和日本, 历时 10 个月, 考察金融制度和银行管理制度。

11 月, 在伦敦开出中国银行第一家海外分号——"中行伦敦经理处"。

与行内青年同人发起"冰峰社"。

1930 年

4 月, 返国后发表出国考察观感演说, 中行今后的方针是以扶助国内外贸易和服务社会为本职。

12 月, 全国内债债权团成立。

1931 年

以"合乎国际水准"为目标, 主导中国银行改革, 对管理体系和组织机构做出重大调整。

任国民政府建设委员会与全国经济委员会委员, 并参加国民政府国防委员会。

9 月, 中国银行大阪分行开幕。

1932 年

与上海金融界共同维护国债信用。

对中国银行业务方针做再次修改, 增加外汇来源。

组织财产保管委员会。扶持国货工业, 发起上海国货厂家星五聚餐会。

年初, "一·二八"淞沪抗战爆发。

1933 年

在股东常会上以总经理名义, 向全体股东做民国二十一年度营业报告, 其中《国难与国民经济》一章, 对"满洲问题""上海事件""农村衰落与社会经济"做出详细论述。

与卞白眉、戴蔼庐、刘映侬、张肖梅等人赴西北考察。

4月,国民政府统一币制,全国废"两"改"元",确定银本位。

10月,宋子文辞财政部部长职,孔祥熙继任。

1934 年

与史久鳌、张肖梅和英国经济学家格雷等赴四川考察,历时四十五天,行程 12751 里。其中在川旅行 6469 里,行程路线为:先至重庆,继至内江,自流井,而至成都;由成都而嘉定、叙府、泸州,折至重庆,又至北碚。

建议兴建上海中国银行大厦。

联合上海商业储蓄银行共同救济申新纺织公司渡过危机。

1935 年

离任中国银行总经理。财政部部长孔祥熙对中、交两行增资改组,中国银行从此失去了张嘉璈努力维护的独立性。

任中央银行理事会常务理事及监事会监事、中央银行副总裁、中央信托局局长。

12月,改任国民政府铁道部部长。

年底,国民政府颁布币制改革紧急令,脱离银本位,发行法币为新货币。

1936 年

整理铁路历年积欠外债。修筑京赣铁路南昌至萍乡段,湘黔铁路株洲到贵阳线。

12月,发生西安事变。

1937 年

指挥津浦、沪宁两路撤退。修筑湘桂铁路衡阳至桂林段。

行政院院长蒋介石促从速进行铁道五年计划。

7月,发生七七事变,抗日战争全面爆发。

1938 年

铁道部并入交通部,任交通部部长。

主持修筑滇缅铁路及公路。

1939 年

多次前往西贡、河内,与越南当局和法国银团代表商谈滇越铁路转运抗战物资事宜。

第二次世界大战爆发。

1940 年

打通国际运输路线受阻,视察西南各铁路干线及西北公路。

8 月,开始撰写抗战交通史。

1941 年

7 月,赴港养病,渐生引退之念。

12 月,太平洋战争爆发。

1943 年

辞交通部部长职,赴美考察战后各国经济关系、美国对中国经济复员的协助以及美国社会各方面对于和平条件之意见。

反映中国战时铁路建设的专著《中国铁道建设》(Kia-ngau Chang;Chia-ao Chang. *China's struggle for railroad development*. The John Day Company,1943. 中文译本《中国铁道建设》,杨湘年译,商务印书馆 1945 年版)在美出版。

1944 年

10 月,作为中国代表,在美出席国际航空会议、国际货币基金会议。

与李铭、陈光甫等筹建中国工业投资公司并出任董事。

7 月,国际货币基金及金融会议在美国布雷顿森林举行,并签订协议。

1945 年

赴英、法两国。拜访凯恩斯、李滋罗斯、杨格等著名经济学家,征询对战后中国经济的意见。9 月回国,任国民政府东北行营经济委员会主任委员,兼任中国长春铁路行司理事长,回国担任东北接收工作。

9 月,第二次世界大战告终。

1946 年

拟定各种军票及代币收兑办法,成功发行东北九省流通券,统一东北币制。

国共和谈破裂,内战爆发。

1947 年

3 月,任中央银行总裁,兼中央信托局理事长。

娶周碧霞女士为继室。

派员赴香港,交涉协防走私、取缔黑市等事宜。会晤美国驻华大使司徒雷登,拟派财经专家赴美商讨援华方案。

3 月,因国共和谈破裂,中共人员由南京撤返延安。

1948 年

5 月,辞中央银行总裁职,由俞鸿钧继任。

8 月,针对发行金圆券一事建议蒋介石重加考虑,未被采纳。政府下令实行币制改革,以金圆券为本位币,造成恶性通货膨胀。至年底,金圆券贬值加速。

1949 年

2 月,致函澳洲国立大学校长柯朴兰(Douglas Copland),表示愿在其大学做研究工作,其研究方向,一为中国通货膨胀,二为中苏东北交涉。

4 月,偕眷离沪赴港。

5 月,通过中央通讯社声明:如私产超过中国银行 16 万元退职金,甘愿一律贡献国家。

6 月,金圆券停止流通。

1950 年

10 月,偕眷离港赴澳,在澳大利亚国立大学担任经济学教授。

6 月,朝鲜战争爆发。

1951 年

开始撰写反思通货膨胀的专著《通货膨胀的曲折线——1939 至 1950 年中国的经验》。

1953 年

赴美。在加州洛杉矶的洛亚拉大学商学院担任经济学教授,教授中国和东亚经济发展史。

《通货膨胀的曲折线——1939 至 1950 年中国的经验》完稿。

1961 年

任斯坦福大学胡佛研究所副研究员,研究"中共工业化之战略因素"和"中共经济之潜力"。

1962 年

任斯坦福大学胡佛研究所顾问,研究中国物价制度。

1963 年

《通货膨胀的曲折线——1939 至 1950 年中国的经验》(Kia-ngau Chang. *The inflationary spiral: the experience in China 1939—1950.* Technology Press of Massachusetts Institute of Technology , 1963.)在美出版。

1966 年

任斯坦福大学胡佛研究所高级研究员。1961—1966 年,曾任新加坡南洋大学、台湾大学教授。

1969 年

美国纽约圣若望大学赠授文学博士学位。

1972 年

9 月,母校庆应义塾大学授予名誉博士。

1979 年

10 月 13 日,在美国去世,葬于加州奥克兰市山景公墓。

附录3 本书所涉金融家小传

虞洽卿(1867—1945),名和德,字洽卿,浙江镇海龙山(今属慈溪)人。15岁到上海当学徒。1895年起,先后任多家洋行、银行的买办。1908年,在沪集资设立宁绍商轮公司。辛亥革命时,被聘为上海都督府首席顾问官和外交次长等职。1914年,独资创办三北轮船公司,再办宁兴、鸿安两家轮船公司,至抗战爆发前夕,三公司共有船30余艘,总吨位91000余吨,为民营航运业之冠。1916年,和孙文等联名向北京政府申请开办上海证券交易所。几经周折,该交易所继北京证券交易所营业后于1920年开业,虞出任首任理事长,另任上海总商会会长、淞沪市政会办、公共租界工部局华董等职。1927年后历任上海特别市市政会办、国民政府全国经济委员会委员、上海租界纳税华人会主席、上海市轮船公会主席等职。1937年八一三上海抗战后,任上海难民救济协会理事长。1941年离沪去渝,从事战时商贸。

宋汉章(1872—1968),谱名元,又名鲁,字汉章,浙江余姚人。早年就读于上海正中书院,毕业后进上海电报局工作。1906年任大清银行附设之储蓄银行经理。1907年任上海大清银行经理。1912年任中国银行上海分行经理。1916年发生中国、交通两行京钞挤兑风潮,北洋政府下令中、交两行对已发行的兑换券一律停止兑现,宋为维持银行声誉,联合张嘉璈等拒不执行。1918年任第一届银行公会会长。1925年任上海总商会会长、上海银行公会及上海华洋义赈会会长。1928年被选为中国银行常务董事。1931年任新华信托储蓄银行董事,同年创中国保险公司,又发起中国保险学会。1935年3月任中国银行总经理。

1946 年任四联总处理事。1948 年 4 月任中国银行董事长。1949 年赴港,旋辞职去巴西。1968 年在香港去世。

叶景葵(1874—1949),字揆初,号卷盦,别称存晦居士,浙江杭州人。光绪二十九年(1903)进士。曾入赵尔巽幕,在山西省和东北掌理财政、商矿、教育。1908 年任浙江兴业银行汉口分行总经理。1911 年任天津造币厂监督、大清银行监督。民初任汉冶萍铁厂经理。1913 年任浙路股款清算处主任。任浙江兴业银行董事长三十余年,在他主持下,浙行总行由杭州迁至上海,并进行一系列改革,成为近代中国著名民营银行之一。50 岁后致力于古籍珍稀版本的搜集,所撰书跋,享誉书林,顾廷龙曾编订其题跋成《卷盦书跋》。"孤岛"时期联合一批出版家和学者在上海设立"合众"图书馆。

秦润卿(1877—1966),名祖泽,字润卿,晚年又号抹云老人,浙江慈溪(今宁波市江北区慈城镇)人。1891 年到上海协源钱庄当学徒,1917 年提升为经理。后改组为福源钱庄,又兼福康和顺康钱庄督理。1917 年任上海钱业公会副会长,1920 年任会长,并任上海总商会副会长、上海华人纳税会董事、宁波旅沪同乡会副会长、中央银行监事、交通银行上海分行经理等职。1929 年与王伯元、李铭等接办天津中国垦业银行,将该行迁至上海,秦任董事长兼总经理。1947 年任全国钱业同业公会理事长。1949 年后,任上海市公私合营银行副董事长。

陈光甫(1881—1976),原名辉祖,后易名辉德,字光甫,以字行世,江苏镇江人。早年入汉口一家报关行当学徒,刻苦学习英文,后考入汉口邮政局。美国宾夕法尼亚大学沃顿商学院毕业。1909 年被江苏巡抚程德全任命为江苏银行总经理。1914 年转任中国银行顾问。1915 年 6 月创办上海商业储蓄银行,从最初的资本 10 万元起家,发展到分支机构遍布全国,成为上海金融界领袖。1927 年,上海商业储蓄银行设立的"旅行部"独立挂牌注册,并易名为"中国旅行社",为中国近代旅游企业化的标志性事件。1927 年 4 月，任江苏、上海财政委员会主任委员，专司为北伐筹募军饷。1928 年出任江苏省政府委员、中央银行理事、中国银行常务董事、交通银行董事等职。1931 年与英商太古洋行合资开设宝丰保险公司。1936 年 3 月，任国民政府财政部高等顾问。1937 年，任大本营贸易委员会中将衔主任委员。抗日战争时期，历任国民参政会参政员，国立复兴贸易公司董事长，中、美、英平准基金委员会主席。其间，两度赴美担任谈判借款事宜，促成中美"桐油借款"和"滇锡借款"，为抗战做出了重要贡献。1947 年任国民政府委员，并主管中央银行外汇平衡基金委员会。1948 年当选立法委员。1950 年将上海商业储蓄银行香港分行易名为上海商业银行，在香港注册。1954 年起定居台湾。

胡笔江（1881—1938），江苏江都（今扬州市广陵区沙头镇）人。民初入交通银行北京分行，任调查专员。经梁士诒提拔，任总行稽核、北京分行经理。1921 年合议集资筹设中南银行，任总经理。北四行联营后，任四行准备库总监。1933 年任交通银行董事长。1937 年 7 月，上海发起成立上海市各界抗敌后援会，任该会委员。1938 年 8 月 24 日所乘"桂林号"飞机被日机击落，不幸罹难。

徐寄庼（1882—1956），浙江永嘉城区（今温州鹿城区）人，本姓陈名冕。日本山口高等商业学院毕业。回国后，在孙诒让任总经理的浙江温处学务分处任管理部副主任兼日文译员，1907 年温州师范学堂建成，为监学。自 1914 年起从事金融工作，长达四十年之久。先任兰溪中国银行经理，后调九江中国银行经理。1917 年由盛竹书推荐到浙江兴业银行，历任副经理、协理、常务董事、董事长等职。1928 年任交通银行官股董事、中国银行商股董事。1932 年初任中央银行常务理事、副总裁兼代总裁，旋去职。1944 年任浙江兴业银行董事长，并兼任上海市商会理事长、上海市银行商业同业公会常务理事、上海信托公司和泰山保险公司董事长、中央银行监事及中国银行、浙江实业银行、中国垦业银行、上海市银行常务董事。1949 年后因病行动不便,辞去"浙兴"董事长。著有《上海金融史》《日本语典》,未刊有《泉币拓本》。

冯耿光(1882—1966),字幼伟,广东番禺人。日本陆军士官学校步兵科毕业,历任北洋陆军第二镇管带、协台,广东武备学堂教习,陆军混成协标统,澧州镇守使等。民初任总统府顾问兼临城矿务局监办、参谋本部高级参议,领陆军少将衔。1918 年 3 月任中国银行总裁,后改任常务董事,在任期内支持总行副总裁张嘉璈整理京钞,扩充商股股份,使中国银行摆脱了北洋政府的控制。1926 年再任中国银行总裁。1928 年起任新华银行董事长,联华影业公司董事。1931 年中国、交通两行拨款将新华储蓄银行改组为新华信托储蓄银行,任董事长(王志莘为总经理,孙瑞璜为副经理)。在冯的支持下,王、孙二人锐意改革新华银行,使该行成为当时最富有朝气的银行。1945 年任中国银行高等顾问。1947 年任中国农工银行董事长。1949 年后任中国银行与公私合营银行董事。

周作民(1884—1955),原名维新,江苏淮安(今淮安市淮安区)人。1906 年获广东官费赴日本入京都第三高等学校留学,辛亥后任南京临时政府财政部库藏司科长、财政部库藏司司长。1915 年任交通银行总行稽核科科长,后又兼任国库课主任,开始了银行生涯。1917 年创办金城银行,任总经理。1921 年金城银行与盐业、中南、大陆等银行组成联营机构。北伐后,先后任国民党政府财政委员会委员、行政院驻北平政务整理委员会委员、冀察政务委员会委员等职。1935 年,金城银行董事会决定由周作民担任总董兼总经理,集大权于一身。1936 年 1 月,金城银行总行迁至上海。太平洋战争爆发时在香港遭日军拘捕,后遭送回沪,除担任金城银行和有关的投资银行职务外,未出任伪职。1948 年离沪赴港。1951 年回到北京,任全国政协委员。1951 年组织由金城、盐业、中南、大陆及四行储蓄会改组成立的联合信托银行,实行五行联营、联管,并出任董事长。1952 年 12 月,60 家合营银行和私营银行实行统一的公私合营时,任联合董事会副董事长。1955 年因心脏病猝发病逝于上海。一生酷爱收藏,家属在其病故后将各类文物计 1407 件、图书 374 种计 5300 册捐献给故宫博物院。

吴鼎昌(1884—1950),字达铨,笔名前溪,原籍浙江吴兴,生于四川华阳县。1903 年获官费留学日本,入东京高等商业学校,其间加入同盟会。回国后执教于北京法政学堂,后任中日合办本溪湖铁矿局总办、江西大清银行总办。北洋政府时期历任中国银行正监督、造币厂监督、中国银行总裁、天津金城银行董事长、盐业银行总经理、内政部次长等职。1922 年任盐业、金城、中南、大陆四行储蓄会主任,成为金融集团的首脑。1926 年盘购天津《大公报》,自任社长,兼《国闻周报》社及国闻通讯社社长。1926 年 7 月至 1937 年,先后任国民政府财政委员会委员、国民经济建设运动总委员会委员、全国钢铁厂监察委员会主任委员、农本局理事长、中国国货联合营业公司董事长、国民政府实业部部长兼国民政府军事委员会第四部部长等职。1937 年至 1944 年主政贵州,任贵州省政府主席、滇黔绥靖公署副主任。离黔后,历任国民政府文官长兼国民党中央设计局秘书长、总统府秘书长等职。1949 年赴港,1950 年 8 月病逝。著有《赣宁战祸之原因》《中国经济政策》《花溪闲笔》等。

钱新之(1885—1958),名永铭,字新之,以字行,晚号北监老人。原籍浙江吴兴(今湖州),生于上海。1902 年入天津北洋大学学习财经学,1903 年得官费赴日本留学,入神户高等商业学校学习财经及银行学。辛亥革命后,于上海都督府财政部任职。1916 年任交通银行北京总行秘书,1917 年起任交通银行上海分行副经理、经理。1925 年离职交通银行,担任盐业、金城、中南、大陆四行储蓄会副主任及四行联合准备库主任。南京国民政府成立后,被任命为国民党财政部次长,后历任浙江省政府委员兼财政厅厅长、中央银行理事、交通银行常务董事、中兴煤矿公司总经理、中兴轮船公司董事长、中华职业教育社董事会主席,与人合办杭州电力公司和太平洋保险公司。1938 年被国民政府聘为参政员,接任交通银行董事长兼总理职。1942 年 3 月与杜月笙在重庆设立中华实业信托公司,任常务董事。抗日战争胜利后,兼任金城银行董事长。1947 年任美金公债劝募委员会主任委员。1949 年初去香港,后定居台湾。

杜月笙(1888—1951),原名杜月生,后改名镛,号月笙,江苏川沙(今上海浦东新区)人,旧上海青帮大亨。1902 年经营法租界赌场"公兴俱乐部",1925 年成立"三鑫公司",垄断法租界鸦片提运,同年出任法租界商会总联合会主席兼纳税华人会监察,后出任公董局华董,此为华人在法租界最高职位。1927 年 4 月,与黄金荣、张啸林组织"中华共进会",参与"四一二"屠杀。1929 年创办中汇银行,涉足金融业,后又出任中国通商银行董事长。上海沦陷后迁居香港,以帮会力量从事抗日救亡,后迁重庆,通过建立"恒社",组织中华贸易信托公司、通济公司等从事战时商贸。抗战结束后回上海,1949 年离沪定居香港。

徐新六(1890—1938),祖籍浙江余杭,出生于浙江杭州。1902 年入南洋公学,1908 年赴英国留学,获伯明翰大学理学学士和维多利亚大学商学学士,后又在巴黎国立政治学院学习国家财政学一年。1914 年回国,任财政部公债司金事,并任教于北京大学经济系。1917 年后任财政部秘书、中国银行金库监事、汉冶萍煤铁厂矿公司总会计、中国银行北京分行协理。1919 年随梁启超赴欧洲考察。回国后任职于新通公司,又协理梁启超筹设中比公司。1921 年任浙江兴业银行董事会秘书,不久为总办事处书记长、副总经理,1925 年升任常务董事兼总经理。参与维持上海租界内的金融事业。1938 年 8 月 24 日在"桂林号"飞机遭袭事件中罹难。

贝祖诒(1892—1982),字淞荪,江苏吴县人,著名建筑师贝聿铭之父。毕业于苏州东吴大学,早年供职于盛宣怀创办的汉冶萍煤铁公司上海办事处统计部,任会计。1914 年任中国银行总管理处总账室会计,次年调任中国银行广东分行营业主任,后任副经理、经理。1918 年任香港分行经理。1927 年任上海分行经理及总行外汇部主任。1928 年 10 月中国银行改组为专营外汇银行,被推为私人股东董事兼总行营业主任。同年 11 月,中央银行成立,任监事。1946 年出任中央银行总裁,致力于外汇管理,被视为当时最具才干的财政官员。1947 年因卷入黄金风潮案,遭撤职查办。1949 年后任香港上海商业银行办事董事,晚年寓居纽约。

唐寿民(1892—1974),江苏镇江人。1915 年参与陈光甫创办的上海商业储蓄银行,任总行副经理兼汉口分行经理,曾协助北伐军筹措经费。1927 年在上海北京路创办国华银行,任副董事长兼总经理。1929 年后,历任交通银行董事兼上海分行经理、中央造币厂厂长等职。1932 年起兼任上海银行公会常务委员、上海银行联合准备库常务委员、上海银行票据交换所常务委员等职。抗日战争爆发后去香港,次年回上海主持交通银行复业,任董事长。1943 年出任汪伪全国商业统制会理事长。

宋子文(1894—1971),海南文昌人,生于上海。早年毕业于上海圣约翰大学,后去美国哈佛大学攻读经济学,获硕士学位,旋入哥伦比亚大学,获博士学位。回国后受聘为汉冶萍公司上海办事处秘书。1923 年到广州,任陆海军大元帅大本营秘书,后任中央银行副行长、行长。广州国民政府成立后,任财政部部长、广东省财政厅厅长兼中央银行行长。1928 年,任中央银行总裁及理事会主席,之后先后担任国民政府委员、国防会议委员、行政院副院长等职,其间通过谈判收回关税自主权。1934 年发起成立中国建设银公司。1935 年 3 月任中国银行董事长。太平洋战争爆发后,任外交部部长,频繁活动欧美各大国寻求支持和帮助,与美国国务卿科德尔·赫尔签订中美抵抗侵略互助协定。1945 年出席联合国大会并任中国首席代表,同年去莫斯科与斯大林会谈,签订《中苏友好同盟条约》。1946 年重掌财政大权,旋因引发黄金风潮去职。1947 年 9 月，任广东省政府主席。1949 年 5 月离开大陆去香港，后移居美国纽约。

资耀华（1900—1996），本名资朝琮，字璧如，湖南耒阳市人。毕业于日本京都帝国大学经济学院，曾任北平法学院、中国大学、民国大学教授，《银行月刊》总编辑。1928 年起入上海商业储蓄银行直至 1950 年，历任调查部主任、天津分行经理、华北管理行总负责人。上海商业储蓄银行创始人陈光甫评价其"才学兼长，服务精勤"。曾两度送其赴美深造，1933 年入宾夕法尼亚大学沃顿工商管理学院学习，1947 年又入哈佛大学工商管理学院做研究和考察。著有《货币论》《国外汇兑之理论与实务》《英美银行制度论》《信托及信托公司论》等。

附录4　参考征引文献

徐寄顾编：《增改最近上海金融史附刊》，1930年版。

徐寄顾编：《最近上海金融史附刊之一》，1933年版。

吴承禧：《中国的银行》，国立中央研究院社会科学研究所丛刊（第一种），商务印书馆，1934年版。

张公权著，杨湘年译：《中国铁道建设》，商务印书馆，1945年版。

吴相湘：《八一三——全面抗战》（中华民国历史小丛书），大成出版公司，1948年版。

江南问题研究分会：《中国银行》（四行二局一库调查资料之二），1949年版。

严中平等编：《中国近代经济史统计资料选辑》，科学出版社，1955年版。

姚崧龄：《中国银行二十四年发展史》，台北传记文学出版社，1976年版。

沈云龙编著：《黄膺白先生年谱长编》，联经出版事业公司，1976年版。

［美］包华德主编：《民国名人传记辞典》，中华书局，1979年版。

沈亦云：《亦云回忆》（传记文学丛刊之十一），传记文学出版社，1980年版。

［美］阿瑟·N.杨格著，陈泽宪、陈霞飞译：《一九二七年至一九三七年中国财政经济状况》，中国社会科学出版社，1981年版。

上海市档案馆编：《一九二七年的上海商业联合会》，上海人民出版社，1983年版。

《上海工人三次武装起义》(上海档案史料丛刊),上海人民出版社,1983年版。

姚崧龄:《陈光甫的一生》(传记文学丛刊之七十九),传记文学出版社,1984年版。

千家驹:《旧中国公债史资料(1894—1949年)》,中华书局,1984年版。

杨荫溥:《民国财政史》,中国财政经济出版社,1985年版。

中国人民政治协商会议全国委员会文史资料研究委员会编:《法币、金圆券与黄金风潮》,文史资料出版社,1985年版。

张公权:《中国通货膨胀史(1937—1949)》,文史资料出版社,1986年版。

中国第二历史档案馆编:《中华民国史档案史料汇编》,江苏古籍出版社,1986年版。

何廉:《何廉回忆录》,中国文史出版社,1988年版。

洪葭管:《在金融史园地里散步》,中国金融出版社,1990年版。

《中国银行行史资料汇编(1912—1949)》,档案出版社,1991年版。

《中国银行上海分行史(1912—1949年)》,经济科学出版社,1991年版。

中国人民银行总行参事室编《中华民国货币史资料》(第二辑),上海人民出版社,1991年版。

孔祥贤:《大清银行行史》,南京大学出版社,1991年版。

［美］易劳逸著,陈谦平、陈红民等译:《流产的革命:国民党统治下的中国,1927—1937》,中国青年出版社,1992年版。

黄克剑、吴小龙编:《张君劢集》(“当代新儒学八大家集”之三),群言出版社,1993年版。

［法］白吉尔著,张富强、许世芬译:《中国资产阶级的黄金时代(1911—1937)》,上海人民出版社,1994年版。

中国人民银行金融研究所编:《中国货币金融史大事记》,人民中国出版社,1994年版。

中国银行行史编辑委员会编著：《中国银行行史（1912—1949）》，中国金融出版社，1995 年版。

郑大华：《张君劢传》，中华书局，1997 年版。

吴景平：《宋子文政治生涯编年》，福建人民出版社，1998 年版。

上海档案馆编：《工部局董事会会议录》，上海古籍出版社 2001 年版。

上海市档案馆编，邢建榕、李培德编注：《陈光甫日记》，上海书店出版社，2002 年版。

谭伯英：《血路》，云南人民出版社，2002 年版。

王正华：《1927 年蒋介石与上海金融界的关系》，《近代史研究》2002 年第 4 期。

［法］白吉尔著，王菊、赵念国译：《上海史：走向现代之路》，上海社会科学院出版社，2005 年版。

王云五：《岫庐八十自述》，上海人民出版社，2007 年版。

上海市档案馆编：《上海银行家书信集（1918—1949）》，上海辞书出版社，2009 年版。

叶文心：《上海繁华：都会经济伦理与近代中国》，时报文化出版社，2010 年版。

孙善根：《金融翘楚宋汉章》，中国社会科学出版社，2011 年版。

［日］伊原泽周编注：《战后东北接收交涉纪实：以张嘉璈日记为中心》，中国人民大学出版社，2012 年版。

卢作孚著，凌耀伦、熊甫编：《卢作孚文集》（增订本），北京大学出版社，2012 年版。

姚崧龄编著：《张公权先生年谱初稿》（上、下册），中国社会科学院近代史研究所·民国文献丛刊，社会科学文献出版社，2014 年版。

［日］山上金男著，陶水木等译：《浙江财阀》，南满洲铁道株式会社上海事务所编，国家图书馆出版社，2014 年版。

［美］帕克斯·M. 小科布尔著，蔡静仪译：《上海资本家与国民政府：1927—1937》，世界图书出版公司，2015 年版。

刘平编纂：《稀见民国银行史料三编：中国银行〈中行生活〉月刊分类辑录（1932—1935）》，上海书店出版社，2015 年版。

耿庆强、许全胜校订：《张嘉璈日记（1927 年 4 月 21 日—8 月 4 日，1928 年 1 月 5 日—5 月 24 日，1932 年 1 月 1 日—5 月 10 日）》，上海图书馆历史文献研究所编，《历史文献》19 辑，上海古籍出版社，2015 年版。

张嘉璈著，于杰译：《通胀螺旋：中国货币经济全面崩溃的十年（1939—1949）》，中信出版集团，2018 年版。

［美］阿瑟·N. 杨格著，李雯雯译、于杰校译：《抗战外援：1937—1945 年的外国援助与中日货币战》，四川人民出版社，2019 年版。

［日］林幸司著译：《近代中国民间银行的诞生》，社会科学文献出版社，2019 年版。

一本书打开一个世界

欢迎订购、合作

订购电话：0571-85153371

服务热线：0571-85152727

KEY-可以文化　　浙江文艺出版社　　京东自营店

关注 KEY-可以文化、浙江文艺出版社公众号，
及浙江文艺出版社京东自营店，随时获取最新图书资讯，
享受最优购书福利以及意想不到的作家惊喜